참새 이야기

일러두기

1. 괄호 속의 설명이나 각주는 모두 옮긴이의 것입니다.
2. 인명과 지명은 국립국어원 외래어표기법에 따라 중국어 발음으로 표기하였으나,
   일부 인명과 지명은 독자들의 친숙함을 고려해 한자음 그대로 표기했습니다.
3. 본문 중 고딕체는 원서에서 굵게 표기한 부분입니다.

참새 이야기

쑤퉁 장편소설 | 양성희 옮김

더봄

'중국문학전집'을 출간하면서

마오둔^{茅盾}은 루쉰^{魯迅}과 함께 중국 현대문학의 발전에 이바지한 진보적 선구자이자 혁명문학가로 평가받는 인물이다. 그의 뜻에 따라 1981년에 제정된 마오둔문학상은 4년을 주기로 회당 3~4편, 2015년까지 총 9회 수상작을 발표하면서 중국 문학계에서 가장 권위 있는 문학상으로 자리매김했다.

특히 중국 인민문학출판사가 1998년부터 '마오둔문학상 수상작 시리즈'를 출간하면서, 수상작들은 중국 현대 장편소설 중 최고의 걸작으로 인정받아 광범위한 독자들로부터 지속적인 사랑을 받고 있다. 노벨문학상 수상자인 중국 소설가 모옌^{莫言}도 2012년 제8회 마오둔문학상을 수상한 바 있다.

출판사 '더봄'은 중국 최대의 출판사인 인민문학출판사의 특별한 협조를 받아 '중국문학전집'을 기획하고, 마오둔문학상 수상작과 수상작가, 그리고 당대 유명 작가의 최신작을 중심으로 중국 현대 장편소설을 지속적으로 펴낸다.

출판사 '더봄' 대표 김덕문

어쩌면 내가 소설 속 주인공일 수도 있는, 누구나 공감할 수 있는 이야기

대부분의 책은 제목을 보면 주제나 내용을 대략 유추할 수 있다. 『허삼관 매혈기』는 '아, 허삼관이 피를 파는가 보다' 싶고, 『죄와 벌』은 '죄를 짓고 벌을 받나 보다'라는 생각이 든다. 조금 더 간단하게 주인공을 내세운 제목도 있다. 『위장자』는 '아, 위장하는 사람이 나오나 보다' 싶고, 『형제』는 '아, 형제 이야기인가 보다'라는 생각이 든다.

그렇다면 『참새 이야기』黃雀記는 어떨까? 제목만 보고 어떤 주제나 내용을 유추할 수 있을까? 한자를 잘 아는 사람이라면 '黃雀'을 보고 참새까지는 떠올릴 수 있을 것이다. 그렇다면 이 소설은 참새 이야기인가? 참새가 주인공인가?

센스 있는 독자라면 '참새에 뭔가 상징적인 의미가 있겠구나'라고는 생각할 수 있을 것이다. 그러나 제목만으로 그 상징적 의미를 이해할 수 있는 한국 독자는 거의 없을 것 같다. 상징성을 담은 소설 제목인 경우, 책을 다 읽고 나서야 '아, 이래서 제목이 이렇구나'라며 고개가 끄덕여진다.

그러나 『참새 이야기』는 책을 끝까지 다 읽고 난 후에도 제목이 왜 '참새 이야기'인지 이해하기 힘들다. 이 소설에는 '참새'가 등장하지 않는다. 한두 번 스쳐지나가는 엑스트라처럼 출연하기는 하지만, 전혀 의미 없는 등장이다. 오히려 까마귀가 비중 있는 조연급으로 등장한다.

이 소설의 제목은 중국 독자에게도 쉽지 않은 문제였는지, 저자의 인터뷰나 마오둔문학상 수상 관련 기사 중에 제목 이야기가 빠짐없이 등장했다.

도대체 이 소설은 제목이 왜 『참새 이야기』일까?

황작黃雀은 참새다. 같은 참새라도 머리 색깔, 부리 색깔, 부리 생김새 등에 따라 고유의 이름이 따로 있겠지만 우리 눈에는 그냥 다 참새다. 한자어도 작雀, 와작瓦雀, 빈작賓雀, 마작麻雀, 황작黃雀 등 여러 가지 표현이 있는데, 굳이 그 차이를 구별할 필요는 없을 것 같다. 여기에서 필요한 것은 정확히 어떤 참새냐가 아니라 '귀엽고 사랑스러운' 참새의 이미지이기 때문이다.

'황작'은 단순히 참새를 의미하는 단어가 아니라, 중국의 유명한 고사성어에서 따온 것이다. 이 고사성어 속 참새는 보통의 참새 이미지와는 조금 다르다. 앞에서 언급한 참새의 상징성은 소설 내용이 아니라 이 고사성어를 알아야 알 수 있다.

당랑포선, 황작재후螳螂捕蟬, 黃雀在後
사마귀가 매미를 잡으려 하나, 참새가 뒤에 있음을 모른다.

이 고사성어는 눈앞의 이익에 열중한 나머지 뒤에 닥칠 위험을 간

과하는 상황을 비유한 것이다. 이 내용 뒤에는 '참새가 사마귀를 잡으려 하지만, 총 가진 사람이 뒤에 있음을 모른다'라는 대구가 이어져 있다. 이 고사성어는 '뒤를 조심해. 뒤에 무슨 일이 일어날지 몰라!'라는 의미로 사용되는, 중국인에게 매우 친숙한 표현이다.

저자 쑤퉁은 제목의 배경에 대해 이렇게 설명했다.

"이 소설의 제목은 원래 '샤오라'였어요. 샤오라는 소설의 배경인 1980년대 난징 일대에서 유행한 사교춤인데, 요즘은 모르는 사람이 많죠. 그래서 뭔가 추상적인 다른 제목이 좋겠다고 생각했어요. 참새는 재앙과 운명의 상징입니다. 얼핏 보면 귀엽고 사랑스럽지만 그 뒤에 재앙의 씨앗이 숨겨져 있어요. 소설 중에 참새는 등장하지 않습니다. 참새는 뒤에 숨어 있는 존재니까요."

솔직히 필자는 이 소설의 저자인 쑤퉁 선생의 설명을 듣고 나서야 '아, 그래서 제목이 이렇구나!'라고 이해할 수 있었다. 그 설명을 들으니 정말 탁월한 제목이라는 생각이 들었다. 인터뷰 내용 중 "위화 선생이 이 제목을 보고 크게 칭찬해줬다"라는 내용이 있는데, 절로 고개가 끄덕여졌다. 확실히 극찬할 만했다. 주제나 인물을 직설적으로 드러내는 제목은 쉽게 붙일 수 있지만, 이렇게 절묘한 상징성이라니! 소설에 등장하는 인물 혹은 사물에 상징성을 부여하는 경우는 많지만 한 번도 등장하지 않는 사물에 상징성을 부여한 제목은 매우 드물 것이다.

소설의 내용을 연결해보면 제목의 절묘함이 더욱 극대화된다. 이 소설은 청소년 강간사건을 중심으로 사건의 이해당사자 세 사람의 운명을 그렸다. 바오룬, 류성, 그리고 선녀. 이 중 선녀는 류성에게 강간당한 피해자인 동시에 거짓 증언으로 바오룬을 감옥에 보내버린 가해자다.

마침 배경 고사성어에도 세 가지 구성원이 등장한다. 매미, 사마귀, 참새. 왠지 이 셋을 등장인물과 연결하고 싶지 않은가? 재미있는 것은 이들 세 구성원으로 여러 가지 조합이 가능하다는 사실이다. 그래서 『참새 이야기』라는 제목이 더욱 절묘하게 느껴진다.

고사성어에서 눈앞의 이익을 탐하다가 재앙을 맞이하는 주인공이 사마귀이므로 사마귀를 중심으로 조합을 만들어보자.

첫 번째 조합의 주인공은 류성이다. 매미-선녀, 사마귀-류성, 참새-바오룬. 류성은 한순간의 욕망을 참지 못해 선녀를 범하고 결국 바오룬의 칼을 맞고 죽었다.

두 번째 조합의 주인공은 선녀다. 매미-바오룬, 사마귀-선녀, 참새-류성. 선녀는 잘 생기고 돈 많은 류성을 좋아한 반면에 못 생기고 가난한 바오룬을 혐오했다. 선녀는 자신을 좋아하는 바오룬을 등쳐먹다가 결국 류성에게 강간을 당했다.

세 번째 조합의 주인공은 바오룬이다. 매미-선녀, 사마귀-바오룬, 참새-류성. 바오룬은 선녀의 사랑을 얻기 위해 류성이 시키는 대로 했지만, 결국 류성 대신 죄를 뒤집어쓰고 감옥에 갔다.

사실 기본은 첫 번째 조합인데, 여기에는 큰 이견이 없을 듯하다. 두 번째와 세 번째는 필자 마음대로, 조금 억지스럽게 만들어본 조합이다. 조합을 만드는 재미가 쏠쏠한데, 억지스러울수록 더 재미있는 것 같다. 독자 여러분의 기발한 조합을 기대해본다.

더 억지스러운 조합을 하나 더 소개한다. 매미-바오룬, 사마귀-류성, 참새-선녀. 바오룬에게 죄를 뒤집어씌운 류성이 선녀의 말 한마디 때문에 죽기 때문이다. "그 팬티, 류성이 입고 간 거 같아."

　　이렇듯 『참새 이야기』는 정말 매력적인 제목이다. 하지만 안타깝게도 우리나라 사람들은 참새를 재앙이나 운명의 상징으로 인식하지 않는다. 위의 설명을 들으면 고개가 끄덕여지기는 하지만, 그러기까지는 아주 긴 설명이 필요하다. 이 때문에 역자 후기를 쓰고 있는 마지막 순간까지 번역서 제목을 고민했다.

　　원제 그대로 번역하여 『참새 이야기』로 하고 독자들이 이해해주기를 바랄 것인가, 『죄와 벌』처럼 직설적인 제목으로 갈 것인가. 일단 독자 여러분의 선택을 받아야 이 번역자의 말까지 읽혀질 텐데, 우리나라 독자에게 『참새 이야기』는 너무 밋밋할 수도 있다. 제목으로 낚시질이라도 하고 싶지만 저자의 자부심과 위화 선생의 극찬이 더해진 제목을 함부로 지우기도 쉽지가 않다.

🐦

　　『참새 이야기』는 1980년대 개혁개방 격변의 시기를 배경으로, 청소년 강간사건에 휘말린 세 청춘의 비극적인 운명을 그렸다. 바오룬, 류성, 선녀 세 주인공이 각자의 시선으로 그 시대와 그 사건에 얽힌 자신의 삶을 이야기한다.

　　작가인 쑤퉁 선생이 청소년기를 보낸 도시에 실제로 이와 비슷한 사건이 있었는데, 그때 작가의 눈에 비친 범인은 너무나 순수해 도저히 강간범으로 보이지 않았더란다. 실제로 당시 중국 사회에는 억울한 형

사사건이 많았던 터라 자연스럽게 그가 진범이 아니라 억울한 피해자가 아닐까 생각했다고 한다. 겉모습은 사납지만 마음은 한없이 순수했던 바오룬이 억울하게 옥살이를 하고, 순간적인 욕망을 참지 못해 죄를 저지른 진짜 강간범 류성은 자기도 모르게 마음 깊은 곳에 자리 잡은 죄책감에서 벗어나지 못하고, 피해자인 동시에 가해자이기도 한 선녀는 세상을 증오하며 되는대로 살아간다. 십 년 후 다시 만난 세 사람은 운명을 받아들이고 우여곡절 끝에 서로에 대한 감정의 빚을 청산하지만, 운명은 이들에게 새로운 삶을 허락지 않았다. 작은 오해로 인해 류성은 결혼 첫날 밤 바오룬의 칼에 맞아 처참하게 죽고, 류성을 죽인 바오룬은 다시 교도소에 갇히고, 늘 떠돌이 인생이었던 선녀는 핏덩이 아기를 남긴 채 또 어딘가로 떠난다.

쑤퉁 작품의 주인공들은 대부분 이렇게 거친 운명 앞에서 처참하게 무너지는 힘없는 소시민이다. 그들은 특별히 악하지 않다. 그렇게까지 비참해져야 할 만큼 큰 죄를 지은 것도 아니다. 그래서 안타까운 마음도 든다. 그런데 소설 『참새 이야기』에 등장하는 인물들의 뒤틀린 운명은 안타까움을 넘어 '왜 나만 이렇게 비참해야 하는가?'라는 억울함도 느껴진다.

『참새 이야기』의 배경은 개혁개방 이후 급변한 중국 사회이다. 먹고 살기 힘들었던 20세기 중반, 공포에 짓눌려 살던 문화대혁명 시기에는 다 같이 배고프고 다 같이 공포에 떨었다. 반면 현대 사회는 겉으로는 화려하고 풍요롭지만, 인간의 끝없는 욕망으로 인해 보이지 않는 곳에서는 더 큰 비극이 벌어지고 있다. 그것은 물밑 속에 숨어있겠지만 우리는 언제든 스스로가 그런 비극의 주인공이 될 수 있음을 잘 안다. 이것은 세월호의 비극이 우리 사회에 그토록 큰 충격을 준 이유 중 하나일 것이다. 그래서『참새 이야기』주인공들이 겪는 강간, 억울한 옥살이, 돈과 권력이 만들어낸 차별과 그로 인한 무력감은 쑤퉁 선생의 전작 주인공들이 겪은 비극보다 훨씬 현실적이고 가깝게 느껴진다.

쑤퉁 선생은 이 작품을 지천명知天命을 맞이한 자신에게 보내는 선물이라고 표현했다. 이 작품은 필자에게도 선물과 같은 존재였다. 십여 년 전『쌀』,『나, 제왕의 생애』,『측천무후』,『눈물』등 쑤퉁 선생의 소설에 몰두했던 햇병아리 번역가 시절, '나도 언젠가 쑤퉁 선생의 작품을 번역하고 싶다'라는 막연한 꿈을 꿨었기 때문이다. 모쪼록『참새 이야기』가 독자 여러분에게도 멋진 선물이 되길 바란다.

차례

중_
류성의
가을

하_

미스 바이의
여름

상_

바오룬의
봄

1. 영정사진

해마다 봄이 오고 꽃이 피면, 할아버지는 사진을 찍으러 갔다.

일흔을 넘기고부터 할아버지는 죽음을 산술적으로 인식했다. 특히 늘어난 수명을 계산할 때면 아주 뿌듯해 보였다. 나이가 들어도 더하고 빼는 건 어려워하지 않았다. 할아버지는 쉰세 살 때, 식당에서 탕위엔湯圓(새알심 모양의 음식)을 먹다가 뜨거운 돼지기름에 데었는데, 갑자기 심장발작이 일어나 응급실에 실려 갔다. 급성 심근경색으로 죽다 살아난 할아버지는 지금까지 17년을 더 살았다. 그런데 그 전에 다분히 계획적인 죽을 고비가 있었다. 마흔다섯 살 봄에 할아버지는 갑자기 사는 게 싫어져 철도건널목에 드러누웠다. 한참을 누워 있었지만 오라는 기차는 오지 않고 난데없이 철도원이 기르는 커다란 셰퍼드가 나타났다. 평소 개를 무서워하던 할아버지는 기차에 깔려 죽을 마음은 있었지만 개한테 물려 죽고 싶지는 않았다. 그래서 벌떡 일어나 도망을 쳤다. 그해 여름, 할아버지는 또 죽고 싶어졌다. 이번에는 물에 빠져 죽기로 결심하

고 인적이 드문 서문 성벽에 올라가 해자^{垓字}로 뛰어내렸다. 물에 풍덩
빠지기만 하면 바로 저승사자의 품에 안기리라 생각했는데 눈을 떠보
니 웅성대는 중학생들에게 둘러싸인 채 성벽 아래 누워 있었다. 학생들
이 호기심 어린 얼굴로 왜 물에 뛰어들었는지 물었다. 할아버지는 학생
들의 순수한 눈빛을 보면서 어떻게 말해야 할지 잠시 망설였다. 왜 쓸데
없이 남의 일에 참견하느냐고 꾸짖어야 할까, 구해줘서 고맙다고 인사
를 해야 할까? 그나저나 세찬 물살에 헹궈진 덕분인지 온몸이 가볍고
상쾌했다. 오른손 손바닥이 조금 뻐근할 뿐, 크게 불편한 곳은 없었다.
오른손을 펴보니 언제 붙잡았는지 모를 단풍잎이 얼마나 꽉 쥐고 있었
는지 손바닥에 착 달라붙어 있었다. 할아버지는 몸을 일으켜 앉아 손
바닥에 달라붙은 단풍잎을 떼어내며 중얼거렸다.

"그게 간단치가 않아."

그리고 천천히 일어나 물을 뚝뚝 떨어뜨리며 자리를 떠났다. 학생
들은 멀어지는 할아버지를 보면서 그가 어디로 갈 것인지를 두고 설전
을 벌였다. 그중 유난히 귀에 꽂히는 목소리가 있었다.

"간단치 않긴 뭐가 간단치 않아? 딱 보니 살기 싫은 거네. 또 어디
죽을 자리 찾아가는 거 같은데?"

할아버지는 높은 성벽과 깊은 해자로 시선을 옮겼다가 넓은 하늘
을 올려다보고는 갑자기 학생들이 있는 곳으로 고개를 돌렸다. 발걸음
이 무거워 보이고 쭈뼛거리긴 했지만 눈빛만은 다시 태어난 사람처럼,
한없이 맑고 높은 여름 하늘처럼 밝았다. 그는 학생들에게 덤덤한 어투
로 말했다.

"셰퍼드도 날 안 도와주고 너희도 날 못 죽게 하는구나. 그래, 그럼
살지 뭐. 아무럼 어때? 죽지 못하니 살아야지. 하루를 살면 하루를 번

다, 그렇게 생각하지 뭐."

할아버지가 남긴 수수께끼 같은 말은 그가 성벽 모퉁이 뒤로 사라
지는 순간 학생들의 관심에서도 사라졌다. 놀러 나온 학생들이 우연히
사람 목숨을 구한 것은 칭찬받아 마땅한 일이었다. 그러나 정작 목숨을
건진 당사자가 뜬구름 잡는 말만 늘어놓고 사라지니 뿌듯하기는커녕
괜한 짓을 했다는 생각마저 들었다. 이 학생들은 참죽나무거리의 할아
버지를 전혀 몰랐다. 그가 왜 죽으려 했는지, 왜 또 갑자기 살겠다고 마
음을 바꿨는지도 몰랐다. 물론 할아버지가 자신이 한 약속은 반드시 지
키는 사람이라는 것도 몰랐을 것이다. 그날 이후 할아버지는 죽으려는
생각을 완전히 버렸다. '하루를 살면 하루를 번다'는 말을 산술적인 관
점에서 풀어보면, 할아버지는 이미 25년을 더 살았으니 무려 9125일을
번 셈이다. 이렇게 많이 벌었으니 당연히 뿌듯할 수밖에.

참죽나무거리에는 유난히 노인이 많았다. 노인들은 대부분 죽음을
두려워하는데 두려움이 클수록 먼저 죽었다. 무더위가 기승을 부리던
어느 해 여름, 폭염으로 위장한 교활한 저승사자가 참죽나무거리를 활
보하며 가련한 일곱 노인의 목숨을 단숨에 거둬갔다. 당시 할아버지는
폭염을 무릅쓰고 일일이 찾아가 조문했다. 그런데 일곱 집 모두 장례절
차가 엉망이고 졸속으로 끝내는 상황이라 매우 유감스러워하셨다. 그
중 부두노동자 차오 선생의 장례식은 정말 기가 막혔다. 자녀들이 차오
선생의 사진을 찾지 못해 결국 신분증 사진을 확대해 영좌靈座에 올려놓
았는데, 이 때문에 조문객들은 매우 당황했다. 이 사진이 몇 십 년 전 젊
은 시절에 찍은 사진인 데다 두 아들이 차오 선생을 쏙 빼닮은 탓에 영
정사진을 본 사람마다 깜짝 놀랐다. 분명 차오 선생이 죽은 줄 알고 왔
는데 큰아들인지 둘째아들인지 모를 젊은이 영정사진이 있었으니 말이

다. 이 모습을 한참 지켜보던 할아버지는 할말은 많았지만 조용히 돌아섰다. 그리고 차오 선생 집을 나오자마자 한숨을 내쉬며 이웃들에게 이렇게 말했다.

"한평생 그렇게 아끼더니……. 그래도 그 사진만은 아끼는 게 아니지. 이것 봐, 오해하기 딱 좋잖아."

할아버지는 '사람은 자기 장례를 직접 치를 수 없으니 사후 일은 생전에 준비해둬야 한다'라는 생각을 하게 됐다. 그래서 해마다 꽃피는 봄이 오면 훙옌사진관에 가서 사진을 찍었다. 이 일을 여러 해 반복하다 보니 이웃들도 할아버지의 '취미'를 알게 됐다. 그리고 할아버지의 일장 연설을 통해 이 취미가 어떤 의미인지도 잘 알았다.

"내 머릿속에는 언제 터질지 모를 커다란 풍선이 있거든. 풍선이 갑자기 펑 터지는 순간, 이 목숨도 끝나는 거지. 그땐 오롯이 자식들한테 맡겨야 하는데 아무래도 믿을 수가 있어야 말이지. 이렇게 사지 멀쩡할 때 영정사진만이라도 내 손으로 준비해둬야 하는 거야."

사진 찍는 날은 할아버지에게 매우 특별한 날이었다. 이날이 되면 할아버지는 명절맞이 할 때처럼 용모에 특별히 신경을 썼다. 먼저 이발소에 가서 머리카락과 수염을 정리하고 친한 이발사에게 귀청소와 코털 정리를 부탁했다. 예전에는 참죽나무거리에서 시내까지 걸어갔는데 지금은 더 늙은 탓에 조금 걸어 나가 버스를 탔다. 말쑥하게 차려입은 할아버지가 엄숙한 표정으로 용머리지팡이를 짚고 훙옌사진관에 등장하는 시간은 대략 정오 무렵이었다. 모직으로 만든 짙은 회색 중산복中山服(인민복)에서 풍기는 은은한 나프탈렌 냄새와 반지르르하게 광을 낸 가죽구두에서 풍기는 자극적인 냄새가 할아버지의 온몸을 휘감았다.

야오 사진사는 할아버지를 해마다 만났지만 이름은 몰랐기 때문에 남들에게 말할 때 '해마다 영정사진 찍는 할아버지'라고 했다. 할아버지는 야오 사진사를 만날 때마다 겸연쩍은 표정으로 당신 목숨이 늘어난 것을 진심으로 미안해했다.

"야오 선생, 내가 죽지 않고 또 일 년을 살아서 자네를 귀찮게 하는구먼."

그리고 정말 미안한 표정을 지으며 부탁조로 말했다.

"또 한 장 부탁하네. 야오 선생, 이번이 정말 마지막이야. 요즘 내 머릿속 풍선이 점점 커지고 있거든. 아마 곧 터질 것 같아. 내년에는 절대 성가시게 하지 않을 걸세."

사실 사진사는 할아버지의 취미활동에 크게 신경쓰지 않았다. 문제는 가족, 특히 며느리 쑤바오전이었다. 쑤바오전은 할아버지의 영정 사진이 자손들을 수렁에 빠뜨린다고 생각했다. 영정 사진이 늘어날수록 자손들은 더 깊은 불효의 늪으로 빠져드는 것이다. 그녀의 민감한 신경세포는 훙옌사진관으로 향하는 할아버지의 발걸음이 사악한 외침처럼 들렸다.

'믿을 수가 없어. 믿을 수 없어. 믿을 수가 없어……'

그리고 이웃들에게는 '아들 며느리가 못됐어. 손자도 못됐어. 다 나쁜 놈들이야. 이것들이 뭘 제대로 하겠어? 믿을 수가 없어!'라고 들릴 것이다.

그래서 쑤바오전은 매년 꽃피는 봄이 되면 전투태세에 돌입하고 남편과 아들을 제 편으로 끌어들였다. 하지만 남편은 할아버지를 제대로 감시하지 않았고, 아들은 그녀 말을 귓등으로 들었다. 이 집안은 평소에도 그리 화목하지 않았지만 봄만 되면 수차례 전쟁을 치렀다. 할아버지의 영정사진에서 점화된 전화戰火가 코를 찌르는 불길하고 고약한 냄새를 풍기며 타올랐다. 삼대가 다 모여 봤자 식구라고는 겨우 넷뿐이니 딱히 전선戰線이랄 것도 없는 작은 전쟁이지만, 간혹 걷잡을 수 없이 번진 불길이 바오룬을 덮쳤다. 하루는 바오룬이 밥을 한참 먹고 있는데 갑자기 젓가락 한 짝이 그의 뒤통수를 후려쳤다. 쑤바오전이 전쟁을 방관하는 아들에게 화풀이를 하는 것이었다.

"이 젓가락만도 못한 놈! 그저 먹을 줄만 알지! 웃어? 이게 히죽거릴 일이야? 네 할아비가 나만 망신시키는 줄 알아? 우리 식구 다 망신이야!"

쑤바오전은 바오룬을 문밖으로 밀어내며 할아버지를 쫓아가라고 닦달했다.

"허구한 날 밥만 축내고, 도대체 언제 밥값 할래?"

어머니의 분노가 폭발하면 바오룬은 어머니 명령을 거역하지 못했다. 그래서 길 한가운데서 할아버지를 잡아끌기도 하고 버스까지 쫓아가 할아버지를 설득하기도 했다.

"할아버지, 제발 가지 마세요. 영정사진을 그렇게 많이 찍어 뭐 하시게요? 돼지고기도 아닌데 좀 오래되면 어때요? 어차피 먼지 뒤집어쓰고 벽에 걸려 있으면 다 똑같다고요."

그러면 할아버지는 바오룬을 쫓아버리려 용머리지팡이를 휘둘렀다.

"일 년에 고작 사진 한 장인데 그게 왜 그렇게 못마땅해? 돌아가서 네 엄마에게 전해라. 내가 내 돈으로 내 사진 찍는 거니까 니들이 상관할 일이 아니라고!"

바오룬은 할아버지 말이 논리에 맞지 않는다고 생각했다.

"할아버지, 정말 어떻게 되신 거 아니에요? 그게 왜 우리랑 상관이 없어요? 할아버지가 죽고 나면 그 사진을 누가 보는데요? 어차피 우리가 걸고 싶은 사진을 걸 거예요. 잘못 골랐다고 할아버지가 다시 살아나서 바꿀 수도 없잖아요?"

바오룬의 냉정한 일침 덕분에 할아버지는 망자亡者의 비애와 현실을 직시하게 됐다. 확실히 그랬다. 죽은 사람이 다시 일어나 사진을 걸어라 말아라, 이 사진을 걸어라 저 사진을 걸어라 할 수는 없다. 그저 자식들 효심에 맡길 수밖에 없다. 그러나 할아버지는 자식들의 효심을 도무지 믿을 수가 없었다. 한참 고민한 끝에 묘안을 떠올린 할아버지는 가장 최근에 찍은 영정사진을 가지고 표구점에 달려가 검은 테두리 액자를 맞췄다. 그리고 액자를 집에 가져와 거실 벽에 반듯하게 걸었다. 가족의 반대를 예상한 할아버지는 액자의 운명을 염려해 특별히 강력본드를 준비했다. 이렇게 액자를 벽에 완전히 붙여버리는 것이 가장 안전하다고 생각했다. 할아버지가 의자에 올라가 액자를 붙이는 동안 바오룬은 그저 지켜보기만 했다. 바오룬은 할아버지의 단단한 방어 행위를 지지하지도 반대하지도 않았다. 할아버지는 바오룬의 묵인을 칭찬할 겸 자신의 행동에 대한 당위성을 설명했다.

"올해 사진은 정말 잘 나왔어. 아주 맘에 들어. 아무튼 내 머릿속 풍선은 계속 커지고 있단다. 풍선이 터지는 순간 난 끝장인데 이렇게 미리 걸어두면 너희들이 수고할 필요도 없고 잘못 걸까봐 걱정할 필요도 없지."

하지만 강력본드는 그다지 '강력'하지 않았다. 긴 시간과 적당한 온도가 유지돼야 그나마 단단히 붙을 텐데 너무 빨리 발각됐다. 바오룬 아버지가 과도로 액자 뒷면의 본드를 긁어내는 동안 쑤바오전은 치를 떨며 분노를 터트렸다. 그녀는 한층 깊어진 원한을 담아 할아버지에게 악독한 비난을 퍼부었다.

"머릿속에 무슨 풍선이 있다고 그래요? 풍선은 무슨, 온통 쓰레기지! 설마 당신께서 마오 주석인 줄 아시나? 인민의 마음속에 영원히 살고 싶어요? 분명히 말해두는데, 살아서도 죽어서도 저 사진이 벽에 걸리기는 힘들 거예요. 더구나 거실은 이 집의 얼굴이에요. 아무리 조상이라도 기릴 가치가 없는데 사진 따위를 걸어 뭐하게요? 차라리 그 자리에 미인 사진을 붙이는 게 낫지."

할아버지는 결국 눈물을 보이며 바닥에 버려진 액자를 주워 가슴에 품고 당신 방으로 걸어가며 중얼거렸다.

"내 사진이 거실에 어울리지 않아? 그럼 내 방에 걸지 뭐. 니들 눈 더럽히지 않을 테니, 됐지?"

할아버지는 방문을 쾅 닫는 방안에서 고래고래 소리를 질렀다.

"내 영정사진은 나만 볼 거다. 앞으로 아무도 내 방에 들어오지 마!"

해마다 꽃피는 봄에 홍옌사진관에 가서 할아버지 영정사진을 찾아오는 일은 바오룬의 몫이었다.

할아버지는 늘 늙은 모습이었다. 올해도 작년과 별반 다르지 않았다. 바오룬은 할아버지 사진을 꺼내 본 적이 한 번도 없었다. 그러다 한번은 실수로 사진을 보게 됐는데, 마침 문제가 있는 사진이었다. 그날 바오룬은 자전거를 타고 사진관에 다녀오는 길에 어머니 심부름으로 설탕을 사려고 잡화점에 들렀다. 주머니에서 돈을 꺼낼 때 딸려 나온 작은 사진봉투에서 사진 한 장이 떨어졌다. 그런데 사진 속 주인공은 할아버지가 아니었다. 이것은 사진관 직원이 저지를 수 있는 실수 중 가장 큰 실수였다. 손가락 두 마디 크기의 흑백사진 속에 있는 인물은 어떤 소녀였다. 그녀의 사진은 무슨 죄로 잡화점 바닥에 나뒹굴고 있는지……. 커다란 눈,

둥근 얼굴, 얇은 입술, 질끈 묶은 포니테일 머리. 소녀는 웃지 않고 살짝 입술을 깨물었다. 마치 사진의 운명을 예견하기라도 한 듯 분노와 질타가 담긴 눈빛으로 온 세상을, 바오룬을 쏘아보고 있었다.

바오룬은 사진관의 실수를 충분히 이해했지만 타이밍과 상황이 너무나 절묘해서 놀라지 않을 수 없었다. 작은 우연으로 계속 늙어가던 할아버지가 하루아침에 꽃다운 소녀로 변했다. 이 변신은 과연 축복일까, 저주일까? 바오룬은 바닥에 쪼그리고 앉아 사진을 자세히 들여다봤다. 처음에는 그냥 어이가 없었는데 점점 왠지 모를 불안감이 엄습해왔다. 바오룬은 일단 훙옌사진관으로 돌아갔다. 사진관 밖에서 사진 봉투를 꺼내 소녀의 사진을 다시 봤다. 이름 모를 소녀의 얼굴에 눈부신 햇살이 쏟아졌다. 암실 기술 덕분인지 그 작은 얼굴이 은은한 금빛으로 빛났다. 아주 예쁜 얼굴은 아니지만 카메라 렌즈를 향해 분출된 분노가 왠지 모르게 신비로웠다. 바오룬은 이 분노의 눈빛에 묘하게 끌렸다. 문득 아깝다는 생각이 들었다. 사진을 돌려주기 싫었다. 이 완벽한 분노를 놓치고 싶지 않았다. 바오룬은 순간적으로 봉투에 든 사진 세 장 중 한 장을 자기 지갑에 쑤셔 넣었다.

모든 실수를 바로 잡을 수는 없는 법. 할아버지의 사진은 결국 되찾지 못했다. 그해 봄은 의외의 연속이었다. 사진 한 장으로 시작된 의외의 사건은 점점 깊은 혼돈으로 빠져들었다. 바오룬은 아무도 모르게 이름 모를 소녀의 사진을 손에 넣었지만 할아버지의 최신 영정사진은 훙옌사진관에서 영영 자취를 감췄다.

이 일은 조용히 덮이지 않았다. 할아버지는 처음에는 바오룬을 탓하다가 흥분을 가라앉히고 꼼꼼하게 책임소재를 따져봤다. 그리고 직접 훙옌사진관에 가서 따졌다. 야오 사진사는 괴팍한 노인네를 달래고 어느 정도 공평한 보상이라고 생각해 평생 무료로 사진을 찍어주겠다고 제안했다. 하지만 할아버지는 서글픈 눈물을 흘리며 이렇게 말했다.

"나한테 평생이 무슨 의미가 있겠나? 얼마나 더 살지를 모르는데. 그러지 말고 지금 살아있을 때 후딱 몇 장 더 찍어주게."

결국 야오 사진사는 사진 세 장을 더 찍어주기로 했다. 세 번째 플래시가 터지는 소리가 유난히 크게 울렸다. 그 순간 할아버지가 괴성을 질렀다.

"터졌다!"

야오 사진사는 할아버지가 무슨 말을 하는지 알 수가 없었다. 머리를 감싸 쥐고 의자 위에서 고통에 몸부림치는 할아버지를 그저 지켜볼 수밖에 없었다.

"터졌어!"

할아버지는 어느새 눈물이 가득 고인 두 눈을 부릅뜨고 두려움에 떨며 야오 사진사에게 소리쳤다.

"터졌어! 내 머릿속 풍선이 터졌다고. 저 푸른 연기 보이지? 내 혼이 날아갔어. 이제 내 머리엔 아무것도 없어. 텅 비어버렸어!"

2. 영혼

할아버지의 기절 사건 소문이 참죽나무거리에 파다하게 퍼졌다. 사람들은 길에서 할아버지와 마주치면 무의식적으로 머리로 시선을 옮겼다. 보통 사람의 머리가 비옥한 옥토라면 할아버지 머리는 재해에 휩쓸

참새 이야기

려 엉망진창이 된 황량한 들판이었다. 할아버지의 백발은 서리 앉은 잡초 같고, 원래 빵빵했던 뒤통수는 홀쭉하게 쑥 들어갔다. 희미하게 보이는 흉측한 지그재그 모양 흉터는 옛날에 홍위병이 석탄난로 꼬챙이로 그리 만들었다고 했다. 오랫동안 숨겨져 있던 이 흉터는 아마도 할아버지 영혼이 빠져나가는 출구였을 것이다. 계속해서 시선을 내리면 목 부분에 살짝 패인 검붉은 가로줄이 있는데, 이는 죽으려고 목을 맸을 때 생긴 훈장이었다. 점점 나이가 들면서 탄력 잃은 피부가 늘어져 살가죽이 겹쳤다. 어떤 사람은 할아버지의 영혼은 날아간 것이 아니라 산산이 부서져 저 늘어진 살가죽을 타고 흘러내렸을 것이라고 말하기도 했다.

사람의 영혼을 본 사람은 아무도 없다. 할아버지는 영혼이 날아갔다고 말하지만, 예전에 영혼이 있었던 사실이나 지금 영혼이 없다는 사실을 증명할 방법이 없다. 영혼이 도대체 어디로 가버렸을까? 참죽나무 거리 주민들은 대부분 교육 수준이 낮아서 영혼이라고 하면 습관적으로 연기를 떠올렸다. 특히 길거리 난롯불에서 피어오르는 흰 연기를 보면 왠지 모르게 가슴이 두근거렸다. '연기-영혼-할아버지'가 자연스럽게 연결됐다. 석탄난로는 할아버지 머리이고, 모락모락 피어오르는 연기는 할아버지 영혼인 셈이다. 그나마 종교적인 지식과 문화적 소양이 있는 사람들은 영혼은 연기가 아니라 한 줄기 빛이라고 단언했다. 그러나 이 빛은 성인聖人이나 뛰어난 영웅에게만 존재하는 매우 신성한 것이므로 할아버지에게는 해당되지 않았다. 다행히 배운 사람들은 마음도 넓어 '당신은 영혼이 없어. 그저 걸어 다니는 고깃덩어리일 뿐이야!'라는 잔혹한 사실을 대놓고 할아버지에게 말하지는 않았다. 문제는 철없는 아이들이었다. 상식이 부족한 반면 상상력이 넘치는 아이들은 쥐뿔도 모르면서 온갖 동물, 곤충, 벌레, 요괴, 귀신 등에 영혼을 갖다 붙였다.

하루는 이발소 옌씨네 손자가 뭔가 새카맣게 그린 종이 한 장을 할아버지에게 내밀었다. 자세히 보니 삐뚤삐뚤 색칠한 뿔 달린 해골바가지였다.

"할아버지, 슬퍼하지 마세요. 이거, 영혼이에요. 내가 찾은 건데, 할아버지 줄게요."

할아버지는 별 반응이 없었지만 뿔 달린 해골바가지를 영혼이라며 당당하게 내밀다니, 정말 귀여운 녀석이었다. 이에 비해 왕더지네 절름발이 아들 샤오과이는 아주 밉상이었다. 죽은 박쥐를 들고 할아버지를 쫓아다니며 놀려댔다.

"할아버지, 할아버지! 여기 할아버지 영혼이요. 내가 할아버지를 위해 서광탑瑞光塔에 올라가서 직접 잡은 거예요. 얼마나 힘들었다고요! 그러니까 수고비 2위안은 줘야 돼요. 엄청 싼 거예요!"

영혼을 잃은 노인은 존엄성까지 잃기 십상이다. 참죽나무거리의 노인들 중 사오싱 할머니는 할아버지의 처지를 매우 안타까워했다. 할머니는 한걸음에 달려와 영혼을 잃은 것은 크게 걱정할 일이 아니라며 할아버지를 위로했다. 사실 할머니도 어렸을 때 고향집에서 혼이 나간 적이 있다고 했다. 조금 황당한 이야기인데, 뒤뜰 재래식 화장실에서 용변을 보던 중 발바닥이 간지러워 고개를 숙이자 눈이 빨간 들개가 시뻘건 혓바닥으로 할머니 발바닥을 핥고 있었다. 깜짝 놀라 허우적거리다 변기통에 빠졌는데, 그때 혼이 나갔다고 했다. 혼이 나간 후로 재래식 화장실은 죽어도 갈 수 없어 웬만하면 참고, 도저히 참을 수 없으면 1리 밖 소나무 근처까지 달려가 용변을 봤다. 어느 날 이웃마을 박수무당이 찾아와 할머니 부모님에게 이렇게 충고했다.

"이 집 조상이 노하셔서 들개가 따님의 혼을 물어간 것이오. 하지만 그저 경고하려는 것이니 크게 걱정할 건 없소. 오랫동안 조상 무덤에 제사를 지내지 않아 먹을 것도 입을 것도 없으니 조상들이 모두 집을 나가 저 소나무 근처에서 떠돌고 있구려. 계속 이렇게 조상을 홀대하면 따님 하나로 그치지 않을 것이오. 아마 온 가족이 저 소나무까지 달려가야만 용변을 볼 수 있게 될 거요."

할머니 부모님은 박수무당의 조언대로 온 가족과 가축을 모두 데리고 조상 무덤을 찾아가 제사를 올리고 밤새도록 초혼招魂 의식을 치렀다. 이튿날 아침, 할머니는 혼이 돌아와 정상적으로 재래식 화장실을 이용할 수 있게 됐다. 할아버지는 사오싱 할머니의 이야기를 흥미롭게 경청했지만 자신이 훨씬 심각한 상황이라고 생각했다.

"당신은 여자잖아. 남자들 혼은 달라. 상황도 다르고. 난 용변에는 문제가 없어. 다만 집이 어딘지 기억이 안 나. 하루는 집에 안 오고 서광탑까지 갔다니까! 이상하지? 난 내가 서광탑에 산다고 생각해서 그 꼭대기까지 낑낑거리고 올라갔는데, 글쎄 아무리 찾아도 내 방이 없는 거야. 그래서 옆에 있는 사람한테 물어봤는데, 거긴 다 관광객뿐이잖아? 아무도 나를 모르더라고. 전부 다 나한테 미친놈이라고 욕하더군."

"어쨌든 혼이 나간 건 똑같지, 다르긴 뭐가 달라요? 난 소나무를 찾아갔고 그쪽은 서광탑을 찾아간 거지. 아무튼 내가 혼을 잃어본 선배이니 내 말 들어요. 사람이 혼이 나가면 조만간 용변에도 문제가 생기게 돼 있는데, 만약 서광탑까지 가야 용변을 볼 수 있다면 어쩌시려고? 그먼 길을 어떻게 오간대요? 이게 그냥 내버려 둘 일이 아니에요. 나이 들수록 점점 대소변 참기도 어려워지는데. 바오룬 할아버지, 내 말대로 해요. 빨리 자손들 데리고 조상 무덤에 가서 초혼하시구려. 조상 무덤 앞에 제사상 푸짐하게 차리고 떠들썩하게 말이오."

할아버지가 난감해하며 무릎을 비비적거렸다.

"우리 집 사정을 몰라서 그러는데, 그쪽 집이랑 많이 달라. 우리 집 조상 무덤은 벌써 없어졌어. 그 자리에 플라스틱 공장이 들어서 있는데 어디 가서 초혼을 하겠나?"

할머니가 깜짝 놀라 소리쳤다.

"아이고! 어쩌자고 조상 무덤을 파헤치게 내버려두셨소? 다른 건 몰라도 조상 무덤이 없으면 안 되지. 무덤이 없어 조상님들이 전부 구천을 떠돌고 있으니 무슨 수로 바오룬 할아버지를 돌봐준답니까?"

그 말에 할말을 잃은 할아버지는 큰 두려움에 휩싸였다. 잠시 후 비통하고 처참한 표정으로 중얼거렸다.

"못 도우면 마는 거고, 혼이 나가면 나가는 거고. 어쨌든 그동안 내가 번 목숨이 얼만데 그만하면 됐지. 꼴까닥 숨넘어가면 그냥 가는 거지 뭐."

"아이고, 바오룬 할아버지. 그런 말 함부로 하면 안 돼요."

할머니가 눈을 동그랗게 뜨고 얼른 손을 들어 할아버지의 입을 막으려 했다.

"정말 미쳤어요? 혼을 불러들이지 못하면 다음 생에 사람으로 태어나지 못한다고요! 소나 말이면 그나마 다행이지, 혹여 모기로 태어나면 어쩌려고? 손바닥으로 한 번 탁 치면 끝장인데 3분도 못 살고 저 세상으로 가버리면 얼마나 불쌍해요? 재수 없으면 말똥구리가 될지도 몰라요. 평생 구린내 나는 똥 더미나 헤집고 산다고 생각해봐요. 끔찍하지 않아요?"

할아버지 안색이 급격히 어두워지자 할머니는 차마 더 이상 다그치지 못했다. 대신 부드러운 말투로 다른 방법을 일러줬다.

참새 이야기

"바오룬 할아버지도 참 박복하오. 조상 무덤이 그리 된 건 따지고 보면 그 양심도 없는 홍위병 놈들 탓이지요. 그나저나 이 집 조상님들 혼령이 어디로 쫓겨 갔는지는 모르겠지만 일단 다시 불러 모아야 해요. 조상님 사진이나 초상화라도 걸어두고 정성껏 제사를 지내봐요. 하루는 안 될 거 같고 며칠 계속 하면 조상님들이 듣지 않겠어요?"

할아버지는 말을 할까 말까 잠시 망설이다가 울먹이며 사실을 털어놨다.

"예전에는 아버지 사진이 많았어. 할아버지 초상화도 있었고……. 그런데 내 손으로 태워버렸소."

할아버지는 차마 할머니 얼굴을 볼 수 없어 고개를 푹 숙였다.

"아버지는 매국노였고 할아버지는 군벌이었거든. 그것 때문에 화를 당할까봐 전부 태워버렸어……."

할머니는 더 이상 희망이 없다는 생각에 자기도 모르게 하늘을 노려봤다. 하늘이 이토록 무심하니 더 이상 방법이 없었다. 할머니는 팔짱을 끼고 밖으로 걸어 나가며 중얼거렸다.

"아무리 나쁜 짓을 했어도 조상은 조상이거늘! 무덤은 사라졌고 사진이랑 초상화는 제 손으로 태워버렸고……. 혼이 안 나가는 게 이상하겠네. 누굴 탓해요? 자업자득인 것을……."

할아버지는 지푸라기라도 잡는 심정으로 체면 따위는 전혀 생각하지 않고 사오싱 할머니를 쫓아가 마지막으로 한 번 더 방법을 알려달라고 간청했다.

"조…… 조상님 유골이 있는데 소용없겠소? 놈들이 무덤을 파헤칠 때 몰래 가서 유골 두 점을 주워왔는데……. 혹여 누가 알까봐 손전등에 넣어서 땅에 묻었거든."

할머니 눈빛이 반짝거렸다.

"유골이 사진이나 초상화보다 백 번 낫지요! 두 점이든 세 점이든 상관없어요. 그 손전등 어디 묻었어요? 빨리 가져와요, 빨리! 어서 파서 꺼내 와요."

그런데 할아버지는 멍한 표정으로 눈만 끔뻑거렸다. 초조하게 기억을 더듬었지만 풍선이 터진 후로 기억이 헛돌았다. 아무리 머리를 쥐어짜도 손전등을 어디에 묻었는지 기억나지 않았다. 할머니가 재촉하듯 뚫어져라 쳐다보자 할아버지는 뻘뻘 땀을 흘리다가 급기야 엉엉 울음을 터트렸다. 그러면서 손으로 자기 머리를 쥐어박았다.

"손전등! 손전등! 손전등을 어디에 묻었냐고! 난 죽어야 해! 아무것도 생각나지 않아."

3. 손전등

할아버지는 4월까지 건강했는데 5월 들어 갑자기 정신이 나갔다. 미치광이는 여러 가지 불행을 겪는 법인데 할아버지의 불행은 깊은 외로움이었다. 할아버지가 세상에서 가장 이상한 미치광이는 아니겠지만 최소한 참죽나무거리에서만큼은 가장 유명한 미치광이였다.

할아버지는 상록수 아래에 손전등을 묻었다고 했다. 다들 알겠지만 참죽나무거리에는 정작 참죽나무가 없다. 나무라고는 상록수가 유일한데 공장 입구, 큰길 옆 공터, 이웃집 담벼락 등등 어디를 가나 온통 상록수였다. 할아버지의 손전등은 도대체 어느 상록수 아래에 묻혀 있을까?

참새 이야기

안타깝게도 할아버지는 가장 중요한 것을 기억하지 못했다.

할아버지의 첫 번째 타깃은 멍씨네 대문 앞 상록수였다. 먼저 아들에게 가서 땅을 파보라고 부탁했지만 황당하다며 거절당했다. 다시 손자에게 부탁했지만 바오룬도 남들 보기 창피하다며 거절했다. 결국 할아버지가 직접 삽을 둘러메고 집을 나섰다. 잠시 후 멍씨가 집 앞에서 나는 이상한 소리를 듣고 밖으로 나와 할아버지에게 지렁이를 잡느냐고 물었다. 안타깝게도 할아버지는 너무 솔직했다.

"이 나이에 지렁이는 잡아서 뭐에 쓰게? 내가 찾는 건 손전등이야."

"무슨 손전등이요? 그게 왜 우리 집 앞에 있어요?"

"그게 좀 복잡해. 내가 예전에 조상 무덤에서 주워 온 유골 두 점을 손전등에 감췄는데, 묻을 데가 마땅치 않아 고민하다가 이 근처 상록수 나무 아래에 묻은 것 같아."

그러자 멍씨가 펄쩍 뛰며 화를 냈다.

"어르신! 우리 집을 깔보는 겁니까? 우리 집 대문 앞에서 그 집 조상 유골을 찾는다고요? 한참 어른이니까 참았지, 아니었으면 벌써 주먹이 날아갔어요!"

할아버지는 일단 삽질을 멈췄지만 이대로 돌아서기는 아쉬웠다. 허리를 굽히고 구덩이 안을 살피다가 멍씨를 올려다보며 사정했다.

"멍 선생, 불쌍한 늙은이다 생각하고 몇 군데만 더 파게 해주게. 내가 영혼을 잃어버린 후로 기억이 잘 안 나. 몇 군데 더 파다보면 뭐든 기억이 날지도 모르잖나?"

"그러니까 우리 집 대문 앞에서 실험을 하시겠다? 그 집 조상 유골이 왜 우리 집 대문 앞에 있어요? 이게 우리 집을 무시하는 게 아니면 뭡니까? 할아버지가 뭔데 감히 우리 집을 무시해요? 도대체 무슨 자격으로!"

할아버지가 창피한 듯 고개를 숙이고 삽을 거두며 중얼거렸다.

"내가 뭐라고……. 난 아무것도 아니지."

할아버지가 몇 걸음 물러서서 한바탕 기침을 하더니 다시 용기를 끌어 모아 멍씨에게 굴곡진 역사적 사정을 털어놓았다.

"멍 선생, 내가 그냥 아무데나 파헤치는 게 아니야. 자네는 기억이 안 나겠지만 이 집이 누구 땅에 지은 건 줄 아나? 여기가 옛날에는 우리 집 두부공장이었거든. 물건을 묻을 때는 우리 집 땅이라고 생각했던 거지."

멍씨는 어리둥절했다.

"바오룬 할아버지, 지금 그게 어느 나라 말이요? 무슨 말인지 도통 모르겠어요."

할아버지가 이때다 싶어 웃는 낯으로 멍씨를 부드럽게 달랬다.

"당연하지. 자네는 그때 너무 어렸으니 기억이 안 날 거야. 자네 어머니한테 물어보게. 분명히 알 거야."

멍씨는 할아버지가 제정신인지 의심스러웠다. 그는 손가락 세 개를 세워 할아버지 눈앞에 들이밀었다.

"어르신, 이게 몇 개요?"

"셋."

멍씨는 계속해서 할아버지에게 가까이 다가가 눈동자를 자세히 들여다봤다. 별 이상은 없어 보였다. 멍씨는 길가로 난 창문을 두드리며 어머니를 불렀다.

"어머니, 좀 나와 보세요. 우리 집 이 땅, 누구네 땅이었어요? 바오룬 할아버지네 두부공장이었다는데, 맞아요?"

창문 안쪽에서 구시렁거리는 소리가 들리는가 싶더니 이내 카랑카

랑한 할머니 목소리가 날아왔다.

"어떤 인간이 다 지나간 구사회舊社會 일을 들먹여? 지금은 신사회新社會야. 땅이고 집이고 누구 건지는 왜 따져? 그건 마오 주석이 정하실 일이지."

"어머니, 마오 주석은 벌써 돌아가셨다고요."

할머니가 잠시 멈칫했다가 재빨리 상황을 수습했다.

"마오 주석은 떠났어도 정부는 그대로잖아. 뭐가 문제야? 아무튼 땅이고 집이고 다 정부 것이니, 정부가 주는 대로 정해지는 거지!"

결국 할아버지는 왕더지네 집 앞 상록수로 타깃을 바꿨다. 멍씨네 집에서 확실한 교훈을 얻은 할아버지는 얼마 남지 않은 지혜를 끌어모았다. 참죽나무거리 사람들에게 손전등 수색 작업을 허가받으려면 적절한 전략으로 사람들 비위를 맞출 필요가 있었다. 왕더지가 대문을 박차고 나와 삽을 뺏으려 하자 할아버지는 그의 손을 덥석 잡았다. 그리고 손가락으로 그의 손등에 '금金'자를 그렸다. 하지만 성질 급한 왕더지는 그 뜻을 이해하지 못하고 할아버지 손을 뿌리치며 소리쳤다.

"바오룬 할아버지! 내 손등이 칠판이오? 듣자니 혼이 나갔다던데, 어떻게 혀도 잃어버리셨나? 이젠 말도 못하시오?"

할아버지는 별수 없다는 듯 왕더지의 귀에 대고 나지막하게 속삭였다.

"크게 떠들 일이 아니라네. 그때 내가 묻은 손전등 안에 금붙이가 가득 들었단 말일세."

역시, 그 말이 왕더지 마음을 움직인 듯 했다. 그는 이마를 어루만지며 한참 동안 눈을 끔뻑거렸다.

"그 연세에 어디서 그런 열정이 나오나 했더니……. 그게 금 때문이었단 말이죠?"

왕더지는 날카롭게 눈빛을 반짝이며 목소리를 낮췄다.

"손전등 안에 가득이면 적어도 한 근은 되겠죠? 금괴인가요, 금덩이인가요? 아니면 금반지 그런 거예요?"

할아버지는 침착하게 고개를 끄덕였다.

"다 있지. 조금씩 다 있어."

잠시 후 왕씨네 가족이 우르르 대문 앞에 몰려나와 금 캐는 할아버지를 지켜봤다. 세상물정에 밝은 영악한 왕더지의 딸 추훙은 뜨개질을 하면서 중요한 문제를 일깨웠다.

"바오룬 할아버지, 여긴 우리 집 땅이니까 금을 찾으면 절반은 우리 몫이에요. 나중에 딴소리 하면 안 돼요."

성질 급한 왕더지는 할아버지 삽질이 너무 답답해 제집 삽을 들고 나왔다.

"할아버지, 힘드실 텐데 좀 쉬세요. 제가 팔게요. 그리고 애들이 지껄이는 말은 신경쓰지 마세요. 전 그렇게 욕심 많은 사람이 아니에요. 만약 진짜 금을 찾으면 4대 6으로 나눠야죠. 할아버지가 6, 저는 4면 충분해요."

왕더지 아들 샤오파이가 유일하게 합리적인 의심을 제기했다.

"할아버지, 영혼을 잃어버리고 망령난 거 아니에요? 황금처럼 중요한 물건을 왜 자기 집에 안 묻고 우리 집 문 앞에 묻었어요?"

할아버지가 삽을 내려놓고 차근차근 설명했다.

"그래, 할아버지는 영혼을 잃어버렸어. 그런데 참 이상하지? 최근 몇 십 년 동안의 일은 생각이 안 나고 어렸을 때 일은 아주 또렷이 기억이 난단다. 너희 집은 원래 우리 가게에서 쓰는 석탄을 쌓아놓는 석탄창고

였거든. 널찍하고 사람이 없어서 아마도 여기에 손전등을 묻은 것 같구나."

할아버지의 손전등 수색 노선은 얼핏 보면 마구잡이 같지만 그 이면에는 숨겨진 논리가 있었다. 이 노선이 참죽나무거리 사람들에게 암시하는 것은 바로 당신 조상의 부동산 지도였다. 이 소문은 온 거리에 퍼졌고 다양한 여론이 들끓기 시작했다. 할아버지 논리에 따르면 멍씨네 집에서 부두까지 200미터 넘는 거리, 즉 참죽나무거리의 절반에 해당하는 땅이 전부 할아버지 조상의 재산인 셈이었다. 이곳은 주택 70여 채, 공구공장, 시멘트창고, 양철가게, 석탄가게, 약국, 사탕가게, 잡화점 등이 모여 있는 참죽나무거리의 심장부였다. 이곳 사람들은 저마다 열심히 일하고 삶을 꾸리느라 구시대 토지 역사 따위는 잊은 지 오래였다. 그런데 어느 날 갑자기 튀어나온 할아버지가 삽질을 해대며 '너희들이 집을 지은 이곳은 원래 내 땅이었어. 너희들이 먹고 자고 일하는 곳은 전부 내 땅이야!'라고 외치기 시작한 것이었다. 할아버지는 삽을 둘러메고 참죽나무거리의 절반을 활보했고, 가는 곳마다 암울한 역사의 잔상을 남겼으니 아무리 조심스러운 걸음이라도 이웃들의 불만을 피할 수가 없었다. 이웃들은 할아버지의 정신 상태를 두고 갑론을박을 벌였지만 그해 5월 참죽나무거리를 휩쓴 금 캐기 열풍을 일으킨 주인공이 할아버지라는 사실만큼은 모두 인정했다. 할아버지는 금 캐기 열풍의 선구자였다.

과연 할아버지의 손전등에는 무엇이 들었을까? 이 문제를 두고 참죽나무거리 사람들은 크게 둘로 나뉘었다. 현실적인 유골파와 낭만적인 황금파. 이때는 개혁개방과 함께 경제가 활성화되던 시절이라 유골파,

황금파 가릴 것 없이 모든 인민이 일확천금, 벼락부자를 꿈꾸던 때였다. 그래서 할아버지 말이 사실인지를 따지기보다는 돈벌이가 될 것인지 주판알을 튕기기 바빴다. 어떻든 삽자루나 곡괭이 하나로 할 수 있는 일이니 투자위험은 전혀 없었다. 황금을 파내면 횡재하는 것이고, 유골을 파내면 재수 없는 셈 치면 그만이었다. 첫 번째 도전자는 왕더지 가족이었다. 덕분에 대문 앞 상록수가 담장 쪽으로 크게 기울었고 밤새 시멘트 길까지 갈아엎어 사방이 질퍽했다. 이런 광경이 이틀 연속 펼쳐졌다. 어떤 이는 이를 보고 고개를 갸우뚱했다.

"왕더지는 유골파 아니었어? 바오룬 할아버지가 허튼소리를 지껄인다고 욕했었잖아. 그런 사람이 어디서 이런 기운이 난대?"

"겉 다르고 속 다른 인간인 거지. 유골파는 무슨! 이중인격파구먼!"

금 캐기 열풍은 참죽나무거리 남쪽을 휩쓴 후 점점 북쪽으로 퍼져나가 강 건너 연꽃 골목까지 들썩이게 만들었다. 매일 밤 누군가 길을 나서면 곡괭이와 진흙의 익숙한 마찰음이 어김없이 고요한 밤하늘에 울려 퍼졌다. 그해 5월, 밤마다 한밤중에 일어나는 비밀스런 조우가 이어졌다. 이 밤중의 조우는 불순한 의도로 시작됐기에 떳떳이 드러낼 수 없었다. 희미한 달빛 아래 호미와 삽자루를 쥔 사람끼리 마주치면 씩 한 번 웃고 지나쳤다. 누군가는 태연하게, 누군가는 부끄러워하며 각자 삽질에 열중했다. 낮에는 원수였던 사람도 비밀스런 조우에서는 전우애와 동지애를 느꼈다. 금 캐는 방법은 조금씩 달랐는데, 황금파는 꼼꼼하고 깊이가 있었고, 유골파는 건성으로 대충 흉내만 내는 정도였다. 그러자 '개미가 절구통을 물어간다'는 속담이 현실로 나타났다. 수많은 개미가 달려든 금 캐기 열풍으로 참죽나무거리의 유일한 가로수 길이 하루아침에 사라진 것이다. 땅바닥에 쓰러진 상록수 나뭇가지 사이로 길 한

가운데 또 다른 길이 생긴 것이 보였다. 진흙과 콘크리트 잔해가 뒤섞인 새 길에서 신선한 흙냄새가 풍겨왔다. 이 길은 참죽나무거리 사람들의 강렬한 '골드 드림'의 상징이었다.

금 캐기 열풍은 환경위생을 담당하는 주민위원회에게는 악몽 그 자체였다. 주민위원회 여성 주임 셋이 이 악몽의 원흉을 상대하기 위해 작정하고 나섰다. 이때 할아버지는 바닥에 쪼그려 앉아 헐거워진 삽자루를 나무못으로 단단히 고정시키는 중이었는데 갑자기 여자들이 나타나자 바오룬에 관한 일이려니 했다.

"바오룬이 무슨 문제라도 일으켰소?"

할아버지의 천연덕스러운 태도에 두 사람은 너무 분해서 눈물까지 흘리며 어쩔 줄 몰라 했다. 성격이 드센 여자 주임이 발로 삽을 걷어차고 소매를 걷어붙이며 할아버지에게 다가가 우악스럽게 소리쳤다.

"할아버지! 이 분을 풀려면, 정말 마음 같아서는 따귀라도 한 대 때리고 싶지만 참는 줄 아세요!"

정오 무렵 요리학교 수업을 마치고 돌아오던 바오룬은 집 근처 골목에 들어서는 순간 명절처럼 떠들썩한 분위기를 느꼈다. 바오룬의 집 앞에서 딱지치기를 하는 꼬맹이들은 아주 신나고 즐거워보였다. 그런데 대문이 열려 있었다. 어느 틈에 따라온 왕더지 아들이 문틈으로 고개를 들이밀고 두리번거렸다. 바오룬이 다시 밖으로 나가 아이의 귀를 잡아당겼다. 아이는 그래도 좋다고 히죽거리며 조잘댔다.

"바오룬, 바오룬! 형네 할아버지 잡혀갔어. 징팅#亭병원 병원차에 실려 갔어."

바오룬이 깜짝 놀라 아이의 귀를 놓아주고 물었다.

"누가? 누가 우리 할아버지를 잡아갔어?"

"응, 하얀 가운 입은 사람 둘이랑 주민위원회 사람이랑, 그리고 형네 아빠 엄마!"

바오룬은 잠기지 않은 문을 힘껏 밀어젖혔다. 할아버지가 즐겨 신던 군화 한 짝이 바닥에 떨어져 있었고, 의자 네 개 중 세 개가 넘어졌으며 두 동강 난 찻주전자가 바닥에 나뒹굴었다. 할아버지가 발버둥친 흔적이 분명했다. 주방 쪽에서 뜨거운 열기가 느껴졌다. 불 위에 올려놓은 물주전자가 펄펄 끓고 있었다. 물이 다 졸아 타기 직전이었다. 할아버지의 방 방문이 기울어진 채 너덜거렸다. 강제로 열면서 부서진 것 같았다. 할아버지의 방에 들어서는 순간 하마터면 바닥에 놓인 곡괭이에 걸려 넘어질 뻔했다. 세상에! 할아버지는 어떻게 찾았는지도 모를 이 곡괭이로 자기 방을 공사장으로 만들어놓았다. 바오룬은 할아버지의 이런 행동을 이해할 수가 없었다. 방안에 상록수가 있는 것도 아닌데 왜 이렇게 파헤쳐 놨을까? 방바닥과 벽을 자세히 살피던 중 분필로 뭔가 그려놓은 것이 보였다. 물음표, 느낌표, 그리고 의미를 알 수 없는 동그라미와 세모들. 눅눅하고 비린 냄새가 방안에 가득했다. 원래 바닥에 깔려 있어야 할 벽돌은 한쪽 벽에 가지런히 쌓여 있었다. 축축한 흙구덩이 세 개가 방모서리에 흩어져 있었다. 말라붙은 늪 같았다. 바오룬은 할아버지가 미쳤다고 확신했다. 할아버지는 정말 미쳤다! 할아버지의 꿈은 특유의 비린내를 풍기며 저 늪에서 썩어가고 있었다. 벽에 걸려 있던 검은 테두리 액자는 어쩌다 흙구덩이에 처박혔을까? 벽이 아닌 흙구덩이에 처박힌 할아버지는 초조하고 불안해보였다. 진흙이 할아버지의 얼굴을 뒤덮은 상태였지만 작은 틈 사이로 언뜻 피해자 특유의 억울한 눈빛이 느껴졌다. 바오룬을 올려다보는 그 눈빛은 간절한 구원의 외침

참새 이야기

이었다.

'바오룬! 구해다오! 어서 와서 날 구해줘!'

바오룬은 액자를 주워 다시 벽에 걸고 할아버지 얼굴에 묻은 진흙을 걸레로 깨끗이 닦아냈다. 구덩이에 처박힌 할아버지 영정사진은 구해냈지만, 그뿐이었다. 할아버지의 일은 부모님 소관이었다. 그는 관여할 수도 없고, 어떻게 해야 할지도 몰랐다. 할아버지를 내버려두긴 싫었지만 할아버지를 구하는 일은 아주 복잡하고 힘들 것이다. 두렵고 부담스러운 일이었다. 바오룬은 할아버지 침대에 걸터앉아 암울한 방안을 둘러봤다. 갑자기 눈앞에 할아버지 발바닥이 떠올랐다. 말라비틀어진 쭈글쭈글한 발바닥 주름이 마치 산수화를 그려놓은 것 같았다. 깊은 골짜기 사이로 유유히 물줄기가 흘러갈 것만 같았다. 바오룬은 어렸을 때 할아버지 침대에서 할아버지의 발바닥 산수화를 보면서 잠들 때가 많았다. 갑자기 할아버지가, 할아버지의 발바닥이 너무 보고 싶었다. 발바닥이 보고 싶다니……. 울적하기도 하고 우습기도 했다.

4. 조상과 뱀

어느 일요일 아침, 사진 속의 이름 모를 소녀가 바오룬의 꿈에 나타났다.

소녀가 우산을 들고 홍옌사진관 앞에 서서 입을 삐쭉이며 화난 눈으로 하늘을 쏘아보고 있었다. 구름 한 점 없이 쾌청한 하늘, 소녀는 그런 하늘을 원수처럼 노려보고 있었다. 꿈인 줄 알고 있었지만 몰래 사진을 숨긴 일이 생각나 도둑이 제 발 저리듯 쭈뼛거리며 소녀 옆을 지나 갔다. 곁눈질로 힐끗거리며 지나가는데 소녀가 '나가 죽어!'라고 말했다. 꿈에서도 모욕적인 도발을 참을 수 없어 소녀를 정면으로 응시하며 따 져 물었다.

"제기랄, 누구한테 나가 죽으라는 거야!"

갑자기 눈앞에 연두색 우산이 쫙 펼쳐졌다. 뾰족한 우산 끝이 그의 어깨를 콕콕 찔렀다. 소녀는 우산을 어지럽게 흔들며 말했다.

"너! 너 말이야. 죽어버려!"

꿈은 종종 현실로 이어지곤 한다. 어깨가 쿡쿡 쑤시는가 싶더니 통 증이 점점 아래로 내려갔다. 배꼽 아래 그곳이 찌르르 하는 순간, 잠에 서 깼다.

아래층 할아버지 방에서 이상한 소리가 들려왔다. 탁, 탁, 탁. 망치 가 장부맞춤을 한 나무침대의 구조를 탐색하기 시작했다. 망치의 탐색 은 나무 장부의 유인 살해가 목적이었고, 장부맞춤과 망치의 대치는 그 리 오래 가지 못했다. 오랜 시간 단단하게 박혀 있던 장부맞춤이 드르륵 소리를 내며 분리됐다. 그 순간 다락방에 묘한 기운이 감돌았다. 탕, 탕, 탕. 망치질이 한층 빠르고 과감해지면서 할아버지 침대가 와르르 무너 져 내리기 시작했다. 88쌍의 장부맞춤이 연쇄적으로 작별을 고했다. 오 랫동안 붙어 지냈으니 지겹기도 했겠지만, 176개의 장부와 장붓구멍이 이별을 고하기에는 너무나 짧은 시간이었다. 우지직, 우르르. 마치 벼락 을 치듯 한순간이었다. 안녕, 한마디뿐이었다. 다만 나무 장부들은 갑자 기 사라진 침대의 주인어른에게 이별을 고하지 못한 것이 가장 아쉬웠 다. 더구나 작은 주인은 다락방에서 자빠져 자느라 침대가 어찌되든 관 심도 없었다. 장부들은 주인을 그리워하며 저마다의 방식으로 작별 인사를 남겼다. 날카로운 괴성, 둔탁하고 깊은 울림, 원망 섞인 탄식, 미련과 아쉬움……. 이 낡은 침대는 오래된 만큼 이별 방식도 예스러웠다. 침대의 마음을 아는 이는 침대 가림막에 붙어 있는 거미뿐이었다. 하지만 거미는 자유롭게 움직일 수 없어 천장에 앉아 있는 나방들에게 부탁했다. 나방들은 침대의 위급상황을 알리러 바오룬의 다락방으로 날아갔다. 그러나 나방은 소리를 낼 수 없으니 바오룬을 깨우려면 계속 치근덕거려야 했다. 나방들이 돌아가며 바오룬의 얼굴과 어깨를 간질였지만 그 뜻을 알 리 없는 바오룬은 손바닥 한 방에 나방 세 마리를 저 세상으로 보내버렸다.

"뭐야, 자는데 귀찮게시리……."

어쨌든 그 덕분에 잠이 깬 바오룬이 정신을 차려보니 일요일 아침, 부모님이 할아버지 방을 정리하는 중이었다.

"바오룬! 빨리 내려와! 뱀, 뱀이야!"

어머니의 날카로운 비명에 바오룬이 벌떡 일어나 아래층으로 내려갔다. 어머니와 아버지가 할아버지 방 한쪽에서 허둥대고 있었다. 뱀이었다. 정말 뱀이 있었다. 할아버지 침대 기둥을 칭칭 감고 있는 흑갈색 줄무늬 뱀은 길이가 족히 두 자(한 자는 약 30cm)는 될 것 같았다. 머리를 높이 치켜든 뱀은 촉촉한 두 눈에 수많은 질문을 담은 물음표를 띠웠다. 도대체 왜 이러느냐고 따지는 것 같았다.

할아버지의 삽을 꼭 쥔 아버지와 아버지 뒤에 숨은 어머니는 그렇게 한참 동안 뱀과 대치했다. 바오룬이 삽을 가져가려 하자 아버지는 손에 힘을 주고 주지 않으려 했다.

"저건 집뱀이야. 침대 뜯어내는 소리가 너무 요란해서 놀라서 뛰쳐나온 거야. 집뱀은 때려잡으면 안 돼. 절대 때리면 안 돼."

"집뱀이 뭐예요? 집뱀은 안 물어요?"

"그 집 사람들은 안 물어. 집뱀에는 조상의 영혼이 깃들어 있어서 집안을 지켜준다는 말이 있어."

"재밌네. 할아버지가 떠나고 나니 조상의 영혼이 나타났네요. 할아버지가 그렇게 찾아 헤매던 게 조상의 영혼 아니에요? 잡아서 징팅병원에 보내주면 되겠네요."

그러자 어머니가 소리를 질렀다.

"바오룬! 무슨 헛소리야! 네 할아버지가 찾던 건 유골이지 뱀이 아니야. 넌 눈이 좋으니까 뱀이 기어 나온 구멍 좀 찾아봐. 그리로 다시 들여보내고 두 번 다시 기어 나오지 못하도록 구멍을 막아버려!"

바오룬이 구석구석 벽면을 자세히 살폈지만 구멍은 보이지 않았다. 무심코 뱀을 돌아봤는데, 뱀은 할아버지에게 가고 싶다는 뜻으로 고개를 끄덕이는 것 같았다.

"아무래도 할아버지한테 보내는 게 좋겠어요. 내가 갖다 줄게요. 어쨌든 조상이라면서요? 할아버지가 찾던 게 그거잖아요? 뱀이랑 유골 조각이랑 뭐가 달라요?"

어머니가 펄쩍 뛰며 화를 냈다.

"시끄러워! 지금 그런 헛소리 들어줄 기분 아니야. 뱀은 뱀이지, 세상에 물지 않는 뱀이 어디 있어? 구멍을 못 찾겠으면 밖으로 쫓아버려. 저게 진짜 이 집 조상 뱀이래도 필요 없어. 네 할아버지를 봐라. 그렇게 조상만 찾다가 어떻게 됐니? 그따위 조상, 난 필요 없어!"

어머니가 계속 재촉하자 바오룬이 두꺼운 장갑을 끼고 뱀을 잡으러 다가섰다. 아버지는 바오룬을 붙잡고 이렇게 당부했다.

"살살 다뤄라. 조심조심. 직접 손으로 잡지 말고 잘 달래봐. 내보내기만 하면 돼."

도대체 어떻게 잘 달래라는 거지? 바오룬은 잠시 고민하다가 주방에 가서 빨간 플라스틱 통을 가져왔다. 그리고 침대 기둥을 거꾸로 들어 플라스틱 통 위에서 탈탈 털었다.

"조상님, 우리 잘 협상해 보자고요. 일단 이 통으로 들어가는 게 어때요?"

조상의 영혼이 후손의 지혜에 굴복한 것일까? 기둥에 착 달라붙어 있던 뱀이 갑자기 스르르 몸을 풀어 통 속으로 떨어졌다. '털썩' 하는 소리가 마치 한숨처럼 들렸다. 어머니가 재빨리 솥뚜껑을 가져와 통을 덮었다.

"바오룬, 어서 갖다 버려. 통은 필요 없고 솥뚜껑만 가져오면 돼."

바오룬은 플라스틱 통을 들고 밖으로 나가 집 근처 시멘트 쓰레기 통 옆에 내려놨다. 조상의 영혼을 이렇게 아무렇게나 버려도 될까? 조상에 대한 모독이 아닐까? 그러나 동시에 알 수 없는 짜릿한 흥분도 느껴졌다.

"조상님, 미안해요."

바오룬이 솥뚜껑을 열고 뱀을 보며 손을 흔들었다.

"조상님, 잘 가요. 꼭 할아버지를 찾아가세요. 안녕, 조상님."

잠시 후 바오룬 가족은 대문 앞에 나란히 서서 한동안 집뱀이 사라진 쪽을 물끄러미 바라봤다. 그 길에는 많은 사람들이 오가고 쓰레기통 옆에 쓰러진 빨간 플라스틱 통이 있었지만 뱀은 보이지 않았다. 아버지의 한숨과 어머니의 후회가 거의 동시에 시작됐다.

"저 빨간 통 새로 산 건데, 아까워라……. 몇 걸음 더 갔으면 마당인데, 다들 왜 그 생각을 못했어? 마당에 있는 그 파란 통에 담아버렸으면 좋았잖아."

　바오룬은 습기를 머금어 희미하게 반짝이는 구불구불한 곡선을 발견했다. 참죽나무거리에 남겨진 집뱀의 흔적이었다. 집뱀이 지나간 길에서 조상의 탄식과 깊은 원망이 느껴졌다. 집뱀의 흔적은 저 멀리 길 끝에 어른거리는 연두색 그림자 너머로 사라졌다. 하염없이 길 끝을 바라보고 있는데 희미한 그림자가 점점 또렷한 우산으로 변해갔다. 구름 한점 없이 맑고 쾌청한 아침, 이 따뜻한 봄날에 도대체 누가 우산을 들고 나온 걸까?

5. 할아버지의 머리카락

　다음 날, 바오싼다의 삼륜자전거가 나타났다.

　바오싼다는 자전거 손잡이에 다리를 올리고 비스듬히 안장에 걸터앉아 이를 쑤셨다. 귀에 꽂은 이어폰은 품속의 작은 트랜지스터라디오와 연결되어 있었다. 바오싼다는 놀라운 뉴스라도 들었는지 갑자기 당황한 듯 입을 다물지 못했다. 이쑤시개도 길 잃은 아이처럼 그 자리에 멈췄다.

　바오룬은 바오싼다가 왜 왔는지 몰랐다. 마을 공공화장실에 다녀왔는데, 그 십여 분 사이에 바오싼다의 삼륜자전거가 대문을 가로막고 있었다. 바오룬은 바오싼다 입에 물린 이쑤시개를 뽑아 땅바닥에 내던졌다.

　"왜 남의 집 앞에서 이빨을 쑤시고 난리야? 아주 웃기고 있어. 이 자전거는 뭐야? 대문을 가로막고 있으면 나보고 어떻게 들어가라고?"

바오싼다가 발끈해서 이어폰을 빼고 자전거를 한쪽으로 치우며 볼 멘소리로 대꾸했다.

"누군 너희 집이 좋아서 온 줄 알아? 물건을 실으러 온 거야. 너희 할아버지 침대를 실어오라는 주문을 받았거든."

"웃기시네. 할아버지 침대를 가지고 오라고 할 사람이 누가 있어?"

바오싼다가 주머니에서 이쑤시개를 꺼내 뒤쪽을 향해 흔들며 대답했다.

"골동품점 덩 사장. 너도 덩 사장 알지? 예전에 석탄가게에서 석탄 날랐었는데 지금은 백만장자가 됐잖아. 뉴스에서 말하는 바로 그 샨푸치라이先富起来('능력 있는 자는 먼저 부자가 되라'는 뜻으로 개혁개방 시대에 유행한 정책 구호. 공산주의 원칙을 개고 불균형 성장을 허용한다고 대외적으로 밝힘)지."

"샨푸치라이? 그게 뭔 상관이야? 진짜 웃기네. 백만장자면 우리 할아버지 침대를 마음대로 가져가도 된다고 누가 그래?"

"왜 나한테 성질이야? 너희 부모님한테 물어봐! 네 할아버지 침대를 팔았다던데? 너희 부모님이 덩 사장한테 판 거라고. 덩 사장이 옛날 자단목 침대를 수집하거든. 듣자니 네 할아버지 침대가 꽤 값나가는 물건이라던데?"

폐허가 된 할아버지 방에서 강한 열기가 뿜어져 나왔다. 바닥에 주저앉은 육중한 자단목 꽃무늬花紋 침대의 나무 유해가 괴상망측하게 널려 있었다. 일부는 바닥에 겹겹이 쌓여 있고 다른 일부는 벽에 기대 세워져 있었다. 길가로 난 창문을 통과한 햇살이 아버지와 어머니를 비췄다. 그들은 자단목의 무게만큼 무겁고 깊은 고민에 빠진 듯했다. 두 사람은 쓰레기와 먼지에 둘러싸인 채 침대 기둥 하나를 맞들었다. 아버지 이마에서 땀이 줄줄 흘러내렸고 이마와 뺨에 검댕이가 덕지덕지 붙었다. 행동은 굼떴고 얼굴에는 어렴풋이 미안한 기색이 엿보였다. 그 미안함은 침대를 향한 것일까, 침대에 남겨진 할아버지의 흔적을 향한 것일까? 파란 작업복을 입은 어머니의 헝클어진 머리 위에는 뽀얀 먼지가 내려앉았다. 어머니 얼굴에는 늘 분노가 어려 있었다. 지금 어머니의 분노를 유발한 주인공은 할아버지가 십 수 년 동안 은닉한 식량, 옷감, 설탕 등 각종 배급표와 꽤 많은 옛날 지폐였다. 걸레로 깨끗이 닦은 꼬깃꼬깃한 배급표와 지폐는 범죄현장의 증거처럼 책상 위에 일렬로 늘어서 있었다.

바오룬이 집안에 들어섰을 때, 어머니는 아버지에게 분노를 쏟아내고 있었다.

"이것 보라고. 당신 아버지가 도대체 사람이야? 집을 몰수당하고 재산을 뺏길 때도 무서워서 한마디도 못했다더니, 돌아서서 제 자식 재산을 도둑질하고 있었어? 어쩐지 항상 먹을 게 부족하더라니! 그러니 이놈의 집구석이 가난할 수밖에! 아이고, 내가 집안에 도둑놈을 키웠어!"

아버지는 방바닥에 널브러진 침대 받침판에 쪼그려 앉아 손목에 생긴 붉은 반점을 보며 중얼거렸다.

"어제까지 멀쩡했는데, 왜 갑자기 붉은 반점이 생겼지? 가려워죽겠네. 이거 조상님이 노하신 거 아니야? 우리가 이 침대 팔았다고?"

어머니가 아버지에게 다가가 손목을 보더니 깜짝 놀랐다. 그리고는 의자에 한쪽 발을 올리고 자기 발뒤꿈치에 난 반점을 확인했다. 금세 결론을 내린 어머니는 한심하다는 듯이 말했다.

"이게 조상이랑 무슨 상관이야? 별것도 아닌 걸로 호들갑 떨긴. 노망난 늙은이가 벼룩을 키웠구먼. 벼룩이 문 거라고, 이 답답한 양반아! 여기 내 발뒤꿈치도 물렸잖아."

어머니는 약상자에서 연고를 가져와 아버지 손목에 발라주고 자신의 발뒤꿈치에도 발랐다. 그리고 혼자 침대 기둥 하나를 들고 나가면서 구시렁거렸다.

"바오싼다가 대문 앞에서 기다리고 있잖아. 빨리 옮기지 않고 뭣들해? 다 옮기고 또 한참 청소도 해야 한다고. 어떻게 이렇게 더럽고 불결해? 노망난 늙은이, 세균이 득실득실해."

아버지는 결국 어머니에게 복종했다. 바오룬을 다그쳐가며 침대 잔해를 모두 밖으로 옮겼다. 제아무리 거대했던 물건도 해체하고 나면 한없이 볼품없고 연약해진다. 조상님이 오랫동안 머물렀던 자리인지라 확실히 조상의 기운이 느껴지는 듯했다. 그들의 체취를 통해 서글픔과 고통이 전해졌다. 바로 세운 용머리 침대 기둥을 들 때는 위풍당당하게 곧추선 조상의 강한 남성성을, 침대 꽃무늬 받침판을 들 때는 요염하게 누운 조상의 여성성이 떠올랐다. 바오룬은 침대 잔해가 무겁고 단단하게 느껴지기도 하고, 부드럽고 편안하게 느껴지기도 했다. 나무 틈새로 빠져나온 조상의 영혼이 사방으로 흩어졌다. 후손의 불효를 대하는 조상의 태도는 조금씩 달랐다. 대부분 후손을 너그러이 용서하며 조용히 정든 집을 떠났지만 일부 옹졸한 조상은 자손의 불효를 용납하지 않았는데, 한 침대 기둥에 깃든 조상이 가장 과격했다. 먼저 아버지 어깨를 호되게 내려친 후 반동을 이용해 다시 튀어 올라 바오룬의 이마를 강타했다. 또 다른 조상은 꽃무늬 조각 사이에 날카로운 이빨을 감춘 채 기회를 엿보다가 바오룬이 꽃무늬 받침대를 옮길 때 까치부리를 빌려 그의 허벅지를 물었다. 또 바오룬이 혼자 복숭아꽃 무늬의 판을 옮길 때 복숭아 조각이 그의 귀를 쨓었다. 조상들에게 이곳저곳을 공격당한 바오룬은 조금 억울했다. 조상에게 맞은 부위가 얼얼했다. 물린 곳은 처음에는 따끔하고 찌릿하다가 점점 가려웠다. 바오룬은 여기저기를 연신 긁어대며 볼멘 목소리로 불만을 터트렸다.

"도대체 이게 무슨 짓이에요? 할아버지는 병이 나으면 돌아오실 텐데 침대를 팔아버리면 어떡해요? 할아버지가 돌아오시면 어디서 주무시라고요?"

"그 말을 믿었어? 그 지경으로 미쳤는데 어떻게 좋아진단 말이야? 징팅병원 의사가 하는 말 못 들었어? 네 할아버지 병은 세상에 하나밖에 없는 병이라잖아. 시간이 거꾸로 흐르지 않는 한 고칠 수 없는 병이야. 앞으로 네 할아버지 집은 징팅병원이야."

바오룬이 아버지에게 무슨 말이라도 해보라고 눈빛을 보냈지만 아버지는 난감한 듯 아무 말도 하지 못했다. 그러다 뜬금없이 손바닥을 쫙 펼쳐 보이며 눈부시게 해맑은 미소를 지었다.

"그게 뭐예요?"

"저 침대, 오백 위안에 팔았어."

바오룬이 한심하다는 듯이 대꾸했다.

"오백 위안이 뭐예요! 덩 사장 같은 장사꾼한테. 그자가 다른 사람한테 되팔 땐 최소한 천 위안은 받을 텐데!"

아버지는 바오룬 말이 맞다고 생각하니 힘이 쭉 빠졌다. 맥없이 돌아서던 아버지가 갑자기 다시 눈빛을 반짝이며 바오룬에게 손가락 두 개를 흔들었다.

"침대 팔고 빈방을 내놨다. 이백 위안, 매달 이백 위안이야!"

"누가요? 누가 달마다 이백 위안을 준대요?"

"마 선생! 마 선생이 사업에 뛰어들었잖아. 할아버지 방을 세내서 벽을 허물고 가게를 차릴 거래. 우리한테 매월 꼬박꼬박 월세 이백 위안을 낼 거라고."

바오룬은 눈을 둥그렇게 뜨고 한동안 말을 잇지 못하다가 버럭 화를 냈다.

"다들 미쳤어요? 아예 할아버지를 팔아버리지 그래요? 전 세계에 하나밖에 없는 미치광이잖아요. 그런 뇌라면 해부해 볼 만한 가치가 있으니 분명히 큰돈을 받을 수 있을 거예요. 아마 만 위안은 받을 수 있을 걸요?"

그러자 어머니가 발끈했다.

"너 지금 누굴 비꼬는 거야! 이백 위안이 적어? 오백 위안이 작은 돈이야? 네가 돈 한 푼이라도 벌어봤어? 네 부모가 돈에 환장한 사람들이라 부끄러워? 우리가 돈 벌어서 뭘 하겠어? 설마 무덤에 가지고 들어가겠니? 다 너를 위해서 이러는 거잖아."

바오룬이 동의할 수 없다는 표정을 짓자 어머니가 화를 참지 못하고 아들의 머리를 쥐어박았다.

"이런 아무짝에도 쓸모없는 놈! 내 진즉에 알아봤다. 쇠고랑이나 안 차면 천만다행이지. 도대체 장래에 뭐가 되려고 그래? 할 줄 아는 게 아무것도 없는데 돈이라도 있어야 할 것 아니야! 돈이 있어야 일자리도 찾고 색시도 얻지. 네놈이 애타는 부모 마음을 알기나 해?"

부모의 애타는 마음, 바오룬도 안다. 알지만 동의할 수는 없었다. 바오룬은 다시 침대 잔해를 나르며 대꾸했다.

"아, 장래를 걱정하셨어요? 그런데 어쩌나, 20년 후에 지구가 멸망한다던데? 장래는 개뿔! 장래가 있는 놈이나 없는 놈이나, 돈이 있는 놈이나 없는 놈이나 결국 다 똑같아질 거예요. 멀쩡히 눈 뜨고 있다가 다 같이 죽는 거죠. 아무도 살아남지 못해요."

마지막 받침대를 들어내고 나자 조상의 흔적은 가뭇없이 사라지고 할아버지의 방은 완전히 다른 세상이 됐다. 햇살이 방안의 먼지를 불러 모으자 갈 곳 잃은 먼지들이 비틀거리며 느릿느릿 천천히 움직였다. 혼돈과 무질서를 뚫고 정렬과 조합을 수없이 반복한 끝에 할아버지 방 허공에 먼지 무지개가 가로걸렸다. 나른하게 늘어진 먼지 무지개 때문인지 할아버지 방이 신비롭고 아름답게 느껴졌다. 문득 벽에 걸린 할아버지 영정사진이 눈에 들어왔다. 액자는 뽀얀 먼지를 뒤집어썼지만 먼지 사이로 언뜻 할아버지의 미소가 보였다. 일흔이 넘은 할아버지의 미소는 마법을 부린 듯 변화무쌍했다. 약간 좌측에서 보면 음산하고 사악한 미소처럼 보였고, 약간 우측에서 보면 아이처럼 순수하고 장난기가 가득해 보였다. 다시 정면에서 보면 가장 평범하고 익숙한 할아버지 모습이 나타났다. 칼날처럼 날카로워진 수척한 얼굴, 우울하고 불안한 눈빛, 의심과 경계심 가득한 표정, 평생 금과옥조의 신념처럼 '조심해'라는 말을 달고 살았던 입술…….

할아버지 사진 아래쪽에는 희미한 물 얼룩이 있었는데, 벽면 모서리까지 번져나갔다. 옷장으로 가려진 벽면에 타원형 구멍이 숨겨져 있었던 것이다. 구멍 주변에 기괴한 물결 그림자가 아른거렸다. 이 물결은 꿈틀거리며 바닥으로 뻗어나가 간담을 서늘하게 만들었다. 바오룬은 손바닥을 펼쳐 구멍을 가려봤다. 순간 살을 에는 듯한 한기에 저도 모르게 몸을 부르르 떨었다. 어둠 속에 감춰진 구멍, 혹시 집뱀의 동굴? 이 동굴이 조상들 영혼의 안식처였을까? 바오룬은 할아버지 영정사진을 올려다봤다. 그제야 할아버지의 불안한 눈빛이 이해가 됐다. 이 구멍이 수시로 할아버지를 불러내고 할아버지는 기꺼이 응했을 것이다. 애초에 할아버지의 영혼은 저 구멍으로 빨려들어 간 것이 아닐까? 문득 할아버지의 흐느낌과 통곡이 귓가에 들리는 듯했다.

'내 영혼을 도둑맞았어. 바오룬, 내 영혼을 찾아다오!'

하지만 바오룬은 어떻게 해야 할아버지 영혼을 찾을 수 있는지 알 수 없었다. 그는 벽 앞에 쪼그려 앉아 한참 동안 구멍을 살폈다. 부모님은 밖에서 바오싼다와 얘기 중이었다. 바오룬은 방안에는 자기 혼자뿐인 것을 확인하고 주머니에서 몰래 이름 모를 소녀의 사진을 꺼냈다.

소녀의 사진은 바오룬의 체온 덕분에 따뜻했지만 얼굴은 역시 화난 표정이었다. 며칠이 지났지만 그녀의 분노는 여전히 바오룬을 설레게 했다. 바오룬은 이 분노를 사랑하면서도 경계했다. 사진을 쥔 손에 저도 모르게 힘이 들어가면서 얼굴이 빨개졌다. 그는 그 작은 소녀의 얼굴을, 그보다 더 작은 그녀의 입술을 뚫어지게 바라보다 갑자기 이유 없이 분노가 끓어올랐다. 그러다 어렴풋이 사랑을 느끼자 다시 소녀의 사진이 소중해졌다. 도저히 버릴 수가 없었다. 하지만 사진 속 할아버지가 계속 그를 부추겼다.

'바로 그 애다. 그 애가 내 영혼을 훔쳐갔어. 그 사진을 구멍에 넣어. 어서 넣어!'

바오룬은 이를 악물고 사진을 갈기갈기 찢어 구멍에 쑤셔 넣었다. 소녀는 낯선 바오룬 손을 떠나 더 낯선 바오룬 조상에게 넘겨졌다. 바오룬의 머릿속에 죄 없는 소녀의 청춘이 깊고 깊은 동굴을 지나 어둠의 나락으로 떨어지는 모습, 연두색 우산을 든 소녀가 수많은 조상의 영혼에 치이며 동굴 속에서 헤매는 모습이 그려졌다. 동굴에서 메아리치는 처참한 울음소리가 어렴풋이 들리는 것 같았다. 어둠의 나락으로 떨어진 소녀가 대성통곡하는 소리…… 바오룬은 할아버지의 영혼을 위해 제물을 바친 후 마음이 조금 홀가분했지만 금세 양심의 가책을 느꼈다. 그는 유리조각이 뒤섞인 진흙을 잡히는 대로 마구 쑤셔 넣어 구멍을 막아버렸다. 조상의 영혼으로 이어지는 통로를, 사진의 비밀을, 깊은 어둠의 메아리를 완전히 차단해버렸다.

정신없이 바쁘고 피곤한 오후였다. 바오룬은 미친 듯이 다락방으로 뛰어올라가 한참 동안 멍하니 침대에 걸터앉아 있었다. 바오싼다는 벌써 돌아갔고 부모님은 아래층을 정리하느라 계속 바빴다. 잠시 후 아래층에서 검은 털 먼지가 날려 올라왔다. 어머니가 할아버지 방을 청소하면서 날린 먼지가 다락방까지 올라와 검은 나방처럼 바오룬 곁을 맴돌았다. 간지러움을 느끼고 목덜미를 더듬다가 머리카락 한 올이 손에 잡혔다. 새끼손가락 길이의 가느다란 흰 머리카락. 할아버지의 머리카락이었다. 영혼 없는 머리카락 한 올. 곧이어 그의 가슴에 착 달라붙어 절망적으로 몸부림치는 또 다른 머리카락을 발견했다. 흰 머리카락에 비해 광택은 덜했지만 조금 더 굵고 튼튼해보였다. 역시 할아버지의 머리카락이겠지. 하지만 언제 때 머리카락일까? 할아버지가 예순 살 때 빠진 걸까? 아니면 쉰 살? 어쩌면 더 오래된, 할아버지가 마흔 살 때의 머리카락일지도 모른다.

6. 징팅#亭병원

징팅병원은 도심 번화가에서 멀리 떨어진 교외에 위치해 주변에 공동묘지가 있었다. 참죽나무거리에서 가려면 도시의 반을 통과한 후 교외 들판을 한참 지나가야 했다. 명목상 징팅병원 버스정류장이 존재했지만 대여섯 번 갈아타야 하기 때문에 아주 불편했다. 자전거를 이용하면 신나게 달리겠지만, 한 시간 이상 걸리는 먼 길이었다. 그래서 도시 북쪽 지역 사람들은 징팅병원에 가려면 여행이라도 가는 것처럼 만반의 준비가 필요했다.

바오룬은 청명절(한식)을 맞아 운전사 진씨 트럭을 얻어 타고 처음으로 징팅병원에 갔다. 진씨 가족이 성묘하러 가는 길에 바오룬 가족을 태워준 것이었다. 두 가족은 목적은 달랐지만 같은 트럭을 타고 길을 떠났다. 성묘하러 가는 진씨 가족은 봄나들이 가듯 표정이 밝고 즐거워보였다. 여자들은 한쪽에 모여 마지막 은박지 뭉치를 꺼내놓고 지전紙錢(죽은 사람이 저승 가는 길에 노자로 쓰라는 종이 돈)을 접었다. 여유로워 보이지만 손은 쉴 새 없이 움직였다. 그 틈에 끼여 마지못해 지전 접기를 돕던 쑤바오전이 갑자기 밀려드는 슬픔을 이기지 못하고 눈물을 흘렸다. 진씨 아내가 깜짝 놀라 물었다.

"바오룬 엄마, 어째 그래? 성묘 가는 우리도 멀쩡한데 병문안 가는 사람이 뭐가 그렇게 슬퍼?"

쑤바오전이 분한 표정으로 눈물을 훔쳤다.

"슬프긴 뭐가 슬퍼요? 너무 억울해서 그래요. 솔직히 난 효부도 아니고 효부인 척 연기할 생각도 없어요. 주변 사람들 괴롭히기만 하는 노망난 늙은이가 뭐 보고 싶겠어요? 우린 지금 손해배상을 하러 가는 거예요. 배상금을 내지 않으면 그 늙은이를 집에 돌려보낸다잖아요."

진씨 가족이 어리둥절해하자 쑤바오전이 천 가방을 뒤져 징팅병원에서 보낸 누런 봉투 여러 개를 꺼내 보여줬다.

"보세요, 이게 전부 배상금 통지서라고요!"

쑤바오전이 봉투를 흔들어대며 목소리를 높였다.

"상록수 나무 15그루에 백 위안, 회양목 8그루에 백 위안, 계수나무는 자그마치 이백 위안이에요. 완전히 미쳐서 파고, 파고, 계속 판대요. 그렇게 해서 내 피 같은 돈 오백 위안을 파내갔다고요!"

진씨 가족은 배상금 통지서를 돌려 읽고 다함께 분개했다.

"병원에서 바가지를 씌우는 거야. 계수나무가 이백 위안이라니 말도 안 돼! 꽃이 보름도 못 가는 나무가 뭐 그렇게 비싸?"

"그러니까요. 저도 병원 측에 너무 바가지라고 따졌죠. 몇 번이나 전화를 했는데 당최 소용이 없어요. 그쪽에서 뭐라는 줄 알아요? 징팅병원이 녹화 시범기관이라 모든 나무가 견본용이래요. 외부에서 참관하러 오고 사진을 찍어가는 거라 보통 나무랑 다르다나!"

"시범기관? 견본나무? 다 거짓말이야. 그놈들 장삿속을 모를까봐? 그런 헛소리 신경 쓰지 말고 반값에 후려쳐!"

나무 가격 논쟁으로 온 트럭이 시끌벅적했지만 바오룬 아버지는 아무 말이 없었다. 바람구멍 앞에 앉은 그의 머리카락이 정신없이 휘날렸다. 그는 부끄러움과 죄책감으로 감히 쑤바오전을 쳐다보지도 못했다. 눈치 없는 진씨 가족이 바오룬 아버지에게 이런 저런 질문을 퍼부었다.

"손전등은 참죽나무거리에 묻었다고 하지 않았어요? 근데 왜 징팅병원 땅을 팠대요?"

"상록수 아래에 묻었다면서요? 근데 회양목 아래는 왜 팠대요?"

바오룬 아버지가 쓴웃음을 지으며 마지못해 대꾸했다.

"손전등은 무슨……. 우리 집안이 망한 게 언젠데요. 애당초 그렇게 공들여 찾을 만한 물건은 있지도 않았어요. 우리 아버지 말을 뭐 하러 귀담아 들어요? 정신 나간 사람이에요. 머릿속에 쓸모없는 생각만 가득해서는……. 우리 아버지가 하는 말, 다 헛소리예요."

진씨 아내는 바오룬 아버지의 괴로운 표정을 보고 가족들을 조용히 시켰다. 그리고 화제를 바꿔 바오룬 부모를 위로했다.

"그런데 말이에요, 할아버지가 나무 밑을 마구 파헤치도록 내버려둔 병원도 책임이 있는 거 아닌가? 정신병원인데 환자를 제대로 관리했어야지. 왜 그렇게 내버려뒀대요?"

"모르는 말씀이에요. 우리 아버지 병은 전 세계에 하나밖에 없는 희귀병이래요. 여러 의사가 모여 합동 진찰도 하고 특별히 전문가 진찰도 했는데, 아버지한테 무슨 약을 써야 할지 어떻게 관리해야 할지 모르겠대요. 치료 가능성이 없으니 의사들은 완치율 실적이 떨어질까 봐 아무도 아버지를 맡으려 하지 않죠."

"세상에! 그 유명한 정신병원에서도 할아버지를 못 고친대요? 그럼 그 병원에 보낼 필요가 없잖아? 빨리 다른 병원에 가봐야지."

이때 막내아들 아쓰가 끼어들었다.

"병원을 옮기는 것보다 감옥에 보내는 게 낫겠네. 감옥은 돈 안 내도 먹여주고 재워주지요, 또 감옥에는 나무가 없으니 할아버지가 땅을 팔 일도 없잖아요."

다들 입을 가리고 억지로 웃음을 참았다. 진씨 아내가 아쓰를 쥐어박으려 하자 쑤바오전이 말렸다.

"아쓰 말이 틀린 것도 아니죠. 아닌 게 아니라 감옥에서 받아만 준다면 당장 보내고 싶은 심정이에요. 누가 날 욕할 수 있겠어요?"

진씨 가족이 일제히 바오룬 아버지의 눈치를 살폈다. 그의 얼굴이 살짝 일그러졌지만 여전히 아내를 똑바로 쳐다보지 못해 한 번 힐끗거리고는 창밖으로 눈을 돌렸다.

"값비싼 교훈이라고 생각해야죠. 징팅병원을 너무 믿은 내 잘못입니다. 늙은이를 혼자 병원에 내버려두는 게 아니었어요. 앞으로 제대로 돌봐야죠."

잠시 후 징팅병원 부근에서 트럭이 멈췄다. 성묘할 사람은 성묘하러, 병원에 가야 할 사람은 병원으로, 두 가족은 각자의 길로 흩어졌다. 희뿌연 하늘에서 부슬부슬 가랑비가 내렸다. 바오룬이 부모님을 따라 징팅병원 철문으로 들어서던 순간, 연두색 우산을 받친 소녀가 철문 안쪽에서 나와 바오룬 곁을 스치듯 지나갔다. 이때 우산살 끝이 작은 새처럼 돌진해와 바오룬의 뺨을 긁고 지나갔다. 바오룬이 뭐라 하기도 전에 소녀가 기선제압을 시작했다.

"야, 눈을 어디에 달고 다니는 거야?"

바오룬이 화가 나서 우산을 툭 치며 대꾸했다.

"적반하장도 유분수지, 제기랄! 네 우산이 내 얼굴을 쳤잖아. 너야말로 눈을 어디에 달고 다니냐?"

소녀가 우산을 옆으로 비키며 얼굴을 드러냈다. 사나운 표정과 도전적인 눈빛에 희미한 호기심이 떠올랐다. 소녀는 바오룬을 머리부터 발끝까지 쭉 훑고 조롱 섞인 미소를 띠며 말했다.

"너, 어느 병동이야? 빨리 병실에 가서 약이나 드시지."

은근히 상대를 비꼬는 여자애들 특유의 교활한 싸움 방식에 익숙지 않은 바오룬은 뭐라고 대꾸해야 할지 몰라 씩씩거리며 옆으로 비켜섰다. 그는 연두색 우산이 사뿐사뿐 지나가는 순간 무심코 "잠깐, 기다려!"라고 말했다. 얼마 전 꿈이 떠올랐던 것이다. 꿈과 현실은 조금 달랐지만. 우산 속 소녀는 열네댓 쯤 됐고 약간 까무잡잡한 피부에 긴 머리

를 뒤로 묶어 말총처럼 길게 늘어뜨리는 포니테일 스타일을 하고 있었
다. 오밀조밀 작고 여윈 얼굴에 반짝이는 까만 아몬드형 눈, 살짝 치켜
뜬 눈썹, 앙다문 입술은 그녀의 도도함을 한껏 강조하는 동시에 상대를
철저히 무시했다. 사진 속 소녀보다 훨씬 예뻤고, 사진보다 분노가 훨씬
생생하고 강렬했다. 현실 속 연두색 우산은 색깔이 선명하고 선이 고왔
으며 생동감이 느껴졌다. 바오룬은 잠시 망설이다가 귀신에 홀린 듯 소
녀를 뒤쫓아 갔다. 그는 야릇한 미소를 지으며 소녀에게 말했다.

"야, 너 홍옌사진관에서 사진 잃어버렸지?"

우산이 멈추고 뒤돌아선 소녀는 혐오스럽다는 듯 바오룬을 노려봤
다. 한 번 더 욕을 먹겠구나 싶었는데 뜻밖에 부드러운 말투였다.

"홍옌사진관? 요즘 누가 그런 데서 사진을 찍어?"

소녀는 우산을 빙그르르 돌리며 콧방귀를 뀌었다.

"촌사람들이나 가는 데 아니야?"

한편 병원 사무처에 찾아간 바오룬 부모는 배상액을 한 푼이라도
깎아보려 했지만 뜻대로 되지 않았다. 병원 측 입장은 이랬다.

"여긴 나라에서 운영하는 병원이에요. 시장 좌판이 아니라고요! 공
공기물을 훼손해 놓고 규정대로 배상해야지 깎아달라는 게 말이 돼요?
그리고 아주머니, 말을 그렇게 하면 안 되죠. 희한하게 말을 빙빙 돌리
는데, 우리한테 책임을 덮어씌우려고요? 말도 안 돼. 그 집 골칫덩어리
를 왜 우리가 책임져야 해요? 환자를 계속 병원에 둘 건지 말 건지, 그
것부터 확실히 결정해요. 저 할아버지는 당장 퇴원해도 전혀 상관없어
요. 사람을 공격하는 위험한 환자도 아니고 기껏해야 나무나 망가뜨리
는 거니까. 손해배상 하기 싫으면 지금 당장 데리고 나가면 돼요."

한참 실랑이를 벌였지만 타협의 여지가 전혀 없었다. 쑤바오전은 통지받은 금액을 모두 배상하기로 결정하고 이를 갈며 남편에게 분풀이를 해댔다.

"다 배상해! 달라는 대로 다 줘! 살림이 거덜나는 한이 있어도 노망난 노인네를 집안에 들일 순 없어. 혹여 저 노인네를 집에 데려갈 생각이면 내가 나갈 거야! 당신, 만약 저 노인네를 퇴원시키면 난 당장 입원할 테니, 그리 알아!"

한바탕 억울함을 토로한 쑤바오전은 시아버지를 만나볼 생각도, 징팅병원에 더 있고 싶은 생각도 없었다. 곧바로 병원을 나와 진씨 가족과 헤어진 곳에서 그들이 돌아오길 기다렸다. 바오룬은 부모님이 병원 사무처 앞에서 서로 등돌리는 모습을 멀리서 지켜봤다. 두 사람은 방금 격전을 치른 듯했다. 어머니는 상처받은 피해자였고, 고개 숙인 아버지는 참회하는 죄인 같았다.

바오룬은 아버지를 따라 할아버지를 만나러 남자병동으로 갔다. 징팅병원의 심장부에 첫발을 내딛는 순간이었다. 징팅병원 녹지관리는 과연 훌륭했다. 눈길 닿는 곳마다 꽃과 잎이 무성했다. 나무마다 벚꽃, 복숭아꽃, 살구꽃이 만개했고 땅에는 패랭이꽃, 해당화, 월계화, 장미가 고운 자태를 뽐냈다. 남자병동의 보안조치는 생각만큼 삼엄하지 않았다. 경비원이 몇 가지 캐묻듯 질문을 하고 방문록을 작성하자 싱겁게 통과됐다. 바오룬은 조금 실망스러웠다.

"이게 다예요? 이렇게 그냥 들어가도 돼요?"

"도대체 뭘 상상했는데? 들어가는 건 쉽지만 나올 땐 종종 문제가 생기지. 잊지 말고 출입증 꼭 가져와야 한다."

두 번째 철문 안으로 들어선 바오룬은 사방을 두리번거리더니 이

내 실망한 듯 구시렁거렸다.

"이게 양로원이지 무슨 정신병원이야? 뭐 이렇게 썰렁해? 징팅병원이 하도 유명해서 엄청 시끌벅적할 줄 알았는데……."

"여기서 구경거리를 바라? 쉽진 않겠지만 크게 어려운 일도 아니지. 앞으로 네가 매일 와서 할아버지를 돌봐! 그럼 구경거리를 실컷 볼 수 있을 거다!"

두 사람이 2층에 올라서자 바로 할아버지가 보였다. 할아버지는 계단 앞에서 반갑게 손을 흔들었다. 무슨 얘기를 잘못 들었는지 미리 짐을 다 싸놓은 듯 불룩한 자루가방을 껴안은 채 계단에 앉아 있었다. 가족이 데리러 오길 기다리는 길 잃은 아이 같았다. 할아버지 뒤에 흰 가운을 입은 우락부락한 남자가 담배를 물고 서 있었다. 검은 고무장화와 고무장갑이 눈에 확 띄었다. 할아버지의 어깨를 꽉 붙잡은 검은 고무장갑은 얼핏 박쥐같기도 했는데, 아무튼 바오룬 눈에는 꽤 멋져 보였다. 오랜만에 만난 할아버지는 전보다 훨씬 마르고 왜소해졌다. 늘 불안하고 초조하던 눈빛에는 억울함이 더해졌다.

"왜 이렇게 늦게 왔어? 도대체 어떻게 된 거야? 얼마나 기다린 줄 알아?"

아버지가 발길을 멈추고 차갑게 할아버지를 쏘아봤다.

"아버지, 또 한 건 하셨어요. 방금 오백 위안을 배상하고 오는 길이에요."

할아버지는 아무 말도 못 들은 척, 아버지에게 손을 내밀었다. 부축해달라는 뜻이었지만 아버지는 그 손을 노려보며 소리를 질렀다.

"오늘은 땅 안 파요? 왜요? 여기 아직도 이렇게 나무가 많은데? 빨리 가서 파세요! 아버지는 파헤치고 나는 배상하면 되니까, 어서 파라고요! 내가 돈이 넘쳐나는 줄 알죠?"

할아버지는 부끄러운지, 미안한지 알 수 없는 표정을 지으며 일어서
려다 남자의 억센 힘에 눌려 다시 주저앉았다.

"이 할아버지, 오늘 정말 퇴원하나요? 아침 댓바람부터 여기 나와서
이러고 있어요. 오늘 아들이 데리러 온다고, 빨리 나가야 한다고 난리에
요. 난 간병인이 아니라 화장실 담당이에요. 아직 청소 못한 데가 많은
데……."

"어서 가서 할 일이나 하세요. 오늘 퇴원 안 해요. 방금 한 푼도 빠
짐없이 배상금을 다 지불했으니까."

순간 할아버지 눈빛이 어두워졌다. 남자가 끌어당기자 할아버지가
발버둥을 치며 욕인지 저주인지 알아듣기 힘든 말을 내뱉었다. 아들과
손자, 병원, 남자……. 누구를 향한 저주인지도 분간이 안 됐다. 할아버
지가 몸부림치며 아들에게 자루 가방을 내던졌지만 남자에게 금방 제
압당했다. 바오룬이 조용히 가방을 주웠고 할아버지는 결국 울음을 터
트렸다. 눈물, 콧물, 침이 한데 뒤엉켜 턱 밑으로 뚝뚝 떨어졌다. 할아버
지의 비통함이 하염없이 흘러내렸다. 할아버지가 이렇게 비통해하는 모
습은 처음이었다. 그 비통한 울음 속에 악독한 저주의 맹세가 뒤섞였다.

"집에 안 보내주면 계속 팔 거야! 파고, 파고, 또 팔 거야! 계속, 계속
팔 거야!"

할아버지의 가방을 들고 뒤따라가던 바오룬은 드디어 징팅병원의
시끌벅적한 구경거리를 마주했다. 어느 순간 대머리 남자 환자 하나가
복도에 나타났다. 미간을 찌푸리며 눈을 감고 벽에 기대선 남자는 뭔가
심각한 문제를 고민 중인 것 같았다. 바오룬이 그 앞을 지나갈 때, 남자
가 갑자기 눈을 번쩍 뜨고 바오룬의 팔을 붙잡았다.

참새 이야기

"당신, 조직에서 나왔지? 장 서기가 날 해치려 하오. 조직에서 날 책임져줘야 합니다."

바오룬이 남자의 손을 뿌리치며 소리쳤다.

"조직? 웃기고 있네. 내가 널 책임지면 난 누가 책임져주는데?"

뒤이어 화장실 앞을 지나다가 또 다른 미친놈과 정면으로 부딪칠 뻔했다. 두 번째 미친놈은 바지를 무릎께까지 내리고 화장실에서 뛰어나왔다. 벌거벗은 엉덩이를 뒤로 쑥 내밀고 엉거주춤한 자세로 다리를 교차시키며 게처럼 옆으로 걸었다. 바오룬이 걸음을 늦추며 멀찍이 떨어져 지나가는데 미친놈이 중얼거리는 소리가 들렸다.

"종이를 아껴. 물을 아껴. 전기를 아껴."

바오룬은 황당한 웃음이 터지려는 것을 가까스로 참으며 미친놈의 볼썽사나운 엉덩이를 외면하고는 숨을 죽이고 곁눈질로 앞을 살피며 걸었다.

"과연 시끌벅적하네. 아주 제대로 시끌벅적해."

할아버지의 9호 병실 문 앞에는 의자 두 개가 놓여 있고, 그중 하나에 멀끔하게 생긴 젊은 남자가 앉아 있었다. 하나로 질끈 묶은 머리카락이 웬만한 여자보다 길었다. 남자는 바오룬을 보자마자 반갑게 인사를 건넸다.

"헬로우!"

하지만 반가움은 딱 여기까지였다. 그는 온몸으로 바오룬을 막아서서 날카로운 눈빛으로 느닷없는 질문을 던졌다.

"사랑이 뭘까?"

바오룬은 황당하기 그지없었다.

"사랑은 뭔 놈의 사랑이야? 이 병실에 우리 할아버지가 있고 난 그분 손자야."

"할아버지든 손자든, 그딴 건 중요하지 않아. 답을 못 맞추면 못 들어가. 사랑이 뭐지? 어서 대답해!"

바오룬이 고개를 들이밀고 병실 안을 살피며 대꾸했다.

"사랑이 뭔데? 네가 알려줘 봐. 난 사랑을 해본 적이 없어서 몰라."

남자의 표정이 일그러졌다.

"내 사랑을 왜 너한테 말해줘? 그리고 이건 암호야. 잘 생각해 봐."

바오룬이 본능적으로 중얼거렸다.

"사랑이 뭐냐고? 사랑? 개소리야."

운 좋게도 바오룬의 본능이 정답에 근접했다.

"반은 맞았어."

남자가 너그러운 마음으로 바오룬의 오답을 고쳐줬다.

"개소리가 아니라 헛소리야. 더러운 헛소리!"

남자는 미친듯이 한바탕 웃어대더니 바오룬이 병실에 들어가도록 의자를 치웠다.

9호 병실은 알 수 없는 악취로 가득했다. 온갖 쉰내와 자극적인 소독약 냄새가 뒤섞여 아주 고약한 냄새가 났다. 할아버지 침대는 이미 깨끗이 정리돼 있었다. 돌돌 말아놓은 이불보 위에 까만 베갯속이 얌전히 올려져 있었다. 이불보를 펼치자 얼핏 새처럼 보이는 검붉은 얼룩이 눈에 띄었다. 얼굴을 들이밀고 냄새를 맡아가며 자세히 살펴봤는데 꽤 오래된 혈흔 같았다. 그렇다면 할아버지가 아닌 다른 사람의 혈흔일 것이다. 잠시 후 어수선한 분노의 발걸음 소리가 들리고 문 앞을 가로막은 의자가 바닥에 나뒹굴었다. 문 앞을 지키던 젊은 남자가 깜짝 놀라 벌떡 일어섰다. 남자가 '사랑이 뭐지?'라는 질문을 던질 틈도 없이 바오룬

아버지의 고함이 9호 병실을 들썩이게 만들었다.

"아버지! 한번 해보자는 거예요? 어차피 나도 이판사판이니까, 좋습니다. 오늘부터 제가 아버지 곁을 지키겠습니다! 죽을 때까지 지킬 겁니다!"

7. 할아버지, 아버지, 아들

바오룬 가족은 하루가 다르게 주민이 늘어나는 참죽나무거리에서 식구가 가장 적은 편에 속했다. 삼대를 통틀어 겨우 넷인데, 지금은 그마저도 둘로 갈라졌다. 참죽나무거리에 남은 건 둘뿐이고, 나머지 둘은 징팅병원에 있다.

바오룬 아버지는 제 한 몸을 희생해 가족과 집안을 향한 이웃의 비난을 잠재웠다. 시아버지를 박대하는 며느리, 배은망덕한 손자라는 뒷말은 어쩔 수 없었지만 최소한 그 자신은 효성 지극한 아들이 됐다. 남얘기 좋아하는 이웃들은 종종 바오룬을 붙잡고 걱정하는 척하며 집안일에 관심을 보였다. 미신에 빠진 노인들은 징팅병원에서 할아버지의 혼을 찾아줬느냐고 물었고 다른 이웃은 대부분 아버지 효성이 지극하다며 칭찬을 늘어놓았다. 바오룬은 이 칭찬이 손자의 효성을 떠보는 것처럼 느껴져 가끔 짜증을 내곤 했다.

"우리집은 아버지가 할아버지를 돌보고, 어머니가 아버지를 관리해요. 난 아무것도 모르니까 나한테 묻지 마세요. 다 나랑 상관없는 일이라고요."

한편 바오룬 아버지는 징팅병원에서 자기 나름대로 살길을 찾았다. 효심으로 병원을 감동시켰는지, 어쩔 수 없는 현실로 병원을 설득했는지 알 수 없지만, 어떻든 병원이 그의 특별한 상황을 받아들여줬다. 그는 9호 병실에 접이식 침대를 들여놓고 할아버지 곁에 딱 붙어 밤낮없이 환자를 지켰다. 그런데 접이식 침대 생활 반년 만에 심각한 후유증이 나타났다. 척추에 문제가 생겨 허리를 펼 수 없었다. 바오룬 아버지는 척추가 아프거나 걸음걸이가 이상해진 것은 전혀 신경 쓰지 않았지만 정신병원에 오래 있다가 혹시 정신에 이상이 생길지 않을까 염려스러웠다. 오랜만에 집에 돌아온 아버지는 어머니에게 이상한 이야기를 털어놓았다.

　　"요즘은 내가 귀신에 홀린 것 같아. 흙구덩이에 자꾸 관심이 가. 길을 가다 크든 작든 구멍을 발견하면 나도 모르게 발길을 멈추고 한참 들여다보게 돼. 그러다 보면 뭐든 가져다 파보고 싶어져."

　　쑤바오전은 그 말에 아연실색했다.

　　"당신도 땅을 파고 싶어요? 당신도 손전등을 찾고 싶은 거냐고요?"

　　"난 손전등은 아니야. 난 그냥 파보고 싶은 것뿐이야. 땅속에 뭐가 있는지 너무 궁금해."

　　쑤바오전은 얼굴이 하얗게 질려 괴성을 지르듯 날카롭게 되물었다.

　　"땅속에 뭐가 있다고 생각하는데?"

　　바오룬의 아버지는 잠시 생각에 잠겼다.

　　"땅속에서 많은 소리가 들려. 그게 얼마나 재미있는데!"

　　그는 아내가 얼마나 놀라고 당황한지도 모르고 땅속에서 들리는 소리에 대해 신나게 이야기했다.

　　"징팅병원 숲속에는 곡소리 나는 흙구덩이가 아주 많아. 새로 생긴 구덩이에서는 밤낮없이 우렁찬 갓난아기 울음소리가 들려. 오래된 구덩이에서는 마음 상한 노인네가 구시렁거리는 소리가 나. 한참 구시렁거리다가 결국 울음을 터트리지. 한참 울다보면 캭캭 가래 끓는 소리가 들리는데, 그놈의 가래가 당최 시원하게 나오질 않아. 사무처 건물 뒤 구덩이는 벌집처럼 윙윙 소리를 내는데, 그게 꼭 여자 서넛이 모여 쑥덕거리는 거 같아. 한참 쑥덕거리다가 깔깔대며 웃기도 하고, 목소리를 낮추고 소곤거리는가 싶더니 갑자기 조용해지면서 물레질을 시작해. 확실해! 그게 딱 물레질 소리더라고. 당신, 예전에 우리 어머니가 물레질 하는 거 봤지? 그 소리를 듣는 순간, 어머니가 생각났어. 어머니가 매일매일 땅속에서 물레질을 하고 계신 거야."

쑤바오전의 얼굴이 점점 더 사색이 됐다. 그녀는 도저히 더 이상 들을 수 없어 손을 뻗어 남편의 입을 막아버렸다. 그리고 다른 한 손으로 귀이개를 집어 들었다.

"큰일 났네. 당신 귓속에 마귀가 들어간 거야!"

쑤바오전이 남편의 귀를 잡아끌며 강제로 귀를 파려 했다.

"당장 파내야 해. 당신, 아프더라도 참아. 마귀를 파내야 해. 당신, 귀가 뇌랑 이어져 있는 거 알지? 이대로 두면 당신 혼도 어떻게 될지 모른다고!"

혼이 나가는 것이 유전인지 아닌지 증명할 방법은 없지만, 바오룬 아버지가 징팅병원에서 지내는 동안 심신이 피폐해진 것만은 분명했다. 흙구덩이가 그의 정신을 괴롭혔고 할아버지를 감시해야 한다는 부담감으로 육체적 피로도 극에 달했다. 어느 깊은 밤, 잠이 깬 바오룬 아버지는 화장실 변기 앞에서 소변을 보다가 갑자기 심장마비로 쓰러졌다. 어느 젊은 환자가 화장실 바닥에 쓰러진 그를 발견했지만 당연히 응급처치는 불가능했다. 젊은 환자는 그를 질질 끌고 화장실을 나와, 복도를 지나 계단 앞으로 갔다. 여기에서 힘이 빠진 젊은 환자는 잠시 고민하다가 계단 가장자리 화물운반용 경사로를 보고 눈빛을 반짝였다. 그는 혼절한 바오룬 아버지를 짐짝 던지듯 경사로로 굴렸다. 위험하기 짝이 없는 행동이었지만 결과는 훌륭했다. 바오룬 아버지는 팔다리 곳곳에 골절상을 입었지만 굴러 떨어지는 충격으로 정신이 돌아왔고 마침 야간 순찰을 돌던 차오 원장이 우당탕 소리를 듣고 달려왔다. 심혈관 질환에 익숙한 차오 원장은 서둘러 응급처치를 하고 곧바로 구급차를 불러 인민병원으로 이송했다. 바오룬 아버지는 모든 상황이 잘 맞아떨어진 덕분에 목숨을 건졌다.

소식을 듣고 징팅병원으로 달려온 쑤바오전이 차오 원장에게 깊이 고개 숙여 고마움을 전하고 감사의 깃발을 전했다. 그러나 또 다른 은인에게는 인색하게 사과 두 개만 건네고 말았다. 그녀는 감사 인사를 끝내자 갑자기 복수의 화신으로 돌변했다. 그리고 9호 병실로 달려가 할아버지에게 온갖 분노와 원통함을 쏟아냈다.

"노망난 늙은이! 나라에 공헌할 것도 없고 자손에 도움이 될 것도 아닌데 목숨줄은 왜 이렇게 길어! 이렇게 계속 자손들 발목을 잡고 늘어지면 자손들이 먼저 갈 수도 있어요! 자손들 먼저 보내고 계속 이렇게 살 거예요?"

할아버지는 그녀의 말이 무슨 뜻인지 잘 알았다.

"난 절대 안 죽어! 예전에 죽으려고 할 때는 다들 못 죽게 했잖아! 지금은 영혼을 잃어버려서 죽을 수도 없어. 너희들은 내가 죽기를 바라지만 영혼이 없으면 죽을 수가 없어. 난 절대 죽을 수 없어. 너희들이 다 죽는다고 해도 나는 안 죽어!"

얼마 뒤 바오룬 아버지가 퇴원해 집으로 돌아왔다. 그는 격전을 치른 참전용사처럼 팔에 붕대를 칭칭 감고 다리에 깁스를 한 채 자주 대문 앞 철 난간에 기대서 있곤 했다. 걱정거리가 있는지 그냥 햇볕이 좋아서인지는 알 수 없었다. 바오룬 아버지는 다친 후로 분위기가 크게 바뀌었다. 무슨 연유인지 금붕어처럼 눈알이 튀어나와 뭔가를 주시할 때 눈빛이 섬뜩하고 음흉해보였다. 또 어떻게 보면 아주 슬퍼 보이기도 했다. 이웃들은 그와 마주칠 때마다 반년 동안 징팅병원에서 어떻게 지냈느냐고 물었고, 그때마다 아버지는 자조적인 말투로 대답했다.

"헛짓거리였죠. 아버지 혼도 못 찾고 잘못하면 내 혼까지 날아갈 뻔했으니."

또 이웃들이 할아버지 안부를 물으면 이렇게 대답했다.

"아버지는 아주 좋아요. 저보다 훨씬 건강하죠. 지금 내 코가 석 자라 어쩔 수 없이 바오룬이 돌봐드리고 있어요."

그제야 이웃들은 요즘 바오룬이 보이지 않는다는 사실을 깨달았다. 할아버지 감시 임무가 은근슬쩍 바오룬에게 넘어간 것이었다. 어떻든 한가족이 아닌가. 할아버지 일은 원래 아버지 소관이었지만 아버지가 지쳤으니 손자가 나설 수밖에. 가족으로 묶인 이상 바오룬도 할아버지 일에서 완전히 벗어날 수 없었다.

8. 4월

바오룬은 징팅병원에서 꽃다운 청춘의 소중한 시간을 낭비해야 했다. 발육 상태가 남다른 바오룬은 이미 어른만큼 키가 컸고 지금은 횡적 발달이 진행 중이다. 다리가 두꺼워지고 근육이 붙어 어깨가 넓어졌다. 옷을 입을 때 억지로 몸을 쑤셔 넣느라 자주 윗옷이나 바지 솔기가 터지곤 했다. 바오룬은 입술 주변에 자란 수염을 좋아해 면도하는 걸 싫어했다. 그는 검은 잡초처럼 입술 주변을 뒤덮은 수염이 아주 멋있다고 생각했지만 남들 눈에는 더러워보였다. 벌써 몇 년 전부터 뺨을 뒤덮은 여드름은 손톱으로 힘껏 짜내고 나면 울긋불긋한 흉터를 남겼다. 이 흉터들은 그의 몸이 얼마나 왕성하게 호르몬을 분비하고 있는지 한눈에 보여줬다.

바오룬의 외모는 제 어머니를 닮아 크게 처지지 않았다. 특히 번뜩이는 눈빛은 유전의 법칙을 여실히 증명했다. 최근에는 장시간 할아버지를 감시하느라 인간 탐조등이 돼버렸다. 예전보다 시야가 넓어지고 눈빛이 더 날카로워졌다. 이 때문에 별생각 없는 눈빛이지만 위협적이고 공격적인 것으로 오해받을 때가 많았다.

'얌전히 굴어. 고분고분 내 말 듣는 게 좋을 거야.'

이런 눈빛을 읽은 상대가 또래 남자애라면 십중팔구 바오룬이 싸움을 건다고 느낄 것이다. 특히 거칠고 성격이 급한 젊은 남자라면 바오룬의 도발을 절대 피하지 않았다.

"너, 왜 꼬나봐? 그 눈빛 아주 거슬려. 이리 와. 저쪽에서 한판 붙어."

그런데, 정작 바오룬은 제 눈빛이 상대 심기를 거슬리게 하는 줄을 몰랐다. 도대체 영문을 알 수 없는 그는 주먹질을 좋아하지도 않았기 때문에 열심히 자기 입장을 주장했다.

"내가? 꼬나봤다고? 증거 있어? 내가 아는 사람도 아니고 예쁜 여자도 아닌데, 널 왜 쳐다보냐?"

바오룬의 눈빛을 가장 민감하게 느끼는 사람은 또래 여자애들이었다. 한번은 여자애들 여럿이 모여 '바오룬은 왜 그렇게 재수가 없을까?'에 대한 토론을 벌였는데 결론은 역시 그 눈빛이었다. 그의 눈빛은 늘 부정적이고 의혹에 가득 차 있었다. 그 외에 온갖 나쁜 뜻이 다 담겨 있는 것 같았다. 그래서 바오룬이 쳐다보면 왠지 오늘은 차림새가 잘못됐나, 걸음걸이가 이상했나 싶은 생각이 들었다. 분위기가 가벼우면 가벼운 대로, 무거우면 무거운 대로 왠지 불안했다. 예쁜 여자도, 평범한 여자도, 못생긴 여자도 바오룬의 시선을 받으면 모두 평등해졌다. 잘못한 것도 없는데 왠지 절대 용서받을 수 없는 큰 잘못을 저지른 것만 같았다. 여자애들은 바오룬의 눈빛을 특수요원, 법관, 변태, 건달, 승냥이 등등 여러 가지로 비유했다. 이 중 가장 독특한 비유는 왕더지 딸 추훙이 말한 '밧줄'이었다.

"그 자식이 쳐다보는 자체가 싫어! 눈이라도 마주치면 머리카락이 곤두서는 것 같아. 그냥 빨리 도망치는 게 상책이야. 그 자식이 뒤에서 보는 건 더 싫어! 스르륵하고 밧줄이라도 날아올까봐 너무 무서워. 너희들 그거 알아? 그 자식 취미가 사람 묶는 거래. 밧줄로 묶어두고 집적 거리기라도 하면 어떡해! 생각만 해도 끔찍해!"

다른 여자애들은 추훙이 말도 안 되는 터무니없는 상상을 한다고 생각했다.

'바오룬이 아무리 싫어도 그렇지, 세상에 밧줄로 사람을 묶어두고 괴롭히는 사람이 어디 있어? 설사 그런다 해도 너처럼 못 생긴 애를 누가 괴롭히겠어?'

그러나 추훙은 자기 말이 사실임을 다시 한 번 강조했다.

"이게 거짓말이면 내가 개새끼다! 정말이야! 못 믿겠으면 류성 엄마한테 물어봐. 어제 내가 고기 사러 정육점에 갔다가 직접 들었어."

추흥의 말은 거짓이 아니었다. 바오룬과 밧줄은 확실히 깊은 관계가 있었다. 이 사실을 이웃들에게 가장 먼저 폭로한 사람은 류성의 어머니인 사오란잉이었다. 그해 봄, 류성의 집에 우환이 생겼다. 복사꽃 필 무렵, 누나 류쥐안이 상사병을 앓기 시작하면서 징팅병원과 인연을 맺었다. 류성 가족도 바오룬 가족만큼 징팅병원과 인연이 깊었으니 사오란잉 말이라면 확실히 믿을 만했다.

사오란잉은 징팅병원 화단을 지나가다가 바오룬과 그 할아버지를 발견했다. 할아버지는 화단을 따라 산책 중이었고, 바오룬은 벤치에 앉아 찐빵을 먹고 있었다. 바오룬이 쥐고 있는 흔들거리는 밧줄이 사오란잉의 시선을 집중시켰다. 7~8미터쯤 되는 밧줄이 팽팽해졌다 느슨해졌다 저절로 움직였다. 처음에는 개를 산책시키는 중인 줄 알았단다. 그런데 밧줄을 따라 고개를 돌리니 개가 아니라 사람이 있었다. 밧줄 끝에 묶여 있는 것은 다름 아닌 가련한 할아버지였다. 할아버지는 사오란잉을 보고 왠지 친숙한 느낌이 들었지만 이름은 생각나지 않았다. 할아버지는 남색 중산복을 입고 아침 햇살 한가운데 서 있다가 그녀를 보고 환하게 웃었다.

"리씨댁이 여긴 어쩐 일인가? 그 집에서도 누가 영혼을 잃어버렸나?"

"저는 리씨가 아니라, 사오씨에요. 저희 집에 혼이 나간 사람은 없고요, 우리 딸이 신경쇠약으로 잠을 잘 못 자서요. 별건 아니고 수면제 좀 처방 받으러 왔어요."

할아버지는 용케도 그녀의 거짓말을 간파했다.

"수면제 처방은 연합진료소에 가면 되는데 뭐 하러 여기까지 왔어? 영혼을 잃어버린 건 부끄러운 일이 아니야. 요즘 세상에 영혼을 잃어버린 사람이 얼마나 많은데? 그게 한번 잃어버리면 되찾기가 여간 어려운 게 아닌데……."

사오란잉은 얼른 끼어들어 할아버지의 말을 자르며 화제를 돌렸다.

"할아버지, 허리에 밧줄을 묶고 있으면 불편하지 않아요? 왜 바오룬한테 풀라고 하지 않으세요?"

"절대 안 풀어줘. 밧줄을 안 묶으면 밖에 못 나와. 나오려면 꼭 묶어야 해. 이게 규칙이야."

"세상에, 불쌍해서 어쩐대요. 그 연세에 왜 그런 규칙이 있대요?"

그동안 류성의 집과 바오룬의 집은 별다른 교류가 없어 서로의 사정을 잘 몰랐고 관심도 없었다. 그러나 요즘 징팅병원에 함께 오가며 조금 친분이 생겼다. 사오란잉은 손가방에서 바나나를 꺼내 할아버지에게 건넸다.

"할아버지, 바나나 드세요."

"고마워."

그런데 할아버지는 바나나에 시선을 보내며 눈만 끔뻑일 뿐 손을 내밀지 않았다. 사오란잉은 이상하다 싶어 더 가까이 다가가 살펴보다가 깜짝 놀랐다. 할아버지는 중산복 안에 밧줄이 촘촘하고 단단하게 몸을 묶고 있어 옴짝달싹할 수 없는 상황이었다. 바나나가 눈앞에 있어도 잡을 수 없는 게 당연했다. 사오란잉은 너무 놀라 가슴이 벌렁거렸지만 바오룬의 잘못을 그냥 넘길 수 없었다.

"바오룬! 네 할아버지가 널 얼마나 아꼈는데, 어떻게 이럴 수 있니? 어떻게 할아버지를 꽁꽁 묶어서 끌고 다녀? 당장 풀지 못하겠니? 네 할아버지는 아픈 사람이야. 죄인이나 개새끼가 아니란 말이야."

사오란잉의 말에 따르면, 그때 바오룬은 벤치에 앉아 찐빵을 먹다가 만사 귀찮다는 표정으로 그녀를 돌아봤다. 그리고 밧줄을 잡아당기며 이렇게 대꾸했다.

"죄인은 나무를 파내지 않지요. 개새끼는 나무를 파내지 않아요. 그런데 할아버지는 나무를 파내요. 아줌마가 뭘 알아요? 내가 풀어주면 할아버지는 나무를 파내겠죠. 한 그루에 백 위안인데, 아줌마가 대신 배상할 거예요?"

봄날 상쾌한 아침이면 징팅병원 정원에서는 언제나 바오룬과 할아버지를 볼 수 있었다. 다만 두 사람이 산책할 때는 밧줄이 필수였다. 묶여 있어도 산책은 산책이다. 산책은 할아버지 정신건강 개선에 도움이 된단다. 의사가 그랬다. 할아버지의 괴상한 증상을 마주한 의사들은 모두 당혹스러워했다. 결국 의사들은 산책 외에 별다른 치료법을 찾지 못했다. 다행히 징팅병원은 9천 평방미터가 넘는 넓은 부지를 보유해 할아버지와 손자 두 사람이 자유를 만끽하기에 충분했다. 바깥세상과 비교할 순 없지만 절대 작은 규모가 아니었다.

할아버지는 봄에 가장 위험했다. 바오룬은 날카로운 발톱을 숨기고 있는 이 잠자는 사자를 조심해서 다뤄야 했다. 봄은 언제나 싱그럽고 아름다웠다. 온 세상이 꽃향기와 새들의 지저귐으로 가득하고 개잎갈나무, 아카시아나무, 측백나무 등등 온갖 나무가 쑥쑥 자랐다. 나뭇잎에 맺힌 아침이슬이 할아버지 머리에 떨어지면 바오룬은 바짝 긴장했다. 봄이 되면 할아버지는 시공간을 초월해 무한한 상상력을 발휘했다. 고개를 들면 나뭇가지에 걸려 있는 조상의 영혼이 보였다. 남루한 차림으로 위태롭게 나무를 기어오르는 조상, 오갈 곳이 없어 나뭇가지에 매달려 있는 조상을 보고 할아버지는 나무 아래 주저앉아 엉엉 울면서 한탄하기 시작했다.

"다 내 잘못이야. 조상님, 잘못했습니다. 손전등 하나 지키지 못해서 이렇게 조상님을 떠돌게 하다니!"

이런 사태를 예방하기 위해 바오룬은 할아버지가 나무 아래에서 멈추지 못하게 했다. 하지만 봄날의 생태는 어쩔 수 없는 위기의 연속이었다. 봄 나무를 피해 갈 수는 있지만 봄바람을 막을 수는 없었다. 상쾌하고 따사로운 동남풍이 할아버지 뺨을 어루만지기 시작하면 바오룬은 바짝 긴장했다. 이 바람은 먼 바다의 촉촉한 습기와 함께 조상 영혼의 자애로운 속삭임을 실어왔다.

'어서, 서둘러! 더 이상 여기에서 고통 받지 말고 빨리 네 영혼을 찾아야지. 그래야 우리 곁으로 올 수 있어.'

할아버지는 봄바람이 실어온 조상의 뜻을 정확히 간파했다. 이렇게 말하는 이들은 대부분 여자 조상이라 수다스럽고 시끄러웠지만 한없이 자애로웠다. 할아버지는 봄바람을 맞으며 목놓아 울었다. 자애로운 조상에게 자신의 억울함을 하소연하고 불효한 아들, 손자를 원망했다.

"바오룬 녀석이 땅을 못 파게 해요. 조상님의 유해를 찾지 못하면 내 영혼도 찾을 수 없는데 어떻게 조상님 곁으로 갈 수 있겠어요?"

할아버지는 봄에 가장 바보스러워지기 때문에 단단히 지켜야 했다. 바오룬은 매일 할아버지를 묶었다. 할아버지를 묶는 것은 매우 합리적이고 합법적이며 대중의 요구에 부응하는 길이었다. 병원 측이나 다른 환자들의 가족 모두 바오룬의 행동을 충분히 이해했다. 할아버지를 묶어둬야 징팅병원의 소중한 나무와 진귀한 화초를 보호할 수 있고 원예

부 정원사들이 안심할 수 있다. 병원 녹지를 마구 파헤치는 사람이 없으니 진귀한 화초를 되살리느라 전전긍긍할 일이 없어졌다. 할아버지를 묶어두면 잡역부들도 안심했다. 공구창고 삽이 하나둘 사라지거나 정원 후미진 길이 파헤친 흙으로 뒤덮이는 일이 없어졌다. 할아버지를 묶어두면 바오룬 부모가 안심했다. 할아버지 손을 단속해야 어머니 지갑이 안전했다.

봄이 되면 할아버지는 툭하면 울었다. 하지만 바오룬은 할아버지의 눈물에 흔들리지 않았다. 할아버지는 눈물을 한 바가지 쏟아내도 삽자루 한 번 쥘 수 없었다. 바오룬은 자신의 사명에 최선을 다했다. 그의 사명은 아주 간단했다. 할아버지 손을 관리하고 단속하는 것, 절대 땅을 파지 못하게 하는 것.

봄이 되면 할아버지는 허구한 날 묶였다. 그래서인지 얼굴이 조금 부은 것 같기도 하고 뺨이 벌겋게 상기되고 눈빛은 늘 초조하고 불안했다. 팔을 움직이지 못해 펭귄처럼 뒤뚱거리며 걷는 모습이 아주 우스꽝스러웠다. 봄이 되면 할아버지의 시선은 늘 바닥에 고정됐다. 산책할 때면 반경 5~6미터 내의 길 양쪽 지형을 자세히 살폈는데 주요 좌표는 당연히 나무였다. 4월은 토양이 말랑말랑해서 땅을 파기에 가장 좋은 시기였다. 할아버지는 누군가 조상 유골을 훔쳐갈까 봐 불안해했다. 할아버지 머릿속은 온통 손전등과 조상 유골 두 개뿐이었다. 할아버지는 조금이라도 흙이 솟아 있거나 패인 곳이 있으면 발길을 멈추고 의혹의 눈빛으로 한참 주시했다. 그러나 할아버지는 바오룬의 감시에서 잠시도 벗어날 수 없었다. 중대한 뜻을 품었으나 펼칠 방법이 없었다.

할아버지 증상에 맞춰 봄이 되면 바오룬도 발전했다. 그는 할아버지를 이용해 혁신적인 실험을 반복하며 완벽한 결박공예를 연구했다. 봄은 바오룬의 공예품이 가장 많이 생산되는 계절이다. 많을 때는 할아버지 몸을 통해 하루에 여섯 가지 매듭을 선보이기도 했다. 봄이면 할아버지는 바오룬의 최신 매듭 작품을 전시하는 움직이는 쇼윈도가 된다.

바오룬은 할아버지의 몸을 이용해 자신의 재능을 마음껏 뽐냈다. 4월의 정신병원을 상상해 본 적이 있는가? 따사로운 봄 햇살이 비추기 시작하면 많은 환자들이 계절성 발작을 일으켜 가죽 끈이나 쇠고랑으로 침대에 묶이곤 했다. 도살장에 끌려가는 짐승처럼 울부짖는 그들에게 인간의 존엄성 따위는 찾아볼 수 없다. 바오룬 할아버지는 징팅병원 정원을 자유롭게 산책하는 유일한 환자였다. 할아버지 몸에 묶인 밧줄은 부드러운 천이기 때문에 크게 아프지 않고 상처나 피가 날 염려도 없었다. 이 때문에 종종 간병인들이 찾아와 할아버지를 에워싸고 매듭을 구경하곤 했다. 이들은 먼저 밧줄의 재질을 자세히 살폈다. 손가락 굵기의 밧줄은 녹색과 흰색 천을 꼬아 만들 것으로 어느 잡화점에서나 살 수 있는 흔하고 평범한 것이었다. 중요한 것은 역시 매듭 구조였다. 독창적이고 실용적인 바오룬의 매듭은 선이 우아하고 아름다웠으며 정교한 기술이 돋보였다. 사람을 묶는 방법이 이토록 아름답고 과학적일 수 있다니, 정말 놀랍고 감탄이 절로 나왔다.

"고지식한 외골수인 줄만 알았지, 이런 재능이 있을 줄은 몰랐네. 이야, 오늘 매듭은 특히 멋진데? 이건 무슨 매듭이야?"

바오룬은 잘난 척하고 싶지 않아 할아버지에게 대신 대답하라고 눈짓을 보냈다. 할아버지가 울상을 지으며 말했다.

"이건 문명매듭이야. 우리 손자가 지은 이름이야."

"문명매듭? 왜 문명매듭이야?"

간병인이 호기심을 보이자 바오룬이 귀찮은 표정으로 할아버지에게 말했다.

"거기 한번 짚어 봐요. 이 사람들한테 보여줘요."

할아버지가 부끄러운 듯 몸을 배배 꼬더니 밧줄을 따라가며 더듬더듬 '거기'를 찾기 시작했다. 바지 소변구멍 부근에서 단추 풀 듯 손가락을 꼼지락거렸다. 이 동작은 '봐라, 난 묶여 있어도 혼자 소변도 본다'라고 말하는 것 같았다. 간병인들은 마치 신대륙이라도 발견한 것처럼 놀라워했다.

"우와! 정말 대단해! 이렇게 단단히 묶여 있는데 혼자 소변도 볼 수 있어? 그래서 문명매듭이구나! 하하하! 아주 문명적이야!"

바오룬의 결박기술이 점점 유명해졌다. 소문에 따르면 바오룬이 선보인 매듭모양은 대략 20여 종이었다. 민주매듭, 법제매듭, 바나나매듭, 파인애플매듭, 매화매듭, 복사꽃매듭 등 대부분 바오룬이 직접 개발하고 이름붙인 것들이었다. 이 중 사형수를 포승줄로 꽁꽁 묶는 데서 착안한 법제매듭은 구조가 아주 복잡했고 매듭도 크고 단단했다. 이 매듭은 연구 제작 과정이 특히 힘들었다. 바오룬이 몇 번이나 실험 제작을 시도했는데, 원인은 할아버지가 제대로 협조해주지 않았기 때문이었다. 매듭을 만드는 과정에서 특유의 마름모 모양이 보이는 순간 할아버지가 괴성을 지르며 격렬하게 저항했다. 나중에 바오룬은 그 마름모 매듭이 오래 전 총살당한 증조할아버지를 연상시킨다는 사실을 알았다. 그러자 할아버지의 격렬한 저항이 충분히 이해됐다. 바오룬은 할아버지를 놓아주며 따끔한 경고를 덧붙였다.

"할아버지가 법제매듭을 싫어하니 더 이상 강요하지 않을게요. 하지만 분명히 말해두는데, 만약 또 그 짓거리를 하면 나도 더 이상 안 참아요. 다른 매듭 다 필요 없고 매일 법제매듭으로 묶을 거예요."

바오룬은 징팅병원에서 유명인사가 됐다. 그의 명성이 병원에 널리 퍼지자 하루에도 몇 번씩 환자 가족이 헐레벌떡 뛰어와 바오룬을 찾았다.

"우리 애가 발작을 일으켰어. 좀 도와줘. 잘 묶어달라고."

바오룬은 이런 부탁이 너무 싫었다.

"환자 결박은 간병인을 찾아갈 일이지, 왜 나한테 그래요?"

"간병인들은 너무 거칠어. 환자를 돼지처럼 다루잖아. 너처럼 잘 묶는 사람이 없단 말이야. 사람들이 그러는데 네가 묶으면 자국 하나 안 남는다던데?"

하지만 이런 값싼 칭찬은 바오룬의 마음을 움직이지 못했다.

"내가 무슨 포장기계예요? 그런 아부 필요 없어요. 내가 아무나 다 잘 묶는 게 아니라고요. 우리 할아버지니까, 할아버지가 협조해주니까 잘 묶을 수 있는 거지. 다른 환자들은 발버둥칠 텐데 어떻게 잘 묶어요?"

환자 가족은 그래도 포기하지 않고 어색한 웃음과 함께 담배를 찔러주며 다시 부탁하거나 심지어 돈을 찔러주는 사람도 있었다. 그럴 때면 옆에 있던 인정 넘치는 할아버지가 끼어들어 환자 가족의 편을 들어줬다.

"어서 가봐, 어서 가. 사람들이 이렇게 널 믿고 부탁하잖니. 재능이 있으면 당연히 인민을 위해 봉사해야지, 그렇게 기고만장하면 안 돼."

바오룬은 결국 거절하지 못하고 환자 가족을 따라 나섰다. 손에 익지 않은 다른 밧줄로는 잘 안 될 것 같아 자기 밧줄을 가져갔다. 그러나 고장 난 수도나 전기를 고치러 간 기술자처럼 환대받을 일도 아니고, 상대는 할아버지가 아니었다. 바오룬은 솜씨를 뽐내고 싶었지만 환자의 격렬한 저항에 부딪혔다. 이곳에는 수면제나 진정제도 소용없는 환자가 많았다. 그럴 때면 잠시 대치 상황이 벌어졌지만 으레 바오룬의 승리로 끝났다. 힘이 넘치는 환자는 주먹질이나 발길질을 해댔고, 힘이 약한 환자는 주로 침을 뱉거나 이빨로 물어뜯거나 약병이나 간이변기통을 집어던지며 저항했다. 간혹 불시에 기습적으로 불알을 공격하는 음흉한 작자들도 있었다. 이 때문에 바오룬은 선행을 베풀 때마다 매번 격전을 치러야 했다. 그중에서도 별명이 '돼지새끼'인 환자를 결박할 때가 가장 위험했다. 바오룬은 돼지새끼가 발작을 일으킨 식품창고로 달려갔다. 돼지새끼는 바오룬보다 덩치가 크고 평소 결박을 자주 해본 터라 하마터면 주객이 전도될 뻔했다. 간병인이 제때 도착해 도와주지 않았으면 돼지새끼의 손에 바오룬이 결박당했을지도 몰랐다.

바오룬의 두 손이 정복한 환자 수가 점점 늘어났다. 바오룬은 자기 할아버지보다 낯선 사람을 묶는 쪽이 훨씬 짜릿하고 새로운 재미가 있었다. 스르륵 면옷을 스치며 들어간 밧줄이 낯선 이의 살갗을 조금씩 조이는 느낌이 아주 짜릿했다. 밧줄이 마치 유유히 풀숲을 누비며 잠복해 있는 한 마리 뱀 같았다. 환자의 육체는 저항과 몸부림을 거쳐 조금씩 온순해지다가 결국 무기력하게 밧줄을 받아들였다. 밧줄을 다룰 때 바오룬의 열 손가락이 내뿜는 예기銳氣는 아주 강렬했다. 그의 밧줄은 과학적이고, 창의적이며, 곡선에 대한 모든 예술적 기대를 만족시켰다. 그의 밧줄은 살이 쪘거나 말랐거나 상관없이 마치 피부를 한 겹 덧씌우듯 자연스럽게 인체를 감쌌다. 그의 밧줄은 유연하고 여유롭게 인체 곳곳을 오가며 온몸을 휘감기 때문에 다양한 형상을 만들어낼 수 있었다. 바오룬은 밧줄만 잡으면 뛰어난 예술가로 변신했다. 그는 자신의 작품이 매우 만족스러웠다. 그래서 매번 작품을 완성할 때마다 의뢰인에게 자세히 살펴보도록 했다.

"이건 파인애플매듭인데, 어때요?"

단언컨대 바오룬의 매듭은 최고였다. 어느 누구도 의심의 여지가 없었다. 의뢰인은 신기에 가까운 놀라운 재주에 감탄했다.

"진짜 파인애플이랑 똑같아! 최고야, 아주 훌륭해. 나이도 많지 않은 젊은이의 결박 실력이 이렇게 훌륭할 줄은 정말 몰랐어."

결박은 남을 돕는 일이긴 했지만 본질적으로 바람직한 일은 아니었다. 결박을 끝내고 돌아갈 때마다 너무 지치고 후회가 밀려들었다. 꼭 죄 없는 사람을 죽인 망나니가 된 기분이었다. 환자 가족들은 눈물까지 흘리며 고마워했지만, 그 외의 보상은 없었다. 무료봉사인 셈이었다.

'이번이 마지막이야, 다신 안 해.'

매번 이렇게 다짐하지만 결박의 손맛은 너무 짜릿하고 신비로워서 말로는 다 형언할 수 없을 정도였다. 어쩌면 이미 중독됐는지도 몰랐다.

9. 류성

하루는 참죽나무거리의 유명인사 류성이 찾아왔다. 담배를 꼬나문 류성이 9호 병실 문에 기대어 나른한 표정으로 바오룬을 응시했다. 바오룬이 아무 반응을 보이지 않자 류성의 거드름이 한풀 꺾였다. 그는 담배꽁초를 튕기며 먼저 말을 걸었다.

"나 류성이야. 너, 나 알지?"

두 사람은 같은 동네에 살면서도 친분은 전혀 없었다. 류성이 바오룬을 모를 수는 있지만 바오룬은 류성을 분명히 알 터였다. 류성은 태생 자체가 특별한 참죽나루 거리의 유명 인사였다. 류성의 부모는 둘 다 정육점 칼잡이였다. 아버지 류씨는 동쪽 거리 정육점 주인이고, 어머니 사오란잉은 서쪽 거리 정육점 주인이었다. 두 칼잡이는 오랫동안 참죽나무거리 주민들의 식탁을 지배해왔다. 류씨 부부는 아들을 귀하게 키우고 안정적인 일자리까지 찾아줬다. 류씨가 미리 퇴직해 동쪽 정육점 일을 아들에게 물려준 것이었다. 이후 류씨가 개인사업자 자격으로 새로운 정육점을 개업하면서 식탁의 지배자가 하나 더 늘었다. 류성이 아직 젊으니 류씨 집안의 지배력은 오랫동안 이어질 것이다. '고기를 먹으려면 류씨 집안을 통해야 한다'라는 사실은 참죽나무거리의 기본 상식이었다. 신선한 돼지 살코기와 김이 모락모락 피어오르는 돼지 내장이 파생시킨 막강한 권력에 다양한 인정이 뒤섞인 결과 류씨 집안은 참죽나무거리에서 지배적 위치에 올랐다. 그렇게 표면적으로 류씨 집안은 참죽나무거리에서 가장 존경받는 가정으로 손꼽혔다. 하지만 류성의 누나 류쥐안은 남자에 미쳐 복사꽃 피는 봄이 되면 북문 성벽 아래 복사꽃 숲으로 달려가 이상한 짓거리를 벌이곤 했다. 이 짓거리는 북쪽 마을 불량소년들은 환영할 일이었지만 류씨 집안으로서는 큰 수치였다.

바오룬은 예전에 헤이란 패거리를 따라 북문 복사꽃 숲에 갔다가 류쥐안의 '짓거리'를 본 적이 있었다. 헐렁한 흰색 스웨터를 입고 돌 의자에 앉은 그녀는 무릎 위에 플라스틱 대야를 올려놓고 모금을 하고 있었다. 패거리 소년들이 그녀를 에워싸고 희롱했다. 그중 한 명이 플라스틱 대야에 동전을 던졌다. 짤랑 소리와 함께 그녀가 생긋 웃더니 감사의 의미로 스웨터를 들어 올려 살짝 부푼 유방을 내보였다. 소년들은 궁금했다.

"류쥐안, 돈은 모아서 뭐 하려고?"

"베이징北京에 갈 거야. 남자 친구 샤오양을 만나러. 샤오양은 베이징 오케스트라 바이올리니스트야."

"우와, 대단해! 그런데 샤오양이 어떻게 바이올린을 연주해? 한번 보여줘 봐."

류쥐안은 소년들의 은어를 전혀 이해하지 못했다. 그녀는 한 손을 턱 아래 걸치고 다른 한 손으로 바이올린 활을 움직이는 동작을 보여줬다.

"바이올린은 이렇게 켜는 거야. 다들 이렇게 해."

"너희 집 부자잖아. 그냥 집에 있는 돈 가져가면 될 텐데 왜 여기서 모금을 하는 거야?"

류쥐안이 서글픈 표정을 지으며 대답했다.

"우리 집 돈은 엄마가 전부 다 서랍에 넣고 잠가버렸거든. 남동생은 열쇠가 있어서 마음대로 쓸 수 있는데 난 한 푼도 못 꺼내. 내가 기차표를 살까봐 그러는 거야. 너희들, 베이징 가는 기차표 값이 얼마인지 아니?"

베이징에는 가본 사람이 아무도 없으니 다들 묵묵부답이었다. 그나마 난징南京에 가본 적이 있는 헤이란이 그녀에게 다가가 대야 속에 동전이 얼마나 있는지 세어봤다.

"이 돈으로는 난징도 못 갈 텐데 뭔 놈의 베이징이야?"

헤이란이 음흉하게 웃더니 갑자기 손을 뻗어 류쥐안의 스웨터를 잡아당겼다.

"베이징 기차표 값은 아주 비싸. 이런 보수적인 방법으로는 어림도 없어. 전부 다 보여줘야지. 전부 다 벗으면 더 많은 돈을 모을 수 있다고."

헤이란이 옷을 잡아당기자 류쥐안이 꽥꽥 비명을 질렀다.

"만지지 마! 보여만 주는 거야. 만지지 마!"

날카로운 비명 소리에 주변 여행자들의 시선이 이쪽으로 쏠렸다. 소년들은 뿔뿔이 흩어지며 허둥지둥 범죄 현장을 떠났다. 바오룬은 그 정신없는 와중에 플라스틱 대야에 작은 동전 하나를 던지고 류쥐안의 새하얀 유방을 흘깃 쳐다봤다. 유방 왼편에 검붉은 반점 다섯 개가 마치 복사꽃처럼 보였다. 잠시 후, 소년들은 성벽 위에 모여 복사꽃 숲을 내려다보며 류쥐안의 가슴에 있던 반점을 두고 갑론을박을 벌였다. 모반이라는 둥, 이빨 자국이라는 둥 의견이 분분했는데 바오룬은 헤이란의 의견이 가장 그럴 듯하다고 느꼈다.

"걔네 엄마가 담뱃불로 지진 거야. 딸이 그런 짓거리를 하고 다니니 벌을 준 거지. 류쥐안이 모금하러 나올 때마다 한 번씩 지졌을 거야. 류쥐안이 나온 게 다섯 번쯤이었으니까 흉터도 딱 다섯 개인 거지."

바오룬은 류성을 보는 순간 류쥐안이 생각났고, 류쥐안을 생각하는 순간 눈앞에 새하얀 유방과 검붉은 복사꽃 흉터가 떠올랐다. 갑자기 얼굴이 화끈거려 손바닥으로 뺨을 가리고 냉랭하게 대꾸했다.

"왜 날 찾아왔는데?"

"널 찾아와서 할 수 있는 게 뭐겠어?"

류성이 엄지손가락을 치켜세우고 뒤쪽을 가리켰다.

"가서 사람 좀 묶어줘야겠어. 우리 누나."

바오룬이 고개를 흔들었다.

"안 가. 못 해."

"왜 못 해?"

류성이 눈을 동그랗게 뜨며 항의했다.

"다른 사람이 찾아오면 다 해주면서 나는 안 된다고? 나를 무시하는 거야?"

"여자병동에는 안 가. 난 여자는 묶어본 적이 없어."

바오룬이 콧구멍을 후비며 대꾸했다. 류성은 뭐라고 반박하려다 입을 다물었다. 제 누나를 묶어둬야 할 이유를 설명하려 했는데, 가만 생각해보니 집안의 수치를 떠벌리는 꼴이었다. 그래서 설명 따위는 생략하고 욕지거리를 해댔다.

"제기랄! 여자? 그런 게 무슨 여자야? 나랑 같이 가서 그냥 막 묶어버려. 여자라고 생각할 필요 없어. 전혀!"

바오룬은 류성의 팔을 뿌리치고 일어나 다른 의자에 옮겨 앉았다. 나설 생각이 전혀 없었다.

"내가 무슨 포장기계냐? 네 누나를 묶어야 하면 여자 간병인한테 가봐. 난 절대 여자는 묶지 않아. 그건 남자가 할 짓이 아니야."

대치상태가 길어지자 류성의 표정이 점점 험악해졌다. 그는 바오룬에게 삿대질을 하며 분노를 터뜨렸다.

"너 무슨 전국여성연합회에서 나왔어? 계집애처럼 이것저것 따지기는! 가마라도 가져와서 모셔갈까? 한동네에 살면서 시도 때도 없이 마주칠 텐데 꼭 이래야겠어? 내가 이렇게 정중히 부탁하는데 꼭 내 기분을 더럽게 해야겠냐? 도대체 이유가 뭐야?"

류성은 제 뜻대로 되지 않자 생트집을 잡으며 소란을 피웠다. 바오룬은 병실이 시끄러워질까봐 일단 한 발 물러서기로 했다. 그는 침대 밑에서 밧줄을 꺼낸 후 류성을 데리고 복도로 나갔다.

"결박은 그렇게 어렵지 않아. 간단한 매듭법을 알려줄게. 금방 배울 수 있으니 가서 네가 직접 묶어."

바오룬은 류성에게 밧줄을 잡게 하고 제 몸에 시범을 보였다. 가장 쉽고 간단한 매화매듭을 가르쳐줬다.

"네 누나는 매화매듭이면 충분할 거야. 피부를 상하지 않게 하면서 단단히 묶어둘 수 있어서 가족들이 곤란한 일이 없을 거야."

그러나 가장 간단하고 쉽다던 매화매듭이 류성에게는 쉽지 않았다. 밧줄을 몇 번 돌리다보면 뭐가 뭔지 헷갈렸다. 그는 자기가 부족하다는 생각은 하지 않고 그저 바오룬을 원망하기만 했다. 그러다 갑자기 바오룬 목에 밧줄을 걸어 묶었다.

"매화매듭? 뭔 놈의 매화매듭? 몰라, 몰라. 난 하나도 모르겠으니까, 네가 가서 묶어. 아니면 죽을래?"

류성이 거칠게 나왔지만 바오룬은 굴복하지 않았다. 그는 밧줄을 풀어내고 류성을 쫓아냈다.

"빨리 꺼져! 더 이상 다른 사람들 방해하지 말고 꺼져. 하루에도 수십 번씩 사람들이 내 기분을 더럽게 하거든. 그런 사람이 한둘이 아니라고. 너 하나 늘어난다고 해서 내가 눈 하나 깜빡할 거 같아?"

류성은 이대로 단념할 수 없었다. 그는 잠시 바오룬을 노려보다가 침착하게 말했다.

"좋아, 그럼 조건을 말해 봐. 현금이든 뭐든 필요한 걸 말해봐. 망설이지 말고 편하게 말해. 내일 너희 집으로 돼지 간 한 바구니 보내줄까? 어때?"

"나는 조건 같은 거 없어. 현금도 돼지 간도 필요 없어. 그리고 우리 가족은 돼지 간 안 좋아해."

"그럼 족발 한 바구니 보내줘? 육가공 공장에서 직접 가져온 신선한 돼지 족발! 이건 돈 주고도 구하기 힘든 거야."

류성은 문득 뭔가 떠오른 듯 자신감 넘치는 목소리로 한마디 덧붙였다.

"너는 별로일지 몰라도 네 엄마는 엄청 좋아할 걸? 며칠 전에 우리 가게에서 한참 줄만 서 있다가 결국 못 샀거든. 가게 앞에서 사회풍조가 어쩌고저쩌고 고래고래 소리 지르고 욕하고 아주 난리도 아니었어."

그 말에 바오룬의 마음이 살짝 동했다. 사실 자신도 족발을 무척 좋아했다. 바오룬네 가족 모두다 족발을 정말 좋아했다. 하지만 겨우 족발 한 바구니에 자존심을 팔아넘길 수는 없었다.

"족발 못 먹는다고 죽냐?"

그는 방금 전 류성의 말투를 흉내 내며 비웃었다. 그런데 병실로 돌아가려 발길을 돌리다가 저도 모르게 류성에게로 고개가 돌아갔다.

"아니면, 네 누나를 이리로 데려오는 건 어때? 데려오면 내가 묶어 줄게."

이번에는 류성이 고민할 차례였다. 그는 실눈을 뜨고 남자병동을 이리저리 살폈다. 하필 그때 17번 침대를 쓰는 환자가 흘러내린 바지를 질질 끌며 화장실에서 튀어나오면서 중얼거렸다.

"종이를 아껴. 물을 아껴. 전기를 아껴."

류성은 17번 침대 환자의 아랫도리를 보면서 어떤 비슷한 상황이 연상됐는지 아주 불쾌하고 혐오스런 표정을 지으며 고개를 저었다.

"안 돼. 누나를 여기 데려온 걸 우리 엄마가 알면 난 죽어."

류성은 바오룬의 제안을 거절하고 밧줄을 휘두르며 돌아섰다.

"어딜 가든 말든 이제 상관 안 해. 아무데나 가서 벗으라지. 아예 누드스타가 되면 되겠네. 몰라, 내 알 바 아니야."

말은 그렇게 해놓고도 여전히 포기가 안 됐다. 류성은 계단 앞에서 뭔가 좋은 생각이 떠올랐는지 갑자기 눈빛을 반짝였다. 그는 밧줄로 계단 난간을 후려치며 말했다.

"바오룬, 이리 와 봐. 뭐 하나 물어볼 게 있어."

류성의 눈빛이 음흉스럽게 빛났다. 바오룬은 그 눈빛에 이끌려 저도 모르게 발걸음을 옮겼다. 류성이 바오룬의 어깨를 잡아당기며 입을 가리고 낮은 목소리로 속삭였다.

"바오룬, 여기서 지내자니 많이 답답하지? 여동생 하나 만들어 줄까?"

여동생!

바오룬 또래 남자에게는 아주 민감하고 자극적인 미묘한 단어였다. 도대체 류성이 왜 이런 말을 하는 걸까?

"무슨 여동생? 여동생이 어디 있어?"

"네가 좋아하는 여자애 있잖아. 난 알지."

류성이 바오룬에게 눈을 찡긋하고 따라오라며 고갯짓을 했다.

"가자, 가서 보면 알 거야."

"누구? 내가 누굴 좋아하는데?"

"시치미 떼지 마. 내 소식통이 좀 쓸 만하지. 너, 정원사 손녀 좋아하지? 토끼 키우는 애 말이야. 걔한테 가서 영화 보러 가자고 했다면서? 그랬어, 안 그랬어? 이래도 시치미 뗄 거야?"

바오룬의 당황하는 눈빛은 그것이 일부나마 숨길 수 없는 진심임을 말해줬다. 그는 자조적인 웃음을 흘리는가 싶더니 궁금한 표정으로 류성을 다그쳤다.

"누구한테 들었어?"

"그건 네가 상관할 바 아니고. 아무튼 인정할 거야, 말 거야?"

바오룬은 묵묵히 인정했다. 하지만 절반만이었다. '아무튼 여자애들은 원래 누가 자기를 좋아한다고 착각하는 데는 선수다. 쳇, 자기가 정말 선녀인 줄 아나? 누가 작업을 걸었다고 그래?'

"영화표가 한 장 남는데 버리기 아깝잖아. 마침 그 애랑 마주쳐서 그냥 물어본 거였어."

"영화표가 남았어? 왜 나한테는 말 안했어?"

류성이 코웃음을 치다가 갑자기 바오룬의 어깨를 툭툭 쳤다.

"이제 그런 어리석은 짓은 그만해. 우린 한동네 형제니까 솔직히 얘기해보자고. 먼저 확실히 해두자. 너, 그 애 꼬시고 싶지?"

바오룬은 깜짝 놀라 반사적으로 고개를 흔들다가 류성의 날카로운 눈빛과 마주치자 우물쭈물 대답했다.

"꼭 그런 건 아닌데……. 모르겠어."

제 감정을 숨기지 못하는 바오룬 덕분에 류성의 자신감이 급상승했다. 류성이 실실 웃으며 바오룬을 똑바로 쳐다보다가 느닷없이 손을 쑥 내밀어 바오룬의 바짓가랑이를 공격했다. 류성이 찌르고 바오룬이 움찔하며 슬쩍 피하는 사이, 두 사람 사이를 가로막았던 거리감이 눈 녹듯 사라졌다. 류성이 허물없이 친근하게 바오룬의 귀를 잡아 비틀며 당겼다.

"따라와, 내가 다 알아서 해줄 테니. 그 애랑 같이 영화 보고 싶지? 내가 해결해주지."

류성의 이유 없는 친절이 아직 어색한 바오룬은 그의 손을 뿌리치며 의혹의 눈초리로 물었다.

"너희는 무슨 사이인데? 그 애가 어떻게 네 말을 듣는다는 거야?"

"무슨 사이? 그야 오빠동생 사이지. 내가 그 애 오빠라고."

류성이 바오룬의 어깨를 잡고 밀치며 큰소리쳤다.

"거짓말이면 앞으로 죽은 듯이 입 닫고 산다! 내가 그 애 오빠인지 아닌지, 그 애가 내 말을 듣는지 아닌지, 가보면 알 거 아냐!"

바오룬의 머리는 여전히 류성이 의심스러웠지만 줏대 없는 발은 제멋대로 머리를 배반했다. 이때 불현듯 아주 중요한 문제가 생각났다.

"잠깐! 혹시 네가 그 애를 꼬시고 싶은 거 아냐? 이미 집적댔지? 벌써 넘어온 거 아냐?"

"난 그 애한테 관심 없어. 꼬신 적도 없고. 이상한 상상 하지 마. 그 애가 돈을 벌려고 우리 누나를 돌보고 있거든. 그렇게 벌어간 돈이 벌써 꽤 되지."

바오룬이 살짝 실망한 표정을 보이자 류성이 그를 위로했다.

"네가 잘 몰라서 그러지 여자애들은 다 그래. 돈 한 푼 투자 안 하고 어떻게 오빠가 되겠어?"

바오룬은 경험에서 우러나온 류성의 조언이 크게 와 닿지는 않았지만, 자신이 류성의 마지막 미끼에 걸려들었다는 사실만은 분명히 느꼈다. 그는 굶주린 물고기가 덥석 미끼를 물듯 자연스럽게 끌려갔다. 바깥으로 나오니 눈부신 햇살, 부드러운 봄바람, 만개한 목련꽃이 그들을 맞이했다. 바오룬은 지금까지 꽃에 관심을 가져본 적이 한 번도 없었는데 오늘따라 탄탄하고 가느다란 목련 꽃망울이 그의 눈길을 사로잡았다.

'예쁘다고 칭찬하려면 글재주가 좀 있어야 할 텐데. 네 얼굴은 목련

꽃처럼 예뻐, 라고 해도 괜찮을까?'

목련나무에 앉아 있던 금빛 황갈색 테두리를 두른 나비 한 마리가 그의 머리 위를 스쳐 지나갔다. 바오룬은 나비에 관심을 가져본 적이 한 번도 없었지만 오늘은 나비가 아름다워 보였다. 나비를 보니 그 애의 새하얀 목덜미가 떠올랐다. 봄이 되면 그녀의 새하얀 목덜미에 늘 보랏빛 나비리본 장식이 나풀거렸다. 류성의 낚싯대에 걸린 미끼를 덥석 물고 물 밖으로 나온 물고기. 바오룬은 왠지 모르게 숨이 막히고 어지러웠다. 류성이 가져간 바오룬의 밧줄이 그의 팔에 걸려 시계추처럼 흔들렸다. 흰색과 녹색으로 타래타래 꼬인 밧줄은 매혹적이면서 사악했고 심지어 허무함까지 휘휘 감아냈다. 4월은 4월이다. 사방 곳곳에 욕망이 만들어낸 온갖 함정이 도사리고 있었다. 선녀, 선녀, 선녀……. 도대체 어쩌다 이렇게 됐을까? 언제부터 그 애를 좋아하게 된 것일까? 그의 몸은 이미 이 상황에 조금씩 적응해갔지만 머리는 여전히 혼란스러웠다. 어쨌든 모든 일은 이번 봄에 일어났다. 올해 봄은 이상한, 정말 이상한 봄이었다.

여자병동 앞 풀밭에 파란 철제 토끼장이 놓여 있다. 그 안에 작고 깜찍한 인형 같은 토끼 두 마리―흰색 한 마리, 회색 한 마리―가 야채 잎 더미 위에 얌전히 앉아 있었다. 햇볕을 가리려고 토끼장 위에 낡은 밀짚모자를 덮어놓았다. 분명 선녀의 토끼장이었다. 류성의 말은 거짓이 아니었다. 선녀의 토끼장을 찾으면 선녀를 볼 수 있다. 바오룬은 이 사실을 누구보다 잘 알았다.

"조금만 기다려. 그 애가 곧 나올 거야."

바오룬이 쪼그려 앉아 토끼장에 손가락을 넣자 토끼들이 다가와 킁킁 냄새를 맡았다. 하지만 냄새가 고약한지 금세 고개를 돌리고 야채

잎 더미로 돌아갔다. 이때 계단 쪽에서 날카로운 외침이 들려왔다.

"그 더러운 손 당장 치워! 누가 내 토끼 만지랬어?"

바오룬이 얼른 손을 거두고 고개를 돌렸다. 건물 입구에서 튀어나온 선녀가 보랏빛 나비리본을 휘날리며 바람처럼 달려왔다. 마치 행운의 나비가 날아드는 것 같았다. 바오룬은 선녀가 지나가도록 살짝 옆으로 길을 비켜줬다. 달려들어 계속 자기를 욕할 줄 알았는데, 선녀는 토끼장을 들고 곧바로 류성에게 다가갔다.

"오빠, 언니한테 자장가 불러줬어. 언니가 잠들 때까지 다섯 곡이나 불렀어."

선녀가 류성을 보며 생긋 웃었다. 그리고 류성의 재킷 주머니를 툭툭 치며 이렇게 말했다.

"오빠, 오늘 계산하는 날인 거 알지? 난 머니^{Money}가 많이많이 필요해!"

10. 정원사 손녀

정원사 할아버지는 징팅병원 녹화사업의 일등공신이었다. 산간 오지 마을에서 자란 그는 귀가 신통치 않고 발음이 부정확해 말이 빨라지면 외국어처럼 알아들을 수가 없었다. 그래서 할아버지는 처음 보는 사람에게는 말을 좀체 하지 않고 그저 웃는 낯으로 대신했다. 그런데 신기하게도 징팅병원의 나무와 화초들은 할아버지의 말을 잘 알아듣고 그의 지시에 따라 보기 좋고 아름답게 쑥쑥 자랐다. 지난 몇 년, 징팅병원은 여러 번 환경정리 사업을 시행했지만 어느 누구도 정원사 할아버지의 숙소는 건드리지 못했다. 덕분에 할아버지 가족은 병원담장 앞 양철집에서 마음 편히 지낼 수 있었다. 위치와 외형 때문에 이 양철집을 공중화장실로 오해하는 사람이 많아 주변 위생이 매우 열악했다. 그래서할아버지는 병원 행정실에 가서 담벼락에 '이곳에 대소변 엄금'이라는표어를 써달라고 부탁했다. 담당 행정관은 좀 배운 사람이라 할아버지가 말한 표어가 너무 교양 없게 느껴졌다. 그는 잠시 생각한 후 훨씬 교양 있는 표어를 만들었다.

묘목 경작지, 관계자 외 출입금지

정원사 할아버지 가정에는 여러 가지 사연이 있었다. 할아버지 부부는 아이를 갖지 못했다. 소문에 의하면 할아버지가 어렸을 때 들개한테 불알을 물렸다고 한다. 반평생 홀아비로 살다가 뒤늦게 인연을 맺은과부 역시 아이를 낳지 못하는 여자였고, 같은 아픔을 가진 사람끼리서로 보듬으며 살았다. 생식능력은 사랑의 절대 조건이 아니다. 어느 날할아버지 부부는 고향 마을에 다니러 갔다가 손녀라며 비쩍 곯은 여자아이 하나를 데려왔다. 자식도 없는데 손녀가 웬 말인가? 하지만 사람들은 두 사람의 아픔을 굳이 들추지 않고 대신 아이의 이름이 뭐냐고물었다. 할아버지는 당황해하며 얼른 답을 하지 못했다.

"그게, 시골에서 애들 이름이 뭐 그리 중하겠나? 그냥 언년이여."

이 말을 들은 여자아이가 갑자기 할아버지를 찰싹 때리며 버럭 화를 냈다.

"너나 언년이 해라!"

할아버지에게 강한 불만을 표시한 아이는 자신 있게 자기소개를 이어갔다.

"난 선녀야! 내 이름은 선녀라고!"

여자아이는 제 이름을 스스로 지었다. 선녀.

그 후로 사람들은 여자아이를 선녀라고 불렀다.

선녀는 정원사 할아버지 부부의 보살핌 속에 온실 속 화초처럼 자랐다. 다만 징팅병원 나무와 화초들도 모두 친구가 있는데 선녀만 친구가 없었다. 징팅병원이라는 특수한 환경 때문에 선녀 곁에는 늘 자신의 그림자뿐, 또래 친구를 만날 수 없었다. 어려서부터 놀기를 좋아했던 선녀는 시골 아이들과 했던 놀이를 생각해냈다. 흙바닥에 커다란 사방치기 판을 그리고 그 옆에 쪼그려 앉아 누군가 지나가기를 애타게 기다렸다. 사방치기를 같이 할 사람이 필요했다. 그때 선녀는 너무 어려서 정신 상태가 온전하지 않은 사람을 구별하지 못해 모든 사람을 차별 없이 대했다. 선녀가 끌어들인 친구 중에는 원래 산책을 하면 안 되는 환자들도 있었다.

사람들은 대부분 아이를 좋아하는데 미친 사람도 예외가 아니었다. 선녀를 볼 때마다 주머니를 뒤져 과일사탕을 주는 환자가 있었는데, 사탕이 없을 때는 알약으로 체면치레를 했다. 이 알약은 대부분 진정제로, 겉면이 알록달록하고 달콤했다. 선녀는 알약을 빨아먹다가 설탕물이 다 빠지고 쓴 맛이 나오기 시작하면 재빨리 뱉어버렸기 때문에 큰 문제는 없었다. 그런데 하루는 잘못해서 알약을 삼켜버렸다. 한창 놀던 중 약기운이 돌기 시작하자 선녀는 친구를 내버려두고 그만 잠들어버렸다. 사방치기 판이 그려진 흙바닥에 쓰러져 잠든 선녀는 지쳐 쓰러진 강아지 같았다. 집안에 있던 할머니는 한참 동안 손녀 목소리가 들리지 않자 밖으로 나가봤다. 안경 낀 남자 환자가 잠든 선녀 위를 한쪽 발로 뛰어넘어 다니고 있었다. 안경 때문에 얼핏 점잖은 사람 같았지만 자세히 보니 잇몸을 드러내고 극도로 흥분해 환호성을 지르고 있었다. 할머니는 너무 놀라 등골이 서늘했다. 당장 대나무 막대기를 들고 가 바닥을 내려치며 환자를 쫓아버리고 선녀를 안아 집안으로 들어갔다.

할머니는 전혀 배우지 못하고 아는 거라곤 미신뿐이라 정신병 환자가 어떻게 위험한지 잘 설명하지 못하고 엉뚱한 말로 겁만 줬다.

"여기 있는 환자들은 다 귀신 들린 사람들이야. 자꾸 사탕 얻어먹고 같이 놀면 저놈들이 네 혼을 뺏어갈지도 몰라."

할머니가 손발을 동동 구르며 말했다.

"선녀야, 우리 선녀. 다시는 저 사람들이랑 같이 놀면 안 된다. 또 그러면 저 놈들이 네 혼을 뺏어간단 말이야."

선녀는 조금 전 정신을 잃었을 때 그 안경 낀 남자가 제 몸 위를 뛰어넘어 다니던 모습을 어렴풋이 떠올렸다. 땅이 가라앉고 귓가에 이상한 북소리가 들리는 것 같았다. 남자의 다리를 피하고 싶었지만 도저히 팔을 올릴 수도 눈을 뜰 수도 없었다. 북소리가 끊임없이 들리고 몸이 계속 바닥으로 가라앉는 것 같았다. 그러다 완전히 정신을 잃었다. 할머니 말을 들으니 그 느낌이 혼이 나가는 징조인 것 같아 덜컥 겁이 났다. 자기가 사람을 잘못 봤다는 생각은 하지 않고 엉엉 울면서 할머니를 원망했다.

"다 할머니 때문이야! 할아버지 때문이야! 왜 이런 데서 귀신이랑 사는 거야? 난 왜 유치원에 갈 수 없어?"

"우리도 귀신이랑 사는 게 좋아서 그러는 게 아니야. 널 유치원에 보내기 싫은 게 아니란다. 네 할아버지가 능력이 없는 탓이지. 나무 심고 화초 기르는 것 말고 할 줄 아는 게 없잖니. 여기 말고는 우리 같은 시골 사람을 받아주는 데가 없단다."

이 일로 정원사 할아버지도 마음이 아팠지만 손녀에게 정상적인 또래 친구를 만들어 줄 방법은 여전히 없었다. 대신 시장에서 토끼를 사 왔다. 토끼가 손녀의 좋은 친구가 되길 바라며.

다행히 이 방법은 효과가 좋았다. 선녀는 토끼를 아주 좋아했다. 토끼 친구가 생긴 후로는 지나가는 사람과 어울리는 일이 없어졌다. 선녀는 토끼에게 이름을 지어줬다. 처음에는 흰 토끼를 흰둥이, 회색 토끼를 회둥이라고 불렀다. 학교에 다니기 시작하면서 보고 듣는 것이 많아지자 흰둥이, 회둥이가 촌스럽게 느껴졌다. 외국 이름이 근사하고 멋진 것 같아 마리, 루시, 잭, 윌리엄이라고 불렀다.

선녀는 깊고 적막한 숲속에서 자란 외로운 가시나무처럼 늘 온몸에 날카로운 가시가 돋쳐 있었다. 분홍색 알약을 삼키고 기절했던 그날 이후 선녀는 세상에 대한 믿음이 완전히 사라졌다. 선녀가 호의와 애정으로 대하는 세상은 오직 토끼장뿐이었다. 토끼에게만 애정을 쏟다보니 외부 세계에 대한 배타성이 점점 강해졌다. 안타깝게도 선녀의 주변에는 그런 왜곡된 세계관을 바로잡아줄 사람이 없었다. 이런 상태가 지속된 결과 죄 없는 사람에게 분노를 표출하는 일이 잦았기 때문에 병원 안에서나 밖에서나 좋은 인상을 주지 못했다. 자기를 키워준 노부부는 물론 주변 모든 사람에게 무례하고 거만했다. 사람들은 선녀의 분노를 이해하지 못하고 점점 그녀를 멀리했다.

선녀는 누가 봐도 예쁜 소녀였다. 특히 토끼 먹이를 줄 때 고개를 갸우뚱하고 오물거리는 토끼 입을 흉내내는 모습은 아주 귀엽고 사랑스러운 사춘기 소녀 그 자체였다. 봄이 되면 목동이 양을 풀어놓듯 선녀

참새 이야기

는 풀밭에 토끼를 풀어놓았다. 바오룬은 선녀가 풀이 새로 돋아난 풀밭에 토끼를 풀어놓고 토끼장 옆에 앉아 무릎 위에 책을 펼쳐 놓고 있는 모습을 여러 번 봤다. 하지만 손톱을 물어뜯거나 멍하니 토끼를 바라볼 뿐 책은 읽지는 않았다. 사실 이것보다 더 익숙한 것은 토끼장을 들고 병원 곳곳을 돌아다니는 모습이었다. 도도한 눈빛에 턱을 치켜든 그녀는 악귀로부터 소중한 보물을 지키려는 소녀 검객 같았다. 작고 여윈 얼굴에 까맣게 반짝이는 아몬드 같은 눈과 작은 코와 입이 오밀조밀 모여 완벽한 균형을 이뤘으나 치기 어린 고약한 심술과 분노는 감출 수 없었다. 정확한 이유는 알 수 없지만 이 분노는 현실도피적이고 아주 신경질적이었다. 선녀는 늘 사나운 눈빛으로 사람들을 바라보고 쫓아버렸다. '저리가, 저리 가, 가까이 오지 마.' 선녀의 아우라는 늘 특이하고 난해했다. 바오룬은 그 안에 담긴 의미를 도저히 이해할 수 없었지만 좋아해서, 좋아하니까, 종종 머릿속으로 그녀에게 편지를 써보곤 했다. 하지만 교양 수준이 낮은 탓인지 '친애하는 선녀 동지'라고 쓰고 나면 아무 말도 생각나지 않았다.

어느 날 바오룬은 보일러실에서 더운 물을 뜨러 온 선녀를 만났다. 어렵게 용기를 낸 그는 그녀의 등에 대고 소리쳤다.

"거기!"

선녀가 천천히 몸을 돌렸다.

"누굴 부르는 거야? 거기가 누구야?"

바오룬이 움찔해서 한 발 물러서며 대꾸했다.

"너 말이야. 우리 본 적 있지? 내가 영화표가 한 장 남는데, 영화 보러 갈래?"

선녀가 빙긋 웃으며 고개를 돌리고 잠시 생각하는가 싶더니 큰 모욕을 당한 표정으로 바오룬을 노려봤다.

"본 적 있는 사람이 한둘이 아닐 텐데? 제일 많이 본 사람은 엄마겠지? 네 엄마랑 같이 봐."

이렇듯 선녀의 무례함은 그녀의 개성 혹은 습관이 된 지 오래였다. 바오룬은 류성이 도대체 어떤 방법으로 선녀의 '오빠'가 됐는지 궁금했다. 바오룬 입장에서는 아주 열 받는, 도저히 풀 수 없는 미스터리였다. 어느 날 류성이 남자병동 앞에서 바오룬에게 빨리 내려오라며 고함을 질렀다.

"자, 약속 지키러 왔다. 같이 영화 볼 수 있게 다 준비해놨어."

선녀가 같이 영화를 보겠다고 했단다. 단, 몇 가지 조건이 있었다. 징팅병원에서 서쪽으로 300미터 떨어진 버스 정류장으로 데리러 올 것, 영화관은 노동자문화궁, 영화는 로맨스 외화, 영화 관람 후 꼭 롤러스케이트장에 갈 것.

바오룬은 즉각 거부반응을 보이며 투덜거렸다.

"무슨 결혼하는 것도 아니고 영화 한 편 보는데 뭐가 이렇게 복잡해?"

"이게 뭐가 복잡해? 너한테 기회를 준 거잖아. 선녀는 노는 걸 아주 좋아하니까 비위 좀 잘 맞춰봐. 이것저것 많이 할수록 너한테 기회가 많아지는 거라고."

"무슨 기회?"

류성이 음흉하게 웃으며 바오룬의 어깨를 툭툭 쳤다.

"내 앞에서 자꾸 시치미 뗄 거야? 넌 무슨 기회를 바라는데? 네가 바라는 기회, 그게 뭐든 바로 그 기회가 생기는 거야!"

사실 바오룬은 영화 이외의 계획은 부담스러웠다. 특히 롤러스케이

트장 비용이 그랬다. 예전에 노동자문화궁 롤러스케이트장에 놀러갔다
가 롤러스케이트를 도둑맞은 일이 있었다. 스케이트장에서는 롤러스케
이트 분실을 막으려고 보증금을 아주 비싸게 받았다. 주머니 사정이 넉
넉지 않은 바오룬은 걱정스러운 표정으로 류성에게 물었다.

"혹시, 요즘 롤러스케이트장 보증금이 얼마인지 알아?"

"돈이 없어? 괜찮아. 패기가 없는 게 문제지, 돈 없는 건 별거 아냐.
그럼, 내가 좀 빌려줄까?"

자존심이 센 바오룬은 얼굴이 벌겋게 상기됐다.

"누가 돈이 없대? 돈이 뭐 대수야? 요즘 우리 엄마 금고에 돈 많아.
안 주면 그냥 들고 나오면 돼."

그날, 날씨가 좋지 않았다. 하늘이 종일 우중충하더니 부슬비가 흩
날리기 시작했다. 버스정류장 앞에 서 있는 선녀가 보였다. 손수건 여러
장을 겹쳐 만든 모자, 흰색 바탕에 빨간 잔꽃 무늬가 있는 하얀 티셔츠,
파란 청치마를 입고 커다란 책가방을 메고 있었다. 통학 버스를 기다리
는 평범한 여학생처럼 보였지만, 바오룬 눈에는 아주 예쁜 여학생이었
다. 병원 밖에서 만나는 것은 처음이라 왠지 모르게 불안하고 긴장이
됐다. 자전거를 타고 온 그는 도로 한가운데서 몇 바퀴 돌다가 버스정
류장 앞으로 갔다.

"노동자문화궁 가지? 타."

바오룬은 그때 선녀가 호통 치듯 내뱉은 말을 똑똑히 기억한다. 그
녀는 낡은 자전거에 대한 불쾌함을 여지없이 드러냈다.

"이 낡은 자전거로 노동자문화궁까지 간다고? 말도 안 돼. 헛소리도
정도껏 해야지!"

선녀는 완전히 속았다는 표정으로 한참 동안 바오룬을 노려봤다.

"오토바이 없어? 하얀 헬멧은?"

"무슨 오토바이? 무슨 하얀 헬멧?"

"너, 뤄 선생님 아들 아니야? 기야, 아니야? 너희 집 오토바이 어디 갔어? 헬멧은? 내가 미리 말했잖아. 난 하얀 헬멧 쓸 거라고!"

이제 보니 별 해괴망측한 조건이 또 있었네. 바오룬은 그제야 이 모든 것이 류성의 장난임을 알았다. 선녀는 속은 게 아니라 사람을 잘못 본 것이었다. 바오룬은 너무 창피하고 화가 나 버럭 소리를 질렀다.

"뤄 선생 아들이 아니라 뤄 선생 애비다, 어쩔래! 오토바이 같은 건 없어. 자전거뿐이야. 그래서 노동자문화궁에 갈 거야, 말 거야? 셋 셀 동안 대답 안 하면 됐어! 관둬! 하나, 둘, 들었어? 듣고 있어? 이제 금방 셋이야!"

흔들리는 눈동자. 선녀는 손톱을 깨물며 망설이다가 새로운 조건을 제시했다.

"바보야! 오토바이가 없으면 빌리면 되잖아. 빨리 징팅병원에 다녀와. 거기 오토바이가 한두 대야? 여자병동에만 해도 몇 대나 있다고. 9호 침대 환자 남동생, 36호 침대 환자 남편, 그리고 의사들 오토바이는 더 많아. 그중에서도 뤄 선생님 오토바이가 제일 근사하고 멋져. 새하얀 야마하! 일본에서 수입한 거래. 늘 화단 옆에 세워두던데, 너 뤄 선생님 알지? 빨리 가서 한 번만 빌려달라고 해."

"그럼, 뤄 선생이랑 가든가."

바오룬은 힘껏 자전거 페달을 밟으며 버스정류장을 떠났다. 한참 달렸다고 생각했는데 문득 등 뒤에서 이상한 바람소리가 들리는 것 같았다. 고개를 돌려보니 선녀가 쫓아오고 있었다. 선녀가 나를 쫓아오다니! 그녀는 숨을 헐떡이며 아주 빠르게 달려왔다. 가방에 뭐가 들었는지 짤랑거리는 소리가 요란했다. 작고 오밀조밀한 얼굴이 빗물에 흠뻑 젖었고 분노한 눈빛이 날카롭게 반짝였다. 얼굴 표정이나 달리는 폼이 꼭 흉악범을 뒤쫓는 경찰 같았다. 바오룬은 놀라고 당황스러워 저도 모르게 속도를 늦췄다. 기다리라고 소리칠 줄 알았는데 말없이 달리기만 했다. 결국 바오룬인 먼저 멈췄다.

"아직 뭐가 더 남았어?"

그 말이 끝남과 동시에 눈앞에 검은 물체가 날아왔다. 짤랑짤랑 소리가 요란하던 커다란 책가방이었다.

바오룬은 급하게 피했지만 뭐가 들었는지 알 수 없는 가방이 왼쪽 어깻죽지를 스치고 지나갔다. 어깨가 얼얼할 정도로 아팠다. 곧이어 꽈당 소리와 함께 자전거가 길바닥에 나자빠졌다. 책가방으로 맞아본 건 난생처음이었다. 크게 위험하지는 않았지만 매우 모욕적이었다. 떨어진 가방에서 맹물이 담긴 코카콜라병이 굴러 나왔다. 그는 코카콜라 병을 주워 들고 선녀를 향해 휘둘렀다. 하지만 선녀는 아주 민첩했다. 통통 공 튀기듯 뛰어가며 바오룬의 반격을 피했다. 마지막으로 훌쩍 뛰어올라 자전거 뒤로 몸을 숨겼다. 자전거를 방패삼아 바로 뒤에 붙어 서서 두 손을 허리에 얹고 무섭게 바오룬을 쩨려봤다.

"뭐야? 감히 날 때렸어? 누가 내 병 만지랬어? 빨리 내 놔!"

선녀는 기선제압이 매우 효과적이라는 사실을 잘 알기에 과장된 표정으로 복수의 칼날을 갈았다. 방금 몇 백 미터를 전력질주 한 터라 그녀의 작고 탄탄한 유방이 티셔츠 안에서 파도처럼 출렁거렸다. 그 출렁임에서도 타오르는 분노의 불꽃이 느껴졌다. 바오룬은 선녀의 분노를 분명히 느꼈지만 꾹 참고 순순히 코카콜라 병을 가방에 넣었다. 그런데 선녀가 끝까지 트집을 잡았다.

"어딜 가? 이 사기꾼아! 어디 또 때려 보시지!"

선녀가 삿대질을 해대며 악을 썼다.

"감히! 이 세상에 날 때릴 수 있는 사람은 아무도 없어!"

선녀의 눈가에 눈물이 맺혔다. 작고 투명한 눈물. 바오룬은 그 작은 얼굴의 변화무쌍함이 너무 놀라워 할 말을 잃었다. 눈물은 분노를 희석시키고 대신 억울, 원망, 증오를 끓어오르게 했다. 빗물에 흠뻑 젖은 선녀의 얼굴은 싱그럽고, 독특하고, 섹시했다.

"뭐라고 쫑알거리는 거야? 네가 날 때렸지, 내가 언제 널 때렸어? 너, 나한테 맞았어?"

"네가 날 못 때린 거지, 안 때린 건 아니잖아. 네가 멍청해서 못 때린 거잖아!"

서로 한 대씩 주고받았으니 대략 공평해진 셈이었다. 바오룬이 자전거에 올라타며 대꾸했다.

"그래, 난 맞아도 싸! 그렇다고 치자고. 난 류성 자식을 찾아서 끝장을 봐야겠어."

이 순간 바오룬 앞에 펼쳐진 도로는 보통의 도로가 아니라 적막하고 막다른 세계로 향하는 입구였다. 류성에게 속았다. 아마 선녀도 속았겠지. 바오룬은 천천히 자전거 페달을 밟으며 다음 목적지를 생각했다. 징팅병원으로 돌아갈까, 혼자라도 영화관에 갈까, 아니면 이대로 참죽나무거리에 가서 류성이랑 끝장을 볼까? 쉽게 결정을 내릴 수 없었다. 모두 그의 본래 계획과는 거리가 멀었다. 완벽했던 하루 계획이 한순간에 뒤죽박죽이 됐다. 남은 하루, 이제 뭘 해야 할지 갈피를 잡을 수 없었다.

눈앞에 펼쳐진 도로가 이렇게 적막하게 느껴지기는 처음이었다. 뽀얀 흙먼지를 뒤집어쓴 길가의 푸른 잎은 비가 많이 내리지 않아 깨끗해지기는커녕 물 얼룩이 생겨 더 더러워졌다. 9km 표지석 옆에 늙은 느릅나무가 있었다. 봄이면 수없이 많은 까마귀가 날아와 느릅나무 가지마다 둥지를 틀고 쉴 새 없이 지저귀며 봄의 아름다움을 알렸다.

물론 봄이 꼭 아름답기만 한 것은 아니다. 바오룬이 트럭을 얻어 타고 처음으로 할아버지를 보러 왔던 때가 작년 4월, 봄기운이 완연할 때였다. 집으로 돌아가는 길에 9km 표지석 앞을 지나가는데 그 앞에 사람들이 잔뜩 모여 왁자지껄했다. 느릅나무 밑에 한 남자가 누워 있었다. 아니, 죽어 있었다. 바오룬은 남자의 목에 감긴 끊어진 밧줄을 똑똑히 기억했다. 대략 1미터 길이로, 마치 죽은 남자의 줄무늬 환자복 위를 기어가는 비단뱀처럼 보였다. 뱀 머리는 풀밭에 처박혔고 꼬리는 남자의 아랫배에 늘어져 있었다. 남자의 맨발바닥이 도로를 향하고 있었다. 군데군데 거뭇거뭇한 진흙이 붙어 있어 마치 대형 야생 버섯 같았다.

바오룬은 문득 마음이 텅 빈 것처럼 허전했다. 방금 여자에게 차인 사실도 잊었다. 다 포기하려는 찰나 갑자기 상황이 반전됐다. 먼저 유리병 짤랑거리는 소리가 가까워지더니 곧이어 가쁜 숨소리가 들렸다. 소리만으로 선녀가 쫓아오고 있음을 알 수 있었다. 바오룬은 고개도 돌리지 않고 경고만 보냈다.

"또 제멋대로 굴어 봐! 이번엔 안 봐줘!"

선녀는 아무 대꾸 없이 헉헉거리며 전력질주를 했다. 잠시 후 뭔가 자전거 뒷부분을 강하게 짓누르면서 핸들이 흔들렸다. 선녀가 올라탄 것이었다. 바오룬이 코웃음을 쳤다.

"자전거 같은 건 안 탄다며? 누구 맘대로 내 자전거에 올라타? 당장 내려!"

선녀가 아랑곳하지 않고 손가락으로 그의 등을 쿡 찌르며 쫑알거렸다.

"같이 가주는 게 어딘데, 잘난 척이야? 특별히 네 사정 봐서 타주는 거라고."

순간 바오룬은 분노가 눈 녹듯 사라졌지만 왠지 넙죽 엎드리기는 싫었다.

"내려, 내려!"

바오룬은 핸들을 꼭 쥐고 운전에 집중하면서 입으로는 계속 투덜거렸다.

"내 사정 봐주지 않아도 되니까 가서 뭐 선생네 오토바이나 타라고."

"좋은 말로 할 때 그냥 들어. 꼭 억지로 시켜야 말을 듣니? 좋아, 그럼 시키는 대로 해. 날 노동자문화궁까지 데려다줘."

"웃기고 있네. 내가 왜 네가 시키는 대로 해?"

"왜냐고? 니들이 한통속이 돼서 날 속였잖아. 내가 그렇게 쉽게 넘어갈 거 같아? 감히 날 속여? 그 대가를 치러야지!"

바오룬은 선녀가 말하는 배려나 대가의 의미가 이해되지도 않았고 자존심 때문에 인정할 수도 없었다. 어떻게 해야 하나 한참 망설이는데 갑자기 하늘이 어두워지면서 빗줄기가 굵어졌다. 그는 하늘을 올려다보며 말했다.

"비가 많이 오겠어. 그래, 내가 하느님 체면을 봐서 봐준다. 그래, 내가 널 속였다고 치자."

이렇게 해서 선녀는 바오룬 자전거의 첫 여자 손님이 됐다. 비 때문에 들판의 잠자리들이 낮게 날았다. 복잡한 심경으로 도로를 가로지르며 자전거를 달리는 바오룬을 위로하듯 잠자리가 그의 머리를 스치고 지나갔다. 곧이어 선녀가 경쾌하게 소리쳤다.

"이야! 잠자리다!"

바오룬이 걸걸한 저음으로 선녀 말을 따라 했다.

"이야, 잠자리다."

바오룬의 장난은 곧바로 대가를 치렀다. 선녀가 그의 등짝을 후려쳤다.

"이게 웃겨? 여자 말 흉내내는 게 웃기냐고! 더구나 그런 목소리로, 징그러!"

바오룬은 입을 꾹 다물었다. 그는 어쩔 수 없이 참고 양보해야 할 때나 혹은 몰래 혼자 기쁨을 느낄 때 침묵했다. 들판에서 불어오는 바람은 습하고 무거웠다. 문득 은은하게 풍겨오는 맑은 꽃향기가 온몸을 휘감는 것 같았다. 재스민향인가, 치자꽃향인가? 이 향기 너한테서 나는 거야? 이거 무슨 향기야? 바오룬은 물어볼까 말까 여러 번 망설였지만 결국 부끄러워 입을 열지 못했다. 이 순간 그녀와의 거리는 불과 2센티미터, 아니 1센티미터. 흠뻑 젖은 선녀의 몸에서 나오는 따뜻한 온기가 느껴졌다. 특히 어쩌다 그녀의 어깨가 닿으면 그녀의 체온이 고스란히 그의 등에 전달됐다. 그 순간 바오룬 몸속 비밀통로에 불이 켜지고 뜨거운 열기가 홍수처럼 밀려와 그의 몸과 마음을 뒤덮었다.

바오룬은 그 긴 시간을, 선녀와의 소중한 대화 기회를 허무하게 낭비해버리고 말았다. 대화의 시작은 그런대로 괜찮았다.

"오토바이가 뭐가 신기해? 왜 꼭 오토바이를 타야 하는데?"

그녀의 대답은 정말 어이없었다.

"오토바이를 타면 헬멧을 쓸 수 있잖아. 난 헬멧 쓰는 게 좋아. 특히 하얀 헬멧은 너무 예뻐."

"류성은 어떻게 알게 됐어?"

"돈 벌려고. 류성 누나한테 우유를 배달해줬거든."

"우유 한 병에 얼마를 벌 수 있는데?"

선녀는 그런 것까지 자세히 말하고 싶지 않아 대충 에둘러 대답했다.

"류성 누나 말고도 여러 환자에게 우유를 배달해. 난 돈 벌어서 라디오를 살 거야."

"라디오를 왜 사는데?"

"노래 배우려고."

선녀가 갑자기 욱하며 반격을 가했다.

"넌 라디오 갖고 싶지 않아? 하긴 갖고 싶지 않은 게 아니라 못 사는 거겠지."

'사람 무시하지 마. 우리 집은 월세 수입도 있어. 이제 곧 우리 집도 샨푸치라이가 될 거야. 라디오는 물론이고 텔레비전도 살 수 있다고.'

바오룬은 이렇게 말하고 싶었지만 여자 앞에서 돈자랑 하는 것이 왠지 부끄럽게 느껴져 결국 그 말은 하지 못했다.

"그래, 그렇다 치자. 난 가난해서 라디오도 못 사는 인간이야."

바오룬은 기본적으로 남자가 여자 논리에 따라줘야 한다고 생각했기 때문에 계속 선녀에게 양보했다. 그런데 이 순간 오랫동안 그의 머릿속에 똬리를 틀고 있던 어리석은 질문이, 바오룬의 양보에 몇 번이나 숨죽였던 이 어리석은 질문이 결국 고개를 들고 말았다.

"넌 왜 그렇게 류성 말을 잘 듣는 거야? 류성이 시키면 아무하고나

영화 보러 가는 거야?"

"속았어. 네가 뭐 선생님 아들이라고 했단 말이야. 예전에 그 애가 검은 가죽 바지에 하얀 헬멧을 쓰고 오토바이를 타고 가는 걸 봤는데 정말 멋졌어!"

선녀는 바오룬의 몸이 경직되는 것을 느끼고 잠깐 머뭇거리다 한마디 덧붙였다.

"넌 뭐 선생님 아들은 아니지만 정직하고 성실해 보여서 좋아. 최소한 나쁜 놈은 아닌 거 같아."

하지만 바오룬은 이미 마음이 상한 터라 혀가 제멋대로 움직였다.

"네가 뭘 알아? 나쁜 놈이 이마에 나쁜 놈이라고 써 있냐?"

그리고는 절대 하지 말아야 할 말까지 해버렸다.

"넌 류성이 먹으라면 똥도 먹을 거지?"

1초 간의 침묵, 곧이어 찰싹 소리와 함께 선녀의 손이 바오룬의 뺨을 강타했다. 바오룬은 뺨이 얼얼했다. 어떤 변명도 소용없어 보였다. 사실 바오룬은 이 '질투'라는 감정을 어떻게 변명해야 할지도 몰랐다. 자전거에서 뛰어내린 선녀는 그의 등에 침을 뱉었다.

"너 같은 놈이랑 영화를 보는 인간이야말로 똥 먹을 인간이다!"

선녀는 가방을 둘러메고 징팅병원 방향으로 뛰어갔다. 그러다 분이 덜 풀렸는지 갑자기 멈추고 돌아섰다. 그리고 손가락으로 제 머리를 찌르며 바오룬에게 고함을 질렀다.

"당장 징팅병원에 가서 수술 받아. 넌 머리통을 갈라봐야 해. 아마 머릿속에 세균이 득실득실할 거야. 머리통 열고 소독약 뿌리고 철수세미로 박박 긁으라고!"

바오룬은 제 잘못을 깨닫고 크게 후회했다. 마음으로는 사과하고 싶었지만 도저히 입이 떨어지지 않았다. 많은 사람들이 습관처럼 미안하다고 말하지만 바오룬은 이런 습관을 기르지 못했다. 그는 자전거를 타고 쫓아가 선녀 주위를 빙빙 돌았다. 하지만 '미안해'라는 세 글자는 끝내 말하지 못하고 느닷없이 주머니에서 영화표를 꺼낸 후 한 장을 뜯어 선녀에게 내밀었다.

"네 표야. 가든 말든 맘대로 해."

선녀가 매몰차게 손을 뿌리쳤다.

"멍청하긴! 내가 그깟 영화표 한 장 못 살까봐? 꺼져!"

영화표를 쥔 채 어쩔 줄 몰라 하던 바오룬은 문득 선녀가 9km 표지석 옆에 서 있음을 알아차렸다. 바로 옆 늙은 느릅나무는 세찬 바람을 맞은 듯 나뭇가지 하나가 부러졌지만 여전히 메마른 가지에 푸른 잎을 틔웠다. 그 나뭇가지가 선녀 머리 위로 늘어져 있었다. 바오룬은 무슨 생각이 들었는지 갑자기 영화표를 접어 부러진 나뭇가지 끝에 돌돌 말았다.

"가져가든 말든 네 맘대로 해. 마지막으로 정말 널 위해서 하는 말인데, 거기 서 있지 않는 게 좋을 거야. 그 나무에서 목 매 죽은 사람이 있어."

바오룬은 자전거 속도를 높여 빠르게, 점점 더 빠르게 멀어져갔다. 최대한 빨리 이곳을 벗어나고 싶었다. 인생의 첫 데이트는 이렇게 실패로 돌아갔다. 기회, 무슨 기회? 이제 모든 기회가 사라졌다. 왠지 모르게 수치스러웠다. 어느새 성문에 진입했다. 그는 성벽 아래에 자전거를 세우고 심호흡을 하며 숨을 가라앉혔지만 화는 가라앉지 않았다. 빗줄기가 더욱 거세졌다. 쏴아, 쏴아. 성벽 주변 공기에 비릿한 흙냄새가 진동했다. 바오룬은 목표를 상실했다. 그는 영화를 보러 갈까 말까 고민했다.

바오룬이 지금까지 본 영화는 액션 아니면 첩보, 딱 두 종류였다. 오늘 보기로 한 멕시코 영화는 액션도, 첩보도 아닌 두 남녀의 사랑 이야기였다. 선녀 취향에 맞춘 것일 뿐 바오룬은 전혀 흥미 없는 영화였다. 쏴아, 쏴아, 후드득. 고성古城 성벽에 튄 빗방울이 바오룬 몸으로 튀었다. 얼음조각이 튄 것 마냥 싸늘한 한기가 느껴졌다. 이곳은 연인이 함께 비를 피하기에 좋은 장소였다. 바오룬에게는 어울리지 않았다. 이리저리 둘러봤지만 비 때문에 딱히 갈 곳이 생각나지 않았다. 그는 자전거를 타고 사거리 근처에서 빙빙 돌다가 결국 노동자문화궁 쪽으로 방향을 돌렸다.

비 오는 날, 눅눅한 곰팡이 냄새가 가득하고 바닥이 축축한 영화관에는 관객이 많지 않았다. 어둠 속에서 스크린 불빛을 받아 반짝이는 사람들 얼굴, 그들은 대부분 연인이었다. 그러나 바오룬의 눈에 보이는 세상은 황량하고 쓸쓸할 뿐이었다. 바오룬은 표에 적힌 좌석번호를 찾아 앉았다. 무심코 접혀 있는 옆 의자를 내리고 손바닥으로 쓰다듬는데 의자씌우개 사이사이에 박힌 해바라기 씨가 만져졌다. 해바라기 씨를 하나하나 빼내는데 의자가 도발하듯 계속 자동으로 접혀 올라갔다. 바오룬은 그 도발에 정면으로 맞서듯 한쪽 다리를 올리고 의자를 꾹 눌렀다. 당당하게 혼자 의자 두 개를 차지했다.

바오룬은 화면을 응시했다. 영화 속 멕시코 여성은 화장이 짙고 야했다. 잘록한 허리와 풍만한 가슴에서 농염한 성숙미가 풍기는 그녀는 다소 거칠고 야성적이었다. 자유와 낭만을 쫓는 멕시코 군인은 반항적인 이미지를 풍기는 수염이 아주 멋스러웠다. 두 사람은 늘 만나는 강가에서 툭하면 언쟁을 벌였다. 처음에는 두 사람이 왜 자꾸 싸우는지 이해가 안 됐는데 계속 보니 조금씩 이해가 됐다. 사랑하는 남녀 간의 꾸밈없이 솔직한 사랑 표현이었다. 이런 순수한 사랑을 연기하기에는 배우가 너무 늙어보였지만 큰 거부감은 없었다. 다만 멕시코 남녀의 사랑 표현과 이야기가 완전히 딴 세상 같았다. 너무 비현실적이어서 에피소드 하나하나가 모두 뜬금없고 생경했다. 영화가 재미없어 깜빡 졸았는데 문득 어둠속에서 치자꽃 향기가 느껴졌다. 곧이어 들려온 함성 소리에 잠이 깼다. 시간이 얼마나 지났는지, 영화는 이미 클라이맥스에 접어들었다. 여자 주인공이 로맨티스트 군인을 돌로 내리쳐 기절시켰다. 객석 곳곳에서 쯧쯧 혀를 차고 웅성거리는 소리가 들렸다.

"저런, 어떡해. 세상에, 저 피 좀 봐."

"저러다 죽겠네. 무슨 여자가 저렇게 흉악해? 저런 여자 만날까 무섭네."

대부분 남자 주인공을 안타까워하고 여자 주인공을 비난하는 말이었는데 누군가 깔깔 웃으며 여자주인공을 응원했다.

"좋아, 아주 좋아! 제대로 한방 날렸어!"

바오룬은 남의 불행을 즐기는 이 목소리의 주인공을 단박에 알아차렸다. 언제 들어왔는지, 선녀가 대여섯 줄 뒤쪽 구석진 자리에 앉아 있었다. 얼굴은 잘 보이지 않았지만 희뿌연 영사기 불빛이 그녀의 머리카락에 살짝 걸쳐 있었다. 하나로 질끈 묶은 머리카락이 꼭 하얀 불꽃 같았다. 바오룬은 반사적으로 벌떡 일어섰다. 그가 화면을 가리자 뒤에 앉은 여자가 짜증스럽게 투덜거렸다.

"거기, 학생! 영화 볼 거야, 말 거야?"

바오룬은 얼른 발을 빼고 자리에 도로 앉으며 볼멘소리로 작게 중얼거렸다.

"이딴 영화, 누가 보고 싶대? 안 본다, 안 봐."

참새 이야기

영화는 끝났지만 밖에는 여전히 장대비가 쏟아지고 있었다. 바오룬은 재빨리 출입문 쪽으로 달려가 적당한 자리를 꿰찼다. 이것이 실수를 만회할 마지막 기회리라. 이렇게 선녀와 헤어지고 싶지 않았다. 잠시 후 사람들이 쏟아져 나와 비를 피하는 사람들과 뒤섞여 출입문 주변이 혼잡해졌다. 선점한 자리를 뺏기지 않으려 길을 막아선 탓에 밖으로 나가려는 사람들과 계속 부딪혔지만, 바오룬은 끝까지 버텼다. 두 사람은 혼잡한 군중 속에서 마주 섰다. 바오룬은 절망 속에 피어난 희망의 꽃을 찾은 심정이었고 선녀는 외나무다리에서 원수를 만난 기분이었다. 미리 비닐 우비를 준비한 바오룬은 선녀의 시선이 그쪽으로 향하자 우비를 탁탁 털었다.

'나 우비 있는데, 같이 쓸래?'

선녀는 바오룬의 손짓이 무슨 뜻인지 알았지만 무시하고 고개를 홱 돌렸다.

'꺼져! 그깟 우비가 뭐 대단하다고.'

별 감흥 없는 영화였지만 전혀 무의미한 것은 아니었다. 멕시코 사랑이야기는 너무나 비현실적이었지만 일종의 자극제가 됐다. 지금 바오룬은 달콤한 환상이 빚어낸 비현실적인 감정에 푹 빠졌다. 그리고 기회, 이것은 마지막 기회임이 분명했다. 가방을 머리에 이고 롤러스케이트장 쪽으로 뛰어가는 선녀를 보는 순간, 뜨거운 피가 끓어올랐다. 바오룬은 비닐 우비를 펼치고 선녀를 쫓아가 허공에 원을 그리듯 우비를 한 바퀴 획 돌려 선녀와 함께 우비를 뒤집어썼다. 선녀가 날카롭게 소리쳤다.

"뭐 하는 거야? 착각하지 마! 누가 너랑 같이 우비 쓰겠대?"

"우비가 커서 두 사람이 충분히 쓸 수 있어. 비좁은 것 같으면 내가 나갈게. 난 비 맞는 거 아무렇지도 않아."

선녀가 우비 끝을 잡아 쥐고 팔꿈치로 쿡쿡 찔렀다. 바오룬은 예상은 했지만 너무 불편해서 참지 못하고 밖으로 뛰쳐나갔다.

"그러지 말고 그냥 있어. 비가 너무 많이 오잖아. 이 안에 가만히 있으라고."

두 사람이 한 우비를 뒤집어쓰고 함께 걸어간 거리는 50~60미터쯤이었다. 길지 않은 거리지만 어렵게 얻은 기회였다. 바오룬은 선녀를 향한 소중하고 특별한 감정을 어떻게 표현해야 할지 막막하기만 했다. 너무 갑자기 가까워지자 오히려 서로 조심스러웠다. 두 사람은 상대방이 말이라도 걸까봐 일부러 서로를 외면한 채 발걸음에만 집중했다. 점점 발걸음 호흡이 척척 맞았다. 후드득, 후드득. 비닐 우비에 빗방울 떨어지는 소리가 커질수록 우비 속 세상의 침묵이 더 크게 느껴졌다. 이름 모를 꽃향기가 그윽한 이 작은 세상은 온전히 두 사람만의 세상이었다. 서로 옆머리를 맞대고 있어 얼굴은 볼 수 없었다. 바오룬은 숨을 죽인 채 선녀의 숨결과 껌 씹는 소리에 귀를 기울였다. 몸 안에 알 수 없는 뜨거운 기운이 용솟음치는데 이상하게 추운 것처럼 몸이 부들부들 떨렸다.

"좀 춥네. 넌 괜찮아? 춥지 않아?"

바오룬이 우비 안에서 어렵게 꺼낸 말이었지만 안타깝게도 그의 도전은 실패로 돌아갔다. 선녀는 바오룬이 이상한 생각을 하며 자기를 떠보는 줄 알고 얼른 우비 밖으로 멀찍이 떨어져 나가며 그를 노려봤다.

"추워? 춥지 않냐고? 그게 무슨 뜻이야?"

롤러스케이트장 입구에도 비를 피하려는 사람이 그득했다. 대부분 남녀 고등학생이었는데 선녀를 알아보는 이들도 있었다. 두 사람이 함께 파란 우비를 쓰고 나타나자 여기저기서 손가락을 입에 물고 야유인지 부러움인지 모를 휘파람을 불어댔다. 여학생들도 선녀를 놀리며 법석을 떨었다.

"어머, 낭만적이다! 너무 낭만적이야!"

얼굴이 빨갛게 달아오른 선녀는 머리카락으로 흘러내리는 빗물을 짜낸 후 고개를 숙이고 안으로 들어가며 연신 소리쳤다.

"비켜요, 좀 비켜."

선녀가 지나간 자리에 바오룬이 등장했다. 그는 계단에 올라서서 우비를 세게 털어 빗물을 제거하고 차곡차곡 접은 후 옆에 있는 남학생에게 물었다.

"가격 오르지 않았어? 요즘 롤러스케이트 보증금이 얼마야?"

선녀는 직접 롤러스케이트를 골랐다. 산뜻한 연두색 37호. 그녀는 벤치에 얼른 자리를 잡고 앉아 바쁘게 손을 움직이며 신발을 갈아 신었다. 바오룬은 선녀의 스니커즈를 대신 챙겨들었다. 그녀의 스니커즈는 아직 따뜻했다. 하얀 깔창에 거뭇거뭇한 땀자국이 배여 있었다. 그녀의 발에도 땀이 나는구나 하고 생각하며 무심코 고개를 돌렸는데 그녀의 발목이 눈길을 사로잡았다. 볼펜으로 복사뼈 위에 꽃다발과 비둘기 한 마리를 그려놓았다.

"평화의 상징 비둘기?"

선녀가 얼른 손으로 발목을 가렸다.

"그냥 심심해서 그린 거야, 보지 마!"

선녀가 갑자기 고개를 들고 생긋 웃어보였다. 살짝 의도적인 미소였지만 이렇게 따뜻하고 애교 넘치는 눈빛은 처음이었다. 그녀가 롤러스케이트를 얼마나 좋아하는지 한눈에 알 수 있었다. 바오룬은 그녀를 사로잡은 주인공이 자신이 아니라 롤러스케이트임을 잘 알았다.

노동자문화궁 롤러스케이트장에 노동자는 거의 보이지 않았다. 이곳은 유행에 민감한 젊은이들에게 가장 인기 있는 공간이었다. 바오룬은 이제 겨우 열여덟 살이지만 이곳에서는 어르신에 속했다. 다른 젊은이들은 대부분 파란 청바지를 입었지만 바오룬만 국방색 바지였다. 그는 어두운 컬러의 헐렁한 점퍼를, 다른 젊은이들은 몸에 꼭 맞는 밝고 화사한 재킷을 입었다. 옷차림뿐 아니라 그의 표정도 이곳 분위기와 전혀 어울리지 않았다. 다들 즐거워 보이는데 바오룬만 긴장한 표정이 역력했다. 다들 과감하고 자유로운데 그만 어색하고 불안해보였다. 다들 신이 났는데 그만 울적해 보였다. 저들이 모두 연애 중인지는 모르겠지만 바오룬 자신이 연애와 거리가 먼 것만은 분명했다. 그는 이곳에 어울리지 않았다. 분위기를 흐리는 침입자 혹은 보호자처럼 보였다.

바오룬은 롤러스케이트를 잘 타는 것은 아니지만 그럭저럭 선녀를 이끌었다. 물론 여기서 살다시피 하는 날라리들에 비하면 형편없는 실력이지만 최선을 다해 정성껏 시범을 보였다. 그는 혹시라도 선녀 앞에서 웃음거리가 될까봐 운동코치처럼 난간에 기댄 채 그녀를 지켜보며 입으로만 떠들었다.

"균형 잡아, 균형!"

선녀의 민트색 롤러스케이트는 단연 돋보였다. 그녀는 두 뺨이 벌겋게 달아오르고 눈빛이 시종일관 탐험가처럼 반짝였다. 조금 긴장했지만 그 긴장까지도 즐기고 있었다. 그녀가 간혹 덤벙거리거나 주저할 때면 어김없이 바오룬 코치의 외침이 등장했다.

"자세! 자세를 잘 잡아야지. 새우처럼 등 구부리지 말고!"

선녀가 잠시 멈추고 난간을 붙잡고 숨을 몰아쉬며 반격했다.

"새우는 너지! 자기 수준이 어떤지도 모르면서!"

그녀의 시선이 바오룬을 향했다가 스치듯 지나쳐갔다. 속마음을 숨기는데 서툰 그녀의 눈길이 흰색 후드티를 입은 남자애에게 향했다. 존경과 흠모의 눈빛.

그 남자애는 키가 크고 말랐다. 곱상한 얼굴에 무심한 듯한 눈빛이 인상적이었다. 그는 일단 구석에서 다른 사람들을 지켜보다가 고수가 나타나면 눈빛을 반짝이며 스케이트장 한가운데 등장해 놀라운 기술을 선보이며 좌중을 압도했다. 멀리서 지켜보던 바오룬도 그를 롤러스케이트의 왕자로 인정했다. 하지만 선녀와 그 남자애가 주고받는 비밀스런 눈빛은 알아차리지 못했다. 언제부터였을까? 누가 먼저였을까? 바오룬이 기억하는 첫 장면은 그 남자애가 허리를 굽히고 스케이트 끈을 단단히 조인 후 몸을 쭉 펴는 모습이었다. 그리고 어느새 다가갔는지 그 남자애가 선녀 손을 잡고 있었다. 두 사람은 S자 형태를 그리며 미끄러져 나갔다. 그들의 활동 영역은 점점 넓어졌다. 남자애과 선녀가 손을 잡고 나란히 쾌속정처럼 달리기까지 걸린 시간은 그리 길지 않았다. 두 사람이 달리기 시작하자 사람들이 자연스럽게 길을 열어줬다. 선녀의 실력이 이렇게 빨리 늘다니, 남자애가 타고난 코치이거나 선녀에게 숨겨진 재능이 있지 않고서야 도저히 믿을 수 없는 상황이었다. 그녀는 날갯짓하는 한 마리 새처럼 과감하게 한쪽 팔을 펼쳤다. 그 날개 끝에 싸구려 모조 터키석 팔찌가 짤랑거리며 푸른빛을 내뿜었다. 선녀는 롤러스케이트장의 새로운 스타가 된 것을 자축하듯 쉴 새 없이 환호성을 질렀다.

"우와! 이야! 우와!"

바오룬은 당혹스러웠다. 주변 사람들이 힐끔거리며 그의 반응을 살폈다. 자고로 참죽나무거리의 사내들은 신사와 거리가 멀었다. 남자애가 심기를 건드리고 선녀가 배신했으니 바오룬이 분명히 보복하리라 생각했다. 하지만 이곳은 참죽나무거리가 아닌데다 교양 없이 함부로 주먹을 휘두를 순 없기에 일단 말로 경고장을 띄울 수밖에 없었다. 바오룬은 조급한 마음에 엉거주춤 게걸음으로 걸어가, 두 사람이 지나가는 S자 코스 중간에 장애물처럼 버티고 서서 고함을 질렀다.

"니들 지금 뭐 해? 멈춰! 당장 멈추라고!"

하지만 인간 장애물 작전은 실패했고 바오룬의 경고는 철저히 무시당했다. 남자애는 현란한 발재간을 선보이며 바오룬을 교묘히 피해 선녀를 데리고 멀리 달아났다. 짧은 순간이었지만 바오룬은 남자애와 눈빛이 마주쳤다. 시내에 사는 부잣집 아들이었다. 이런 애들은 돈은 많아도 용기는 없었다. 입술 주위에 짧게 자란 수염, 콧방울에 맺힌 땀방울, 순진한 눈빛, 수줍지만 실력을 과시하고 싶은 유치한 마음, 바오룬에 비하면 아직 어린애였다. 참죽나무거리 사내들의 규칙을 모르니 남자를 도발하는 행동에 대해서는 전혀 모를 터였다. 욱하는 마음은 조금 가라앉았지만 대신 질투심이 활활 타올랐다. 바오룬은 무작정 쫓아가 남자애의 머리통을 후려쳤다.

"너 뭐야? 어디서 이런 게 튀어나왔어? 거시기 털도 덜 자란 놈이 어디 감히 남의 여자를 꼬셔?"

이번 경고는 확실히 효과가 있었다. 남자애는 무슨 생각이 들었는지 슬그머니 선녀의 손을 놓고 눈치껏 뒤로 물러섰다. 이로써 바오룬은 자신 역시 분노 유발자가 됐음을 감지했다. 과연 그랬다. 롤러스케이트장 전체가 쥐 죽은 듯 조용해지고 모두의 시선이 한 곳에 집중됐다. 이마에서 주르르 땀이 흘러내리고 두 뺨이 벌겋게 달아오른 선녀가 살벌하게 달려와 바오룬을 세게 밀쳤다. 그러나 바오룬이 꿈쩍도 하지 않자 다시 머리로 들이박았다.

"야, 이 얼간아! 뭐 하는 짓이야?"

선녀의 목소리는 단순한 분노를 넘어 히스테리 수준이었다.

"쪽 팔려 죽겠어! 빨리 꺼져! 다시는 알은척하지 마!"

바오룬은 원래 이 파티의 주인공이자 주최자였지만 제대로 건배 한 번 못 해보고 객들에게 쫓겨나는 신세가 됐다. 그는 미련 없이 롤러스케이트를 벗어버리고 스케이트장 밖 구석 자리에 앉았다. 일단 별일 아니라는 듯 벽에 기대 눈을 감고 자는 척했다. 하지만 금세 번쩍 눈을 떴다. 선녀가 전혀 거들떠보지도 않으니 자는 척해봤자 아무 의미가 없었다. 그는 벌떡 일어나 신발을 들고 난간 쪽으로 걸어가 여러 아이들과 어울려 노는 선녀를 가만히 쳐다봤다. 이미 관객으로 전락했으니 품위라도 지켜볼 생각으로 박수를 쳐봤다. 그러나 품위 있는 행동도 그녀의 시선을 끌지 못했다. 선녀는 어느새 그 남자애와 다시 손을 잡고 위세 부리듯 잠깐 바오룬을 노려봤다. 다정하게 손을 잡고 롤러스케이트를 타는 두 사람은 한 쌍의 복식조 같기도 하고, 이제 막 사랑을 시작한 연인 같기도 했다. 그리고 바오룬의 심장을 꿰뚫는 화살 같았다. 바오룬은 자신의 어리석음을 인정할 수밖에 없었다. 힘들게 만들어낸 작은 기쁨마저 눈 깜짝할 사이에 수치와 모욕으로 전락했다. 선녀 탓이 아니었다. 모두 어리석은 자신의 잘못이었다. 바오룬은 화장실에 다녀와 식수대에서 물을 마셨다. 그러는 동안 어리석은 행동의 흐름이 끊어져 마음이 조금 편안해졌다. 다 포기하고 실수투성이 하루를 여기서 끝내기로 결심했다. 그는 롤러스케이트로 난간을 내려치며 큰 소리로 선녀를 불렀다.

"보증금! 잊지 말고 보증금 받아와!"

선녀는 일부러 못 들은 척하며 쳐다보지도 않았다. 바오룬은 선녀 가방에서 꺼낸 플라스틱 코카콜라 병을 발로 차 스케이트장 한가운데로 날려버렸다.

"제기랄! 귀머거리야? 보증금! 80위안! 꼭 가져와!"

스케이트장에 떨어진 코카콜라 병이 이리저리 굴러다니며 여러 사람의 길을 방해했다. 병 때문에 발길을 멈춘 사람들은 비난의 눈초리로 바오룬을 노려봤다. 선녀도 스케이트장 한가운데 서서 잠시 바오룬을 째려보다가 갑자기 바오룬을 가리키며 친구들에게 소리쳤다.

"다들 신경 쓸 거 없어. 신경 끄라고! 쟤, 징팅병원에서 도망쳐 나온 미친놈이야. 머리가 돌았다고!"

바오룬은 그저 쓴웃음만 지었다. 이번만큼은 체면과 품위를 선택해 말없이 돌아서서 훌쩍 떠났다.

11. 독촉

바오룬은 선녀가 바로 찾아올 줄 알았다. 하지만 선녀는 며칠째 코빼기도 보이지 않았다.

롤러스케이트 보증금은 아직 선녀에게 있다. 왜 가져오지 않는지 알 수 없지만, 그녀가 오지 않으니 바오룬이 그녀를 찾아가야 할 이유가 생겼다. 선녀와 80위안. 한데 뒤엉킨 이 둘은 아주 골치 아픈 문제가 됐다. 바오룬은 온종일 좌불안석하며 문제의 이해득실을 수없이 따져보았다. 그리고 결국 이득을 지키는 쪽으로 마음을 굳혔다. 결정적인 이유는 선녀의 태도였다. 만약 그녀가 호의적이었다면 80위안 따위는 전혀 중요하지 않았다. 하지만 그렇지 않았기 때문에 단 한 푼도 허투루 버릴 수 없었다.

바오룬은 묘목 경작지를 지나는 새로운 산책로를 개발해 할아버지를 끌고 나갔다. 그는 묘목 경작지 녹나무 기둥에 할아버지와 연결된 밧줄을 묶으며 엄중히 경고했다.

"할아버지, 여기서 얌전히 몇 바퀴 돌고 계세요. 난 저기 정원사 할아버지 집에 좀 다녀올게요."

아주까리와 해바라기가 덤불을 이뤄 오두막집과 아주 잘 어울렸다. 바로 옆 담벼락에 써놓은 표어는 누군가―아마도 선녀겠지만―일부러 지웠는지 '한가한 사람'('묘목 경작지, 관계자 외 출입금지' 중 '관계자 외'에 해당하는 글자는 '한가한 사람'이라는 중의적 의미가 있다)이란 글자만 남아 엄중한 경고가 장난스럽게 바뀌었다. 아마도 이 집의 주인은 정원사 할아버지가 아니라 선녀인 것 같았다. 집 뒤쪽 징팅병원 담벼락에는 철조망이 쳐 있고 주변이 온통 키 큰 메타세쿼이아와 아카시아 나무로 둘러싸여 양철집이 더 작아보였다. 루핑펠트 지붕에는 잘게 썬 무를 널어 말리고 있었고, 지붕 처마 밑에 비스듬히 꽂은 알록달록한 플라스틱 바람개비가 정신없이 돌아가고 있었다. 낡은 꽃무늬 천 조각을 그러모아 꿰맨 문발이 이 집 가족과 살림살이를 가려줬다. 살짝 열린 문틈 사이로 할머니의 기침 소리가 끊임없이 들려왔다.

선녀 방 창문은 봄 햇살을 한가득 품었다. 이 창문은 조금 독특했다. 납작하고 군더더기가 없는 작은 창이 꼭 기차 창문 같았다. 한쪽은 투명유리, 다른 한쪽은 불투명 유리인데 설맞이 종이 장식이 아직까지 붙어 있었다. 창틀 위쪽에 걸린 살구색 야구모자챙이 그려낸 부드러운 곡선이 눈에 띄었다. 창턱 위에는 책, 볼펜, 머리띠, 머리빗 등이 널려 있고 알록달록한 싸구려 진주 목걸이가 제법 눈부시게 반짝였다. 그 옆에 분홍색 월계화를 담은 커다란 링거병이 있는데 월계화 사이에 꽂힌 하얀 신발 깔창이 경망스러워 보였다. 이 작은 창문은 생기발랄하고 뒤죽박죽인 선녀의 일상을 고스란히 보여줬다.

바오룬은 그 신발 깔창을 똑똑히 기억했다. 그 모습이 자신의 굴욕적인 처지와 꼭 닮았다는 생각이 들었다. 바오룬도, 신발 깔창도 선녀에게 실컷 이용당하고 마구 짓밟히다 결국 버림받았다. 바오룬은 갑자기 화가 치밀어 쌍욕을 내뱉고 커다란 물항아리에 올라서서 고함을 질렀다.

"선녀! 너, 당장 나와!"

집안에서 흘러나오던 작은 음악소리가 뚝 끊겼다. 잠시 후 누군가 질질 신발을 끌며 허둥지둥 달려오는가 싶더니 문발을 휙 걷어 올렸다. 선녀의 할머니였다. 흐트러진 백발에 어딘가 고통스러운 표정이었다. 관자놀이에 고약을 붙인 할머니가 실눈을 뜨고 문 앞을 살펴봤다. 바오룬 할아버지가 멀찍이 떨어진 녹나무에 묶여 있었는데 이곳에서는 워낙 유명 인사였기 때문에 선녀 할머니는 한눈에 할아버지를 알아봤다.

"땅 파는 그이 아녀? 저이가 왜 여기까지 왔어?"

할머니가 병아리 쫓듯 휘휘 양손을 휘저었다.

"가, 어서 가라고. 여기까지 와서 땅을 파려고? 여긴 양묘장이야. 어린 나무뿐이니 당신들이 찾는 그, 그, 그거, 여긴 없어!"

할아버지가 이 말을 듣고 억울해하며 변명을 늘어놓았다.

"안 파. 안 판 지 엄청 오래됐어. 이렇게 꽁꽁 묶여 있는데 어떻게 이 집 양묘장을 파나?"

물항아리 위에 올라선 바오룬이 할머니 시선을 끌려고 한쪽 손을 번쩍 들었다.

"이쪽을 보세요. 우리 할아버지는 상관없는 일이에요. 내가 선녀한테 볼일이 있어요. 선녀 나오라고 해주세요."

할머니는 바오룬을 위아래로 훑다가 갑자기 화를 내며 소리쳤다.

"선녀 없다! 있어도 너 같은 건달 놈은 못 만나게 할 거야. 이것 보게. 세상에! 왜 남의 집 물항아리를 밟고 있어? 빨리 내려오지 못 해? 깨지기라도 하면 물어내야 하는 줄 알아!"

바오룬이 물항아리에서 훌쩍 뛰어내려 선녀 방 창문 앞으로 걸어가며 소리쳤다.

"누가 건달이에요? 할머니, 그렇게 멋대로 죄 없는 사람을 모욕하면 법적인 책임을 져야 할 걸요!"

바오룬이 창문 안쪽을 들여다보려는 순간, 할머니가 빗자루를 휘두르며 쫓아왔다.

"이러면서 건달이 아니라고? 음흉하게 남의 집, 그것도 여자애 방을 기웃거리면서? 건달이 아니면 도적놈이여?"

창문 안쪽에서 키득거리는 소리가 들렸다. 누군가 숨어서 숨죽여 웃고 있는 것이 틀림없었다. 바오룬이 한쪽 다리를 창턱에 올리며 방안을 살폈다.

"선녀! 너 당장 나와!"

창문 맞은편 벽에 희미하게 비치는 선녀 그림자를 발견했지만 선녀 할머니가 그를 내버려두지 않았다. 할머니가 갑자기 달려들어 바오룬의 다리 한 쪽을 껴안고 그를 끌어내렸다.

"기가 막혀서! 네 할아버지는 제정신이 아니니 어쩔 수 없고, 네 부모는 뭐하냐? 네 부모도 제 정신이 아닌 게야. 도대체 자식 교육을 어떻게 시킨 거야? 이렇게 다 크도록 아무것도 안 가르치고 뭐 했어?"

바오룬은 할머니를 떼어내고 씩씩거리며 창가를 떠났다. 하지만 그냥 이대로 돌아가려니 뭔가 억울해서 고개를 돌리고 창문을 향해 크게 소리쳤다.

"숨어도 소용없어! 내 돈 80위안, 내일까지 남자병동 9호 병실로 가져 와. 내일까지 가져오지 않으면 하루에 1위안씩 이자까지 받을 거야!"

할머니가 잠시 멍한 표정으로 눈을 끔벅거렸다. 몇 초 후 상황파악이 끝나자 돌연 대나무 빗자루로 바오룬의 다리를 때리며 분노의 고함을 질렀다.

"뭐? 80위안? 이자? 공갈 협박하러 온 게야? 돈을 뜯으려면 있는 놈을 협박해야지, 어쩌자고 우리 집엘 왔어? 우리 집이 찢어지게 가난한 거 몰라? 눈알이 삐었냐?"

할머니는 온 힘을 다해 바오룬을 벌했다. 바오룬은 요리조리 피해가며 열심히 뛰어다녔지만 몇 번이나 대나무 빗자루에 정통으로 맞았다. 애초에 빈손으로 돌아갈 것은 각오했지만, 자신의 권리행사가 파렴치한 범죄로 전락할 줄은 몰랐다. 허둥지둥 양철집을 떠나는 모습이 꼭 범죄현장에서 도망치는 범죄자 같았다. 한참을 뛰어가는데 할아버지의 고함소리가 들렸다.

"바오룬! 어디 가는 거냐? 날 여기 두고 어디 가는 거야?"

바오룬은 녹나무로 돌아가 당황한 할아버지를 풀어주고 씩씩거리며 혼잣말을 중얼거렸다.

"오늘은 일단 봐주지. 다음에 두고 보자!"

대나무 빗자루는 새로 입은 바오룬 바지에 기념 훈장을 남겼다. 대부분 털어냈는데 찐득찐득한 검은 알갱이가 단단히 들러붙어 잘 떨어지지 않았다. 도대체 뭔가 싶어 억지로 뜯어내 자세히 살펴보니, 다름 아닌 토끼똥이었다!

바오룬의 최후통첩은 전혀 효과가 없었다. 며칠이 더 지났지만 선녀는 나타나지 않았다.

어느 날 류성이 징팅병원에 나타났다. 바오룬은 할아버지 병실 창가에 있다가 자전거를 타고 여자병동 쪽으로 달려가는 류성을 발견했다. 원수인지 구세주인지 헷갈렸지만 일단 잡아야겠다는 생각에 얼른 계단을 뛰어 내려갔다. 그런데 1층에서 갑자기 걸음을 멈췄다. 그런데 류성한테 뭐라고 말하지? 이미 다 지난 일이고 류성이 잘못한 부분은 그냥 이해하고 넘겼다. 선녀의 잘못에 대해서는 아직 마음을 정하지 못했지만. 바오룬은 평소 체면을 중시했다. 류성에게 선녀 얘기를 하려면 굴욕적인 일들을 되새겨야 한다. 특히 80위안 얘기를 꺼내는 순간 쪼잔하고 초라한 인간이 될 것 같았다. 그럴 바엔 그냥 혼자 고민하는 게 나았다.

마음이 복잡한 바오룬은 할아버지에게 함부로 대하는 날이 많아졌다. 할아버지를 끌고 산책을 나갈 때, 계속 법제매듭으로 묶었다. 할아버지는 법제매듭이 싫어 강하게 반발했다. 몸부림은 기본이고 입으로도 쉴 새 없이 불만을 토로했다.

"법제매듭 싫어! 난 민주매듭을 원해!"

할아버지의 저항을 안타깝게 지켜보던 주변 사람들이 다가와 한두 마디씩 거들었다.

"법제매듭은 너무 끔찍해! 이건 사형수들을 묶던 거잖아. 늙고 힘없는 할아버지한테 이건 너무 가혹해."

할아버지의 동료들은 각자 취향대로 바오룬에게 이런저런 매듭을 제안했다.

"매화매듭이 좋겠어."

"파인애플매듭은 어때?"

"민주매듭이 제일 간단하지 않아?"

그러면서 바오룬의 밧줄을 가져가 직접 할아버지 몸에 시범을 보이기도 했다. 바오룬은 힘겹게 주변 사람들을 물리치고 분풀이하듯 할아버지를 침대 난간에 묶어버렸다. 그리고 가래통을 할아버지 발 앞으로 걷어찼다.

"소변, 여기다 봐요! 오늘은 혼자 알아서 해요. 나는 뭣 좀 사러 나가야 하니까."

"또 쓸데없이 돈 쓰고 돌아다니려고? 도대체 뭘 사려고?"

바오룬이 고개를 빳빳이 들고 꽥 소리를 질렀다.

"칼이요!"

바오룬은 징팅병원 정문에서 자전거를 멈추고 들판 한가운데 외롭게 누워 있는 회백색 도로를 응시했다. 자동차도 없고, 행인도 없는 적막한 도로 위로 버려진 비닐봉지 하나가 바람에 날려 춤추듯 날아다녔다. 바오룬은 자신의 처지가 저 비닐봉지보다 막막하다는 생각이 들었다. 어떤 칼을 살까? 어디에 가서 살까? 칼을 사서 뭐할까? 사실 칼 같은 건 생각해본 적도 없었다. 그냥 바람을 쐬러 나오고 싶었을 뿐이다. 그런데 어디로 가야 하나? 그것이 문제였다. 바오룬은 마음을 터놓을 절친한 친구가 없다. 특별한 취미도 없다. 그래서 갈 곳이 없었다. 그는 광고판 옆에 가만히 서 있다가 자전거를 끌고 다시 징팅병원으로 돌아갔다. 문득 저 앞에 어렴풋이 연두색 롤러스케이트가 보인 것 같았다. S자를 그리며 미끄러지는 롤러스케이트가 바오룬을 희롱하고 도발했다. 작은 숲길을 지나자 코를 찌르는 농약 냄새가 풍겨왔다. 정원사 할아버지가 등에 분무기를 메고 나무에 약을 뿌리고 있었다.

바오룬은 나무 아래 자전거를 세우고 정원사 할아버지를 불렀다. 그는 팔짱을 끼고 추궁하는 눈빛으로 할아버지를 노려봤다. 인기척을 느끼고 고개를 돌린 정원사 할아버지가 그를 알아봤다.

"오늘은 왜 혼자야? 네 할아버지는 어쩌고?"

바오룬이 그런 평범한 얘기는 집어치우라는 듯 고개를 흔들었다.

"오늘 네 할아버지가 뭘 잘못해서 감금당했나 보구나?"

바오룬이 흥 코웃음을 쳤다.

"우리 할아버지 잘못은 잘못도 아니죠. 엄청난 잘못을 저지른 사람은 따로 있어요."

바오룬의 암시를 전혀 이해하지 못한 정원사 할아버지는 누런 이를 드러내고 히죽 웃으며 뒤늦은 감사 인사를 전했다.

"학생, 정말 고마워. 그 밧줄 덕분에 올해는 네 할아버지가 얌전히 지내서 내 나무들이 무탈하게 자라고 있어. 작년 봄에는 네 할아버지가 여기저기 다 파헤쳐놔서 내가 아주 힘들어 죽을 뻔했다고."

친근하게 감사 인사를 하는 정원사 할아버지가 바오룬의 눈에는 제 발 저린 도둑처럼 보였다. 바오룬은 그 타이밍을 놓치지 않고 힐난조로 상대를 몰아세웠다.

"뭐라고 중얼거리는 거예요? 말도 제대로 못하면서 능청스럽게 가식까지 떨어요?"

정원사 할아버지가 황당한 표정을 지으며 되물었다.

"학생, 학생이 내 말을 못 알아들었나본데, 나도 학생 말을 못 알아듣겠어. 가식을 떨다니 무슨 뜻이야?"

"할아버지 손녀가 내 돈을 떼먹었는데 정말 몰라요? 감사 인사 따위 필요 없으니까 선녀한테 와서 돈 갚으라고 하세요. 그러면 제가 할아버지한테 고맙다고 인사하지요."

정원사 할아버지는 아마도 바오룬이 집에 찾아갔었던 얘기를 들었을 것이다. 그는 실눈을 뜨고 바오룬을 위아래로 훑었다. 바오룬의 분노를 통해 진실 여부를 따져보는 중이었다. 그리고 곧 나름의 결론을 내렸다.

"우리 선녀가 철이 없고 어려서부터 제멋대로 할 때가 많았어. 그애 신경 쓰지 말고……."

할아버지가 바지주머니에서 종이뭉치를 꺼내 조심스럽게 펼쳤다. 6위안을 확인하고 바오룬에게 건넸다.

"여기 6위안. 모자란 2위안은 다음에 꼭 갚을게."

바오룬은 2초쯤 얼빠진 표정을 지었다가 다시 불같이 화를 냈다.

"농담이죠? 제기랄! 농담이 너무 심하잖아요!"

바오룬은 이 말을 되풀이하며 정원사 할아버지가 손에 쥔 지폐를 툭 쳤다.

"8위안이 아니라 80위안이라고요! 할아버지가 속은 거예요!"

정원사 할아버지가 크게 놀란 듯 도저히 믿을 수 없다는 표정을 지었다. 두 사람이 말한 금액 차이가 너무 컸다. 정원사 할아버지는 한참 동안 바오룬을 똑바로 쳐다보며 생각을 정리했다. 놀람과 당황이 점점 경멸로 바뀌더니 결국 비난과 질책으로 이어졌다.

"학생, 사람이 정직하고 양심이 있어야지 그러면 못 써. 내가 선녀를 키웠는데 그 애를 모를까봐? 어려서부터 가난이 몸에 밴 아이야. 8위안도 써본 적 없는 애가 학생한테 80위안을 빌렸다고? 40위안도 믿을까 말까인데 80위안?"

바오룬은 답답하고 조급한 마음에 얼굴이 새빨개졌다. 당장 억울함을 풀려고 선녀의 실체를 낱낱이 까발렸다. 너무 분한 나머지 인신공격성 발언도 서슴지 않았다.

"할아버지 손녀가 진짜 선녀인 줄 알아요? 선녀는 개뿔! 말도 못하게 상스러운 속물이지! 사기꾼! 꽃뱀! 그렇게 노려보면 어쩔 건데요? 내가 한 말이 거짓말인지 아닌지 노동자문화궁에 가서 물어봐요. 롤러스케이트 하나 보증금이 8위안인지, 80위안인지 가서 물어보라고요!"

정원사 할아버지가 서슬 퍼런 표정으로 분노의 눈빛을 발사했다.

"뭐? 상스러운 속물? 꽃뱀? 학생, 말 좀 곱게 해. 난 롤러스케이트가 뭔지 몰라. 노동자문화궁에 갈 일도 없어. 대신 난 파출소에 가야겠어. 도대체 어떻게 된 일인지, 8위안인지 80위안인지 알아야지. 너희 둘 중 누가 사기꾼인지 파출소에 가서 제대로 물어보자고!"

두 사람은 서로 자기가 정의라고 주장했다. 정의와 정의의 대립은 이렇듯 강한 적대감과 불쾌함만 남긴 채 등을 돌렸다.

정원사 할아버지는 뻔뻔한 무뢰한은 꼴도 보기 싫다는 듯 분무기를 메고 더 깊은 숲으로 들어갔다. 바오룬은 반사적으로 정원사 할아버지를 쫓아갔다. 해명을 하려는 것인지, 계속 빚 독촉을 하려는 것인지는 알 수 없었다.

문득 이 할아버지에게 80위안을 돌려받는 건 불가능하겠다는 생각이 들었다. 작업복은 땀에 절어 온통 얼룩투성이고 밀짚모자는 모자챙에 '인민을 위해 복무하라'라는 유행 지난 구호가 찍혀 있는 것으로 보아 최소한 10년 이상은 됐을 것이다. 바짓가랑이 부분이 조금 터졌는데 그 사이로 어렴풋이 꽃무늬 팬티가 보였다. 신고 있는 군화는 아마도 70년대에 생산된 것이리라. 양쪽 모두 구멍이 숭숭 뚫려 있어 마르고 쭈글쭈글한 발가락이 다 보였다.

　시큼하고 자극적인 농약 냄새가 숲 전체에 퍼지자 이름 모를 곤충들이 스르르, 사사삭 나뭇잎을 떠나갔다. 바오룬은 숨을 참고 날아드는 벌레를 손으로 쳐냈다. 조금 마음이 누그러졌지만 어디에서부터 다시 말해야 할지 난감했다. 그는 나무 꼭대기를 한 번 올려다보고 의도를 알 수 없는 말을 내뱉었다.

　"좋아, 좋아요. 기다려요."

　그제야 바오룬이 쫓아온 것을 알아차린 정원사 할아버지는 강한 반감과 경계의 눈빛으로 그를 쏘아봤다.

　"학생, 날 따라와서 어쩌려고? 사람 묶는 데 재미 들었나? 날 묶으려고?"

　"뭐요? 할아버지를 묶어서 뭐 하게요?"

　정원사 할아버지는 말없이 분무기를 들고 바오룬을 향해 농약을 발사했다. 한 걸음 다가서서 한 번 더 뿌렸다. 연이은 분무기 발사는 명확한 경고 메시지였다.

　'너한테 밧줄이 있듯 나는 농약이 있다. 이 농약은 독성분이 있으니 나한테서 떨어져.'

　바오룬은 쓴웃음을 지으며 농약 안개를 뚫고 지나갔다. 어느 측백나무 아래 멈춰 서자 작은 새 한 마리가 푸드덕 날아오르는 것이 보였다. 작은 새가 멀어지는 모습을 보면서 문득 정원사 할아버지에게 따져봤자 아무 소용없다는 생각이 들었다.

　'내가 노인네를 붙잡고 무슨 쓸데없는 소리를 떠든 거야?'

　그는 측백나무 기둥을 세게 걷어찼다.

　"할아버지 손녀에게 똑똑히 전하세요. 두고 보자고."

　　　　　　　　　　　　　　　　　　　　　　　　참새 이야기

12. 집

아직 날이 어둡지는 않았지만 바오룬네 집 대문에 네온사인 불빛이
켜졌다.

다시 정확히 말하자면, 아직 날이 어둡지는 않았지만 마 선생 가게
앞 네온사인 불빛이 켜졌다. 참죽나무거리 최초의 고급 부티크가 노동
절 연휴를 앞두고 개업 준비를 서두르고 있다. 안에서는 실내 인테리어
작업이 한창이고 밖에서는 네온사인 테스트 중이다.

참죽나무거리 절반을 환히 밝히는 현란한 오색 네온 불빛에 이웃
주민들의 시선이 집중됐다. 성격이 급한 마 선생 지인이 일찌감치 보내
온 커다란 꽃바구니가 가게 앞 계단을 차지하고 있다. 꽃바구니에 묶어
놓은 커다란 붉은 리본에 박힌 '개업 축하, 부자 되세요'라는 문구가 유
난히 눈에 띄었다. 어떤 사람은 길을 지나가다가 자전거를 멈추고 마 선
생에게 축하 인사를 건넸고, 밥을 먹다가 밥그릇을 든 채 달려와 가게
를 구경하는 사람도 있었다. 이 가게는 그리 넓지 않았지만 유행을 선도
하는 화려한 상류사회의 축소판으로 손색이 없었다. 황금색 실내 벽지,
은빛 바닥 벽돌, 채색유리 파티션, 스테인리스 옷장, 합성수정 샹들리에,
이 모든 것이 한데 모여 경쟁적으로 현란함을 뽐냈다. 푸젠福建, 광둥廣東,
저장浙江 공장에 주문한 옷은 아직 도착하지 않았지만 파란 눈, 금발의
플라스틱 미녀는 맨몸뚱이로 꽃밭 한가운데 서서 벌써부터 가게 홍보
에 열심이다. 구경을 마치고 가게를 나온 주민들은 하나같이 마음이 복
잡 미묘했다. 마 선생의 돈이 이렇게 쉽게 참죽나무거리의 역사를 바꿀
줄은 몰랐다. 초라하고 궁색한, 촌스럽고 낙후한 참죽나무거리가 한순
간에 시대를 뛰어넘었다. 모두 마 선생의 공, 아니 마 선생 돈의 공이었

다. 어쨌거나 마 선생의 통 큰 행보에 대해서는 모두들 입을 모아 칭송했다.

"마 형, 도대체 돈을 얼마나 쓴 거예요? 며칠 만에 정신 나간 노인네 방이 미니 홍콩이 됐네!"

어떤 이는 마 선생을 붙잡고 후회하듯 하소연을 늘어놨다.

"내가 너무 소심했지…… 그때 마 선생 따라 직장 때려치우고 사업을 시작했으면 좋았을 걸. 만약에 돈을 많이 벌면, 난 여기 바로 옆에 가라오케를 차리고 싶어요. 이웃들 다 불러 모아 신나게 노래할 거예요! 우리 동네 사람은 다 공짜!"

물론 모든 주민이 다 이렇게 호의적이지는 않았다. 왕더지는 뒷짐을 지고 나타나 축하 인사 한마디 없이 시종일관 질투의 눈빛으로 휘황찬란한 가게를 둘러봤다. 마 선생은 차마 쫓아낼 수도 없어 그냥 지켜보고만 있었는데, 왕더지가 도마뱀처럼 벽에 달라붙어 귀를 쫑긋 세우고 뭔가에 집중하는 표정을 지었다. 마 선생이 더 이상 참을 수 없어 한마디 했다.

"왕 선생, 뭐 하시오? 여긴 내 옷가게요. 천단공원 회음벽(벽이 곡선으로 휘어져 있어 끝에서 끝으로 소리가 전달된다)이 아니란 말이오."

왕더지가 정신을 차리고 손가락으로 황금빛 벽을 톡톡 두드리며 뜬금없는 질문을 던졌다.

"정신 나간 노인네 죽은 거 아니오? 징팅병원에서 벌써 죽었다던데?"

마 선생은 기분이 상해서 꽥 소리를 질렀다.

"나가요! 그렇게 궁금하면 직접 가서 물어보든지. 개업도 하기 전에 왜 이래? 제발 좋은 말 좀 합시다!"

할아버지가 죽든 살든, 할아버지 방은 이미 마 선생 차지가 됐으니 할아버지와는 아무 상관이 없었다. 최근 참죽나무거리에는 할아버지 근황에 대한 두 가지 소문이 떠돌았다. 하나는 할아버지가 거동도 못하고 침대에 누워 죽을 날만 기다리고 있으니 다시는 집에 돌아오지 못한다는 소문이다. 사실 이 소문의 근원지는 바오룬 어머니였고, 몇몇 이웃들 입을 통해 거리 전체에 퍼졌다. 두 번째 소문은 훨씬 황당했다. 할아버지가 조상의 유해를 찾아 혼을 되찾았다는 소문이다. 할아버지가 징팅병원에서 매일 집에 돌아가겠다고 난리를 치는데 자식들이 재물에 눈이 어두워 할아버지 방을 팔아버렸기 때문에 못 돌아오게 한다는 것이었다.

바오룬은 오랫동안 징팅병원에서 지내느라 그동안 집이 어떻게 변했는지 잘 몰랐다. 어느 날 아버지와 교대하고 집에 다니러 간 바오룬은 처음으로 마 선생의 가게를 보았다. 그의 눈에는 마치 할아버지 방이 괴물에게 잡아먹혀 사라진 것 같았다. 길가 쪽 창문 벽이 완전히 사라지고 화려하고 웅장한 미닫이문이 생겼다. 미닫이문 안쪽은 알록달록한 옷 숲이었다. 얼마나 공들여 꾸몄는지 어둡고 음침한 세상이 새 옷을 갈아입은 듯 완전히 딴 세상이 됐다. 바오룬은 자전거를 끌고 가다 대문 앞에서 잠시 발길을 멈췄다. 작년 가을 국경절에 할아버지가 집에 가고 싶다고 난리를 피워서 해 지나고 설에 데려오겠다고 약속했던 일이 생각났다. 설이 가까워오자 할아버지는 하루에도 몇 번씩 징팅병원 정문에서 집에 가겠다고 난리를 피우고 바오룬은 '이번 봄에 지내는 거 봐서, 얌전히 지내면 노동절 연휴에 집에 갈 수 있게 해 줄게요'라고 약속했었다. 솔직히 이번 봄에 할아버지는 얌전히 잘 지냈다. 하지만 세상일은 생각한 대로 돌아가지 않는 법이다. 바오룬의 약속은 또다시 공수표가 됐다. 곧 노동절 연휴인데, 할아버지 방이 완전히 사라졌으니. 바오룬은 부모님과 마 선생이 맺은 계약의 상세한 내용은 모르지만 옷가게에 대문까지 절반을 뚝 떼어줄 줄은 생각도 못했다. 원래 있던 검게 칠한 나무문은 한 짝만 남았고 대문 안쪽으로 어둡고 비좁은 통로가 생겼다. 자전거를 들고 조심스럽게 통로를 지나가던 바오룬은 갑자기 울컥해서 어머니 이름을 부르며 고함을 쳤다.

"쑤바오전 여사! 축하합니다! 내년에는 아주 부자 되시겠어요!"

주방에서 솥뚜껑 떨어지는 소리가 울리고 곧이어 어머니 목소리가 들렸다.

"너 지금 누굴 비꼬는 거야? 그 돈, 늙은 우리가 죽을 때 가져가겠니? 빈 방 빌려주고 돈 버는 게 누굴 위해서인데? 우리가 부자가 되려는 게 다 누굴 위해서인데? 이 자식이, 왜 더운밥 먹고 식은 소리야?"

바오룬은 부모가 부자 되는 것을 반대할 생각은 없다. 그러나 눈앞의 현실을 보니 부자가 되는 길은 온통 진창투성이였다. 저속하고 야비하고 냉혹했다. 영토 할양 후 집은 비좁고 낯설어졌다. 비루하고 천박한 기운이 온 집안에 가득했다. 바오룬은 집이 싫어졌다. 70년대 가구도, 습기 때문에 얼룩덜룩해진 진흙벽도, 어두침침한 15와트 백열등도, 심지어 식탁에 올라온 도자기 그릇도 싫었다. 그는 어머니가 차린 저녁 밥상을 흘겨보며 또 한 번 빈정거렸다.

"부자 됐다더니 왜 아직도 이런 낡은 밥그릇을 써요? 이건 뭐야? 기껏 배추볶음이야? 돈 줘요. 소고기 좀 사다먹게!"

쑤바오전이 마뜩찮은 표정으로 아들을 노려봤다. 그녀는 얼마 전 바오룬이 금고에서 돈을 꺼내간 일을 알고 있었다. 저녁 식사 후 어머니가 80위안의 행방을 묻자 바오룬은 대충 얼버무리듯 대답했다.

"그냥 나한테 빌려준 셈 쳐요. 겨우 80위안 가지고 뭘 그렇게 호들 갑이에요?"

"너, 여자친구 생겼어? 그 돈, 데이트하는 데 써버린 거 아니야?"

바오룬은 대답 대신 냉소적인 표정으로 콧방귀를 뀌었다. 쑤바오전은 아들의 알 수 없는 태도에 더 깊이, 더 날카롭게 캐물었다.

"왜 꿀 먹은 벙어리야? 뭐 하는데 그 많은 돈을 썼어? 도박했어? 아니면 계집질했어?"

바오룬이 버럭 화를 내며 소리쳤다.

"허구한 날 할아버지 옆에 붙어 있는데 무슨 도박! 무슨 계집질! 돈 많다면서요? 똥 누는데 휴지가 없어서 그 80위안으로 똥 닦았어!"

그 말에 열 받은 쑤바오전이 수세미를 들고 달려들어 바오룬의 머리통을 퍽퍽 소리 나게 때렸다.

"진즉에 네놈 싹수를 알아봤다! 이게 어디 제대로 곡식 먹고 자란 놈이야? 도대체 어디서 똥을 처먹은 게야? 80위안을 꿀꺽한 놈이 어디서 큰소리야?"

오랜만에 집에 돌아온 바오룬은 짜증나는 밤을 보냈다. 아래층에서 어머니의 욕지거리가 끊임없이 들려왔다. 잠시 후 그녀는 화살을 돌려 무능하고 자식교육에 관심 없는 아버지를 원망했다. 마지막으로 윗물이 더러우니 아랫물도 더럽다며 할아버지의 유전자 문제를 들먹였다.

"이 집안 삼대는 어떻게 멀쩡한 인간이 하나도 없어."

분노든 비탄이든 쑤바오전의 하소연은 늘 아주 느리고 복잡하게 전개되는 그녀만의 독특한 특징이 있었다. 일단 케케묵은 옛날 얘기를 끄집어내 자기비판을 시작했다. 자신의 모든 불행이 이 집에 시집오면서부터 시작됐다는 그녀는 어떤 집안인지 제대로 알아보지도 않고 남자를 선택하고, 심지어 아들도 잘못 낳았다고 한탄했다. 첫 단추를 잘못 끼운 탓에 아무리 노력해도 인생이 고달프다고 넋두리를 늘어놓았다. 일단 시작했다 하면 끝도 한도 없는 어머니의 비난에 이미 익숙해진 바오룬의 반응은 딱 한마디뿐이었다.

"엄마, 완전 웃겨!"

바오룬은 잠들기 전 옷장에서 내일 입을 바지를 찾아 의자에 걸쳐 놨다. 그리고 더러워진 바지는 아래층으로 집어던졌는데 멀리 가지 못하고 바로 계단 앞에 떨어졌다. 바지를 주워드는데 바지통에서 아직까지 토끼똥 냄새가 났다. 혹시나 해서 바지주머니를 뒤져보니 보관증 두 장이 나왔다. 한 장은 빨간색, 다른 한 장은 초록색. 그는 한데 뒤엉킨 영수증을 조심스럽게 펼쳤다.

노동자문화궁, 롤레스케이트장, 4월 4일

이 간단한 글귀에 비 내리던 그날의 기록이 고스란히 담겨 있다. 보관증 글자가 점점 커지면서 교활한 눈빛으로 바오룬을 노려봤다. 잘 자라는 인사 같기도 하고 뭔가 메시지를 전하려는 것 같기도 했다.

'이봐, 우리를 버리지 마. 기념으로 남겨두라고.'

바오룬은 보관증을 가져와 베개 밑에 쑤셔 넣었다. 집에 돌아와 누우니 베개는 아주 부드럽고 요는 너무 포근하고 이불에서는 뽀송뽀송한 햇볕 냄새가 났다. 이 냄새는 그의 마음을 안정시키며 노곤하게 만들었다. 어머니의 하소연이 띄엄띄엄 끊기며 제멋대로 흩날리는가 싶더니 점점 자장가로 변했다.

구름 한 점이 다락방 창문을 비집고 들어와 다각형 천장 테두리를 따라 둥둥 떠다녔다. 손을 뻗으면 금방 닿을 것 같았다. 바오룬이 한참을 쳐다보니 구름 속에 청초하고 순수한 소녀의 얼굴이 있었다. 그런데 자세히 보니 소녀는 교활하고 거만하게 웃고 있었다. 그는 이 구름의 이름을 알 것 같았다. 방안에 푸른 안개와 치자꽃 향기가 그득했다. 구름이 아래로 내려앉기 시작했고, 갑자기 구름 속에서 두 발이 튀어나왔다. 연두색 롤러스케이트를 신은 두 발. 바오룬은 호기심에 두 팔을 뻗었지만 구름은 잡히지 않고 한순간에 사라졌다. 꿈에서조차 그 구름을, 그 소녀의 영혼을 영원히 가질 수 없음을 직감했다. 바오룬은 벌떡 일어나 불을 켰다. 그리고 구름이 침입할 수 없도록 창문을 꼭 닫았다. 그 후에도 꿈은 계속 이어졌다. 이번에는 꿈과 현실이 절묘하게 어우러지면서 넓은 롤러스케이트장이 나타났다. 이 롤러스케이트장은 하늘을 나는 거대한 양탄자처럼 공중에서 살랑살랑 흔들렸다. 양탄자 테두리를 따라 줄지어 서 있는 남녀 학생의 무리가 꼭 거리의 가로등 같았다. 갑자기 주변이 환해지고 선녀의 연두색 롤러스케이트가 광채를 뿜으며 양탄자 위를 질주했다. 다른 사람들은 모두 쉽게 양탄자에 올라탔지만 바오룬만 올라가지 못했다. 양탄자 위에 남학생이 점점 많아지면서 선녀를 에워싸고 그녀와 함께 S자 곡선을 그리며 질주했다. 사람들이 양탄자 가장자리를 따라 돌며 환호성을 질렀다. S자 선녀, S자 행복. 선녀의 과장된 웃음소리가 들리고, 곧이어 거대한 양탄자 원단이 찢어지는 소리가 들려왔다. 바오룬은 양탄자를 잡아 끌어내리려 계속 점프했지만, 끝내 손이 닿지 않았다. 양탄자에 닿지 못했고, 선녀에게도 닿지 못했다. 그는 필사적으로 어딘가로 기어 올라갔다. 분노가 끓어올랐다. 손끝에서 시작된 분노가 그를 찍어 누르고 온몸으로 퍼져나갔다. 그러다 갑자기 손에 힘이 풀리며 추락했다. 끝없이, 끝없이 추락했다. 짜릿한 쾌감이 배꼽 아래 그곳에 집중되더니 더 이상 견디지 못하고 뻥 터져버렸다. 오묘한 꿈과 분노하는 꿈은 이상하게 결과가 같았다. 피지직 소리와 함께 분출이 시작됐다.

잠에서 깬 바오룬은 어둠 속이었지만 부끄럽고 왠지 두려웠다. 그는 자신의 생리현상을 곰곰이 분석해봤다. 생각할수록 갑갑했다. 보통 사춘기 남학생이 몽정할 때면 외설적인 꿈을 꾸는 경우가 대부분인데 그는 달랐다. 그의 몽정은 언제나 모욕, 분노, S자에서 시작됐다. 그의 몸은 왜 그런 순간에 반응할까? 피지직 소리는 왠지 풍선 바람 빠지는 소리와 비슷했다. 바오룬은 몽정을 통해 신비로운 인체의 비밀을 발견했다. 이 비밀은 영혼과 관련이 있다. 할아버지 상황에서 실마리를 찾아 비밀의 답을 추론해나갔다. 할아버지는 혼을 잃어버렸다. 할아버지 혼은 뒤통수 흉터를 통해 빠져나갔다. 머리 상처는 가장 흔한 영혼의 탈출 통로다. 그런데 그는 달랐다. 바오룬은 자신의 영혼이 아래로, 아래로 추락해 생식기에 머물러 있다고 추측했다. 그가 들은 피지직 소리는 영혼이 터지는 소리였다. 그의 영혼은 다른 사람과 달리 하얗고 걸쭉하고 살짝 비릿한 냄새가 났다. 간사하고 변덕스러워 수시로 모습을 바꾼다. 액체에서 고체가 되고, 고체에서 갑자기 증발해버리고, 물처럼 흐르기도 하고 새처럼 날기도 한다. 그의 영혼은 그렇게 생식기를 통해 밖으로 빠져나갔다. 바오룬의 상황이 할아버지와 다른 것은 그는 한밤중에 영혼을 잃어버렸다는 것이다. 아니, 바오룬은 선녀를 만나는 순간 영혼을 잃어버린 것 같다.

바오룬은 새벽잠을 설친 탓에 피곤했다. 영혼을 잃어버린 밤, 그 상처는 낮까지 이어졌다. 그는 창가로 가 거리 풍경을 내려다봤다. 암청색 여명이 내려앉은 참죽나무거리는 정말 오랜만이었다. 비가 내려 노면이 흥건하고 빗방울이 떨어져 곳곳에 조개껍질을 닮은 물결이 나타났다. 종종거리며 발걸음을 재촉하는 행인들. 대부분 반바지에 긴 웃옷을 입고 조급한 듯 빠르게 지나갔다. 이때 한 여자가 비옷을 입고 느릿느릿 걸어왔다. 여자는 우비로 비를 가리고 향을 피우며 애타게 누군가의 이름을 불렀다.

"샤오메이, 샤오메이! 어서 돌아오렴!"

여자의 목소리는 처량하다 못해 모골이 송연하도록 소름이 끼쳤다. 바오룬은 창밖으로 고개를 내밀고 누구인지 자세히 살폈다. 회계사 천 선생의 아내였다. 그 집 딸 샤오메이는 참죽나무거리에서 손꼽히는 미모의 소유자였다. 바오룬은 샤오메이에게 무슨 일이 생겼는지 궁금해서 당장 아래층으로 뛰어 내려가 어머니에게 물었다.

"저 앞에 사는 샤오메이 말이에요, 무슨 일 있어요?"

쑤바오전은 아직 화가 덜 풀려 바오룬과 말을 섞고 싶지 않았다.

"나한테 말 걸지 마. 난 똥 처먹은 놈이랑 말 안 해."

그래놓고도 쑤바오전은 밖에 나가 자세히 사정을 알아보고 돌아와 아들에게 말했다.

"샤오메이가 혼이 나갔대. 말도 안 하고 종일 울기만 한다네. 천 선생 아내가 며칠째 새벽마다 저러고 있는데 아직도 혼이 안 돌아왔나 봐."

"혼이 나가요? 또? 샤오메이는 이제 겨우 중학생인데 무슨 혼이 나가요?"

"작년에 노인네 혼이 나가더니 올해는 젊은이 차례인가보지 뭐. 그걸 왜 나한테 물어? 천 선생 부인 말로는 샤오메이가 썩은 복숭아를 먹고 배탈이 났는데 변기에서 일어나다가 혼이 나갔다지 뭐냐? 쳇! 차라리 귀신을 속여라! 세상에 배탈 났다고, 썩은 복숭아 먹었다고 혼이 나가는 사람이 어디 있어? 분명히 거짓말이야. 남부끄러운 일이 있는 게야. 마 선생 부인 말로는 샤오메이가 연애를 하다가 배가 불렀을 거라더라."

"누구? 어떤 자식이 샤오메이 배를 부르게 했다는 거야?"

"내가 그걸 어떻게 알아?"

쑤바오전이 말하다 말고 갑자기 경계하는 눈빛으로 계단을 톡톡 두드리며 바오룬에게로 화살을 돌렸다.

"너, 왜 이렇게 이 일에 관심이 많아? 샤오메이는 미성년자야. 어떤 놈인지 몰라도 총살시켜야 해!"

화가 나도 어머니는 어머니였다. 바오룬은 아침상이 차려진 것을 보고 조용히 식탁 앞에 앉았지만 음식 앞에서 한동안 넋을 놓고 있었다. 그의 머릿속은 두 여자 생각으로 꽉 찼다. 왼쪽에는 변기에 앉아 있는 샤오메이, 오른쪽에는 롤러스케이트장에 서 있는 선녀.

"어서 먹어. 다 곡식으로 만든 거야. 제대로 된 음식 먹였으니까 제발 앞으로는 말 같은 소리만 해라."

"입맛이 없어요."

"입맛이 없어도 먹어. 밥을 먹어야 학교에 가지."

바오룬은 그제야 아버지가 교대하러 와서 자신을 집에 돌려보낸 이유가 무엇인지 알았다. 그를 요리학교에 돌려보내기 위해서였다. 그는 불안한 표정으로 제 앞에 놓인 그릇을 밀어냈다.

"배불리 먹여놓고 사형장에 끌고 가려고? 안 먹어!"

"그게 무슨 말 같지 않은 소리야? 학교가 사형장이야? 먹기 싫으면 관둬. 얼른 학교나 가. 우리가 왕 교장한테 인사가서 다 부탁해놨으니까 오늘 가서 바로 교무처에 들러. 수업 일정 밀린 건 왕 교장이 알려줄 거야."

오랜만에 보는 책가방이 벌써 계단 앞에 놓여 있고, 쑤바오전이 밤사이 준비한 하얀 요리 모자와 앞치마가 의자에 걸쳐져 있었다. 바오룬은 부모님 계획에 따라 며칠 동안 요리학교에 등교해 수업을 받았다. 실기도 그럭저럭 잘 치러 무난하게 요리사 자격증 시험에 통과했다. 아버지는 그것을 그의 '장래'라 하고, 어머니는 그의 '밥그릇'이라고 했다. 바오룬은 하늘색 책가방을 가만히 응시하다가 손을 뻗어 안에 있는 기름기가 미끌거리는 요리책을 꺼냈다. 요리책 표지를 장식한 사진은 생선튀김 요리인 쑹수구이위松鼠桂鱼였다. 쑹수구이위, 이름만 보면 다람쥐-쏘가리 요리쯤 되겠다. 한창 열심히 요리학교에 다닐 때는 이 요리에 몰두했었다. 그런데 오늘 아침에 보니 그 끈적끈적한 황금색 소스를 뒤집어쓴 물건이 너무 역겨웠다. 그는 요리책을 들어 바닥으로 휙 던져버렸다.

어머니가 바쁘게 주방 일을 하는 사이, 재빨리 주방 앞을 지나 자전거를 들고 대문 밖으로 나갔다. 운 때가 맞지 않으려니 이놈의 자전거가 어머니 편에 서서 작정하고 그를 막아섰다. 자전거를 타고 막 출발하려는데 바퀴 바람이 빠져 있었다. 공기펌프를 가지고 나오느라 시간이 지체됐고 결국 어머니 눈에 띄고 말았다. 어머니는 식탁에 널려 있는 바오룬의 요리 모자와 계단 앞에 내팽개쳐진 바오룬의 책가방을 주워들며 크게 소리쳤다.

"이놈의 자식! 너도 정신 나갔어? 학교 가는데 책가방이랑 모자도 안 챙기면 어떡해?"

바오룬이 서둘러 바퀴에 바람을 채우고 출발 준비를 마쳤다.

"학교 얘기는 나중에 해요. 아무튼 오늘은 못 가요. 징팅병원에 가야 해요."

"너, 이 자식!"

쑤바오전이 무서운 표정으로 달려들며 죽기 살기로 자전거를 붙잡고 늘어졌다.

"너를 받아달라고 부탁하느라 왕 교장한테 비싼 술 두 병에 담배를 두 보루나 갖다 줬단 말이야. 그게 한두 푼인 줄 알아? 몇 번을 말해야 알아들어? 요리사 자격증 받을 때까지 며칠만 더 나가라니까."

"요리사 자격증이 뭐 그렇게 대단해? 조종사 자격증도 아니고. 좋아요, 사실대로 말할게요. 오늘 징팅병원에서 간호사 참관수업이 있는데 차오 원장이 나한테 시범을 요청했어요. 오전에 일급병동, 오후에 이급병동에서 수업을 해야 해요. 내가 없으면 안 된다고요."

쑤바오전이 고개를 갸웃했다.

"무슨 일인데 네가 없으면 안 돼? 네가 무슨 시범을 보이는데? 차오 원장이 왜 너한테 시범 요청을 해?"

바오룬이 소매를 걷어붙이며 대답했다.

"내가 할 수 있는 일이 뭐겠어요? 사람 묶는 거지."

그제야 상황파악이 된 쑤바오전은 눈물을 글썽이며 발을 동동 굴렀다.

"아이고! 네 할애비가 결국 너까지 망쳤구나. 안 돼! 징팅병원에 못 간다. 너까지 정신이 나간 거야? 아이고, 나갔네, 나갔어. 나도 내일부터 샤오메이 엄마처럼 길거리에 나가 네 혼을 찾아야겠다."

두 모자가 대문 앞에서 자전거 한 대를 밀고 당기며 실랑이를 벌였다. 하지만 쑤바오전이 힘으로 아들을 이길 수는 없었다. 결국 자전거를 놓쳤고 속수무책으로 멀어지는 자전거를 바라볼 수밖에 없었다. 이웃들이 전부 나와 두 사람을 구경했다. 바오룬이 가버린 후 쑤바오전은 대문 앞에 쓰러지듯 주저앉아 주먹으로 가슴을 쳤다.

"바오룬한테 무슨 일 있어요?"

쑤바오전이 하늘을 뚫어져라 쳐다보다가 허공에 삿대질을 하며 소리쳤다.

"혼이 나갔어요. 하늘도 무심하지. 온 가족이라 해봐야 겨우 넷인데 벌써 둘이 혼이 나갔으니."

이웃들이 바오룬 상황을 꼬치꼬치 물었지만 쑤바오전은 시시콜콜 말할 기분도 아니고 남부끄러운 일이라 대충 얼버무렸다.

"학교는 안 가고 레이펑雷鋒1)을 배우겠대요."

"레이펑을 배우는 건 좋은 일인데 그게 왜 정신이 나간 거야?"

쑤바오전이 벌떡 일어나 바지를 탁탁 털었다.

"왜 정신 나간 짓이 아니에요? 다른 사람은 레이펑을 배워서 좋은 일을 하겠지만 그놈이 하는 게 뭔 줄 알아요? 사람 묶는 거라고요!"

13. 토끼장

바오룬은 징팅병원에서 대단한 유명 인사였다. 차오 원장도 그의 결박예술을 높이 평가했다. 올봄, 징팅병원은 여론을 의식해 '징팅병원, 행

---

1) 1940~1962년, 중국에서 영웅으로 칭송받는 인물. 가난한 집안에서 태어나 군인이 되었고 평생 근검절약, 희생, 봉사정신을 실천한 모범 군인. 마오쩌둥을 시작으로 수많은 정치 지도자가 레이펑을 칭송하며 '레이펑 배우기' 열풍이 시작됐다. 현재까지도 희생과 봉사 정신이 투철한 모범적인 인물의 대명사로 통한다.

복항구'라는 표어와 함께 인격적인 환자관리를 하겠노라 공표했다. 행복항구 건설을 위한 첫 단계는 환자들의 육체적 고통을 경감시키는 일이었다. 특히 중증병동 간호사들은 수시로 가죽 끈과 쇠사슬 등으로 환자를 제압했다. 이 방법은 빠르고 효과적이긴 했지만 너무 거친 탓에 환자들 피부에 큰 상처를 남기곤 했다. 일급 환자가 입원한 회색 건물에서 이급 환자가 입원중인 노란색 건물까지 온종일 환자들의 참혹한 비명이 끊임없이 들려왔다. 그런데 이 비명이 병원 담장까지 넘어가면서 병원 이미지가 크게 실추됐다. 병원 관리자들은 이 문제를 면밀히 분석한 후 중증병동을 개혁 시범병동으로 선정해 우선 고통 없는 결박법을 시행하기로 결정했다. 이렇게 해서 바오룬이 아마추어전문가 자격으로 중증병동 남녀 간호사 30여 명을 대상으로 시범수업을 하게 된 것이다. 바오룬은 오전 첫 수업에서는 조금 긴장했지만 워낙 익숙한 일이라 별 무리 없이 시범을 보였다. 간호사들은 존경과 선망의 눈빛으로 그의 손에 집중했다. 그는 자신이 개발한 9가지 매듭법을 명확하고 체계적으로 선보였다. 간호사들은 대부분 기본적인 결박법을 알고 있기 때문에 비교적 어렵고 복잡한 파인애플매듭까지 금방 따라했다. 차오 원장은 모델이 된 환자에게 구체적인 느낌을 물었다.

"이 매듭이 어떤가요? 아프지 않아요?"

환자들의 대답은 대체로 비슷했다.

"조금 아프긴 한데, 예전에 비하면 정말 편해요."

바오룬이 오전 내내 공들인 중증병동 참관수업은 매우 성공적이었다. 차오 원장은 바오룬에게 점심식사를 대접하고 맥주도 한 잔 곁들였다. 그리고 그 자리에 바오룬 할아버지도 초대해 할아버지의 노고를 치하했다.

"어르신의 희생이 바오룬 기술 연마에 큰 도움이 됐습니다. 훌륭하십니다."

"당연한 일입니다. 이게 다 인민을 위한 일이 아니겠습니까?"

오후에는 이급병동에서 참관수업을 진행했다. 어느 정도 긴장이 풀린 바오룬은 편안한 마음으로 시범을 보였다. 그런데 뜻밖의 일이 벌어졌다. 언제 왔는지, 우유 바구니를 든 선녀가 구경하는 사람들 틈에 섞여 있었다. 우유병이 부딪치는 쨍그랑 소리에 고개를 돌린 바오룬은 선녀를 발견하고 크게 당황했다. 두 사람은 외나무다리에서 만난 원수처럼 서로를 노려봤다. 선녀의 표정이 황당함과 호기심에서 경멸로 바뀌기까지 채 1초도 걸리지 않았다. 그녀가 갑자기 깔깔거리며 웃자 사람들이 일제히 고개를 돌렸다. 그녀는 눈치껏 손으로 입을 틀어막았지만 웃음이 멈추지 않아 어깨가 들썩거렸다. 차오 원장이 그녀에게 다가갔다.

"참관수업 중인데 뭐가 웃기지? 웃을 거면 나가서 웃어. 수업 방해하지 말고."

선녀가 삐쭉거리며 대답했다.

"안 웃어요. 계속 웃다간 내 목이 달아나겠네."

그녀는 바구니를 감싸고 인파를 헤치며 밖으로 향했다. 그러다 갑자기 고개를 반쯤 돌리고 혼잣말을 일부러 크게 중얼거렸다.

"쟤가 전문가라고? 저런 애한테 뭘 배운다는 거야?"

그녀는 사람들을 향해 얼굴을 잔뜩 찌푸리며 덧붙였다.

"다들, 비위가 좋으시네요."

선녀가 휙 사라진 자리에 쨍그랑 쨍그랑 우유병 부딪히는 소리만 메아리치며 남았다. 바오룬은 멍하니 있다가 갑자기 정신이 번쩍 든 듯 아래층으로 뛰어 내려갔다. 선녀의 방자함을 도저히 참을 수 없었다. 그녀를 내버려두다간 스스로 겁쟁이라고 인정하는 꼴이 된다. 그는 그녀의 뒷모습이 보이자 크게 소리쳤다.

"너! 앞으로 조심해! 두고 봐!"

바오룬은 이렇게 큰소리치는 것 말고는 어떻게 해야 할지 달리 생각나는 것이 전혀 없었다. 다시 병실로 돌아왔지만 마음이 복잡하니 손도 말을 듣지 않았다. 밧줄을 두어 번 돌렸는데 다음 순서가 생각나지 않자 아예 시범수업을 끝내기로 했다. 그는 밧줄을 차오 원장에게 던지며 말했다.

"손이 저려서 더는 못하겠어요. 오늘 참관수업은 여기까지 하지요."

사람들은 씩씩거리며 병실을 떠나는 바오룬을 멍하니 지켜보다가 이런저런 추측을 내놓았다.

"정원사네 손녀 때문에 기분이 잡친 거야."

"그런데 저 두 사람 도대체 무슨 사이지?"

차오 원장은 바오룬 때문에 체면이 깎였다고 생각해 그를 비난했다.

"요즘 젊은이들은 정말 버릇없다니까. 저렇게 의지가 박약해서 뭐가 되겠어?"

"그런데 저 학생이랑 선녀는 정말 무슨 사이일까요? 혹시 둘이 연애라도 했나?"

"연애요? 에이, 말도 안 돼요. 선녀가 바오룬을 얼마나 무시하는데. 선녀가 뒤에서 뭐라고 욕하는 줄 알아요? 그게…… 호호호……. 상병신, 국제급 상병신!"

그해 봄, 바오룬은 정원사 할아버지의 양철집 부근을 서성거리며

참새 이야기

효과적으로 선녀와 협상할 방법을 고민하고 또 고민했다. 가끔 할아버지를 데리고 오면 정당한 이유가 있으니 거리낄 것이 없었다. 하지만 혼자 나와서 어슬렁거릴 때는 왠지 떳떳하지 못한 느낌이 들었다. 양철집을 중심으로 반경 50미터 범위 바깥을 서성거리며 선녀에게 메시지를 전달할 방법을 모색했다. 메시지가 조금 복잡한 관계로 분필, 벽돌, 석탄재 등을 준비해 양철집으로 이어지는 여러 오솔길 곳곳에 흔적을 남겼다. 할아버지는 바오룬이 표어를 쓴다고 생각했다.

"바깥에 또 혁명운동이 시작된 거냐? 웬 표어를 이렇게 많이 써대? 도대체 누굴 비판하는 거야?"

"표어가 아니라 통지문이에요."

"통지문이면 큰 칠판에 써서 정문에 걸어놔야지 이런 구석진 곳에 써놓으면 사람들이 어떻게 봐?"

바오룬은 뭐라고 설명할 수가 없어 간단히 얼버무렸다.

"여러 사람이 아니라 한 사람만 보면 되니까요."

"통지는 여러 사람한테 알리는 건데 한 사람만 보면 된다니? 도대체 누구한테 통지하는 거야? 뭘 통지하는 거야?"

"할아버지는 말해도 몰라요. 할아버지가 모르는 애예요."

할아버지는 양철집 방향과 바오룬의 얼굴을 번갈아 보다가 갑자기 눈빛을 반짝였다.

"알았다! 내가 그 애를 왜 몰라? 그 애 때문에 네 엄마한테 누명까지 썼는데. 내가 언제 널 망쳤다고 그래? 네가 혼이 나간 게 왜 내 탓이야? 내 진즉에 알아봤지. 정원사 손녀, 그 애가 네 혼을 꾀어간 거잖아!"

바오룬은 길가에 쌓여있는 시멘트 패널 위에 혁명열사가 지은 유명한 시구를 응용해 메시지를 남겼다.

생명은 소중하지 않다. 사랑은 더 가치 없다. 돈을 위해서라면 둘 다 버릴 수 있다.[2]

그는 이 위대한 시구가 선녀의 시선을 사로잡을 것이라고 확신했다. 그의 예상은 적중했다. 이틀 후, 그녀의 답글이 적혀 있었다.

멍청한 놈, 얼마인지가 중요하지.

그녀의 냉소적인 답변은 바오룬의 화를 더욱 돋웠다. 그는 석탄재로 다시 답글을 달았다.

80위안, 3일 안에 갚아!

이 명령조 문장 밑에 달린 답글은 훨씬 방자했다.

애걔, 겨우? 이곳에 대소변 금지!

교양 없는 여자와 예의 없는 남자의 공방전이 계속 되면서 시멘트 패널에는 더 이상 글씨를 쓸 자리가 없었다. 바오룬은 굵은 플라타너스 나무줄기에 분필로 선녀 이름을 쓰고 그 옆에 온갖 비하하는 단어를 덧붙였다.

---

2) 헝가리 애국시인 페퇴피 샨도르의 〈자유와 사랑〉 중 한 구절로 중국에서는 '생명은 소중하다. 사랑의 가치는 그보다 더 높다. 그러나 자유를 위해서라면 둘 다 버릴 수 있다'라고 번안됨.

요물, 사기꾼, 천박한 년, 여자깡패, 추잡한 년.

며칠 후 선녀의 반응을 살피러 플라타너스를 찾아갔다. 그가 써놓은 글씨들이 싹 지워졌다. 그리고 나뭇가지에 종이쪽말이 걸려 있었다.

안전 주의! 바오룬과 개 출입금지!

두 사람은 대화는 점점 더 격해졌다. 처음에는 장난 반 진심 반이었는데 점점 험악한 인신공격성 발언으로 변해갔다. 바오룬은 결사의 각오를 다지며 마지막 승부수를 띄우기로 했다. 그는 병원 매점에서 납작붓과 먹물 한 통을 샀다. 다른 사람들이 선녀의 실체를 알 수 있도록 양철집 벽에 직접 메시지를 남기기로 했다.

이 날 바오룬은 선녀를 봤다. 그녀는 창문 너머에 있는 것이 분명했다. 그녀의 방에서 희미한 음악소리가 들려왔다. 아마도 그녀는 앉아 있거나 누워 있을 것이다. 얼굴과 상체는 커튼에 가려졌고 창문 앞 책상에 걸친 한쪽 다리가 음악 소리에 맞춰 가볍게 까딱거렸다. 햇살이 그녀 다리에 쏟아졌다. 요즘 가장 유행하는 검은 타이즈로 감싼 그녀의 늘씬한 다리는 왠지 모르게 신비로웠다. 하얀 맨발은 흑백의 대비 덕분에 더 곱고 더 하얗게 보였다. 그녀의 발끝이 책상 위에서 춤을 추고, 바람과 대화를 나누고, 햇살과 장난을 쳤다. 발톱에 새빨간 매니큐어를 바르고 발가락을 하늘하늘 움직이니 마치 바람을 맞으며 피어난 장미꽃처럼 눈부시게 아름다웠다. 그녀의 다섯 발가락이 바오룬을 반갑게 맞이하고 그의 마음을 어지럽혔다. 그는 너무 당황스러워 잠시 이곳에 온 목적도 잊고 뜬금없이 바닥에 웅크려 앉았다.

바오룬은 자기가 왜 웅크려 앉았는지 몰랐다. 훔쳐보기는 괜히 불안하기만 해서 좋을 것이 하나도 없다. 문득 자신이 바짝 조인 자명종 시계 같다는 생각이 들었다. 종을 울리려는 순간 태엽이 끊어져버린 것이다. 바로 옆에 엎어놓은 물항아리가 보였다. 물항아리 바닥에 찌그러진 납작한 원 모양의 구멍이 있었다. 바오룬은 아무 생각 없이 구멍에 눈을 갖다 대고 안을 들여다봤다. 캄캄해서 아무 것도 보이지 않았다. 별 생각 없이 구멍 안으로 침을 뱉었다. 아무 소리도, 반응도 없었다. 이때 물항아리 안에서 휴식을 방해받은 모기 한 마리가 날아 나와 바오룬의 얼굴을 제대로 물었다. 덕분에 10분 넘게 물항아리 옆에 쪼그려 앉아 있으면서 다리가 저린 줄도 몰랐다. 대신 얼굴이 미치도록 간지러웠다.

정원사 할아버지가 집 앞 텃밭에서 바쁘게 움직였다. 왼손에는 부추, 오른손에는 어린잎을 쥐고 한참 들여다보더니 집 쪽으로 고개를 돌리고 소리쳤다.

"이것 봐, 부추가 다 쇠었어! 어린잎은 비실비실하고. 여기 땅이 안 좋아. 비료를 줘도 소용이 없고 당최 채소가 제대로 자라질 않아."

선녀 할머니가 문발을 걷어 올리고 밖으로 나왔다. 할머니는 등나무 막대를 든 채 매의 눈으로 사방을 두리번거렸다. 무슨 이상한 소리를 들은 것 같았다. 그러나 특별히 이상한 것이 보이지 않자 하늘을 올려보며 애꿎은 태양에게 비난의 화살을 돌렸다.

"땅도 문제고, 사람도 문제고, 저 태양도 문제야! 저것 좀 봐요. 태양도 정신이 나간 거 같지 않아요? 온종일 비실비실한 게 맥아리가 없잖아. 뭐 하나 제대로 마르는 게 없어."

그 비실비실한 태양 아래, 하얀 바탕에 초록색 줄무늬가 들어간 이불 한 장이 널려 있었다. 이불 한가운데 둥그런 혈흔이 보였다. 물에 빨

참새 이야기

왔지만 깊이 스며든 핏자국이 완전히 빠지지 않아 똑똑히 보였다. 할머니가 바지랑대 사이를 왔다 갔다 하며 등나무 막대로 이불을 탁탁 털었다. 그러면서 선녀에 대해 구시렁거렸다.

"저렇게 게으른 계집애는 보다보다 처음이야. 이불 좀 털어오라는데 그렇게 말을 안 들어. 저렇게 게으른 계집애가 누구한테 시집을 가? 허구한 날 그놈의 음악상자만 끼고 살지! 저년도 혼이 나간 게 틀림없어. 저 음악상자가 저년 혼을 뺏어간 거야!"

탁, 탁, 탁. 막대질을 할수록 익숙한 치자꽃 향기가 짙어졌다. 치자꽃 향기뿐 아니라 화장품과 샴푸 냄새가 뒤섞여 있었다. 바오룬은 이 향기를 잘 알았다. 저 이불은 분명 선녀의 것이고, 이 향기도 분명 선녀의 것이다. 선녀의 향기가 유혹하듯 바오룬 주위를 맴돌았다. 그녀는 창문 너머에 있고, 저 발은 손을 뻗으면 닿을 것 같았다. 장미꽃 같은 빨간 다섯 발톱이 바로 코앞에 있다. 장미꽃잎 다섯 장이 창문 밖으로 쑥 나오더니 바오룬을 향해 활짝 피어났다. 지척이 천 리라. 바로 코앞에 있는 그녀가 마치 하늘 끝에 있는 것처럼 느껴졌다. 이런 상황은 전혀 예상하지 못했다. 복수하러 왔다가 물항아리 옆에 웅크려 앉아 여자 방을 훔쳐보는 꼴이라니. 얼굴은 가렵고 머리는 어지러웠다. 웅크린 그림자가 바닥에 달라붙어 보잘 것 없는 물 얼룩 같았다. 바오룬은 고개를 들어 하늘을 봤다. 이곳 태양은 정말 비실비실해 보였다. 그 모습이 꼭 자기 같았다. 자신이 비실비실하고 비루하게 느껴졌다. 정말 비루했다. 그녀에게 복수하겠다고 찾아와서는 그녀 방을 훔쳐보며 그녀를 그리워하다니.

두 노인이 집안으로 들어간 후 달그락달그락 그릇 소리가 들려왔다. 세 가족이 모여 점심식사를 하는 모양이었다. 바오룬은 조금 전 정원사 할아버지가 토끼장에 어린잎을 한 움큼 넣어주는 모습을 봤다. 지

금 집 밖에는 토끼들뿐이다. 토끼장은 아주까리 덤불 앞에 놓여 있었
다. 새파란 철망에 분홍색 하트모양 팻말이 새로 달렸다. 토끼 두 마리
는 기분 좋게 봄 햇살을 쪼이고 있었다. 선녀의 보물이자 친구인 토끼들
이 바로 코앞에 있었다. 줄곧 복잡했던 머릿속이 갑자기 환해졌다. 절망
의 끝자락에서 갑자기 새로운 길이 보였다. 그는 토끼들이 상황을 공평
하게 만들어줄 것이라고 생각했다. 이것은 바오룬이 취할 수 있는 가장
쉽고 간단한 방법이었다. 드디어 물항아리 옆을 떠난 그는 살금살금 기
어가 토끼장을 들고 도망쳤다.

토끼는 울지 않는다. 이 토끼들은 제 주인처럼 난폭하지 않아 반항
할 줄도 몰랐다. 온순한 토끼는 자마노^{紫瑪瑙}(보석의 하나)처럼 붉은 눈동
자로 침입자를 응시했다. 호기심 가득한 눈동자에 두려움 따윈 전혀 없
었다. 바오룬이 든 토끼장이 쉼 없이 요동쳤지만 토끼들은 하늘을 보거
나 채소 잎 위에 웅크린 채 평온한 모습이었다. 토끼장은 바오룬이 생각
했던 것보다 훨씬 깔끔했다. 바닥에 깐 종이판은 방금 청소한 것 같았
고 풀과 채소 잎도 싱싱해보였다. 코를 가까이 대고 토끼 냄새를 맡아보
아도 역시나 예상 밖이었다. 동물 특유의 퀴퀴한 구린내가 전혀 없었다.
다음으로 바오룬의 시선을 끈 것은 토끼장에 붙어 있는 플라스틱 하트
모양의 팻말이었다. 아마도 봉제인형에 있던 것을 떼어낸 것이리라. 하
트 팻말에는 선명한 세 글자가 박혀 있었다.

사랑해.

바오룬은 토끼장을 들고 빠르게 병원 앞을 지나갔다. 분홍색 플라
스틱 하트 팻말이 계속해서 그의 무릎에 부딪쳤다. 플라스틱 하트는 낮

참새 이야기

선 무릎을 향해 맹목적이고 공허한 사랑을 갈구했다.

사랑해, 사랑해, 사랑해.

파란색 토끼장은 멀리서도 눈에 확 띄는 데다 징팅병원 사람들이라면 모두들 이것이 선녀의 토끼장이라는 것을 안다. 바오룬은 골치 아픈 일이 생기지 않도록 외투를 벗어 토끼장을 덮었다. 토끼들을 인질로 잡긴 했지만 함부로 대할 수는 없었다. 토끼들이 잘 지낼 수 있는 적당한 장소를 찾아야 했다. 그는 병원 동북쪽 방향에 있는 외진 숲으로 향했다. 풀숲은 모든 토끼들의 고향과 같은 곳이지만 이 토끼들은 단순히 풀만 뜯어먹는 보통의 토끼와 달랐다. 이들에게는 아주 중요한 사명이 있었다. 바오룬은 대추나무 가장귀에 토끼장을 걸었다. 허공에 매달린 토끼들이 쾌감을 느끼는지 두려움을 느끼는지는 알 수 없었다. 그들의 붉은 눈동자에는 어떤 감정도 드러나지 않았다. 바오룬은 새장이라면 모를까 토끼장을 나무에 걸어두는 것은 아니다 싶었다. 그는 주변 지형을 자세히 살피다가 오래된 은행나무를 떠올렸다. 그 아래 버려진 맨홀 구멍이 하나 있었다. 할아버지를 데리고 산책을 하다가 몇 번 걸려 넘어질 뻔했다. 토끼들에게는 훌륭한 보호막이 될 것이다. 서둘러 은행나무를 찾았는데 그 아래 맨홀 구멍이 보이지 않았다. 이상하다 싶어 주변을 두리번거리는데 숲속 어딘가에서 다른 이의 발자국 소리가 들렸다. 얼른 숨으려는데 그 발자국이 벌써 그의 등 뒤까지 쫓아왔다.

"거기 서! 경찰이다!"

처음에는 너무 놀랐다. 하지만 이 상황에서 이런 과한 경고가 왠지 어울리지 않는 것 같았다. 고개를 돌려보니 류성이었다. 그동안 류성이 귀신처럼 소리 없이 계속 그를 따라오고 있었던 것이다. "너, 남의 토끼 장을 들고 여기서 뭐 해? 재주 좋네. 만난 지 며칠이나 됐다고 벌써 그 애 대신 토끼를 돌보는 거야?"

바오룬은 놀란 마음이 진정되자 류성도 이 일에 책임이 있다는 생 각이 들었다. 갑자기 화가 울컥 치밀어 온갖 더러운 욕지거리를 쏟아냈 다. 류성이 영문을 알 수 없다는 듯 눈을 끔뻑였다.

"이 자식이, 뭘 잘못 먹었나? 기껏 중간에서 다리를 놔줬더니 날 욕 해?"

"다리를 놔줘? 개똥같은 소리 하고 있네. 꺼져!"

"잠깐! 내가 알아서 꺼질 테니 일단 알아듣게 말해. 그 애가 너한테 뭘 잘못했는데? 제대로 말을 해야 내가 도와주든 일을 수습하든 할 거 아냐?"

바오룬은 화를 주체하지 못하고 계속 욕을 해댔다.

"또 허풍을 치시게? 네가 뭘 수습해? 그 거시기나 잘 수습해."

침착한 류성은 능글맞게 웃으며 대꾸했다.

"거시기 수습하는 게 쉬운 일이 아니야. 얘가 한나절은 힘을 써야 수습이 되거든."

말문이 막힌 바오룬은 토끼장을 들어 올려 씩씩거리며 토끼를 노 려봤다.

"너한테 말해도 소용없어. 그 계집애가 말도 없이 내 돈 80위안을 꿀꺽했어. 그래서 이 토끼를 압류한 거야. 인질이야."

자초지종을 얘기하려니 너무 복잡하고 창피했다. 이럴 때는 대충 둘러대는 편이 좋지만 불행히도 바오룬은 거짓말을 할 줄 몰랐다. 류성 이 두 번 세 번 캐묻자 결국 노동자문화궁에서 있었던 일을 모두 털어났다. 그러나 류성은 바오룬의 진실을 의심했다. 그는 교활한 눈빛에 야릇한 미소를 지으며 반문했다.

"도대체 무슨 소리야? 롤러스케이트? 보증금 80위안? 아무래도 수상해. 했어? 만약 한 거면 수습이 안 되는데……."

바오룬은 '했어?'가 무슨 뜻인지 안다. 바오룬뿐 아니라 참죽나무거리의 남학생들은 모두 안다. 얼굴이 벌겋게 달아오른 바오룬이 펄쩍 뛰며 항변했다.

"하다니? 뭘? 특별히 예쁜 것도 아닌데 하긴 뭘 해? 난 걔 손도 안 잡아봤어."

"그래도 말이 안 돼."

류성이 눈빛을 반짝거리며 바오룬을 몰아세웠다.

"손도 안 잡았다고? 그런데 걔가 왜 네 돈을 꿀꺽해?"

바오룬은 자신의 결백을 증명할 수 없어 저주와 악담을 내뱉으며 맹세했다.

"내 말이 거짓말이면 우리 가족이 모두 벼락 맞아 죽을 거다. 전부다!"

이런 독한 맹세를 들으니 류성도 더 이상 믿지 않을 수 없었다.

"그래, 좋아. 걔가 널 무시한 건 곧 날 무시한 거고, 걔가 널 가지고 논 건 날 가지고 논 거나 다름없어. 이 일은 내가 끝까지 책임질게. 사람이든 돈이든 다 나한테 맡겨."

바오룬은 류성의 말이 대부분 허풍임을 알지만 확실히 제 편이 되어주니 조금 위로가 됐다. 하지만 선녀와 류성이 무슨 관계인지는 여전히 의문이고 풀리지 않는 수수께끼였다. 그는 류성을 슬쩍 떠봤다.

"넌 어떻게 그 애 오빠가 된 거야? 너희 둘 밖에서 자주 만났어?"

"몇 번 안 돼. 그 계집애 너무 제멋대로잖아. 간혹 먼저 아는 척하면 어찌나 폼을 잡는지, 아주 꼴사납고 데리고 다니기 힘들어. 몇 번 데리고 다녔더니 찰거머리처럼 달라붙어서 내일은 어디 갈 거냐고 귀찮게 굴지를 않나. 아주 짜증나."

"너희들 어디 가서 놀았는데? 너도 걔 데리고 롤러스케이트장 갔어? 아니면 영화관?"

"난 그런 거 관심 없어. 우리는 동문 무도장에 춤추러 갔어. 요즘에는 샤오라小拉를 췄지."

"샤오라? 그게 뭔데?"

"샤오라가 샤오라지. 넌 샤오라도 모르면서 어떻게 여자를 꼬시려고 그래?"

바오룬이 멍한 표정을 짓자 류성이 간단한 스텝 시범을 보였다.

"너, 수병무水兵舞는 들어봤어? 지르박jitterbug은? 샤오라는 수병무나 지르박이랑 비슷한데 요즘 밖에서 제일 유행하는 춤이야."

바오룬이 류성의 스텝을 따라해 봤다. 하지만 의혹은 여전했다.

"수병무, 지르박, 샤오라, 이게 다 뭐야? 그런 거 다 남자랑 여자랑 볼 비벼대는 거 아냐?"

"그건 치크댄스cheek dance. 치크댄스랑 샤오라는 달라. 밥 먹는 것처럼 차근차근 순서대로 배워야 해. 샤오라가 먼저고 치크댄스는 나중이야. 샤오라를 배워야 치크댄스도 가능하다고. 알겠어?"

가만히 생각해보니 조금 알 것도 같았지만, 여전히 궁금증이 남아 있었다.

"동문 무도장에서 치크댄스도 춘다던데, 걔랑 안 해봤어?"

류성은 바오룬의 눈빛이 무슨 뜻인지 알아차리고 히죽 웃으며 손을 휘휘 저었다.

"네가 뭘 묻고 싶은지 알겠는데, 제기랄! 이상한 생각하지 마. 그리고 걘 미성년자야. 너도 안 했고 나도 안 했어. 거짓말이면 내가 개다, 개! 내가 너보다 나을 게 뭐 있어? 걔는 그냥 춤추는 게 좋아서 날 따라다니는 거야. 나도 손잡은 게 전부라고."

이렇게 두 사람은 처음으로 마음이 통했다. 마음이 통하니 자연스럽게 우정이 시작됐다. 상대방을 바라보는 두 사람의 눈빛에 우정이 어른거렸다. 잠시 후 바오룬은 토끼장을 들고 류성을 따라 취수탑으로 향했다.

류성이 토끼장을 놓아두라고 알려준 장소는 아주 절묘해서 바오룬도 마음에 들었다. 숲 바깥쪽에 위치한 취수탑은 붉은 벽돌을 두른 폐쇄형 건물인데 짙은 초록의 넝쿨이 표면을 뒤덮었다. 탑 꼭대기 원통형 펌프실은 마치 거인의 모자처럼 보였다. 윙윙 물 끌어올리는 소리가 오묘한 사이펀 원리를 설명해주는 듯 했다. 두 사람 발소리에 놀란 황갈색 털로 뒤덮인 작은 동물이 취수탑 안에서 쏜살같이 뛰쳐나와 눈 깜짝할 사이에 수풀 사이로 사라졌다. 바오룬은 족제비라고 생각했지만 류성은 여우라고 말했다.

"여우가 토끼를 잡아먹으면 어쩌지?"

"토끼고기를 누가 안 좋아하겠어? 사람들도 잡아먹는데 여우는 말할 것도 없지. 하지만 걱정 마. 내가 안전한 장소를 알려 줄 테니 거기에 두면 괜찮아."

병원 측은 애초에 취수탑에 철문을 설치하려고 했던 것 같은데 오랫동안 달지 않고 문틀에 비스듬히 기대 세워둔 상태라 그냥 문틀을 넘어 들어갈 수 있었다. 바오룬은 토끼장을 들고 류성을 따라 높다란 철

계단을 기어 올라갔다. 취수탑 꼭대기 펌프실은 생각했던 것과는 전혀 다른 세상이었다. 거대한 물탱크를 둘러싼 원형 복도가 절반은 햇빛을 받아 환했고 절반은 어두웠다. 한쪽 구석에 버려진 담배꽁초 두세 개가 보였고 낡은 멍석 하나가 물탱크에 기대 세워져 있었다.

"웬 멍석이야? 누가 여기서 자나?"

류성이 피식 웃었다.

"진짜 국제급 상병신이네. 이런 데서 자는 사람이 어디 있냐? 뭐 하러 여기까지 힘들게 올라오겠어? 다 그거 하려고 오는 거지, 그거! 알겠어?"

바오룬은 꼼꼼히 주변을 살핀 후 펌프실 안에서 가장 밝은 공기창 아래에 토끼장을 내려놓았다. 흰색 토끼와 회색 토끼는 토끼장 안에 조용히 옹송그린 채 귀를 쫑긋 세웠다. 토끼는 청각이 아주 예민한 동물이다. 취수탑 특유의 윙윙 소리, 그리고 창밖의 바람소리와 나뭇잎 흔들리는 소리까지 들릴 것이다. 이 순간만큼은 바오룬의 귀도 아주 예민했다. 어렴풋이 토끼들의 심장소리가 들리는 것 같았다.

이곳은 토끼들에게 아주 황량한 세상의 끝자락처럼 느껴질지 모른다. 적막한 물소리뿐, 풀도 없고 사람도 없지 않은가. 류성이 먼저 내려갔다. 바오룬은 올라오기 전 풀밭에서 한 움큼 뽑아온 풀을 토끼장에 넣어줬다. 그는 철 계단을 내려가기 전 다시 펌프실을 휙 둘러봤다. 순간 마음이 텅 빈 듯 공허하고 머리가 어지러웠다. 토끼장에 달린 분홍하트 푯말이 그를 똑바로 쳐다보고 있었다. 어두운 펌프실에 한 줄기 부드러운 분홍빛을 비추며 그의 귓가에 끊임없이 속삭였다.

'사랑해, 사랑해, 사랑해.'

그는 마음속으로 똑같이 외쳤다.

'사랑해.'

참새 이야기

14. 모의작당

바오룬과 류성은 취수탑에서 다시 만나기로 했다.

바오룬은 약속 시간보다 일찍 도착했다. 그런데 먼저 온 사람이 있었다. 진흙길에 선명한 자전거 바퀴자국과 오래되지 않은 담배꽁초로 보아 류성이라고 생각했지만, 아무리 둘러봐도 보이지 않았다. 그는 취수탑 꼭대기를 올려보며 류성 이름을 불렀지만 메아리만 돌아올 뿐이었다. 모두 류성이 준비하기로 한 터라 류성이 오기 전에는 딱히 할 일이 없었다. 그래서 토끼들이 잘 있는지 보러 갈 생각으로 철 계단을 오르려는데 뒤에서 쾅당 소리가 들렸다. 누군가 취수탑 철문 턱에 걸려 넘어진 것 같았다.

선녀였다. 그녀가 철문을 넘어오는 순간 청초한 치자꽃 향기가 확 풍겨왔다. 어두운 취수탑에 기다란 불빛이 비치자 바오룬은 반사적으로 몸을 피해 기름통 뒤에 숨었다. 이렇게 긴장되기는 난생 처음이었다. 영원히 잊지 못할 이 순간, 그는 어둠 속에서 그녀를 주시했다. 그녀가 나타난 순간, 이번 봄 내내 그를 괴롭히던 초조함이 사라지고, 영원히 끝나지 않을 것 같던 기다림이 막을 내렸다. 류성이 그를 위해 개전 나팔을 불어준 것이었다. 결전을 앞둔 그는 온몸이 후끈 달아오르며 저도 모르게 부르르 떨었다. 선녀는 따로 목적이 있는 듯 탐험가처럼 한 손에는 손전등을 들고 다른 한 손에는 어디서 주웠는지 모를 몽둥이를 꼭 쥐고 있었다. 그녀는 취수탑 동정을 살피려는 듯 몽둥이로 이곳저곳을 탕탕 두드리며 발걸음을 옮겼다. 기름통을 두드리며 주변을 살피다가 어둠 속에서 수상한 그림자를 발견했다. 선녀는 재빨리 손전등을 비추고 몽둥이를 높이 쳐들며 소리쳤다.

"누구야? 어떤 새끼야? 개자식!"

선녀는 상대방의 기를 꺾으려 더 날카롭게 외쳤다.

"토끼는? 내 토끼들 어디 있어?"

바오룬 얼굴에 손전등 불빛이 쏟아졌고 그는 순간적으로 눈을 감았다. 한 손을 들어 눈을 가리며 어두운 구석으로 천천히 발걸음을 옮겼다.

"어딜 비추는 거야? 눈부시잖아! 저리 안 치워?"

바오룬을 알아본 선녀는 긴장을 풀고 당당하게 소리쳤다.

"죄를 지으니 불빛이 두렵지, 안 그래? 어딜 비추냐고? 네 눈을 멀게 만들 거다!"

그녀는 손전등으로 계속 바오룬의 눈을 비추며 냉소와 경멸을 이어갔다.

"진즉에 네 짓인 줄 알았어! 이런 못난 짓이나 하고. 그러고도 네가 남자냐? 빨리 내 토끼 내놔!"

바오룬은 구석에 웅크린 채 고개를 이리저리 돌리며 필사적으로 불빛을 피했다.

"내놓으라고? 네가 내놓으란다고 내가 내놓을 것 같아? 그렇게 쉽게는 안 돼. 그래, 난 남자도 아니야. 그러는 넌 여자냐? 너 같은 게 무슨 여자야?"

선녀의 관심은 온통 토끼를 구하는 것뿐이었기에 바오룬과 말씨름 따위는 하고 싶지 않았다. 그녀는 손전등 방향을 돌려 취수탑 아래층을 꼼꼼히 살폈다.

"신데렐라! 백설공주! 너희들 어디 있어? 무서워하지 마! 내가 곧 갈게!"

손전등 불빛이 원통형 어둠속에서 바쁘게 움직였다. 그러나 폐 의료기기, 딱딱하게 굳은 시멘트 더미, 물탱크 벽 외에 다른 것은 보이지 않았다. 잠시 후 선녀가 철 계단 앞에 멈춰 서서 위를 올려봤다. 계단 위에 우뚝 선 바오룬의 굵은 다리가 보였다. 거대한 나무 기둥으로 바리케이드를 쳐놓은 것 같았다. 영악한 선녀는 바오룬의 의도를 바로 알아차렸다. 그녀는 철 계단 위를 보며 크게 소리쳤다.

"신데렐라! 백설공주! 너희들 그 위에 있지?"

바오룬이 그녀의 시선을 막아서며 중얼거렸다.

"신데렐라? 백설공주? 웃기고 있네. 동화책에나 나오는 애들을 왜 여기서 찾아?"

선녀가 힘껏 바오룬을 밀쳤지만 꿈쩍도 하지 않자 손전등으로 그의 무릎을 때리며 소리쳤다.

"잘 들어! 지금 당장 5초 안에 내 토끼 내놔!"

바오룬은 문득 류성이 어떻게 선녀를 여기로 불러냈는지 궁금했다. 류성이 미리 말해준 것도 없고 나타나지도 않으니 이 상황을 어떻게 수습해야 할지 난감하고 무력감마저 느꼈다. 하지만 한 가지만은 분명했다. 돈을 받아야 토끼를 내줄 것이다. 그는 선녀가 잠시 방심한 틈을 타 손전등을 낚아채고 다른 손을 내밀며 손바닥을 펼쳤다.

"80위안 가져왔어? 롤러스케이트 보증금, 보증금부터 돌려줘야지."

선녀가 잠깐 움찔하더니 바오룬의 손바닥을 탁 쳐내며 고개를 돌리고 투덜거렸다.

"무슨 보증금? 뭔 소리야?"

그녀는 햇살이 비치는 취수탑 문 앞으로 달려갔다. 눈이 부신 듯 몇 번 눈을 깜빡이고는 습관적으로 손톱을 물어뜯으며 머리를 굴렸다.

잠시 후 손톱 조각을 퉤 하고 내뱉었다. 대책이 세워진 것이었다.

"그건 보증금이 아니라 벌금이야. 똑똑히 알고 얘기해."

"벌금?"

바오룬이 잠시 멍해 있다가 분노하며 소리쳤다.

"네가 날 벌해? 내가 뭘 잘못했는데?"

"시내에 갈 때 날 도로에 버리고 갔고, 돌아올 때 또 날 롤러스케이트장에 두고 갔어. 벌써 잊었어? 떠나기 직전에 코카콜라 병을 나한테 던졌지? 내가 얼마나 창피했는지 알아? 넌 내 기분을 잡치게 했고 내 이미지를 손상시켰어. 설마 다 잊은 건 아니겠지?"

선녀가 위협적인 눈빛으로 바오룬을 노려보며 눈썹을 치켜세웠다.

"벌금 80위안이면 내가 정말 많이 봐준 거야. 이래도 내가 너한테 빚진 게 있어?"

선녀는 언제나처럼 터무니없는 억지를 부렸지만 바오룬은 이제 더이상 당황하지 않았다. 그는 지난 경험을 통해 말싸움으로는 선녀를 이길 수 없음을 확실히 깨달았다. 그래서 화가 치밀자 손을 썼다. 그는 순식간에 말 꼬랑지처럼 늘어진 선녀의 머리카락을 말아 쥐고 세게 잡아당겼다.

"그래서 토끼를 돌려받아야겠다고? 토끼를 원하면 내 돈부터 갚아. 80위안부터 먼저 갚으라고!"

선녀가 비명을 질렀다. 그녀는 바오룬의 돌발적인 폭력을 전혀 예상하지 못했다. 더구나 힘이 너무 강해서 도저히 벗어날 수가 없었다. 그녀의 얼굴은 강제로 젖혀져 바오룬의 분노한 눈빛이 바로 코앞에 보였다. 그녀의 눈에 처음으로 두려움이 떠올랐다. 그러나 입은 여전히 허세와 조롱을 버리지 못했다.

"돈? 다 써버렸어. 어쩔래?"

선녀의 말투에서 진실과 도발이 느껴졌다.

"라디오를 사야 하는데 80위안이 모자랐거든. 딱 80위안. 그래서 라디오를 샀어. 어쩔래?"

바오룬은 제 귀를 의심했다. 이때 며칠 전 양철집 밖에까지 들리던 유행가 가사가 생각났다.

당신은 어디서 왔나요, 나의 친구여. 한 마리 나비처럼 나의 창문으로 날아들었네.

바오룬은 두 눈이 휘둥그레졌다. 라디오를 샀다는 선녀의 말은 틀림없는 사실일 것이다. 바오룬을 개똥보다 못하다고 생각하면서 바오룬의 돈으로 라디오를 산 것이다.

"너, 정말 내가 국제급 상병신이라고 생각해?"

바오룬은 사납게 윽박지르고 마치 병아리를 덮치는 독수리처럼 선녀의 머리카락을 틀어쥐고 취수탑 문 앞으로 끌고 갔다.

"오냐오냐 하니까 아주 뵈는 게 없지? 오늘은 절대 용서 못 해. 가자. 너희 집에 같이 가서 돈을 받아야겠어. 돈이 있으면 돈을 내놓고, 없으면 라디오라도 가져갈 거야. 아니면 목숨을 내놓든가!"

"사람 우습게 보지 마. 80위안 때문에 날 죽이겠다고? 고작 80위안? 내 목숨 값이 그것밖에 안 돼?"

선녀는 발악하면서도 자존심을 지켰고 계산에 빠른 명석한 머리를 쉴 새 없이 굴렸다. 그녀는 바오룬에게 침을 뱉고는 아주 엄숙하고 당당하게 소리쳤다.

"라디오는 150위안이야. 80위안 때문에 내 라디오를 가져가겠다고? 너 도둑놈이야? 강도야?"

바오룬은 얼굴에 묻은 침을 닦을 뿐 대꾸할 말이 생각나지 않았다. 선녀가 이 틈을 놓치지 않고 재빨리 공평하고 그럴듯한 새로운 제안을 내놓았다.

"대신 내 라디오로 음악 듣게 해줄게. 두 번, 어때? 아니, 특별히 다섯 번!"

선녀는 말투는 조심스럽게 떠보는 것 같으면서도 강한 명령조였다.

"알았어, 좋아. 그냥 딱 떨어지게 열 번으로 하자. 한 번 듣는데 8위안. 마오아민, 청린, 주밍잉, 그리고 덩리쥔 노래도 들을 수 있어. 이 정도면 엄청 이익인 거야!"

이때 바오룬은 갑자기 눈앞이 아득해졌다. 그의 몸이 의도치 않게 선녀의 작고 탄탄한 유방에 닿았던 것이다. 이 촉감은 아주 예민하고 강렬했다. 전기에 감전된 듯 손끝에서 아랫배까지 온몸이 찌릿하며 뜨거운 기운이 샘솟았다. 저도 모르게 손에 힘이 풀렸다. 선녀는 바오룬의 손아귀에서 벗어나자마자 다시 기선제압에 나섰다. 바닥에 떨어진 몽둥이를 주워들고 바오룬을 향해 휘둘렀다.

"날 괴롭히고도 무사할 줄 알아? 어디 한 번 더 건드려봐. 이 몽둥이로 때려죽여버릴 거야."

선녀가 몽둥이를 휘두르며 길을 열고 철 계단으로 달려가 위를 올려보며 큰 소리로 외쳤다.

"신데렐라, 백설공주! 무서워하지 마. 내가 금방 갈게."

그녀는 사슴처럼 가볍고 빠르게 폴짝폴짝 뛰기 시작하더니 순식간에 좁은 철 계단을 오르기 시작했다. 바오룬의 반응은 반 박자 늦었다.

손을 뻗어 다시 잡으려 했지만 그녀의 머리카락 끝을 스쳤을 뿐이다. 두 사람은 쫓고 쫓기며 계단 꼭대기까지 올라갔다. 철 계단 울림소리가 원통형 취수탑 안에서 요란하게 메아리쳤다. 쉴 새 없이 울리는 천둥번개에 귀가 멍멍할 지경이었다. 두 사람이 차례로 취수탑 꼭대기 펌프실에 도착한 후에야 요란한 메아리가 잦아들고 다시 고요해졌다. 선녀가 허리를 구부리고 거친 숨을 몰아쉰 후 계속 두리번거리며 호기심 어린 눈빛으로 취수탑 위아래 공간을 꼼꼼히 살폈다. 그녀는 조금 전 뜻밖의 공격을 당한 탓인지 숨을 몰아쉬면서 끊임없이 욕지거리를 내뱉었다.

"우라질! 왜 이렇게 높아? 뭔 바람이 이렇게 세? 제길! 힘들어죽겠네."

그런데 토끼가 보이지 않았다. 그날 밤, 취수탑은 끔찍한 비밀을 품었다. 펌프실 원형 복도는 늘 그렇듯 빛과 어둠이 반반이었다. 어제까지만 해도 통풍창 밑에 있었던 토끼장이 무슨 일인지 어두운 복도에 나뒹굴고 있었다. 토끼장 문이 열려 있고 토끼는 보이지 않았다. 바오룬은 그 자리에 얼어붙었다. 분명히 어제 왔을 때 토끼장 문을 확인하고 단단히 잠갔다. 그리고 쉽게 열리지 않도록 나뭇가지까지 끼워 놓았다. 족제비나 여우 짓일까? 족제비랑 여우는 영리하다고 하니까 토끼장 문을 열었을지도 몰라. 그때 문득 류성이 이 일에 연관돼 있을지도 모른다는 생각이 들었다. 그는 철 계단 앞으로 뛰어가 아래를 내려 보며 소리쳤다.

"토끼는 어떻게 된 거야? 류성, 너 어디 있어? 류성! 당장 나와!"

하지만 류성은 없었다. 도대체 어디로 가버렸는지 알 수 없었다. 류성은 이렇게 말했었다.

"곧 모든 게 다 해결될 거야. 일이 해결되면 다들 기쁘겠지? 우리 다 같이 취수탑에서 무도회를 열자. 샤오라를 추는 거야. 샤오라! 샤오라를 추리려면 선녀가 있어야 해. 춤을 추리려면 음악이 필요하니 라디오도 있어야 해."

바오룬은 류성의 행방을 추측해봤다. 혹시 라디오를 빌리러 갔나? 이때 등 뒤에서 서늘한 한기가 느껴졌다. 선녀가 토끼장을 들고 달려들었다.

"내 토끼 내놔!"

선녀의 얼굴은 온통 눈물범벅이었다. 그녀는 토끼장을 바오룬의 머리를 향해 휘둘렀다.

"내 토끼 어디 갔어? 만약 내 토끼가 무사하지 않으면 너도 죽여버릴 거야!"

두 사람은 최후의 결전을 벌였다. 앞뒤 가리지 않고 달려들어 육탄전을 벌이는 선녀는 이미 제정신이 아니었다. 바오룬은 한참 실랑이를 벌인 후에야 토끼장을 뺏을 수 있었다. 토끼장에 들어 있던 썩은 야채잎과 동글동글한 토끼똥이 그의 옷에 쏟아졌다. 대롱대롱 흔들리는 분홍 하트 팻말이 시뻘건 핏빛에 물든 채 그에게 외쳤다.

사랑해. 사랑해.

문득 오른손 두 번째 손가락에 날카로운 통증이 느껴졌다. 토끼장 철사에 긁혀 피가 배어나왔다. 그는 토끼장을 내던지고 발로 짓밟았다.

"내가 그런 게 아니야. 거짓말이면 내가 개다!"

그는 손가락에 흐르는 피를 입으로 빨았다.

"족제비가 물어간 것 같은데, 아무튼 토끼가 없어진 건 내 책임도 있으니 배상할게. 얼마면 되겠어?"

선녀가 눈물을 훔치며 조금 긴장한 눈빛으로 바오룬 손가락의 상처를 응시했다. 그녀는 주머니에 손을 넣고 휴지를 꺼내려다가 순간적으로 힘껏 주먹을 쥐고 씩씩거리며 도로 집어넣었다. 지금 휴지를 건네면 화해 신호가 될 텐데, 그녀의 자존심이 이렇게 쉽고 빠른 화해를 허락하지 않았다. 그녀는 금세 타인의 불행을 즐기는 표정을 짓더니 서서히 독한 모습으로 돌아왔다. 그리고 눈동자를 끔뻑이고 손톱을 물어뜯으며 바오룬을 관찰했다. 곧이어 퉤 하고 손톱 조각을 뱉었다. 새로운 계책이 떠올랐다.

"난 너한테 빚진 거 없어. 일단 신데렐라를 잃어버렸으니 40위안을 배상해. 백설공주는 흰토끼라서 신데렐라보다 비싸. 50위안 배상해. 알아들어? 그러니까 이제 네가 나한테 10위안을 빚진 거야."

바오룬은 두 눈이 휘둥그레졌다가 어이없다는 듯이 웃었다. 그는 선녀를 한껏 비웃어주고 싶었지만 워낙 말재간이 없으니 그저 펄쩍 뛸 수밖에 없었다.

"무슨 개소리야? 나도 토끼 구경해본 적 있거든! 북문 시장 토끼장수가 한 마리에 1위안씩 파는데, 네 토끼는 뭔데 그렇게 비싸? 무슨 판다가 낳은 토끼야?"

선녀는 침착하게 토끼장을 주우며 대꾸했다.

"비싸? 그럼 내 토끼 찾아와. 못 찾겠으면 내가 말한 대로 배상해. 내가 기른 토끼는 판다보다 비싼 거야!"

그녀는 토끼장을 들고 철 계단 앞으로 걸어갔다. 갑자기 생각난 듯 토끼장을 흔들며 몇 마디 덧붙였다.

"이것도 보시지. 토끼장도 네가 부서뜨렸지? 토끼장은 공짜로 하늘에서 떨어지는 줄 알아? 토끼장 값 5위안도 배상해. 그러니까 네가 나한테 15위안 빚진 거야."

선녀의 보복은 매우 논리적이고 수학적이고 악의적이고 완벽했다. 그녀는 돌아서면서 작은 목소리로 중얼거렸다.

"국제급 상병신."

바오룬은 자신에게 따라붙은 이 별칭을, 이 악담을 도저히 참을 수 없었다. 선녀가 최대한 목소리를 낮추긴 했지만 이 순간 바오룬은 인생 최대의 굴욕과 절망을 느꼈다. 밧줄! 밧줄이 필요해! 그는 밧줄을 의식하며 주변을 살폈다. 취수탑에는 물탱크에 기댄 멍석 말고는 아무것도 없었다. 여긴 할아버지 병실이 아니니 밧줄이 있을 리 만무했다. 그는 계단 쪽으로 성큼성큼 걸어가 두 팔을 벌려 길을 막아섰다.

"못 가. 류성이 아직 안 왔어. 류성이 올 때까지 기다려."

선녀가 차갑게 그를 노려봤다.

"계산 다 끝났어. 네가 나한테 15위안 빚진 거야. 류성을 기다려서 뭐 하게? 여기서 뭘 더 해?"

바오룬은 당황했다.

"별거 아냐. 류성이 샤오라를 춘다고 했어."

선녀는 의아한 표정을 지었다가 갑자기 건방진 웃음을 터트렸다.

"나랑 샤오라를 추겠다고? 내가 무희야? 도대체 그 머릿속에 뭐가 든 거니? 너하고 춤을 추느니 차라리 돼지랑 추겠다!"

사실 선녀는 도망칠 수 있었다. 하지만 끝까지 토끼장을 포기하지 않는 바람에 운명이 바뀌었다. 토끼장은 원래 주인을 도울 생각으로 바오룬의 옷을 잡아 뜯었지만 결과적으로 바오룬을 돕는 꼴이 되고 말았다. 두 사람은 토끼장을 밀고 당기며 한데 뒤엉켜 치열한 몸싸움을 벌였다. 바오룬은 선녀의 허리를 휘어잡고 물탱크 쪽으로 밀어붙였다.

"샤오라, 샤오라를 춰."

바오룬은 뒤틀린 표정으로 험악하게 소리쳤다.

"추기 싫어도 춰! 추고 안 추고는 네 맘이 아니라 내 맘이야."

그는 선녀가 물지 못하도록, 그녀의 날카로운 이빨을 피하려 살짝 그녀의 목을 찍어 눌렀다. 선녀 얼굴이 자동적으로 뒤로 젖혀져 취수탑 천장을 향했다. 금방 얼굴이 벌겋게 달아오르고 두 뺨으로 눈물을 줄줄 흘러내렸다. 이미 절망적인 상황이었지만 그녀는 끝까지 바오룬을 위협하려 했다.

"너, 동문에 사는 라오싼 알지? 진주 골목의 아콴 들어봤지? 똑똑히 들어. 난 절대 만만한 상대가 아니야. 날 건드리면 분명히 후회하게 될 거야. 내가 아는 사람이 좀 많거든. 라오싼, 아콴도 내 친구야. 날 건드리면 넌 뼈도 못 추리게 될 거야."

그녀의 위협이 아무리 구체적이고 현실적이라 해도 이미 소용없었다. 바오룬이 이를 악물며 대꾸했다.

"난 널 건드린 적 없어. 매번 네가 날 건드렸지. 라오싼? 아콴? 웃기고 있네. 난 아무도 안 무서워. 난 오늘 너랑 모든 문제를 매듭지어야겠어. 오늘 꼭 너랑 샤오라를 춰야겠어."

하지만 샤오라는 물론이고 한 번도 춤을 춰 본 적이 없으니 어떻게 시작해야 하는지 알 수 없었다. 류성에게 샤오라 스텝을 조금 배우긴 했지만 따로 연습한 것도 아니니 기억날 리 만무했다. 그는 펌프실 안에서 선녀를 끌고 다니며 밀쳤다 끌어 당겼다를 반복했다. 그러다 물탱크에 기대 있던 멍석이 바닥에 넘어지면서 저절로 펼쳐졌다. 멍석 위에 어렴풋이 사람 형체가 떠올랐다. 희멀건 나체 상태로 한데 뒤엉킨 두 남녀가 마치 커다란 꽃처럼 보였다. 음탕하지만 눈을 뗄 수가 없었다. 샤오라, 샤오라. 갑자기 떠오른 환영 때문에 바오룬은 너무 당황스러웠다. 그는 멍석을 걷어 차버렸다. 선녀가 그의 품속에서 발악하며 히스테릭하게 소리쳤다.

"내 손가락 하나라도 건드렸단 봐. 라오쌴한테 네 열 손가락을 전부 뽑아버리라고 할 거야. 날 괴롭히면 아콴한테 네 가죽을 벗겨버리라고 할 거야!"

바오룬은 선녀와 말다툼할 생각이 전혀 없었다. 문득 바람 소리와 함께 펌프실 통풍창 밖에서 단단한 물체가 취수탑 벽면에 부딪히는 소리가 들렸다. 철컹철컹. 자세히 보니 통풍창 걸쇠에 묶인 쇠사슬이 특유의 은빛을 뿜내며 취수탑 외부 벽면에 늘어져 있었다. 바오룬은 작년에 징팅병원 보안요원이 이곳에 셰퍼드를 매뒀던 사실이 생각났다. 셰퍼드를 길들이느라 사용했던 것 같은데, 그때 잠깐 사용하고 버린 것 같았다. 그는 한 손을 뻗어 쇠사슬을 잡아당기기 시작했다. 촤르륵, 촤르륵. 쇠사슬이 벽면을 타고 빠르게 위로 올라왔다. 제법 길고 한 손에 딱 잡혔다. 조금 눅눅했지만 부드럽게 잘 꺾였다. 바오룬은 만족스러운 표정을 지으며 중얼거렸다.

"좋아. 이제 내가 널 어떻게 벌하는지 잘 지켜봐."

그녀의 어깨를 감싼 쇠사슬, 그 차가운 감촉이 그녀의 피부에 닿는 순간, 선녀는 분위기가 심상치 않음을 눈치 채고 처음으로 잘못을 인정했다.

"알았어. 알았으니까 그만 날 놔줘. 배상 안 해도 돼. 내가 너한테 80위안 빚진 걸로 해. 됐지?"

바오룬이 차가운 미소로 답했다.

"이제 와서 통 큰 척해봤자 이미 늦었어. 우린 오늘 계산을 끝내야 해. 아무도 빚진 게 없도록."

선녀는 사정을 해봤자 통하지 않자 구조 요청을 시작했다. 먼저 할아버지, 할머니를 수없이 부르고 차오 원장, 보안과 리씨 아저씨까지 불러봤다. 하지만 그 사람들이 이곳에 나타날 리 만무했다. 그때 류성이 떠올랐다. 눈물범벅인 그녀는 절망적으로 발을 동동 구르며 소리쳤다.

"류성, 이 개자식! 다 너 때문이야! 류성! 빨리 나와! 이 개자식! 너 어디 있어? 빨리 와서 날 구하란 말이야!"

류성은 그녀를 구할 수 없었다. 그는 그 자리에 없었다. 류성의 행방은 여전히 묘연했다. 바오룬은 주머니에서 자전거용 장갑을 꺼내 선녀의 입을 틀어막았다.

"걱정 마. 깨끗한 거야. 빨아서 처음 갖고 나왔으니까."

그리고 가만히 선녀의 눈동자를 들여다봤다.

"너도 무서울 때가 있어? 무서워할 것 없어. 샤오라는 안 출 거야. 네가 그렇게 부탁하는데 출 필요 없지."

바오룬이 따귀를 때릴 듯이 손을 위로 들어 올렸다.

"어때, 무서워? 여자 때리는 건 자랑할 일이 아니잖아? 걱정 마, 난 널 때리지 않아. 난 널 묶을 거야."

묶는다는 말을 내뱉는 순간 바오룬의 얼굴에 자신감 넘치는 표정이 떠올랐다.

"내 결박 속도는 세계 최고이거나 중국 최고일 거야. 오늘 특별히 너한테 보여줄게. 열둘까지 세어봐. 열둘 전에 너를 단단히 묶어주지. 장담해."

선녀의 입을 틀어막았으니 숫자는 바오룬이 세어야 했다. 열둘 안에 묶는다는 말은 절대 허풍이 아니었다. 할아버지를 상대로 이미 여러 번 연습했다. 하나, 둘, 셋에 줄을 감는다. 넷, 다섯, 여섯에 둘둘 감는다. 일곱, 여덟, 아홉에 교차해서 돌린다. 마지막 열, 열하나, 열둘에 매듭을 묶는다. 바오룬에게는 매우 익숙한 공예제작 과정이었다. 그러나 지금까지 개 목줄용 쇠사슬을 사용하거나 멀쩡한 소녀를 묶어본 적은 없었다. 도구가 특별하고 대상은 더 특별했기 때문에 마음속으로 여러 가지 매듭의 장단점을 꼼꼼히 비교해봤다. 아무래도 연꽃매듭이 가장 좋을 것 같았다. 연꽃매듭은 과정이 조금 복잡했지만 예술성이 가장 뛰어났다. 열둘 안에도 문제없었다. 쇠사슬이 조금 미끄럽고 무겁긴 했지만, 선녀가 마침 청바지와 재킷을 입었으니 단단한 쇠사슬도 충분히 견딜 것이고 매듭짓는 것도 문제없었다. 다만 쇠사슬이 선녀의 가슴 부분을 지날 때마다 바오룬의 심장이 제멋대로 쿵쾅거리는 것이 문제였다. 그녀의 가슴 위에 첫 번째 연꽃잎을 피우는 순간 바오룬의 아랫배에 뜨거운 기운이 솟구쳤다. 이 열기는 조금씩 아래로 내려가더니 그곳에 이르러 위로 상승하기 시작했다. 자연스러운 생리현상이지만 이렇게 과격한 반응은 흔치 않았다. 바오룬은 매우 당황스러웠다. 봄 내내 쌓이고 쌓인 그리움이, 봄 내내 억눌린 욕망이, 어둠속에서만 방황하다가 드디어 출구를 찾아냈다. 그 출구는 바로 밧줄이었다.

묶는다.

그녀를 묶는다.

묶기 시작한다.

그녀를 묶기 시작한다.

밧줄에 묶인 선녀는 놀라울 정도로 연약해보였다. 절망과 무력감이 역력했다. 숨이 답답한 탓에 그녀의 가슴이 격렬하게 오르내렸다. 찐빵만 한 작은 산봉우리 두 개가 맞닿은 그곳에 폭풍이 휩쓸고 지나간 것 같았다. 폭풍이 지나간 산봉우리에 치솟은 맹렬한 불길이 바오룬의 눈길을 사로잡았다. 하나, 둘, 셋, 숫자를 세기 시작했다. 비밀스러운 한 소녀의 육체 세계가 억압당하는 순간이었다. 온 세상이 산산이 부서지는 것 같은 요란한 굉음이 소녀의 육체를 휘감으며 취수탑 안에 끊임없이 메아리쳤다. 넷, 다섯, 여섯까지 세는 동안 그녀의 몸에 연꽃잎이 차례로 피어났다. 바오룬은 쇠사슬의 서늘한 감촉과 선녀 몸의 따뜻한 체온을 동시에 느꼈다. 일곱, 여덟, 아홉. 숫자가 하나씩 늘어갈 때마다 연꽃잎이 하나씩 늘어났다. 어두운 취수탑에 피어난 연꽃이 쇠사슬 특유의 차갑고 날카로운 은빛 광선을 뿜어냈다. 바오룬은 선녀를 철 계단에 묶은 후 탁탁 손을 털었다.

"류성이 구하러 올 때까지 기다려. 이제 우리 사이에는 빚진 게 없어. 계산 다 끝났다고."

바오룬은 선녀의 희미한 신음 소리를 듣고 고개를 돌렸다. 그녀의 눈동자에 불타오르던 분노의 불꽃은 이미 식어 검붉은 재로 변했고, 잿더미 사이로 흘러나온 눈물이 창백한 얼굴을 적시고 있었다. 그녀의 눈동자에 처음으로 수치, 두려움, 절망이 어렸다. 그녀가 고통스러운 듯 고개를 숙였다. 아래턱이 쇠사슬에 부딪히면서 그 진동으로 목걸이가 끊어졌다. 검붉은 모조 자마노紫瑪瑙 펜던트가 토끼장 안으로 떨어졌다. 토끼장은 다 찌그러졌지만 분홍 하트 푯말만은 멀쩡한 모습으로 변함없이 경박하고 일방적인 사랑 고백을 이어갔다. '사랑해.'

'사랑해.'

바오룬은 취수탑 밖으로 뛰어나갔다. 눈부신 햇빛 때문에 눈을 뜰 수가 없었다. 바람은 서늘하지만 부드러웠다. 갑자기 피로가 몰려왔다.

그는 무릎을 감싸 안고 계단에 웅크리고 앉았다. 땀을 얼마나 많이 흘렸는지 티셔츠가 흠뻑 젖어 등이 서늘했다. 맞은편 숲을 보니 복숭아꽃이 거의 지고 배꽃이 한창이었다. 여전히 봄이다. 다른 사람들은 온갖 새가 지저귀고 향기로운 꽃이 만발한 봄을 즐길 테지만 바오룬의 봄은 진즉에 끝났다. 거대한 공허함이 그의 마음을 가득 메워버렸다. 그는 제 손을 코에 갖다 댔다. 악행을 저지른 손은 역겨운 냄새가 나기 마련인데 뜻밖에도 향기로운 냄새가 났다. 청초한 치자꽃 향기, 선녀의 향기. 바오룬은 이것이 마지막임을, 이제는 더 이상 이 향기를 맡을 수 없음을 잘 알았다.

맞은편 숲에서 자전거 벨소리가 들려왔다. 류성이 나타났다. 류성의 자전거에 뭔가 무거운 것이 실려 있었다. 양쪽 핸들에 불룩한 비닐봉지가 하나씩 걸려 있어 중심을 잡는 게 힘들어보였다. 류성이 먼저 질문을 던졌다.

"다 응징했어?"

바오룬은 고개를 흔들다가 다시 끄덕였다.

"다 했어."

"어떻게 했는데? 개랑 했어?"

"아니. 묶었어. 그 애를 꽁꽁 묶어버렸어."

류성이 취수탑을 올려보며 음흉한 미소를 지었다. 이때 바오룬은 류성의 바짓가랑이에 새하얀 털이 붙어 있는 것을 발견했다. 얼른 달려들어 털을 떼어내 자세히 살폈다. 토끼털이 분명했다.

바오룬은 너무 놀라 숨이 턱 막혔다.

"네가 그랬어? 개자식! 토끼들 어디 있어?"

류성은 별일 아니라는 듯 미묘한 웃음을 흘렸다.

"왜 이렇게 호들갑이야? 좀 조용히 해. 난 구내식당 샤오추이한테 다녀오는 길이야. 토끼조림이 워낙 오래 걸리잖아."

류성이 자전거 핸들에 매달린 비닐봉지 안에서 조심스럽게 도시락 상자를 꺼내 뚜껑을 열었다.

"자, 토끼 두 마리 여기 있어. 잘 익었어."

류성이 바오룬에게 도시락을 건넸다.

"먹어봐. 조림 기본양념에 펜넬이랑 산초를 더 넣었어. 음, 향기 좋지?"

김이 펄펄 나는 토기조림 냄새가 코를 찔렀다. 바오룬은 머리가 윙윙 울리고 온몸이 부들부들 떨렸다. 손까지 덜덜 떨다가 묵직한 도시락을 바닥에 떨어뜨렸다. 조림 국물이 사방으로 튀고 고기 조각 하나가 류성의 발 앞에 떨어졌다. 이번에는 류성이 소리를 질렀다.

"제기랄! 왜 이래? 토끼조림이 얼마나 맛있는데! 너 토끼조림 싫어해?"

얼굴이 하얗게 질린 바오룬이 숲으로 뛰어갔다. 마치 무서운 귀신을 보고 도망치는 것 같았다. 류성이 도시락을 주우며 바오룬을 향해 소리쳤다.

"먹기 싫으면 관둬. 야! 어디가? 우리 무도회 잊었어? 샤오라! 샤오라 가르쳐 주기로 했잖아. 샤오라 안 배울 거야?"

바오룬이 고개를 돌리고 한바탕 욕을 뱉었다.

"미친놈! 네가 사람이야? 개자식! 토끼고기를 먹어? 차라리 똥이나 먹어라!"

바오룬이 숲을 벗어날 즈음, 뒤에서 돌멩이 몇 개가 날아왔다. 획획. 숲에서 날아온 돌멩이가 나뭇가지 끝을 스치고 그의 발 앞에 떨어졌다.

멀리서 모욕과 분노에 휩싸인 류성의 목소리가 들려왔다.

"바오룬! 이 국제급 상병신아! 내가 널 위해서 얼마나 고생했는 줄 알아? 너 같은 놈이랑 친구를 하다니, 내가 눈이 삐었지! 앞으로 절교다!"

바오룬은 멀리 취수탑을 바라봤다. 붉은 취수탑 상공에 엷은 꽃구름이 드리웠다. 그녀의 목소리도 들리지 않고 한없이 평화로워 보였다. 고요한 숲속은 바람 소리뿐이었다. 바람을 따라 흘러가는 구름이, 탑 꼭대기에 걸린 구름이 마치 토끼처럼 보였다. 흰 구름은 흰 토끼, 먹구름은 회색 토끼. 토끼들이 하늘에서 풀을 뜯어먹으며 수수께끼 같은 모양을 만들었다. 바오룬은 자신이 한없이 멍청하게 느껴졌다. 봄날의 하늘은 수수께끼가 가득했지만 그는 아무것도 알 수가 없었다. 그해 봄, 그의 영혼이 그의 육체에 수많은 수수께끼 신호를 보냈지만 육체는 아무것도 이해하지 못했다. 그의 육체도 그의 영혼에 수많은 수수께끼 신호를 보냈지만 영혼은 아무것도 이해하지 못했다. 결국 바오룬은 아무것도 몰랐다.

15. 경찰차

참죽나무거리에 경찰차가 나타난 것은 실로 오랜만이었다. 암기력이 뛰어난 어떤 사람은 경찰차 번호에 박힌 알파벳 자음 네 개-ZNZF-를 정확히 기억했지만 그 뜻은 알지 못했다. 이럴 때 좀 배웠다는 사람이 나서서 대단한 비밀을 폭로하듯 으스대며 입을 열었다.

"그건 한어병음漢語拼音(중국어 발음을 알파벳으로 표기한 것) 첫 알파벳을 모아놓은 거야. Zhu Na Zui Fan, '범인체포'의 줄임말인 거지."

참죽나무거리에서 경찰차의 존재가 잊혀진 것은 마을이 평화롭다는 뜻이니 분명 좋은 일이다. 하지만 아이들의 생각은 전혀 달랐다. 맞은편 대교 끝에 경찰차가 나타나자 아이들은 환호성을 지르며 기뻐했다.

"왔다! 왔어! 경찰차가 왔어!"

아이들은 경찰차 꽁무니를 따라 달리며 평소 점찍어둔 '범인'의 이름을 외쳤다.

"싼바! 싼바 잡아가요!"

아이들의 외침에는 다 이유가 있다. 싼바가 밀수담배를 팔고 기차역 암표상들의 두목이라는 사실은 참죽나무거리의 공공연한 비밀이었다. 그러나 경찰차는 싼바네 담배가게 앞을 지나쳐갔다. 싼바가 계산대 뒤에 숨어 닭다리를 뜯으며 지나가는 경찰차를 향해 잘 가라고 손을 흔들었다. 아이들은 잠시 실망했다가 다시 경찰차를 쫓아가며 소리를 질렀다.

"리라오쓰! 리라오쓰 잡아가요!"

이번에도 이유가 있었다. 리라오쓰는 허구한 날 쇠톱과 커다란 가위를 들고 철도, 부두, 공장 부근에 나타나는 전문 전선 도둑이었다. 군용 전선을 잘랐다가 옥살이도 했다. 그러나 경찰차는 리라오쓰네 집 앞도 그냥 지나쳤다. 대문 앞에서 빨래를 하던 리라오쓰의 어머니가 아이들에게 물었다.

"뉘 집 자식이 사고를 쳤다니? 경찰차가 오는 건 정말 오랜만인데."

한참 뛰다 지친 아이들은 다 같이 모여앉아 쉬면서 누가 먼저랄 것도 없이 경찰차의 새로운 목표를 추측하기 시작했다. 아이들마다 범인이었으면 하는 사람이 다 달랐기 때문에 죄 없는 참죽나무거리 주민들 이름이 거의 다 등장했다. 평소 행실이 바르지 않은 왕더지 부자, 주터 우, 헤이란, 샤오우한은 물론이고 덕망 있는 퇴직 간부, 모범적인 중학교 교사 펑 선생까지. 그러나 바오룬의 이름을 언급하는 사람은 아무도 없 었다. 바오룬은 이렇게 어린 아이들까지 알 만한 유명인사가 아니었다. 대다수 아이들은 바오룬이 어떻게 생겼는지도 몰랐다.

소문을 들으니 경찰차가 참죽나무거리를 활보하던 그 시각, 바오룬 은 마 선생 부티크를 구경하던 중이었다고 한다. 인테리어회사 직원이 쇼윈도 유리창에 잉크를 분사하자 '파리패션'이라는 빨간색 글자가 나 타났다. 바오룬은 그 글자를 뚫어지게 쳐다보다가 중얼거렸다.

"여기서 파는 게 파리패션이에요? 뉴욕패션은 없어요?"

그때 파리패션 뒤에 뉴욕패션이라는 파란색 글씨가 나타났다. 바오 룬은 자신을 칭찬하듯 박수를 치며 인테리어회사 직원이 가져온 디자 인 초안을 보며 말을 걸었다.

"그 다음에는 도쿄패션인가요? 도쿄 다음에는 홍콩?"

인테리어회사 직원이 고개를 끄덕이고 반문했다.

"맞아. 내 디자인 계획을 어떻게 알았어?"

"뭐, 그냥 추측이죠. 이게 무슨 디자인이에요? 이런 디자인은 나도 하겠네. 디자인은 개뿔, 국제급 허풍이네."

마 선생 아내와 며느리가 작은 가위를 들고 종이상자 앞에 앉아 하 나는 무릎에 치마를 펼쳐놓고, 다른 하나는 가슴 앞에 셔츠를 움켜쥐 고 짤깍, 짤깍, 지저분한 실밥을 정리하고 있었다. 바오룬이 인테리어회 사 직원에게 버릇없이 굴자 마 선생 며느리가 기분 나쁘다는 듯이 끼어 들었다.

참새 이야기

"뭐가 국제급 허풍이야? 우리 가게는 고급 부티크야. 노점 물건이랑은 차원이 달라. 전부 수출품이야. 파리로, 뉴욕으로 수출하는 옷이라고. 이게 파리패션, 뉴욕패션이 아니면 뭔데?"

마 선생 아내가 며느리에게 눈짓을 하며 조용히 손가락으로 머리를 가리켰다. 제정신 아닌 사람이랑 쓸데없이 말다툼 벌이지 말라는 뜻이었다. 그리고 금방 표정을 바꿔 바오룬을 보며 환하게 웃었다.

"바오룬, 요즘 일 없니? 네 어머니 말로는 시위원회에 출근한다던데?"

바오룬이 고개를 저었다.

"정확히 말하면 시위원회가 아니라 시위원회 초대소 식당에 밥하러 가는 거예요."

"어쨌든 시위원회 식당에서 시위원회 지도자들 식사를 준비하는 것이니, 훌륭하지. 앞으로 아주 잘 될 거야."

바오룬은 마 선생 부인의 호의를 어떻게 받아야 좋을지 몰라 턱으로 제 집 방향을 가리키며 이렇게 대꾸했다.

"난 누구한테 밥 해 먹이는지도 모르는데 그게 뭐 대단하다고 저렇게 애쓰는지 모르겠네."

"그런 게 가족이란다. 가족이니까 네가 할아버지를 돌보고, 네 부모가 너를 위해 애쓰는 거야. 참, 네 할아버지는 요즘 어떠시니?"

바오룬이 말도 말라는 듯 손을 휘휘 저었다.

"계속 그 모양이에요. 3년, 아니 5년 안에는 죽지도 않을 걸요. 어쩌면 만수무강하실지도 몰라요."

"넌, 거기서 어떻게 지내니? 듣자니 징팅병원에 여자친구가 생겼다던데?"

마 선생 아내가 눈빛을 반짝이며 열심히 바오룬의 눈빛을 살폈다. 그리고 무릎에 펼쳐놨던 치마를 탁탁 털었다.

"늘씬하고 예쁜 아가씨겠지? 어때? 특별히 싸게 해줄 테니, 이 치마 여자친구한테 선물하지 않으련?"

바오룬은 치마를 보며 얼굴이 빨갛게 달아올라 우물거리며 발뺌했다.

"헛소문이에요. 내 여자친구는 아직 하늘에서 안 내려왔거든요!"

바오룬이 가게를 뛰쳐나가는 순간, 자동차 브레이크 소리가 들렸다. 맞은편 라오쑨의 집 대문 앞에 경찰차 한 대가 멈추고 차문이 벌컥 열리더니 제복 차림의 경찰 세 명이 뛰어나왔다. 이들은 부티크 쪽으로 걸어가며 날카로운 눈빛으로 바오룬을 주시했다. 그 눈빛은 언뜻 열정적으로 느껴졌지만 자세히 보니 오싹했다. 그중 한 명은 손에 수갑을 들고 있었다. 순간 바오룬은 불길한 느낌이 들었다.

'설마 나를?'

그는 외마디 비명과 함께 거리 동쪽 방향으로 미친 듯이 달리기 시작했다. 그가 달려간 자리에 구불구불 S자 흔적이 남았다. 그렇게 50여 미터를 달렸을 때 하필 정면에서 바오싼다의 삼륜자전거가 달려왔다. 바오싼다가 이 절호의 찬스를 놓칠 리 없었다.

"이 도둑놈! 어딜 도망가려고?"

바오싼다가 한쪽으로 핸들을 꺾어 삼륜자전거로 길을 막았다. 전속력으로 달려오던 바오룬은 그대로 냉동갈치 무더기에 파묻혔다. 뒤따라온 경찰이 재빨리 바오룬을 제압했다. 바오룬은 생선 비린내가 진동하는 삼륜자전거에 엎어진 채 바오싼다의 거만한 목소리를 들어야 했다.

"내가 이 자식은 분명히 사고칠 놈이라고 했지? 아직도 내 말을 못 믿겠어? 누가 이 자식보고 성실하다고 착하대? 다들 보라고! 착한 놈인지, 아닌지! 저 수갑, 다들 보이지?"

어느 봄날 오후, 바오룬은 수갑을 차고 집을 떠났다. 바오룬이 누군가를 결박한 것이 아니라 결박을 당한 것은 난생 처음이었다. 자세가 불편한지 한쪽 어깨를 어정쩡하게 치켜 올려 몸이 한쪽으로 기울었다. 그는 도망갈 궁리라도 하는 듯 눈을 동그랗게 뜨고 손목에 감긴 수갑을 뚫어져라 쳐다봤다. 바오룬이 자꾸 걸음을 늦추자 경찰 둘이 양쪽에서 수시로 그를 밀쳤다. 뺨과 입 주변이 은백색 갈치 비늘로 뒤범벅되어 더 우스꽝스럽고, 더 불쌍해 보였다. 쑤바오전이 창백한 얼굴로 대문 앞에 서 있었다. 손에 비누를 쥐고 팔에 토시를 꼈는데, 토시 끝이 비누거품에 젖어갔다. 그 뒤에 마 선생 부인과 며느리가 있었다. 부인은 안타까운 표정이고 며느리는 그럴 줄 알았다는 눈빛이었다. 쑤바오전은 직접 경찰에게 물어볼 용기가 없어 그저 바오룬의 이름만 외쳐댔다.

"바오룬! 바오룬! 너, 도대체 무슨 짓을 저질렀어?"

"아무 짓도 안 했어! 그냥, 묶었을 뿐이야. 그 계집애가 내 돈 80위안을 꿀꺽했단 말이야."

쑤바오전이 들고 있던 비누를 집어던지고 발을 동동 굴렀다.

"그게 다 무슨 소리야? 똑바로 말해! 제대로 말하라고! 도대체 누구를 묶었는데? 그 80위안을 꿀꺽한 게 누구야?"

바오룬이 침을 꿀꺽 삼키더니 안절부절못하며 대꾸했다.

"아주 복잡해. 간단히 말하기 힘들어."

바오룬은 멀쩡하게 말할 수 있었지만 어머니에게 설명할 기회가 없었다. 양쪽에 두 경찰이 손을, 아니 정확히 말해 하얀 장갑을 쑥 들이밀었다. 그중 하나가 바오룬 입을 틀어막고 다른 하나가 귀를 비틀었다. 그리고 그의 어깨를 한 번 두 번 툭툭 쳤다. 이 경찰은 표준어를 매우 정확히 발음하는 것으로 보아 북방 출신이 틀림없었다.

"초범이군. 규칙을 전혀 모르나? 지금 알려주지. 입 닥쳐! 말하라고 할 때만 말할 수 있어, 알겠어?"

바오룬이 고개를 끄덕였다. 무섭다기보다는 어색하고 부끄러웠다. 그는 감히 양쪽 경찰의 얼굴을 쳐다보지 못했기 때문에 장갑 냄새로 두 사람을 구별했다. 한쪽은 냉혹함이 느껴지는 파스 냄새, 다른 한쪽은 조금 더 친근한 찌든 담배 냄새가 났다. 도망자의 질주는 오십 미터를 못 넘기고 아주 짧게 막을 내렸다. 바오룬은 자신을 기다리는 경찰차를 쳐다봤다. 느낌이 좋지 않았다. 목적지는 아마도 참죽나무거리 사람들이 '안쪽'이라 부르는 곳이리라. 안쪽. 그는 경찰차가 자신을 잡으러 올 것을, 자신이 안쪽에 가게 될 줄은 꿈에도 몰랐다.

경찰 둘이 바오룬을 경찰차 안으로 가볍게 밀어 넣었다. 차 안에 다른 누군가가 있었다. 언뜻 묵직한 화물자루처럼 보였다. 먼저 탑승한 사람이 자리를 차지하고 있어 경찰차가 더 좁게 느껴졌다. 떡 벌어진 등짝, 기름진 뒤통수, 그 뒷모습이 류성과 비슷했다. 곧이어 그가 고개를 돌리는 순간, 바오룬이 헉 하며 숨을 멈췄다. 류성! 정말 류성이었다. 류성이 왜 그보다 먼저 경찰차를 타고 있는지 알 수 없었다. 자신이 개 목줄로 사람을 묶은 것이 왜 그렇게 큰 죄인지 알 수 없었다. 류성이 왜 잡혀가는지는 더더욱 알 수 없었다. 바오룬이 아는 것은 류성이 선녀의 토끼로 조림을 만들어 먹었다는 사실뿐이다.

류성이 스테인리스 수갑에 두 손이 묶인 채 한쪽 무릎을 꿇고 앉아 있었다. 흰색 정육점 작업복 차림이라 돼지고기 특유의 노린내가 진동했다. 류성의 동행으로 두 사람은 다시 뭉치게 됐다. 바오룬은 류성의 등장이 매우 놀라웠지만, 한편으로는 반가움을 감출 수 없었다. 그는 말을 할 수 없는 터라 류성에게 눈짓을 보내며 상황을 물었지만, 류성은 뭔가 켕기는 사람처럼 계속 시선을 피했다. 그때 류성의 귀에 붕대가 감긴 것이 보였다. 언제 다쳤는지 모르겠지만 확실히 우스꽝스러웠다.

두 사람은 한 기둥에 묶여 있으니 정말 친한 친구처럼 보였다. 더구나 은밀한 '안쪽'(감옥을 일컫는 은어) 생활까지 공유하게 됐다. 경찰차가 흔들릴 때마다 두 사람의 어깨가 맞부딪혔다. 바오룬은 계속 어깨를 부딪치며 상황을 물었지만 류성은 의도적으로 그를 피했다. 류성이 벌벌 떠는 모습을 보니 왠지 자신은 별일 없을 거라는 생각이 들었다. 그는 어깨가 통하지 않자 이번에는 발을 이용했다. 발끝을 조심스럽게 움직여 류성의 발을 툭, 또 한 번 툭 쳤다. 평소 그렇게 잘난 척하던 류성이 경찰차를 타자 이런 등신 머저리가 될 줄은 몰랐다. 바오룬이 두어 번 발끝을 치자 류성이 경찰에게 쪼르르 일러바쳤다. 이때 바오룬은 류성의 혀 짧은 목소리를 처음 들었다.

"경찰 동지께 보고합니다. 얘가 경찰 동지 말을 안 듣고 발로 저를 자꾸 차요."

16. 구치소

'안쪽'이라 불리는 곳은 여러 군데인데 바오룬이 끌려간 곳은 성북 구치소였다.

가죽공장 건물 뒤편에 위치한 성북구치소는 예전에 무의원無意園이라 불렸다. 하지만 이곳 주민들 대부분이 이 이름을 잊어 그냥 가죽공장 뒤편이라고 불렀다. '가죽공장 뒤편'의 역사는 가죽공장보다 훨씬 길다. 무의원의 옛 주인은 비단상인이었는데, 무려 8년에 걸쳐 이 무의원을 지었다고 한다. 그러나 완공을 앞두고 해방(중국에서 해방은 국민당 정부를 몰아내고 공산당 정부를 수립한 것을 의미함. 1949년)이 되자 무의원 주인은 타이완臺灣으로 떠났다. 그 후, 이 미완성 정원은 사법부 판결을 거쳐 국가에 몰수됐다. 이 정원은 전통 정원에 대해서는 전혀 모르는 사람의 눈에도 매우 아름다워 보였다. 길게 이어진 장랑長廊, 곳곳에 숨겨진 작은 뜰, 연잎 모양의 연못, 연못을 둘러싼 태호석太湖石 가산假山, 그리고 사방에 푸른 잎과 울긋불긋한 각양각색의 꽃들이 만발했다. 바람이 불어오면 구사회 때 심은 계화와 대나무, 신사회 때 심은 화초와 채소 잎들이 함께 어우러져 하늘거리며 역사의 하모니를 연출했다. 그러나 가죽공장 뒤편의 절경은 봉쇄된 절경이었다. 사실 관계 당국도 한 폭의 시화詩畫처럼 아름다운 이곳에 피의자를 수감하는 것이 적절치 않아 상업적으로 개발하려 했으나 앞을 가로막고 있는 가죽공장이 문제였다. 뒤편을 개발하려면 앞의 공장을 이전해야 하는데, 이 가죽공장이 현지 정부가 거둬들이는 지방세 수입의 상당 부분을 책임지고 있는 터라 이곳의 실세는 구치소가 아니라 공장이었다. 이렇게 해서 앞편과 뒤편 모두 꼼짝 않고 긴 시간을 버텼다.

바오룬은 예전부터 가죽공장 앞길을 수없이 지나다녔다. 그때는 자기가 가죽공장 뒤편에 오리라고는 꿈에도 생각지 못했다. 마치 꿈에서 나쁜 짓을 했는데 깨어나니 이미 '안쪽'에 와 있는 기분이었다. 이렇게 괴상한 일이 이토록 급박하게 일어나다니, 바오룬은 이런 인생은 전혀 상상하지 못했다.

바오룬은 '안쪽'에 첫 발을 내딛었다. 그는 이곳의 괴상하고 불길한 기운이 왠지 익숙하게 느껴졌다. 들큼하면서 퀴퀴한 가죽 특유의 냄새. 그 퀴퀴함 속에서 오래된 고통과 아픔이 느껴졌다. 가죽의 몸에 붙어 있다가 요행히 살아남은 가죽들이 잃어버린 주인의 육체를 그리워하고 애도하는 마음일 것이다. 4월 이후 꿈을 꾸는 날이 많았는데 꿈속 분위기가 대부분 이것과 비슷했다. 분위기뿐 아니라, 성북구치소의 모든 것이 익숙하게 느껴졌다. 일종의 기시감이었다. 어렸을 때 할아버지를 따라 이 지역 전통 정원에 놀러간 적이 있었다. 그 기억 때문인지 크고 화려한 첫 번째 철문을 지나면서 '들어가서 오른쪽으로 돌면 바로 전통방식으로 만든 원월문圓月門이 있고 그 위에 별유동천別有洞天이라고 써져 있겠군!'이라고 생각했다. 간수가 정말 오른쪽으로 돌았다. 오른쪽으로 돌자 정말 원월문이 보였다. 아쉽게도 마지막 추측은 빗나갔다. 원월문에 정사각형 철문을 달아 마치 지나치게 조각이 화려한 대형 액자를 걸어놓은 것 같았다. 바오룬은 이 문을 통과할 때까지 계속 별유동천에 대한 미련을 버리지 못했다.

'별유동천은 어디 갔지? 원월문 위에 어떻게 별유동천이 없을 수 있지? 혹시 뒷면에 있나?'

바오룬은 원월문을 통과하자마자 슬쩍 고개를 돌렸다. 그 순간 하마터면 저도 모르게 환호성을 지를 뻔했다. 별유동천, 이 네 글자가 원월문 뒷면에 부채꼴 모양으로 또렷이 새겨져 있었다. 바오룬의 기시감이 놀라울 정도로 정확하게 맞아떨어졌다. 무의원의 별유동천이 원월문 뒷면에 확실히 있었다.

'안쪽' 세상에 들어와 갑자기 똑똑해진 것인지, 우연의 일치인지는 알 수 없지만, 바오룬은 마음이 한결 가벼워졌다. 곧이어 몸수색을 했다. 혀를 내밀라 하고, 바지를 벗으라 하고, 엉덩이를 치켜들라고 했다. 바오룬은 거리낌 없이 바지를 벗고 엉덩이를 치켜들었다. 수치심 따위는 전혀 없었다. 그의 행동은 너무 자연스러웠고, 간수들과 손발이 척척 맞아 놀라울 정도였다. 이곳 가죽공장 뒤편에 와 본 적도 없고, 누군가에게 고발당해 다른 곳에서 이런 일을 겪어본 적도 없는데, 바오룬은 모든 것을 훌륭하게 해냈다. 어이없는 생각이지만 순간적으로 칭찬을 듣지 않을까 기대했다. 물론 칭찬은 없었지만 그는 자신이 충분히 자랑스러웠다. 바깥 세상이나 안쪽 세상이나 똑같은 세상인데, 안쪽 세상의 바오룬은 전혀 멍청하지 않았다.

간수와 바오룬은 긴 장랑을 통과해 벽돌이 깔린 길에 들어섰다. 벽돌 바닥에 희미한 물결모양 빛이 어른거렸다. 이 빛은 계속 바오룬의 발가락 앞에 붙어 구치소 깊은 곳으로 그를 인도했다. 신비로운 영혼이 헤어진 가족임을 확인하고 그들의 보금자리로 데려가는 것 같았다. 바오룬은 주변을 두리번거리다가 간수에게 당돌한 한마디를 던졌다.

"그 다음은 구불구불한 오솔길이지요?"

간수가 멍한 표정으로 되물었다.

"너, 처음이 아니야? 전에 와봤어?"

"아뇨. 처음이에요. 그냥 한번 맞춰본 거예요."

간수가 그를 비웃으며 대꾸했다.

"대단한 재능이 있었군. 그럼, 베이징 중난하이中南海가 어떻게 생겼는지도 맞출 수 있겠네. 어디 맞춰보시지?"

바오룬은 그제야 자신이 경솔했다는 생각이 들어 얼른 입을 닫았다. 세 번째 문은 방패 모양이었다. 대나무 덤불에 둘러싸여 대나무 그림자가 정신없이 어른거렸다. 세 번째 문 위에 '곡경통유'曲經通幽 네 글자가 새겨 있었다. 곡경통유, 이번에도 예상이 적중했지만 조금 전과 달리 별로 기쁘지 않았다. 오히려 문 양 옆에 놓인 만년청 화분을 보고는 아쉽기까지 했다.

'대나무 덤불에 만년청 화분까지 맞췄어야 했는데.'

문 근처에 한창 청소 중인 죄수가 있었다. 큰 키에 비쩍 마른 40대 남자가 주걱처럼 생긴 얼굴에 금이빨을 번쩍이며 바오룬을 보고 반가운 미소를 지었다.

"왔나?"

오랜 친구 사이에 주고받을 법한 인사였다. 바오룬은 누구 다른 사람이 있나 싶어 주변을 두리번거렸다. 아무도 없었다. 그는 긴장한 표정으로 간수를 돌아보며 말했다.

"저는 이 사람을 모르는데요."

간수가 비웃듯 말했다.

"곡경통유, 몰라? 너는 저 사람을 몰라도, 저 사람이 너를 안다잖아. 오솔길을 따라 깊이 들어가면 깊고 오묘한 이치를 알게 되지. 너희들은 어차피 다 이 자리에서 만날 놈들이었어."

곡경통유. 바오룬이 이 낯선 사람들을 만난 건 정말 곡경통유의 이치였을까?

바오룬은 청풍각에 배정됐다. 옛 주인의 서재였던 청풍각은 지금 널찍한 감방이 됐다. 감방 안은 화려한 조각이 일품인 나무창을 시멘트로 모두 막아버려 바람 한 점 들지 않았다. 오랫동안 씻지 않은 몸에서 풍기는 퀴퀴한 악취가 온 감방에 진동했다. 희미한 백열등 불빛이 낯선 사람들 얼굴을 비췄다. 벽을 등지고 일렬로 늘어서 있으니 마치 대형 부조雕를 보는 느낌이었다. 작품명은 '운명을 기다리는 사람들'이 적당할 것 같았다. 바오룬은 낯선 사람들 속에서 류성을 찾기 시작했다. 하나하나 꼼꼼히 뜯어봤지만 류성은 보이지 않았다.

"혹시 류성을 본 사람 있나요? 참죽나무거리에 사는 류성이요."

안쪽 세상의 선배들은 대부분 오만하고 건방졌다. 그중 하나가 조롱하듯 대꾸했다.

"참죽나무거리가 뭐하는 데야? 류성은 또 뭐하는 놈이고? 무슨 대단한 일을 벌였는데? 우리가 그런 놈을 꼭 알아야 해?"

다행히 신참을 괴롭히지 않고 친절하게 설명해주는 사람도 있었다.

"친구를 찾나본데 이 안에 있는 친구는 찾아 뭣하게? 이 안에 있는 사람은 아무 도움이 안 돼. 죽은 개가 죽은 고양이를 구할 수 있나? 부탁을 하려면 바깥에 있는 사람을 수소문해야지."

바오룬은 청풍각에 왜 이렇게 사람이 많은지 이해할 수 없었다. 지금은 평화롭고 안정된 세상인데 도대체 다들 무슨 짓을 저지른 것일까? 알고 보니, 피의자 중 대부분이 도시 남쪽 싸오저우마을 사람들, 즉 같은 마을 사람들이었다. 그들은 얼마 전에 황금 단지를 발굴한다고 앞다투어 땅을 파다가 해외 화교 소유의 빈 집을 무너뜨렸다. 이 일에 연루된 사람이 한둘이 아니었는데 누군가의 신고로 모두 이곳에 오게 된 것이었다. 바오룬은 그 이야기를 듣자마자 머릿속에 할아버지 모습이 떠올랐다. 왠지 미안했지만 차마 자신의 정체를 밝힐 수는 없었다.

"다들, 어쩜 그렇게 바보 같아요? 딱 봐도 헛소문이구만. 우리 참죽나무거리에서 시작된 유언비어잖아요. 우리 마을 황금 열풍은 옛날에 끝났는데, 그 마을 사람들은 아직도 죽어라 땅을 파고 있는 거예요?"

"그건 아니지. 너희 참죽나무거리는 원래 가난한 동네였잖아. 우리

참새 이야기

싸오저우마을이랑 비교가 돼? 너희 마을은 겨우 손전등이었잖아. 손전등 안에 황금이 들어가면 얼마나 들어가겠어? 우리 마을에서 찾고 있는 건 황금 단지야. 황금이 가득 담긴 단지가 땅속에 묻혀 있다고! 우리 싸오저우마을은 옛날부터 부자가 많았고 국민당 장군, 방직공장 자본가, 그리고 엄청나게 큰 기방 주인도 있었다고. 집집마다 서랍을 채울 만큼의 황금이 있었을 거야. 단지는 말할 것도 없고, 심지어 커다란 항아리도 있었대. 어떤 부잣집에서는 김장독에 황금을 가득 담아 화장실 정화조 밑에 묻어놨는데, 글쎄, 어떤 놈이 쥐도 새도 모르게 파 갔다잖아!"

이번에는 싸오저우마을 사람들이 바오룬에 대한 궁금증을 풀 차례였다. 사람들이 왜 들어오게 됐냐고 묻자, 바오룬은 대충 얼버무렸다.

"손이 근질거려서……. 손 때문에요."

"너도 땅을 판 거야? 넌 뭘 찾는데?"

"아니에요. 난 사람을 묶었어요. 사람 하나를 묶었는데……."

사람들이 갑자기 큰 관심을 보이며 바오룬 곁으로 모여들었다.

"사람을 왜 묶었어? 뭐 하려고? 강도질 하려고? 아니면 그 짓? 묶었다는 사람이 돈 많은 사장님이야? 아니면 어마어마한 미인이야?"

바오룬은 말하고 싶지 않아 한참을 망설이다가 겨우 입을 열었다.

"사장도 아니고 미녀도 아니에요. 뭐 하려고 그랬는지는 나도 몰라요."

사람들이 계속 이상한 눈빛으로 보자 바오룬은 콧구멍을 후비며 쓴웃음을 지었다.

"그걸 알면, 내가 여기 안 왔을 걸요."

아무리 기다려도 류성은 청풍각에 오지 않았다. 도통 사정을 알 수 없으니 그저 애타게 기다리고 또 기다릴 뿐이었다. 싸오저우마을 사람들은 허구한 날 문틈에 딱 달라붙어 바깥을 살피는 바오룬을 놀리는데 재미가 들렸다.

"여자친구라도 오는가? 눈 빠지게 여자친구 찾는 거야?"

"여자친구가 아니라 류성이에요. 아무래도 이상해요. 분명히 같은 경찰차를 타고 왔는데 왜 이 안에서 볼 수가 없지? 산책 시간에도 안 보이고. 혹시 다른 곳에 수감된 걸까요?"

"어쩌면 저기 황붕헌黃鵬軒에 있을지도 몰라. 여기 청풍각은 자잘한 사건이고, 황붕헌은 엄청난 사건을 다루거든. 그 친구 아주 심각한 상황인가 보네."

그중 눈치가 빠른 누군가가 다시 바오룬을 추궁했다.

"그 류성이란 친구, 도대체 무슨 짓을 저질렀는데? 너도 거기에 연루된 거야? 같은 사건 공범이야?"

바오룬은 한참 고민하고 따져본 후 조심스럽게 입을 열었다.

"아니, 아니에요. 난 류성이 무슨 짓을 했는지 몰라요. 어떻든 난 사람을 묶었을 뿐, 그것말고는 아무 짓도 안 했어요."

일주일 후, 청풍각에 있는 싸오저우마을 사람들이 곧 풀려날 것이라는 소문이 들려왔다. 황금 발굴 사건은 세계 사법 역사상 유사한 전례가 없어 참고할 만한 법규와 기준이 전혀 없었다. 이들 열일곱 명은 일확천금을 꿈꿨을 뿐 죄를 논하기가 힘들어 기소 자체도 억지스러웠다. 그렇다고 처벌 없이 그냥 풀어줄 수도 없어 벌금형에 처하기로 결정했다. 태평양 건너편에 사는 무너진 빈 집 주인이 노인성 치매에 걸려 고향 마을 이웃을 고소하지 않을 것이라는 소문도 돌았다. 빈 집 주인의 불행이 싸오저우마을 주민들에게는 커다란 기쁨이었다. 그러나 이 사건의 처리는 생각보다 오래 걸렸다. 여러 관련 부처가 벌금액수를 두고 치열한 논쟁을 벌인 탓이었다. 먼저 파낸 양만큼 벌금을 부과해야 한다는 의견이 제기됐다. 이럴 경우에는 얼마나 팠는지를 어떻게 측정하느냐가 관건이었다. 누군가 집집마다 방문해 도구를 수거해서 도구 개수만큼 벌금을 부과하자는 의견을 내놓았다. 삽 혹은 곡괭이 하나에 500위안으로 하자는 구체적인 방법까지 나왔지만 집집마다 방문해 집안을 수색하는 일이 쉽지 않아 결국 부결됐다. 그래서 이번에는 보다 간단한 방법이 제기됐다. 죄를 인정하고 뉘우치는 태도를 기준으로 삼자는 것이었다. 자신의 죄를 부인하며 반성하지 않고 뻔뻔스럽게 구는 사람은 벌금을 많이 부과하고, 적극적으로 타인의 죄를 고발하는 사람은 조금 더 관대하게 혹은 벌금 없이 풀어준다는 내용이었다. 이 방법은 얼핏 공정한 것 같지만 오해의 소지가 컸다. 신고자 말만 믿고 무고한 사람을 처벌하는 것은 객관적인 수사가 아니었다. 여러 부처의 관계자들은 논란의 여지를 최소화하기 위해 '절대 평등주의'에 입각한 방법에 최종 합의했다. 이렇게 해서 누구나 차별 없이 벌금 500위안만 내면 집으로 돌아갈 수 있게 됐다.

일확천금을 바라다가 벌금을 물게 됐지만 어쨌든 자유는 무엇보다 소중했다. 싸오저우마을에서 기다리던 가족들은 생돈 나가는 것이 조금 억울했지만, 기쁜 마음으로 은행에서 돈을 찾은 후 가죽공장 뒤편으로 달려가 가족을 데려갔다. 열일곱 사람 중 절반이 순식간에 사라지자 청풍각이 갑자기 썰렁해졌다. 바오룬은 집으로 돌아간 싸오저우마을 사람 중 샤오우라는 주물공과 친하게 지냈다. 집으로 돌아가던 날, 짐을 챙기러 감방에 들어온 샤오우는 고추 잡아당기는 시늉을 하면서 바오룬을 놀렸다.

"바오룬, 너 진짜 대단하다! 네 거시기가 그렇게 대단한 물건일 줄 몰랐어. 그리고 네 할아버지가 혼이 나갔다며? 사람들이 너도 제정신이 아니라던데? 네 혼이 거시기로 빠져나갔다고."

바오룬은 잠시 얼떨떨했다. 바지춤을 꼭 쥐며 한바탕 욕을 하려는데 갑자기 가슴이 철렁 내려앉았다.

"뭐가 어떻게 된 거래? 내가 무슨 짓을 했다고?"

샤오우가 실눈을 뜨고 노려보며 뒤로 한 걸음 물러섰다. 그리고 바오룬에게 삿대질을 하며 소리쳤다.

"아직도 날 속이려고? 우리 사촌형이 교외 마을 파출소 부소장이야. 그러니까 이 정보는 아주 확실하다고. 사촌형이 그러는데, 네가 미성년 여자애를 강간했다던데? 넌 강간범이야. 절대 못 나갈 거래!"

바오룬이 천천히 주저앉았다. 샤오우가 떠나고 한 줄기 외부 공기가 청풍각에 떠돌았다. 갑자기 가죽 썩는 냄새가 바오룬의 코를 찌르더니 점점 아래로 내려갔다. 목구멍, 식도, 위, 폐, 심장을 지나 순식간에 몸 전체를 뒤덮었다. 숨을 쉴 때마다 악취가 진동했다. 결국 그는 속에 있는 것을 모두 게워냈다.

17. 우향정藕香亭

간수가 바오룬을 심문실로 데려갔다. 태호석 가산 위쪽에 위치한 우향정이 심문실이었다. 바오룬은 안뜰에서 산책할 때 조각이 화려한 아름다운 정자에 시선을 빼앗겨 우향정을 올려다본 적이 있는데, 돌계단을 올라가 그 아름다운 풍경 속으로 직접 들어가게 될 줄은 몰랐다. 우향정 주변은 온통 석순과 태호석 등 기암괴석이 솟아 있고 곳곳에 화초와 대나무가 어우러져 있었다. 길게 뻗은 햇살을 잘게 쪼갠 대나무 그림자가 구불구불한 돌계단을 뒤덮었다. 마치 운명의 제비뽑기를 위해 준비해둔 댓조각 같았다. 바오룬은 계단을 오르는 동안 발바닥에서 머리끝으로 전해지는 실낱같은 통증을 느꼈다. 투명하게 반짝이는 댓조각 모양 햇살은 아주 뾰족하고 예리한 정의와 진실의 상징이었다. 일단 이 통증을 겪어야 새로운 운명을 맞이할 태호석 가산 정상에 도달할 수 있다. 그의 새로운 운명은 태호석 가산 정상에서 결정될 것이다.

우향정 내부는 조금 음습했다. 창문 앞에 두 남녀 재판관이 앉아 있었다. 남자 재판관은 얼굴이 구릿빛이고 입술은 조금 파랬다. 황갈색 찻물이 든 찻잔을 손에 들었는데 원래 절임용으로 사용하는 유리병이었다. 여자 재판관은 볼펜을 빙글빙글 돌리고 있었는데 생김새, 머리스타일, 표정까지 쑤바오전이랑 꼭 닮았다. 바오룬은 난생 처음으로 정중하게 예의를 갖춰 인사를 하고 의자에 앉았다.

"안녕하세요."

아무도 바오룬의 인사를 귀담아 듣지 않았다. 갑자기 팍 소리와 함께 강렬하고 자극적인 불빛이 바오룬의 얼굴을 비췄다. 그는 반사적으로 상체를 곧추 세웠다. 등을 곧게 펴고 앉으니 엉덩이가 불편해 좌로, 우로 조금씩 계속 움직이며 들썩거렸다. 이것을 본 남자 재판관이 엄한 목소리로 꾸짖었다.

"의자에 못이라도 튀어나왔어? 의자에 앉는 것도 제대로 못 하나?"

바오룬은 머뭇거리며 손으로 의자 위를 더듬었다.

"의자에 튀어나온 못은 없는데 물이 있는 것 같아요."

남자 재판관이 다가와 바오룬을 일어나게 하고 의자를 살펴봤다. 확실히 축축했다. 남자 재판관은 잠시 물 얼룩을 살피다가 아무렇지 않게 말했다.

"물이 아니라 오줌이야. 앞에 8호가 처벌이 무서워 바지에다 쌌거든."

바오룬이 깜짝 놀라 의자등받이 뒤로 피하며 사양 의사를 전했다.

"저는 안 앉아도 돼요. 두 분은 앉으세요. 저는 그냥 서 있어도 돼요."

남자 재판관이 거칠게 바오룬을 밀쳤다.

"누가 서 있으래? 나중에 서 있을 기회가 있겠지만 지금은 아니야. 빨리 앉아."

바오룬은 오줌에 젖은 의자를 흘겨보다가 여자 재판관에게 시선을 돌리며 도움을 구했다.

"저기, 걸레 없나요?"

여자 재판관이 이맛살을 찌푸리며 쏘아붙였다.

"여기에 무슨 걸레가 있어? 그냥 엉덩이 치켜들고 앉아. 좀 묻으면 어때? 바지는 더러워지면 빨기라도 하지, 그 더러운 머리는 빨지도 못하고 어쩔 거야?"

바오룬은 여자 재판관의 말대로 엉덩이를 살짝 치켜들고 앉았다. 하지만 오래 버티기는 힘들었다. 결국 8호가 남긴 오줌의 존재를 잊고 의자에 푹 주저앉고 말았다. 샤오우의 말은 모두 사실이었다. 모든 상황이 바오룬의 생각보다 훨씬 심각했다. 선녀, 징팅병원, 취수탑, 화요일 오후.

"너, 선녀한테 무슨 짓을 했어?"

재판관의 날카로운 질문을 받은 바오룬은 조심스럽게 대답했다.

"토끼가 없어지고 토끼장만 남았는데……. 토끼조림을 만들어 왔는

참새 이야기

데, 나는 입도 안 댔어요. 다 류성이 한 짓이에요."

재판관들이 준엄한 표정에 날카로운 눈빛으로 그를 주시했다.

"넌 아무 짓도 안 했단 말이지? 그런데 왜 여기에 와 있을까? 우리가 사람을 잘못 잡아왔나?"

바오룬은 두 사람의 눈길을 피할 수 없어 힘없이 고개를 떨어뜨렸다.

"난…… 그 애를 묶었어요. 하지만 묶기만 하고 바로 나왔어요."

재판관은 바오룬에게 고개를 들라고 명령했다. 고개를 드는 순간 여자 재판관이 입은 판사복 안에 빨간색 스웨터 깃이 보였다. 갑자기 어머니가, 어머니의 빨간 스웨터가 생각났다. 여자 재판관이 조금 부드러운 말투로 말했다.

"힌트를 줄 테니 잘 들어. 그리고 솔직하게 말하는 게 좋을 거야."

그녀는 종이 한 장을 펼치고 읽어 내려갔다. 바오룬은 그녀가 말하는 의학용어와 수치를 전혀 이해할 수 없었다. 다만 아주 자극적인 단어가 귓가에 꽂혔다. 처녀막, 파열. 곧이어 남자 재판관이 자필진술서를 읽기 시작했다. 아마도 선녀의 진술서 같았다. 그는 진술서에 등장하는 강제폭행이라는 단어에 주목했다. 강간이 아니라, 한 번 했다가 아니라 강제폭행이었다. 그는 강간과 한 번 했다는 것은 같은 말이지만, 강제폭행은 다른 말이라고 생각했다. 그래서 조심스럽게 질문했다.

"거기, 강제폭행이 강간은 아니지 않나요?"

남자 재판관은 바오룬이 말꼬리를 잡는다고 생각해 책상을 쾅 내리치며 소리쳤다.

"어디서 능청이야? 너 학교 안 다녔어? 강제폭행이 강간이고, 강간이 강제폭행이야!"

바오룬은 정신이 아찔했다. 너무 놀라 말도 제대로 안 나왔지만 최선을 다해 결백을 주장했다.

"오해에요, 오해. 그 애를 묶긴 했지만 그것말고는 아무 짓도 안 했어요. 그 애를 직접 만나서 물어보면 알 거예요. 만약 그 애가 강제폭행을 당했다면, 그건 류성이 한 짓일 거예요. 류성을 직접 만나게 해주세요."

여자 재판관이 분명히 선을 그었다.

"대질심문은 필요 없어. 피해자가 류성에 대한 고발을 취소했으니까. 피해자가 지목한 건 너뿐이야. 네가 유일한 피의자야."

바오룬은 한동안 멍해 있다가 이를 부드득 갈며 분노를 억눌렀다.

"류성은 어디 있어요? 내가 피의자면, 걔는 뭔데요?"

남자 재판관이 얌전히 굴라며 호통을 쳤다.

"넌 이것저것 물을 자격이 없어. 다른 사람 죄를 고발하려면 증거가 있어야 해. 안 그러면 사람들이 다 너처럼 다른 사람을 물고 늘어지려 할 텐데, 우리가 그걸 다 어떻게 감당해? 밥도 못 먹고 잠도 안 자고 심문만 하라고? 한 가지 알려주지. 류성은 어제 이미 풀려나서 집으로 돌아갔어."

갑자기 하늘이 무너지는 것 같았다. 의자에서 벌떡 일어선 바오룬은 절망적인 표정으로 바닥에 주저앉았다. 이 순간은 그의 모든 인생을 통틀어 가장 끔찍한 악몽이었다. 그는 안절부절못하고 귀와 뺨을 만지작거리며 쉴 새 없이 중얼거렸다.

"불공평해, 불공평해, 불공평해. 그 애도, 당신들도……."

잠시 후, 조금 진정된 바오룬은 머리를 감싸 쥐고 멍하니 의자를 응시했다. 또렷했던 오줌 흔적이 사라졌다. 우향정 창문을 통과한 엷은 햇살이 비추자 의자 위에 기괴한 사슴 모양이 나타났다.

"너, 뭐 하는 거야? 왜 의자를 뚫어지게 쳐다봐? 의자는 널 못 구해. 어서 의자에 도로 앉아."

바오룬은 의자에 다시 앉고 싶지 않았다. 그의 절망적인 눈빛이 남자 재판관의 거무튀튀한 얼굴을 지나 여자 재판관의 빨간색 스웨터 깃으로 향했다. 그 포근하고 따뜻한 스웨터를 보고 있자니 갑자기 감정이 북받쳤다. 그는 엉엉 울기 시작하더니 큰 소리로 통곡했다. 억울해 죽겠다고 떼를 쓰는 고집 센 아이처럼 한참 울다가 두 손에 얼굴을 묻으며 한 가지 도움을 청했다.

"아줌마, 제발 우리 엄마 좀 불러주세요. 우리 엄마 이름은 쑤바오전이에요."

"왜 아버지를 안 부르고? 네 아빠는 집에 안 계셔?"

그가 흐느끼며 대답했다.

"아버지는 바쁜데다 와봤자 도움이 안 돼요. 말을 잘 못하거든요."

말하고 보니 조금 부끄러웠다. 그는 울음을 멈추고 결연한 표정으로 눈물을 훔쳤다.

"역사가 증명해 줄 거예요. 난 그 애를 강제폭행하지 않았어요. 난 그냥 묶었을 뿐이에요."

18. 구원

바오룬의 소식이 온 마을에 파다하게 퍼졌다. 쑤바오전은 부티크에 찾아가 마 선생 부부에게 떠듬거리며 반년 치 월세를 미리 달라고 부탁했다. 마 선생 아내가 남편에게 함부로 나서지 말라며 눈짓을 하고는 직접 쑤바오전에게 돈을 어디에 쓸 것인지 물었다. 쑤바오전은 '아들' 두 글자만 말했을 뿐인데 목이 메어 더 이상 말하지 못하고 손으로 얼굴을 감쌌다. 마 선생 부인은 그녀가 아들을 구하려 한다는 것을 눈치챘다.

"사람을 구하려면 돈이 아주 많이 드는 법인데, 어쩌면 밑 빠진 독에 물 붓기가 될 수도 있어."

외향적인 성격에 눈치가 빠르고 똑똑한 마 선생 부인은 요리조리 따져보고 자신에게 유리하고 인심도 쓸 수 있는 방법을 찾아냈다.

"가게 터를 잘못 잡는 바람에 장사가 영 신통치 않아. 반년 후에 임대 계약을 갱신할지 확실치 않으니 월세를 미리 내는 건 아닌 것 같아. 바오룬네 사정이 딱하니, 빌려주는 걸로 하면 어떨까?"

쑤바오전은 눈물이 그렁그렁한 얼굴을 연신 끄덕였다.

"월세라도 좋고 빌리는 거라도 좋아요. 평생 한 번도 남의 돈을 빌려본 적이 없는데, 어쩔 도리가 없네요. 어쨌든 돈이 있어야 바오룬을 살리죠."

그런데 며칠 뒤 바오룬 아버지가 부티크로 마 선생을 찾아와 빌려간 돈을 고스란히 돌려줬다.

"갑자기 쓸 데가 없어져서요. 남의 돈을 가지고 있으려니, 그 사람이나 저나 밤에 제대로 잠도 못 자겠더라고요."

"왜 이러나? 바오룬을 안 구할 거야?"

바오룬 아버지의 표정에 절망이 역력했다.

"제 자식인데, 왜 구하고 싶지 않겠어요? 이미 늦었어요. 이제 돈이 아무리 많아도 구할 수가 없어요."

참새 이야기

"무슨 말이야? 그 여자애 집에서 돈을 싫어하나?"

"돈이 싫은 게 아니라, 우리 집 돈이 싫답니다."

"거 참, 희한하네. 자네 집 돈은 돈이 아닌가?" ·

바오룬 아버지는 뭔가 말 못할 사정이 있어 보였다. 잠깐 머뭇거리다가 자초지종을 털어놨다.

"다 제가 무능한 탓입니다. 제대로 된 '꽌시'關係가 없어 발만 동동 구르는 사이에 류성 집에서 벌써 손을 썼더라고요. 여자애 집이랑 다 합의가 된 모양이에요. 코빼기도 보이지 않더니 여자애 집은 이미 짐을 싸서 떠났대요."

그 후 바오룬 부모는 줄곧 아들의 억울함을 호소했지만 결국 일방적인 주장일 뿐이니 이웃들은 그들 말을 온전히 믿지 않았다. 또 평소에 바오룬을 좋아하지 않았던 사람은 억울하다는 말을 전혀 믿지 않았다.

"뭐, 세상 부모마음이 다 그렇지. 아들이 도둑질을 하든 사람을 죽이든 일단 억울하다면서 아들을 감싸기 마련이야."

요리 학교 관계자가 바오룬의 부모와 아들 문제를 상의하려고 몇 번이나 집에 찾아왔지만 번번이 허탕이었다. 바오룬의 부모는 매일 아침 일찍 집을 나서서 하루 종일 바쁘게 뛰어다녔다. 대문은 자물쇠 세 개를 채워 굳게 잠갔다. 바오룬의 부모는 하루하루 모진 고통을 견뎌야 했지만, 워낙 성실한 사람들이라 사회의 기본규칙은 지켰다. 쑤바오전은 이런 상황 속에서도 수도와 전기 검침일을 잊지 않고 외출하기 전 분필을 가져다 대문 문짝에 또박또박 두 가지 숫자를 써놓았다.

전기: 1797, 수도: 0285

그런데 어떤 못돼먹은 개구쟁이가 이 검침 숫자 앞에 몰래 '강간'이란 글자를 써넣었다. '이번 달 전기 사용량 1797'이 '이번 달 강간 1797번'이 돼버렸다. 바오룬네 집 앞을 지나가던 사람들이 모두 이 글을 봤다. 어른들은 고개를 절레절레 흔들었고, 아이들은 요란하게 폭소를 터트렸다. 다행히 마 선생 아내가 빨리 발견해 걸레로 더러운 두 글자를 지웠다. 이웃을 위한 선행인 셈이었다. 이즈음 이웃들은 마 선생 부티크에 문턱이 닳도록 드나들었는데 부티크 옷 구경이 아니라 바오룬 사건이 궁금해서였다. 마 선생 아내는 그런 이웃들에게 호통을 치곤 했다.

"그 전에는 오라고, 오라고 해도 안 오더니 다들 이제야 온 거야? 우리 가게가 이렇게 인기가 많다니! 이게 다 바오룬 덕분이지!"

하지만 아무리 솜씨 좋은 주부도 쌀이 없으면 밥을 지을 수 없는 법이다. 쑤바오전이 자세한 상황을 말하지 않으니 마 선생 부인도 특별히 해 줄 말이 없었다. 그저 '결국엔 진실이 꼭 밝혀질 거야'라는 말로 위로할 수밖에 없었다. 마 선생 부티크에 모인 이웃들은 저마다의 논리로 열심히 바오룬의 앞날을 분석하고 예측했다. 그러나 다들 제 생각에만 몰두해 누구도 누구를 설득할 수 없었다. 이야기가 계속 이어지던 중 누군가가 할아버지를 언급했다.

"아, 맞다! 정신 나간 노인네는 지금 어쩌고 있대요? 온 식구가 다들 정신이 없어서 돌볼 사람도 없을 텐데, 또 나무를 파내고 그러는 거 아닌가?"

이제 이웃들은 잠시 바오룬을 제쳐두고 할아버지에 대해 떠들기 시작했다. 먼저 사오싱 할머니가 입을 열었다.

"내가 작년 봄에 바오룬 할아버지를 돕는다고 우리 집 대문 뒤에 삽을 숨겨줬어. 그게 딱 사흘뿐이었는데 올 봄 대문 뒤쪽에서 자꾸 이상한 소리가 나. 퍽퍽 땅 파는 소리 같은데 한밤중에는 더 크게 들려서 요즘 잠도 제대로 못 자."

사오싱 할머니는 자신의 눈가를 가리키며 말을 이었다.

"여기 눈언저리 봐봐. 까마귀보다 더 까맣지? 사흘이나 잠을 설쳤어. 당최 눈을 감을 수가 있어야 말이지! 눈만 감으면 꿈속에 바오룬 할아버지가 나타나서 자기 삽을 내놓으라고 다그친다고. '내 삽 내놔, 누가 내 삽 가져갔어?'이러면서……. 이거 현몽 아닐까? 그런데 현몽은 죽은 사람이 꿈에 나타나는 거잖아. 혹시, 다들 뭐 들은 거 없어? 바오룬 할아버지가 벌써 죽은 거 아니야? 지금 돌보는 사람도 없으니 어쩌면 벌써 불귀의 객이 돼버렸는데 우리가 모르는 것일 수도 있어."

할아버지의 생사를 함부로 단정 짓는 사람은 아무도 없었지만, 생사와 상관없이 할아버지가 잃어버린 영혼이 참죽나무거리를 떠돌고 있다는 사실만큼은 모두 동의했다. 그러나 할아버지 영혼의 형태를 두고는 의견이 분분했다. 누구는 할아버지 영혼이 삽자루에 붙었다고 하고, 또 누구는 아무도 모르는 곳에 숨어 있다고 했다. 방직공장에 다니는 쑨 아줌마는 매일 퇴근하고 집에 돌아올 때마다 이상한 일을 경험한다고 했다. 자전거를 타고 집 근처에 오면 바오룬네 집 지붕에서 뛰어내려 온 하얀 고양이 한 마리가 쑨 아줌마네 집 처마에 올라가 야옹거린다고 했다. 그녀가 열쇠를 꺼내 문을 열 때까지 문 옆에 웅크리고 꼼짝도 앉는다고 했다.

"이러니, 어떻게 안 놀라겠어요? 그 비쩍 마른 고양이가 불쌍한 눈빛으로 쳐다보는데, 글쎄 그 눈빛이 바오룬 할아버지와 똑같지 뭐예요! 내가 '야옹아, 어서 가라'라고 할 때는 꿈적도 안 하더니 '바오룬 할아버지, 어서 징팅병원으로 돌아가세요. 여기서 자꾸 기웃거려도 소용없어요. 할아버지 방은 벌써 없어졌어요'라고 말하면……. 그게, 다들 못 믿 겠지만 그 고양이가 야옹 한 번 울고 바로 사라진다니까!"

쑨 아줌마 이야기에 양념이 얼마나 들어갔는지는 알 수 없으나, 모 두들 두 눈이 휘둥그레지면서 크고 작은 탄성을 뱉어냈다. 사오싱 할머 니가 쑨 아줌마 이야기를 훈훈하게 마무리지었다.

"고양이 목숨은 아홉 개라잖아. 그중 하나를 바오룬 할아버지에게 준 모양이네. 자비롭기도 하지."

한창 흥이 오를 즈음, 사람들이 하나둘 입을 다물고 서로 눈빛을 주 고받으며 마 선생 아내의 눈치를 보기 시작했다. 바오룬 할아버지 이야 기는 마 선생 부인 앞에서 할 얘기가 아니라는 생각이 들었기 때문이 다.

"다들 그런 눈으로 볼 거 없어. 무슨 생각들 하는지 다 알아. 이 자 리가 풍수적으로 장사하기 좋은 자리가 아니다, 그거지?"

마 선생 아내는 여장부처럼 당당했다. 그리고 아주 여유로우면서 의미심장한 미소를 지었다.

"특별히 설명해주지. 풍수는 아주 심오한 학문이라 잘 모르는 사람 이 많거든. 올바른 기운은 풍수를 압도하기 때문에 나쁜 풍수를 바로 잡을 수 있어. 반대로 부정한 기운은 풍수를 뒤집어버리기 때문에 좋은 풍수도 망쳐버리지. 정신 나간 노인네 방이 부정하다는 걸 내가 모를까 봐? 그걸 알면서 내가 왜 여기에 가게를 차렸을까? 다 허 도사님 가르침 덕분이야. 바르지 못한 것은 바른 것을 이길 수 없는 법이지."

이웃들은 여전히 이해하기 힘들었다. 쑨 아줌마가 모두의 궁금증 을 대변했다.

"마 선생 댁, 당신 기운이 바른지 아닌지 어떻게 알아? 당신 기운이 나쁜 기운을 이길 수 있을지 없을지 어떻게 알아?"

마 선생 아내가 조금 망설이다가 옷깃을 풀고 목에 걸린 순금 목걸이를 내보였다.

"기운을 바르게 하려면, 돈을 아끼지 말아야 해! 금을 사면 돼!"

마 선생 아내는 이웃들에게 순금 목걸이가 얼마나 길고 굵은지 자세히 보여줬다. 그리고 그 안에 담긴 심오한 도리를 차근차근 설명했다.

"허 도사님 말씀대로 정확히 두 냥 세 돈짜리 목걸이를 샀어. 도사님 말씀이 순금은 반드시 두 냥이 넘어야 나쁜 기운을 누를 수 있다고 했거든. 그런데 정말 효과가 있네. 다들 귀신을 봤다고 난리인데 난 아주 평안했거든. 귀신 코빼기도 못 봤다고. 장사가 안 돼서 좀 걱정이긴 하지만."

다들 마 선생 아내에게 바싹 붙어 순금 목걸이를 구경했다. 부럽기도 하고 질투도 났다.

"이렇게 묵직한 금목걸이는 마 선생 댁이나 할 수 있지, 우리 같은 사람들은 꿈도 못 꾸지."

사오싱 할머니가 순금 목걸이를 만져보려는데 마 선생 아내가 자연스럽게 팔을 들어 막았다. 할머니는 겸연쩍은 손을 거둬들이더니 벌떡 일어나 가게를 나가며 알쏭달쏭한 말을 남겼다.

"돈만 있으면 귀신도 부릴 수 있다는 말은 들어봤어도 순금 목걸이로 귀신을 쫓는다는 말은 처음이네. 그 말을 믿어? 귀신도 다 같은 귀신이 아니야. 착한 귀신도 있고 나쁜 귀신도 있지. 바오룬 할아버지는 저세상에 가도 좋은 귀신이 될 사람이니 진짜 악귀를 만나봐야 효과가 있는지 알지. 목걸이로는 말할 것도 없고 황금 옷에 황금 허리띠를 둘러도 소용없을 걸? 평범한 아녀자가 무슨 수로 악귀를 막아?"

노동절 전야. 얼마 전까지 칙칙했던 거리가 갑자기 화려하고 풍요로
워졌다. 큰길을 따라 곳곳에 알록달록한 꽃들이 만개했다. 미인초와 맨
드라미가 담 모퉁이를 장식하고 깨진 대야나 낡은 뚝배기에 심어놓은
월계수는 열악한 환경에서도 최선을 다해 노랑, 분홍 꽃을 피워냈다. 하
늘은 물감을 풀어놓은 것처럼 눈부시게 파랬다. 뺨을 스치는 바람은 더
없이 부드러웠다. 아이들의 글짓기에 단골로 등장하는 '따사로운 봄바
람'이 바로 이 느낌이리라. 북적이는 땅만큼 공중 풍경도 화려했다. 학
교, 가게, 공장, 심지어 고물상까지 노동절 경축 현수막을 내걸었다. 누
군가 부두에 산더미처럼 쌓인 쓰레기를 열심히 치우는 동안 근처에서
요란한 굉음이 들려왔다. 성질 급한 누군가가 노동절 축포를 미리 터트
린 것 같았다. 거리 남쪽 화학공장에서는 전기공이 사다리를 타고 올라
가 아치형 공장 정문에 달아놓은 전구장식을 테스트했다. 구름처럼 모
여든 아이들이 환호성을 질렀다.

"켜졌다! 다 켜졌어!"

축제, 드디어 축제가 시작됐다. 참죽나무거리에 즐거움이 가득했다.
그러나 이 와중에 비탄에 빠진 한 중년 여성은 슬픔이 너무 깊어 거리
의 즐거움을 전혀 느끼지 못했다. 그녀는 축축한 손수건을 쥐고 비틀비
틀 걸었다. 그녀에게는 거리를 가득 메운 차량과 인파가 보이지 않았고
따르릉 울리는 자전거 소리, 빵빵거리는 자동차 소리도 들리지 않았다.
어떤 이는 소리를 지르고, 어떤 이는 손을 뻗어 그녀를 떠밀었다.

"아줌마! 똑바로 못 걸어?"

고개를 돌린 중년 여성은 두 눈뿐 아니라 얼굴 전체가 퉁퉁 부었고,
눈언저리가 호두처럼 거뭇거뭇했다. 그녀는 멍한 표정으로 고개를 들었
다가 하늘을 올려다보고 나서 천천히 물었다.

"지금이 몇 시인가요?"

소리를 질렀던 사람은 가련한 아줌마를 용서했다. 이런 상태로는 교통법규를 지킬 수 없는 것이 당연했다. 쑤바오전은 아들이 사고를 친 후로, 대낮에 외출하는 일이 거의 없었다. 보름 만에 나타난 그녀는 한 순간에 폭삭 늙어 예전의 수려한 이목구비를 찾아보기 힘들었고, 흰 머리카락도 눈에 띄게 늘었다. 아주 큰 불행이 그녀를 뒤흔들고 지나갔다. 그녀의 울음은 그저 작은 흐느낌일 뿐 누군가의 동정을 불러일으킬 생각은 없었다. 참죽나무거리에서 그녀를 모르는 사람은 거의 없었다. 눈물 젖은 그녀의 얼굴은 많은 사람들의 측은지심을 불러일으켰다. 사람들은 그녀의 손을 잡고 위로해주고 싶었지만 쑤바오전은 남의 호의를 고마워하는 성격이 아니었기에 그녀의 슬픔은 어떤 간섭도 용납하지 않았다. 누군가 좋은 마음으로 위로하려 하면 쑤바오전은 흐느끼는 목소리로 상대방의 말을 받아쳤다.

"울긴 누가 울어? 내가 울었어? 내가 무슨 울보야?"

부둣가를 지나던 쑤바오전이 갑자기 걸음을 멈췄다. 원수를 발견한 그녀는 퉁퉁 부은 눈으로 날카로운 광선을 발사했다. 이 순간, 그녀는 확실히 울음을 그쳤다. 부둣가 공터에 문화예술 공연활동에 참여하는 사람들이 모여 있었다. 대부분 참죽나무거리의 부녀자들이었는데 특별히 뚱뚱하거나 마른 사람 없이 키도 대체로 비슷했고 똑같은 옷을 맞춰 입고 커다란 빨간색 깃털부채를 들었다. 주민위원회 다이 아주머니의 지도 아래 단체체조 공연 리허설이 진행되고 있었다.

"하나 둘, 둘 둘, 셋 둘."

깃털부채 열댓 개가 질서 있게 하늘거리며 연출한 가지런한 물결 모양이 갑자기 흐트러졌다. 느닷없이 난입한 쑤바오전이 다이 아주머니의 확성기를 빼앗아 들었다. 그녀는 후-입김을 한 번 불어 확성기를 테스트하고 단숨에 할 말을 쏟아냈다.

"이웃 주민 여러분! 모두에게 알립니다. 우리 바오룬은 억울한 누명을 썼습니다. 너무 억울합니다! 바오룬은 어떤 나쁜 짓도 하지 않았습니다. 남의 죄를 뒤집어 쓴 것입니다. 누군가에게 모함을 당했어요!"

공연 대열이 갑자기 소란스러워졌다. 쉰 목소리로 격분을 쏟아낸 쑤바오전은 한바탕 오열을 한 후 다시 확성기를 잡고 울먹이며 더듬거렸다. 다이 아주머니가 확성기를 뺏으려다 쑤바오전에게 거칠게 떠밀렸다.

"다이 아주머니, 잠시만요. 좀 진정되면 한마디만 더 하고 바로 갈게요."

쑤바오전의 마음은 어느 정도 진정됐지만 그 한마디는 쉽게 정리되지 않았다. 사람들은 그녀의 눈빛에 뭔가 특별한 의도가 숨어 있음을 알아차렸다. 그녀의 눈빛이 날카로운 비수가 되어 공연 대열에 섞여 있는 사오란잉에게 날아가 꽂혔다.

"류성 엄마, 먼저 그쪽한테 알려드리지요. 내 아들이 실형을 받으면 최소 12년이랍니다. 최악의 경우 무기징역이 될 수도 있어요. 그 댁에서 기뻐할 일이지요? 아주 기쁘지요?"

사람들은 크게 놀라며 일제히 사오란잉을 쳐다봤다. 그러나 사오란잉도 산전수전 다 겪어본 터라 조금 난처하긴 했지만 전혀 당황하지 않았다. 그녀는 깃털부채를 천천히 접고 침착하게 대꾸했다.

"바오룬 엄마, 밑도 끝도 없이 그게 무슨 말이에요? 내가 그쪽이랑 무슨 원수를 졌다고? 나이로 따지자면 내가 한참 어른이고, 아들뻘인 바오룬이 감옥살이를 한다는데 내가 왜 기뻐해야 하죠?"

"끝까지 모른 척하시겠다? 정말 존경스럽군요! 죄를 지은 자기 아들은 멀쩡하고 남의 아들이 대신 감옥살이를 하게 됐으니, 당연히 기쁘지 않겠어요?"

쑤바오전의 비통함이 확성기를 통해 크게 울려 퍼지며 고막을 자극했다.

"우리 바오룬이 류성의 총알받이가 됐어. 다른 사람은 몰라도 당신 양심은 진실이 무엇인지 알 텐데? 그런데 기쁘지 않다고? 기쁘지 않은데 지금 여기서 이렇게 춤을 출 수 있나? 여기서 그렇게 흔들어대다 허리라도 삐끗하면 어쩌려고?"

"내가 춤을 추든 말든 당신이 무슨 상관이야? 확성기를 들고 있다고 자기가 무슨 당 대변인이라도 된 줄 아는 모양이지? 지금 그런 헛소리가 무슨 도움이 될 것 같아?"

사오란잉은 질색하는 표정이었지만 말투는 여전히 침착했다

"난 지금까지 바오룬 엄마가 기본적인 도리는 아는 사람이라고 생각했는데, 어떻게 이렇게 막무가내일 수가 있어? 누가 감옥살이를 해야 하고 누가 죄가 없는지는 그쪽이 정할 일이 아니야. 물론 내가 정할 일도 아니고. 그 여자애, 피해자 말이 진실 아니겠어? 안 그래?"

사오란잉이 핵심을 찌르자 확성기가 잠시 잠잠해졌다. 그러나 곧 쑤바오전의 처절하고 날카로운 외침이 시작됐다.

"누구 말도 진실이 아니야! 돈이 진실을 만드는 거지! 뇌물이 진실을 만드는 거지! 그 집은 돈도 많고 연줄이며 꽌시며 대단하니까! 그쪽에서 여자애를 돈으로 매수한 거 모를까봐?"

단체체조 공연단 부녀자들이 깃털부채로 얼굴을 가리고 귀엣말을 속삭였다. 사람들 대부분이 류성과 바오룬이 같은 사건에 연루됐다는

사실을 알고 있었다. 다만 누가 진짜 주범이고 누가 억울하게 끌려간 종 범인지는 확실히 알 수 없기에 이 부분에 대해서는 말을 아꼈다. 그런 데 마침 쑤바오전과 사오란잉이 눈앞에서 언쟁을 벌이자 나름대로 판 단을 내렸다. 사람들은 대부분 사오란잉 말이 일리가 있고 쑤바오전의 태도가 지나치다고 생각했다. 이때 다이 아주머니가 획 달려들어 확성 기를 붙잡고 쑤바오전을 달랬다.

"바오룬 엄마, 얼마나 힘든지 알겠는데 그래도 이러는 건 아니지. 우 리는 공연 준비 중이라고. 시간이 얼마 안 남았어. 노동절 카퍼레이드 도 있을 거고, 우리 참죽나무거리도 축제를 벌여야지. 이건 중요한 정치 활동이라고. 이렇게 방해하면 안 돼."

쑤바오전이 부끄럽고 미안한 표정으로 결국 확성기를 내려놓았다.

"어서 준비하세요. 정치 활동을 방해하면 안 되죠. 제가 그걸 왜 모 르겠어요? 저는 단지, 저 여자가 여기서 춤추고 있는 걸 보니 너무 화가 치밀어서……. 여러분, 죄송합니다."

다이 아주머니가 쑤바오전을 부축해 작은 간이의자에 앉혔다. 쑤바 오전이 하늘을 올려다보며 물었다.

"몇 시예요? 이렇게 앉아 있을 시간 없는데……. 하루 종일 밥 한 끼 못 먹었는데 가서 바오룬 아빠 저녁 해줘야 해요."

쑤바오전은 자리에서 일어서려 했지만 허리가 펴지지 않았다. 새우 처럼 허리를 구부린 채 벽에 기댈 수밖에 없었다. 다이 아주머니가 깜 짝 놀라 물었다.

"왜 그래? 허리가 어떻게 됐어?"

"내 새끼 억울함을 풀려고 며칠 동안 쉬지 않고 돌아다녔더니 다리 가 저리고 허리도 말을 안 듣네요. 어서 공연 준비하세요. 시간 없잖아요. 저는 이렇게 조금 쉬면 돼요."

빨간색 깃털부채 열댓 개가 다시 물결 모양을 만들고 확성기에서 다이 아주머니의 열정적인 목소리가 흘러나왔다.

"하나 둘, 둘 둘. 왼손 들고, 셋 둘, 넷 둘. 오른손 들고……."

중단됐던 공연 리허설이 순조롭게 이어졌다. 원수가 된 참죽나무거리의 두 어머니. 한 명은 공연 대열에 섞여 아무렇지 않은 듯 당당하게 춤을 추고, 다른 한 명은 허리를 구부리고 벽에 기댄 채 고통스러운 표정에 퉁퉁 부은 눈으로 무력하지만 날카로운 눈빛을 뿜어내며 억울함을 호소했다. 두 어머니는 경쾌한 음악소리가 울려 퍼지는 가운데 끊임없이 매서운 눈빛을 주고받았다. 이것은 전쟁이었다. 칼날 같은 눈빛이 허공에서 보이지 않는 불꽃을 튀기며 부딪치는 눈빛 전쟁. 주변 사람들은 냉정한 방관자일 뿐, 이 승부에 끼어들 여지가 전혀 없었다. 잠시 후 부티크 마 선생 아내가 공연 대열에 뛰어들었다. 다급하게 사람들 틈을 비집고 들어가 쑤바오전을 향해 소리를 질렀다.

"바오룬 엄마! 여태 여기서 춤 구경이나 하고 있으면 어떡해? 빨리 바오룬 아버지한테 가봐. 큰일 났어!"

"잠시 쉬는 중이에요. 왜 그러세요? 사람 간 떨어지게. 무슨 큰일이에요?"

"내가 공연히 사람 놀라게 하는 사람이야? 그 집 대문에 자물쇠를 세 개 걸잖아? 바오룬 아버지가 두 개를 열고 세 번째 열쇠를 못 찾았나 봐. 요란하게 자물쇠 흔들어대는 소리가 들리더라고. 그렇게 한참 흔들어대며 욕까지 하다가 갑자기 쓰러졌어. 대문 앞에 고꾸라져서 눈알이 뒤집히고 입에 거품을 무는데, 아무래도 풍을 맞은 거 같아."

공연 대열이 저절로 멈췄다. 허둥지둥 뛰어가는 쑤바오전을 바라보는 사람들은 모두 같은 마음이었다.

'올해 바오룬네 운수가 정말 더럽군. 지붕이 새자 비가 내린다더니, 이런 설상가상이 또 어디 있어? 불행이 끊임없이 찾아오는구나. 정말 불쌍해.'

이때 사오란잉이 사람들의 동정심을 눈치채고 자연스럽게 한마디 덧붙였다.

"불쌍한 사람은 반드시 괘씸한 구석이 있다는 말이 있지 않아요?"

모두들 아리송한 표정을 지었다.

"불쌍한 거랑 괘씸한 거랑 무슨 상관이에요?"

"나도 잘은 몰라요. 어쨌든 우리 같은 사람들 사는 모습은 다 똑같지 않나요? 콩 심은 데 콩 나고 팥 심은 데 팥 난다는데, 저 집에서 가정 교육을 제대로 시켰겠어요? 그 집 노인네한테는 어떻게 했어요? 한 동네에서 다들 직접 봤잖아요? 하느님이 다 보고 계신 거예요. 우리가 하는 일, 하늘이 다 보고 있었던 거죠. 뭐, 이 말이 바오룬 엄마 귀에 들어가도 상관없어요. 틀린 말은 아니잖아요? 왜 자꾸 남 탓을 해요? 다 인과응보인 걸."

사오란잉이 손가락으로 하늘을 가리키며 다시 한 번 강조했다.

"탓하려거든 하늘을 탓해야지. 그 사람들, 천벌을 받은 거니까."

사람들은 놀라움을 감추지 못하며 자기도 모르게 하늘을 올려봤다. 참죽나무거리의 하늘은 눈이 시리도록 파랬다. 하느님인지 신령님인지가 구름 뒤에 숨었는지 태양 뒤에 숨었는지, 알 수 없는 노릇이다. 하지만 이 동네에 불쌍한 노인네와 불효한 자손이 어디 바오룬네뿐일까? 하느님이 공정한 분이라면 참죽나무거리 전체가 벌을 받아야 할 것이다. 왜 유독 바오룬네만 벌하는 것일까? 그 이유는 아무도 알지 못했다.

그렇다면 누가 벌을 받아야 할까? 모두들 각자 생각하는 답이 있었지만 인정과 도리상 말할 수 없었다.

바오룬 아버지는 두 번째 중풍을 맞았다. 기본 의학상식이 있는 사람이라면 첫 번째 중풍은 수족이 불편해질 뿐이지만, 두 번째는 생명에 지장을 줄만큼 위험하다는 사실을 알 것이다. 사람들이 가장 이해가 안 되는 부분은 대문에 자물쇠 '세 개'를 채운 것이었다. 바오룬네는 부잣집도 아닌데 왜 자물쇠를 세 개나 채웠을까? 이때 누군가 제대로 핵심을 짚었다.

"바오룬 아버지가 세 번째 자물쇠 열쇠를 잃어버린 건 부차적인 문제야. 바오룬 아버지는 아마도 아주 큰 충격을 받았을 거야. 마 선생 부인이 동네 아이들의 유치한 낙서를 미처 지우지 못한 게 아닐까? '강간 1797번.' 그랬다면 누구라도 화가 났을 거야. 대부분 근거 없는 비방일 텐데. 뭐, 근거를 밝혀도 큰 의미는 없겠지만."

바오룬 아버지는 응급실에 닷새 동안 누워 있었다. 응급조치가 늦어 상황이 좋지 않았기에 의사는 쑤바오전에게 마음의 준비를 하라고 말했다. 쑤바오전은 당장 수의 두 벌을 준비했다. 하나는 남편 것이고, 다른 하나는 자기 것이었다. 그녀는 수의 두 벌을 남편 베개맡에 올려두고 탕탕 내려치며 혼수상태인 남편을 위협했다.

"내가 모를 줄 알아? 당신, 저만 편하자고 죽어버리려는 거지? 이 거지 같은 꼴을 다 나한테 떠넘기려고? 흥! 꿈도 꾸지 마. 당신이 죽으면 나는 못 죽을 거 같아? 분명히 말해두는데, 당신 뜻이 쉽게 이뤄지지는 않을 거야. 수의 두 벌 준비해놨으니까 입으려면 같이 입자고. 당신이 꼴까닥 하면 나도 바로 목 맬 거야. 먼저 당신 수의 입히고 나도 바로 내

수의를 입을 거야. 내가 당신보다 10분쯤 더 살겠지만, 그게 뭐 사는 건가? 가려거든 같이 가자고. 늙은 놈도 어린 놈도 다 자기들 알아서 살라고 그래!"

혼수상태에 빠진 남편은 아내의 위협이 두려워 감히 죽지 못했다. 여섯째 날 아침, 바오룬 아버지가 발을 까딱했다. 왼발이 아주 살짝 움직이고 끝이었다. 그날 저녁에는 왼손을 움쩔하더니 수의를 움켜쥐고 손가락을 하나 치켜세웠다. 아내에게 제발 충동적으로 행동하지 말고 차근차근 상의하자고 부탁하는 것 같았다. 일곱째 날, 바오룬 아버지가 드디어 완전히 깨어났다. 쑤바오전이 눈물을 멈추고 환하게 웃었다. 그러나 의사는 그녀에게 기뻐하기에는 아직 이르다고 경고했다.

"환자는 생명이 간신히 붙어 있는 겁니다. 이미 빈 몸뚱이나 다름없어요. 아주 연약해져서 작은 충격도 이겨내기 힘들 거예요. 앞으로 가족들이 온종일 붙어서 조심스럽게 보살펴야 할 겁니다."

이웃들이 병문안을 하러 왔는데 바오룬 아버지가 웅얼거리는 말을 아무도 알아듣지 못해 쑤바오전이 나서서 통역을 해야 했다.

"자기의 가련한 처지를 교훈으로 삼으라고 하네요. 집안이 평안하려면 첫째, 부모에게 효도해야 하고 둘째, 자식을 잘 가르쳐야 한다고요."

이웃들은 모두 고개를 끄덕였다. 이 말은 경험에서 우러나온 교훈이자 그의 정신이 아직 멀쩡하다는 증거였다. 바오룬 아버지가 계속 웅얼거리다 점점 흥분했다. 쑤바오전은 통역을 하지 않고 가만히 있다가 갑자기 울음을 터뜨렸다. 이웃들은 바오룬 아버지가 무슨 말을 했는지 몰랐지만 눈치껏 쑤바오전을 위로했다.

"부부싸움은 늘 있는 일이잖아. 지금은 두 사람 다 마음이 안 좋으니 더 그렇지 뭐. 굳이 통역 안 해도 되니까 마음 풀어."

쑤바오전이 이를 악물고 눈물을 훔쳤다.

"통역해야겠어요. 다 같이 시시비비를 따져봐야 해요. 이 사람이 모든 게 다 내 탓이라네요. 내가 자기 아버지한테 효도하지 않고 바오룬을 버릇없이 키우고 돈 욕심을 부려서 이렇게 됐대요. 다들 이게 말이 된다고 생각해요? 그래요? 왜 자기 아버지가 다른 사람한테 피해 주고, 자기 아들이 열심히 노력하지 않고, 자기가 능력 없는 건 탓하지 않아요? 왜 이게 다 내 탓이냐고요!"

거리에서 쑤바오전을 마주치는 시간은 언제나 이른 새벽이나 늦은 밤이었다. 그녀는 평생 겪을 불행이 한꺼번에 닥친 인생의 패배자처럼 얼굴은 초췌하고 눈빛은 흐리멍덩했다. 이웃들은 대부분 그녀를 동정했다.

"세상에서 가장 고달픈 여자를 꼽으라면 단연 쑤바오전이지. 하나는 범죄자, 하나는 병자, 하나는 미치광이. 집안에 멀쩡한 남자가 하나도 없고 여자 혼자 다 감당해야 하다니, 생각만 해도 끔찍해."

쑤바오전의 고통과 고난은 본질적으로 다른 사람과 나눌 수 없기에, 이웃들이 할 수 있는 것은 고작 위로의 말 몇 마디뿐이었다. 어느 날, 한 이웃이 다리 끝 노점에서 호두를 사는 쑤바오전을 보고 조심스럽게 말을 건넸다.

"바오룬 엄마, 호두는 누구 주려고? 어르신? 아들?"

쑤바오전이 눈시울을 붉히며 한숨을 내쉬었다.

"내가 먹을 거예요. 의사 선생이 뇌 건강을 위해서 먹으라고 하더군요. 요즘 매일 머리가 쿵쿵 울려서 병원에 갔더니, 이러다가 정신 나간 사람이 많대요. 잘못하다간 나까지 징팅병원에 들어가게 생겼어요."

"무슨 소리야? 절대 그럴 일 없을 거야. 나도 자주 머리가 콕콕 쑤시는 걸. 그럼 나도 징팅병원에 가야겠네?"

"아주머니 머리 아픈 거랑, 내 머리 아픈 건 전혀 달라요. 난 무너지기 일보 직전이라고요. 오늘내일, 오늘내일 하는 걸 하루하루 억지로 버티고 있는 거예요. 차라리 무너져버리면 좀 편해질 것도 같은데. 그러면 이 집안이 완전히 끝장나는 건데, 그건 안 되죠."

바오룬네 집에서는 아직 밥 짓는 연기가 피어올랐지만, 이미 가세가 다 기울어 언제 무너져도 이상하지 않았다. 어느 날, 법원에서 소환장을 전달하러 왔는데 집에는 아무도 없었다. 마 선생 아내가 대문 두드리는 소리를 듣고 나왔지만, 법원 소환장인 것을 알고 받지 않으려 했다. 그녀는 관공서, 특히 법원의 누런 봉투를 불길하다고 생각했다. 그래서 소환장을 가져온 사람에게 문틈으로 쑤셔 넣으라고 했다. 그런데 그 사람이 이렇게 중얼거렸다.

"어, 비름나물이네?"

마 선생 아내가 대문 앞으로 얼른 달려갔다. 짙푸른 비름나물이 꽤 크게 자랐는데 잎사귀에 때아닌 물방울이 맺혀 있었다.

19. 집으로

어느 이른 아침, 마 선생 부인과 며느리가 가게 문을 열러 나왔다가 경악할 사건이 벌어졌다. 가게 문을 열자마자 고약한 악취가 코를 찔렀고 마네킹들이 처참한 몰골로 한쪽 구석에 쓰러져 있었다. 드르렁드르령 코고는 소리에 고개를 돌려보니 웬 노인네가 계산대 위에 누워 있었다. 모직코트 두 장을 몸에 덮고 양모 스웨터에 발을 올려놓고 자수 쿠션을 베고 있었다. 모두 값비싼 물건들이었다. 계산대 아래에는 벗어놓은 낡은 헝겊신과 오래된 도자기 요강이 나란히 놓여 있었다. 이런 요강이 도대체 어디서 튀어나왔을까?

두 사람은 금방 할아버지를 알아봤다. 바오룬 할아버지가 오랜만에 집에 돌아왔다. 두 여자가 연이어 괴성을 질렀다. 이 가게는 원래 바오룬집과 이어진 중간 문을 막아 만든 것인데, 중간 문 자리에 커다란 구멍이 뚫려 있었다. 구멍으로 고개를 들이밀자 바오룬네 집안 살림살이가 한눈에 보였다. 며느리가 소리를 지르며 가게 밖으로 뛰어나갔다. 마 선생 아내는 화가 머리끝까지 치밀어 구멍을 향해 고래고래 소리쳤다.

"바오룬 엄마! 빨리 나와! 빨리 나와 보라고! 도대체 이게 무슨 난리야? 더러워 죽겠네!"

구멍 반대편에서는 아무 대꾸도 없었다. 쑤바오전이 병원에서 밤을 샌 모양이었다. 마 선생 아내 목소리에 놀란 커다란 쥐 한 마리가 주방에서 튀어나와 찬장 뒤로 사라졌다. 곧이어 할아버지도 잠에서 깨어 일어나 앉았다. 머리는 봉두난발이고 눈은 퀭했다. 덕지덕지 눈곱 낀 눈으로 멍하니 마 선생 아내를 보다가 천천히 입을 열었다.

"이게 누구야? 응? 마씨네 며느리 아니여? 자네가 내 방에 어쩐 일이야?"

이때 잘 때 덮었던 모직 코트가 스르르 바닥에 떨어지면서 할아버지의 도망자 신분이 드러났다. 할아버지가 입은 파란색과 흰색 줄무늬 잠옷은 징팅병원 환자복이고, 손목에는 '9-17'이라고 새겨진 빨간 번호표가 묶여 있었다. 할아버지 몸에서 뿜어져 나오는 쉰내와 썩은 시궁창 냄새가 가게 안에 진동했다. 마 선생 부인은 가까스로 마음을 진정시키고 떨어진 옷을 줍다가 하마터면 요강을 엎을 뻔했다. 다시 화가 치밀어 뻥 뚫린 중간문을 가리키며 할아버지에게 소리를 질렀다.

"저리 기어나가요, 빨리 기어나가라고요! 여긴 어르신 방이 아니에요!"

할아버지는 그녀의 말을 들을 생각이 전혀 없었다. 계산대에 앉아 천천히 가게를 둘러보며 중얼거렸다.

"웬 옷이 이렇게 많아? 내 침대 어디 갔지? 옷장은? 내 사진은?"

"없어요, 없어! 여긴 어르신 방이 아니라니까요!"

마 선생 아내가 할아버지를 끌어내리려고 했지만 할아버지는 꿈쩍도 하지 않았다. 비리비리해 보였는데 버티는 힘이 생각보다 훨씬 셌다.

"내 자단목 침대는? 그 큰 침대를 어디로 옮겼어?"

"여기에는 어르신 침대 없어요. 어르신 침대는 징팅병원에 있잖아요."

할아버지가 사방을 두리번거렸다.

"애들은 어디 갔지? 바오룬은? 내 아들은? 바오룬 어미는?"

마 선생 부인은 대꾸할 말도 생각나지 않고 점점 화가 치밀어 또 한 번 소리를 질렀다.

"없어요, 없어! 아무도 없어요!"

그녀의 외침이 메아리가 되어 돌아왔다.

'없어요.'

'없어!'

'아무도 없어요!'

마 선생 아내는 메아리로 돌아온 자기 목소리를 듣고 깜짝 놀랐다.

참새 이야기

이 작은 가게에 어떻게 메아리가 울리지? 그녀는 반사적으로 구멍을 쳐다봤다. 구멍을 타고 들어온 바오룬 집안의 싸늘한 공기가 그녀 발밑에 일렁거렸다. 불길한 기운이 홍수처럼 밀려드는 기분이었다. 갑자기 등골이 서늘해진 그녀는 밖으로 뛰어나가 며느리에게 소리쳤다.

"여기 이렇게 멍청히 서 있으면 어떡해? 빨리 가서 사람들 불러와. 네 시아버지랑 첫째, 둘째 다 오라고 해!"

마 선생과 아들 둘이 금방 달려왔다. 남자들은 확실히 힘이 셌고 마 선생 아내보다 훨씬 침착했다. 일단 할아버지를 부축해 계산대에서 내려오게 하고 신발을 신겼다. 마 선생 큰아들이 한참 숨을 참았다 내뱉으며 말했다.

"할아버지 발 냄새, 정말 고약해요. 최소한 한 달은 안 씻은 거 같아요."

작은아들도 한마디 보탰다.

"발 냄새뿐이겠어? 이 바지는 더 지독해. 바지 뒤에 이거, 뭐 묻은 거야? 설마, 똥이야?"

마 선생이 아들들을 꾸짖었다.

"그런 소리 하는 거 아니야. 사람은 다 늙기 마련이야. 너희들은 늙어서 냄새 안 날 줄 알아?"

할아버지는 마 선생의 아명까지 기억하며 손가락으로 그의 어깨를 쿡쿡 찔렀다.

"너, 마씨네 샤오바쯔 아니냐? 다들 어쩐 일로 아침 댓바람부터 우리 집에 몰려온 거야? 그런데 우리 집 식구들은 다 어디 갔어?"

마 선생이 할아버지를 의자에 앉히며 푹 한숨을 내쉬었다.

"바오룬 할아버지, 어떻게 말해야 좋을까요? 그냥 얌전히 징팅병원에 계시지, 뭐 하러 돌아오셨어요? 아이고, 어르신 재주도 좋으시지, 징팅병원 경비가 한둘이 아닐 텐데, 어떻게 나오셨어요?"

할아버지가 능글맞게 웃으며 손가락 세 개를 펴보였다.

"30위안, 내가 돈 좀 썼지."

"네? 경비한테 30위안을 줬단 말씀이에요?"

할아버지가 무슨 생각이 들었는지 입을 오므리며 작게 속삭였다.

"그건 말해줄 수 없어. 라오왕 매수한 게 알려지면 다음에는 못 나오잖아."

마 선생 아들들이 키득거렸다.

"누가 할아버지보고 정신이 나갔대요? 완전히 나간 건 아닌가 봐요? 뇌물을 줄 줄도 알고, 크게 떠들 일이 아니라는 것도 알잖아요."

작은아들은 호기심 어린 눈으로 할아버지의 뒤통수를 만졌다.

"할아버지 영혼이 돌아온 게 아닐까? 그 먼 징팅병원에서 여기까지, 그것도 한밤중에. 어떻게 제대로 찾아왔지?"

마 선생 아내는 할아버지 요강을 구멍 너머로 옮겨놓았다.

"더러워 죽겠어. 토할 거 같아."

그녀는 요강 다음은 할아버지 차례이니 어서 할아버지를 구멍으로 돌려보내라고 재촉했다.

"구멍으로 들어왔으니, 구멍으로 나가는 게 당연하지!"

마 선생은 구멍 앞으로 걸어가 자세히 살피더니 놀라움을 금치 못했다.

"이 노인네, 정말 파는 것만큼은 천하제일이야! 땅도 잘 파더니, 벽도 잘 뚫었네. 이것 좀 봐봐. 구멍을 아주 깔끔하고 효율적으로 뚫었어. 더도 말고 덜도 말고 딱 머리 하나, 어깨 하나 들어갈 정도야."

할아버지를 구멍으로 돌려보내는 일이 기술적으로 가능하긴 했지만 마 선생은 아내의 생각에 동의하지 않았다. 할아버지가 제정신이 아니긴 하지만 어르신을 구멍에 쑤셔넣는 것이 왠지 사람의 도리가 아니라고 생각했다. 그래서 가족들과 상의 끝에 이번에는 바오룬네를 돕는 의미에서 그들이 직접 할아버지를 징팅병원에 돌려보내기로 했다. 마 선생 아내도 결국 가족들에게 설득당했다. 그녀는 밖으로 뛰어나가 아침거리를 사왔다.

"좋은 일을 하려면 제대로 해야지. 어쨌든 집에 왔으니 밥은 먹고 가야죠."

잠시 후 바오싼다의 삼륜자전거가 가게 앞에 도착해 사람들이 나오기를 기다렸다. 하지만 게걸스럽게 아침밥을 먹어치운 할아버지는 마 선생의 호의에 협조하지 않았다. 할아버지는 마네킹 하나를 부여잡고 바닥에 드러누워 어린 아이처럼 생떼를 부렸다.

"난 아무데도 안 가! 가족들이랑 명절을 보내러 온 거란 말이야. 너희들, 내일이 노동절인 거 몰라? 우리 인민들의 날이잖아! 나도 여기서 명절을 보낼 거야."

연로한 할아버지에게 무력을 사용할 수 없어 다들 난감한 표정으로 마 선생 얼굴을 쳐다봤다. 마 선생은 말없이 있다가 가만히 할아버지의 손을 잡았다. '9-17'이라고 새겨진 손목 번호표를 보고 자연스럽게 시선이 이어졌다. 할아버지의 주름진 손목에 깊이 눌린 검붉은 밧줄 자국이 보였다. 마 선생은 바오룬의 밧줄을 떠올리며 눈빛을 반짝였다.

"밧줄 가져와! 밧줄!"

계산대 서랍에서 나일론 밧줄을 찾아왔다.

"묶어보자. 우리도 한번 묶어보자고. 듣자니 어르신이 밧줄을 보면 말을 잘 듣는다니까, 우리도 한번 해보자고."

밧줄은 과연 효과가 있었다. 가게에 있던 사람들은 마 선생이 할아버지 손목에 나일론 밧줄을 한 번, 두 번 감자 할아버지가 부르르 떨고는 고개를 들더니 마법의 주문에 걸린 것처럼 얌전히 일어서던 모습을 똑똑히 기억했다.

"살살 해줘. 민주매듭으로, 꼭 민주매듭으로 해줘."

마 선생은 할아버지가 무슨 말을 하는지 이해하지 못하다가 나중에야 그것이 매듭을 묶는 방법이라는 것을 알았다. 하지만 다들 사람을 묶어본 경험이 없으니 아무리 토론해도 민주매듭이 어떤 것인지 알 도리가 없었다. 단어 의미를 토대로 그것이 비교적 느슨한 매듭일 것이라고 추측할 뿐이었다.

"좋아요, 바오룬 할아버지. 그 정도 요구는 당연히 들어드려야죠. 민주매듭으로 하겠습니다. 연로한 어르신을 가혹한 법제매듭으로 묶을 수는 없지요."

마씨 삼부자가 다 같이 달려들어 그들 상상 속의 민주매듭을 완성했다. 난잡하고 정신없어 보이긴 했지만 적당히 느슨해서 불편하지 않았다. 마씨 가족은 승리의 기쁨에 들떠 할아버지를 에워싸고 가게 밖으로 나가 바오싼다의 삼륜자전거에 함께 올라탔다.

바오싼다는 늘 비린내가 진동하는 갈치를 삼륜자전거에 가득 싣고 "비켜요, 비켜!"라고 외치며 참죽나무거리를 위풍당당하게 질주했다. 그 목소리가 어찌나 우렁찬지, 사람들은 깜짝 놀라 길을 피하기 바빴다. 이렇다 보니 그에 대한 시선이 고울 리 없었다.

"바오싼다, 누구 유배라도 보내는 거야? 아니면 시체라도 싣고 가나!"

그러나 오늘은 상황이 달랐다. 아무도 바오싼다를 욕하지 않았다. 이날 삼륜자전거 탑승자 구성이 특이했기 때문일 것이다. 사람들은 마 씨 부자를 알아봤지만 난잡한 줄에 묶인 초췌하고 쭈글쭈글한 노인네가 누구인지는 알지 못했다.

"어디서 이런 쭈그렁 영감탱이를 묶어왔어요? 이런 늙은이가 무슨 나쁜 짓을 했기에?"

바오싼다가 이때다 싶어 입담을 뽐냈다.

"왜 이렇게들 단순해요? 나쁜 짓 했다고 다 잡혀가는 것도 아니고, 잡혀간다고 꼭 다 나쁜 짓 한 것은 아니라고요. 알겠어요?"

그러나 고지식한 마 선생은 사람들이 오해할까봐 할아버지와 자기 머리를 번갈아 가리키며 있는 그대로 설명했다.

"바오룬 할아버지예요. 징팅병원에서 몰래 도망쳐 나왔지 뭡니까? 병원에 돌려보내는 길이에요."

마침 줄에 묶인 할아버지가 자상한 미소를 지었다. 할아버지는 마 씨 부자의 도움으로 삼륜자전거에 올라탔다. 앞에서 보면 나일론 줄이 어지럽게 묶여 있어 할아버지는 늙은 탈주범, 마씨 부자는 범인 호송원 같았다. 그런데 뒤에서 보면 신기하게도 높은 인품과 덕망이 느껴져 할아버지는 세상 유람을 마치고 집으로 돌아가는 귀빈, 마씨 부자는 졸 졸 뒤따르는 시종 같았다. 할아버지는 참죽나무거리의 작고 사소한 일을 다 기억해냈다. 다만, 시간의 체로 기억을 걸러낸 듯 30년 전 사람과 사건만 기억했다. 대문 앞에 앉아 봄볕을 쪼이는 춘경 어머니를 보자 30년 전 그때처럼 그녀를 불렀다.

"새색시 형수님! 새색시 형수님, 식사 하셨어요?"

그러나 새색시 형수님은 할아버지를 알아보지 못했다. 춘경 어머니는 이마에 손을 대고 삼륜자전거 짐칸을 한참 쳐다봤다.

"누구신가? 누구시기에 나한테 새색시 형수래? 내일모레면 화장터에 갈 나이구만."

목욕탕 앞을 지날 때, 마침 문이 열리고 문발을 걷어 올리는 보일러공 랴오 선생이 보였다. 할아버지는 랴오 선생에게 목욕탕 온도를 물어보던 일이 생각났다.

"랴오 선생, 오늘 목욕물 뜨끈뜨끈한가?"

랴오 선생은 무슨 기분 나쁜 일이 있었는지 퉁명스럽게 소리쳤다.

"안 뜨거워! 여기 에너지 절약이라고 쓴 거 안 보여? 뜨겁게 할 수도 없어. 그냥 미지근해. 씻든가 말든가!"

삼륜자전거가 북문 다리를 지나가는데 다리 위에 모여 있던 아이들이 이유 없이 휘파람을 불어대며 난리법석을 피웠다. 할아버지는 아이들을 보자 갑자기 바오룬이 생각나고 왠지 모르게 마음이 불안했다.

"바오룬은?"

할아버지는 눈을 동그랗게 뜨고 마 선생을 뚫어져라 쳐다봤다.

"바오룬은 어디 갔나? 우리 바오룬이 대체 어디를 간 거야?"

마 선생은 먼저 두 아들에게 눈짓을 보내고 할아버지에게 대충 둘러댔다.

"바오룬은 지금 멀리 가 있어요. 여행을 갔대요."

여행이라니, 할아버지는 전혀 믿지 못하는 눈치였다.

"바오룬, 바오룬! 고삐 풀린 망아지마냥 어딜 그렇게 쏘다니는 거야? 나를 버려두고 떠나다니, 나중에 후회할 거다!"

갑자기 할아버지가 불안해하며 길 양편을 두리번거렸다. 마씨 부자는 일어서려는 할아버지를 몇 번이나 눌러 앉혀야 했다. 할아버지 때문에 삼륜자전거가 크게 흔들리자 바오싼다는 너무 힘이 들어서 마씨 부자를 원망했다.

"인도주의도 정도껏이지! 할아버지 좀 어떻게 해봐요. 민주매듭으로는 어림도 없으니 당장 법제매듭을 써요. 좀 더 단단히, 확실히 묶어보라고요!"

마씨 부자는 다시 다 함께 매듭 세기를 조절했다. 바오싼다의 말이 옳았다. 좋은 말로 달래는 것보다 밧줄의 경고가 훨씬 효과적이었다. 결박이 할아버지 신체 호르몬에 미치는 영향은 실로 대단했다. 강하게 조이고 단단히 묶을수록 순종적으로 움직였다. 결박의 신예로 떠오른 마씨 부자는 이번 실습을 통해 결박기술을 발전시켰다. 힘의 강약과 밧줄의 길이를 조절하며 나일론 줄의 남는 부분을 할아버지 무릎 위로 연결해 묶었다. 이 매듭은 매우 성공적이었다. 할아버지의 하체 움직임이 곧바로 멈추더니 마른 장작처럼 딱딱하던 몸이 점점 부드러워졌다. 이 매듭은 민주매듭이 아니라 난잡매듭이었다.

"내가 원한 건 민주매듭이야!"

할아버지의 입이 마지막까지 반항했지만 몸은 결국 진압됐다. 마 선생은 자기가 우연히 만들어낸 매듭을 한참 들여다봤다. 신기하고 뿌듯해하며 아들들에게 의견을 구했다.

"이 매듭을 뭐라고 부르면 좋을까?"

"우리가 그걸 어떻게 알아요? 바오룬이 전문가이니 걔한테 물어봐요."

바오싼다가 휙 뒤를 돌아보고 중얼거렸다.

"신문도 안 보고 공부도 안 하니, 교양이 없지. 이름은 생김새나 상황에 어울리게 짓는 거예요. 안정매듭이 좋겠네."

할아버지는 안정매듭을 맨 후에 확실히 안정됐다. 이후 삼륜자전거는 성벽 해자 부근 입체교차로 공사장을 지나갔다. 많은 사람들이 분주하게 일하는 모습을 보자 할아버지의 우울한 얼굴에 밝은 미소가 떠올랐다. 마씨 삼부자와 바오싼다는 할아버지의 감격스러운 목소리를 똑똑히 들었다.

"우리나라가 하루가 다르게 발전하고 있어!"

참새 이야기

중_

류성의
가을

20. 운수 좋은 날들

지난 몇 년간 류성은 꼬리를 내리고 조용히 죽어지냈다.

'운 좋게' 옥살이를 면한 이후, 그의 인생은 늘 이 '운'에 지배당했다. 수년째 부모님의 잔소리가 자명종 알람처럼 고막을 자극하며 수시로 그에게 '운'의 존재를 일깨웠다. "지금 네 행복은 돈으로 산 것이니 절대 경솔하지 말고 조용히 지내라. 네 자유도 돈으로 산 것이니 절대 경솔하지 말고 조용히 지내라."

사실 류성도 원래 경솔한 사람은 아니었다. 그러나 자기가 온 가족을 고생시킨다는 죄책감 때문에 청춘의 자유와 특권을 최대한 억누른 채 세파에 찌든 늙은이처럼 매사에 자중해야 했다. 류성의 부모는 아들을 구하느라 물심양면으로 큰 빚을 졌다. 빚을 갚아야 할 사람이 너무 많아 사오란잉의 진두지휘 아래 역할을 분담했다. 인맥이 넓은 류성 아버지는 법원과 공안公安(경찰) 쪽을 책임졌다. 식사 대접은 기본이고 담배, 술, 상품권, 사우나안마 등의 방법을 적재적소에 체계적으로 이용했다. 마치 대단한 임무를 수행중인 외교관 같았다.

사오란잉은 외교보다 더 복잡한 대외선전 임무를 맡았다. 그녀는 언제 변할지 모를 사람 마음이 가장 큰 걱정이었다. 만약 선녀가 진술을 번복하면 류성은 언제라도 죗값을 치러야 한다. 노인네들은 돈만 있으면 쉽게 구슬릴 수 있었지만 선녀의 마음을 달래기는 쉽지 않았다. 돈도 돈이지만 그 애가 좋아하는 것으로 비위를 잘 맞춰줘야 했다. 사오란잉은 선녀가 화려한 장식을 좋아한다는 것을 알고 목걸이, 반지, 머리장식 등 여러 가지 액세서리를 사가지고 그녀를 찾아갔다. 하지만 선녀는 싸구려 액세서리 따위는 거들떠보지도 않았다. 대신 사오란잉이 차고 있는 비취팔찌에 눈독을 들였다. 사오란잉은 조상 대대로 물려받은 귀한 팔찌를 내주기가 아까워 그럴 듯한 평계를 댔다.

"이건 내가 너무 오래 차고 있어서 잘 안 빠져."

"글쎄요, 아주머니가 주고 싶은 마음만 있으면 빠질 것 같은데요? 기다리세요. 내가 비누를 가져올 테니 빠지는지 안 빠지는지 시험해볼까요?"

사오란잉은 어쩔 수 없이 쓰린 속을 달래며 팔찌를 뺐다. 그녀는 선녀가 손목에 팔찌를 차고 좋아하는 모습을 보면서 속으로 중얼거렸다.

'요망한 계집애, 나중에 누가 데려갈지 참 걱정이다. 어떤 놈인지, 완전 재수 없는 거지.'

사오란잉은 설날, 노동절, 국경절 일 년에 세 번씩 선녀네 집에 선물을 들고 찾아갔다. 시간이 흘러가도 그날이 오면 절대 잊어버리지 않고 꼭 챙겼다. 선녀네 가족이 교외 외진 산림농장으로 이사한 후, 집이 너무 멀어 힘들고 고생스러웠지만 선물 보따리를 잔뜩 사들고 시외버스에 몸을 실었다. 이렇게 일 년에 세 번씩, 몇 년 동안 산림농장을 오갔다. 그

참새 이야기

녀는 볼 때마다 선녀에게 수양딸로 삼고 싶다고 말했지만, 선녀는 전혀 반응이 없었다. 대신 선녀 할머니와 언니동생 사이가 됐다.

또 명절이 되어 농장을 찾아갔는데 선녀네 집에는 다른 사람이 살고 있었다. 새 집주인 말로는 할아버지가 거동이 불편해 일을 할 수 없게 되자 선녀는 외지로 돈 벌러 나가고 노부부는 고향으로 돌아갔다고 했다. 사오란잉은 한동안 멍하니 서 있다가 긴 한숨을 내쉬었다. 좋은 일인지, 나쁜 일인지 갈피를 잡을 수 없었다. 이때 새 집주인이 뒷마당에서 백란화 화분을 가져왔다. 선녀 할머니가 그녀에게 남긴 선물이었다. 마침 백란화 꽃이 활짝 피어 아주 향기로웠다. 사오란잉은 할머니에게 자기는 꽃 중에 백란화를 제일 좋아한다고 말했던 것이 기억났다. 그냥 지나가는 말이었는데 그 말을 기억하고 있었다니, 사오란잉은 마음이 뭉클했다. 그녀는 백란화 화분을 들고 농장을 떠났다. 한손에는 전하지 못한 선물 보따리를 들고 다른 손으로 백란화 화분을 들었더니 너무 힘이 들었다. 잠시 걸음을 멈추고 주변을 둘러봤지만 사방에 개미 새끼 한 마리 없었다. 그녀는 백란화 화분을 길가에 버리고 냉정하게 돌아섰다.

류성도 한 가지 임무를 맡았다. 사오란잉은 류성에게 돼지 부속고기를 바오룬네 집에 갖다 주라고 시켰다. 하지만 쑤바오전이 번번이 고기 바구니를 길바닥에 내동댕이치자 류성은 가지 않겠다고 버텼다. 사오란잉도 더 이상 강요하지 않았다.

"엎드린 김에 절한다고 선심 한번 써보려는 거였는데, 싫으면 말라지. 계속 보내면 오히려 남들이 이상하게 생각할 거야. 그냥 호의 표시였는데 괜히 꼬투리 잡힐 필요는 없지. 남의 호의를 이렇게 무시하다니, 관둬!"

류성네가 호의를 거두니 오히려 바오룬네 쪽에서 반응이 왔다. 중재자로 나선 마 선생 아내가 정육점으로 찾아왔다.

"인간은 감정의 동물이라고 하잖아? 바오룬 부모도 이제 팔자려니 하고 포기했어. 더 이상 류성한테 따지고 추궁할 생각이 없다고 하더라고. 문제는 류성네가 그쪽 입맛을 너무 모른다는 거지. 바오룬네는 돼지 부속고기에는 전혀 관심이 없어. 그집은 다른 건 다 필요 없고 딱 하나 절실한 게 있어. 사람!"

마 선생 아내가 곧바로 할아버지를 언급했다.

"어쨌든 집안 어른이고 목숨줄이 붙어 있는데, 그냥 내버려둘 수도 없고 돌볼 사람은 없으니 아주 골치 아픈 모양이야."

거기까지 얘기한 마 선생 부인이 이쯤에서 자연스럽게 적당한 방법을 제안했다.

"바오룬이 류성 몫까지 옥살이를 하고 있으니 류성이 바오룬 대신 효도한다 생각하고 징팅병원에 가서 노인네 좀 돌보면 좋지 않을까?"

사오란잉은 논리적으로는 절대 동의할 수 없었지만 요구 자체는 크게 과하지 않다고 생각했다.

"쑤바오전한테 전해주세요. 우리 두 집은 원수가 아니라 특별한 인연이 있잖아요. 잘 좀 생각해보라고 하세요. 이 동네에 정신병자가 둘 있는데, 그게 딱 우리 두 집이에요. 이 정도면 인연 아니에요? 그러니 두 집이 뭐든 서로 돕고 살아야죠. 류성이 바오룬 대신 효도하는 건 물론이고, 이참에 레이펑을 배우게 해야죠."

그러나 류성은 어머니가 내린 새로운 임무가 마음에 들지 않았다.

"도대체 그런 가식을 왜 떨어요? 이건 뭐 창녀가 열녀문 세우는 꼴이잖아요. 가고 싶으면 직접 가세요. 난 비위가 약해서 그런 노인네 보기만 해도 토할 것 같으니까."

사오란잉이 버럭 화를 내며 닭털 먼지떨이로 류성을 때렸다.

"꼬리 내리고 얌전히 지내렸지? 어디서 말대꾸야? 이건 가식이 아니라 인간의 도리라는 거야. 네가 어떤 빚을 졌는지 벌써 잊었어? 젊고 팔팔한 놈이 징팅병원 몇 번 다녀오는 게 뭐가 힘들어? 싫어도 무조건 가! 우리가 은행도 아니고 언제까지 네놈 빚을 대신 갚아야겠어?"

사오란잉은 자기 아들을 잘 알았다. 어떻게든 기를 죽여 놔야 했다. 사실 류성의 상처는 아직 아물지 않았다. 그는 밤에도 낮에도, 시도 때도 없이 바오룬 악몽에 시달렸다. 하루는 아침 일찍 자전거를 타고 철도교를 지나가는데 마침 굉음을 울리며 기차 한 대가 지나갔다. 이때 기차에서 날아온 무언가가 류성의 어깨를 스쳐지나가 자전거프레임에 걸렸다. 둥그런 녹색 나일론 올가미였다. 크기를 보니 대충 사람 머리가 들어갈 정도였다. 류성은 호기심이 발동해 직접 제 머리를 넣어봤다. 크지도 않고 작지도 않고 딱 맞았다. 그런데 갑자기 밧줄이 목을 조이는 것 같았다. 순간 식은땀이 나기 시작했다. 기차는 벌써 지나갔지만 그는 한동안 넋 나간 표정으로 교각과 교각 사이 공간에 서 있었다.

'혹시, 바오룬이 감옥에서 나왔나? 바오룬이 방금 저 기차에 타고 있었나? 바오룬이 기차에서 이 나일론 올가미를 던졌나?'

시간이 지나면서 두려움이 걷히고 죄책감이 밀려들었다. 그는 기차가 사라진 방향을 보면서 나지막이 중얼거렸다.

"미안하다, 국제급 상병신."

얼마 전 류성은 바오룬을 면회하러 풍림감옥에 갔었다.

어느 무더운 여름날, 류성은 여행가방을 메고 풍림진으로 가는 시외버스를 탔다. 가방에는 바오룬에게 주려고 정성껏 준비한 선물이 들어 있었다. 담배, 술, 양말, 선글라스, 그리고 아주 특별한 볼펜 한 자루. 친척이 외국에서 사온 귀한 선물인데, 볼펜 끝을 누르면 파란 눈의 금발 미녀 아가씨가 시원하게 수영복을 벗고 육감적인 나체를 드러낸다. 류성은 바오룬이 자신만큼이나 이 볼펜을 좋아할 것이라고 확신했다. 그는 기회를 봐서 바오룬에게 전달할 수 있도록 볼펜을 윗옷 주머니에 꽂아뒀다.

날씨가 너무 더웠다. 감옥에 도착하자 정문 앞에 보따리를 든 할머니가 보였다. 담장 그늘 아래 앉아 꾸벅꾸벅 조는 할머니의 눈에서 눈물이 흘렀다. 그 옆에 세워놓은 종이 푯말에는 이렇게 쓰여 있었다.

리푸성은 억울한 누명을 썼다!

류성은 할머니와 리푸성이 어떤 사이인지, 어떤 억울한 사연인지 알 수도 없고 알고 싶지도 않았지만 할머니의 처참한 모습이 적잖이 충격적이었다. 자면서까지 우는 할머니. 푸-푸- 풀무질 하듯 코로 내쉬는 둔탁한 숨소리, 천천히 눈언저리에 스몄다가 규칙적인 속도로 뺨을 타고 흘러내리는 눈물방울. 류성은 할머니의 눈물샘을 바라보다가 문득 몸이 뻣뻣해지는 것 같았다.

'억울한 누명? 쳇! 그게 뭐 별일이라고. 이 세상에 억울한 누명 쓴 사람이 얼마나 많은데?'

류성은 따가운 햇볕을 피해 그늘을 찾던 중 감옥 담장을 어슬렁거리는 소년을 발견했다. 러닝셔츠에 반바지를 입은 소년은 온몸이 땀에 젖어 있었다. 그는 몇 걸음 걷다가 멈추고 잠시 담장에 귀를 대보더니 고

참새 이야기

래고래 소리를 질렀다.

"다바오, 다바오! 당장 나와!"

소년의 목소리에서 처절한 분노가 느껴졌다. 류성은 어이가 없어 웃으며 옆에 있는 노점상에게 물었다.

"뭐라고 소리지르는 거예요? 다바오가 누구에요?"

"아마 강간범이라지? 저 남자애는 해마다 와서 저 난리지. 제 손으로 직접 다바오 거시기를 잘라버린다고!"

'다바오가 누구를 강간했는데요? 저 애 엄마? 누나? 아니면, 여자친구?'

류성은 차마 이 질문은 할 수 없어 혼자 속으로 이렇게 저렇게 추측해봤다. 그러나 생각할수록 기분이 더럽고 왠지 모르게 화도 났다. 감옥 면회 시간은 아직 멀었다. 류성은 팥 아이스크림을 사서 입에 물고 풍림진 거리를 어슬렁어슬렁 걸었다.

풍림진은 감옥으로 유명했지만 사실 유서 깊은 마을이었다. 보통 역사와 전통을 간직한 작은 마을은 도시보다 시원했다. 곳곳에 아름드리 거목과 크고 높은 고택이 지나가는 사람들에게 그늘을 만들어줬다. 류성은 그늘을 따라 천천히 걷다 서다를 반복하며 거리를 구경했다. 돌길 한가운데 오래된 우물이 있고, 얼룩덜룩한 진흙 담장이 둘러진 사당이 보였다.

"되게 재미없네. 이런 걸 뭐 하러 구경해?"

걷다 보니 잡화점이 있고 그 앞에 청년 여럿이 모여 떠들썩하게 당구를 치고 있었다. 류성은 발길을 멈추고 그들을 쳐다봤다. 그도 당구는 잘 몰랐지만 이곳 청년들이 기본도 모르는 것을 보고 자연스럽게 잘난 척할 기회를 잡았다. 그는 당구대 옆에 서서 입과 손을 잠시도 쉬지 않고 이래라, 저래라 참견했다. 그러나 청년들이 그의 조언을 귓등으로도 안 듣자 직접 큐대를 잡았다. 이렇게 한번 잡은 큐대는 좀처럼 놓을 수가 없었다. 자존심이 센 류성은 패배를 인정할 수 없었다. 그는 첫판에서 패한 후 승복하지 않고 한 판, 또 한 판……, 계속 당구만 치며 한나절을 보냈다. 잡화점 주인이 사용료를 내라고 하자 청년들은 류성에게 미뤘다.

"게임비는 당연히 진 사람이 내는 거야."

류성이 그 말에 수긍하며 가방을 가지러 돌아섰는데 가방이 보이지 않았다. 어디로 사라졌는지 알 수 없었다. 주변 사람에게 물어봤지만 다들 모른다고 했다. 오히려 이렇게 되묻는 사람도 있었다.

"가방이 진짜 있긴 했어? 난 네 가방을 보지도 못했는데?"

류성은 다급하고 분한 마음에 입에서 나오는 대로 마구 지껄였다.

"어쩐지, 풍림진에 감옥을 세운 이유가 있었어. 잡아다 가두기 편하라고 가까이 둔 거지. 이렇게 사방 천지가 다 도둑놈이잖아!"

이 말에 심기가 불편해진 마을 청년들이 류성을 에워쌌다. 하마터면 몰매를 맞을 뻔했는데 다행히 잡화점 주인이 나와 그를 구해줬다. 그러나 구해준 것과는 별개로 당구대 사용료는 면제해 줄 생각이 전혀 없었다. 가방을 잃어버린 류성은 돈을 지불할 방법이 없어 막막했다. 이때 주머니에 꽂아둔 특별한 선물이 생각났다. 그는 볼펜을 꺼내 끝을 누르며 말했다.

"자, 다들 이것 좀 보세요. 내가 말하는 대로 하는 인형입니다."

그는 한껏 목소리를 높여 신나게 명령을 내렸다.

"벗어! 입어! 입어! 벗어!"

잡화점 주인과 청년들은 볼펜을 보느라 엎치락뒤치락 했다. 모두들 두 눈이 휘둥그레진 채 류성이 들고 있는 인형에서 눈을 떼지 못했다. 류성은 단숨에 상황을 역전시킨 후 가게 주인 손에 볼펜을 쥐어주며 크게 선심 쓰듯 말했다.

"이건 독일제라 여기선 300위안을 줘도 못 사요. 오늘 내가 재수가 없어 가방을 잃어버렸으니 어쩔 수 없죠. 가지세요."

류성은 서둘러 감옥 정문으로 뛰어갔지만 면회 시간은 이미 끝난 후였다. 그는 굳게 닫힌 면회실 문을 바라보다가 자신의 텅 빈 두 손을 펼치며 쓴웃음을 지었다.

"됐어. 이러나저러나 똑같지 뭐."

기껏 여기까지 찾아온 의미가 없어졌다. 늦은 이유가 어이없긴 했지만, 이것 또한 하늘의 뜻이리라. 류성은 너그럽게 자신을 이해했다.

'어차피 선물도 없어졌고, 그 자식이 날 만나기 싫다고 했을 수도 있어. 만나도 할 말도 없고.'

류성은 바지주머니에서 시외버스 승차권을 꺼내 감옥정문을 향해 흔들었다.

"어떻든, 난 분명히 왔었다."

이즈음 류성네 집은 모든 일이 술술 잘 풀렸다. 사오란잉은 의기양양하게 '이게 다 평소에 열심히 덕을 쌓은 덕분이야!'라고 말했다.

먼저 류쥐안에게 기적이 일어났다. 그녀는 상사병이 호전되어 집에 돌아왔고 얌전히 앉아 자수 놓기에 몰두했다. 그중에서도 물에서 노니는 원앙 한 쌍을 수놓은 작품은 아주 훌륭했다. 얼마 뒤, 류쥐안에게 중매가 들어왔다. 상대 남자는 서문 구시가지에 사는 다리가 불편한 시계 수리공이었다. 두 사람은 첫눈에 반해 서둘러 결혼했고 이듬해 딸을 낳왔다. 아기가 얼마나 예쁜지 보는 사람마다 하늘이 류쒜안에게 큰 복을 내렸다며 입이 마르도록 칭찬했다.

이렇게 해서 류성네는 징팅병원과 완전히 인연을 끊었다. 더 이상 그 암울하고 불길한 곳과 엮일 일이 없었다. 그런데 어느 날 바오룬네서 전해온 새로운 임무가 류성의 삶을 억눌렀다. 일단 동의하고 나자, 도의적인 책임과 주변의 시선을 의식하게 되어 류성은 그 일에서 벗어날 수 없었다.

류성은 바오룬 할아버지의 간병인이 됐다.

그는 징팅병원을 수없이 드나들며 할아버지를 돌봤다. 할아버지는 가족의 이름을 위해 살아가는 미친 불로송不老松 같았다. 초췌한 얼굴과 야윈 몸의 할아버지를 보노라면 전쟁이 휩쓸고 간 폐허를 마주한 느낌이었다. 류성은 할아버지와 옛일을 추억하고 슬픔을 위로하며 이 얘기 저 얘기 다 하고 나면 점점 무료하고 따분해졌다. 류성이 성인聖人이 아닌 이상 평생 선의를 유지하기는 힘들었다. 그는 징팅병원을 드나들면서 점점 다른 목적을 갖게 됐다. 이즈음 바깥세상은 하루가 다르게 발전했고 참죽나무거리에도 하루아침에 부자가 된 사람이 많았다. 이 때문에 때와 장소를 가리지 않고 '시간이 금이다'라는 말이 유행했다. 이 유행어는 류성의 욕망에 불을 지폈다. 그는 돈을 벌 수 있는 일이라면 얼마든지 시간을 투자할 생각이 있었다. 얼마 전 연꽃골목에 사는 친구가 대형병원에서 버리는 의료기기를 회수해 중고로 되팔아 큰돈을 벌었다는 소식을 들었다. 류성은 징팅병원에서도 사업 기회를 잡을 수 있다고 믿었다. 기회를 잡으려면 발로 뛰어야 하는 법이다. 그래서 일이 있거나 없거나 수시로 병원 사무처를 드나들었다.

"제게 맡기실 일이 없을까요?"

사무처를 오래 드나들다보니 자연스럽게 직원들과 친해졌다. 하지만 일을 소개해주는 사람은 없었고 누군가 뜬금없이 여자를 소개해주겠다고 했다.

"일단 일을 찾고 여자는 그 다음에요. 좋은 일을 찾으면 자연스럽게 좋은 여자를 만날 수 있지 않겠어요?"

류성은 특히 차오 원장을 열심히 찾아갔다. 이것저것 심부름도 해주고 바둑상대도 해줬다. 바둑을 둘 때는 절대 이기지 않고 최선을 다하는 척하면서 져줬다. 시간이 지나 친분이 쌓이자 차오 원장이 드디어 류성에게 제대로 된 사업 기회를 줬다. 병원 식재료 납품을 류성에게 맡긴 것이었다. 그는 당장 집에 돌아가 부모님에게 사업을 시작한다고 선언하고 미니 봉고차를 사달라고 요구했다. 류성의 부모는 앞을 내다볼 줄 아는 사람들이었다. 세상이 빠르게 변하고 있으니, 미래를 위해 아들이 정육점을 벗어나 새로운 도전을 하는 것이 좋겠다고 생각했다. 그래서 그동안 모아둔 돈에 사위의 도움을 받아 류성에게 미니봉고차를 사줬다.

류성은 매일 봉고차를 타고 참죽나무거리와 징팅병원을 오갔다. 일주일에 한 번 병원 재무과에 가서 정산을 하고 바오룬 할아버지를 보러 갔다. 그는 사업을 시작한 후로는 기분이 좋아 매일 희희낙락하고 다녔다. 주변 사람 말에 따르면, 류성이 할아버지 허리춤에 빨간 돈 봉투를 찔러 넣으며 이렇게 말했다고 한다.

"돈 필요하면 저한테 말하세요. 제가 없으면, 다른 사람한테 먹고 싶은 거 사다달라고 하시고요."

심지어 이런 농담도 했다.

"혹시 여자 필요하세요? 저한테 말만 하시면 당장 대령하겠습니다."

할아버지는 최근 몇 년 사이 근육이 급격히 퇴화하면서 더 이상 곡괭이나 삽을 들 수 없게 됐다. 땅을 파지 못하니 묶을 필요도 없고 돌보기가 훨씬 수월해졌다. 류성이 하는 일은 이발을 해주고 목욕을 시키는 청결과 관계된 것들이었다. 할아버지 머리통은 좀 특이했다. 어느 날 할아버지 머리카락을 완전히 밀었는데 두피에 선명한 갈고리 모양의 흉터가 나타났다.

"할아버지, 이 흉터 예전에 비판당할 때 생긴 거죠? 왕더지가 난로 꼬챙이로 지졌다는 그거죠?"

할아버지가 고개를 끄덕였다.

"예전에 날 때린 사람이 셀 수 없이 많았으니 왕더지만 탓할 이유는 없어. 다만 난로 꼬챙이가 닿은 부분은 옳지 않았지. 만약 머리에 그런 통로만 생기지 않았으면 내 영혼이 그렇게 쉽게 날아가지 않았을 텐데……. 그때 머리를 돌려 난로 꼬챙이를 피했더라면 좋았을 걸. 그때 피했더라면 영혼을 잃어버리지 않을 수도 있었을 텐데……."

"거, 참. 아직도 그놈의 영혼 타령이에요? 다른 할아버지들은 대부분 영혼이 있죠. 그런데 영혼이 있으면 뭐해요? 어차피 다 죽었잖아요. 그런데 할아버지는 영혼이 없어도 이렇게 장수하잖아요. 이게 뭐가 나빠요?"

또 어느 날, 류성은 할아버지를 목욕시키다가 우렁이처럼 돌돌 말린 생식기가 드문드문 자란 하얀 털에 가려진 것을 보고 갑자기 호기심이 생겼다.

"할아버지 물건, 왜 이렇게 작아요? 이건 뭐, 여자를 불러줘도 아무 소용없겠네."

할아버지가 부끄럽다는 듯 사타구니를 가리며 진지하게 대답했다.

"이래봬도 예전에는 꽤 쓸모 있었어. 이놈 때문에 곤란한 일이 한두 번이 아니었다고. 매일 이놈 단속하느라 얼마나 힘들었는데. 시간이 지나니, 이놈도 제 분수를 알고 고개를 숙인 게지. 지금은 아무짝에도 쓸모없게 됐어."

한편 할아버지는 류성의 호의가 의심스러웠다.

"우리 바오룬이 그렇게 좋은 친구가 아니었을 텐데, 설사 좋은 친구였더라도 뭐 하러 이렇게까지 하는 거야? 혹시 우리 집 재산을 노리는 거냐? 얘야, 정말 그런 생각이라면 이미 늦었어. 늦어도 한참 늦었어. 50년이나 늦었어! 우리 집이 옛날에는 정말 대단했지. 참죽나무거리 절반이 우리 집이었으니까. 상하이上海 와이탄外灘에 미국 은행이 있는 거, 알아? 그 미국 은행에 우리 집 비밀금고가 있었지! 안타깝게도 지키지 못했지만. 집문서며, 땅문서며 다 불태워지고 그 많던 금은보화도 다 몰수당했어. 지금 난 그냥 늙은 프롤레타리아일 뿐이야. 나한테 이렇게 잘해 줘 봤자 내가 보답할 수 있는 건 다른 사람한테 부탁해서 감사편지를 쓰는 것뿐이라고."

류성이 낄낄 웃으며 대꾸했다.

"저랑 바오룬은 좋은 친구도 아니었고, 제가 할아버지 재산을 노리는 것도 아니에요. 감사 편지도 필요 없어요. 할아버지, 레이펑이 누군지 알죠? 그냥 저를 레이펑이라고 생각하시면 돼요."

류성은 바오룬에게 진 빚을 할아버지에게 갚았다. 할아버지와 함께하는 것은 곧 바오룬의 그림자와 함께하는 것이었다. 이런 상환 방식은 아주 번거롭고 피곤했지만, 이렇게 하면서 마음이 한결 편해졌다. 시간이 지날수록 늘 자신의 주변을 맴도는 바오룬의 그림자에도 익숙해졌다. 짙게 혹은 희미하게, 정도의 차이일 뿐 바오룬의 그림자는 이미 류성의 삶의 일부가 됐다. 하루는 부모님이 주방에서 얘기하는 것을 엿들은 적이 있었다.

"언젠가 바오룬이 돌아오면 류성한테 어떻게 할까요? 복수한다고 그러는 거 아닐까? 바오룬이 호의를 받아들이지 않으면 지금까지 노력한 게 다 헛수고가 되지 않겠어요?"

이 말을 듣고 자존심이 상한 류성은 당장 주방으로 뛰어 들어갔다. 그는 어머니의 국그릇에 담긴 도자기 숟가락을 집어 바닥에 던져버렸다. 류성 부모는 아들이 왜 갑자기 성질을 부리는지 몰라 얼떨떨했다. 그는 또 다른 숟가락을 집어 들면서 소리쳤다.

"그런 쓸데없는 걱정을 왜 해? 세상이 이렇게 넓은데 바오룬과 내가 발붙일 곳 없을까봐?"

그는 두 번째 숟가락을 박살냈다. 손에 힘을 풀어 가볍게 숟가락을 떨어뜨렸다. 쟁강! 그는 바닥에 흩어진 도자기 파편을 발로 그러모았다.

"이거 보이죠? 이게 바로 내 생각이에요. 나랑 바오룬이 잘 지낼 수 있다면 좋겠지만, 그렇게 안 되면 나도 죽고, 그 자식도 죽으면 돼!"

21. 2호 특실

쾅! 문이 반쯤 열리다 멈췄다. 누군가 사무실 문을 거칠게 걷어찼다. 싸늘한 한기와 함께 너무 진해서 역겨운 향수 냄새가 풍겨왔다.

"왜 문이 안 열려? 뭣들 하는 거야? 바둑이야, 마작이야?"

통통한 여자 얼굴이 문틈으로 쑥 들어왔다. 여자의 날카로운 목소리가 분노로 변해갔다.

"아, 그래. 문 걸어잠그고 바둑이나 두고 있단 말이지? 우리나라가 왜 아직도 후진국인 줄 알아? 너희 같은 게으름뱅이들 때문이야! 죽을 때까지 처먹기만 하지. 출근해서 일도 안 하고 허구한 날 바둑이나 두고!"

두 사람은 확실히 바둑을 두고 있었다. 류성과 차오 원장은 자주 바둑을 뒀고, 차오 원장은 바둑을 둘 때 일을 하지 않았다. 바둑 둘 때 눈치 없이 찾아오는 사람이 있으면 류성이 나가 쫓아버리곤 했다. 이번에도 류성이 벌떡 일어나 문 앞으로 가서 여자를 쫓아버리려는데 여자가 핸드백에서 작은 칼을 꺼내들었다. 은빛 섬광이 번쩍하더니 여자의 고함이 들렸다.

"비켜! 똘마니는 저리 가 있어!"

이 말을 듣는 순간, 류성은 상대가 정 사장 누나임을 알았다. 거만하고 난폭한 그녀는 류성의 이름 따위는 알고 싶지도 않다는 듯 줄곧 '똘마니'라고 불렀다. 사십대 중반의 그녀는 최신 유행 스타일로 멋을 냈지만 남들 눈에는 꼴불견이었다. 새빨간 오리털 재킷, 검은색 타이즈, 흰색 운동화, 그리고 어깨에 걸친 갈색 가죽 칼집까지. 현대판 여협객을 연상시키는 이 칼집은 기고만장한 오만함의 상징이었다. 류성은 정 사장 누나가 이 작은 칼을 휘두를 때마다 저도 모르게 웃음이 나왔다. 웃음소리를 들은 그녀가 고개를 홱 돌리고 류성 아래턱에 칼끝을 겨눴다.

"똘마니, 너 지금 내 칼을 비웃었어? 요즘 세상엔 나쁜 놈들이 너무 많거든. 그래서 이 칼로 나쁜 놈들을 베어버릴까 하는데, 그게 웃겨?"

류성이 눈치를 보며 슬금슬금 칼끝을 피했다.

"저는 나쁜 놈 아니니까 제발 베지 마세요."

"네가 나쁜 놈 깜냥이냐 돼? 넌 그냥 똘마니야. 똘마니, 너 나 몰라?"

"어떻게 감히 모를 수가 있겠어요? 이 도시 최고의 백만장자인 구퉁강 정 사장 누님이시잖아요."

그랬다. 이곳에서 구퉁강 정 사장과 그 누님을 모르는 사람은 아무도 없었다. 정씨 남매는 이 도시의 전설과 같은 존재였다. 이들의 창업역사는 목욕탕에서 시작됐다. 처음에는 누나가 구퉁강에서 양덕지^{養德池}라는 낡은 목욕탕을 인수했고, 남동생은 욕탕에서 때를 밀어주는 세신사였다. 일이 없어 한가롭던 어느 날, 기발한 광고 문구가 생각났다.

백년 전통 양덕지, 새로운 수문화^{水文化} 창조!

이 광고 문구가 목욕문화를 선망하는 대중의 소비심리를 자극하면서, 양덕지는 하루아침에 유명해졌고 손님이 구름처럼 몰려들었다. 정씨 남매는 구퉁강의 성공을 발판으로 '정씨 수문화 프랜차이즈기업'을 세우고 20개가 넘는 목욕탕을 운영했다. 회사 규모가 더 커지자 '정씨 국제투자무역회사'로 이름을 바꾸고 발포 플라스틱, 의류, 철강, 석유 사업에 진출했다. 이뿐 아니라 해외로 눈을 돌려 베트남 광산운영권까지 사들였다. 이렇게 해서 정씨 남매는 이 도시를 대표하는 명실상부한 백만장자가 됐다. 정씨 남매에게 어마어마한 부귀영화가 물밀 듯이 밀려왔다. 누나는 부귀영화를 자연스럽게 누렸지만 남동생은 갑작스러운 변화에 적응하지 못했다. 결국 남동생은 누군가 자신을 죽이려고 한다는 망상에 빠졌다. 어느 야심한 밤, 정 사장은 캐리어를 끌고 몇 킬로미터를 미친 듯이 달려 공안국으로 가서 누군가 자신을 죽이려 한다며 도움을 요청했다. 당시 그는 삼각팬티 한 장만 걸쳤고 손목에는 값비싼 스위스 시계 두 개를 차고 있었다고 한다. 당직 경찰이 황당한 표정으로 물었다.

"복장이 이게 뭡니까?"

"급해! 옷 입을 시간이 어디 있어?"

캐리어를 열어보니 작은 콘돔 상자 몇 개 외에는 전부 현금다발이었다. 이때까지만 해도 당직 경찰은 정 사장이 몽유병을 앓는 줄 알았다. 그러나 몇 가지 질문을 해보니, 그는 몽유병이 아니라 극심한 공포감에 사로잡혀 있었다. 그는 횡설수설했다.

"유괴범이 내 사무실에 밧줄을 떨어뜨리고 갔어요. 긴 것도 있고, 짧은 것도 있고…… 아무튼 밧줄이 엄청 많아요. 살인범이 섹시한 미녀 안마사로 위장해 오늘 밤, 날 죽이러 올 거예요."

당직 경찰은 곧바로 정 사장 누나에게 전화를 걸었다. 경찰이 대략 사정을 설명하자 수화기 저편에서 누나의 통곡 소리가 들려왔다.

"아이고, 아이고. 사장이라는 놈이 이 모양이니, 어떻게 회사를 상장시키나."

"세상에! 당신 회사도 주식을 발행해요? 어디? 상하이에요, 선전深川이에요?"

정 사장 누나가 울먹이면서 꽥 소리를 질렀다.

"상하이, 선전은 무슨! 징팅병원에나 가게 생긴 걸!"

이렇게 해서 정 사장은 차오 원장의 환자가 되고, 정 사장 누나는 차오 원장의 상전이 됐다. 차오 원장은 상전을 함부로 대할 수 없어 류성에게 눈짓을 보내며 심부름을 시켰다.

"어서 차 내오지 않고 뭐 해?"

그리고 약품 캐비닛을 열고 중얼거렸다.

"관장약이 어디 있더라? 정 사장 변비가 아직도 심합니까? 만성변비는 위장 기능을 약화시킬 수 있어서 항상 주시하고 있습니다. 어제 리 간호사한테 관장약 처방을 지시했는데, 잊어버린 모양이네요. 리 간호사가 좀 깜빡깜빡 한다니까요."

정 사장 누나는 차갑게 비웃으며 대꾸했다.

"관장약, 관장약. 아는 게 관장약밖에 없으신가? 내가 어제 분명히 말했을 텐데! 내 동생 변비 해결됐다고. 오늘은 변비가 문제가 아니라 내 동생 처우 문제를 따지러 왔어요. 내가 이 병원에 갖다 주는 돈이 얼만데, 왜 내 동생이 2호 특실에 있어야 하죠? 그것도 서향 병실에! 우리는 서향 2호 특실이 아니라, 남향 1호 특실을 원한다고요!"

"특실은 원래 일급 간부를 위한 병실입니다. 2호 특실만으로도 이미 특별대우를 해준 셈이에요."

차분하게 설명을 하던 차오 원장이 갑자기 눈빛을 반짝였다.

"1호 특실은 캉 사령관 전용입니다. 공산당 퇴역 혁명장군, 캉 사령관 말입니다. 혹시 만나봤습니까? 친하신가요?"

"난 그런 사람 몰라요. 안 친해. 그 사람이 우리 같은 사람 거들떠보기나 하나? 뭐, 우리도 그 사람 대단하게 생각 안 하지만."

정사장 누나는 갑자기 약점이라도 찔린 듯 발끈했다.

"왜 자꾸 계급을 들먹이지? 지금은 비즈니스 사회예요, 돈이 곧 계급이라고요! 나도 대단한 양반들 많이 만나봤거든? 시위원회 서기書記는 이제 악수하는 것도 지겹고, 성장省長도 만나 봤어요. 지금 날 겁주려고 캉 사령관을 들먹인 건가? 이봐요, 원장님. 캉 사령관은 여기 입원해도 돈 한 푼 안 내지만, 내가 이 병원에 갖다 바친 돈이 얼마예요? 그런

참새 이야기

데 그 사람은 1호 특실이고 내 동생은 2호 특실이라고?"

차오 원장은 당혹스러움을 감추지 못하며 류성에게 바둑판을 치우라고 눈짓을 보냈다. 그리고 주머니에서 바르는 진통제를 꺼내 이마에 발랐다. 정말 골치 아픈 일이었다. 사령관과 백만장자, 어느 쪽도 심기를 불편하게 만들면 안 되기 때문이다. 그는 애꿎은 류성에게 화풀이를 하듯 속마음을 드러냈다.

"빌어먹을 원장! 아주 골치 아픈 자리야. 돈도 몇 푼 못 버는데 욕만 처먹잖아. 류성아, 차라리 네가 원장 해라."

"얼마면 되겠어요?

정 사장 누나의 뜬금없는 물음에 차오 원장이 멍한 표정으로 대꾸했다.

"얼마라니, 뭐가요?"

"그 원장 자리, 얼마면 살 수 있어요?"

정 사장 누나가 작은 칼로 휙, 허공을 가르며 덧붙였다.

"이 징팅병원, 그냥 내가 사버리면 되잖아요? 그러면 내 동생 병실도 내 맘대로 할 수 있을 테니. 얼마예요? 빨리 불러 봐요!"

순간 사무실 분위기가 꽁꽁 얼어붙었다. 차오 원장은 경악스러운 표정으로 두 눈을 동그랗게 뜨고 중얼거렸다.

"황당, 이렇게 황당할 수가……"

"원장님이야말로 황당하네요. 지금은 시장경제 시대라고요. 사고팔지 못할 게 어디 있어요? 일본인이 뉴욕 엠파이어스테이트 빌딩을 샀다는 말 못 들었어요? 내 친구는 자동차 한 대로 그럴듯한 간부 자리 하나를 샀어요. 이런 세상이라고요. 알겠어요?"

류성이 키득거리며 끼어들었다.

"원장님, 천만 위안 어때요? 그냥 팔아버리세요. 병원도 팔고, 환자도 팔아버려요. 이건 좀 싸게 해주죠. 두당 천 위안 어때요?"

차오 원장이 책망하는 눈빛으로 류성의 말장난을 제지시켰다. 원장은 한참 고민한 끝에 다시 한 번 좋은 말로 정 사장 누나를 설득하기로 했다.

"정 사장 집에 돈이 많은 건 잘 압니다. 하지만 그 돈은 다른 곳에 쓰는 것이 좋겠습니다. 돈을 아무리 많이 낸다 해도 징팅병원은 살 수 없어요. 이 병원은 나라 것인데, 내가 어떻게 가격을 부릅니까? 그리고, 사람은 은혜를 잊으면 안 됩니다. 정 사장네가 이렇게 부자가 된 게 다 누구 덕입니까? 공산당 덕분 아닙니까? 공산당은 누가 지켰습니까? 캉 사령관 같은 노장들이 피땀 흘려 지켜냈지요. 그분은 혁명영웅, 건국공신입니다. 우리가 무슨 염치로 그분과 병실을 다투겠습니까? 안 그렇습니까?"

정 사장 누나는 차오 원장 말을 인정할 수도, 부정할 수도 없었다. 잠시 미안한 마음이 들었지만 금방 사라졌다. 그녀는 여전히 분했지만 어쩔 수 없이 화제를 돌렸다.

"차오 원장, 하나 물어봅시다. 오늘이 무슨 요일이에요?"

류성이 책상을 가리키며 끼어들었다.

"달력 저기 있는데 뭘 물어요? 목요일이잖아요."

"똘마니, 입 닥쳐! 여긴 네가 끼어들 자리가 아니야."

정 사장 누나가 류성에게 작은 칼을 몇 번 휘둘렀다. 그리고 칼끝이 바닥을 향하게 한 후 톡톡 테이블을 두드렸다.

"목요일이라, 그럼 내가 말한 사무실 준비됐겠죠?"

차오 원장은 까맣게 잊은 건지, 일부러 모른 척하는 건지, 아무튼 멍한 표정으로 되물었다.

"무슨 사무실? 누님께서 징팅병원으로 출근하시려고요?"

"내가 아니라, 미스 바이! 내 동생이 고용한 홍보 매니저가 사용할 사무실! 내 말을 귓등으로 들었어요? 지난주에 분명히 말했잖아요. 바이 양이 목요일부터 출근할 거라고. 3층 동편에 빈 방, 내가 임대하기로 했잖아요."

차오 원장은 그제야 뭔가 생각난 모양이었다.

"아, 그거."

차오 원장은 복잡한 표정으로 머리를 긁적이며 대꾸했다.

"도대체 홍보 매니저가 뭐하는 사람인지 모르겠지만, 젊은 아가씨가 이런 데 드나들면 안 좋을 텐데……."

류성은 얼른 차오 원장의 생각을 눈치채고 옆에서 맞장구를 쳤다.

"홍보 매니저 아가씨가 진짜 직원인지, 직원인 척하는 바람난 암탉인지 어떻게 알아요? 겉 다르고 속 다른 세상인데, 이상한 여자면 어쩌라고요? 여긴 정신요양병원인데, 바람난 암탉이 여기저기 헤집고 다니면 환자들이 안정이 되겠어요?"

"이 썩을 놈이! 똘마니 너, 그 입 한 번만 더 놀려봐, 이 칼로 당장 베어버릴 거니까!"

정 사장 누나는 또 한 번 류성에게 칼을 겨누고 찌를 듯이 위협했다. 곧이어 문 쪽을 향해 크게 소리쳤다.

"미스 바이! 왜 아직도 밖에 서 있어? 어서 들어와. 진짜 직원인지, 바람난 암탉인지 제대로 보여주라고. 이놈한테 똑똑히 보여주라고!"

미스 바이는 아직 복도에 서 있었다. 문틈으로 검은 그림자가 어른거렸다. 그제야 두 남자 귀에 또각또각 울리는 하이힐 소리가 들렸다.

미스 바이가 사무실에 들어서는 순간, 어딘가에서 묵직한 먹구름이 밀려오는 것 같았다. 그녀의 등장과 함께 갑자기 암전된 것처럼 사무실이 어두워졌다. 류성은 그녀가 등장하던 순간을 똑똑히 기억한다. 그녀의 등장은 칠흑 같은 밤의 은밀하고 깊은 슬픔을 연상시켰다.

미스 바이는 서류 파일과 금빛 꽃무늬 액세서리가 달린 핸드폰을 들고 있었다. 그녀에게서 은은한 치자꽃 향기가 풍겨왔다. 머리엔 검은색 스카프를 히잡처럼 둘러 눈만 보였다. 그녀의 까만 눈동자는 아름다웠지만 왠지 모르게 그늘진 느낌이었다. 두꺼운 장막을 두른 듯 짙은 갈색 코트가 무릎 아래까지 내려와 코트 아래로 가느다란 종아리만 보였다. 그리고 반짝이는 큐빅이 박힌 자줏빛 하이힐.

운명적으로 정해진 만남이었다. 두 사람의 시선이 마주치는 순간, 번개가 번쩍하더니 한줄기 바람이 불어와 그녀의 검은색 스카프가 흘러내렸다. 류성의 눈앞에 새하얗고 낯익은 얼굴이 나타났다. 여자의 도도한 얼굴에 당황한 눈빛이 어렸다. 두 사람은 서로를 알아보고 2~3초간 멈칫했다. 그녀가 먼저 고개를 돌리고 차오 원장에게 말을 건넸다.

"여기, 팩스 있나요?"

선녀다. 선녀가 돌아왔다. 기억 저편에 묻어둔 과거가 펑 하고 폭발해서 흩어지고 어디선가 섬뜩하고 날카로운 광선이 비치는 것 같았다. 그녀의 코트 안에 지난 십 년의 과거가 감춰져 있다. 문득 눈앞에 토끼 두 마리가 어른거렸다. 곧이어 취수탑이, 바오룬이 떠올랐다. 류성은 저도 모르게 얼굴을 감싸 쥐고 천천히 문 쪽으로 이동했다. 차오 원장이 류성을 불렀다.

"류성, 어디 가려고? 할 일이 많아. 네가 좀 도와줘야겠다."

류성이 당황하며 대충 둘러댔다.

참새 이야기

"자, 잠깐, 잠깐만요. 화장실 좀 다녀올게요."

그는 복도를 뛰어가다 갑자기 뭔가 생각난 듯 고개를 돌리고 원장실을 향해 크게 소리쳤다.

"진짜 직원 맞아요."

22. 유령의 목소리

그녀가 돌아왔다.

류성은 몇 년 후 어떻게 바오룬과 재회할지, 수백 가지 장면을 상상해보곤 했었다. 그러나 선녀를 다시 만날 줄은 꿈에도 생각지 못했다. 그는 당시 선녀가 그의 어머니 앞에서 맹세했다는 말을 똑똑히 기억했다.

"이 가증스러운 도시에 다시는 돌아오지 않을 거야. 당신들 더러운 낯짝을 영원히 보고 싶지 않으니까! 죽어서 한 줌 재가 되어 날리더라도 당신들 근처에는 얼씬도 하지 않을 거야."

류성은 거짓 맹세가 어린 소녀의 특기라는 사실을 미처 몰랐다. 그녀는 특히 그랬다. 지금, 그때 그 소녀가 돌아왔다. 류성은 두려웠다. 그녀가 돌아오자 범죄로 얼룩진 그의 청춘이 돌아오고 혼돈의 과거, 혼돈의 기억이 돌아왔다. 그 후 며칠 동안, 그는 여느 때처럼 봉고차를 몰고 징팅병원 숲길을 지나가고 있었다. 짐칸에 실린 채소와 고기 바구니가 요란하게 흔들리는 가운데 저 멀리 취수탑에서 희미하게 물소리가 들려오는 것 같았다. 갑자기 휙 바람이 불어와 지나간 역사의 한 페이지를 다시 펼쳐놓고 확인하라고 종용하는 것 같았다. 두려웠다. 하지만 확인해야 했다. 취수탑 쪽에서 나지막이 그를 부르는 목소리가 들려왔다.

'올라와, 류성, 어서 올라와.'

바오룬의 목소리 같기도 하고, 유령의 목소리 같기도 했다. 까마귀 두 마리가 아직도 취수탑 꼭대기에 살고 있었다. 벌써 몇 년이 흘렀지만 까마귀들은 아직도 그 자리에 있었다. 숲속 나뭇가지가 나눠 놓은 십여 년의 시공간이 한순간에 뒤엉켜버렸다. 아스라한 기억에 이어 공포가 밀려왔다. 류성은 문득 제 인생의 행복이 모두 허상임을 깨달았다. 사실 그의 인생은 끝없이 이어지는 어두운 터널이었다. 짙은 안개에 휩싸인 깊은 산처럼 한 치 앞을 예측할 수 없었다. 그를 기다리는 것은 불행과 재난뿐이었다. 벌써 몇 년이 흘렀건만 그는 여전히 고통스런 과거 속에서 허우적거렸다.

그녀가 돌아온 지 사흘째 되던 날, 류성은 징팅병원 정문에 서 있는 그녀를 발견했다. 그녀는 서류파일을 품에 안고 택시를 기다리고 있었다. 그녀의 차림새는 놀라울 만큼 세련되고 아름다웠다. 목까지 올라오는 헐렁한 분홍색 스웨터와 타이트한 양가죽 바지가 그녀의 신체 곡선을 품위 있고 자연스럽게 드러내면서 아름다운 젊음을 고조시켰다. 오전 9시의 햇살이 그녀의 새카만 아몬드형 눈동자를 부드럽게 비췄다. 우수에 찬 그녀의 눈동자는 봄날의 꽃송이처럼 촉촉하면서도 어딘지 근심걱정이 담겨있는 것 같았다. 옅은 황금색 햇살에 물든 그녀의 얼굴은 도도하면서 요염했다. 짙은 립스틱을 바른 그녀의 입술이 물기를 머금은 듯 촉촉하게 반짝였다. 류성은 갑자기 가슴이 두근거렸다.

'저 입술이 그때 내가 입 맞췄던, 그 입술이라고?'

참새 이야기

그리고 스웨터 안에 숨겨진 풍만한 가슴은 너무 섹시해서 감히 똑바로 쳐다볼 수도 없었다.

'저 가슴이 그때 내가 매만졌던, 그 가슴이라고?'

세월이 흘러 그때의 촉감은 거의 잊혀졌다. 그리고 지금, 그녀의 섹시미는 과거에 있었던 류성의 기억을 바꾸어놓았다. 오랫동안 류성을 짓눌러온 과거의 죄책감이 조금씩 꿈틀대더니 자랑스러운 영예로 탈바꿈했다. 심지어 달콤한 행복감에 젖어 유행가 가사가 떠오르기도 했다. 한때 내 것이었는데, 한때 내 것이었는데……

류성은 초조한 마음으로 천천히 차를 몰아 그녀 곁으로 다가갔다. 긴장해서 온몸이 뻣뻣하게 굳었지만 최대한 자연스럽게 경적을 울렸다.

"안녕하세요."

그의 목소리는 떨렸지만, 경적 소리는 낭랑하게 울려 퍼졌다. 그녀는 고개를 돌리며 눈빛을 반짝이더니 팔을 뻗어 차를 세웠다.

"기사님, 부탁해요. 시내까지 좀 가요."

류성이 뭐라 대꾸할 사이도 없이 그녀가 차문을 열고 조수석에 올라타더니 한마디 덧붙였다.

"차비는 드릴게요."

그녀는 류성과 시선이 마주치자 잠시 당황하는 듯했지만 금세 냉정을 되찾았다.

"운전사가 갑자기 병이 났거든요. 여긴 너무 외진 곳이라 한나절을 기다려도 택시가 안 들어오네요."

그녀가 갑자기 킁킁거리며 뒤를 돌아봤다.

"차 안에 이게 무슨 냄새예요? 어휴, 고약해. 시궁창 냄새 같아."

류성은 달리 대꾸할 말이 없었다. 그녀가 손가락으로 창문을 두드리며 덧붙였다.

"어서 출발해요. 급한 일이 있거든요. 뭐, 아쉬운 대로 참고 가야죠."

이때 그녀의 손목에 어른거리는 푸른빛이 눈길을 사로잡았다. 비취 팔찌! 그때 류성 어머니가 준 바로 그 비취 팔찌일 것이다. 어머니는 비취 팔찌 이야기를 수없이 되풀이했었다.

"그게 어디 보통 팔찌냐? 조상 대대로 물려받은 가보야. 더구나 요즘 비취 가격이 엄청 올랐다고. 아이고, 그게 얼마짜린데."

류성은 비취 팔찌는 쳐다보지도 못하고 별생각 없이 그녀에게 이름을 물었다. 그녀가 고개를 돌리고 비웃으며 대꾸했다.

"엊그제 봤잖아요. 미스 바이라고 부르세요."

그녀의 눈동자가 날카로운 반격을 예고했다.

"그쪽은요? 기사님은 이름이 뭐예요?"

류성은 말문이 막혀 멈칫했다. 두 사람이 맺은 무언의 약속은 종잇장처럼 얇아 언제 찢어질지 몰랐다. 조금도 방심할 수 없었다. 두 사람의 과거는 컵에 담긴 썩은 찻물이었다. 뚜껑을 조심해야 한다. 뚜껑을 여는 순간 썩은 찻물이 튄다. 절대 뚜껑을 열면 안 된다. 절대 서로 알은 척해선 안 된다. 절대 이름을 말해선 안 된다. 류성은 묵묵히 운전만 했다. 그녀의 몸에서 풍기는 상쾌한 향수 냄새를 맡으며. 때로는 현실과 꿈이 이어지기도 한다. 그녀가 돌아오니 꿈도 돌아왔다. 그녀가 바로 옆에 앉아 있으니 칠흑 같은 어둠이 내려앉은 것 같았다. 등골이 서늘해지며 식은땀이 흘렀다. 성문을 지날 때쯤 그녀가 피식 웃었다.

"연기 그만하자. 피곤해."

그녀가 콤팩트 거울을 보며 눈썹 브러시로 속눈썹을 정리했다.

"참, 국제급 상병신은 지금 뭐해?"

그녀가 찻잔 뚜껑을 열었다. 류성은 그녀가 이렇게 빨리 금기를 깨뜨릴 줄 몰랐다. 고개를 돌려보니 조금 긴장한 표정이었지만 말투는 침착했다. 그녀가 다짜고짜 바오룬의 근황을 물을 줄은 몰랐다. 썩은 찻물이 어둠을 벗어나자 찻물 위에 바오룬의 얼굴이 희미하게 어른거렸다.

"똑같아. '안쪽'에 있어. 아직 형기가 남았으니까."

그녀가 고개를 숙이고 핸드백에서 휴지를 꺼내 코를 풀었다.

"감기에 걸려서. 가을만 되면 감기라니까."

그녀는 다시 콤팩트를 들고 화장을 고치며 말을 이었다.

"그건 그렇고, 네가 꼭 기억해둘 게 있어. 난 더 이상 선녀가 아니야. 내 이름은 바이전이야. 앞으로 미스 바이라고 불러. 실수로라도 날 선녀라고 부르면 내가 너한테 무슨 짓을 할지 장담 못해."

류성은 그녀의 말이 무슨 뜻인지 잘 알았다. 이 세상에 선녀는 없다. 선녀라는 이름의 소녀는 완전히 사라졌다. 그는 이 새로운 무언의 약속을 기꺼이 지킬 것이다.

"바이 양, 앞으로 내 도움이 필요하거나 차가 필요한 일이 있으면 언제든 말해."

그녀가 콧방귀를 뀌며 대꾸했다.

"네가 도울 수 있는 일이 뭐가 있겠어? 오늘은 급해서 어쩔 수 없었지만. 허구한 날 이런 차나 타고 다니면 바깥사람들이랑 어떻게 어울리겠어?"

그녀가 거침없이 오만하게 굴자 괜히 머쓱해진 류성은 별생각 없이 바보 같은 질문이 튀어나왔다.

"바이 양은 이렇게 젊고 예쁜데, 왜 정신병자 매니저 일을 하는 거야?"

그녀가 탁, 콤팩트 뚜껑을 세게 닫으며 류성을 쏘아보았다.

"이런 촌구석에 처박혀 있으니 별 게 다 궁금한가 보네. 그쪽에서는 돈을 주고 사람을 부려야 하고 나는 돈을 벌어야 하고. 무슨 이유가 더 필요해? 다들 돈벌이에 혈안이 된 세상이야. 너도 돈 벌려고 사업하잖아?"

23. 빈집

봉고차를 몰고 지나가니 참죽나무거리가 너무 짧게 느껴졌다. 류성은 바오룬네 집 앞을 수없이 지나다녔다. 낮에는 마 선생 가게에 모인 사람들의 시선을 피하기 위해 일부러 속도를 높였지만 고요한 밤 시간에는 속도를 늦추고 바오룬네 집을 쓱 훑어봤다. 자세히 살피는 것이 아니라 그저 한번 훑어볼 뿐이었다. 딱히 바오룬이 생각나지는 않았다. 다만 이상하게 신경 쓰이는 나무가 있었다. 번쩍거리는 부티크 네온사인을 따라 오랫동안 손길이 닿지 않은 낡은 지붕으로 시선을 옮기면 어김없이 그 뽕나무가 보였다. 바오룬네 집 지붕에 반듯하게 자란 뽕나무 한 그루. 이 고요한 지붕의 옥토를 찾아내 뽕나무 열매를 실어온 이는 아마도 새일 것이다. 그렇게 몇 년이 흘러 벌써 어른 키 절반만큼 자란 뽕나무에 잎이 무성해졌다. 동네 아이들이 오디를 따먹으려고 몇 번 이 지붕에 올라갔다가 마 선생 아내에게 들켜 호되게 욕을 먹곤 했다.

"만약 내가 지켜보지 않았으면 누군가 벌써 뽕나무를 베어다가 누에에게 먹였을 걸."

바오룬네 지붕에 오르고 싶은 것은 아이들뿐만이 아니었다. 몇몇 양심 없는 이웃들은 바오룬네 지붕 기와를 노렸다. 이렇게 많은 이들이 바오룬네 지붕에 올라갈 기회를 노리는 이유는 그 지붕 아래 아무도 살지 않기 때문이었다.

바오룬 아버지가 세 번째 중풍을 맞아 결국 세상을 떠났다. 소문에 의하면, 그는 한쪽 슬리퍼를 신고 다른 한쪽 슬리퍼를 잡으려다 저 세상으로 갔단다. 마지막 유언을 남길 새도 없이 가버린 그는 매우 떠나기 싫은 모양이었다. 화난 사람처럼 머리카락이 곤두섰고 부릅뜬 눈은 아무리 쓸어내려도 감기지 않았다. 무슨 말을 하려 했는지 입을 크게 벌린 마지막 모습이 소름끼치게 끔찍했다. 쑤바오전은 다른 사람이 볼까 두려워 남편 얼굴에 마스크처럼 천을 뒤집어씌우고 끈으로 묶었다. 그리고 아무도 손대지 못하도록 했기 때문에 고인의 마지막 모습을 본 사람은 그녀말고 아무도 없었다.

바오룬 아버지의 장례는 참죽나무거리 역사상 가장 조용한 장례였다. 곡소리 하나 들리지 않았고, 영상靈床은 감추다시피 어두운 구석에 놓았다. 부티크 '임시휴업' 안내가 없었다면 이웃들은 바오룬네 집 대문에 붙여놓은 '조문사절' 안내문도 발견하지 못했을 것이다. 그러나 몇몇 사람들은 '사절은 사절이고, 조문은 조문이다'라고 생각해 무작정 조문을 강행했다. 사오란잉도 류씨 집안을 대표해 근조 화환을 들고 갔다. 문 앞에 멈춰서 먼저 집주인의 반응을 살폈다. 쑤바오전이 별 반응을 보이지 않아 일단 안으로 들어갔다. 쑤바오전 곁에 다가간 사오란잉은 깜짝 놀랐다. 쑤바오전이 양쪽 관자놀이에 고약을 붙이고 멍한 얼굴로 고개를 푹 숙인 채 영상 앞에서 해바라기 씨를 까고 있었다. 사오란잉과 마 선생 부인 등 몇몇 주민들은 황당함을 감추지 못하며 서로 귀엣말로 속닥거렸다. 쑤바오전은 사람들이 무슨 생각을 하는지 잘 알았다.

"그렇게 이상한 눈으로 보지 말아요. 눈물이 다 말라버려서 울 수도 없어요. 아무리 쥐어짜도 안 나와요. 이 해바라기 씨는 내가 먹을 게 아니라 저기 식품공장에서 가져온 일거리예요. 의사가 혈압이 너무 높아서 위험하다고, 손을 계속 움직이는 게 좋다고 하네요. 중풍도 예방하고 용돈도 벌고 일석이조죠. 만에 하나 나까지 중풍으로 쓰러지면 누가 장례를 치르겠어요?"

모두들 바오룬의 부재를 잘 알고 있었다. 분상奔喪(외지에 나가 있는 자식이 부모님의 부음 소식을 듣고 급히 집으로 돌아가는 예의)은 자식의 기본 도리였지만 바오룬은 분상 자격이 없는 몸이었다. 그렇다면 또 다른 가족인 할아버지는 장례에 참석할 자격이 있을까? 여기에 대해서는 의견이 분분했지만 대부분 '아무리 못난 아버지라도 아들이 마지막 가는 길이니 만나게 해줘야 한다. 쑤바오전이 당연히 할아버지를 집에 모셔 와야 한다'라고 생각했다. 사람들이 마 선생 아내에게 쑤바오전을 설득하라고 부추겼지만, 그녀는 일언지하에 거절했다. 그 이유가 진심으로 쑤바오전을 위해서인지, 할아버지가 돌아오면 골치 아픈 일이 생길까봐 걱정해서인지는 알 수 없었다.

"절대 노인네를 데려오면 안 돼. 이건 우리 일이니까 다들 쓸데없이 끼어들지 말라고. 우리가 어디 예의나 격식을 몰라서 이러나? 현실적으로 생각해야지. 이 집 식구라야 겨우 넷인데 하나는 미쳤고, 하나는 갇혀 있고, 하나는 관속에 누워 있고, 온전한 사람은 쑤바오전 하나라고. 지금 예의나 격식이 중요해? 쑤바오전이 다 죽게 생겼는데?"

참새 이야기

장례가 끝난 후, 쑤바오전은 성도省都(성 정부 소재지)에 사는 여동생
네 집으로 떠났다. 그녀는 참죽나무거리로 시집와 30년 가까이 한 남자
의 아내로, 한 아이의 어머니로 살았지만 결국 친정 식구에게 기댈 수밖
에 없는 처지가 됐다. 쑤바오전은 떠나기 전 마 선생네와 임대재계약을
하면서 임대료를 낮추는 대신 빈 집을 관리해달라고 부탁했다.

　　"애초에 양씨楊氏 집안에 시집와 천복을 누릴 수 있을 거란 생각은
하지도 않았지만, 이렇게 반평생 죽어라 고생만 하다가 결국 여동생한
테 의지하게 될 줄은 몰랐어요. 우리 동생은 복도 많지, 시집을 아주 잘
갔어요. 제부가 아주 높은 분이 됐거든요. 앞으로 여동생이랑 지내면서
천복이 어떤 건지 구경이나 해야겠어요."

　　마 선생 아내는 쑤바오전이 삶의 의욕을 잃은 것인지, 냉정하게 양
씨 집안을 버리려는 것인지 슬쩍 떠봤다.

　　"여동생이 아무리 잘해줘도 어디 아들만 하겠어? 조만간 아들이 돌
아오면 어쨌든 여기가 자기 집인데, 버린다고 버려지겠어?"

　　쑤바오전이 한숨을 내쉬며 무릎을 탁탁 쳤다.

　　"아들이요? 빚쟁이겠죠. 그리고 여긴 집이 아니라 무덤이에요. 내가
왜 이렇게 반송장이 됐는지 알아요? 그놈의 망령들이 허구한 날 치근덕
거리니 잠을 잘 수가 없어요. 양씨 집안 조상 망령이 여기저기서 시도
때도 없이 튀어나와 야단법석을 떨어요. 애들은? 애들은? 우리 애들은?
이러면서. 도대체 몇 대까지 거슬러 올라갔는지 수도 없이 많은 망령이
나한테 자기네 애들을 내놓으라고 난리를 치는데, 꼭 내가 이 집 자손
들을 어떻게 하기라도 한 것처럼 따지고 들어요."

　　갑자기 등골이 오싹해진 마 선생 부인은 뭐가 보이나 싶어 이리저
리 두리번거렸다.

"바오룬 엄마가 가고 나면 이 집 조상들이 날 찾아오는 거 아니야?"

쑤바오전이 잠시 생각을 정리하고 대답했다.

"귀신도 그 정도 사리분별은 할 거예요. 아주머니가 양씨 집안 며느리도 아니고 엄연히 딴 집안사람인데 거기까지 찾아가지는 않을 거예요."

잠시 후 마 선생 부인이 바오룬 이야기를 꺼냈다.

"듣자니까 거리 동쪽에 사는 쌴바가 조기 출소했대. 그럼 뭐해, 또 기차역에서 암표 장사를 하나 보던데. 그리고 쌍위안리 주터우도 감형 받아서 출소했는데 다리 부근에서 자전거 수리를 한다더라고. 혹시 바오룬도 감형 받을 수 있지 않겠어?"

쑤바오전이 절망스럽게 고개를 푹 숙였다.

"저도 혹시나 해서 몇 번이나 찾아가봤는데 아마 안 될 거예요. 밖에서 부모가 아무리 애써도 소용없대요. 안에서 본인이 할 탓인데…….내 자식 내가 모르겠어요? 바오룬이 어디 눈치껏 처신할 애예요? 쌴바나 주터우랑은 비교가 안 되죠. 어디서든 살갑게 구는 사람을 좋아하기 마련이죠. 바오룬은 감형은 고사하고 형기가 늘어나지나 않으면 다행일 거예요."

쑤바오전이 마 선생 아내에게 열쇠 꾸러미를 건넸다.

"사람 노력이 하늘의 운만 못한 걸 어쩌겠어요. 바오룬이 돌아오는 날까지 내가 살아 있을지 없을지도 알 수 없으니, 번거롭겠지만 이 열쇠 좀 맡아주세요."

마 선생 아내는 이것이 정말 마지막 이별이라고 생각하니 눈물이 나려 했다. 그런데 건네받은 열쇠꾸러미 세 개 중 두 개가 아주 더러운 데다 왠지 불길하게 느껴졌다. 바오룬 아버지와 바오룬이 사용하던 것 같아서 그 두 개는 다시 돌려줬다. 그러나 쑤바오전은 손을 내저으며 받지 않았다.

"아주머니가 갖고 계세요. 이 집안 열쇠는 제가 갖고 있으면 안 될 것 같아서요. 솔직히 이번에 떠나면 돌아올 기약이 없어요. 독하게 다 버리는 게 아니라, 남들도 다 좋은 시절을 보내고 있으니 저도 좋은 시절을 조금 누려보고 싶어요."

이렇게 해서 마 선생네가 바오룬네 집을 관리하게 됐다. 마 선생 가족은 천생 장사꾼이었다. 고급 부티크 가게가 신통치 않자 벌써부터 업종 변경을 계획하고 있었다. 이제 참죽나무거리에도 먹고 사는 걱정을 하는 사람은 거의 없었다. 대신 죽음에 대한 두려움으로 인해 어떻게 하면 건강하게 오래 살 수 있을까 하는 것이 새로운 화젯거리로 떠올랐다. 마 선생네는 이런 변화에 기초해 의약품과 건강식품 판매가 참죽나무거리에 적합하다고 확신했다. 그래서 한 유명 약국체인과 가맹점 계약을 했다. 약국을 열려면 인테리어를 다시 해야 하는데 집주인이 앓아누워 있으니 일을 미룰 수밖에 없었다. 그러던 차에 쑤바오전이 떠나자 마 선생네는 기다렸다는 듯이 가게 인테리어를 시작했다.

약국체인은 가맹 계약 특성상 정해진 인테리어 방식에 따라야 했다. 가게 출입문 크기도 다 정해져 있어 마음대로 크게 하거나 작게 할 수 없는데, 기존 부티크 출입문이 정해진 기준보다 십여 센티미터가 작았다. 그래서 바오룬네 대문에 다시 한 번 양해를 구해야 했다. 이미 반쪽을 내주고 반쪽만 남은 바오룬네 대문은 반쪽의 반쪽을 또 깎아내야 했다. 마 선생은 일꾼들이 문짝을 떼어내고 문틀을 뜯어내는 것을 보면서 저도 모르게 중얼거렸다

"이렇게 하면 나중에 골치 아픈 문제가 생길 수도 있어. 아무래도

쑤바오전에게 연락해서 먼저 사정을 얘기하고 공사를 해야 할 것 같은데……."

마 선생 부인은 남편의 잔소리를 무시해버리고 그에게 문턱을 넘어 지나가보라고 했다.

"당신이 바오룬보다 뚱뚱하니까, 당신이 지나갈 수 있으면 바오룬은 당연히 문제없겠죠."

마 선생이 문틈에 들어가 보니 남은 공간이 그의 몸에 딱 맞았다.

"봐요, 지나갈 수 있잖아. 좁긴 뭐가 좁아? 뭐든 현실적으로 생각해야지. 가게 출입문이 얼마나 중요한데! 대문을 남겨두면 뭘 해? 바오룬이 지나갈 일도 없는데. 그야말로 낭비지."

류성은 바오룬네 집 앞을 걸어서 지나가는 일이 거의 없었고, 혹여 지나가게 되더라도 멈추지 않고 재빨리 지나쳤다. 그런데 딱 한 번 예외가 있었다. 어머니 심부름으로 마씨네 약국에 아버지 위장약을 사러 간 날이었다. 류성은 마씨네 약국 문 앞에 세워진 광고판에 시선을 뺏겼다. 바오룬네 집 대문을 완전히 가려버린 커다란 광고판은 신기하게도 화면이 움직였다. 건장한 백인 남자가 셔츠 사이로 거뭇거뭇한 가슴 털을 내보이며 환하게 웃고 있고, 그 옆에 비키니 차림의 금발 미녀가 생기발랄한 섹시미를 한껏 드러내고 있었다. 두 남녀는 해변 모래사장에 앉아 아무것도 안 하고 있었지만, 왠지 방금 전 뭔가를 한 것 같았다. 광고 문구는 대부분 영어라 류성은 무슨 뜻인지 알 수가 없었다. 다행히 빨간색으로 강조된 중국어 문구가 있었다.

남성을 위한 희소식! 수입 비아그라! 독점 판매!

마 선생 큰아들은 광고판에서 눈을 떼지 못하는 류성을 눈여겨보고 있었다. 그는 류성에게 위장약을 건네고 일부러 천천히 돈을 받았다. 주변을 휙 한 번 둘러보고 계산대 아래로 허리를 굽히더니 잽싸게 작은 상자를 하나 꺼냈다.

"아주 좋은 물건이야. 강한 남자라면 비아그라지! 오리지널 수입품이라고. 없는 사람들은 비싸서 꿈도 못 꾸지만 넌 다르잖아. 그렇지?"

류성은 이 특별한 관심과 칭찬을 거절하지 못했고 무엇보다 강렬한 호기심을 억누를 수 없어 결국 지갑을 열었다. 그는 아버지 위장약을 손에 들고 비아그라는 주머니에 쑤셔 넣었다. 약국을 나와 바오룬네 집 앞을 지나가는데 안에서 서늘한 바람이 불어왔다. 광고판 뒤편을 보니 평소 뽀얀 먼지를 뒤집어쓴 채 굳게 닫혀 있던 작은 현관문이 반쯤 열려 있었다. 지나가는 바람이 좁고 긴 통로를 따라 대문 밖으로 빠져나와 광고판의 두 남녀를 끊임없이 뒤흔들었다. 광고판 너머로 벽에 기대 있는 낡은 자전거 한 대가 보였다. 자전거 바퀴살이 서늘한 빛을 뿜어냈다. 류성은 그것이 바오룬의 자전거임을 한눈에 알아봤다. 자전거 짐받이에 긴 밧줄이 둘둘 말려 있었다. 류성은 그 자리에 얼어붙었다. 자전거 주변에 건장한 남자의 그림자가 어른거리는 것 같았다. 열여덟 살의 바오룬! 그가 문 뒤편으로 몸을 숨기자 어둠이 한층 짙어졌다. 그는 세월의 뒤편에 숨어 시간이 지나가기만을 기다렸다. 그는 누구를 기다리는 것일까? 류성의 눈앞에 열여덟 살의 바오룬이 어렴풋이 떠올랐다. 아직 어색한 코밑수염, 근육질 거구, 그리고 날카로운 눈빛. 그의 눈앞에 열여덟 살 바오룬이 똑똑히 보였다. 촌스러운 베이지색 재킷을 입은 바오룬이 긴 밧줄을 휘휘 돌리며 이렇게 말했다.

'들어와. 류성, 어서 들어와. 우리 얘기 좀 하자.'

류성이 머뭇거리고 있는데 문틈으로 그림자가 어른거리더니 사람이 걸어 나왔다. 마 선생 아내였다. 머리 수건과 마스크를 쓴 그녀는 한 손에 물통, 다른 한 손에 닭털 먼지떨이를 들고 나오며 투덜거렸다.

"아휴, 살림살이가 다 썩어문드러졌어. 이불에 곰팡이하며, 진흙 벽은 다 갈라지고. 이런 집을 무슨 재주로 잘 관리해?"

류성이 얼른 자리를 떠나려는데 마 선생 아내가 먼지떨이로 그의 등을 툭툭 치며 불러 세웠다.

"류성, 기다려. 이거 바오룬이 보낸 편진데 징팅병원에 갈 때 할아버지한테 전해줘."

"다시 돌려보내면 되잖아요. 수취인불명으로 돌려보낼 수 있다고요. 할아버지가 그 편지를 보면 알아보겠어요?"

"그래도 그렇지, 어떻게 돌려보내? 미친 할아버지라도 어쨌든 가족이잖아. 바오룬이 가족한테 보낸 편지이니 받아봐야지."

마 선생 아내가 품속에서 편지 뭉치를 꺼내며 한숨을 내쉬었다.

"참 불쌍하기도 하지. 제 아버지가 죽은 지가 언제인데, 아들이 그것도 모르고 있으니. 여기 받는 사람 이름이 전부 제 아버지 이름이야."

류성은 결국 편지 뭉치를 받아갔다. 그리고 도중에 호기심이 발동해 조심스럽게 편지를 뜯어봤다. 편지는 전부 한 장씩이었다. 바오룬의 글씨는 여느 남자애처럼 투박하고 거칠었다. 간혹 진지하게 꾹꾹 눌러쓰기도 하고 대충 휘갈겨 쓰기도 했지만 내용은 거의 똑같았다. 그냥 베껴 쓴 것처럼 토씨 하나 틀리지 않은 문장이 대부분이었다. '사랑하는 할아버지, 아버지, 어머니, 잘 지내십니까?'로 시작해 주 내용은 '저는 여기에서 잘 지내고 있으니 걱정하지 마세요'였다. 특히 마지막 문장은 단 한 번의 예외도 없이 모두 똑같았다. 다들 건강하세요. 이상 삼가 아룁니다.

　류성은 편지를 대충 접어 바지 주머니에 쑤셔넣었다. '이상 삼가 아
룁니다. 이상 삼가 아룁니다.' 이 마지막 문장에서 날카로운 이빨이 돋
아 류성의 허벅지를 잘근잘근 씹어댔다. 류성은 긴 세월 습기를 머금은
눅눅한 편지를 통해 바오룬과의 기묘한 만남을 경험했다. 낯선 바오룬
의 필체에 깃든 그의 체온이 두꺼운 청바지를 통과해 천천히 류성의 허
벅지에 스며들었다. 바오룬의 공허한 삶은 류성의 바지 주머니에 들어
가자 아주 무겁게 변했다. 류성은 허벅지가 아프고 뜨거웠다. 바지 주머
니 깊숙한 곳에서 뭔가 타는 냄새가 솔솔 피어올랐다.

　그해 가을, 류성은 이 이상한 냄새를 자주 느꼈다. 건조한 계절 탓
인지, 건조한 기억 탓인지 알 수 없었다. '이상 삼가 아룁니다.' 류성은
바오룬의 편지에서 자신의 미래를 느꼈다. 희미한 푸른 연기에 휩싸여
한 치 앞도 보이지 않는 미래.

　며칠 후, 류성은 징팅병원 9호 병실에 찾아가 할아버지에게 바오룬
의 편지를 전했다. 그날 그는 아주 대담한 계획을 실행에 옮겼다. 이것이
충동적인 모험인지, 치밀한 작전인지는 확실치 않다.

　"할아버지, 바오룬 모습 아직 기억하세요?"

　"커서 모습은 기억이 안 나고 어렸을 때 모습만 생각나."

　"할아버지 유일한 손자인데, 한번 보고 싶지 않으세요?"

　"보고 싶으면 뭐 해? 난 이 병실 문턱도 못 넘어가는데 어떻게 그 먼
감옥까지 가서 그 애를 보겠어?"

　류성은 할아버지의 뜻을 파악한 후 곧바로 행동을 시작했다. 먼저
가방에서 이발도구를 꺼내 할아버지의 머리카락과 수염을 정리해줬다.

그 다음 미리 준비한 싸구려 양복으로 갈아입히고 할아버지를 찬찬히 훑어보며 말했다.

"이제 좀 사람 같네요. 손자 만나러 갈 수 있겠어요. 아무 말도 하지 말고 저만 따라오세요. 가서 바오룬을 만나게 해드릴게요."

류성은 징팅병원 규칙 따위는 무시하고 할아버지를 몰래 봉고차에 태웠다. 할아버지를 커다란 야채광주리에 쑤셔 넣고 징팅병원 철문을 통과했다. 류성은 대로에 도착한 후 할아버지를 조수석에 앉혔다.

"어때요? 이제 좀 괜찮지요?"

할아버지 눈에 보이는 창 너머 세상은 온통 새로운 풍경이었다. 할아버지가 기쁨의 탄성을 내뱉었다.

"우리나라가 하루가 다르게 발전하고 있어! 정말 하루하루가 다르구나!"

류성의 봉고차는 50킬로미터를 달려 풍림진에 도착했다. 지난 몇 년, 온 세상이 천지개벽했지만 풍림감옥만은 옛 모습 그대로였다. 끝이 보이지 않는 높고 긴 회색 시멘트 담장과 담장 꼭대기에 두른 삼엄한 전기철조망은 그 전과 같았고, 동쪽 끝에 감시탑 하나가 늘었다. 감시탑 꼭대기에 사람 그림자가 어른거렸다. 감시탑 창문 아래에는 반짝이는 메가폰이 걸려 있고, 그 위에 간 큰 참새 몇 마리가 앉아 있었다. 감시탑 위에서부터 길게 늘어진 붉은 현수막에는 이렇게 씌어 있었다.

경축! 풍림감옥이 영광스러운 10대 문명감옥에 선정된 것을 열렬히 축하합니다.

참새 이야기

류성은 봉고차를 주차장에 세우고 서류 가방에서 꺼낸 돈을 세기 시작했다. 할아버지가 옆에서 지켜보며 입으로 숫자를 셌다. 그러나 숫자가 점점 커지자 이내 포기했다.

"무슨 돈이 이렇게 많아? 난 다 세지도 못하겠어. 이 많은 걸 누구한 테 주려고?"

"바오룬 면회에 필요한 돈이에요."

"이 많은 돈을 바오룬한테 준다고? 왜? 죄인이 어떻게 돈을 써? 간수한테 다 뺏길 거야. 바오룬 대신 내가 맡아두는 게 낫지."

류성이 할아버지의 손을 제지하며 빙긋 웃었다.

"바오룬은 돈이 있어도 못 쓰고, 할아버지는 돈이 있어도 소용이 없지요. 할아버지, 이건 제가 알아서 할 테니 걱정 마세요."

이날 류성은 할아버지의 지능을 과소평가하고 할아버지의 건강상태를 과대평가하는 과오를 저질렀다. 그는 일단 할아버지를 부축해 감옥 정문으로 걸어갔다. 마침 위병교대 시간이라 간단한 교대식을 볼 수 있었다. 근무를 마친 위병이 류성과 할아버지 쪽으로 과장된 몸짓으로 걸어오고 근무를 시작하는 위병이 두 사람에게 총 겨누는 시늉을 해보였다. 진짜 총을 겨눈 것도 아닌데 깜짝 놀란 할아버지가 갑자기 괴성을 질렀다.

"총살이다!"

할아버지는 류성의 손을 뿌리치고 흘러내리는 바지를 부여잡고 봉고차로 뛰어갔다. 할아버지의 뜀박질은 상상 이상으로 빨랐다. 할아버지 바짓단에서 흘러내린 정체불명의 액체가 흙바닥에 스며들었다. 오줌이었다. 자동소총을 보고 놀란 할아버지가 바지에 오줌을 지린 것이었다.

전혀 예상치 못한 뜻밖의 사건이었다. 할아버지는 죽어도 차에서 내리지 않으려 했고, 류성이 아무리 설득해도 소용이 없었다.

"할아버지, 제가 힘들게 모셔왔는데 바오룬을 만나지 않으면 다 헛수고가 되잖아요? 50킬로미터를 오느라고 기름 값을 얼마나 많이 썼는지 알아요?"

할아버지는 놀란 마음이 가라앉자 차분하게 대꾸했다.

"그건 내 알 바 아니야. 어떻든 난 할아버지이고 그 녀석은 손자니까, 그 녀석한테 이쪽으로 오라고 해."

"할아버지, 바보예요? 여기 감옥이라고요. 할아버지가 들어갈 수는 있어도 바오룬은 못 나와요."

"그럼, 너 혼자 가서 만나고 와. 내 대신 바오룬한테 언제 나오느냐고 물어봐줘. 가는 김에 이 말도 전해줘. 네가 나와서 내 장례를 치를 수 있을 때까지 기다린다고. 네가 나와야 죽을 거라고. 그때는 이 세상 누구한테도 짐이 되지 않고 미련 없이 떠날 거야."

류성은 잠시 고민하다가 결국 할아버지를 차에 가둬두고 혼자 면회실로 들어갔다.

면회실에는 사람이 아주 많았다. 류성은 사람들 틈을 비집고 들어가 착잡한 마음으로 신청서를 작성했다. 그는 신청자 이름 칸에서 한동안 머뭇거렸다. 처음에는 자기 이름을 쓰려고 했는데 왠지 모르게 덜컥 겁이 났다. 결국 양바오쉬안, 즉 바오룬 할아버지의 이름을 적고 그 옆에 특별히 '할아버지'라고 써넣었다.

그리고 하염없는 기다림이 시작됐다. 류성은 면회실 벤치에 앉아 주변 사람들을 관찰했다. 그는 면회하러 온 사람의 나이와 표정을 통해 그들이 만나러 온 범죄자가 어떤 죄를 저질렀을지 추리해봤다. 이쪽은 횡령이나 뇌물수수죄, 저쪽은 폭행, 또 저쪽은 풍기문란……. 이때 모서리 쪽에 서 있는 중년부부가 눈에 들어왔다. 남편은 담배를 피우고 부인은 계속 눈물을 훔쳤다. 그녀의 비통한 눈빛에서 상처받은 모성애와 증오가 느껴졌다. 류성은 문득 몇 년 전 감옥 앞에서 봤던 할머니와 종이 푯말에 쓰여 있던 이름이 생각났다. '리푸성은 억울한 누명을 썼다!'

류성은 중년 부인에게서 눈을 떼지 못하고 빤히 쳐다봤다. 그녀는 끝없이 샘솟는 눈물을 연신 휴지로 닦아냈다. 잠시 후 남편이 류성의 시선을 의식하며 아내에게 한마디 했다.

"그만 울어. 사람들이 쳐다보잖아."

류성이 두 사람을 향해 고개를 끄덕이며 가볍게 미소를 지어보였다. 그는 좋은 뜻으로 부인을 응원한 것인데 이 행동이 뜻밖의 오해를 불러일으켰다. 중년 남편이 다가와 앞뒤로 류성을 살피더니 느닷없이 그를 다그쳤다.

"너, 혹시 우리 장량 만나러 온 거냐?"

뭐라 대꾸할 틈도 없이 중년 부인이 달려와 류성을 붙잡고 사납게 흔들었다.

"너, 우리 장량 친구지? 혹시, 샤오황이야? 샤오황 아니야? 그럼 샤오딩? 너 왜 증언하러 안 나왔니? 왜 우리 장량이 억울한 누명을 쓴 거라고 말해주지 않았어?"

이때, 교도관의 우렁찬 목소리가 들렸다.

"양바오쉬안! 양바오쉬안 있나?"

드디어 류성 차례였다. 그는 벌떡 일어나 교도관을 따라 복도를 걸어갔다. 젊은 교도관이 입은 제복은 최신 디자인이었다. 허리와 소매 둘레가 꼭 맞게 재단되어 신체 윤곽이 그대로 드러났다. 바지통도 좁아져

서 굵은 다리가 한눈에 보였다. 류성은 젊은 교도관의 뒷모습을 보면서 바오룬을 떠올렸다. 희미한 기억속의 바오룬의 모습이 갑자기 또렷해졌다. 열여덟 살의 바오룬은 이 교도관처럼 건장했는데 지금은 어떻게 변했을까? 끝없이 길게 이어진 복도 벽면에 아주 오래된 것 같은 표어가 새겨져 있었다.

지난 과오를 뉘우치고 새사람이 되자.

복도 끝에 철문이 나타나고 정면에 대형 거울이 있었다. 류성은 교도관을 졸졸 따라가는 자신의 모습을 보자 마음이 심란해졌다. 거울에 비친 자신의 모습에서 알 수 없는 공포를 느꼈다. 그는 거울을 피하려 벽에 바짝 붙어 섰다. 예상대로 거울에서 자신의 모습이 사라졌다. 류성이 이상한 행동을 하자 교도관이 휙 돌아서며 호통을 쳤다.

"당신, 뭐하는 짓이야? 뭘 피하는 거야? 면회실에 들어가겠다는 거야, 말겠다는 거야?"

류성은 벽면에 붙어 서서 대단히 송구스럽다는 표정으로 양해를 구했다.

"피하다니요? 피할 게 뭐 있다고. 저기요, 정말 죄송합니다. 제가 아까 잘못 들은 것 같아요. 저는 양바오쉬안이 아니에요."

주차장으로 돌아온 류성은 한없이 공허했다. 차에서 기다리던 할아버지는 고개가 한쪽으로 꺾인 채 침을 흘리며 달게 자고 있었다. 류성이 운전석에 앉아 담배에 불을 붙였다. 담배 연기가 할아버지 잠을 깨웠다.

"우리 바오룬은 어떻든?"

류성이 잠깐 머뭇거리다가 입에서 나오는 대로 대충 둘러댔다.

"그대로죠, 뭐. 좀 늙었고, 좀 말랐어요."

"도대체 언제 나온다니?"

"이제 나올 때가 됐죠. 나올 때 되면 나올 테니, 걱정 마세요. 어쨌든 할아버지 거둘 사람은 있을 거예요. 만약 바오룬이 못 거두면 제가 거둘 테니 그것도 걱정 마세요."

류성은 시동을 걸며 두 번 모두 실패로 돌아간 풍림감옥 면회 방문기를 비교해봤다. 어느 쪽이 더 웃길까? 딱히 우열을 가릴 수 없고, 그저 아쉬울 뿐이었다. 창밖을 보니 풍림진 서쪽 풍경이 마치 신기루 같았다. 수년 전 고풍스럽고 썰렁하던 작은 마을이 빌딩숲으로 변해 국제도시라고 해도 손색이 없을 정도였다. 풍림교 옆에 고무풍선으로 만든 주황색 아치문이 세워져 있고, 그 위에 대문짝만 한 글씨로 '양곰탕의 고향에 오신 것을 환영합니다!'라고 쓰여 있었다. 류성은 풍림진이 양곰탕의 고향이라는 말을 처음 들었을 뿐 아니라 몇 년 전 가방을 도둑맞은 일이 생각나 씩씩거리며 중얼거렸다.

"흥! 도둑놈의 고향이 언제부터 양곰탕의 고향으로 변했나?"

풍림진 누구 집에 경사라도 있는지, 아니면 새 양곰탕 가게가 개업이라도 하는지 연발폭죽이 쉬지 않고 요란한 폭음을 울리며 한껏 들뜬 축제 분위기를 연출했다. 수백 미터를 뒤덮은 폭죽 잔해물이 봉고차 전면유리창 앞에까지 날아왔다. 봉고차 지붕에도, 도로와 길가에도 온통 폭죽 잔해물 천지였다. 류성은 폭죽통을 치우기 위해 차에서 내렸다. 텅 빈 육각형 폭죽통에 '대박기원'이란 글자가 또렷했다.

'나한테 대박을 기원한다고?'

류성은 좋은 징조라 생각해 빈 폭죽통을 주워 전면유리창 앞에 걸었다.

"할아버지, 풍림진 양곰탕이 정말 유명해요?"

"그럼, 유명하지. 어렸을 때 우리 할아버지를 따라 많이 갔었지. 그때 땐 가마를 타고 갔어."

류성은 갑자기 양곰탕에 관심이 생겼다.

"할아버지, 풍림진 양곰탕 먹고 싶지 않으세요?"

할아버지가 고개를 끄덕였다.

"당연히 먹고 싶지. 방금 꿈에서 벌써 한 그릇 해치웠는걸!"

풍림진 구시가지는 대부분 철거됐고 하늘을 찌를 듯 위풍당당하던 거목도 모두 사라졌다. 예전의 돌길은 아스팔트길로 확장됐고, 도로를 따라 유럽풍 철제 가로등이 줄지어 서 있었다. 중심대로에는 백여 미터마다 모조 시멘트 패방牌坊이 세워져 있었다. 시내 중심에 광장이 있는데 절반은 초록 인조잔디를, 나머지 절반은 빨간 카펫을 깔았다. 광장 서쪽에 우뚝 솟은 웅장한 건물이 광장 하늘의 절반 이상을 가려버렸다. 이 건물은 정면에서 보면 미국 워싱턴에 있는 백악관처럼 보였고, 옆에서 보면 골격 구조가 사원과 비슷했다. 한참 동안 요리조리 살펴봤지만 무엇을 흉내내려 했는지 알 수 없었다. 아무튼 백악관과 사원, 둘 중 하나일 것이다.

바야흐로 양고기의 계절을 맞이해 풍림진 전체에 양곰탕 냄새가 진동했다. 거리마다 빼곡히 들어선 양곰탕 가게마다 '백년전통'을 표방하며 출입문 옆에 커다란 상패를 붙여 놨다. 국가급, 아시아급을 넘어 '국제 양곰탕협회 지정음식점'이란 문구도 있었다. 과장 광고의 진위 여부를 가릴 수 없자 류성은 본능적으로 손님이 가장 많은 가게를 선택했다.

참새 이야기

할아버지의 식욕은 정말 대단했다. 아니, 놀라웠다. 연달아 양곰탕 세 그릇을 비웠다. 류성은 처음에는 마음껏 먹으라고 권했으나 나중에는 탈이 날까 걱정되어 주인에게 할아버지 그릇을 치우게 했다. 그리고 서류 가방을 열고 돈을 꺼내려는데 공교롭게도 비아그라 상자가 손에 잡혔다. 고개를 숙이고 한참 가방 안을 들여다보는데 문득 울적한 기분이 들었다. 요즘 쓸데없이 바쁘게 돌아다니느라 이 귀하고 신기한 물건을 까맣게 잊고 있었다. 이 물건이 얼마나 신기하고 얼마나 대단한지, 여태 확인하지 못했다. 류성은 차분하게 가게 밖을 둘러봤다. 풍림현에는 양곰탕 가게 외에 이발소, 사우나, 발마사지 숍도 많았다. 원래 유흥에 관심이 많은 류성은 이런 소도시가 매춘의 천국임을 잘 알았다. 뜨끈뜨끈한 양곰탕 덕분에 온몸이 뜨겁고 힘이 불끈 솟는 것 같았다. 그때 맞은편에 앉은 할아버지가 눈에 들어오자 고개를 절레절레 흔들었다.

"넌 왜 나만 보면 고개를 흔드는 거냐? 양고기 추가는 돈을 내야 하지만 국물은 공짜잖아. 공짜인데 왜 안 먹어?"

할아버지가 류성의 음흉한 속셈을 알 리가 없었다. 그는 지금 비아그라를 먹고 싶어서, 그 신비로운 황홀경을 경험하고 싶어 안달하는 상태였다. 지금이 절호의 찬스인데, 온종일 거치적거리는 할아버지가 문제였다. 그는 애써 자신을 달랬다.

'됐어, 괜찮아. 아직 유효기간이 남았으니 나중에 해도 돼.'

그 순간 양곰탕가게 대각선에 위치한 이발소에서 일찌감치 문을 열고 분홍색 불빛을 밝혔다. 이발소 문 앞에 젊은 여자가 다리를 꼬고 앉아 빠른 손놀림으로 십자수를 놓고 있었다. 가슴이 깊게 파인 스웨터에 검은색 가죽 바지를 입은 그녀는 전체적으로 아주 섹시한 몸매는 아니었지만, 스웨터 목 라인에 슬쩍슬쩍 드러나는 깊은 가슴골이 류성의 시선을 사로잡았다. 잠시 후, 류성과 할아버지가 이발소 앞을 지나치는데 젊은 여자가 다리를 바꿔 꼬면서 발끝이 류성을 향했다. 까닥거리는 그녀의 발끝을 힐끔거리는데, 마치 자신에게 말을 거는 것 같았다. 그녀는 스타킹을 한쪽 발에만 신고 다른 쪽은 맨발이었다. 아마도 매니큐어를 말리고 있을 그 맨발이 그를 향해 까딱거리며 계속 말을 걸었다.

류성은 도저히 발길이 떨어지지 않았다. 머릿속에서 두 가지 생각이 치열한 공방을 벌였지만 결국 안달난 마음을 어쩌지 못했다. 그는 갑자기 할아버지를 담벼락에 밀어붙이며 물었다.

"할아버지, 아까 이발해서 머리카락 부스러기가 많아요. 우리 여기서 머리 감고 가는 게 어때요?"

할아버지가 이발소를 힐끗 쳐다보며 대꾸했다.

"돈 내야 하잖아? 머리는 집에 가서 내가 감아도 되는데 뭐 하러 돈을 내고 감아?"

류성이 눈을 찡긋하며 좋은 말로 할아버지를 달랬다.

"다른 사람이 감겨주면 더 편하고 시원해요. 할아버지는 안 해봐서 잘 모를 텐데, 일단 해보면 알 거예요."

"누굴 똥강아지로 알아? 내가 그걸 왜 안 해봐? 참죽나무거리 이발소 바이 선생이 50년 동안 내 머리를 감겨줬다고."

류성이 낄낄 웃었다.

"그건 여기서 감겨주는 거랑 달라요. 여기는 아가씨가 감겨줘요. 바이 아저씨보다 훨씬 편안하게 해주죠. 일단 가보면 알아요."

류성은 할아버지를 억지로 끌다시피 해서 이발소 앞으로 데려갔다. 그리고 가게 앞에 앉아 있는 젊은 여자의 어깨를 콕콕 찔렀다. 여자가 반응을 보이지 않자 이번에는 조금 더 세게 툭 쳤다.

"바느질 그만하고, 손님 좀 받지!"

젊은 여자가 류성을 힐끗 쳐다보더니 천천히 일어나 고개를 숙이고 말했다.

"먼저 사장님한테 얘기하세요."

여사장이 소파에서 일어나 두 사람 쪽으로 걸어오고 있었다. 그녀는 눈을 가느다랗게 뜨고 류성에게 추파를 던졌다.

"세상에! 이렇게 효성 지극한 손자는 처음이야. 할아버지를 모시고 왔네? 할아버지 분, 손자 분, 어떤 서비스를 원하시나요?"

류성이 할아버지의 팔짱을 끼고 가게 안으로 들어섰다. 그는 가게 안을 둘러보며 대략 계획을 세운 후 할아버지를 회전의자에 앉혔다.

"당연한 걸 뭘 물어요? 따로 감을 거요. 사장님이 여기서 우리 할아버지 머리를 감겨줘요. 머리 다 말리면 안마도 좀 해주시고. 그리고 저기 아가씨가 내 머리를 감겨줘야겠는데 난 조용한 게 좋으니, 우린 위층으로 올라가지요."

아가씨가 십자수를 내려놓고 가게 안으로 들어와 류성 앞에 팔짱을 끼고 서서 피곤한 듯 억지웃음을 지었다.

"장 사장님, 요즘 장사 잘 돼요?"

여자가 사람을 잘못 봤는지 엉뚱한 말을 하자 류성은 잠시 할 말을 잃었다. 여자가 몸을 비비꼬며 사뿐사뿐 다가와 나지막이 속삭였다.

"늘 하던대로?"

류성은 잠시 뜸을 들이다가 씩 웃으며 대답했다.

"똑같은 건 재미없잖아? 좀 새로운 거 어때?"

류성이 여자를 따라 굽은 계단을 돌아서려 할 때 갑자기 할아버지가 소란을 피우기 시작했다.

"류성! 돌아와, 류성! 너 어딜 가는 거야? 머리 감으려면 여기서 같이 감아. 왜 따로 감아?"

"할아버지, 조용히 해요! 난 여기 바로 위에 있을 거고 저 이모님이 할아버지를 도와줄 거니까 필요한 건 뭐든 말씀하세요. 계산은 제가 할 테니, 할아버지는 편히 즐기기만 하세요. 정말 좋지 않아요?"

"네가 올라가면 나도 올라갈 거야. 왜 나만 아래에 있으라는 거야? 무슨 음흉한 음모를 꾸미려고 그래?"

류성은 어떻게 설명해야 할지 난감해하다가 여사장에게 삿대질을 하며 소리쳤다.

"정말 답답하시네! 빨리 서비스 시작해요. 우리 할아버지 머리 감기라고요, 머리!"

여사장이 허둥지둥 할아버지 머리를 샴푸하자, 할아버지가 머리를 마구 흔들며 소리를 질렀다.

"뭐 하는 거야! 내 머리에 뭘 부은 거야?"

여사장도 참지 못해 크게 소리쳤다.

"아휴! 짜증나! 이게 뭐야? 샴푸물이 다 튀었잖아. 눈에도 들어갔어! 이 할아버지 뭐야? 다른 별에서 왔어? 도대체 나더러 뭘 어떻게 하라는 거야?"

"지구 사람 맞거든요. 이런 데 처음 와서 남이 머리 감겨주는 게 어떤 건지 모를 뿐이지. 일단 안마부터 가볍게 시작해요. 안마 받고 편안해지면 할아버지가 얌전해지지 않겠어요?"

여사장이 류성의 조언대로 즉시 팔을 뻗어 할아버지 뒷목을 잡고 두어 번 주물렀다. 그러자 할아버지가 펄쩍 뛰며 욕을 했다.

"아녀자가 어디 남자를 집적거려?"

놀라고 당황한 할아버지는 머리에 샴푸거품을 잔뜩 묻힌 채 문 쪽으로 달려가 큰 소리로 류성을 불렀다.

"류성! 빨리 내려와! 여긴 아주 불온해. 불법을 저지르는 곳이 틀림없어!"

류성이 빠른 걸음으로 할아버지에게 다가가 멱살을 잡고 경고했다.

"할아버지, 쓸데없는 소리 하지 마세요. 여긴 합법적으로 장사하는 가게예요. 이 사람들은 다 내 친구고, 난 저 아가씨랑 사업 얘기를 할 거예요. 내가 사업 얘기하는 동안 할아버지는 머리를 감고 있으면 돼요. 내 사업 얘기 끝나고, 할아버지 머리 다 감고 나면 바로 돌아갈 거니까 얌전히 굴어요."

하지만 할아버지는 절대 고분고분하지 않았다. 한 손으로 알루미늄 미닫이문을 꼭 잡고 버티며 류성 얼굴에 침을 뱉었다.

"내가 불온하다면 불온한 거야. 너야말로 내 말을 듣는 게 좋을 거야. 이런 데 있으면 범죄자가 될지도 몰라. 네가 안 가면 나라도 갈 거야."

결국 류성의 인내심이 폭발했다. 눈빛이 무섭게 돌변한 그는 여사장에게 손을 흔들며 소리쳤다.

"밧줄! 밧줄 가져와요!"

여사장은 어떤 상황인지 이해할 수 없었지만 일단 열심히 밧줄을 찾아왔다. 류성이 할아버지를 의자에 눌러 앉히고 밧줄로 할아버지 어깨를 툭툭 쳤다. 그냥 툭 쳤을 뿐인데 할아버지는 번개라도 맞은 것처럼 순간적으로 온몸이 뻣뻣하게 굳었다.

"민주매듭으로 해줘."

할아버지는 이 한마디만 남기고 얌전히 고개를 숙였다. 류성은 할아버지 몸에 밧줄을 휘휘 휘감아 대충 빠르게 돌려 묶었다. 할아버지는 의자에 꽁꽁 묶였다. 옆에서 지켜보던 여사장 눈이 휘둥그레졌다. 냉정하게 할아버지를 묶는 손자와 얌전히 묶이는 할아버지, 모두 이상했다. 그녀는 놀라움을 금치 못하며 중얼거렸다.

"젊은 양반, 당신들 어디서 온 거야? 내가 반평생 이 장사 하면서 별의별 사람 다 봤는데, 당신 할아버지 같은 사람은 난생 처음이야. 혹시 정신병자 아니야?"

류성이 눈을 부라리며 대꾸했다.

"정신병이라니! 다 알아들으시거든요. 가끔 묶어둬야 하지만, 묶으면 바로 정상으로 돌아와요."

류성은 할아버지 몸에 묶은 매듭을 전체적으로 살핀 후, 할아버지 어깨에 내려앉은 먼지를 털어줬다.

"사장님, 텔레비전 좀 틀어요. 가능하면 만화영화로. 할아버지가 머리를 감겠다면 머리 감겨 주고, 안마를 받겠다면 안마 해주고, 이것저것 다 싫다하면 그냥 내버려두고 텔레비전이나 보게 해요."

젊은 여자는 계단 위에서 재미있는 구경거리를 계속 지켜보고 있었다. 놀랍기도 하고 우습기도 해서 저도 모르게 '아이고, 웃겨 죽겠네', '어머, 너무하네'라고 중얼거렸다. 할아버지가 불쌍하다는 생각이 들었지만 어쨌든 그녀가 모셔야 할 손님은 류성이기 때문에 자연스럽게 류성 편을 들었다. 그녀는 할아버지가 결박당해 얌전해질 때까지 참을성 있게 기다렸다.

"사장님, 이제 다 된 거예요?"

류성이 손을 탁탁 털며 대답했다.

"다 됐어. 묶으면 바로 얌전해지지."

위층은 휑했다. 정체된 공기에서 퀴퀴한 곰팡이 냄새와 컵라면 스프 냄새가 확 풍겼다. 열일곱, 열여덟쯤으로 보이는 남자애가 나무상자에 앉아 게임기에 고개를 처박고 있었다. 그는 류성을 보더니 소녀처럼 부드럽고 화사한 미소를 지었다.

"형님, 왔어요?"

류성이 멈칫하며 젊은 여자에게 물었다.

"저 애는 뭐야?"

여자는 류성의 경계심을 눈치챘다.

"괜찮아요. 안심해요. 내 동생이에요."

그녀는 류성을 끌고 커다란 거울 앞으로 가서 화장을 고쳤다. 아무리 둘러봐도 따로 마련된 방이 없었다. 류성이 답답해하던 차에 여자가 거울 앞에서 손바닥을 치고 이렇게 말했다.

"열려라, 참깨!"

그리고 살짝 밀자 거울이 삐걱거리며 움직이고 안쪽에 어두컴컴한 밀실이 나타났다. 여자가 먼저 들어가 스탠드를 켰다.

"들어와요. 여긴 아주 안전해요."

일단 발을 들여놨지만 좀처럼 들어갈 마음이 생기지 않아 다시 뒤를 돌아봤다. 남자애는 여전히 상자에 앉아 게임에 몰두하고 있었다. 게임기 불빛이 그의 앳된 얼굴을 비췄다.

"당신 동생이 아직 저기 있잖아."

"알아요. 그 애가 달리 갈 데가 없어서요."

"당신들 친남매 맞아?"

여자가 아무렇지도 않게 고개를 끄덕였다.

"내 친동생이에요. 왜요?"

일부러 모르는 척하는 것인지, 다른 꿍꿍이가 있는 것인지, 도저히 분간이 안 됐다. 류성은 단도직입적으로 물었다.

"당신이 여기서 손님을 상대하는 동안 동생이 저기서 게임을 한다고? 그게 안 이상해? 세상에 이런 남매가 어디 있어?"

그제야 무슨 뜻인지 이해한 여자가 입을 삐죽거렸다.

"이 세상에 이상한 돈벌이가 한둘이에요? 돈 버는데 뭘 그렇게 따져요?"

여자는 류성의 귀에 바짝 붙어 비밀을 털어놓듯 나지막이 속삭였다.

"내 동생은 작년에 시골에서 올라왔는데, 저 애도 사우나에서 나처럼 남자 손님을 모셨죠."

"남자가 남자 손님을 모셔? 말도 안 돼!"

"그래서 내가 그 이상한 사우나에서 구해왔어요. 지금은 나랑 같이 지내면서 내 보디가드가 됐죠."

류성은 어이가 없어 대꾸할 말이 없었다. 여자가 거울 문을 닫고 스카프로 스탠드를 덮어씌웠다. 스탠드 불빛이 은은한 보랏빛으로 바뀌었다. 류성이 여자에게 다가갔다. 그녀의 외모는 평범했고 눈동자는 흔들림 없이 평온했다. 짙은 화장으로 무장한 그녀는 섹시하면서도 솔직한 매력이 있었고, 적당히 속물적이고 노련해보였다. 문득 익숙하지만 뭐라 형용하기 힘든 냄새가 스멀스멀 올라왔다. 이 침대보를 스쳐간 수많은 남자의 육체가 남긴 냄새, 여기에 이제 곧 자신의 냄새가 더해질 터였다. 그리고 커다란 옷장으로 가로막은 밀실 벽. 류성은 조심스럽게 옷장 문을 열고 똑똑 두드려봤다.

"걱정 말아요. 아무것도 없어요. 이 동네는 이런 게 생긴 지 얼마 안 돼서 아직 그런 이상한 짓 하는 가게는 없어요."

류성은 그래도 못 미더워 이불 아래를 뒤적거렸다. 잡지 한 권이 손에 잡혀 꺼내보니 표지에 '빠르게 부자가 되는 방법 16가지'라고 씌어 있었다. 류성이 진지하게 반응했다.

"좋은 책이네. 그런데 아가씨들은 15가지면 되는 거 아니야? 이미 가장 확실한 방법을 알고 있잖아?"

류성은 이런 이발소를 자주 드나들어서 어떻게 서비스가 진행되는지 잘 알았다. 가게는 달라도 서비스 과정은 거의 똑같았다. 다만 아가씨의 손, 입술, 육체가 다르기 때문에 늘 신선했다. 그는 이런 신선함에 특히 집착했다. 그는 쭈글쭈글한 이불이 깔린 작은 침대에 누우면서 침대 머리맡에 놓인 물병을 힐끗 쳐다봤다. 순간 서류가방에 넣어둔 비아그라가 생각났다. 얼른 서류가방으로 팔을 뻗으며 여자에게 뜬금없는 질문을 던졌다.

"아가씨 이름이 뭐야?"

"3호요."

"번호 말고 이름말이야, 이름."

여자가 방긋 웃으며 대답했다.

"내 이름이 궁금해요? 난 선녀예요. 선녀라고 부르세요."

깜짝 놀란 류성이 벌떡 일어나 눈을 부라렸다.

"뭐라고? 그게 무슨 말이야? 네가 무슨 선녀야? 너, 어디 살아?"

"사장님, 왜 별것도 아닌 거 가지고 이 난리예요? 나 선녀 맞거든요?"

여자는 무척 억울한 표정이었다.

"여기 풍림진 사람들은 다들 우리를 선녀라고 불러요. 이 일 하는 여자들은 다 선녀라고요. 좀 점잖게 선녀라고 부르면 좋잖아요, 어떻게 매번 대놓고 기녀라고 해요?"

할 말을 잃은 류성은 흥이 완전히 깨져버렸다. 그는 깊은 한숨을 내쉬며 벌러덩 누웠다.

"기녀라고 부르는 건 당연히 안 좋지만 그래도 선녀는 그렇게 함부로 부를 이름이 아니지. 난 기녀는 좋지만 선녀는 무섭거든."

그리고 팬티를 가리키며 농담 반 진담 반으로 중얼거렸다.

"얘도 선녀를 무서워해. 이것 보라고. 네가 선녀라고 하니까 무서워서 무릎 꿇고 고개를 숙여버렸잖아."

류성은 생수병 뚜껑을 비틀어 땄다. 비아그라 알약은 이미 손에 쥐고 있었다. 그런데 왠지 모르게 불안했다. 약 때문일까, 선녀라는 이름 때문일까? 그는 알약을 도로 서류 가방에 쑤셔넣었다. 여자가 그의 행동이 의심스러운 듯 물었다.

"사장님, 그건 무슨 약이에요?"

류성이 뻔한 농담으로 응수했다.

"청심환. 아가씨 같은 선녀를 만나면 내 심장이 미친듯이 날뛰거든."

이때 밀실 밖에서 떠들썩한 소리가 들려왔다. 우당탕, 우당탕. 누군가 위층으로 뛰어올라왔다. 류성이 소스라치게 놀라며 벌떡 일어났다.

"누구지? 경찰이야?"

여자가 거울 문에 귀를 대고 상황을 살폈다.

"안심해요. 경찰이 아니라 사장님 할아버지예요. 밧줄을 제대로 안 묶었나 봐요. 사장님 찾으러 올라온 모양이네요."

류성도 문 앞으로 달려가 귀를 댔다. 할아버지가 고래고래 소리치며 그의 이름을 불렀다. 그는 이맛살을 찌푸리며 중얼거렸다.

참새 이야기

"밧줄은 제대로 묶었어. 얼마나 단단히 조였는데, 그 매듭을 어떻게 풀었지?"

거울 문 너머에서 여사장의 날카로운 고함 소리가 들려왔다.

"의자! 의자 조심해요! 젠장, 오늘 진짜 재수 옴 붙었네! 할아버지, 제발 그만 좀 뛰어다녀요. 아휴! 도대체 어디서 이런 물건이 튀어나왔어? 혹시 정신병원에서 도망쳐 나온 거 아니야?"

옆에서 지켜보던 남자애가 낄낄 웃어대며 할아버지를 대변했다.

"서커스단에 있었던 게 틀림없어요. 아주 잽싸고 날렵하잖아요. 저 것 봐요, 의자에 묶여 있는데 여기까지 올라왔잖아요. 대단해!"

류성은 도저히 집중할 수가 없었다. 그는 여자 몸에 올라타 대충 몇 번 주무르다 말고 일어나 옷을 입고 밀실 밖으로 나갔다. 할아버지는 온몸이 이미 땀으로 흠뻑 젖었고 문제의 의자는 반대 방향으로 돌아간 채 할아버지 등에 매달려 있었다. 마치 등이 붙은 채 평생을 살아온 할아버지 샴쌍둥이 같았다. 화가 머리끝까지 치민 류성은 거칠게 의자를 잡아당겨 할아버지를 아래층으로 끌고 내려가며 분풀이 하듯 호통을 쳤다.

"아주 대단한 능력이네요. 의자에 묶여서도 그렇게 뛰어다닐 수 있다니! 그럼, 차에 묶어놔 볼까요? 어디 차도 등에 지고 뛰어다니는지 봅시다! 내가 졌어요, 졌다고요. 앞으로 절대 할아버지 데리고 안 나와요! 또 그러면 내가 국제급 상병신이지!"

밖으로 나오니 날이 이미 어두워졌다. 이발소 앞 분홍빛 조명간판이 화려하게 번쩍거리며 사람 마음을 싱숭생숭하게 만들었다. 류성은 할아버지 손을 붙잡고 가다가 문득 돌아서서 이발소를 바라봤다. 젊은 여자가 계단 위에 서서 무심한 표정으로 해바라기 씨를 까고 있었다. 이

때 남자애가 뛰어나오더니 방긋 웃으며 류성에게 분홍색 명함을 찔러 줬다.

"형님, 다음에 꼭 다시 오세요. 만약 여기까지 오기 불편하면 전화 주세요. 방문 서비스도 가능해요."

24. 홍보매니저

류성은 유흥업소 아가씨들이 준 명함이 아주 많았다. 울긋불긋 요란한 디자인에 향수 냄새가 진동하는 명함들. 그는 이 명함들을 넣은 작은 철제 상자를 봉고차 조수석 박스에 숨겨뒀다. 그러나 미스 바이의 명함은 지갑에 넣고 다녔다. 사실 이 명함은 차오 원장이 사무실 책상 유리판에 끼워둔 것을 슬쩍한 것이었다. 훔친 것이지만 그는 필요해서 가져왔다고 생각했다. 베이지색 종이에 금실, 은실을 박아 넣었고 고급스러운 프랑스 향수 냄새가 났다. 명함에는 중국어와 영어로 '정씨 국제 투자무역회사, 홍보부 매니저'라고 적혀 있다. 명함 오른쪽 상단에는 긴 속눈썹, 높은 콧대, 우아하고 단정한 헤어스타일의 여자 얼굴 실루엣이 박혀 있다. 예술성이 가미된 미스 바이였다. 어렴풋이 느껴지는 섹시함과 지적인 아름다움이 명함 주인의 신비로운 매력을 한껏 드높였다.

류성은 자신이 그녀에게 전화할 용기가 있는지 시험해봤다. 어렵게 그녀의 핸드폰 번호를 눌렀지만, 마지막 번호를 누르자마자 끊어버렸다. 그는 그녀에 대한 이 복잡한 감정이 어떤 의미인지 확실히 알지 못했다. 미안함인지, 고마움인지, 호기심인지, 단순한 욕정인지, 아니면 절대 표현해서는 안 될 그 마음, 혹시 사랑일까?

사람들 모두 미스 바이의 미모를 인정했다. 징팅병원은 물론 온 세상이 미녀의 독무대로 변해버렸다. 미녀는 언제 어디서나 사람들의 시선을 한몸에 받았다. 그러나 미녀의 과거는 대부분 그녀의 눈빛, 혹은 비밀 서랍에 깊이 숨어있다. 사람들은 그 비밀 서랍을 열기 위해 온갖 추측과 논쟁을 벌였다. 류성은 징팅병원 사람들이 미스 바이의 과거에 대해 쏟아내는 다양한 이야기를 들었다. 어떤 사람은 그녀가 세기나이트클럽의 홀라춤 무용수였다고 단언했다. 노래도 잘하고 춤도 잘 추는데다 요염한 매력이 있어 세기나이트클럽의 간판이었다고 부연설명을 덧붙였다. 이런 추측이 설득력을 갖는 이유는 정 사장이 다년간 유흥가를 누비며 나이트클럽에서 인재를 등용한 전력이 있기 때문이었다. 그렇다면 나이트클럽 이전에는? 그 전에는 뭘 했을까? 또 다른 누군가는 그녀가 홍콩 거부의 첩으로 몇 년 간 선전에 살았다고 말했다. 그녀는 첩들이 많이 모여 사는 동네에서 가장 젊고 미모도 뛰어났지만, 홍콩 거부가 그녀보다 젊은 여자를 또 첩으로 들이자 홧김에 선전을 떠났다는 설명을 덧붙였다. 이 추측은 심하게 어이없었지만 그럼에도 불구하고 많은 사람들이 이 말을 믿었다. 그렇다면, 그 전에는? 미스 바이가 첩이 되기 전에는 뭘 했을까? 여기서부터는 다들 말수가 줄었다. 하지만 몇몇 사람들은 계속해서 황당한 추측을 내놓았고, 추측은 종종 확신으로 이어졌다.

"이전이고 이후고 다를 게 있겠어? 이런 아가씨들이 무슨 정상적인 일을 했겠어? 반반한 얼굴이랑 몸뚱어리로 먹고 사는 것밖에 모르는데. 예전에도 유흥업소 아가씨였겠지. 보나마나 뻔해!"

사람들이 미스 바이의 과거를 깊이 파고들수록 류성의 심장이 강하게 두방망이질 쳤다.

'이전에는? 그 이전에는 뭘 했지?'

징팅병원 사람들도 취수탑 사건을 들었을 테지만 오래된 일이니 대부분 잊었다. 혹여 누군가 이 일을 언급하더라도 그 죄를 류성에게 돌릴 사람은 없을 것이다. 하지만 류성은 늘 조심스럽게 침묵을 지켰다. 가능한 한 다른 사람들이 그 일을 떠올리지 않도록. 불안하고 혼란스러운 마음을 감출 방법은 침묵뿐이었다.

미스 바이는 늘 노란색 자가용을 타고 병원 정문을 통과해 1병동 출입문 앞에서 내렸기 때문에, 류성은 그녀를 직접 볼 기회가 거의 없었다. 두 사람은 최대한 서로를 피했다. 성인이 되어 다시 만난 두 사람이 반드시 지켜야 할 무언의 약속이었다. 이 무언의 약속은 류성에게 안정감을 주는 동시에 상실과 박탈감을 느끼게 했다. 그는 그녀를 외면할 수 없었다. 아니, 그녀가 너무 그리웠다. 류성의 기억 속에 있는 그녀의 소녀 시절은 깨진 밥그릇이었다. 그 밥그릇에는 자신의 추악함과 죄가 가득했다. 깨진 밥그릇은 끈끈한 액체로 억지로 이어 붙였다. 밥그릇 겉면에 보이는 것은 온통 영광과 자부심뿐이었다.

'그녀의 첫 경험은 나였어. 그녀의 육체는 내 것이었어. 그녀의 모든 것, 전부 다, 내 것이었다고!'

사실 류성은 그녀가 너무 보고 싶어 몇 번인가 1병동 근처에서 배회하기도 했다. 그녀의 사무실 창문에는 벨벳 커튼이 드리워지고, 창턱에 놓여 있는 선인장 화분에 노란색 꽃이 피었다. 그녀가 창문 너머에서 뭘 하는지는 보이지 않았다. 그녀는 저 안에서 뭘 하고 있을까? 그 바로 옆방은 정 사장이 입원한 2호 병실이었다. 2호 병실에는 베란다가 딸려 있고, 베란다에 커다란 파라솔을 펼친 플라스틱 원형 탁자가 있었다.

참새 이야기

그 원형 탁자에도 노란색 꽃이 핀 선인장 화분이 놓여 있었다. 똑같은 선인장이 담긴 화분에 똑같이 노란 꽃이 피었다. 이것은 두 방의 관계가 얼마나 친밀한지 보여주는 확실한 증거였다. 류성은 그녀와 정 사장의 관계를 줄곧 의심해왔다. 정말 보통의 고용주와 고용인 관계일까? 혹시 사장과 비서 겸 정부가 아닐까? 홍보 매니저라는데, 도대체 정신병원에 입원한 사장 옆에서 하는 일이 뭘까?

정 사장은 베란다에 나온 적이 한 번도 없고, 그의 애마인 벤츠가 늘 1호 병동 앞에 서 있었다. 정 사장의 사치와 여자 문제는 징팅병원에서 가장 인기 있는 토론 주제이자 과학적인 연구 대상이었다. 한편 정 사장의 망상증은 날이 갈수록 심해졌다. 처음에는 밧줄을 무서워했다. 그리고 어둠을, 아침이 오는 것을, 개 짖는 소리를, 낯선 남자를 두려워했다. 어떤 약물도, 정신치료법도 전혀 효과가 없었다. 여러 저명한 의사와 심리학자들이 팀을 구성해 달려들었지만 모든 노력이 물거품이 됐다. 대신 그들은 공동으로 논문을 작성해 국제 학술지에 발표했다. 제목은 '폭발적으로 늘어난 재산과 재산 소유자의 정신착란증'이었다. 이 논문의 주인공인 정 사장은 Z라는 가명으로 전 세계 정신과 전문의에게 소개됐다. 이 논문에서 심도 있게 다루지는 않았지만 Z의 특이한 병리 현상을 잠깐 언급하는데, 바로 여자에 대한 의존도가 매우 높다는 사실이다. 현재까지 확인된 바에 의하면, 미녀만이 Z의 불안과 초조를 해소할 수 있다고 했다. Z는 미녀가 함께 있으면 어떤 치료든 기쁘게 받아들였다.

차오 원장에게 전해 들은 바에 의하면, 정 사장이 하던 회사 일은 이미 정 사장 누나가 모두 인수했다고 한다. 지금 정 사장이 하는 일은 욕구와 쾌락을 소비하는 것뿐이었다. 1호 병동 앞에 정 사장 벤츠가 서 있으면 그의 병실에 아가씨가 있다는 뜻이다. 아가씨들은 하나같이 꽃다발을 품에 안고 병문안을 온 것처럼 정 사장 병실로 들어갔다. 이런 아가씨들이 하루가 멀다 하고 찾아왔는데 매번 다른 얼굴이었고, 늘 오늘 아가씨가 어제 아가씨보다 예뻤다. 차오 원장은 이 얘기를 하면서 한숨을 푹 내쉬었다.

"정 사장 이 인간이 병원 분위기를 다 망쳐놨어. 나도 병원 관리하기 힘들지만 미스 바이도 참 못할 짓이지. 미스 바이가 아가씨들을 물색해오는 모양인데, 스물다섯 살 이하에 섹시한 미녀로 엄격하게 고른다더군. 무슨 미인선발대회도 아니고!"

홍보 매니저의 내막을 알게 된 류성은 왠지 기분이 거지같았다.

'제기랄! 아주 돈에 환장했구나. 홍보 매니저는 무슨! 완전히 기생 어미구먼!'

정 사장의 서른 번째 생일 날, 징팅병원에 미니버스 한 대가 등장했다. 미니버스가 1병동 앞에 멈추자 젊은 여자들이 재잘거리며 줄줄이 내렸다. 여자들은 버스에서 내리자마자 둘로 나뉘었다. 한쪽은 야한 옷에 화장이 짙은 화끈한 섹시파였고, 다른 한 쪽은 수수한 차림에 운동화를 신은 청순파였다. 각기 다른 회사에서 섭외한 패션모델 같았다. 이들은 합동공연을 준비하면서 미모 경쟁에 열을 올리느라 공연 전부터 분위기가 살벌했다. 결국 말싸움이 벌어졌고 쓰촨四川 억양으로 어설픈 표준어를 구사하는 아가씨가 먼저 기선제압에 나섰다.

"지금 그걸 서양스타일이라고 한 거야? 너! 그 코, 세운 거지? 확 물어버릴까 보다!"

그러자 동북 출신 아가씨가 사납게 되받아쳤다.

"그래, 난 서양스타일이 아니라고 치자. 그러는 넌 뭐야? 그게 무슨

청순파야? 그리고 내 코가 뭐 어때서! 그러는 넌 뭐가 잘났어? 넌 가슴
채웠구먼. 세상에, 그렇게 큰 실리콘을 넣고도 괜찮니? 빵, 터질까봐 무
섭지 않아?"

이때 미스 바이가 끼어들어 입씨름을 중단시켰다.

"조용해! 조용히 하라고! 너희들 머리가 그렇게 나빠? 내가 몇 번을
말했어? 여긴 나이트클럽이 아니라 정신요양병원이야. 또 떠들면 오늘
일당 없는 줄 알아!"

미스 바이의 지휘 아래 겨우 줄을 선 시끄러운 아가씨들이 진한 향
수 냄새를 풍기며 줄줄이 1병동으로 들어갔다. 경비원 장씨가 계단을
막고 서서 아가씨들 숫자를 셌다. 총 삼십 명이었다. 장씨가 당황한 표정
으로 비스 바이에게 물었다.

"정 사장 생일이라고만 했잖아? 웬 아가씨들이 이렇게 많이 왔어?"

"사장님 생일 맞아요. 그래서 생일파티를 할 거예요. 사장님이 올해
서른 살이잖아요. 한 살에 아가씨 한 명, 노래 한 곡을 준비했으니, 많은
게 아니라 딱 맞는 거죠."

"셋만 되도 충분하겠구먼. 삼십 명이 한꺼번에 모이면 엄청 시끄러
울 텐데? 여긴 특별병동이야. 오락시설이 아니라고. 백 번 양보해도 열
명 이상은 안 돼. 나머지는 돌려보내."

미스 바이가 장씨 손에 봉투를 쥐어주며 말했다.

"장 선생님, 한 명도 빠지면 안 돼요. 여긴 일 년 내내 너무 적막해
요. 꼭 공동묘지 같잖아요. 저만 믿으세요. 아무 문제없을 거예요. 신나
는 파티는 정신건강에도 좋거든요."

잠시 후 삼십 명의 아가씨들이 정 사장 병실에서 생일파티를 시작
했다. 이것은 세계 의료역사의 기록까지는 아니겠지만 최소한 징팅병원

역사에 기록될 파격인 것만은 틀림없었다. 처음에는 절제된 분위기로 시작했다. 병실 밖으로 노랫소리가 새어나오기는 했지만 편안하게 들을 만했다. 음색이나 멜로디로 보아 청순파 아가씨들 순서인 것 같았다. 다음 차례인 섹시파는 과연 화끈했다. 이들은 청순파가 부른 노래와는 비교도 할 수 없이 강한 비트의 신나는 유행가를 선택했다. 가사는 거의 알아들을 수 없었고 거친 숨소리와 고함소리만 들렸다.

"COME ON, COME ON, COME ON!"

나머지 아가씨들도 여기에 호응하며 흥을 돋웠다.

"COME ON, 벗어! COME ON, 벗어! 빨리 벗어!"

정 사장의 생일파티는 그야말로 광란의 파티였다. 주위를 아랑곳하지 않는 함성소리가 징팅병원 전체를 들썩이게 만들었다. 징팅병원 환자들이 모두 창밖으로 얼굴을 내밀고 무슨 일인지 바깥을 살폈다. 그중 몇몇이 노래 가사를 알아듣고 열렬히 호응하기 시작했다.

"캄온, 벗어! 캄온, 벗어! 빨리 벗어!"

교외의 적막함에 둘러싸인 징팅병원에 환락의 불꽃이 타오르기 시작했다. 징팅병원 역사상 유래 없는 환락이었다. 환락의 함성은 사방으로 퍼져나가며 절정으로 치달았다. 성적 자극이 흘러넘치는 함성은 거침없는 자유, 망설임, 서양스타일과 전통스타일까지 모든 사람을 사로잡았다. 특히 성욕과다증 환자들은 아주 열렬히 호응했다. 2동, 3동 병동에서 젊은 남성 환자들이 고삐 풀린 망아지처럼 뛰쳐나와 미친 듯이 소리를 질렀다.

"캄온, 벗어! 벗어! 캄온, 벗어! 빨리 벗어!"

이들은 얼굴이 벌겋게 달아올라 1병동으로, 광란의 낙원으로 달려갔다. 병동 입구 보안요원만으로는 미친 듯이 달려드는 환자들을 막기에 역부족이었다. 보안요원이 건물 안 경비에게 긴박한 상황을 전달했다.

"환자들이 반란을 일으켰다! 문을 잠가! 빨리 잠가!"

경비원 장씨가 안내실에서 서둘러 뛰어나왔으나 팬티만 걸친 남자 환자가 벌써 계단을 뛰어오르는 게 보였다. 그는 또 다른 팬티를 손에 들고 휘휘 흔들며 극도로 흥분해 외쳤다.

"벗어! 올라가서 다 벗어!"

장씨가 달려들어 남자 환자를 붙잡는 순간, 시끄러운 음악 사이로 '탕' 총소리가 울렸다. 곧이어 와장창, 유리창이 산산조각 나는 소리가 들려왔다. 그리고 몇 초 동안의 정적. 정 사장 병실에 있던 여자들이 연달아 소리를 질렀고 보안요원, 장씨, 남자 환자는 제자리에 얼어붙었다. 가장 먼저 정신이 돌아온 사람은 남자 환자였다. 그는 머리를 감싸 쥐고 건물 밖으로 뛰쳐나가며 고함을 질렀다.

"총을 쐈어! 벗지 마! 누가 총을 쐈어!"

1호 특실, 캉 사령관이 총을 쐈다.

1호 특실, 캉 사령관이 총을 쏜 것이었다.

류성이 1호 병동 앞에 도착했을 때는 이미 모든 상황이 종료된 후였다. 반란을 일으킨 남자 환자들은 모두 끌려갔고 바닥에 남자 슬리퍼 한 짝이 외롭게 나뒹굴고 있었다. 멀리서 보니 꼭 커다란 느낌표처럼 보였다. 캉 사령관 병실 창문 안쪽에 사람 그림자가 어른거렸다. 그 그림자가 캉 사령관의 사역병인지, 가족인지, 혹은 캉 사령관 본인인지는 확실치 않았다. 창문 앞에 다가온 그림자가 차르륵 소리를 내며 자줏빛 벨벳 커튼을 끌어당겼다.

잠시 후 미스 바이가 아가씨들을 데리고 계단을 내려왔다. 아가씨들은 앞다퉈 미니버스에 올라탔다. 류성은 진동하는 향수 냄새 때문에 재채기를 했다. 아가씨들은 대부분 겁에 질린 표정이었으나, 그중 둘은 대범하게 총성에 관한 논쟁을 벌였다.

"고무탄이었어. 그냥 겁주려는 거지."

"꿈 깨! 그 사람이 누군지 몰라? 사령관이라고. 그건 진짜 총이야."

미스 바이가 스탠드 스피커를 품에 안은 채 잔뜩 화난 표정으로 성질 급한 아가씨에게 호통을 쳤다.

"일단 차에 타라고. 돈 얘기는 차에 타고 해도 돼. 한 푼도 깎지 않을 테니 걱정 마!"

미스 바이는 공들여 준비한 성대한 프로젝트가 실패로 돌아가자 끓어오르는 화를 주체하기 힘들었다. 류성은 어디서 그런 용기가 났는지 미니버스 문 앞으로 끼어들었다.

"이리 줘. 스피커 내가 들어줄게."

그녀는 차가운 눈빛으로 그를 노려봤다.

"네가 누군데? 난 너 몰라. 저리 비켜."

류성은 그녀의 무시를 아랑곳하지 않고 뻔뻔스럽게 대꾸했다.

"넌 날 몰라도, 내가 널 알아. 내 도움이 필요하면 언제든 말하라고 했잖아."

미스 바이는 스피커를 안고 버스에 오르려다가 발걸음을 멈추고 류성을 돌아봤다.

"너! 이리 와봐. 네가 도와줄 일이 하나 있어."

류성은 그녀의 관심에 황송해하며 그녀에게 다가갔다.

"정 사장이 권총을 원해. 값은 얼마든 상관없어. 너, 총 구할 수 있어?"

말투로 보아 절대 농담이 아니었다. 류성은 너무 놀라 손을 휘휘 저었다.

"이건 허세 부릴 일이 아니야. 총은 돈이 아무리 많아도 못 사. 캉 사령관 총은 돈을 주고 산 게 아니라 군대 보급품이지!"

미스 바이가 실망한 표정으로 눈을 깜빡이더니 금세 경멸의 눈빛을 발사했다.

"제 버릇 개 주겠어? 여전히 입만 살았지."

그녀는 스피커로 류성을 밀쳐냈다.

"도와주긴 뭘 도와줘? 네가 어떤 놈인지 내가 모르니? 저리 비켜!"

그녀의 불신은 어쩌면 당연한 결과였다. 지난 수년 간, 류성은 꼬리를 내리고 조용히 죽어지냈지만 그녀는 여전히 선녀였다. 겁 없고, 버릇 없고, 세상 물정 모르는 그 옛날 선녀 모습 그대로였다. 그는 그녀의 거칠고 무례한 행동은 받아들일 수 있었지만, 경멸과 무시는 참을 수 없었다. 류성은 그녀에게 본때를 보여주려는 것인지, 아니면 스스로에게 유능함을 증명하려는 것인지, 어쨌든 당장 총을 구할 방법을 찾아 나섰다.

류성 주변에는 다양한 부류의 친구들이 있었다. 여기저기 수소문한 결과 기차역에서 불법미니버스를 운행하는 리다마오가 총을 취급한다는 정보를 얻었다. 리다마오와는 친분이 없기 때문에 일단 기차역에 가서 그의 차를 찾아 올라탔다. 리다마오의 얼굴을 보는 순간 왠지 낯이 익었지만 어디서 봤는지는 생각나지 않았다. 류성은 운전석 바로 옆에 붙어 헛기침을 하며 리다마오가 먼저 말을 걸어주길 기다렸다. 하지만 리다마오는 팔꿈치로 거칠게 그를 밀어내며 짜증을 냈다.

"내 대신 운전이라도 하려고? 뒤로 좀 가라고!"

류성은 별 수 없이 먼저 자기소개를 시작했다.

"난 참죽나무거리에 사는 류성인데, 동문 라오쌴의 친구야. 우리 라오쌴 집에서 본 거 같은데."

리다마오는 류성에게는 눈길도 주지 않고 대꾸했다.

"라오쌴이 누구야? 할 말 있으면 뜸들이지 말고 빨리 해."

리다마오는 빙빙 말 돌리는 것을 싫어했다. 하지만 류성은 단도직입적으로 말하는 성격이 아니라 조심스럽게 상대를 떠봤다.

"듣자니, 모조 총을 판다던데?"

리다마오가 곁눈질로 류성을 훑었다.

"사람 잘못 봤어. 모조 총을 사려면 문구점에 가봐. 난 진짜밖에 없어."

류성이 얼른 리다마오의 귀에다 속삭였다.

"알아. 값이나 불러봐."

리다마오의 표정이 진지해졌다. 그는 한 손으로 핸들을 잡고 다른 한 손을 류성에게 펼쳐보였다.

"미얀마 물건은 3만, 미국 물건은 5만. 미얀마 물건 계약금은 8천, 미국 물건은 1만."

리다마오가 이렇게 쉽게 답을 해줄 줄은 몰랐다. 류성은 왠지 의심스러워 잠시 할 말을 잊었다. 주변 사람들이 두 사람의 대화를 관심 있게 지켜보고 있었다. 하지만 무슨 의미인지 몰라 다들 눈만 끔벅였다. 류성은 미니버스를 가득 메운 낯선 사람들의 시선을 의식하자 갑자기 덜컥 겁이나 일단 자리를 떠나기로 했다.

"가격은 문제없는데, 일단 사장님에게 보고해야 해서."

류성은 이틀 내내 이 문제를 고민하고 또 고민했다. 리다마오가 믿을 만한지는 둘째치고, 이 일은 무엇보다 그녀에게 자신의 진심을 보여줄 절호의 기회였다. 그는 그녀를 만나기 위해 일단 전화를 걸었다. 하지만 그녀는 그의 목소리를 듣자마자 무슨 일인지 묻지도 않고 '잘못 걸었어요'라며 전화를 끊어버렸다. 류성은 어쩔 수 없이 직접 그녀를 찾아가기로 했다.

　　그녀를 찾아가던 날, 오랜만에 정 사장 누나를 봤다. 1병동을 빠져나오는 정 사장 누나 뒤에 승복을 입은 스님 둘이 보였다. 류성은 경비원 장씨에게 무슨 일인지 물었다.

　　"정 사장 누나가 왜 스님을 데려왔대요?"

　　"뭐, 지푸라기라도 잡고 싶은 심정이겠지. 의학 치료가 효과가 없으니 부처의 힘을 시험해보려는 거야."

　　평소 장씨와 친한 류성은 그에게 담배 한 개비를 쥐어주고 이층으로 올라갔다. 미스 바이 사무실 앞에 도착하자 향 태우는 냄새가 진동했다. 순간적으로 방을 잘못 찾은 줄 알았다. 살짝 문을 밀었을 뿐인데 스르르 열렸다. 넓은 사무실 절반이 향화당香火堂으로 꾸며졌다. 미스 바이는 매트에 누워 두 다리를 위로 곧게 뻗어 올리고 있었다. 요가 수련 중이었다. 그녀 뒤편에 번쩍이는 황금 부처상이 모셔진 자단목 제단이 보였다. 향로에서 향 연기가 모락모락 피어오르고, 빨간 양초 불빛이 그녀의 얼굴에 깜빡깜빡 어른거리며 뺨과 이마를 붉게 물들였다. 류성은 친한 친구를 만난 것처럼 편하게 말을 건넸다.

　　"야, 뭐해?"

　　"우리가 서로 아는 사람이던가?"

　　그녀가 질색하며 그를 노려봤다.

"나 요가 수련 중인 거 안 보여? 요가는 중간에 멈출 수 없으니까 빨리 꺼져!"

류성은 여전히 하늘로 뻗어 있는 그녀의 다리를 훑어보다가 발끝에서 시선이 멈췄다. 그녀의 발톱에 생기발랄한 새빨간 매니큐어가 발라져 있었다.

"높으신 분이라 이런 사소한 일은 벌써 잊으셨나? 나한테 총 구해달라고 하지 않았어? 내가 방법을 찾았거든."

류성은 미리 생각해둔 커미션을 붙여 가격을 말해줬다. 그는 먼저 손가락 두 개를 세워보였다.

"먼저 계약금 2만이 필요하고 미얀마 물건은 4만, 미국 물건은 6만이야. 이 정도면 비싼 것도 아니지. 어쨌든 정 사장은 가진 게 돈밖에 없는 사람이잖아?"

미스 바이가 류성의 손가락을 뚫어져라 쳐다보더니 교활한 웃음을 흘렸다.

"총을 구하기가 그렇게 쉬울 리가 있나. 미얀마 물건? 미국 물건? 4만? 6만? 말이 돼? 무슨 총이 그렇게 싸?"

류성은 그녀의 표정을 자세히 살피며 그녀의 말에 다른 숨은 뜻이 없는지 생각해봤다. 혹시 가격이 비싸다는 뜻인가 싶어 가격을 낮추려는데 그녀가 콧방귀를 뀌며 웃음을 터트렸다. 그 웃음소리에 기분이 상한 류성은 갑자기 험상궂은 표정을 지으며 목소리를 높였다.

"도대체 총을 살 거야, 말 거야? 위험을 무릅쓰고 온종일 뛰어다녔는데, 날 비웃어?"

"너 같은 인간은 놀리기는커녕 생각하기도 싫어. 너, 도대체 아이큐가 몇이니?"

그녀가 드디어 요가 수련을 중단하고 일어섰다. 간단히 허리를 풀고 난 후 본격적으로 류성에게 야유를 퍼붓기 시작했다.

"머리도 나쁜 게 이건 왜 기억하고 있어? 정 사장이 왜 총을 사려는지 몰라? 캉 사령관에게 복수하려고! 정신병자가 한 말을 곧이곧대로 들었어? 네 머리도 돈 거 아니야?"

그녀는 류성을 조롱하며 우아한 손짓으로 부처상을 가리켰다.

"저거 보이지? 대룡사大龍寺에서 모셔온 부처상이야. 정 사장이 불교에 귀의했어. 부처님을 모신다고. 요즘 매일 향을 피우고 불경을 읽어. 그런 사람이 무슨 총을 사?"

류성은 찬란한 금빛을 내뿜는 불단을 똑바로 쳐다봤다. 욕을 하고 싶은데 차마 입이 떨어지지 않았다. 그는 사랑을 갈구하는 어릿광대가 된 기분이었다. 온 힘을 다해 공연을 펼쳤건만, 돌아온 것은 냉정한 야유뿐이었다. 수치스럽고 분했다.

이때 미스 바이의 휴대폰 벨이 울렸다. 그녀는 책상 앞으로 걸어가 휴대폰을 집어 들고 류성에게 손을 휘휘 저었다.

"어서 나가. 전화 받아야 해."

류성은 돌아서서 나가려다 갑자기 화가 치밀어 혼잣말 하듯 중얼거렸다.

"부처한테 향 피운다고 뭐가 달라져? 다들 두고 봐."

등 뒤에서 그녀의 목소리가 들려왔다.

"누구한테 두고 보자는 거야? 류성, 똑똑히 들어. 넌 나한테 평생 갚아도 모자랄 엄청난 빚을 졌어. 난 그 빚 돌려받을 생각 없어. 너랑 엮이는 게 끔찍해서 무시할 뿐이야."

25. 향화묘^{香火廟}

류성과 차오 원장의 주1회 바둑 대국이 중단됐다. 차오 원장은 요즘 미치도록 바빠 바둑은 생각조차 할 수 없다고 했다. 그러나 류성은 마냥 기다릴 수가 없어 차오 원장 사무실로 찾아갔다. 노크 소리를 듣고 문을 연 차오 원장이 류성을 사정없이 복도로 밀어냈다.

"지금 손님 있는 거 안 보여? 한가하게 바둑 둘 시간 없어. 캉 사령관 부인이 오셨다고."

류성이 문틈으로 고개를 들이밀자 흔들리는 사람 그림자가 보였다. 국방색 모직코트를 입고 검은 용머리 지팡이를 짚은 백발이 성성한 노부인은 매우 화가 난 듯 보였다. 차가운 눈빛으로 힐끗 류성을 돌아본 그녀는 분노를 가라앉히고 위엄을 지켰다. 류성은 눈치껏 한쪽으로 비켜서서 사무실 문을 닫았다.

류성은 차오 원장의 고충을 잘 알고 있었다. 특실에 입원한 특별한 두 환자가 문제였다. 한쪽은 돈, 다른 한쪽은 총을 내세워 상대를 무시하면서 철천지원수가 됐다. 양쪽 모두 서로를 벼르는 상황이라 중간에 낀 차오 원장은 고래 싸움에 등 터지는 새우 꼴이었다. 굳이 비교하자면 정 사장 쪽 압력은 조금 응대하기 쉬운 편이었고, 가장 골치 아픈 상대는 바로 캉 사령관의 총이었다. 한 번은 캉 사령관이 원장 사무실에 뛰어 들어와 차오 원장 머리에 총을 겨누며 그를 비난했다.

"재물에 눈이 멀어 당성^{黨性}(공산당에 대한 충성심)이 사라졌나? 벼락부자 부르주아가 병원에서 온갖 부패와 타락을 일삼고 봉건미신을 신봉하는데 왜 내버려두나?"

이때 차오 원장은 간담이 서늘했었다. 나중에 캉 사령관 가족들에게 총구 자국을 보여주며 그들을 설득했다.

"캉 사령관이 아무리 덕망 높고 훌륭한 분이었어도 지금은 정신병 환자입니다. 걸핏하면 총을 들고 나타나니, 이러다 누구 하나 죽어나갈 지도 모릅니다. 병원은 캉 사령관 총을 압수할 권한이 없으니 가족들이 신경 써주셔야 합니다. 캉 사령관이 총 들고 돌아다니며 성질부리지 않 도록 해주세요."

캉 사령관 가족들은 원장의 의견에 대체로 동의했지만 벼락부자 환 자가 얼마나 괘씸하고 상식이하인지 강조했다.

"목욕탕에서 때 밀어서 번 돈이라면서요? 그 더러운 돈으로 특실병 동을 난장판으로 만들었으니……. 요즘은 병원도 모두 경제제일주의라 지요. 우리도 그 사정을 모르진 않지만 그래도 원장으로서 원칙은 지켜 야 하지 않겠어요? 만약 돈만 쫓다가는 지금 그 원장 자리, 지키기 힘들 겁니다."

차오 원장은 입버릇처럼 자리에 연연하지 않는다고 말했지만, 류성 은 어떤 자리든 무조건 지켜야 한다고 생각했다. 더구나 그 자리는 자신 의 뒷배가 아닌가? 그는 진심으로 원장의 고충을 해결해주고 싶었지만 그가 섣불리 끼어들 일이 아니었다. 그래서 생각 끝에 골동품 거리 좌 판을 뒤져 옛날 동전을 샀다. 차오 원장을 위로한 그 동전에는 '관운형 통'官運亨通이라는 네 글자가 새겨져 있었다. 류성은 동전을 넣은 작은 비 단함을 가지고 특별히 차오 원장 사무실에 찾아갔다. 차오 원장은 이 특별한 선물에 담긴 류성의 마음에 크게 감동했다. 그는 동전을 계속 만지작거리며 말했다.

"어서 들어와. 관운이 형통할지 아닐지, 그게 뭐 중요한가? 일단 바 둑 운이 형통한지부터 보자고."

차오 원장 사무실에 들어서자 은은한 여자 향수 냄새가 났다. 이 향기는 어수선한 사무실 분위기에 모호함을 더했다. 그녀가 왔다간 것이 분명했다. 그녀는 어디를 가나 자신의 흔적을 남겼다. 그 흔적은 향수와 분 냄새, 혹은 돈이었다. 류성은 반쯤 열린 책상 서랍 안에 누런 편지 봉투와 고급스러운 은빛 상자가 반짝이는 것을 발견했다.

"원장님, 책상 서랍을 열어두시면 어떡해요? 항상 잘 닫아둬야죠."

류성이 차오 원장 대신 서랍을 닫고 돌아서며 눈을 찡긋했다.

"미스 바이가 왔었나 봐요? 뭐래요?"

차오 원장은 류성의 경거망동이 매우 거슬렸다.

"왜 눈을 찡긋거려? 너, 지금 무슨 생각을 하는 거야? 미스 바이는 날 꼬시러 온 것도 아니고 뇌물을 주러 온 것도 아니야. 특실병동에 또 골치 아픈 사고가 터졌어! 캉 사령관이 정 사장 향화당을 박살냈어."

류성은 저도 모르게 쿡 하고 웃음을 터트렸다가 차오 원장의 굳은 얼굴을 보고 얼른 표정을 바꾸었다.

"캉 사령관이 왜 그렇게 불같이 화를 냈대요?"

차오 원장이 바둑통을 테이블에 올리며 한숨을 내쉬었다. 보아하니 바둑 둘 마음이 사라진 것 같았다. 차오 원장의 시선을 따라가니 책상 위에 뭔가 붉은 천으로 덮어놓은 물건이 있었다. 호기심이 생긴 류성이 책상 앞으로 걸어가 천을 걷어내려는데 차오 원장이 그를 가로막았다.

"잠깐, 먼저 이게 뭔지 맞춰 봐."

"담배? 마오타이? 우량예?"(마오타이와 우량예는 선물이나 뇌물용으로 많이 주고받는 대표적인 중국 명주이다)

차오 원장이 한심하다는 듯이 류성을 쳐다봤다. 그리고 뜬금없이

참새 이야기

두 손을 모으고 천천히 비비적거리다가 붉은 천을 휙 걷어냈다. 순간, 류성은 휘황찬란한 금빛 때문에 눈을 뜰 수가 없었다.

"보라고. 이게 대룡사 보살이라는군. 이게 어쩌다 여기까지 왔어."

류성은 그 불상을 한눈에 알아봤다. 며칠 전 미스 바이 사무실에서 본 그 불상이었다. 며칠 사이, 그 존귀한 부처상 머리에 보기 흉한 상처가 생겼다.

사건의 전말은 이랬다. 정 사장 누나가 1병동에 스님 아홉 명을 데려와 동생을 위해 거창한 퇴마의식을 거행했다. 염불 소리와 향불 연기가 온 병동을 뒤덮고 점점 소란스러워졌다. 향불 연기와 떠들썩한 소음은 캉 사령관이 가장 싫어하는 것들이었다. 캉 사령관은 일단 사역병을 보내 항의했으나 정 사장 누나는 귓등으로도 듣지 않았다. 결국 캉 사령관이 직접 나섰다. 그는 한 팔로 부처상을 끌어안더니 이내 창밖으로 던져버렸다. 정 사장 누나와 스님들은 너무 놀란 나머지 잠시 제 눈을 의심했다. 쿵! 부처상이 병동 앞 풀밭에 떨어지는 꿍음이 들리자 그제야 비명을 지르며 소리쳤다.

"사령관이면 다야? 감히 부처님에게 이런 짓을 해? 부처님한테는 계급 같은 거 안 통해. 캉 사령관! 당신 조심해! 업보를 받게 될 거야!"

잠시 후 스님들이 상처 입은 부처상을 들고 차오 원장 사무실로 향했다. 분노를 넘어 상심에 빠진 정 사장 누나가 그 뒤를 따랐다. 차오 원장 표현에 따르면, 세상 무서울 것 없던 여장부 정 사장 누나가 드디어 캉 사령관에게 굴복하며 연약한 모습으로 눈물을 흘렸다고 했다.

차오 원장은 병원 책임자로서 정중히 사과하고 일단 부처상을 받아들였다. 그러나 언제까지 공적인 장소에 신성한 부처상을 모셔둘 수는 없는 일이었다. 정 사장 누나 마음이 조금 진정된 후, 부처상을 어디에 모실지 의논을 했지만 모두가 만족할 만한 적당한 장소를 찾을 수 없었다. 이때 미스 바이가 바로 그 누런 봉투를 가지고 왔다. 차오 원장은 다시 한 번 뇌물이 아니라고 강조하며 그 봉투가 설비공사비라고 말했다. 정 사장 누나가 병원 측에서 책임지고 정 사장 전용 향화묘를 세울 조용한 장소를 찾아내라고 요구했다는 것이다. 류성은 잠시 멍해 있다가 흥분을 감추지 못하고 감탄하기 시작했다.

"대박! 대단한 스케일이야! 돈 있는 사람은 역시 다르군요. 총이 대단하긴 하지만 확실히 돈이 더 대단해요. 총 있는 사람이 위협해도 돈 있는 사람은 전혀 곤란해 하지 않잖아요."

"그래. 그 사람들은 전혀 곤란해 하지 않아. 곤란한 건 나지."

차오 원장이 근심 가득한 얼굴로 류성에게 손을 내밀며 물었다.

"도대체 어디에 향화묘를 세우면 좋지? 징팅병원은 오랫동안 '문명시범병원'으로 이름을 알려왔는데 감히 병원 분위기를 망칠 수는 없잖아? 사찰단이나 언론에 알려지기라도 하면 덤터기는 내가 다 뒤집어쓴다고."

'향화묘를 만들 생각도 없으면서 저 돈은 왜 받았대?'

류성은 서랍을 힐끗 쳐다보며 이렇게 생각했지만 차마 입 밖으로 낼 수 없는 말이어서 그대로 삼켰다. 누구나 살다보면 겉 다르고 속 다르게 행동할 수밖에 없을 때가 있다. 더구나 저렇게 두툼한 돈 봉투 앞에서 어떻게 마음이 동하지 않겠는가? 류성은 연신 눈을 깜빡거리며 차오 원장을 도울 방법을 생각했다. 바둑판을 펼치고 첫 번째 바둑알을 내려놓는 순간 머릿속이 번쩍했다.

"있어요!"

차오 원장이 무슨 말인지 몰라 류성을 멍하니 바라봤다.

"정 사장 향화묘를 만들 장소가 있다고요. 새로 지을 필요 뭐 있어요? 이미 지어놓은 향화묘가 있잖아요. 취수탑이요. 인부를 불러다 그럴듯하게 꾸미고 정 사장한테는 취수탑에서 향불을 피우라고 하면 아무도 방해하지 않을 거예요."

류성은 늘 스스로를 총명하다고 생각했는데 이 아이디어는 확실히 이를 증명할 만했다. 차오 원장도 진심으로 기뻐하며 류성을 칭찬했다. 류성의 생각은 차오 원장을 위한 좋은 아이디어인 동시에 자신을 위한 사업 기회이기도 했다. 두 사람은 곧바로 사업 얘기를 나누기 시작했다. 취수탑을 정리하고 그럴듯하게 꾸미며 불단을 만들고 부처상을 모시고 향로와 촛대를 준비하는 일은 자연스럽게 류성의 몫이 됐다. 이 일은 사적으로 해결해야 할 공적인 일이기 때문에 많은 이윤을 남길 수 있었다. 류성은 이 점이 아주 마음에 들었지만 한 가지 마음에 걸리는 문제가 있었다. 이 일을 하려면 직접 인부들을 데리고 취수탑에 들어가 온종일 현장을 관리해야 한다. 생각만 해도 머리가 쭈뼛 서는 것 같았다. 그래서 대충 얼버무렸다.

"원장님, 우리가 어떤 사이입니까? 일단 바둑이나 두고 자세한 얘기는 나중에 천천히 하죠."

차오 원장은 말 대신 눈빛으로 대꾸했다.

'내가 무슨 자격이 있나? 정 사장 누나한테 말해야지.'

후에 차오 원장은 장장 세 시간 동안 정 사장 누나를 설득했다. 정 사장 누나는 부처의 힘이 정 사장의 마지막 희망이라고 굳게 믿었다. 향불은 부처의 식량이자 정성을 대변하는 것이기 때문에 절대 꺼뜨려선 안 된다고 생각했다. 그녀는 별로 내키지 않았지만 결국 취수탑 개조 방안을 받아들였다. 대신 당장 공사를 시작해 열흘 후에 정 사장이 직접 부처님 앞에 향불을 피울 수 있도록 준비하라고 요구했다.

차오 원장은 류성을 사무실로 불러 돈을 건넸다. 막상 수중에 돈이 들어오자 덜컥 겁이 난 류성은 조심스럽게 원장 눈치를 살폈다.

"불단 꾸미는 일은 제 전문이 아니라, 아무래도 전문가에게 맡기는 게 좋지 않을까요? 제가 물색해보겠습니다."

차오 원장이 의심스러운 눈빛으로 되물었다.

"이게 무슨 전문가가 필요한 일인가? 무슨 대웅전이라도 짓는 줄 알아? 미신에 빠진 벼락부자에게 장소를 제공하는 것뿐이야. 그냥 번쩍번쩍하게 만들면 돼. 네가 웬일로 이런 돈벌이를 마다해? 다른 사람한테 맡기면 너한테 떨어지는 게 얼마 없을 텐데?"

류성은 여전히 주저하며 변명을 늘어놓았다.

"돈이 문제가 아니라, 사실 이 일이 내키지 않아서요. 저희 부모님이 불교신자인데 부처님을 취수탑에 함부로 모신다는 게 꺼림칙해서요. 업보를 받을지도 몰라요."

"나도 불교신자야. 부처님은 자비로우시고 온 천하를 내 집처럼 생각하는 분이야. 너처럼 그렇게 속이 좁은 줄 알아? 허허벌판에도 사당을 짓고 향불을 피우는데 취수탑이 어때서? 저 취수탑은 50년대에 지은 거라 아주 튼튼하다고. 부처님을 조용하고 안전한 곳에 모시는 일이 과보랑 무슨 상관이야?"

취수탑 공사는 류성이 생각하는 사업과 크게 달랐다. 무엇보다 그는 십 년이 흐른 후 다시 취수탑을 찾게 될 줄은, 더구나 버려진 취수탑으로 돈벌이를 하게 될 줄은 상상도 하지 못했다. 그는 기왕 이 일을 맡았으니 악몽의 현장을 전혀 다른 모습으로 포장해 과오의 흔적을 깨끗이 지워버릴 생각이었다. 물리적으로 어려운 일은 아니었지만 강한 정신력이 필요한 일이었다. 매우 부담스러웠지만 차오 원장과의 관계와 큰 돈벌이라는 점을 감안하면 충분히 감내할 만했다. 하루 이틀 지나자 금방 일에 몰두하게 되었다.

취수탑은 류성에게 금단의 장소였다. 십 년 넘도록 한 번도 가본 적이 없었다. 숲길을 지나 십 년 만에 돌아온 취수탑. 취수탑 꼭대기는 여전히 까마귀의 보금자리였다. 취수탑은 푸른 이끼에 뒤덮이고, 푸른 이끼는 다시 먼지에 뒤덮였다. 오래 전 범죄현장은 켜켜이 쌓인 세월에 가려 흔적도 찾아보기 힘들었다. 과거는 모두 잊혔고 취수탑은 영원히 침묵할 것이다. 그런데 취수탑 꼭대기에 자리 잡은 까마귀 두 마리가 마음에 걸렸다. 서늘한 공기 중에 울려 퍼지는 불안하고 날카로운 까마귀 울음소리는 지나간 과거를 상기시켰다. 몸서리치게 두려웠다. 그는 그날 취수탑에서 도망쳐 나오던 순간을 똑똑히 기억했다. 황혼이 깔리던 취수탑 주위는 쥐 죽은 듯 고요했다. 그때 까마귀 울음소리가 들려왔다. 마치 여기 목격자가 있다고 소리치는 것 같았다.

류성이 인부 셋을 데리고 바쁘게 움직인 결과, 일주일 만에 취수탑 개조공사가 끝났다. 시공 과정은 간단했다. 취수탑 중간에 벽을 세워 향화당 공간을 마련했다. 이때 류성은 인부들에게 취수탑 위로 올라가는 철계단을 봉쇄하라고 시켰다. 철계단 방향에 불단을 만들 생각이었다. 녹으로 뒤덮인 철 계단이 시멘트에 묻혀 사라지면서 그의 악몽도 함께 묻히고 취수탑은 전혀 새로운 세상이 됐다. 그는 새로 만든 가림막 벽면이 아주 마음에 들었다. 인부들이 벽면에 라텍스 페인트를 칠하는 모습을 보면서 묘한 희열을 느꼈다. 새로운 가림막 탄생과 함께 자신의 인생이 과거와 단절되고 새로운 길이 펼쳐질 것 같았다. 그는 여느 때와 달리 진심으로 인부들을 칭찬했다.

"잘 했어. 아주 잘 막았어. 페인트칠도 아주 좋아."

그는 공사가 끝나자마자 미스 바이에게 전화를 걸어 지극히 공적인 말투로 '확인하러 오라'고 말했다. 그녀는 잠시 침묵하더니 느닷없이 욕을 퍼부었다. 그는 이런 반응을 이미 예상하고 있었기 때문에 침착하게 대꾸했다.

"과거는 그만 잊어버리자고."

전화가 끊어졌다. 류성은 수화기 저편, 그녀의 심정을 헤아려 이 정도 욕은 충분히 받아들일 수 있었다. 하지만 살짝 원망스럽기도 했다. 이제 모두 지나간 과거인데, 더 이상 어쩌라고?

류성은 밖으로 나가 취수탑 꼭대기 펌프실에 난 창문을 바라봤다. 마침 숲에서 날아온 참새 한 마리가 창문으로 쏙 들어갔다. 앞으로 저 금단의 구역에 들어갈 수 있는 것은 새들뿐이리라. 십 년 묵은 체증이 내려가듯 시원하고 상쾌했다. 그는 어두운 과거를, 죄의식으로 연결되는 통로를 제 손으로 묻어버렸다. 비밀스런 과거를 부처상에 떠넘겨버렸다. 앞으로 하해와 같이 넓은 마음을 가진 부처님이 그의 암울한 비밀을 지켜줄 것이다.

정 사장 누나가 길일을 택해 새 부처상을 모셔왔다. 이번 부처상은 지난번보다 더 유명한 사찰인 숭광사崇光寺에서 모셔왔다. 하지만 길일이라고 해서 날씨까지 좋은 것은 아니었다. 온종일 하늘이 우중충했다. 어쩌면 취수탑이 아직 부처상을 맞이할 준비가 덜 된 것일까? 푸르른 여름날 취수탑을 휘감았던 담쟁이덩굴이 깊은 가을이 되어 힘없이 바람에 나부꼈다. 바람이 불어올 때마다 가지와 덩굴이 휘날리니, 마치 머리를 풀어헤친 흉측한 거인이 서 있는 것처럼 보였다.

류성은 취수탑 입구 계단 위에 서서 짐꾼 둘을 시켜 차 안에 있는 부처상을 안으로 옮기게 했다. 짐꾼 둘이 모두 초짜여서 일이 서툴렀다. 칙 소리와 함께 부처상 발끝 부분 금도색이 벗겨졌다. 류성이 고래고래 소리를 질렀다.

"조심해! 거기 발! 손! 머리, 머리! 조심해!"

부처상을 살짝 기울여 취수탑 입구를 통과해 우여곡절 끝에 대리석 테이블에 올렸다. 밖에서는 흐릿해 보이던 부처상이 장엄한 자태를 드러내면서 취수탑 안에 은혜로운 빛이 퍼져나갔다. 류성은 부처상의 금빛 손을 물끄러미 바라봤다. 살짝 들려 남서 방향을 가리키는 손, 그 손끝에 박힌 반질반질한 금 조각이 부드럽게 빛났다. 류성이 알기로, 부처의 손짓은 용서가 아니라 망각을 의미한다. 그는 그 금빛의 힘을 굳게 믿었다. 그러자 마음이 편안해졌다. 문득 어머니가 '새로 만든 불상에 첫 향불을 피우는 사람은 평생 부처님이 지켜주신다'라고 했던 말이 생각났다. 하지만 혹여 정씨 남매에게 들킬까봐 감히 첫 향불을 피울 수는 없었다. 그래서 정 사장이 도착하기 전에 첫 향불 대신 무릎을 꿇고 첫 절을 올렸다.

"부처님, 절 지켜주세요. 이제 개과천선했어요. 저 나쁜 놈 아니에요."

26. 수치

류성은 친구들 사이에서 평판이 좋은 편이었다. 참죽나무거리를 기준으로 볼 때, 류성 인생은 꽤 성공한 편에 속했다. 그는 돈을 잘 벌 뿐 아니라 쓰는 것도 잘 했다. 특히 그는 큰돈을 벌 때마다 자신에 대한 보상을 잊지 않았다. 양복 한 벌, 혹은 새로 나온 휴대폰을 샀다. 운이 좋아 정말 큰돈을 벌면 친구들에게 자랑하고 한턱내기도 했다. 일단 거하게 밥을 먹고 사우나도 가고 가라오케도 갔다. 이렇게 친구들과 함께 성공의 기쁨을 나눴다. 취수탑 공사가 끝난 후에도 류성은 늘 그랬던 것처럼 춘경과 아류를 불러 사우나에 갔다. 그러나 이날은 운이 좋지 않았다. 태국마사지를 하는 아가씨가 류성의 등을 밟고 올라서려는 순간, 그의 휴대폰이 울렸다. '꺼버려야지!'라고 중얼거리며 휴대폰을 들었는데, 차오 원장이었다. 그는 재빨리 일어나 앉으며 친구들에게 양해를 구했다.

"차오 원장 전화는 안 받을 수가 없어. 내 사업 기회가 다 그 사람한테서 나오니까."

그러나 이번에는 새로운 사업 기회가 아니라, 골치 아픈 문젯거리였다. 누군가 향화당 문을 억지로 뜯고 들어갔다며 빨리 튼튼한 방범용 철문을 다시 달라는 주문이었다.

류성은 취수탑 향화당이 징팅병원 사람들에게 이렇게 큰 관심을 받으리라고는 상상도 못했다. 정 사장은 특별히 사비를 들여 향화당을 마련했지만 조용히 혼자 향불을 태울 복을 누리지 못했다. 이곳 사람들은 숭광사에 대한 믿음이 매우 강했다. 숭광사에서 모셔온 부처상이 취수탑에 있다는 소식이 알려지자 모두들 끓어오르는 경배의 마음을 억누를 수 없었다. 사람들이 새벽녘부터 문을 부수고 들어와 정 사장보다 먼저 향을 피워 올렸고 그 바람에 취수탑은 엉망진창이 된 채 재로 뒤덮였다. 정 사장이 이 일로 크게 화를 내며 차오 원장에게 첫 향을 피울 게 아니면 취수탑에 들어가지 않겠다고 말했단다. 정 사장의 화는 차오 원장을 통해 고스란히 류성에게 전달됐다.

"나한테서 가져간 돈이 결코 적은 돈이 아닌데, 어디서 그런 낡은 나무 문짝을 달아놓고 어물쩍 넘어가려고 그랬어? 돈을 벌려면 양심껏 벌어야지. 왜 애초에 방범용 철문을 달지 않았어?"

류성이 무거운 마음으로 전화를 끊고 친구들에게 푸념을 늘어놓았다.

"돈 버는 게 참 쉽지 않아. 힘들게 완성해놨더니 금방 또 보수라니, 환장하겠네."

그는 차오 원장의 뜻을 거스를 수 없어 당장 사우나에서 나가 봉고차를 타고 자재시장으로 달려갔다. 튼튼한 방범용 철문과 기술자를 차에 싣고 징팅병원으로 향했다. 봉고차가 징팅병원 정문에 들어서자 멀리 취수탑 방향으로 어렴풋이 검은 옷을 입은 여자가 보였다. 미스 바이 같았다. 그러나 취수탑 앞에 차를 세우고 기술자와 함께 철문을 옮기는 사이, 그녀는 감쪽같이 사라지고 취수탑 꼭대기를 지키는 까마귀 두 마리만 남아 까악까악 울어댔다.

취수탑 문은 차오 원장에게 들은 대로 완전히 망가져 있었다. 기술자가 작업을 하는 동안 류성은 향화당 안을 둘러봤다. 차마 눈 뜨고 볼 수 없을 정도로 난장판이었다. 방석 네 개가 모두 사라졌고 바닥에 깔아놓은 베이지색 벽돌 위에 난잡한 신발 자국이 가득하고 새하얀 라텍스 페인트를 바른 가림막 벽은 향불에 그을린 흔적이 선명했다. 정 사장이 피워놓은 향불과 촛불은 이미 다 꺼졌고 불단 앞에 플라스틱 코카콜라 병을 잘라 만든 것, 일회용 종이컵, 깨진 사발그릇 등 형형색색의 개인 향로가 줄지어 있었다. 그리고 번쩍거리는 부처상 팔에는 소원 문구가 적힌 종이가 걸려 있었다.

징팅병원 환자 모두가 하루 빨리 건강해지길 빕니다!

또 부처상이 올라앉은 연화좌에도 빨간색, 노란색 메모지가 잔뜩 달려 있었다. 대충 훑어보니 대부분 향을 피우러 온 사람들이 병마에서 벗어나길 바라는 소원을 적은 것들이었다. 그중 '내년에 우리 팡팡이가 중점 고등학교에 합격할 수 있게 해주세요', '부디 왕차이샤가 무사히 회계사 시험에 합격하도록 도와주세요'처럼 건강과 상관없는 내용은 아마도 병원 직원들이 썼을 것이다.

향을 피우러 온 사람들이 남긴 아름다운 소원 사이에 사악한 기운을 내뿜는 흰 종이 한 장이 보였다. 형형색색의 종이에 둘러싸여 더욱 돋보이는 흰 종이에 남겨진 검은 글씨는 류성이 꿈에도 생각 못한 내용이었다.

류성은 강간범이다!

너무 놀라 식은땀이 흘렀다. 도대체 누가, 왜 부처상에 자신을 고발했을까? 그는 처음에는 미스 바이를 의심했다. 검은 글씨를 뚫어져라 쳐다보며 생각하고 또 생각했지만 왠지 그녀 스타일이 아닌 것 같았다. 그렇다면, 혹시 바오룬 할아버지? 오랫동안 할아버지를 찾아가지 못했는데, 그렇다고 뒤에서 이런 복수를 했을까? 그러나 그는 할아버지 신체기능이 어떤 상태인지 잘 알았다. 근육수축이 심해져 볼펜을 쥘 수도 없었다. 그는 종이를 코에 대고 혹시 익숙한 냄새인지 맡아봤다. 아무 냄새도 느껴지지 않았다. 류성은 욕을 내뱉고 이를 악물며 흰 종이를 박박 찢었다.

참새 이야기

새 문 열쇠를 미스 바이에게 전해주라는 차오 원장 지시대로 1병동, 그녀의 사무실로 갔다. 그러나 문이 열리지 않았다. 선뜻 문을 두드리지 못하고 문에 바싹 붙어 인기척이 있는지 들어봤다. 그는 계단 앞에서 한참을 머뭇거리다가 결국 안내실 경비원 장씨를 찾아가 열쇠를 맡기며 미스 바이에게 전해달라고 했다.

"그리고 이 말도 전해주세요. 정 사장은 내일부터 향불을 피울 수 있다고. 이번에 새로 단 문은 정신병자는 물론이고 로켓포로도 열 수 없을 거라고요."

장씨가 건네받은 열쇠를 벽걸이에 걸어두고 삐딱하게 류성을 응시하더니 갑자기 씩 웃었다.

"네 로켓포는 어때? 듣자니 네 로켓포가 대단하다던데?"

장씨의 농담은 전혀 뜻밖이었다.

"장 형, 그게 무슨 말이야? 계집애도 아니면서 내 로켓포가 그쪽이랑 무슨 상관이야?"

"난 상관없지. 하지만 미스 바이는 상관있는 거지? 듣자니 예전에 네 거시기가, 그 거시기가 미스 바이를 거쳐 갔다던데?"

류성은 깜짝 놀라 낯빛이 싹 변했다.

"무슨 거시기? 거시기가 뭔데?"

우물쭈물하던 장씨는 '강간'이라는 말을 직접 언급하지는 않았지만 저속한 손동작과 함께 이렇게 되물었다.

"그 소문, 정말이야?"

류성은 몇 초간 넋 나간 표정으로 굳어 있다가 안내실 창문을 확 열어젖히며 장씨에게 소리를 질렀다.

"내가 네 엄마랑 했다는 말은 못 들었고? 그건 정말이겠냐?"

류성은 서둘러 1병동을 떠났다. 처음에는 장씨의 말이 그의 상처에 얼마나 큰 충격을 줬는지조차 느끼지 못했다. 그러나 가슴이 답답하고 머리가 어지럽고 다리가 휘청거렸다. 그는 겨우 식당 앞까지 걸어와 봉고차 문을 열었다. 이때 주방장 둘이 류성의 표정이 뭔가 심상치 않음을 알아차리고 말을 걸었다.

"류성, 무슨 일 있어? 얼굴이 왜 그래?"

류성이 제 얼굴을 더듬거리며 되물었다.

"내 얼굴이 뭐가 이상해요?"

그리고 곧바로 배를 움켜쥐고 꾹꾹 문질렀다.

"위경련이에요, 오늘 좀 심하네요."

말이 씨가 된다더니, 갑자기 정말 위장이 아프기 시작했다. 류성은 백미러에 비친 자신의 얼굴을 확인했다. 얼굴은 창백했고 이마에 맺힌 콩알만 한 식은땀이 뺨을 타고 흘러내렸다. 위장이 아팠다. 정말 위장이 아팠다. 위장만이 아니라 오장육부가 바늘로 찌르는 것처럼 아팠다. 아무래도 단단히 병이 난 것 같았다.

순간 장씨의 저속한 손동작이 떠올랐다. 그 손이 맹독을 묻힌 날카로운 칼날처럼 류성의 상처를 쿡쿡 찔렀다. 오랜 시간이 흘러 상처가 이미 아문 줄 알았는데 안으로 깊이 곪아 찌르자마자 격렬한 통증이 느껴졌다. 오랫동안 많은 사람들과 어울리며 사회생활을 해왔지만 왠지 모르게 점점 부끄럽고 위축되는 느낌이 커졌다. 류성은 자신의 자존감을 너무 과소평가했다. 그는 생각보다 자존감이 높고 마음이 약한 사람이었다. 그는 너무 부끄럽고 마음이 괴로웠다. 그리고 자신이 한없이 불쌍했다.

참새 이야기

27. 취수탑 소동

류성은 위장 검사를 받으러 병원에 갔다. 의사가 위내시경 검사 후 별다른 이상이 없다며 자연스럽게 그의 직업이 뭔지 물었다.

"건설자재 회사를 운영합니다."

"검사 결과상으로는 전혀 문제가 없어요. 그래도 계속 위장이 아프다면 아마도 직업상 스트레스 때문일 겁니다. 여유를 가지고 휴식을 취하는 것이 좋겠습니다."

류성은 너무나 반가운 의사의 권고를 바로 부모님에게 전했다.

"의사가 여유롭게 휴식을 취하래요. 그러니까 여행 좀 다녀올게요."

아들 사랑이 지극한 류성 부모님은 아들 대신 징팅병원에 식료품 공급하는 일을 떠맡았다. 차로 배송하는 일은 류성 사촌동생에게 부탁했다.

류성은 춘경, 아류와 함께 항저우杭州를 거쳐 황산黃山을 여행했다. 항저우 서호西湖에서 뱃놀이를 할 때 차오 원장에게 전화가 왔다. 황산에 올라서 운해雲海를 마주하고 있을 때 차오 원장이 또 전화했다. 춘경과 아류는 차오 원장 전화를 받지 않는 류성이 이상했다.

"차오 원장 전화는 사업 기회라며? 왜 안 받아?"

"지금은 좋은 일로 날 찾는 게 아니야. 난 사업 기회인지, 골치 아픈 일인지, 전화벨만 울려도 감이 딱 오거든."

류성의 감은 매우 정확했다. 이즈음, 징팅병원에서는 큰 소동이 일어났는데 여기에 휘말리지 않은 것만으로도 큰 행운이었다.

정 사장은 늘 벤츠를 타고 향을 피우러 갔다. 그는 방탄복을 입고

그 위에 검은 바바리코트를 걸쳤다. 여기에 선글라스, 마스크, 야구모
자까지 덮어 써서 양쪽 귀 말고는 아무것도 보이지 않았다. 어떤 침입도
허용하지 않겠다는 철벽같은 방어 의지가 느껴졌다. 또한 정 사장 누나
는 동생을 완벽하게 보호하기 위해 정찰병 출신 전역 군인을 운전사 겸
보디가드로 고용하고, 역도선수 출신 개인 간병인도 따로 뒀다. 24시간
밀착 보호하는 건장한 두 남자 덕분에 정 사장은 영화 속 조직두목 같
은 카리스마를 뿜냈다. 1병동에서 숲 건너편 취수탑까지는 자동차로 겨
우 1분 거리였다. 그러나 정 사장은 거의 매일 늦잠을 잤기에 그가 첫
향을 피우는 시각은 대략 11시쯤이었다. 이 때문에 두 번째 향을 피우
려는 다른 불자들은 긴 기다림을 견뎌야 했다. 어떤 사람은 아침 7시부
터 취수탑 앞에서 정 사장을 기다렸다. 정 사장이 첫 향을 피운 후에야
다른 사람이 두 번째 향을 피울 수 있었다. 이것은 절대불변의 규칙이었
다. 취수탑 향화당은 정 사장 돈으로 세운 것이므로 다들 이 규칙을 자
연스럽게 받아들였다. 이곳에는 선량한 불교신자를 일컫는 선남신녀善
男信女 문구와 정 사장 남매 이름이 새겨진 편액이 걸려 있었다. 불교계에
도 시장경제 논리가 깊숙이 파고들어 따로 주인이 있는 향화당은 주인
이 첫 번째 향을 피울 특권을 누리는 것이 당연시됐다. 나머지 사람들
의 경쟁 목표는 두 번째 향을 사르는 것이었다. 그래서 정 사장이 취수
탑에 들어가고 나면 두 번째 순서를 쟁취하기 위한 치열한 경쟁이 시작
되고 취수탑 문 밖은 순식간에 전쟁터로 변했다. 수많은 사람들이 서로
유리한 위치를 차지하려고 싸우다보니 충돌을 피할 수 없었다. 말다툼
은 기본이고 몸싸움도 비일비재했다. 예상치 못한 충돌에 당황한 병원
측은 취수탑 주변 질서유지를 위해 따로 보안인력을 투입했다.

　　정 사장이 외부인과 향화당을 공유한 시간은 그리 길지 않았다. 징

팅병원 불자들은 사흘 만에 숭광사 부처상에 복을 기원할 기회를 잃었다. 자업자득이랄까, 충돌 소동의 대가였으리라. 사흘 후, 정 사장이 향을 피우고 나오자 운전사가 취수탑 문 밖에 있던 간병인에게 눈짓을 보냈고, 간병인이 방범용 철문을 잠갔다. 향을 피우러 온 불자들이 간병인을 에워싸고 소리쳤다.

"잠깐, 잠깐, 기다려요! 지금 문을 잠그면 어떻게 해요? 우리도 향을 피워야 하는데."

"당신들 향 피우는 건 못 기다려요. 난 정 사장을 위해 일하는 사람이지, 당신들을 위해 일하는 사람이 아니오."

"누가 당신더러 우릴 위해 일하래요? 그냥 문만 열어두고 가라고요. 우리가 책임지고 청소까지 깨끗이 해놓을 테니. 내일은 당신네 사장이 아주 깨끗한 향화당에서 향을 피울 수 있을 거요. 확실히 약속한다니까!"

수적인 열세에 몰린 간병인은 불자들에게 떠밀려 계단 위로 뒷걸음질치며 필사적으로 열쇠를 지켰다.

"당신들, 조심해! 그냥 확 들어서 던져버리는 수가 있어! 나한테 이러지 말고 따지려면 리 기사한테 따지라고."

사람들이 이 말을 듣고 우르르 벤츠로 몰려갔다. 누군가 용감하게 차 앞을 가로막고 차창을 두드리며 소리쳤다.

"정 사장, 이건 너무 치사하잖소! 가난한 사람들도 향을 피우게 해 줘요. 우리가 들어간다고 정 사장이 손해 볼 건 없잖소? 그렇게 큰 부자가 뭐가 걱정이오? 가난한 사람들 향 좀 피우게 해 준다고 사업이 망하는 것도 아닌데."

정 사장이 답변 자체를 거부하자 운전사는 소란이 커질 것을 염려해 대신 간단히 입장을 표명했다.

"정 사장님은 열쇠랑 상관이 없어요. 물론 나도 아니고. 열쇠는 미스 바이가 관리하니까 취수탑에 들어갈 수 있는지 없는지는 미스 바이한테 물어봐요. 이런 업무는 다 미스 바이 소관이니까."

이번에는 사람들이 병원 정문에서 기다리고 있다가 미스 바이의 오렌지색 자가용을 에워쌌다. 아들의 대입 합격을 기원하며 향을 피우려던 징팅병원 물류관리 직원 야오씨는 번듯한 직장에 대한 자부심이 강하고 말주변도 좋아 여러 사람을 대표해 미스 바이와 협상에 나섰다. 그러나 미스 바이는 야오씨를 쳐다보지도 않고 차안에 앉은 채 고개를 숙이고 휴대폰만 만지작거렸다. 미스 바이가 계속 자신을 무시하며 오만한 태도로 일관하자 야오씨는 화가 머리끝까지 치밀었다. 그녀는 돌연 태도를 바꿔 협상 대신 미스 바이를 비난하기 시작했다.

"네까짓 게 무슨 홍보 매니저야? 홍보 매니저? 허울 좋은 핑계인 거, 누가 모를까봐? 네 정체를 누가 몰라? 어려서부터 제대로 된 일은 해 본 적도 없고 그저 남자한테 빌붙어 사는 것밖에 모르지? 그러면서 뭐 대단한 인물이라도 된 것처럼 거들먹거리는 꼴이라니! 네가 무슨 궁리鞏悧(중국 유명 여배우. 우리나라에는 '공리'로 알려져 있음)야? 아니면 대처 여사라도 되는 줄 알아?"

이때 미스 바이가 조용히 창문을 내렸다. 그녀는 아무 말도 하지 않고 가만히 야오씨 얼굴을 보다가 '퉤!' 하고 씹던 껌을 뱉더니 자동차를 몰고 쏜살같이 내뺐다. 야오씨가 자동차 꽁무니를 쫓아가며 분풀이 하듯 침을 내뱉었다. 사실 미스 바이의 과거를 아는 사람은 아무도 없었지만 다들 그녀가 돌부처처럼 냉정하고 차갑다고 생각했기 때문에 평판이 좋을 수가 없었다.

참새 이야기

세상에는 공평한 논리로 포장된 불공평한 일들이 많다. 징팅병원 불자들은 숭광사 금부처상이 엄연히 정 사장의 재산이므로 정 사장을 보우하겠지만 가난한 자신들을 보우할 의무는 없음을 인정할 수밖에 없었다. 사람들이 불심을 접으려는 순간, 환자 가족 중 정식으로 불도 佛道를 배우고 불심이 깊은 우 선생이 적극적으로 사람들을 격려하기 시작했다.

"다들 실망하거나 슬퍼하지 마세요. 부처님이 부자들만 보살핀다면 '널리 중생을 구제한다'라고 할 수 없겠지요. 거리는 전혀 중요하지 않아요. 취수탑에 못 들어가면 밖에서 향을 피우면 됩니다. 진심으로 정성을 다하면 부처님께서는 반드시 여러분이 피운 향을 알아줄 겁니다."

우 선생의 격려에 힘을 얻은 사람들이 우르르 몰려가 취수탑을 에워싸고 각자 준비한 향불을 정성껏 공양했다. 야외다 보니 바람이 세고 땅에서 습기가 올라와 제대로 불이 붙는 향초가 거의 없었다. 사람들은 벽 너머 부처상에 열심히 향을 올리면서 저도 모르게 투덜거렸다. 어떤 사람은 오기 부리듯 마음 속 불만을 행동으로 옮겼다. 취수탑 입구 계단에서 방범용 철문 앞까지 줄지어 향초를 늘어놓고 이렇게 말했다.

"난 문 바로 앞에서, 문을 가로막고 향을 피워야겠어. 저 안은 어쩔 수 없지만 문 밖까지 정 사장 재산은 아니잖아."

몇몇 사람은 너무 화가 난 나머지 굴욕적인 향초 피우기를 포기하고 취수탑을 떠났다. 이들은 1병동 건물을 날카롭게 노려보며 무산계급의 분노를 불태웠다. 그리고 이를 악물고 복수를 다짐했다.

"벼락부자 주제에 지들이 무슨 선남신녀야? 돈 좀 있다고 남을 업신여기고 괴롭히는 인간들이. 그렇게 계속 가난한 사람을 무시하다간 가난한 사람들이 얼마나 무서운지 알게 될 거야!"

이때부터 징팅병원에 보이지 않는 복수의 물결이 요동치기 시작했다. 복수 분위기가 무르익으면서 자연스럽게 유언비어가 등장했다. 정 사장 병과 관련한 새로운 소문이 퍼졌는데, 사실 그가 정신병 환자가 아니라 에이즈 환자라는 내용이었다. 사람들은 아니 땐 굴뚝에 연기 나겠냐면서 이 말을 철석같이 믿었다. 평소 방탕하고 난잡한 사생활로 유명한 정 사장이 갑자기 온몸을 꽁꽁 싸맨 괴상한 복장으로 나타난 것도 바로 이즈음이었다. 사람들은 놀라움을 금치 못하며 끊임없이 쑥덕거렸다.

"어쩐지! 어쩐지 이상하더라니! 그런데 에이즈는 전염되는 병이잖아? 그 작자는 누릴 거 다 누렸으니 지금 죽어도 억울할 게 없지만 우리는? 만약 전염되면 그 작자랑 같이 순장당하는 거잖아!"

소문이 눈덩이처럼 커지자 누군가 차오 원장을 찾아가 정 사장을 병원에서 쫓아내라고 소란을 피웠다. 같은 요구가 계속해서 빗발치자 차오 원장은 궁여지책으로 정 사장 혈액검사 결과를 공개하며 사람들을 이해시키고 설득했다.

"정 사장은 그냥 임질입니다. 그것도 벌써 다 치료됐어요. 보세요, HIV 검사결과도 음성이에요."

하지만 HIV와 혈액검사 결과는 사람들에게 아무 의미도 없었다. 이것만으로는 사람들의 동요를 가라앉힐 수 없었다. 오히려 상황이 악화되어 '정 사장 쫓아내기' 범민중 운동이 시작됐다. 어떻게 알았는지 요괴와 악마들도 이 운동에 동참해 더 큰 소동을 일으켰다. 이즈음 정 사장 병실에 귀신이 나타난다는 소문이 파다하게 퍼졌다.

대규모 밧줄 유령이 징팅병원을 발칵 뒤집어 놓았다. 밧줄 유령은 어디서 왔는지는 알 수 없지만 어디로 가는지는 명확했다. 모든 밧줄 유령은 1병동 정 사장 병실로 향했다. 흰색 나일론줄, 노끈, 철사, 새끼줄이 줄줄이 나타났다. 이들 밧줄은 정 사장이 향을 피우러 가는 길목에 누워 있거나, 정 사장 병실 베란다에서 나풀나풀 춤을 추거나, 베란다 원탁 테이블 위에 층층이 쌓이거나, 테이블 위 선인장 화분 안에 똬리를 틀었다. 한번은 정 사장 병실 문고리에 '에이즈 환자는 징팅병원을 떠나라!'라는 문구가 풀매듭으로 묶인 밧줄이 걸렸다. 그러던 어느 날, 유령 밧줄의 종결자인 은빛 쇠사슬이 등장했다. 정의의 마법으로 무장한 은빛 쇠사슬은 정 사장 병실 문틈을 비집고 들어가 슬그머니 소파 밑에 자리 잡고 정 사장의 소가죽 슬리퍼를 정확히 낚아챘다. 정 사장은 소파에 누워 텔레비전을 보다가 화장실에 가려고 발로 바닥을 더듬었다. 그는 얼음처럼 차가운 쇠사슬이 발에 닿는 순간 '사람 살려!'라고 비명을 지르고는 그대로 기절했다.

차오 원장이 미스 바이의 전화를 받고 헐레벌떡 정 사장 병실에 도착했을 때, 혼수상태에 빠진 젊은 백만장자는 아기처럼 간병인 품에 안겨 있었다. 검은색 벨벳 잠옷 바지를 입은 그의 목에는 금목걸이가 세 개나 걸려 있었다. 손가락에서 번쩍거리는 다이아몬드 반지는 최소한 3캐럿은 되어보였다. 다음 순간, 정 사장 잠옷 바지 단추가 활짝 풀어헤쳐진 것이 보였다. 기절한 사람치고는 하반신 상태가 아주 특이했다. 잠옷 바지 한가운데 작은 산이 솟아 있었다. 차오 원장이 그 산을 가리키며 간병인에게 물었다.

"도대체 뭘 하고 있었던 거요? 도대체 뭔 짓을 한 거냐고?"

"그런 거 아니에요. 오늘은 아가씨 안 왔어요. 사장님은 아무것도 안 하고 그냥 영화만 봤을 뿐인데……."

간병인 말을 듣고 보니 텔레비전 화면이 계속 움직이고 있었다. 푸른 눈의 금발 미녀가 다리를 벌리고 자위행위에 열중하고 있었다. 차오 원장은 불같이 화를 내며 텔레비전을 끄고 버럭 소리를 질렀다.

"이러니 사람들이 에이즈라고 수군거리지! 요즘 세상에 타락한 인간이 한둘이 아니라지만 이렇게 난잡하고 저질스러운 인간은 보다보다 처음일세! 돈이 아무리 많으면 뭐해? 그 많은 돈을 뿌려댄 결과가 고작 아무짝에도 쓸모없는 산송장이라니!"

차오 원장은 홧김에 포르노 DVD를 바닥에 내던지고 마구 짓밟았지만 이것이 정 사장이 기절한 이유가 아님을 잘 알았다. 진짜 원인은 바로 밧줄이었다. 하지만 밧줄을 처벌할 방법이 없어 일단 1병동 입구에 경고장을 붙였다.

밧줄 휴대 엄금

밧줄 유령 소동 사건은 조사 범위와 대상이 너무 광범위해 조사가 쉽지 않았다. 차오 원장은 징팅병원에 정 사장을 향한 분노가 들끓고 있음을 알고 있었지만 그가 할 수 있는 것은 아무것도 없었다. 그저 보안요원과 경비원에게 언제 어디서든 밧줄이 튀어나오면 즉시 압수하라고 당부해두고, 그들이 책임을 다하길 바랄 뿐이었다. 그러나 이런 뒤늦은 보완 조치로는 정 사장 누나의 엄중질책을 피할 수 없었다. 극도로 흥분한 정 사장 누나는 다짜고짜 칼을 빼들고 사정없이 차오 원장을 찔러버렸다.

여행에서 돌아온 류성은 차오 원장 어깨에 선명한 푸르뎅뎅한 멍을 보고 두 눈이 휘둥그레졌다. 차오 원장이 자조적으로 중얼거렸다.

"정 사장을 치료해준 대가로 받은 최고의 선물이지."

"죄송합니다. 황산에 가는 게 아니었는데……. 제가 그 자리에 있었으면 어떻게든 칼을 막았을 거예요."

그날 류성은 병원 식당에서 식자재를 옮기다가 정 사장이 이미 1병동에서 떠났다는 말을 들었다. 들어보니 특실 전담 청소원이 크게 수지 맞은 모양이었다. 정 사장이 쓰다가 버리고 간 먹거리, 옷가지, 일상용품은 하나같이 값비싼 것들이었다. 이 중에는 처음 보는 특이한 물건이 많았는데 포장도 뜯지 않은 형형색색 과일 향 고급 콘돔이 특히 눈에 띄었다. 여자 청소원은 자기가 가져가려니 남부끄럽고 버리기는 아까워 남자 간호사에게 콘돔 박스를 줬다. 그러나 콘돔을 사용해본 적이 없는 남자 간호사는 환자 중 샤오핑쯔라 불리는 소년에게 콘돔을 줘버렸다.

"샤오핑쯔, 이 풍선 다 줄 테니 가서 실컷 불어. 다 불어서 나무에 걸어놓으라고."

이렇게 용도 변경된 콘돔은 기다란 형형색색 풍선이 되어 매화나무 꽃봉오리 사이사이에 걸렸다. 식당 직원들이 그 풍선을 가리키며 류성에게 말했다.

"류성, 저거 봤어? 전부 다 샤오핑쯔가 불어서 걸어놓은 거야. 정 사장한테 호의를 베푼 사람은 샤오핑쯔뿐일 거야. 정 사장이 떠난다고 풍선 장식까지 해주고 말이야."

미스 바이가 정 사장 퇴원 수속을 하러 병원 사무실에 들렀다. 류성은 사무실에서 나오는 그녀를 따라가며 계속 지켜봤다. 그녀는 종이 상자를 안고 정원 샛길로 걸어가다가 갑자기 돌아서서 병원 북쪽 모퉁이에 있는 헬스장으로 향했다. 류성은 헬스장 자리에 있던 양철집을 또렷이 기억했다. 십여 년 전 선녀가 살던 집. 류성은 옛집 주변을 서성이는 그녀를 가만히 지켜봤다. 나무 사이로 자줏빛 형체가 아른거리고 햇살 사이로 드리운 그림자가 하늘거렸다. 과거에 대한 회상과 애도의 몸짓이리라.

헬스장에서 신나는 음악소리가 들려왔다. 여러 환자들이 재활사의 구령에 맞춰 건강체조를 하고 있었다. 이곳 환자들은 보통 사람들보다 더 세게 발을 굴렀고 중간 중간 실성한 사람 특유의 괴상한 웃음소리가 터져 나왔다. 미스 바이는 한동안 창문 앞에 서서 이마에 손을 대고 헬스장 안을 들여다봤다. 누구를 찾는 것일까, 아니면 창문에 비친 제 모습을 보는 걸까? 저 창문 너머에 그녀의 방이 있었다. 그는 기차 창문처럼 작고 평평한 그녀 방 창문을 또렷이 기억했다. 그는 예전에 창가에 앉아 있는 선녀를 여러 번 훔쳐봤었다. 그녀는 젖은 머리에 빨간 플라스틱 빗을 꽂고 창가에 앉아 책을 읽거나 그냥 멍하니 앉아 있곤 했다. 언뜻 보면 기차 좌석에 앉은 여행자 같았다. 그는 그녀의 기차를, 그녀의 여행을 멀리서 지켜봤다. 그렇게 그녀의 기차를 지켜보지만 그녀가 어디로 가는지는 알 수 없었다. 그는 선녀를 잘 알았다. 하지만 미스 바이는 아주 낯설었다. 문득 자신은 그녀에게 어떤 사람인지, 어떤 이미지로 남아 있는지 궁금해졌다. 완전히 낯선 타인일까, 도저히 용서할 수 없는 대역 죄인일까? 류성은 그녀를 바라보며, 그녀의 모습을 통해 자신의 청춘을 떠올렸다. 이때 건강체조 음악이 바뀌었다. 경쾌하고 진취적인 리듬과 힘찬 구령. 하! 하! 핫하! 정말 오랜만에 듣는 샤오라 춤곡이었다. 샤오라와 완벽하게 어울리는 리듬이었다. 하! 하! 핫하! 살랑살랑 가볍게 몸을 흔들며 부드럽고 힘차게 파트너 손을 잡아당긴다. 한 번, 두 번, 세 번. 파트너가 팔 안에 들락거리다가 몸을 빙그르르 돌리며 위치를 바꾼다. 류성은 가볍게 몸을 흔들다가 돌처럼 굳었다. 마지막 샤오라 파트너가 떠올랐기 때문이다. 바로 선녀였다. 그녀가 마지막이었다. 눈 깜짝할 사이에 십 년이 지나갔다. 샤오라를 잊고 산 지 벌써 십 년이 넘었다.

미스 바이가 종이 상자에서 선인장 화분 두 개를 꺼내 헬스장 창틀에 올려놓았다. 그 선인장에 과거에 대한 모든 회상과 애도의 뜻을 담아 내려놓는 것 같았다. 그리고 휙 돌아서서 병원 정문 쪽으로 걸어갔다. 하얀 실크스카프가 바람에 휘날리고 또각또각 하이힐 소리가 울렸다. 신비로운 기차가 떠나간다. 아마도 그녀는 아주 멀리 떠나갈 것이다. 더 멀리 떠나기 위해 잠시 멈췄던 것이리라. 그녀가 떠나는 것이 아쉬울까, 다행일까? 류성은 제 마음조차 정확히 알 수 없었다. 그때 그녀 뒤를 따라가는, 앙상하게 뼈만 남은 길고양이가 보였다. 그녀가 야옹 고양이 울음소리를 듣고 걸음을 멈췄다. 핸드백에서 과자를 꺼내 고양이에게 던져줬다. 그녀는 고양이를 보고, 그는 그녀를 본다. 그 순간, 십여 년 전 토끼장을 들고 다니던 선녀 모습이 떠올랐다. 동시에 강렬한 충동이 밀려와 저도 모르게 차창 밖으로 손을 내밀어 힘차게 흔들었다. 이내 손을 거두고 봉고차 클랙슨을 울렸다. 고개를 휙 돌린 그녀와 눈이 마주치는 순간, 그는 자신의 경솔한 행동을 깊이 후회했다. 도대체 왜 클랙슨을 눌렀을까? 그는 두 사람 사이에 작별 인사가 필요한지조차 생각해보지 않았다. 너무 당황한 나머지 잡히는 대로 배추를 집어 들고 흔들었다.

"이 배추 엄청 싱싱해. 하나 가져갈래?"

다행이었다. 도저히 못 참겠는지 그녀가 웃음을 터트렸다. 그녀는 모처럼 기분이 좋아 보였다. 그녀는 류성에게 받은 담배를 몇 모금 피우더니 콜록거리며 바닥에 내던졌다.

"무슨 담배 맛이 이래? 난 멘솔만 피워."

그녀는 류성의 얼굴을 천천히 훑다가 콧구멍에 시선을 고정하더니 뜬금없이 그의 외모를 지적했다.

"코털 정리 좀 해야겠다. 아무리 잘 생겨도 코털 삐져나온 남자는 더럽고 역겹다고."

류성은 갑작스러운 그녀의 관심이 너무 황송해 어쩔 줄 몰라 하며 얼른 손으로 콧구멍을 가렸다. 이때 찰랑 소리와 함께 열쇠가 날아왔다.

"시간 되면 나 대신 취수탑에 가서 향이나 피워줘."

그녀는 사뿐사뿐 우아하게 정문을 향해 걸어가다가 갑자기 뒤를 돌아보며 한마디 덧붙였다.

"너 자신을 위한 향도 좀 피우고. 아마 네 건 더 많이 피워야겠지?"

28. 골칫거리

류성이 코털 정리 습관을 기른 것은 바로 그녀 때문이었다. 코털을 정리하려고 거울 앞에 서면 언제나 등 뒤에 그녀 얼굴이 희미하게 떠오르곤 했다. 백옥처럼 하얗고 예쁜 그녀의 콧날이 눈앞에 어른거렸다. 그녀는 지금 어디에 있을까? 그녀의 기차는 어디로 가고 있을까?

반년 후 어느 날, 류성에게 뜻밖의 전화가 걸려왔다. 자신이 미스 바이라고 밝힌 여자의 목소리는 확실히 익숙했다. 그녀는 이름만 말하고 한동안 아무 말도 하지 않았다. 이쪽의 반응을 살피는 것 같았다. 류성은 그녀가 먼저 연락해왔다는 사실이 믿기지 않았다. 처음에는 광고 전화라고 생각했다. 혹시 예전에 갔던 마사지이발소나 사우나에서 만난 아가씨 중 하나인가 싶었다. 그런 곳에서 가끔 이상형인 아가씨를 만나 명함을 준 적이 있었다.

"어떤 미스 바이이신가?"

"주변에 미스 바이가 많은가 보지?"

그리고 다시 침묵. 그녀의 침묵은 조롱 같기도 하고 무언의 압박처럼 느껴지기도 했다. 류성은 느닷없이 가슴이 두근거렸다. 그는 신중을 기하기 위해 다시 조심스럽게 물었다.

"미스 바이, 미안하지만 한 가지만 묻지요. 어렸을 때 이름이 뭐였죠?"

미스 바이는 멈칫하더니 버럭 화를 냈다.

"그 계집애 같은 말투는 뭐야? 짜증나! 알았어, 그래. 나 미스 바이 아니고 선녀다. 이제 됐어?"

그 순간 류성은 자기도 모르게 자리에서 벌떡 일어섰다.

"오케이. 그쪽이 미스 바이인 건 알겠어. 도대체 무슨 일이야? 뭔가 바라는 게 있어서 전화한 거잖아? 내 도움이 필요한 거라면 뜸들이지 말고 빨리 말해."

수화기 너머에서 시끄러운 잡음이 들려왔다. 아마도 길거리인 모양이었다.

"이번엔 절대 빠져나갈 수 없어."

그녀가 갑자기 웃음을 터트리는가 싶더니 금방 진지한 말투로 말했다.

"이번엔 정말 네 도움이 필요해. 직접 만나서 얘기했으면 좋겠는데, 어때?"

이때 류성은 집에서 부모님과 식사 중이었다. 옆에 앉은 아버지와 앞에 앉은 어머니는 어느덧 머리가 하얗게 셌다. 아버지는 왼쪽으로, 어머니는 앞으로 몸을 기울인 채 아들의 이상한 전화에 귀를 기울였다. 이런 일은 어머니의 감이 한 수 위였다. 어머니는 아들의 표정을 자세히 살피며 물었다.

"미스 바이? 어디에 사는 아가씨야? 여자친구는 아닌 것 같은데 네가 왜 그 아가씨를 도와?"

류성은 어떻게 설명해야 할지 몰라 대충 얼버무렸다.

"돕긴 뭘 도와요? 홍콩에서 온 미스 바이인데 사업 얘기하자고 만나자는 거예요."

류성은 갑자기 밥 생각이 달아나 숟가락을 놓고 자기 방으로 들어갔다. 방문을 잠그고 천장을 보며 중얼거렸다.

"무슨 일이지?"

도대체 무슨 일일까? 그가 그녀를 도울 일이 도대체 무엇일까? 그녀가 떠난 지 반년이 넘었지만 그는 그녀가 어디서 어떻게 지내는지 전혀 몰랐다. 문득 이 만남이 사기가 아닌가 하는 생각이 들었다. 그는 무의식적으로 서랍을 열어 통장과 현금 다발을 뒤적였다. 하지만 곧 쓸데없는 걱정이란 생각이 들었다. 그녀는 그런 사람이 아니다. 그녀는 그런 여자가 아니다. 잠시 후 류성은 옷을 갈아입기 시작했다. 셔츠, 양말, 속옷까지 제일 좋은 것으로 갈아입었다. 마지막으로 거울을 보며 옷매무새를 점검했다. 전체적으로 그럴 듯했는데 헤어스타일이 촌스러워 보였다. 그는 무스를 잔뜩 발라 머리 스타일을 다듬었다. 이때 아버지가 방문을 두드렸다.

"류성, 문까지 걸어 잠그고 방안에서 무슨 짓을 하는 거야? 나랑 애기 좀 하자. 근 2년 간 돈 좀 벌었다고 너무 거만하게 구는 거 아니냐? 앞으로 어떤 인연을 만날지 모르는데 주변에 웬 아가씨가 이리 많아? 밖에서 행동 조심하고 다녀라. 넌 이미 인생의 오점을 남겼고 평생 꼬리 내리고 살아야 한다는 사실을 잊지 마라."

류성은 옷장에서 제일 비싼 양복을 꺼내 입고 소매를 툭툭 털며 방문을 열고 나갔다.

"알아요, 알아. 꼬리 내리고 사는 거 아주 이골이 났어요. 그리고 꼭 꼬리 내려야 사람 노릇 하는 건 아니잖아요."

류성 어머니가 비싼 양복을 알아보고 얼른 달려들어 류성의 팔을 낚아챘다.

"이거 수입 양복 아니야? 벗어! 당장 벗어! 이렇게 비싼 건 결혼할 때 입어야지, 사업 얘기하러 간다면서 왜 이렇게 좋은 양복을 입어?"

류성이 어머니 손을 뿌리치며 가르치듯 말했다.

"아직도 가난할 때 습관을 못 버렸어요? 이깟 양복이 무슨 보물이라도 돼요? 지금 세상은 물질사회에요. 요즘 사업은 옛날이랑 완전히 달라요. 차림새로 신분과 지위를 판단하기 때문에 제대로 차려 입지 않으면 사업을 망칠 수도 있다고요."

데이트 같은 이 만남의 장소는 그녀가 정했다. 시내에 새로 문을 연 홍콩식 티 카페였다. 약속 장소에 도착한 류성은 서두르지 않고 일단 길 건너편에서 티 카페 분위기를 자세히 살핀 후 길을 건넜다. 그는 카페 간판을 슥 훑어봤다. 특별히 이상한 분위기도 아니고 가격도 크게 비싸 보이지 않았다. 그는 양복 옷깃을 매만지며 성공한 사업가처럼 여유롭게 천천히 카페 안으로 들어섰다.

그녀는 먼저 도착해 구석 자리에 앉아 있었다. 테이블에 작은 찻주전자가 놓여 있고, 그녀 뒤쪽에 큰 인조 야자수가 세워져 있었다. 그녀의 얼굴과 어깨에 톱니바퀴 모양 야자수 잎 그림자가 드리워졌다. 류성은 그녀를 향해 걸어가다가 문득 이상하게 주변이 조용하다는 생각이 들었다. 이 큰 카페가 자신이 걸려들기만을 기다리는 함정처럼 느껴졌다.

'조심하자. 조심해야 해. 홍문연鴻門宴(항우가 암살을 목적으로 유방을 초대해 벌인 연회)인지도 몰라. 치밀하게 계획된 함정일까? 아니면 공갈협박하며 보상금을 요구하려는 걸까? 십 년 만의 복수면 늦은 것도 아니지.'

꼬리에 꼬리를 무는 온갖 잡생각에 발걸음이 늘려졌다. 류성은 갑자기 발길을 멈추고 화장실을 돌아봤다.

'아무래도 화장실에 다녀오는 게 좋겠지? 생각을 좀 정리하자. 뭔가 대비책을 생각해야 해.'

류성이 발길을 돌리는 순간, 그녀의 목소리가 들려왔다.

"야, 어디 가는 거야? 설마 날 못 알아본 거야?"

그녀가 자리에서 벌떡 일어나 손가락으로 권총 모양을 만들어 그를 향해 총알을 한 방 날렸다.

"너무한 거 아냐? 내가 그렇게 이상해졌니? 알아보지도 못할 만큼?"

그녀의 말투에서 허물없는 오랜 친구 사이에 나누는 친근함이 느껴졌다. 예상치 못한 친근한 인사에 류성의 긴장감이 눈 녹듯 사라졌다.

그녀는 전혀 이상해지지 않았다. 유행을 따라 염색한 머리카락이 눈에 띄긴 했지만. 이마에서부터 얼굴 절반을 가린 비껴 내린 앞머리가 금빛 물결처럼 출렁거렸다. 류성은 자리에 앉자마자 특유의 능글맞은 말재간으로 그녀의 아름다움에 대한 극찬을 이어갔다. 그녀가 참다못해 테이블을 두드리며 그의 말을 끊었다.

"됐어. 그만해. 바로 바이어 만나러 가야 해서 그런 감언이설 듣고 있을 시간 없어. 본론부터 얘기할게."

그녀의 본론은 아주 명확했다.

"골치 아픈 문제가 생겼어. 네 도움이 필요해."

그녀가 의미심장한 눈빛으로 그를 노려보다가 갑자기 피식 웃으며 말했다.

"병법에 오랫동안 군대를 길러 유사시에 대비한다는 말이 있어. 드디어 네가 나서야 할 일이 생겼어."

류성은 그녀의 말뜻을 금방 이해했다. 들어보니 그녀의 문제는 크게 특별한 일이 아니었다. 그녀가 정 사장한테 빌린 30만 위안을 사업 자금 명목으로 서커스단 사람에게 빌려줬다. 높은 이자를 약속하며 반 년 후 돈을 갚기로 했는데, 일 년이 지나도록 돌려받지 못했단다. 여기에 정 사장의 빚 독촉이 이어지고 급기야 월급 지급이 중단됐다. 다음 단계는 해고일 터였다. 여기까지 들은 류성은 그녀가 뭘 원하는지 알 것 같았다.

"그러니까, 나한테 대신 돈을 받아달라는 거야?"

그녀가 고개를 끄덕였다.

"넌, 아는 사람이 많잖아."

"무슨 일인가 했더니, 이거였어? 뭐, 이 정도는 문제없지."

그녀가 예민하게 반응하며 이마를 찌푸렸다.

"무슨 일을 생각했는데? 살인, 방화, 그런 거?"

"살인, 방화는 안 되지만, 빚 독촉은 가능하지."

그는 저도 모르게 피식 웃으며 중얼거렸다.

"여태 누구한테 빚 독촉만 받아봤지, 내가 남한테 빚 독촉 해보기는 처음이네."

마주 앉은 두 사람 사이에 놓인 찻주전자는 이미 식어버렸다. 고운 빛깔 과일차가 우러난 찻주전자 바닥에 사과, 파인애플, 바나나 조각이 가라앉았다. 두 사람이 이렇게 정식으로 마주 앉기는 처음이었다. 그녀의 그림자에 앉은 류성은 문득 그녀의 토끼장이 생각났다. 지금 그는 토끼장에 갇힌 토끼처럼 그녀의 포로가 됐다. 그는 스스로 토끼장에 뛰어들었고 토끼장의 운명은 그녀 손에 달렸다. 이런저런 생각을 하다 보니 갑자기 울적해졌다. 본론이 끝나면 바로 이별일 테지.

'반년 동안 어디 있었어? 어디서 뭘 하고 지냈어?'

류성은 진심으로 궁금했지만 이런 바보 같은 질문은 접기로 했다. 그녀의 대답이 귓가에 들리는 것 같았다.

'네가 뭔데? 내가 어디서 뭘 하든, 네가 무슨 상관이야?'

그는 경솔하게 덤비지 않고 차분하게 문자 메시지를 보내는 그녀를 바라봤다. 잠시 후 그녀가 고개를 들고 투덜거렸다.

"짜증나! 정 사장 누나, 정말 사람을 질리게 해. 죽여버리고 싶을 정도야."

그는 그녀의 손을 뚫어지게 쳐다봤다. 빠르게 휴대폰 버튼을 누르는 가느다란 손가락. 손목에는 비취 팔찌가 사라지고 작은 보석이 박힌 가느다란 은색 팔찌를 차고 있었다. 그녀는 옆으로 쓸어 넘긴 금발 머리카락을 매만지며 고개를 들었다. 금발 앞머리와 나머지 흑발의 경계선 부분, 그녀의 오른쪽 광대뼈에 푸릇한 멍 자국이 보였다. 류성이 반사적으로 소리쳤다.

"너, 얼굴이 왜 그래?"

"보지 마. 내 얼굴이야. 네가 상관할 일이 아니야."

류성은 더 이상 묻지 못했다. 그녀와 마주 앉은 동안, 그녀의 몸에서 향수와 가죽 냄새가 강하게 풍겼다. 그는 문득 이상한 느낌이 들었다.

'난 도대체 누구와 마주 앉아 있는 걸까? 저 여자, 정체가 뭘까? 친구인가, 적인가? 그냥 오랜만에 만난 옛 친구? 아니면 어떻게든 돈을 뜯어내려는 빚쟁이?'

그녀는 또 한참 문자 메시지를 보내고 고개를 들었다.

"무슨 생각하는 거야? 날 무서워하는 거 같은데, 내가 무서워?"

류성이 반사적으로 고개를 흔들었다.

"말도 안 돼! 네가 어디가 무서워? 난 말이야, 살인강도짓하는 놈들도 많이 봤어. 널 무서워했으면 여기 오지도 않았어."

그녀가 갑자기 위아래로 그를 훑더니 테이블보를 휙 젖히고 그의 구두를 보며 말했다.

"오늘 좀 괜찮은데?"

그녀가 빙긋 웃으며 말했다.

"오늘 아주 괜찮아. 헤어스타일도 좋고, 구두도 반짝거리고, 양복도 잘 어울려."

자신감이 상승한 류성이 고백할 틈도 없이, 그녀가 벌떡 자리에서 일어섰다.

"그런데, 정말 성공한 사람은 그런 촌스런 브랜드 양복 안 입어. 정 사장 양복은 전부 지방시 아니면 아르마니야."

그녀가 한두 걸음 걷다가 한마디 덧붙였다.

"그 돈 받아주면 내가 아르마니 한 벌 선물할게."

29. 서커스단

복숭아나무거리 동풍서커스단을 누가 모를까?

이 서커스단의 영광의 역사는 무려 30년이 넘는다. 이 서커스단에서 훈련시킨 말은 활활 타오르는 크고 작은 불구덩이 링을 멋지게 통과하는 것으로 유명했다. 이 서커스단 원숭이는 일벌레다. 막노동 일꾼처럼 어깨에 꽃무늬 수건을 걸치고 무거운 수레를 신나게 끌고 다녔다. 이 서커스단에는 특별한 음악적 재능을 가진 유명한 호랑이 연주가가 있었다. 이 호랑이는 피리 부는 조련사를 등에 태우거나 직접 피리를 연주하기도 했다. 특히 '모범 인민 레이펑을 배워요'의 기본 선율을 그럴 듯하게 연주했다. 이 서커스단 코끼리는 운동놀이를 좋아해서 조련사가 코끼리 몸을 이용해 체력단련 시범을 보였다. 조련사는 긴 코끼리코를 철봉 삼아 그 위에 매달려 턱걸이를 백 개씩 하곤 했다.

류성은 어렸을 때 텔레비전에서 동풍서커스단 호랑이와 여자 조련사가 서커스단 동물과 배우를 대표해 인터뷰하는 모습을 본 적이 있었다. 그는 그 둘의 이름을 지금도 똑똑히 기억했다. 호랑이 이름은 환환, 여자 조련사는 러러였다. 이 둘의 이름을 합하면 '즐겁다'歡樂라는 뜻이 된다. 인터뷰 중 러러가 아프리카 어느 나라의 대통령, 동남아 어느 나라의 국왕과의 인연을 소개한 내용이 가장 인상적이었다. 러러는 두 사람을 자신의 열렬한 팬이라고 소개했으나 진행자가 그들의 스캔들을 언급하며 돌직구를 날렸다.

"러러씨, 솔직히 말해주세요. 그 아프리카 대통령이 당신을 아프리카로 데려가겠다고 하지 않았나요?"

그때 류성은 귀를 쫑긋 세웠더랬다. 아마도 텔레비전을 보던 모든 이들이 그러했을 것이다. 그러나 그녀는 즉답을 회피하며 대충 얼버무렸다. 곧이어 등장한 호랑이의 재롱이 사람들 눈길을 사로잡았다. 진행자가 호랑이에게 '인민 여러분에게 한 말씀 해 주세요'라고 말하자 환환이 입을 쩍 벌리고 작은 족자를 뱉어냈다. 그리고 발톱을 이용해 돌돌 말린 족자를 펴자 금빛 찬란한 글자가 나타났다. '부자 되세요!'

류성은 그 취잉이라는 남자를 몰랐지만 한때 서커스에 푹 빠졌던 아류는 서커스 무대에서 취잉을 본 적이 있었다. 취잉은 백마의 불구덩이 링 쇼를 선보였던 말 조련사다. 뛰어난 조련 기술과 잘생긴 외모 덕분에 젊은 시절, 대단한 인기를 누렸다. 아류는 동풍서커스단 해체 후에도 취잉을 봤다고 했다. 취잉이 서커스단 말을 데리고 나가 서쪽 교외 놀이공원에서 승마 체험장을 운영할 때였다. 직접 불구덩이 링을 통과해볼 수 있다고 해서 말을 탔는데, 불구덩이 링은 구경도 못해보고 딱 십 분 만에 체험이 끝났다. 그리고 80위안을 냈으니 엄청난 바가지였다.

서커스단을 찾아가 떼인 돈을 받기.

류성에게는 다소 생소한 일이라 사실 자신이 없었다. 류성은 원래 건달 예닐곱을 달고 가 위협적인 분위기를 연출하려 했으나 상황이 여의치 않아 결국 아류, 춘경 두 사람만 데리고 갔다. 아류는 담배 두 보루를 원했고, 춘경은 조금 더 통 큰 보상을 요구했다.

"난 담배는 됐고, 그 돈 받아내면 홍콩여행 어때?"

세 사람은 복숭아나무거리에 도착해 한참 동안 여기저기 기웃거리며 서커스단을 찾았다. 예전에는 서커스단 입구에 압도적인 위용을 자랑하는 대형 아치문이 있었는데 아무리 찾아도 보이지 않았다. 서커스단 동쪽 빨간 벽돌 건물은 오락실로 변해 옛 정취가 사라졌다. 윙윙거리는 기계음 속에서 많은 아이들이 게임에 열중하고 있었다. 비단가게가 들어선 서쪽 건물 앞면은 커다란 쇼윈도로 변해 형형색색의 비단 제품이 걸려 있었다. 한 남자가 확성기를 들고 가게 앞에 서서 열심히 손님을 불러 모았다.

"비단, 실크! 전 세계에서 가장 저렴하게 팝니다. 여러분, 그냥 지나치지 마시고 들어와서 구경하세요. 한번 구경만 하세요."

류성이 가게로 들어서며 남자에게 말을 걸었다.

"비단 파는 일 하기에는 인상이 너무 험악한 거 아니오? 뭐, 난 비단 사러 온 건 아니고 말 좀 물읍시다. 예전에 이 부근에 서커스단 대형 아치문이 있었는데, 왜 안 보이오?"

남자가 머쓱한 표정으로 확성기를 내리고 가게 밖을 가리키며 대답했다.

"대형 아치문? 그게 여태 남아 있겠수? 서커스단이라면 저쪽 모퉁이 골목으로 가보슈."

왔던 길을 되돌아가 모퉁이 골목 안쪽으로 들어가니 과연 서커스단 입구가 보였다. 작고 초라한 문. 정확히 말하자면 그냥 쪽문이었다. 오락실 서쪽 담장에 붙어 있는 작은 쪽문. 문짝에는 미납 전기요금 독촉장, 퇴역 군의관의 매독 치료 광고지 등이 겹겹이 붙어 있었다. 문을 밀고 들어가자 좁은 복도식 통로가 보였다. 통로 끝에 잎이 무성한 큰 나무가 서 있고 나뭇가지에 체크무늬 이불이 걸려 있었다. 후각이 예민한 아류가 가장 먼저 말똥 냄새를 감지하고 앞으로 뛰어가 통로 바닥에 말라붙은 거무튀튀한 무언가를 한동안 살폈다.

"말똥이야. 여기가 맞아. 서커스단이 확실해."

세 사람은 통로를 지나자마자 반사적으로 코를 킁킁거렸다. 서커스단 공기는 확실히 달랐다. 비릿하고 퀴퀴하고 매캐한 동물 냄새. 나무 앞으로 걸어간 아류는 그 자리가 그 옛날 서커스 무대 배경이었음을 알아차렸다.

"이건 호랑이나무야."

"그게 왜 호랑이나무야?"

아류가 조금 멋쩍어하며 대답했다.

"어렸을 때 내가 그냥 붙인 이름이야. 이 나무에 조명이 비치면 바로 호랑이가 등장했거든."

호랑이나무 아래 쉰 살쯤 되어 보이는 아주머니가 앉아 있었다. 서커스단 사람 같기도 하고 그냥 세 들어 사는 사람 같기도 했다. 아주머니는 나른한 표정으로 느릿느릿 콩을 까고 있었다. 투둑투둑, 콩알을 그릇에 던져 넣고 콩깍지는 엎어놓은 커다란 징에 버렸다. 아주머니는 류성의 서류 가방을 보고 그들의 목적을 지레짐작했다.

"어디서 왔수? 뭘 사려고 오셨나?"

"뭘 사러 온 게 아니라, 사람을 찾아 왔소."

"알지. 그래서 누굴 찾는데? 누구한테 뭘 사려고?"

"여기 서커스단 아닙니까? 도대체 서커스단에서 뭘 판단 말입니까?"

"뭐든 다 팔지. 뭐든 팔아야 단원들 월급을 주지. 사자도 팔고, 호랑이도 팔고, 원숭이도 팔고. 아, 짐승 우리도 판다오."

아류가 뜬금없이 끼어들었다.

"호랑이는 얼만데요?"

아주머니가 아류를 위아래로 훑어보며 입을 삐죽거렸다.

"호랑이가 얼마나 귀한 줄 모르는 모양인데, 보통 사람은 꿈도 못 꾸지. 수십 만 위안이 넘으니까."

"그럼, 원숭이는요? 원숭이는 좀 싸겠지요? 그, 그 수레 끌던 원숭이, 그건 얼마예요?"

아주머니가 맞은편 사무실을 살피며 대답했다.

"장씨가 어디 갔나 보네. 원숭이는 장씨 담당이니까 원숭이 가격은 그쪽에 물어보슈."

류성이 아류를 밀어내며 다시 본론으로 돌아갔다.

"이 자식 말은 신경 쓰지 말아요. 원숭이는커녕 개 살 돈도 없는 놈이니까. 우린 취잉이랑 할 얘기가 있어서 왔는데, 취잉도 여기 살지요?"

"취잉? 그럼 말을 사러 온 거요? 말은 몇 마리 안 남아서 팔지 안 팔지 모르는데. 듣자니 승마클럽 사업을 한다던데. 취잉을 만나려면 거기 말똥 따라 마구간으로 가보슈."

서커스단은 인기척 하나 없이 적막했다. 세 사람은 문이 활짝 열려 있는 널찍한 연습실 앞을 지나갔다. 종이상자, 나무상자가 바닥에 어지럽게 널려 있고 일회용 도시락 쓰레기 더미에 파리떼가 들끓었다. 누가 버렸는지 모를 빨간 단복 한 벌이 나무상자 위에 널브러져 있었다. 연습실 한쪽 벽에 걸린 과거의 빛나는 영광의 흔적이 마지막 발악처럼 보였다. 각양각색의 크고 작은 붉은 깃발과 수십 년 전 공연 포스터들. 창문 아래 나뒹구는 북과 창턱에 버려진 북채. 아류가 북채를 집어 들고 허리를 숙여 북을 두들겼다. 둥둥둥. 텅 빈 연습실에 요란한 북소리가 메아리쳤다. 북소리에 놀라 어디선가 튀어나온 쥐 한 마리가 종이상자에 뛰어올라가 창밖의 불청객을 뚫어지게 쳐다봤다. 아류가 북채를 내던지며 말했다.

"제기랄! 옛날엔 그렇게 멋있었는데 왜 이렇게 거지꼴이 된 거야? 어렸을 때 담장 너머로 연습하는 걸 훔쳐보곤 했는데. 문지기 할아범한테 걸리면 할아범이 귀를 잡아당기며 문밖으로 쫓아냈지. 그때 할아범이 동풍서커스단 곡예기술은 국가기밀이라고, 절대 훔쳐보면 안 된다고 그랬어."

세 사람은 계속 말똥 흔적을 따라 걸었다. 말똥 흔적이 사라지자 곧 마구간이 나타났다. 어둡고 습한 마구간에 다가서자 건초와 말똥이 뒤섞인 냄새가 확 풍겨왔다. 철문에 들어서니 어렴풋이 불구덩이 링 쇼를 펼쳤던 백마 세 마리가 보였다. 시멘트 기둥에 묶인 백마 세 마리는 신비롭고 초롱초롱한 눈빛을 반짝이며 벽면과 45도 각도로 비스듬히 서서 같은 자세를 유지했다. 마구간 한쪽 구석에 괴상망측하게 지은 작은 방이 있었다. 지붕은 비닐 포대로 덮였고 사방 벽은 철창살 뼈대에 나무 합판을 붙여 둘렀다. 비닐봉지와 옷가지 등이 벽면 가득 걸려 있었는데 그중 유난히 눈에 띄는 옷이 있었다. 커다란 옷걸이에 걸린 채 위풍당당함을 뽐내는 금테 두른 은색 예복. 가만히 보고 있으면 화려하고 고귀한 기품이 느껴졌다. 이 괴상한 방은 용도 변경되어 취잉의 침실로 사용되고 있지만 아마도 예전에 호랑이 혹은 사자 우리였을 것이다. 이때 이불이 들썩거리고 그 안에서 기어 나온 남자가 비틀거리며 철문 앞으로 걸어왔다. 마흔 살쯤 되어 보이는 남자는 눈이 크고 눈썹이 짙었다. 넓은 어깨에 작고 탄탄한 엉덩이, 최신 유행으로 땋은 머리에 통이 넓은 빨간색 벌룬 바지를 입었다. 얼굴은 조금 부었지만 눈빛은 날카로웠다. 세상 모든 것을 거부하는 노여운 눈빛이었다.

"안 팔아. 안 팔아."

남자가 술 냄새를 풀풀 풍기며 중얼거렸다.

"가! 가라고! 말 안 판다고!"

"우린 말 사러 온 게 아니야. 당신이 취잉이야? 우린 미스 바이 친구야. 당신이랑 얘기 좀 해야겠는데, 무슨 얘기인지는 본인이 더 잘 알겠지?"

취잉이 류성을 위아래로 훑으며 대답했다.

"모르겠는데? 그 여자 친구라고? 무슨 친구인데? 암흑가 친구인가?"

"암흑가면 어떻고 광명가면 어때? 그런 건 내 알 바 아니고, 우린 미스 바이 돈만 받으면 돼."

류성이 잠깐 뭔가 생각하더니 서류가방에서 명함 한 장을 꺼냈다.

"우리 회사가 작긴 해도 하는 일이 꽤 많거든. 지금 이것도 그중 하나지. 30만 위안, 그 돈 받을 때까지 한 발자국도 안 움직일 거야."

취잉은 류성의 명함을 받지 않았다. 철문 앞 세 남자를 시답잖게 바라보던 그는 점점 화가 치밀었다. 갑자기 주머니에서 휴대폰을 꺼내 류성 코앞에 들이밀었다.

"보라고. 이걸 보면 나랑 미스 바이랑 어떤 사이인지 알겠지? 난 그 여자 때문에 아내와 자식을 버렸어. 그 여자 때문에 난 집도 절도 없는 신세가 됐는데, 누가 누구한테 빚을 졌다는 거야? 무슨 빚? 니들이 받아갈 빚이 어디 있어? 우리 일에 상관 말고 당장 꺼져. 이건 나랑 그 여자랑 해결할 문제야."

류성은 휴대폰 화면을 뚫어져라 응시했다. 사진 속 두 사람은 연인이 틀림없었다. 함께 말을 타고 있는 미스 바이와 취잉. 뒤에 앉은 취잉이 그녀의 허리를 꼭 껴안고 그녀는 뒤로 고개를 돌려 취잉에게 키스하는 사진이었다. 반짝이는 눈망울, 새빨갛게 물든 입술, 사랑을 갈구하는 표정. 그녀는 너무나 행복해보였다.

"좋네. 아주 낭만적이야."

그리고 취잉의 휴대폰을 툭 밀쳤다.

"그래봤자 다 지나간 과거잖아? 이제 와서 이딴 게 무슨 소용이야? 키스신이 아니라 베드신 사진을 가져와도 소용없어. 감정 문제는 상관 안 해. 우린 돈만 받으면 돼."

류성은 서류가방에서 종이봉투를 꺼내 철문 난간 사이에 끼웠다.

"나도 당신한테 보여줄 게 있어. 이걸 보면 우리가 어떤 일을 하는지 알 거야."

종이봉투 끝부분이 천천히 찢어지면서 시뻘건 피를 머금은 하얗고 물렁한 돼지 족발이 취잉의 발 앞에 툭 떨어졌다.

"이런 거 좋아하나 모르겠네? 가져 가. 조려 먹으면 꽤 먹을 만할 거야."

류성이 손바닥을 세워 칼처럼 휘두르며 한마디 덧붙였다.

"사실, 내가 하는 일이 이런 거거든."

취잉이 코웃음을 쳤다.

"도대체 네가 하는 일이 돼지 족발 자르는 거야, 사람 손목 자르는 거야? 확실히 말해."

"돼지 족발은 눈 감고도 자르지. 사람 손목 자르는 건 좀 서툴긴 해. 연습할 기회가 많지 않아서 말이야. 연습을 더 해야 하는데, 그쪽이 그럴 기회를 줄까 모르겠네?"

"주지. 암, 주고말고."

취잉이 한 치의 망설임도 없이 철창 사이로 손을 내밀고 위아래로 흔들었다.

"자, 기회를 준다니까. 어서 잘라. 못 자르면 넌 사람 새끼도 아니야. 뭐야? 칼 없어? 내 손목 자르러 왔다면서 칼도 안 가져왔어? 내가 칼까지 찾아줘야 해?"

이때 아류가 끼어들어 취잉의 손을 도로 철창 안으로 밀어 넣으며 그를 달랬다.

"우리가 칼을 가져오지 않은 건 대화로 잘 해결해보자는 뜻이 아니겠소? 우리가 가만히 있는데 형씨가 뭐가 급해서 이 난리요?"

취잉은 방향을 바꿔 아류에게 손을 들이밀며 소리쳤다.

"자, 빨리 잘라! 저 겁쟁이가 못하면 네가 해. 내 손목 자르면 다 해결되는 거 아니야? 빨리 자르고 꺼져! 니들 사는 참죽나무거리로 돌아가라고!"

류성이 당황하며 눈짓으로 춘경에게 도움을 요청했다. 앞으로 나선 춘경이 취잉의 손을 잡고 툭 한 번 튕겼다.

"형씨, 진정하라고. 일단 형씨 손금부터 보고, 자를지 말지는 그 다음에 얘기하자고."

춘경이 눈을 가늘게 뜨고 취잉 손바닥을 들여다보더니 한심하다는 듯이 중얼거렸다.

"세상에 이렇게 재수 없는 손금은 처음일세. 나보다 백배, 천배 재수 없어. 그러니 지금 이 모양 이 꼴이지. 이런 손금이면 그냥 잘라버리는 게 낫겠어. 사업선이 왜 이렇게 짧아? 애정선도 가다 끊기고 금전선도 짧고, 도대체가 제대로 이어진 선이 하나도 없네. 이런 재수 없는 손금으로 30만 위안이나 빌려서 사업을 해? 감히 미스 바이랑 연애할 생각을 했단 말이야?"

신기하게도 손금 이야기를 시작하자 신경안정제라도 먹은 것처럼 취잉의 분노가 서서히 가라앉았다. 보아하니, 취잉도 자신의 불운을 인정하는 것 같았다. 그는 벌룬 바지에 손을 쓱쓱 문지르고 밝은 쪽으로 손바닥을 펼쳐 제 손금을 들여다보다가 춘경에게 물었다.

"이봐, 사업선이 어떤 건가? 어떤 게 애정선이고, 어떤 게 금전선인가? 젠장, 몇 번을 들었는데 매번 잊어버려."

이때 류성이 끼어들었다.

"춘경, 말해주지 마. 30만 위안 받으면 얘기해 줘."

취잉은 손금 보기를 금방 포기하고 손을 바지주머니에 찔러 넣으며 강렬한 눈빛으로 류성을 노려보다가 딸꾹질을 했다.

"30만 위안으로 날 협박하시겠다? 흥! 그깟 30만 위안이 뭐 별거냐? 내가 재수가 없어 사기꾼을 만나 그렇지, 안 그랬으면 300만 위안도 넘게 벌었을 거라고."

취잉은 어두운 구석을 한참 뒤지다가 뭔가를 발로 '툭' 찼다. 스팸 깡통이었다. 또 한 번 발길질을 하자, 이번에는 바이주白酒 술병이 튀어 올라왔다.

"스팸 깡통에 800위안, 술병에 천 위안 들었어. 지금 가진 건 그게 전부니까 가져가든지, 말든지. 난 점심 때 술을 많이 마셔서 좀 더 자야겠으니 알아서들 하라고."

스팸 깡통은 아류 발밑까지 굴러왔지만 조금 큰 바이주 술병은 철창 틈을 통과하지 못해 철장 앞에 멈췄다. 아류가 깡통을 주워 안에 든 돈을 세어봤다.

"정말이네. 딱 800위안이야."

이때 춘경이 철창에 걸린 바이주 술병을 끌어내리려다 류성에게 한 대 얻어맞았다.

"그걸 왜 주워? 저 자식이 우리를 거지 취급하는 거 모르겠어? 그깟 푼돈을 허리까지 굽혀가며 주워야겠어?"

"티끌 모아 태산이랬어. 싫으면 넌 가만있어. 허리는 내가 굽힐 테니. 일단 줍자. 괜찮지?"

춘경이 힘껏 철문을 밀어봤지만 꿈쩍도 하지 않았다. 이 마구간은 보기보다 견고했다. 그러나 그 주인은 예외였다. 아직 술기운이 덜 가신 취잉은 여물통에 건초 한 움큼을 넣어주고 비틀거리며 마구간 구석으로 걸어가 정체를 알 수 없는 용기에 오줌을 갈겼다. 그리고 다시 이불 속으로 쏙 들어갔다. 잠시 후 마구간에서 끅끅거리는 소리가 들리는가 싶더니 점점 괴상한 소리로 변해갔다. 류성 일행은 곧 그 소리의 정체를 알아차렸다. 억지로 참는 남자의 울음소리였다. 취잉이 울고 있었다. 그는 짐승 우리에 숨어들어 울었다. 숨죽인 울음소리는 한번 봇물이 터지자 대성통곡으로 변했다. 그는 철창 난간을 쥐고 흔들었다. 덜컹거리는 소리가 취잉의 울음소리와 뒤섞이고 중간 중간 알아들을 수 없지만 뭔가 중얼거리는 소리도 들렸다. 처음에 류성 일행은 취잉이 욕을 하는 줄 알았는데 자세히 들어보니 아니었다. 취잉은 후회한다고 말했다. 그는 후회하고, 후회하고, 또 후회했다. 죽도록 후회했다.

류성 일행은 말없이 서로를 응시했다.

'후회, 후회. 후회할 일 없는 사람이 어디 있겠어?'

세 사람 모두 지난 일을 생각하면 후회투성이였다. 그저 가만히 그의 울음소리를 들을 뿐, 아무도 그를 비웃지 못했다. 그러나 백마 세 마리는 크게 놀란 것 같았다. 주인을 향해 일제히 고개를 돌린 백마 세 마리는 잠시 주인의 행동에 집중했다. 말들은 주인의 울음소리를 들어본 적이 없었다. 이 특이하고 생경한 소리는 말들 기억 속의 어떤 명령어와도 일치하지 않았다. 훈련을 통해 익힌 엄격한 행동규율에 빈틈이 생긴 것이었다. 첫 번째 말은 간신히 냉정을 유지하는 듯했지만 두 번째 말은 초조하고 불안한 듯 왼쪽 앞발굽을 들어 올리고 쉴 새 없이 꼬리를 흔들었다. 어서 주인이 정확한 명령을 내려주길 기다리는 것 같았다. 세 번째 말은 주인의 목소리를 전혀 다르게 알아듣고 무대에 오를 준비를 했다. 갑자기 고개와 앞발을 높이 쳐들고 날카롭고 길게 울부짖었다. 말들이 이상행동을 보이자 취잉이 바로 울음을 멈추고 비틀거리며 밖으로 나와 말들을 달랬다. 첫 번째 말은 갈기를 쓰다듬었다.

"승리야, 착하지? 그렇지."

두 번째 말은 등을 쓰다듬었다.

"서광아, 얌전하게 굴어야지."

세 번째 말을 특이하게 생식기를 잡아 쥐었다.

"영웅이! 소란 피우지 마. 지금 내가 아주 속상하거든. 또 시끄럽게 굴면 확 잡아먹는 수가 있어!"

오후의 햇살은 확실히 활력이 떨어졌다. 나른한 햇살도 마구간 세상이 측은했던지 잠시 옆집 지붕을 미끄러지듯 타고 내려와 마구간 철창을 비집고 들어와 취잉과 백마 세 마리를 비췄다. 덕분에 취잉과 백마 세 마리의 형태가 조금 뚜렷해졌지만 왠지 모르게 무기력하고 난잡해 보였다. 류성 일행의 시선이 하늘거리는 햇살을 따라 움푹 파인 취잉의 뺨을 지나 눈가에 맺힌 투명한 눈물방울에 멈췄다. 아류가 류성을 보며 작게 속삭였다.

"우는 것 같은데? 울었나 봐."

그러나 류성은 차갑게 반응했다.

"진짜 우는 게 아닐 거야. 마음 단단히 먹어. 저 사람은 배우라고. 저 정도 연기는 일도 아니지."

춘경은 이미 이 일에 흥미를 잃었다. 그는 류성을 구석으로 끌고 가 조금 전에 주운 바이주 술병을 흔들며 말했다.

"이건 3위안짜리 싸구려 술이야. 워낙 독해서 한 모금만 마셔도 취한다고. 나도 이런 건 안 마시는데. 생각해 봐. 이런 싸구려 술 마시는 사람한테 30만 위안을 받아낼 수 있겠어? 30만 위안이 어디서 나오겠어?"

그러나 류성은 절대 포기할 수 없었다. 그는 온힘을 다해 친구들의 사기를 북돋웠다.

"실망하지 말라고. 조금만 더 버티면 이길 수 있어. 조금만 더 다그치면 돼. 30만 위안이 안 되면 다만 몇 만 위안이라도 건져야지. 빈손으로 갈 수는 없잖아."

잠시 후 마구간 철문이 스르르 열렸다. 취잉이 백마 한 마리를 끌고 나왔다. 그의 표정은 평온하고 침착해보였다. 말 등에 걸친 화려한 은색 예복이 어울리지 않게 너무 화려한 안장처럼 보였다. 취잉이 류성에게 예복을 건네며 말했다.

"이 예복을 입게. 이걸 입으면 말이 네 말을 잘 들을 거야. 어서 끌고 가."

류성은 취잉의 뜻을 알아들었지만 쉽게 수긍할 수 없었다.

"누가 말 내놓으랬어? 우린 말이 아니라 돈 받으러 온 거라고!"

"난 돈이 없어. 가진 건 말뿐이야. 승리가 제일 말을 잘 듣고 순하니까 이놈을 가져가."

취잉이 류성의 손에 억지로 말고삐를 쥐어줬다.

"장담하건데 이 말 가격은 30만 위안이 훨씬 넘을 거야. 미스 바이한테 이 말 좀 전해줘. 난 완벽하게 졌어. 네가 이겼어."

30. 백마白馬

참죽나무거리에는 말이 없었다. 류성은 말을 타본 적이 없었다.

그날, 류성은 화려한 조련사 예복을 입고 백마를 끌며 참죽나무거리를 활보했다. 마치 꿈속을 걷는 기분이었다. 시내 번화가는 화려한 꿈속 무대였다. 류성이 감당하기에는 너무 크고 긴 무대였다. 관중도 어마어마했다. 그는 저도 모르게 우쭐했지만 겁도 났다. 크고 멋진 백마의 촉촉한 눈망울은 깊이를 가늠하기가 힘들었다. 우연히 눈이 마주칠 때면 눈물을 글썽이는 것 같아 최대한 부드럽고 친절하게 다루려고 노력했다. 하지만 갈기를 쓰다듬는 것 말고는 주인의 빚 때문에 팔려온 백마의 마음을 어떻게 위로해야 할지 막막했다.

아류는 류성의 특권이 너무 부러웠다. 그는 오는 길에 말을 타보고 싶다고, 조련사 예복을 벗어달라고 몇 번이나 류성을 졸랐다. 하지만 류성은 단호하게 거절했다.

"아류, 쓸데없이 나서지 마. 사고라도 나면 어쩌려고? 말이 놀라서 날뛰다가 도망이라도 가면 30만 위안이 날아가는 거라고! 다 물거품이 되는 거야!"

류성은 말이 놀랄까봐 전전긍긍하며 고삐를 단단히 말아 쥐고 일부러 조용한 길로만 걸어갔다. 고요한 골목에 말발굽 소리가 울리자 갑자기 축제 분위기가 달아올랐다.

"말이다! 말이다!"

온 마을 사람들이 말을 보려고 거리로 뛰어나왔다. 계속 류성 일행을 따라오는 머리가 큰 소년은 어렸을 때부터 서커스 광팬인 모양이었다. 소년은 줄곧 백마에게 시선을 고정시키고 고함을 질렀다.

"승리, 승리야! 어디 가는 거니?"

하지만 백마가 전혀 반응을 보이지 않자 소년은 류성 앞으로 뛰어갔다.

"아저씨, 승리를 어디로 데려가는 거예요?"

류성이 소년을 거들떠보지도 않자 뒤에 있던 춘경이 대신 대답했다.

"너, 승리 좋아해? 그러면 집에 가서 네 아버지한테 30만 위안만 달라고 해. 30만 위안만 내면 승리를 네가 데려갈 수 있어."

취잉의 말은 거짓이 아니었다. 은색 예복이 마법이라도 부렸는지 백마는 생각했던 것보다 훨씬 얌전했다. 류성은 말을 끌고 순조롭게 북문다리를 건너 참죽나무거리에 도착했다. 세 사람은 자기 동네에 도착하자 그제야 마음이 놓였다. 그러나 숨 돌릴 사이도 없이 참죽나무거리가 소란스럽게 들썩였다. 춘경 아들딸과 아류 조카를 시작으로 온 마을 사람들이 류성 집으로 모여들었다. 백마를 본 아이들이 환호성을 지르며 말을 태워달라고 애원했다. 류성은 시종일관 무표정한 얼굴로 아이들을 쫓아냈다.

"저리 가! 다들 저리 가! 말한테 채여도 난 책임 안 져."

춘경은 아들딸을 부드럽게 달랬다.

"얘들아, 이건 함부로 올라타는 말이 아니야. 우리 내일 놀이동산에 목마 타러 가자. 이 말은 30만 위안이 넘는 신마神馬야. 너희들이 탔다가 말이 잘못되기라도 하면, 아빠는 배상할 능력이 없어. 너희들을 팔아야 할지도 몰라."

아류는 기념사진이라도 남기려고 조카를 안고 은근슬쩍 말등에 올라타려다가 류성에게 가차 없이 제지당했다.

"플래시 터지면 말이 놀란다고, 그런 것도 몰라?"

길가 대문 앞에 나와 있던 마을 사람들은 참죽나무거리에 최초로 등장한 백마를 보고 놀라움을 감추지 못했다.

"류성, 그 말 어디서 난 거야? 샀어? 주웠어? 혹시, 훔친 건 아니지?"

어떤 이는 류성이 입은 은색 예복이 너무 부러웠다.

"류성, 그 옷 어디서 났어? 정말 멋져! 월드스타 같아!"

류성은 그 많은 사람들에게 일일이 설명하기가 귀찮아 대충 한두 마디로 짧게 대답했다.

"빌려준 돈 대신 받은 거야."

류성네 집 앞에 도착하자 백마가 기다렸다는 듯이 시원하게 똥을 쌌다. 류성 아버지가 황당한 표정으로 그 모습을 지켜보다가 버럭 고함을 질렀다.

"류성! 너 도대체 밖에서 무슨 짓을 하고 돌아다니는 거야? 사업한다더니 왜 말을 사가지고 왔어?"

뒤쫓아 나온 사오란잉도 너무 화가 나 발까지 구르며 소리쳤다.

"아이고, 못 살아! 내가 못 살아! 집에 말을 끌고 와서 어쩌자는 거야? 내일모레면 서른이야! 도대체 언제 정신 차릴래?"

사오란잉은 빗자루를 들고 나와 류성에게 휘둘렀다. 류성이 멀찍이 도망치자 빗자루로 백마를 때렸다. 백마가 크게 울부짖으며 앞발을 들어올렸다. 사오란잉 머리 위로 뛰어 오르려는 듯 백마 상반신이 위로 솟구쳤다. 사오란잉은 깜짝 놀라 그 자리에 주저앉았다. 놀란 백마가 날뛰자 류성은 죽을힘을 다해 고삐를 잡아당기며 어머니에게 소리쳤다.

"빨리 빗자루 버려요! 이 말이 얼마짜리인데 때려요? 30만 위안이라고요!"

사오란잉이 빗자루를 집어던지고 대문 안으로 들어가 문을 쾅 닫았다. 그녀는 그제야 다시 정신을 차리고 소리를 질렀다.

"30만 위안이 뭐 별거라고! 300만 위안이라도 내 집에 못 들어와! 이 돼먹지 못한 놈아! 자식이고 뭐고 필요 없으니, 그 말 데리고 당장 꺼져!"

류성은 어머니 성격을 잘 알았다. 이렇게 내뱉은 이상 절대 대문 안에 말을 들이지 않을 것이다. 그는 어쩔 수 없이 아류에게 이틀만 그 집 마당에 말을 둘 수 없겠냐고 부탁했다. 아류는 조금 전 말에 타려다가 거절당한 것이 생각나 단칼에 거절했다.

"우리 집 마당은 너무 작아. 더구나 우리 엄마가 고기며 야채를 말린다고 잔뜩 늘어놨다고. 돈은 네가 버는데 왜 우리 집이야? 너희 엄마도 싫다는데 우리 엄마가 좋아하겠어?"

류성은 다시 춘경을 찾아가 부탁했다.

"누가 이렇게 큰 말을 받아주겠어? 그러지 말고 부둣가 공터로 가는 게 어때?"

그는 춘경의 조언을 받아들여 부둣가로 갔다. 그리고 미스 바이에게 전화를 걸었다. 당장 그녀에게 기쁜 소식을 알리고 싶었지만 결국 통화를 하지 못했다. 그녀의 전화기는 계속 꺼져 있었다. 답답한 마음에 문자메시지를 보냈다.

돈을 받을 수 없어서 대신 말을 받아왔어. 어서 와서 말 가져가.

　문자메시지에도 답이 없었다. 그녀에게 무슨 일이 생겼는지 알 수 없지만 왠지 불안했다. 류성은 가만히 그녀의 상황을 추측해봤다. 머릿속에 몇 가지 장면이 떠올랐다. 온통 질투가 일거나 오싹하고 무서운 것들이라 그냥 아무 생각도 안 하기로 했다. 그녀는 모든 것이 수수께끼였고, 그녀의 정체는 점점 더 알 수 없었다. 류성이 도저히 풀 수 없는 수수께끼였다. 그리고 또 하나, 백마의 가격 역시 수수께끼였다. 하지만 이 수수께끼의 답은 상대적으로 쉽게 풀렸다. 류성은 여러 분야에 다양한 친구가 있었다. 그중 애완동물시장에서 쓰레기통이라는 별칭으로 통하는 친구에게 전화를 걸었다.

　"보통 말이라면 크게 비싸지 않지만 동풍서커스단에서 불구덩이 링 쇼를 하던 백마라면 확실히 30만 위안 값어치가 있지. 살 사람을 찾기가 어렵다는 게 문제지. 그거 살 사람 찾으려면 백방으로 수소문해야 할 거야. 혼자 힘들 거 같으면 내가 다리를 놔주지. 그것도 귀찮으면 그냥 나한테 팔아. 5만 위안 쳐주지."

　쓰레기통은 절대 밑지는 장사를 할 놈이 아니었다. 류성은 대충 얼버무리며 통화를 마무리했다.

　"5만 위안이면 적은 액수가 아닌데. 미안하지만 이 말이 내 것이 아니라 다른 사람 거라서."

　백마와 함께 한 첫날 밤, 류성은 백마를 기중기 받침대에 묶은 후 기중기 조종실 문에 걸린 녹슨 자물쇠를 따고 안으로 들어갔다. 두툼한

솜 외투를 덮고 창가에 기대 앉아 말을 지켜보며 밤을 지새웠다. 밤이 되면 시멘트 공장이 망한 후 폐허로 변한 부둣가에 참죽나무거리를 배회하는 길고양이와 떠돌이개가 모여들었다. 거대한 백마를 본 길고양이는 자리를 뺏긴 것이 분한 듯 씩씩거리며 도망치듯 사라졌다. 떠돌이개는 한참 동안 백마 주변을 어슬렁거리며 상황을 살폈다. 맹수가 아니라고 생각해서인지 몇 번 사납게 짖었지만 결국 자리를 떠났다.

류성은 지금까지 한 번도 한뎃잠을 자본 적이 없었다. 깊은 밤 부둣가는 한없이 고요하고 신비로운 느낌이 들었다. 별이 총총 박힌 밤하늘이 점점 가까워지며 이불처럼 포근하게 온 몸을 감싸는 것 같았다. 성밖으로 향하는 강물은 쉴 새 없이 재잘거리며 흘러가고 가끔 밤배가 나타나면 흐릿한 돛대의 불빛이 조용히 어두운 강가를 훑고 지나갔다. 강가는 아주 잠깐 밝아졌다가 다시 짙은 어둠에 휩싸였다. 부둣가의 밤이 깊어갈수록 고민도 깊어져, 그는 잠을 이룰 수 없었다. 그는 내일부터 말을 먹여 살려야 했다. 그녀의 말. 미스 바이의 말. 느닷없이 떠안은 책임이지만 왠지 모르게 도전의식이 생기고 낭만적인 느낌도 들었다. 류성은 가만히 백마를 응시했다. 야심한 밤인데 오히려 자신보다 차분해 보였다. 크고 고른 숨소리로 보아 낯선 곳임에도 편안하게 잠든 것 같았다. 갈기털이 달빛을 받아 비단처럼 고운 광택을 뿜어냈다. 류성은 그 빛에 이끌려 조종실 밖으로 걸어 나갔다. 그는 말 주위에 널려 있는 갖가지 채소를 보며 중얼거렸다.

"미안하지만, 여긴 건초가 없어. 채소밖에 먹을 게 없어."

그리고 부드럽게 갈기를 쓰다듬는데, 저도 모르게 감탄사가 나왔다.

"승리 너, 정말 아름답다! 어떤 미녀보다 아름다워!"

부둣가 공터는 임시방편일 뿐, 계속 이곳에서 지낼 수는 없었다. 류성은 다음날 아침이 밝자 바로 백마가 지낼 넓고 쾌적한 마구간을 물색하기 시작했다. 그는 참죽나무거리 어디에, 얼마만 한 공터가 있는지 잘 알았다. 공터에 대충 난간을 둘러 간단하게 마구간을 만들 수도 있겠지만, 마을 사람들이 미덥지 않아 안심할 수 없었다. 그래서 생각해낸 것이 튼튼한 주택 건물이었고, 마침 준비된 마구간이 있었다. 바로 바오룬네 집이었다. 사람이 살지 않는 빈집에 안뜰까지 있으니 말을 기르기에 아주 완벽한 조건이었다. 류성은 백마를 끌고 마 선생네 둘째 아들, 샤오마를 찾아갔다. 샤오마는 백마가 반갑긴 했지만 류성의 부탁이 왠지 옳은 일이 아닌 것 같아 망설였다. 그러나 류성의 성화에 못 이겨 결국 바오룬네 집 열쇠를 내놓았다.

류성이 바오룬네 집 문을 열자 곰팡이 냄새가 코를 찌르고 좁은 통로에서 한기가 엄습해왔다. 문틈으로 새어 들어온 아침 햇살이 긴 칼날처럼 비스듬히 바닥에 꽂혔다. 류성은 저도 모르게 몸서리를 쳤다. 그때 샤오마의 다급한 목소리가 들렸다.

"류성, 왜 가만히 서 있어? 우리 엄마 금방 올 거야. 빨리 말 끌고 들어가. 우리 엄마 오기 전에, 빨리!"

류성이 두 팔을 벌리고 통로 넓이를 가늠해봤다. 말 한 마리가 딱 지나갈 수 있는 넓이였다. 그는 말을 끌고 조심스럽게 통로로 들어갔다. 가장 먼저 뿌연 먼지로 뒤덮인 거실이 나타났다. 거실 합판 벽에 바오룬 아버지의 영정이 걸려 있었다. 망자의 눈빛이 집안 곳곳에서 류성과 백마를 지켜봤다. 그 눈빛에 놀라움이 가득했다. 다락방으로 올라가는 계단 난간에 걸린 우산에는 하얀 곰팡이가 잔뜩 끼어 있었다. 저 계단을 올라가면 바오룬의 다락방이 나오겠지. 한 번도 가본 적 없는 그곳이 갑자기 궁금했다. 류성은 호기심에 이끌려 백마를 내버려두고 살금살금

계단을 올라갔다.

이곳은 세상에서 가장 황량한 다락방이리라. 방주인 물건을 쓸어 담은 뱀가죽 자루 두 개가 구석에 처박혀 있고 침대 위에 폐신문지가 널려 있었다. 침대 끝에 개어 놓은 이불과 베개는 먼지가 하도 많이 쌓여 원래 색깔을 알아볼 수 없었다. 류성이 베개를 들고 툭툭 먼지를 털어내자 주황색 베갯잇이 드러났다. 가만히 보니 베갯잇에 굵고 새카만 머리카락이 끼어 있었다. 단단한 것으로 보아 바오룬의 머리카락이 틀림없었다. 열여덟 바오룬의 머리카락. 류성은 손가락으로 머리카락을 집어 올렸다.

"바오룬, 잘 있냐?"

머리카락은 말없이 그저 나풀거리기만 했다. 류성은 후- 하고 바람을 불며 머리카락을 놓았다. 머리카락은 어디론가 날아가 버렸다.

"미안하다, 바오룬. 너희 집에 잠깐 말 좀 맡길게. 정말 미안해."

류성은 안뜰에 말을 들여놓을 생각이었다. 안뜰로 통하는 문을 열자 벽에 기댄 채 축 늘어져 있는 바오룬의 자전거가 가장 먼저 보였다. 핸들에 비닐우비가 걸쳐 있고 짐받이에 둘둘 말린 밧줄은 아직 그대로였다. 예전에 바오룬이 사용했을 역기와 아령이 흙바닥에 나뒹굴었다. 아령은 녹슬었고 역기 구멍에는 푸른 이끼가 자랐다. 류성이 백마를 끌고 안뜰로 나가려는데 대문 쪽에서 시끄러운 소리가 들렸다. 곧이어 샤오마의 다급한 외침이 들려왔다.

"류성, 조심해. 우리 엄마 왔어!"

드디어 마 선생 부인이 나타나 류성에게 한바탕 욕을 퍼부었다.

"류성, 네가 바오룬 머리에 올라타 똥을 싼 것도 모자라서 이젠 말까지 끌고 와서 이 집을 말똥 천지로 만들 셈이냐! 사람이 하는 일, 하늘이 지켜보고 있어. 이건 네 엄마가 한 말이기도 하니까 집에 가서 네 엄마에게 물어봐. 도대체 하늘이 그 집 아들이 하는 짓은 왜 못 보나 몰라. 가서 네 엄마에게 꼭 물어봐. 다른 사람이 나쁜 짓을 하면 천벌을 받아 마땅하다고 말하던데, 그 집 아들은 나쁜 짓을 해도 하늘이 무섭지 않은 모양이지?"

류성은 마 선생 부인이 걸림돌이 될 것임을 예상하고 미리 할 말을 생각해뒀다.

"아주머니, 잘 보세요. 이건 그냥 말이에요. 이 말은 우리 엄마랑 아무 상관이 없어요. 제발 부탁인데 시끄럽게 소란 떨지 마세요. 누가 보면 지진이라도 난 줄 알겠어요. 아주머니, 걱정 마세요. 저는 대책 없이 주변 사람에게 폐를 끼치지 않아요. 집을 이렇게 비워두는 건 낭비 아니에요? 제가 임대료를 내고 빌려 쓰려는데, 어때요? 바오룬네 집에 이익이 되는 건데, 좋은 방법 아니에요?"

류성은 마 선생 부인과 협상하느라 잠시 백마를 살피지 못했다. 거실에 홀로 남겨진 백마 승리는 망자의 영정과 조용히 마주 서 있었다. 도도하고 영특한 승리는 망자의 눈빛에서 적의를 느꼈는지 갑자기 강하게 고개를 흔들었다. 그러자 바오룬 아버지의 영정이 바닥에 떨어지면서 쨍강 소리와 함께 액자유리가 산산조각이 났다. 소스라치게 놀란 마 선생 부인은 얼굴이 하얗게 질려 가슴을 부여잡았다.

"아니야, 안 돼. 류성, 네 눈에도 보이지? 저 사진은 쑤바오전이 특별히 남기고 간 거야. 바오룬 아버지가 이 집을 지켜줄 거라고. 바오룬 아버지가 저 세상에서도 반대하는데, 네 눈에는 안 보이니? 류성, 넌 하늘이 무섭지도 않니? 네가 저 말을 끌어내지 않겠다면 당장 네 어머니를 찾아가서 너랑 저 말을 끌어내라고 말할 거야!"

더 이상 방법이 없었다. 더 버텨봤자 소용없는 일이었다. 그는 말을 끌고 터덜터덜 바오룬 집을 나섰다. 그리고 곧바로 절름발이 샤오과이를 찾아갔다. 두 번째 방법으로 샤오과이를 생각해뒀었다. 샤오과이는 고물상에서 폐품을 정리하고 있었다. 이 고물상에는 참죽나무거리에서 가장 큰 뒤뜰이 딸려 있다. 샤오과이는 백마에 호의적일 뿐 아니라 돈 욕심도 많았다. 백마를 키우기에 딱 맞는 조건이었다. 류성은 샤오과이에게 담배 두 보루를 찔러줬다. 샤오과이는 류성에게 라이터까지 얻어 냈다.

"이 말, 타 봐도 돼?"

류성이 굳은 표정으로 경고했다.

"이 말은 아무나 탈 수 없어. 말이 사람을 골라 태우지. 넌 특히 조심해야 할 거야. 하나 남은 멀쩡한 다리마저 부러지고 싶지 않으면. 부러져도 난 책임 못 져."

샤오과이가 뒤뜰 출입문 열쇠를 꺼내주고 류성을 도와 백마가 거처할 자리를 정리했다. 현실적으로 보면 바오룬 집 안뜰을 제외하면 고물상 뒤뜰이 참죽나무거리에서 가장 안전하고 실용적인 마구간이었다. 뒤뜰 한쪽에 놓인 대형저울은 임시 말뚝으로 적당했고, 찌그러진 커다란 가마솥은 여물통으로 사용하기 딱 좋았다. 류성은 한숨을 내쉬며 말갈기를 어루만졌다.

"승리야, 이번에도 미안하다. 어쩔 수 없는 상황이니 조금만 참아."

말 먹이는 별 문제없이 해결했다. 건초는 구할 수 없었지만 류성이 각종 채소를 취급하고 있으니 매일 채소 찌꺼기를 한 바구니씩 담아와 말에게 먹였다. 이렇게 나흘을 돌보는 동안 백마가 조금씩 류성을 알아보기 시작했다. 그는 시험 삼아 은색 예복을 벗고 말에 올라타 봤다. 승리는 얌전했고 살랑살랑 꼬리를 흔들기까지 했다. 류성은 감격스러워하며 칭찬과 함께 다소 무리한 약속까지 했다.

"아주 잘했어. 내일은 불구덩이 쇼 놀이를 하게 해줄게."

다음 날 새벽, 류성은 잠결에 휴대폰 메시지알림 소리를 들었다. 문득 그녀일지 모른다는 예감이 들었다. 그는 벌떡 일어나 메시지를 확인했다. 그의 예감은 틀리지 않았다. 메시지 중에 그녀의 이름 '바이전'이 보였다.

그 말, 당장 뉴욕가든 정 사장 집으로 보내줘.

휴대폰 번호는 그녀의 것이 아니었다. 통화 버튼을 누르자 웬 남자가 받았다. 남자는 타이완 억양이 섞인 표준어를 구사했다. 떠들썩한 주변 소리가 들리는 것으로 보아 유흥업소가 분명했다. 남자는 계속 류성에게 추궁하듯 따져 물었다.

"너 누구야?"

"미스 바이 친구예요. 미스 바이 바꿔주세요."

"친구? 여기도 다 그 여자 친구거든. 그러니까 넌 무슨 친구냐고!"

류성이 성질을 누르며 참을성 있게 대답했다.

"사업 파트너요. 어서 미스 바이 바꿔요. 급한 일이야. 말 문제를 상의해야 한다고."(여기서 '馬'는 기본적으로 말을 의미하나, 변기통과 창녀란 뜻으로 더 많이 사용됨)

"으하하하! 말 문제? 그런 거라면 나랑 얘기하는 게 낫지! 여기로 와! 술 한 잔 하면서 상의해보자고."

류성이 다급한 마음에 목소리를 높였다.

"미스 바이! 미스 바이! 빨리 전화 받아!"

"이봐, 그 여자는 지금 전화 못 받아. 화장실에서 토하고 있거든. 아마 변기통이랑 대화중이겠지. 술을 왜 그렇게 못 마셔? 이봐, 미스 바이 친구면 와서 대신 한 잔 해."

저쪽에서 누군가 전화기를 낚아챈 것 같았다. 류성은 미스 바이를 기대했지만 또 다른 남자였다. 동북 억양이 강한 남자는 앞에 남자보다 더 많이 취해 제정신이 아니었다. 실성한 사람처럼 웃어대더니 느닷없이 류성을 초대했다.

"어이, 친구. 빨리 나와. 와서 제대로 한판 벌이자고. 오늘은 내가 다 쏜다!"

류성이 참다못해 버럭 소리를 질렀다.

"제기랄! 네 어미랑 붙어먹어줄까!"

류성은 한바탕 욕설을 퍼붓고 전화를 끊어버렸다. 너무 화가 났다. 시계를 보니 새벽 3시였다. 미스 바이는 나이트클럽, 본업으로 돌아간 모양이었다.

'시간이 이렇게 늦었는데, 그런 거지같은 자식들이랑 도대체 뭘 하고 있는 거야?'

류성이 버릇처럼 떠올린 상상은 하나같이 야하고 불결한 장면이었다. 젊고 예쁜 아가씨들이 모인 유흥업소에 드나드는 남자들은 조금씩 목적이 다르지만, 타락의 순간만큼은 한마음 한뜻이 된다. 좁고 어두운 통로를 들락거리는 별 의미 없는 행위일 뿐인데.

류성은 문득 십여 년 전 취수탑의 황혼이 떠올랐다. 저주받은 황혼. 타락의 황혼. 자신을 저주하던 그녀의 입술이 닫히고 타락의 흔적도 깨끗이 지워버렸다. 두 육체가 동시에 겪은 일이지만 그가 아는 것은 이쪽

참새 이야기

의 사정뿐이다. 그는 십여 년 전 소녀의 육체를 기억하려 머리를 쥐어짰다. 그의 기억은 의외로 흐릿했다. 숲을 뒤덮기 시작한 석양빛이 그녀의 앙상한 몸을 비추자 금빛 찬란한 작고 얕은 웅덩이의 윤곽이 또렷이 떠올랐다. 동시에 그의 욕망이 그 작은 웅덩이에 거센 물결을 일으키며 쾌락의 찬가를 울렸다. 그가 기억하는 것은 이것이 전부였다. 자신의 황금빛 욕망, 그녀의 작은 웅덩이. 그것말고는 아무것도 생각나지 않았다.

그 날 아침 하늘은 우중충하고 음산했다. 류성은 말을 데리러 고물상으로 향했다. 고물상 뒤뜰 출입문이 열려 있고 문 밖 군데군데 아직 마르지 않은 말똥이 떨어져 있었다.

"안 돼!"

류성은 비명을 지르며 철문을 박차고 들어갔다. 불길한 예감은 틀리지 않았다. 뒤뜰 한가운데 대형저울이 덩그러니 놓여 있고 가마솥에 어제 먹다 남은 상추와 양배추가 그대로인데, 백마만 보이지 않았다. 식은땀이 흘렀다. 류성은 쇠파이프를 집어 들고 고물상 사무실로 달려가며 미친 듯이 고함을 질렀다.

"말! 말! 내 말 어디 있어?"

샤오콰이는 조금 전 출근해 폐 종이상자를 묶다가 쇠파이프를 들고 나타난 류성을 보고 소스라치게 놀랐다. 그는 최대한 억울한 표정으로 해명했다.

"그렇게 무섭게 노려보지 마. 난 형이 끌고 간 줄 알았어. 쇠파이프는 왜 들고 있어? 누굴 때리려고? 난 아무 잘못 없어. 어제 문을 잠근 사람은 형이잖아."

류성이 사자처럼 으르렁거리며 소리쳤다.

"내가 분명히 잠갔어! 난 지금 누가 열었는지 묻는 거야! 설마 백마가 직접 문을 열고 도망쳤겠어?"

샤오과이는 빈틈을 노려 류성의 손에 들린 쇠파이프를 빼앗아 폐금속더미 위로 던졌다.

"그럼 내가 미쳤다고 문을 열어줬겠어? 분명히 야밤에 누군가 담을 넘어왔을 거야. 그러게 누가 그렇게 동네방네 떠들고 다니래? 도둑놈들한테 30만 위안짜리 보물이 여기 있으니 훔쳐가시오, 하는 꼴이잖아."

샤오과이는 말할수록 점점 더 억울했다.

"어째서 아직도 날 째려보는 거야? 못 믿겠으면 당장 가서 신고하든가!"

류성은 고물상 뒤뜰로 돌아가 사건 현장을 꼼꼼히 살폈다. 그러나 아무것도 건지지 못했다. 대형저울에 매인 끊어진 밧줄과 흙바닥에 찍힌 말발굽 자국뿐이었다. 말발굽 자국은 큰길까지 이어졌지만 시멘트 길 앞에서 사라졌다.

백마를 목격한 사람들은 한둘이 아니었다. 이른 아침 참죽나무거리에 백마가 나타나자 아침시장에 한바탕 소동이 벌어졌다. 여러 사람이 재갈과 고삐를 잡아보려 했지만 모두 실패했다. 시장을 활보하는 백마 곁에는 아무도 없었다. 튀김장수가 류성에게 이렇게 말해줬다.

"백마가 불꽃을 좋아하는 것 같던데? 여기 화롯불 앞에서 한 오 분쯤 서 있더라고. 배가 고픈가 싶어서 튀김 하나를 던져줬는데 안 먹고 그냥 가버렸어."

완두싹을 파는 젊은 아낙은 이렇게 말했다.

"백마가 우리 노점 앞에 멈추더니 광주리로 목을 길게 뺐어요. 주고는 싶었지만 완두싹은 싸구려 채소가 아니잖아요. 내가 광주리를 끌어

당겼더니 그냥 가버렸어요. 그런데 그 말 정말 착하던데요? 사람보다 낫더라고요. 어떤 사람은 겨우 완두싹 반 근 사면서 공으로 한 움큼 집어가거든요."

류성은 오전 내내 말을 찾아 온 거리를 헤맸다. 굳이 비교하자면 실종된 말은 실종된 사람보다 훨씬 눈에 잘 띄었다. 백마가 시내 방향으로 달려갔다는 말은 들은 류성은 큰 소리로 말 이름을 부르며 시내로 향했다.

"승리야, 승리야!"

얼핏 1인 퍼포먼스처럼 보이기도 했지만 그를 비웃는 사람은 없었다. 다들 그가 잃어버린 말이 30만 위안이라는 소문을 들었기 때문이다. 처음으로 명확한 단서를 제공해준 사람은 여성병원 야간 근무를 마치고 집으로 돌아가던 퉁퉁한 아주머니였다.

"조금 전에 인민거리랑 개혁거리가 교차하는 사거리 화단 근처에서 서성이는 백마를 봤어요. 누가 고삐에 분홍색 스카프를 걸어놨더라고요. 백마가 사람들한테 사랑받는 법을 잘 알더군요. 분홍색이든, 빨간색이든, 꽃무늬든 행인들이 비단스카프를 흔들 때마다 매번 앞발을 들어 공손히 감사인사를 하더라고요."

버스기사 쉬씨는 백마가 그가 운전하는 11번 버스 앞에 등장해 한참 동안 종종 걸었다고 했다. 그가 재촉하듯 클랙슨을 눌렀다. 백마는 점잖지 못한 클랙슨 소리에 기분이 상했는지 길을 양보하지 않겠다는 듯이 일부러 천천히 일정한 속도로 걸었다. 기사와 승객들은 최대한 인내심을 발휘해 굼벵이 기어가듯 천천히 백마 뒤를 쫓아가야 했다. 11번 버스는 춘풍거리 정류장에 도착해서야 백마와 헤어졌다. 쉬씨의 말을 듣는 순간 류성의 뇌리에 떠오른 생각이 있었다. 춘풍거리는 복숭아나무거리와 아주 가깝다. 류성은 제 머리를 쥐어박으며 중얼거렸다.

"내가 왜 이렇게 멍청해졌지? 승리는 길을 알고 있었어! 승리가 어디로 갔는지 이제야 알겠군."

오전 내내 쓸데없는 짓을 하며 시간을 낭비한 셈이었다. 류성이 복숭아나무거리에 도착했을 때는 이미 정오였다. 멀리 오락실 앞에 서 있는 하얀 구급차가 보였다. 구급차 옆에 구름떼처럼 모여든 사람들의 시선이 일제히 서커스단으로 들어가는 좁은 통로 쪽으로 향했다. 류성은 얼른 사람들 틈에 끼어들어갔다. 사람들은 말이 아니라 사람이 어떻게 죽었느냐를 두고 논쟁을 벌이고 있었다. 오락실에서 걸어 나오는 두 남자아이는 목소리가 유난히 컸다.

"수면제라니까! 수면제 세 병!"

"수면제는 무슨! 손목을 그었다니까. 정맥을 잘랐다고. 피 흘린 걸 내 눈으로 직접 봤다니까!"

사람들 틈에 끼어 있던 비단가게 주인이 두 남자아이의 말다툼에 끼어들었다.

"싸울 것 없어. 둘 다 정답은 아니니까. 수면제 먹은 것도 맞고, 정맥을 그은 것도 맞아. 너희들도 앞으로 살기 싫으면 꼭 이렇게 해. 죽으려면 제대로 죽어야지!"

류성이 무슨 일인지 물으려는데 갑자기 서커스단 출입문 안팎으로 고함소리가 울리면서 어두운 통로가 밝아졌다. 곧이어 하얀 가운을 입은 사람들이 들것을 들고 나왔다. 하얀 침대보에 반쯤 가려진 취잉의 얼굴이 새하얀 달덩이 같았다. 꽁지머리는 산발이 됐다. 뾰족한 이마 끝에서 흘러내린 머리카락 몇 올이 들것과 함께 나풀나풀 흔들렸다. 취잉의 몸에서 심한 술 냄새와 비릿한 피냄새가 풍겼다. 류성은 들것에 묻은 핏자국을 발견했다. 빗방울처럼 서서히 퍼져나가는 핏물은 금방 검붉은 색으로 변했다. 류성은 부르르 떨며 무의식적으로 중얼거렸다.

"이게 도대체 어떻게 된 거야?"

누군가가 대답했다.

"어떻게 되긴, 못 살겠으니까 제 목숨 제가 끊은 거지."

류성은 사람들 틈에서 빠져나와 입을 크게 벌리고 거친 숨을 몰아쉬었다.

"정말 좆같네. 저 인간은 개똥밭에 굴러도 이승이 좋다는 말도 몰라?"

구급차가 요란한 사이렌을 울리며 복숭아나무거리를 떠나자 서커스단 앞에 모였던 사람들도 하나둘 흩어졌다. 남자아이들은 다시 오락실로 들어갔고, 비단가게 사장은 가게 앞에서 성냥으로 이빨을 쑤시며 말했다.

"취잉은 아주 유명한 말 조련사였어. 수려한 외모로 인기가 대단했지. 취잉한테 빠진 여자들이 사인을 받으려고 서커스단 문 앞에 구름같이 모였었지."

"그게 다 무슨 소용이에요? 여자들은 그가 유명할 때만 좋아하고 비참해지니까 거들떠보지도 않았죠."

"여자들만 그랬나? 그가 유명할 때는 중앙정부 지도자, 성정부 고위 관리, 해외 인사들이 같이 사진을 찍으려고 줄을 섰었지."

"그딴 사진이 다 무슨 소용이에요? 그 사람들, 벌써 다 잊어버렸을 텐데."

"예전에는 취잉이 정말 큰손이었어. 물건 사면서 깎는 법이 없었지. 지난달에도 우리 가게에서 선물을 잔뜩 사갔어. 그게 몇 천 위안이었는데."

"돈을 물 쓰듯 했군요. 홍콩 갑부 리자청李嘉城처럼? 아니면 빌 게이
츠처럼? 그런 사람들한테 몇 천 위안은 돈도 아니죠. 지난달에 여기서
몇 천 위안 뿌렸으면 뭐해요. 지금 이렇게 폭삭 망해 비참하게 죽었는
데."

비단가게 사장은 류성의 말에 깊이 공감하며 연신 고개를 끄덕였
다.

"이 몸이 겪어보니 정말 맞는 말이야! 바로, 그거야! 오늘 술은 오늘
마시고, 내일 걱정은 내일 하자고! 난 지금 당장 가게 문 닫고 캘리포니
아비치에 가야겠어. 온천에 몸 좀 담그고 안마랑 발마사지도 받고 진수
성찬으로 제대로 포식 한번 해야지. 이봐, 같이 가자고. 입장권이 1+1이
야."

하지만 류성은 말 걱정에 사로잡혀 얼버무리듯 대답하고 사장에게
승리를 봤는지 물었다. 사장도 승리를 잘 알았다.

"아침에 가게 문을 열러 나왔더니 서커스단 문 앞에 승리가 있었어.
흙먼지를 잔뜩 뒤집어썼더군. 승리가 주둥이로 계속 문을 밀치니까 문
간방 궁씨 아주머니가 나왔어. 깜짝 놀라 승리를 데리고 들어가 취잉한
테 갔는데, 그때 이미 취잉은 저 세상 사람이었지."

사장이 한숨을 푹 내쉬고 다시 말을 이었다.

"승리는 신마神馬가 틀림없어. 며칠째 안 보이더니 딱 오늘 아침에 돌
아왔잖아? 취잉의 임종을 지키려고 온 거야. 취잉이 만났던 여자가 그
렇게 많은데, 다 도망가고 코빼기도 안 보이네. 마지막이라고 찾아온 건
말뿐이야. 말이 사람보다 낫네. 도리를 알잖아."

참새 이야기

서커스단 출입문이 활짝 열려 있었다. 백마 승리는 틀림없이 저 안에 있으리라. 류성은 문지방을 넘어 한 발을 문 안에 디뎠지만 왠지 나머지 한 발을 옮길 수 없어서 한동안 그 자리에 멈춰 있었다. 이 안에서 사람이 죽어갔다. 흡사 범죄현장을 마주한 느낌이었다. 왠지 두려운데 뭐가 두려운지는 알 수 없었다. 문틀에 기댄 채 이러지도 저러지도 못하고 있는데 안쪽에서 익숙한 말발굽 소리가 들려왔다. 류성이 눈빛을 반짝이며 고개를 돌렸다. 역시 승리였다. 그는 드디어 제 말을 찾은 기쁨에 들떴다. 문간방 궁씨가 말을 끌고 나왔다. 궁씨는 커다란 천 가방을 한쪽 어깨에 걸치고 눈물을 글썽이며 걸었다. 류성이 먼저 앞으로 나섰다.

"아주머니, 승리를 어디로 데려가는 거예요?"

궁씨가 팔소매로 눈물을 훔치며 대답했다.

"샤오 서기한테. 취잉이 그제 영웅이를 보내고 어제 서광이를 보냈는데, 오늘은 취잉이 없으니 내가 승리를 보내줘야지."

"말들을 왜 샤오 서기한테 보내요?"

"샤오 서기 명령이야. 서커스단 말은 취잉 개인재산이 아니라 국유재산이라고. 승리를 사려면 샤오 서기랑 흥정해야 할 거야. 좋은 가격에 팔아야 단원들 월급을 줄 수 있다고 했어."

류성이 얼른 고삐를 낚아챘다.

"승리는 이미 내 거예요. 승리가 도망쳐 온 거지. 아주머니, 취잉이 나한테 승리 준 거, 잊었어요?"

궁씨는 눈물 그득한 눈으로 류성을 노려보다가 손바닥으로 그의 팔뚝을 찰싹 때렸다.

"이 암흑가 건달놈들! 취잉은 네놈들이 죽인 거야! 사람 목숨 하나

가져갔으면 됐지, 그것도 부족해서 우리 말까지 뺏어가려고?"

류성이 말고삐를 단단히 틀어쥐고 대꾸했다.

"아줌마! 말 똑바로 해요! 누가 암흑가 건달이야? 난 친구 대신 떼인 돈을 받으러 온 거예요. 말이 없으면 난 빈손으로 돌아가야 한다고요."

"네 친구는 내 알 바 아니고, 네 놈이 건달이든 빚쟁이든, 이건 꼭물어봐야겠다. 네 놈이 사람 맞아? 말해 봐! 사람이야, 아니야?"

류성은 느닷없는 질문을 받고 어안이 벙벙해졌다.

"당연히 사람이죠. 아줌마 눈 삐었어요?"

그러자 궁씨가 격분해서 소리를 빽 질렀다.

"사람이면 양심이 있어야지! 넌 양심도 없어? 양심이 있으면 이렇게 말을 뺏을 수가 없지. 눈 있으면 승리를 좀 봐. 똑똑히 보라고! 승리 몸에 묻은 피, 저게 다 취잉이 흘린 피야!"

두 사람이 말을 두고 다투던 중, 잠깐 고삐를 놓치자 승리가 잰 걸음으로 좁고 어두운 통로로 내뺐다. 철문이 나타나자 마치 사람처럼 능숙하게 고개를 숙였다. 백마의 거대한 몸집이 비좁은 철문을 비집고 나갔다. 밝은 햇살 아래 선 승리는 고개를 치켜들고 몸을 비스듬히 돌려 45도 자세를 유지했다. 새하얀 털이 보기 흉하게 더러워졌지만 눈동자는 여전히 맑고 촉촉했다. 승리의 눈망울이 귀한 보석처럼 반짝반짝 빛났다. 류성은 그제야 승리의 등과 배에 생긴 검붉은 반점, 아니 핏자국을 발견했다. 승리는 백마다. 얼룩말이 아니다. 그 얼룩은 취잉의 피다. 류성은 특별히 피를 무서워하지 않았지만 이번만은 달랐다. 갑자기 심한 현기증이 일었다. 피를 보고 현기증을 느끼기는 처음이었다. 왜 갑자기 현기증이 나는 것일까? 그는 벽을 짚고 몇 걸음 걷다가 구석에 주저앉았다. 궁씨와 승리를 등지고 앉아 헛구역질을 해댔다. 류성은 승리에 대한 권리를 포기하기로 했다.

'그래, 어차피 내 말이 아니었어.'

류성은 돌아앉은 채 손을 흔들며 말했다.

"됐어요. 나는 상관 말고 어서 승리를 데려가세요."

31. 후회

여러 날이 지나도록 미스 바이는 잠잠했다. 류성은 그녀가 취잉의 죽음을 아는지 궁금했다. 그녀와 취잉의 관계는 그와 상관없는 일이지만 말은 그가 책임져야 할 부분이었다. 당연히 말을 가져오라고 재촉할 줄 알았는데 왜 조용할까? 말의 존재를 잊었나? 아니면, 빚 받는 걸 잊었나? 혹시 새로운 인생계획을 짜고 있나? 그녀의 상황이 궁금해 전화를 걸어봤지만 서비스 지역이 아니라는 안내음성밖에 들을 수 없었다. 그는 이 상황이 다행이다 싶기도 하고 걱정스럽기도 했다. 여러 가지 불길한 상상이 뇌리를 스쳐지나갔다. 혹시 그녀에게 무슨 일이 생긴 것일까?

하루는 차를 몰고 선인교善人橋를 건너는데 다리 입구 계단에 꽤 많은 사람이 모여 있는 것이 보였다. 방금 어선이 떠나고 선원들이 교각 사이에서 건져 올린 신원불명의 여자 시체만 남았다. 류성은 구경꾼 틈에 끼어 이것저것 물었다.

"몇 살쯤 됐대요? 혹시 스물대여섯이래요? 어떻게 생겼대요?"

하지만 다들 별생각 없이 대충 본 거라 나이나 생김새까지 자세히 살핀 사람은 없었다. 류성은 선인교 아래로 내려가 잠시 멍한 표정으로 교각 사이로 조용히 흐르는 더러운 강물을 보며 서 있었다. 무엇보다 그녀의 생사가 걱정스러웠다. 힐끗 계단 위를 올려보니 경찰이 도착했다. 경찰을 보는 순간 본인 걱정이 시작됐다. 그는 그동안 자신이 똑똑하다고 자부해왔는데, 그녀를 만난 후로 갑자기 멍청해진 것 같았다. 그리고 한순간의 실수로 또 한 번 흙탕물에 발을 담그고 말았다. 어쩌면 조만간 경찰이 집에 찾아올지도 모른다는 생각이 들었다.

그녀는 유령처럼 소리 없이 그의 인생에 파고들었다. 신비롭고 요사스러운 그녀의 유령은 불길한 기운을 가득 안고 어두운 구석에 숨어 가만히 그를 지켜보거나 유혹의 손짓을 보냈다. 백마는 사라졌지만 그녀와의 약속은 아직 유효했다. 그녀의 유령은 살기를 품은 예리한 칼처럼 늘 그의 머리 위를 맴돌았다. 그는 백마를 그리워하고 그녀를 걱정했다. 그녀에 대한 걱정은 조금 특이했다. 시간이 지날수록 감정이 옅어지고 점점 도의적인 책임으로 변해갔다.

차오 원장은 정보력이 꽤 뛰어난 편이었다. 어느 날, 바둑을 두던 중 차오 원장이 류성을 떠보려고 먼저 넌지시 정보를 흘렸다.

"정 사장 누나가 백방으로 수소문하며 미스 바이를 찾는 모양이야. 본때를 보여주겠다고 벼른다는군. 그쪽 말로는 미스 바이가 정 사장을 속여 30만 위안을 갈취했다지. 그래서 해고했더니 미스 바이가 억울하다면서 정 사장 다이아몬드 반지를 훔쳐갔는데, 퇴직금 대신 가져가는 거라고 쪽지를 남기고 갔대. 정 사장 누나가 애초에 동생 뜻에 따른 게 잘못이라면서 후회하더라고. 꽃뱀인 줄도 모르고 미스 바이를 홍보매니저로 데려온 거 말이야. 정 사장 누나는 그럴 줄 알았다는군. 정 사장 누나가 내 앞에서 뭐라고 한 줄 알아? '그년, 절대 용서 못 해! 조만간 제대로 손봐줄 거야. 돈이 있으면 돌려받을 것이고, 없으면 둘 중 하나를 선택하라고 해야지. 얼굴을 못 쓰게 만들든지, 감옥에 가든지. 이런 년들은 다시는 남자를 홀리지 못하게 만들어야 해. 내가 인민을 위해 악의 뿌리를 뽑아주겠어!'라나!"

류성은 간담이 서늘해지면서 등줄기에 식은땀이 배어나왔다. 더 이상 듣고 싶지 않아 중간에 말을 끊었다.

"우리랑 상관없는 일이잖아요. 우린 그냥 바둑이나 둬요."

그런데 살벌하기는 바둑판도 매한가지였다. 바둑판을 눈여겨보던 그는 이미 판세가 기울었음을 느꼈다. 차오 원장이 자신의 흑돌 대마를 집어삼키기 일보 직전이었다. 이번 판에서 흑돌 요새는 겉만 번지르르할 뿐 실속이 전혀 없었다. 백돌이 화살 하나만 날려도 와르르 무너질 판이었다. 류성은 씁쓸하게 웃었다.

"제가 졌어요. 완전히 졌어요."

차오 원장이 눈빛을 반짝이며 류성을 응시했다.

"졌지. 나한테 진 건 대수가 아니지. 그냥 바둑 한 판이니까. 그런데 말이야, 그 여자한테는 절대 지면 안 돼. 그건 인생 전체가 걸린 문제니까. 절대 지면 안 돼."

말 속에 뼈가 있었다.

"그 여자가 누군데요? 내가 어떤 여자한테 진다는 거예요? 원장님, 도대체 무슨 말을 하는 거예요?"

"류성, 넌 똑똑하니까, 내 말이 무슨 뜻인지는 네가 더 잘 알 거야. 내 정보가 꽤 빠르고 정확하거든. 다 널 위해서 하는 말이야."

류성 어머니 사오란잉의 정보력도 절대 뒤지지 않았다. 도대체 누가 사오란잉에게 그런 말을 했는지는 알 수 없었다.

"류성이 선녀라는 아가씨랑 사귄대. 그 아가씨 대신 서커스단 배우한테 돈을 받으러 갔는데, 얼마나 못 살게 굴었는지 그 사람이 자살했다는구먼."

그 말에 사오란잉은 기겁을 하고 집에 돌아와 류성을 몰아붙이며 추궁했다. 그러나 류성은 헛소문이라고 일축했다.

"다 헛소문이야. 어떻게 그런 말을 믿어요?"

"사람들이 이유 없이 그런 말을 지어냈겠어?"

"이유가 왜 없어요? 질투하는 거예요! 우리 집이 괜찮게 사니까 배 아파 하는 사람이 한둘인 줄 알아요? 어떻게 그걸 몰라요?"

사오란잉은 누구보다 자기 아들을 잘 알기에 류성이 강하게 부정할수록 의심이 깊어졌다. 그녀는 아들이 결혼할 나이가 넘도록 결혼을 안 하고 있다는 것 자체가 큰 화근이라고 생각했다. 울타리로 비유하면, 류성의 울타리는 구멍이 숭숭 뚫려 있어 들짐승이 수시로 침입하고 가축도 쉽게 집을 나가는 위험한 상태이다. 사고를 예방하려면 당연히 울타리를 촘촘히 메워야 한다. 사오란잉은 류성 같은 아이는 항상 엄하게 단속해야 한다고 생각했다. 부모가 아무리 애태우고 신경써도 결국 빈틈이 생기지 않을 수 없다. 그녀는 아들이 좋은 여자를 만나 결혼하는 것이 울타리를 튼튼하게 만들 가장 좋은 방법이라고 확신했다. 류성 부모는 밤새 의논한 끝에 미래 며느리 후보 명단을 완성했다. 다음 날 사오란잉은 몇몇 집을 직접 방문해 여러 가지 조건을 꼼꼼히 따져본 후, 사오싱 할머니 조카인 샤오진을 최종 유력후보로 낙점했다. 평소 독단적으로 집안일을 처리해온 사오란잉은 아들 의견은 들어보지도 않고 자기 마음대로 맞선 약속을 정해버렸다. 그러나 그녀는 아들이 이렇게 격

럴히 저항하고 죄 없는 샤오진에게 인신공격까지 퍼부을 줄은 몰랐다.

"누가 그런 여자랑 맞선 본댔어요? 그 여자, 얼굴이 세숫대야만 하고 엉덩이가 밀가루포대보다 크고 허리는 아예 없어요. 이래봬도 난 어딜 가도 미남 축에 속한다고요. 나더러 그런 여자랑 맞선을 보라니, 말도 안 되는 추문 만들어서 누구 인생 망칠 일 있어요?"

사오란잉은 샤오진의 외모를 비하하는 아들을 보면서, 류성이 아직 감정적이고 철이 없다고 생각했다. 그녀는 아들을 달래는 말투로 샤오진 외모를 변호했다.

"결혼해서 살다보면 날씬한 허리 같은 거 하나도 소용없어. 그 아가씨, 쌍꺼풀 있는 큰 눈이 얼마나 예쁜데! 그리고 얼굴이 좀 크면 어떠니? 얼굴이 크면 복이 많다는 소리도 못 들었어? 그리고 엉덩이 큰 게 왜 흉이야? 자고로 여자는 엉덩이가 커야 해. 엉덩이가 커야 아들을 쑥쑥 낳지!"

"그런 미인 기준은 다 옛날 얘기에요. 요즘에는 한국이나 일본형 미녀가 최고예요. 그리고 내 여자친구를 왜 엄마가 신경 써요? 내가 심혈을 기울여 골라서 확실히 결정되면 데려올 테니 걱정 마세요."

사오란잉은 어떤 미녀가 한국형, 일본형 미녀인지 몰랐다. 그리고 너무 궁금했다. 참죽나무거리에서 어떤 아가씨가 한국형, 일본형 미녀에 속할까? 설마 느닷없이 나타난 선녀, 그 계집애를 말하는 거야? 궁금하긴 했지만 시시콜콜 따져 물을 기분이 아니었다. 그녀는 곧장 아들 방으로 뛰어들어가 지난번 수입양복을 꺼내와 당장 입으라고 소리쳤다.

"얼른 입어. 입고 빨리 나가라고! 사람은 신용이 중요해. 약속을 했으면 지켜야지. 그러니까 가기 싫어도 나가야 해!"

류성은 일단 양복을 입은 후 어머니에게 이렇게 선언했다.

"오늘 춘경이랑 마작모임이 있는데 이 양복 운발을 시험해보지요. 난 그 못생긴 여자 안 만나요. 약속? 신용? 그건 엄마 문제니까, 엄마가 직접 나가시든가!"

사오란잉은 타일러도 소용없고 다그쳐도 소용없자 빗자루를 들고 휘둘렀다. 류성은 피하기는커녕 양복을 툭툭 털며 어머니에게 다가섰다.

"이 양복 삼천 위안인 거 알죠? 버려도 상관없으면 때려요. 마음껏 때리시라고요."

사오란잉은 머리끝까지 화가 치밀어 빗자루를 내던지고 발을 동동 굴렀다. 그때 책상 위에 놓인 염주가 눈에 들어왔다. 그녀는 얼른 염주를 들고 문지르기 시작했다.

"이 염주는 자운사慈雲寺 은덕을 받아 아주 영험해. 네놈이 아직 구제 가능성이 있는지 자운사 부처님에게 물어봐야겠다!"

그녀는 험악하게 염주를 비벼대며 불경을 읊조렸다. 그런데 염주 알에 선녀 얼굴이 비쳤다. 처음에는 희미하더니 점점 또렷해졌다. 열댓 살 꽃다운 소녀 얼굴과 세월을 뛰어넘어 유혹적인 요염한 얼굴이 번갈아 나타났다. 기억 저편의 침통한 기억이 떠오르면서 낯빛이 급격이 어두워진 사오란잉이 계속해서 탄식을 내뱉었다.

"불길해, 불길해. 자운사 부처님께서 그 요물이 또 널 망칠 거라고 하신다! 그년은 미녀가 아니라 네 인생을 망칠 재앙이야. 류성, 엄마 말 들어. 네가 선녀 그 계집이랑 계속 엮이면 우리 집안에 또 한 번 큰 불행이 닥칠 거야."

어머니 염주는 매번 행운 대신 불행만 예고했지만, 결국 류성은 그 영험함을 인정할 수밖에 없었다. 행운이든 불행이든, 일어날 일은 결국 일어나기 마련이다. 그날 춘경 집에서 마작을 하던 류성은 낯선 남자의 전화를 받았다. 남자는 자신을 정 사장 수하라고 소개하며 미스 바이의 말을 빨리 가져오라고 다그쳤다. 류성은 심장이 덜컥 내려앉았지만 일단 잡아떼기로 했다.

"미스 바이가 누구요? 그리고 나한테 무슨 말이 있다고 그래? 여긴 마작판이라 정신없으니, 말을 사고 싶으면 내몽고 초원에 가보라고. 거긴 말 천지니까."

남자는 이런 류성의 반응을 예상했는지 맞장구치듯 여유롭게 웃으며 그에게 행운을 빌어줬다.

"오늘 운발이 어떠신가? 부디 크게 한판 따시게나."

그리고 남자는 툭 던지듯 몇 마디 덧붙였다.

"우리가 참죽나무거리를 좀 알지. 너희 집도 알고. 류성, 집에 가서 차 좀 끓여놔. 우리가 곧 갈 테니."

차를 마시러 오겠다는 손님은 생각보다 빨리 찾아왔다.

이튿날, 류성은 징팅병원 식자재 배달을 마치고 돌아오는 길에 어머니 전화를 받았다. 어머니는 심상치 않은 목소리로 세 남자가 대문을 가로막은 채 말을 내놓으라고 소란을 피우고 있다고 했다. 차를 끓여놓으라던 그놈들이 분명했다.

"말이 있으면 빨리 끌고 와서 줘버리고 없으면…… 그냥 가서 네 볼일이나 봐라. 여기 일은 우리가 알아서 할 테니."

어머니는 결정적인 순간에는 화를 억누르고 냉정하게 대처했다. 그는 어머니 말이 '절대 집에 오지 마라'라는 뜻임을 잘 알았다. 그는 결정적인 순간에는 늘 어머니 말을 잘 들었다. 류성의 봉고차는 사거리에서 유턴해 교외 방향으로 내달렸다. 족히 20킬로미터는 달려온 것 같았다. 조금 더 달리니 한없이 이어진 공동묘지가 보였다. 그는 공동묘지가 보이지 않는 곳에 차를 세우고 도로 옆 옥수수밭 두렁에 앉아 이런저런 생각에 빠졌다. 세 놈이라니, 도대체 누구지? 내가 아는 놈들인가? 그는 아는 얼굴을 줄줄이 떠올렸지만 모두 아닌 것 같았다. 동문 라오싼과 진주골목 아콴은 벌써 오래 전에 손을 씻었다. 아직까지 이런 짓을 하는 놈이 누가 있을까? 아무리 생각해도 답이 나오지 않았다. 그는 그 세 놈이 자기 집에서 차 마시는 모습을 상상해봤다. 크게 위협적일 것 같지는 않았다. 차 마시는 모습을 상상하니 갑자기 갈증이 났다. 어느덧 땅거미가 지기 시작했다. 저 멀리 붉은 꽃구름이 눈 깜짝할 새에 끝없는 암흑으로 변했다. 교외의 밤이 생각보다 빨리 찾아오자 그는 조금 당황스럽고 불안했다. 하필 휴대폰 배터리도 얼마 남지 않았다. 집으로 전화할 수가 없어 춘경에게 도움을 요청했다. 부모님에게 별일이 없는지 상황을 살펴봐달라고 부탁했다. 춘경은 곧바로 류성 집에 다녀온 뒤, 상황을 알려줬다.

"너희 부모님은 잘 계셔. 집안에서 그놈들한테 게 요리랑 술을 대접하고 있어."

류성은 안도의 숨을 길게 내쉬었다. 어머니가 최고 장기인 외교력을 발휘하고 있으니 집에는 당분간 별일 없을 것이다.

"류성, 너 어디야? 내가 갈까? 보아하니 오늘밤에 집에 들어가기는 그른 거 같은데 같이 사우나 갔다가 좋은 데 가서 밤새 놀지, 뭐."

"불난 집에 부채질하냐? 지금 내가 사우나하게 생겼어? 난 조용한 곳에서 생각 좀 정리해야겠어."

춘경이 피식하며 비웃었다.

참새 이야기

"생각을 정리해? 무슨 생각? 네가 뭘 할 수 있는데?"

순간 말문이 막힌 류성은 드라마 주인공이 독백하듯 중얼거렸다.

"무슨 생각을 해야 하지? 내 인생이 가야 할 길, 아닌가?"

지금 류성의 인생은 도로를 벗어날 수 없다. 그는 도로변 작은 여관 앞에 차를 세우고 안으로 들어갔다. 방을 얻으려 하자 여관 주인이 신분증을 요구했다.

"이런 허름한 여관에서 무슨 신분증이요? 황송하게 받들어도 모자랄 판에."

주인은 화내지 않고 차분하게 설명했다.

"경찰은 이런 여관을 오히려 더 철저히 수색하거든요. 이곳에 묵는 손님 중에는 거동이 수상한 사람이 많은데, 솔직히 말하면 좋은 사람보다 나쁜 놈이 더 많아요."

"그럼, 주인장이 보기에 나는 좋은 사람 같소, 나쁜 사람 같소?"

주인이 류성을 위아래로 훑으며 솔직하게 대답했다.

"그건, 대답하기 쉽지 않은데……. 솔직히 내가 그걸 어떻게 알겠소? 나쁜 놈 얼굴에 나쁜 놈이라고 씌어져 있는 것도 아닌데."

류성은 별수없이 서류가방을 뒤졌으나 신분증이 보이지 않았다. 대신 정체를 알 수 없는 열쇠 하나가 나왔다. 자세히 보니 은빛으로 반짝이는 이 열쇠는 취수탑 열쇠였다. 순간 좋은 생각이 떠올랐다. 취수탑 향화당에는 정 사장을 위해 준비해둔 2인용 소파가 있었다. 그 소파에서 자면 이런 허름한 여관보다 훨씬 안락하고 안전할 것이다. 류성은 미련 없이 돌아서서 밖으로 나가다가 주인을 돌아보며 한마디 남겼다.

"내가 의심스럽다고? 난 당신이 의심스러운데? 오늘은 그냥 내 별장으로 가는 게 낫겠어."

오늘 밤은 특별히 조심해야 한다. 류성은 예전에 본 갱영화 장면을 떠올렸다. 도망자는 표적 면적을 최대한 줄여야 한다. 이 점에서 볼 때 봉고차는 확실히 거추장스러웠다. 위험 요소를 줄이려면 차를 버려야 한다. 그는 어느 주유소 공터에 봉고차를 세워두고 도로를 따라 징팅병원 쪽으로 걸어갔다. 어둠이 사방을 뒤덮어 하늘이고 도로고 온통 캄캄했다. 바람이 점점 거세고 차가워졌다. 들판마다 귀신이 득시글대는 것 같아 무서웠다. 그는 천천히 뛰기 시작했다. 얼마나 뛰었을까? 저 멀리 징팅병원 불빛이 보였다. 오늘따라 그 불빛이 포근하게 느껴졌다. 허리를 굽히고 숨을 고르는데 저도 모르게 눈시울이 붉어졌다. 왜 갑자기 눈물이 나려 하는지 그 자신도 알지 못했다.

류성은 징팅병원 경비들과 잘 알기 때문에 쉽게 정문을 통과했다. 손전등도 하나 빌렸다. 한밤의 징팅병원은 유난히 고요했다. 그는 어두운 숲길을 통과해 취수탑 앞에 도착했다. 류성의 등장이 까마귀들을 놀라게 했다. 까마귀 두 마리가 취수탑 꼭대기에서 쇳소리로 울부짖었다. 야밤의 침입자를 향한 거센 항의 같았다. 정 사장이 남긴 향화당은 철문 안에 잘 보존돼 있을 것이다. 철문 앞 계단에 손전등을 비추자 불교도들이 숭광사 부처님에게 봉양한 향초가 나뒹굴고 있었다. 그는 향로 대신 사용한 수많은 플라스틱 그릇과 양철도시락, 비누로 만든 촛대 사이를 지나갔다. 녹이 슬기 시작한 자물쇠를 열고 취수탑 안으로 들어갔다. 첫눈에 보인 것은 번쩍이는 불단이었다. 연화좌에 올라앉은 숭광사 부처상이 고요한 암흑 속에서 중생을 돌보고 있었다. 꽃 모양의 부처상 손가락이 그를 향해 찬란한 금빛을 쏟아냈다. 류성은 천천히 다가가 조심스럽게 부처상 손가락을 만졌다.

"부처님, 안녕하셨어요?"

부처님이 그의 인사를 들었을까? 야심한 시각에 찾아와 하룻밤 신세지려는 그를 허락해 주실까? 모두들 부처님이 널리 중생을 구제한다고 말하는데 류성도 당연히 중생이다. 부처님이 중생들을 구제한다면 당연히 류성도 구제해줘야 한다. 그는 방석에 무릎 꿇고 앉아 부처상을 똑똑히 쳐다봤다. 부처님은 역시 부처님이었다. 아무래도 그를 받아들이겠다는 표정이었다. 부처상의 금빛 얼굴은 늘 그렇듯 노한 기색 하나 없이 따뜻하고 자상했다. 류성은 조금씩 마음이 편안해졌다. 향화당에는 전등이 있었지만 함부로 켤 수 없었다. 그는 어둠 속에서 부처님에게 절을 하다가, 왠지 절하는 것만으로는 부족하다는 생각이 들었다. 역시 부처님에게는 향을 피워야 한다. 그는 예전에 정 사장이 어마어마한 양의 향을 사서 종이박스에 넣어둔 것을 기억했다. 종이상자를 어렵지 않게 찾아내 처음으로 자신을 위해 향을 피웠다. 불단에 올린 향초의 연기가 힘차게 수직으로 피어올라갔다. 취수탑 실내는 곧 향나무와 쑥 냄새로 가득 찼다. 그는 취수탑의 과거를 떠올리고 싶지 않아 최대한 기억을 억눌렀다. 이때 미스 바이가 징팅병원을 떠나던 날 부탁했던 말이 생각나 불단 위에 향을 하나 더 피웠다.

"부처님, 이건 미스 바이 대신이에요. 부디 그녀의 성의도 받아주세요."

밖에서 쉬, 쉬, 바람소리가 들려왔다. 류성은 잠을 이루지 못했다. 부처님은 그가 취수탑에서 자는 것을 허락했지만, 어딘가에 그를 반대하는 괴짜 유령이 숨어 있는 것 같았다. 그는 잠이 들려고 할 때마다 이상한 소리를 들었다. 시멘트로 막아버린 철 계단 쪽에서 소리가 났다. 누군가 천천히 철 계단을 오르는 것 같았다. 발소리는 취수탑 꼭대기 펌프실로 이어지며 점점 또렷해졌다. 땅, 땅! 봉쇄된 펌프실에서 희미한 망치질 소리가 들려왔다. 류성은 심장이 덜컥 내려앉으면서 잠이 싹 달아났다. 그는 펌프실을 올려보며 크게 소리쳤다.

"누구야?"

그 순간, 머릿속에 바오룬이 떠올랐다. 열여덟 살 바오룬의 얼굴. 류성은 손전등을 켜고 불단 옆으로 가서 숨을 죽이고 시멘트 벽 뒤의 동정에 귀를 기울였다. 그는 숭광사 부처상의 금손을 붙잡고 용기를 얻어 다시 한 번 소리쳤다.

"바오룬, 너지? 바오룬, 그 위에 있는 거 너지?"

숨 막힐 듯한 침묵. 이건 진짜 유령이다. 도저히 잠을 이룰 수 없었다. 그는 방석을 걷어치우고 불단 앞에 앉아 담배를 피우며 날이 밝기만을 기다렸다. 그는 결국 등을 켜고 불단에 올린 향 두 개를 뚫어져라 쳐다봤다. 자신을 위한 향, 그리고 그녀를 위한 향. 두 줄기 우윳빛 연기가 나란히 피어올랐다. 아주 잘 어울렸다. 그녀의 향과 그의 향. 그는 방석에 앉아 비몽사몽 중에 지난 일을 떠올렸다. 그러나 그의 기억력은 그리 뛰어나지 못했다. 더구나 그의 인생은 우여곡절이 너무 많아 일일이 기억하기 힘들었다. 얼마 못 가 연신 하품을 해댔다. 거의 잠들려는 찰나, 저 위 펌프실에서 또 이상한 소리가 들렸다. 누군가 절망적으로 울부짖는 것 같기도 하고 억울하다고 징징대는 것 같기도 했다.

'불공평해, 불공평해.'

이 말을 듣는 순간, 류성은 잠이 확 깼다. 뭐가 불공평하다는 것이지? 향불을 응시하던 그는 펌프실의 목소리가 잊고 있던 사실을 일깨워주는 일종의 계시라는 생각이 들었다. 취수탑 향화당에 피워야 할 향은 두 개가 아니라 세 개였다. 그를 위한 향, 그녀를 위한 향, 그리고 바오룬을 위한 향. 류성은 벌떡 일어나 세 번째 향을 피우며 중얼거렸다.

"부처님, 이건 바오룬 대신입니다. 부디 바오룬을 지켜주세요."

32. 집으로

얼마 뒤 류성은 숭광사 부처상이 특정인만 편애한다고 믿게 됐다. 부처님이 널리 중생을 구제한다는 말은 불자들의 바람일 뿐, 부처님이 지켜주는 사람은 따로 정해져 있는 것이 분명했다. 그날 밤 피웠던 향 세 개 중 두 개는 결국 낭비였던 셈이다. 편애가 심한 부처님은 바오룬의 향만 받아들였다. 부처님은 류성과 미스 바이는 보우하지 않고 오직 바오룬만 보우했다.

류성은 아침 일찍 차를 가지러 부두로 향했다. 그날따라 봉고차 아래에 쓰레기가 많았지만 길고양이나 떠돌이개가 그랬으려니 하고 크게 신경 쓰지 않았다. 그가 운전석 문을 여는 순간, 짐칸에서 코고는 소리가 들려왔다. 누군가 머리를 채소 바구니에 박고 몸을 새우처럼 잔뜩 움츠린 채 자고 있었다. 류성이 뺵 소리를 질렀다.

"누구야? 뭐하는 짓이야?"

코고는 소리가 갑자기 뚝 멈췄다. 곧이어 채소 바구니에서 커다란 남자 얼굴이 빠져나왔다. 얼굴이 퉁퉁 붓고 창백한데다 눈도 빨갛게 충혈되어 몹시 피곤해 보였다. 차 안이 순식간에 공포영화의 한 장면으로 바뀌었다. 류성은 단박에 그를 알아봤다. 바오룬! 바오룬은 몸에 맞지 않는 헐렁한 양복을 입고 쭈글쭈글한 흰색 야구 모자를 썼다. 모자 앞에 금색으로 쓴 '홍콩여행' 네 글자가 박혀 있다. 한없이 초라하고 초췌했다. 얼핏 중년 아저씨처럼 보였지만 모자 아래 반짝이는 눈빛에는 아직 치기가 엿보였다.

"너, 류성 맞아?"

바오룬이 호기심 어린 눈빛으로 류성을 위아래로 훑어봤다.

"제기랄, 드디어 만났군. 너, 꽤 잘 나가나보다? 차도 있고."

류성은 부들부들 떨며 반사적으로 도망쳐야겠다는 생각을 했다. 한쪽 다리를 문 밖으로 넘기는 순간 바오룬이 달려들어 그의 옷깃을 붙잡았다.

"어딜 가? 왜 도망 가? 내가 무서워?"

류성은 한쪽 다리는 문 밖에, 나머지 한쪽 다리는 차 안에 놓인 어정쩡한 자세로 애써 점잖은 척했다.

"나오기 전에 연락하지 그랬어? 내가 차 가지고 데리러 갔을 텐데."

바오룬이 바지에 슥슥 비벼 닦은 손을 류성에게 내밀며 악수를 청했다. 의식을 치르듯 정중히 예의를 갖춘 악수 신청이었다. 손을 잡는 순간, 바오룬의 강한 아귀힘을 느낀 류성은 약해 보이지 않으려 손아귀에 온몸의 힘을 끌어 모았다. 두 사람은 아귀힘을 겨루며 잠시 서로를 응시했다.

"류성, 긴장했어? 왜 손을 떨어?"

류성은 그제야 손을 빼내고 툭툭 털었다.

"떨린 건 네 손 아니야? 난 손 떤 적 없어."

바오룬이 씩 웃었다.

"그럼 됐어. 내 손이야 아무래도 상관없지. 네 손만 안 떨리면 돼. 운전해야 하는데 손이 떨리면 안 돼지. 네 차를 얻어 타고 징팅병원에 가야 하거든. 할아버지 뵈러."

류성이 안도의 한숨을 내쉬었다.

"먼저 집에 가봐야 하지 않아? 너희 집 열쇠, 마 선생 부인이 보관하고 있어. 내가 같이 가줄게."

바오룬이 고개를 흔들었다.

"집에 가는 건 급하지 않아. 먼저 할아버지를 뵈어야 해. 나머지는 그 후에 천천히 해도 돼."

류성은 바오룬이 묻기도 전에 할아버지 근황을 알려줬다.

"할아버지는 잘 지내셔. 정신은 점점 흐려지는데 오히려 몸은 더 건강해지는 것 같아. 한 끼에 밥을 두 공기씩 먹어치운다니까. 내가 매달 삼백 위안씩 용돈을 드리고 영양제도 사다드렸어. 혹시 안에서 얘기 들었어?"

"어, 그래."

바오룬의 모호한 대답은 얼핏 고마워하는 것 같기도 했다. 그는 곧이어 류성에게 되물었다.

"요즘 삼백 위안이면, 십년 전 삼십 위안 정도인가?"

류성은 질문의 의도를 제대로 파악하지 못했다.

"물가가 엄청 올랐어. 지금도 하루가 다르게 오르고 있지. 안 오른게 없어. 콘돔도 얼마나 비싸졌는데. 그래도 너무 걱정하지 마. 너희 집 임대료도 올랐으니까. 듣자니까 마 선생이 매달 내는 임대료가 천 위안이라던데? 잘 아껴 쓰면 충분히 한 달 생활할 수 있을 거야."

"내가 걱정할 게 뭐 있겠어? 이렇게 성공한 빅 보스 친구가 있는데, 설마 날 모른 척이야 하겠어? 안 그래?"

류성이 어색하게 웃으며 대꾸했다.

"그럼. 당연히 아니지."

바오룬이 류성의 어깨를 털어주며 물었다.

"어이, 빅 보스. 한 달에 얼마나 버시나?"

보통 이런 질문에는 방어본능이 발동하기 마련이다. 류성은 본능적으로 최대한 겸손하게 대답했다.

"나 같은 게 무슨 빅 보스야? 매일 고기랑 야채 실어 나르고 고생해서 번 돈으로 겨우 입에 풀칠이나 하는 건데. 아직 내 가게도 없잖아. 춘경이랑 아류는 벌써 자식까지 됐는데, 나만 아직도 홀아비 신세지. 너나 나나 같은 신세야."

내내 조용히 듣고 있던 바오룬이 불쑥 끼어들었다.

"내가 홀아비 신세인 건 내 탓이 아니지만 네가 홀아비인 건 네 탓이야."

"이봐, 친구. 그게 무슨 뜻이야?"

류성이 의아한 표정을 짓자 바오룬이 의미심장한 웃음을 지으며 되물었다.

"선녀는 어쩌고? 그 애가 널 잘 따랐는데 왜 결혼하지 않았어?"

그 말이 떨어지는 순간, 봉고차 안에 꺼져가던 기억의 불씨가 되살아났다. 두 사람 사이에 미묘한 기운이 흘렀다. 류성은 불에 덴 것처럼 얼굴이 화끈거렸다. 선녀에 대해 얘기하고 싶었지만 어디서부터 얘기해야 할지 몰라 이것저것 생각하다보니 머릿속이 복잡해졌다. 그는 한숨을 푹 내쉬며 대답했다.

"관두자. 유쾌한 얘기도 아닌데. 걔 얘기는 하지 말자."

백미러에 비친 바오룬의 얼굴이 아침 햇살을 받으며 꿈틀거렸다. 그는 멍한 표정을 짓기도 하고 한없이 우울해보이기도 했다. 바오룬은 허리를 곧게 펴고 엎어놓은 채소 바구니 위에 앉아 당근 두 개를 집어 들

참새 이야기

었다. 그리고 당근으로 다른 당근을 두들겼다. 탁, 탁, 탁. 당근 하나가 부러지자 바구니에서 하나 더 꺼내들었다. 류성은 바오룬이 왜 당근을 두들기는지 이해가 되지 않았다. 탁, 탁, 타탁. 십여 년 만에 만난 바오룬은 더 이상 어리숙한 덜렁이가 아니었다. 감옥에서 나온 사람 특유의 살벌함을 풍기는 낯선 전과자로 보였다. 류성의 귓가에 쌩쌩 강한 바람소리가 들렸다. 갑자기 폭풍이 몰아칠 것 같아 잠시도 긴장을 늦출 수 없었다. 그는 수시로 백미러를 살폈다. 이때 차와 함께 흔들거리는 흰색 포장끈이 보였다. 포장끈의 한쪽 끝은 불안한 류성의 마음을 헤아려 깊은 틈새로 숨어들었지만 다른 한쪽 끝은 류성을 놀리듯 차 바닥을 휩쓸며 밧줄과 매듭의 고수를 향해 몸부림쳤다. 결국 바오룬이 포장끈을 집어들었다. 그는 포장끈을 툭툭 털고 제 손목에 휘휘 감아봤다. 잠시 후 바오룬이 쇳소리 섞인 목소리로 기습적인 질문을 던졌다.

"류성, 선녀가 왜 그렇게 날 미워했는지……, 넌 알지?"

류성의 치명적인 약점. 결국 이 질문은 피할 수 없었다. 당연히 물어야 할 질문이지만 답하기는 쉽지 않았다. 류성은 어떻게 대답해야 할지 한참 고민하다가 결국 상투적인 답변을 내놓았다.

"관두자. 지난 일은 그냥 지나가게 내버려 둬. 지금은 다들 앞만 보고 가는 세상이야. 그리고…… 그 애, 지금 많이 힘들어. 골치 아픈 일에 휘말려서 도망 다니는데 어디 있는지도 몰라. 일본에 갔다는 말도 있고."

잠시 후 바오룬이 코웃음을 치더니 갑자기 당근을 베어 물었다. 우걱우걱 당근 씹어 먹는 소리에 겁먹은 류성은 아무 말도 못하고 두려움에 떨었다. 바오룬의 화살이 언제 자신을 겨눌지 몰랐다. 조만간 자기 죄를 바오룬에게 덮어씌운 죄, 그 모함과 배신에 대해 어떤 식으로든 해명해야 할 것이다. 어떻게 해야 자신의 죄를 어쩔 수 없는 상황으로 포장할 수 있을까? 도무지 묘책이 떠오르지 않았다. 류성은 도로 주변을 두리번거리며 누군가 차를 세워주기를 기대했다. 차 안에 다른 사람이 있으면 조금 안심이 될 것 같았다. 그런데 이게 웬일인가? 평소 참죽나무 거리를 지나갈 때면 늘 아는 사람이 차를 세우며 태워달라고 했는데, 이날 아침 거리에는 아는 사람도 잘 보이지 않고 차를 얻어 타려는 사람도 전혀 없었다. 류성은 바오룬 집 앞을 지날 때, 일부러 속도를 줄였다. 마 선생네는 아직 바오룬이 돌아온 사실을 모를 터였다. 샤오마의 빨간 오토바이가 대문 앞에 세워져 있고 문짝에 온갖 광고지가 빼곡하게 붙어 있었다. 아무도 신경 쓰는 사람이 없으니 문짝인지 광고판인지 알 수 없을 정도였다.

"너희 집 앞이야. 잠깐 내릴래? 가방이라도 내려놓지 그래?"

"됐어. 그냥 가. 가방 없어. 넌 그냥 운전이나 해. 어서 가."

곧이어 춘경네 집이 보였다. 피부가 가무잡잡한 아낙이 속바지 차림으로 문 앞에 빨래를 내걸며 구시렁거렸다. 하늘을 원망하는지 욕을 하는지는 알 수 없었다. 아낙 뒤에 제 몸보다 큰 침대보를 든 여자아이가 서 있었다. 류성은 또 한 번 머리를 굴리며 큰 소리로 여자아이를 불렀다.

"링당! 네 아버지 좀 나오라고 해. 나와서 누가 왔는지 좀 보라고."

하지만 링당은 류성 말을 무시했고, 아낙이 봉고차를 노려보며 씩씩거렸다.

"누가 왔든 그게 우리랑 무슨 상관이에요? 그 사람 못 나와요. 아직까지 침대에 자빠져 자고 있으니까. 어제도 마작판에서 밤 샜지 뭐!"

류성은 크게 실망하며 바오룬에게 춘경 가족을 소개했다.

참새 이야기

"춘경 부인이야. 아주 사납고 무서운 여자야! 딸내미도 좀 이상해. 공부는 담 쌓았고 집안일을 좋아한대. 예전에 너 춘경이랑 자주 어울렸잖아? 잠깐 내려서 인사라도 할래?"

"난 춘경 잘 몰라. 이 동네에 친구 같은 건 없어."

바오룬이 피식 웃더니 한마디 덧붙였다.

"예전에 자주 어울렸던 건 너지, 안 그래?"

말 속에 뼈가 있었다. 바짝 긴장한 류성이 얼른 화제를 바꾸었다.

"참, 출소하면 먼저 주민사무소에 신고해야 하지 않아? 가는 길이니 주민사무소부터 가자."

"그건 급하지 않아. 이 동네에 나 하나 들고 나는 걸 누가 알겠어? 신경 쓰는 사람 아무도 없어. 네가 무슨 생각하는지 알겠는데, 걱정할 거 없어. 오늘은 출소 첫날이고 기쁜 날이니 아무 일 없을 거야."

바오룬의 말처럼 정말이지 아무 일도 없었다. 봉고차가 노동자문화궁 광장에 들어섰다. 조금 전 사고가 있었는지 교통체증이 심해 한동안 대형 화장품 광고판 앞에 서 있어야 했다. 백미러를 보니 광고판의 미녀가 바오룬의 시선을 사로잡은 것 같았다. 광고판 미녀는 광고판 미녀답게 진홍색 입술에, 찰랑거리는 금발머리를 휘날리며 보란 듯이 앙상하고 섹시한 어깨선을 드러냈다. 바오룬은 대담하고 노골적으로 성적 매력을 발산하는 서양 미녀에게서 눈을 떼지 못했다. 류성은 속으로 비웃었지만 겉으로는 이해한다는 듯이 눈을 찡긋했다.

"어때? 십년 넘게 참았는데 오늘 한번 할 생각 없어? 생각 있으면 얼마든지 말하라고. 내가 안내하고 한턱 쏠 테니."

바오룬은 얼른 광고판에서 눈을 뗐다.

"무슨 생각? 아랫동네가 꽉 막혀 있는데 윗동네에서 무슨 생각을 할 수 있겠어?"

바오룬이 허리를 길게 쭉 펴고 고개를 갸웃하며 뭔가 골똘히 생각에 빠졌다. 잠시 후 노동자문화궁 정문 방향을 가리키며 물었다.

"노동자문화궁 롤러스케이트장, 아직 있나?"

"롤러스케이트 타고 싶어? 여자 생각은 없고 롤러스케이트를 타고 싶다고?"

"아니, 지금은 아무 생각도 없어. 그냥 물어본 거야."

"그 롤러스케이트장은 벌써 없어졌지. 저기 맥도날드랑 그 옆에 KFC 보여? 거기가 롤러스케이트장이 있던 자리야. 반은 맥도날드, 나머지 반은 KFC가 됐지."

33. 가족사진

할아버지는 바오룬을 알아보지 못했다.

"바오룬이 누구야?"

"바오룬이 바오룬이지 누구예요? 정말 바오룬을 모르시겠어요? 할아버지 손자잖아요. 할아버지 아들의 아들이요. 여기, 이 사람이 할아버지 손자예요, 기억 안 나요?"

"난 독거노인이야. 가족이 없는데 무슨 손자야?"

"할아버지는 독거노인이 아니고 분명히 손자가 있어요. 할아버지, 양더캉은 기억나요? 이 친구 아버지가 양더캉이에요. 양더캉은 할아버지 아들이고요. 바오룬은 양더캉 아들이에요. 잘 생각해보세요. 금방 기억날 거예요."

할아버지는 더캉과 바오룬 이름을 반복해서 중얼거렸다. 그러나 이내 세차게 고개를 흔들었다.

"몰라, 몰라. 더캉이고 바오룬이고, 난 아무것도 생각 안 나."

할아버지 얼굴에 짜증과 고통이 역력했다. 그는 두 손으로 머리를 감싸 쥐며 소리쳤다.

"자꾸 생각하라고 하지 마. 생각하려고만 하면 머리가 아프단 말이야. 머리가 터질 것 같아!"

류성이 바오룬을 돌아보며 두 팔을 벌리고 어깨를 으쓱했다.

"나도 더 이상 방법이 없어. 할아버지는 몸은 건강한데 정신은 점점 더 이상해지네. 작년까지만 해도 가끔 네 얘기를 꺼냈는데 올해는 아무도 못 알아봐. 지금 알아보는 사람은 나 하나뿐이야."

바오룬은 침대 곁에 서서 류성과 할아버지를 번갈아 쳐다봤다. 실망한 것 같기도 하고 초조해 보이기도 했다. 그러더니 비웃음인지 자조인지, 알 수 없는 미소를 지었다. 할아버지와 류성이 서툰 연기를 한다고 생각하는 모양인지, 억지스러운 말투로 뜬금없이 칭찬을 늘어놓았다.

"좋아, 아주 좋아. 훌륭해."

이 말은 바오룬이 정신 나간 할아버지를 포기하겠다는 것처럼 들리기도 했다. 그는 병실 밖으로 나가려다 갑자기 휙 돌아서서 다시 돌아와 할아버지에게 달려들었다. 전혀 예상치 못한 행동이었다. 그는 두 손으로 할아버지 머리를 감싸쥐고 미친 듯이 흔들어댔다.

"생각해요, 내가 누구예요? 생각해, 생각해내라고요. 양더캉이 누구예요? 바오룬이 누구예요? 누가 당신 손자냐고요! 머리가 아파요?

아파 죽더라도 생각해요, 빨리 생각해내라고요!"

할아버지가 처참한 비명을 질렀다. 류성이 달려가 겨우 할아버지와 바오룬을 떼어놨다. 그런데 할아버지 바지가 뜨끈뜨끈하고 침대가 축축했다. 할아버지가 오줌을 지린 것이었다.

"봐, 봐. 할아버지가 너 때문에 놀라서 오줌을 지렸잖아. 일부러 기억 못하는 게 아니야. 기억상실! 저절로 기억이 사라지는 거라고. 네가 어떻게 할아버지한테 이럴 수 있어?"

"이 늙은이가 날 열 받게 하잖아!"

바오룬이 창가로 걸어가 얼굴을 감싸쥐며 부르짖었다.

"기억상실? 난 왜 기억상실에 안 걸리는 거야? 제기랄! 열 받아!"

류성이 옷장에서 환자복을 꺼내 할아버지 바지를 갈아입혔다. 바오룬이 없을 때도 했던 일이지만 바오룬이 보고 있어 더 열심히 했다. 맨살을 드러내고 바들바들 떨며 침대 가장자리에 걸터앉은 할아버지는 류성의 말에 고분고분 따랐다. 할아버지의 새하얀 머리통은 한 해 한 해 줄어들더니 지금은 아기처럼 작았다. 할아버지 몸은 꺼져가는 촛불처럼 몸의 모든 기관이 아래로 처졌다. 눈꺼풀도, 눈썹도, 가슴도, 그리고 고환까지 전부 축 늘어졌다. 그리고 악취가 진동했다. 머리카락과 엉덩이, 심지어 숨결에서도 흡사 썩은 생선 비린내처럼 지독한 냄새가 났다. 그래서 류성은 늘 코를 틀어막곤 했다. 하지만 오늘은 달랐다. 류성은 할아버지 옷을 갈아입히면서 묘한 해방감과 기쁨을 느꼈다.

"좋아요, 할아버지. 오늘까지는 제가 입혀드릴게요. 다음부터는 친손자가 도와드릴 겁니다. 할아버지도 고생 끝, 나도 고생 끝. 우리 모두 고생 끝입니다!"

류성은 바오룬을 힐끗 돌아봤다. 창가에 서 있는 바오룬의 얼굴은 감동한 것도 아니고 질투도 아니고, 그냥 무표정 그 자체였다.

"바오룬, 이리 와서 할아버지 양말 신겨 드려. 원래 감정은 천천히 쌓이는 거야. 그리고 할아버지 상황이 특별하잖아. 양말 신기는 것부터 천천히 시작해. 세상일은 다 그렇게 시작하는 거야."

바오룬이 두어 걸음 다가오다가 갑자기 멈춰 섰다. 할아버지 틀니를 담가놓은 협탁 위 머그컵에 파리 한 마리가 날아들었다. 그가 머그컵을 들고 휘휘 흔들자 달그락 달그락 소리와 함께 파리가 다시 날아갔다.

"그냥 네가 해. 난 상관없어. 나도 기억상실에 걸렸다고 쳐. 감정? 뭐, 좆같은 감정이야? 내가 아직도 그런 걸 중요하게 생각할 거 같아? 그런 감정은 사라진 지 오래야."

류성은 대꾸할 말이 없어 조용히 할아버지 양말을 신겨 드렸다. 그때 바오룬이 협탁 서랍을 뒤지기 시작했다. 뭔가를 찾는 것 같았다.

"뭘 찾아?"

"사진. 어렸을 때 찍은 가족사진. 우리 가족이 옛날에 어땠는지 보려고."

한참 뒤진 끝에 서랍 바닥에 깔아놓은 종이 밑에서 사진을 찾았다. 바오룬은 사진을 들고 밝은 창가로 갔다. 잠시 후 괴상한 웃음소리가 들렸다.

"으하하! 제기랄! 내가 없어. 없어졌어."

"가족사진이라며? 없어지는 게 말이 돼?"

"내 얼굴이 없어졌어. 엄마는 몸통이 없고, 아빠는 완전히 사라졌어. 한 사람만 멀쩡하네. 아주 멀쩡해!"

류성이 고개를 갸웃하며 바오룬에게 다가가 사진을 봤다. 물 얼룩 때문에 군데군데 지워졌는데, 지워진 부분이 정말 절묘했다. 어린 바오룬 목에 걸린 빨간 삼각 수건은 그대로인데 목 위쪽만 지워졌다. 하얀 블라우스에 검은 치마를 입은 바오룬 어머니는 몸통 절반이 지워졌고, 바오룬 아버지는 완전히 사라지고 신발 한 짝만 남았다. 가족사진에서 온전히 살아남은 사람은 할아버지뿐이었다. 할아버지는 물 얼룩과 세월의 빛바램을 교묘히 피해갔다. 노쇠하고 비루하고 나약한 모습은 그때나 지금이나 똑같았다. 짙은 중산복中山服에 해방화解放靴를 신었고 가지런히 빗어 넘긴 머리카락에서 광이 났다. 당시 할아버지는 몸도 정신도 건강했다. 그러나 불안한 눈빛에서 옹색한 영혼이, 카메라 렌즈를 회피하는 시선에서 지금 상황을 예견한 깊은 유감이 느껴졌다.

'미안하다, 너희들은 모두 사라지고 나만 끝까지 장수할 거야.'

34. 중고거래

바오룬을 잊은 이는 할아버지만이 아니었다. 참죽나무거리 이웃들도 그를 잊었다. 누군가는 역사의 흐름과 함께 잊혀지기 마련인데, 바오룬이 그랬다. 바오룬 가족이 동네 사람들과 좋은 관계를 맺지 못한 탓인지, 바오룬 자신이 좋은 평판을 쌓지 못한 탓인지, 어떻든 참죽나무거리에서 그의 귀환을 반기는 사람은 아무도 없었다. 바오룬이 돌아왔다. 바오룬이 정말 돌아왔다. 그러나 이 사실은 처마 끝에서 떨어지는 빗방울처럼 똑 소리 한 번을 끝으로 더 이상 보이지도 들리지도 않았다.

꿋꿋이 예의를 갖춰 바오룬을 반겨준 이는 류성뿐이었다. 류성은 춘경, 아류와 함께 바오룬을 찾아가 그의 생각을 물었다.

참새 이야기

"어떤 환영식이 좋겠어? 친구들을 불러서 거하게 한판 벌일까? 아니면 사우나에 갈까? 혹시 노래방이나 가라오케는 어때?"

바오룬은 어떤 선택도 하지 않았다.

"싫어. 다 필요 없고 네 여행가방 좀 빌려줘. 내일 어머니 만나러 성도^{成都}에 갈 거야. 어쩌면 돌아오지 않을 수도 있어. 이모부가 잘 나가시거든. 성 정부 처장급 간부인데, 대단한 실세라는군. 이모부가 괜찮은 일자리를 알아봐 주면, 앞으로 성도에서 살 거야."

다음날 기차를 타고 성도에 갔던 바오룬은 며칠 후 혼자 돌아왔다. 듣자니 이모 가족에게 푸대접을 받은 모양이었다. 바오룬은 친척 사이에서도 평판이 좋지 않았다. 이모는 그를 경계했고, 이모부는 아예 그를 무시하며 말 한마디 섞지 않았다. 바오룬이 이모 집에서 첫 식사를 하는데 이모 가족이 하나씩 둘씩 핑계를 대고 자리를 피했다. 결국 식탁에 혼자 남은 바오룬은 너무 화가 나서 밥그릇을 뒤집어엎고 이모집을 떠났다. 그는 이모 가족과 안 좋게 헤어진 후 이번 여행의 목표를 하향 조정해 어머니와 함께 집에 돌아가기로 마음먹었다. 그러나 어머니는 이미 그가 알던 어머니가 아니었다. 쑤바오전은 성도에서 새로운 짝을 찾았다. 새 남자는 그녀를 많이 아꼈고 남자의 자식들도 그녀를 가족으로 받아들였다. 이제 쑤바오전 인생에 남은 걱정은 하나밖에 없었다. 출소한 아들이 막무가내로 새로운 가족 앞에 나타나는 것. 새로운 가족과 아들, 타향과 고향, 그 선택의 기로에서 쑤바오전은 아들과 참죽나무거리를 버렸다. 아들은 어머니의 결정이 너무나 뜻밖이었다.

"어머니가 돌아오지 않으면 나 혼자 어떻게 살아요?"

"이제 곧 서른인데 아직도 나한테 기대려고? 나보고 평생 네 뒤치다꺼리나 하라고?"

바오룬은 어머니를 설득할 정당한 이유를 찾지 못했다. 그렇다고 새삼스럽게 효자처럼 굴 수도 없고, 엄마에 대한 그리움을 호소하는 것은 더욱 창피했다. 결국 그는 저주와 위협으로 다시 어머니를 설득했다.

"누가 누구 뒤치다꺼리를 할지 어떻게 알아요? 어머니가 몇 년 후에 치매에 걸릴지, 반신불수가 될지, 암에 걸릴지 누가 알아요? 그러면 내가 필요하겠지요?"

쑤바오전이 홧김에 침을 뱉고 대꾸했다.

"만약 나한테 그런 일이 생기면 장씨가 날 돌봐줄 거야. 넌 네 할아버지나 잘 돌보고, 네 몸이나 잘 건사해. 제발 부탁이다."

바오룬은 그래도 고집을 부렸다.

"혹시 이미 치매에 걸린 거 아니에요? 아들도 잊어버렸어요? 아들보다 그 영감탱이가 더 중요해요? 내가 보기엔 그 영감탱이, 얼마 못 버텨요. 그 사람 죽고 나면 그땐 어쩌시려고요? 그때 돌아올 거예요?"

쑤바오전은 계속되는 저주와 협박을 참지 못하고 결국엔 바오룬의 뺨을 올려붙였다.

"날 욕하는 건 괜찮아. 하지만 장씨는 너한테 욕먹을 이유가 전혀 없어. 그 사람 들먹이지 마라. 이 자리에서 분명히 말하마. 참죽나무거리 그 집, 내 마음에서 지워버린 지 오래야. 그 집, 앞으로는 네 거야. 내 방, 내 물건, 부숴버리든 내다버리든 네 마음대로 해. 혹여 내가 장씨한테 기댈 수 없게 되더라도 너한테 의지하지는 않을 테니 걱정 마. 차라리 양로원에 가고 말지, 참죽나무거리로는 절대 돌아가지 않아!"

이 순간, 바오룬은 자신을 둘러싼 냉정한 현실을 인식했다. 잉여 인간의 미래. 그 미래에 더 이상 어머니는 존재하지 않는다. 친지 방문 여행은 이렇게 막을 내렸다. 그는 일부러 야심한 시간에 맞춰 조용히 집에

참새 이야기

돌아와 한동안 두문불출했다. 바오룬의 존재는 다락방 불빛으로만 확인될 뿐, 사람은 보이지 않았다. 류성은 바오룬이 돌아왔다는 소식을 듣고 바로 찾아갔지만 문을 아무리 두드려도 대답이 없었다. 이상하다 싶어 약국에 들러 마 선생 부인에게 바오룬을 봤는지 물었다.

"꼭 귀신같다니까. 아침에는 다락방에서 부스럭거리는 소리가 들리는데 오후만 되면 쥐 죽은 듯 조용해져."

류성은 다시 바오룬 집으로 가서 문을 향해 온몸을 던졌다. 서너 번쯤 부딪치고 나자 문이 열리고 바오룬이 나타났다. 손에 긴 밧줄을 쥔 채 술 냄새를 풀풀 풍겼다.

"왜 난리법석이야? 누가 죽기라도 했어?"

"아무도 안 죽었어. 널 보러 온 거야. 아직 살아 있나 해서."

"숨 붙어 있어. 아직 죽을 정도는 아니야."

바오룬이 문을 쾅 닫았다가 금방 다시 열었다. 그는 손에 밧줄을 쥐고 문틀에 기대서서 류성을 노려봤다.

"집에 틀어박혀 밧줄 놀이나 하는 거야? 그게 무슨 재미야? 나랑 바람 쐬러 갈래?"

류성의 제안에 잠시 침묵하던 바오룬이 밧줄을 휙 한 번 돌리자 잘 훈련된 한 마리 뱀처럼 밧줄이 그의 어깨에 착 감겼다.

"됐어. 지금 난 복습 중이야. 손 놓은 지 너무 오래돼서 매듭 묶는 법을 다 잊어버렸어. 열여덟 개 중에 열한 개는 생각났는데. 여기까지 왔으니 들어올래? 네 몸으로 매듭 묶는 연습 좀 해보게. 법제매듭 연습할 차례인데……."

류성이 두 손을 세차게 흔들었다.

"초대해준 건 고마운데 사양할게. 난 됐어. 그 법제매듭은 네 몸으로 연습해."

　며칠 후 바오룬의 일상에 새로운 조짐이 포착됐다. 집안 대청소를 시작한 것이다. 낡은 집 구석구석에 먼지가 풀풀 날리고 주방 찬장은 바퀴벌레 천지였다. 곰팡이에 뒤덮인 서랍장은 나무가 뒤틀려 서랍이 빠지지 않았고, 등받이 의자는 이음새가 떨어져 나갔고, 욕실 목욕통은 물이 줄줄 샜다. 바오룬은 이 고물 살림살이를 대문 앞에 내놓고 팔기 시작했다. 처음에는 가격을 너무 높이 매겨 거들떠보는 사람이 아무도 없었다. 하루하루 지날 때마다 가격을 조금씩 내렸지만 이웃들은 여전히 무관심했다. 결국 가격이 바닥까지 내려간 후에야 한 고물 장수가 관심을 보였고 오십 위안에 살림살이를 몽땅 처분했다. 마 선생 부인이 가게를 나설 때 고물장수가 수레에 마지막 물건을 싣고 있었다. 그때 바오룬이 고물장수에게 하는 말을 들었다.

　"물건이 하나 더 있는데, 큰 침대예요. 싸게 줄 테니 가져갈래요?"

　고물장수가 수레 공간을 확인하며 대답했다.

　"싸면 가져가야지. 원목이오?"

　"부모님이 쓰던 건데, 당연히 원목이지. 오십 위안에 가져가시오. 가져갈 거요? 바로 분해해서 가져나올 테니 조금만 기다리시오."

　마 선생 부인이 바오룬을 말리려는데 며느리가 나와 드라마를 보자며 얼른 그녀를 잡아끌고 가게로 들어갔다. 가게 유리문을 통해 바오룬의 망치질 소리가 들려왔다. 탕, 탕, 탕. 바오룬이 부모의 침대를 뜯어내는 망치질 소리가 들렸다. 탕, 탕, 쾅! 육중한 침대받침대가 바닥에 떨어지며 굉음이 울렸다. 마 선생 부인이 움찔하며 가슴을 쓸어내렸다.

　"저러다 천벌을 받지."

　마 선생네는 고물장수가 수레를 가득 채우고 떠나는 모습을 지켜봤다. 중고 물건 양이 어마어마해서 보는 사람마다 두 눈이 휘둥그레졌다. 화목하고 행복한 마씨 가족이 보기에 바오룬의 행동은 부모의 영혼을 죽이는 짓이나 다름없었다. 공기 중에 참혹한 피비린내가 진동하는 것 같았다. 마 선생 부인은 크게 분노했다.

"쑤바오전은 어쩜 이렇게 팔자가 사납다니? 세상에 저런 불효막심한 놈을 아들이라고 키웠으니……. 차라리 개새끼를 키우는 게 낫지!"

바오룬에 대한 며느리의 평가는 아주 간단명료했다.

"바오룬은 아주 무서운 놈이에요."

샤오마는 그 어머니나 아내와 달리 생각이 깨인 편이었다.

"그렇게까지 바오룬을 욕할 건 없어요. 그래봤자 낡고 못 쓰는 물건이니 언제고 팔아치울 수밖에 없어요. 낡은 걸 정리해야 새로운 걸 들여놓을 수 있죠."

잠시 후 약국에 바오룬이 찾아왔다. 그가 작은 도자기 항아리를 품에 안고 가게에 들어서자 갑자기 스산한 기운이 맴돌았다. 당황한 마씨 가족이 동시에 벌떡 일어나 영혼의 살인자를 맞이했다.

"바오룬, 그 항아리에 뭐가 들었니?"

"아버지 유골이요. 어머니가 침대 밑에 뒀더라고요."

마 선생 부인이 비명을 질렀다.

"너, 너! 네 아버지 유골함을 왜 우리 가게에 가져와? 왜? 그것도 팔려고? 안 산다, 안 사!"

"여기 혹시 저울 있나요? 잠깐만 빌렸으면 하는데. 이 유골함 무게 좀 달아보려고요."

마 선생 부인은 너무 어이가 없고 화가 나 눈물이 날 것 같았다.

"저울 없어! 있어도 못 빌려준다. 어디 불길하게 유골함을 올려?"

바오룬은 고개를 숙이고 손대중으로 유골함 무게를 어림짐작했다.

"너무 가벼워서 믿을 수가 없어요. 우리 아버지는 몸집이 엄청 컸는데, 어떻게 겨우 이것밖에 안 돼요? 1킬로그램도 안 되는 거 같아요."

마 선생 부인은 가능한 한 유골함을 멀리하면서 냉정하게 바오룬을 쫓아냈다. 그녀는 호되게 바오룬을 꾸짖으면서 나가라고 밀쳤다.

"너처럼 불효막심한 놈은 보다보다 처음이다! 세상에 예의 없이 아버지 유골함을 이렇게 굴리는 사람이 어디 있어? 네 아버지는 지금까지 구천을 떠돌고 있을 게다. 네 어머니가 아버지 무덤이 어디 있다고 말 안 하든? 얼른 가, 얼른 가서 유골함 안장해!"

마 선생 부인에게 떠밀리던 바오룬이 고개를 홱 돌리며 물었다.

"어머니가 광명光明공동묘지라고 했어요. 혹시 광명묘지가 어디 있는지 아세요?"

마 선생 부인이 손을 휘휘 저었다.

"나한테 묻지 마. 우리 집은 묘지랑은 아무 상관없어. 류성한테 가서 물어봐. 류성은 성묘 가는 사람들 자주 태우고 다니더라."

35. 성묘省墓

류성은 봉고차에 바오룬을 태우고 광명 공동묘지로 향했다. 성묘 철이 아니라 묘지는 아주 한산했다. 바오룬과 류성은 묘지를 몇 바퀴나 돌았지만 바오룬 아버지 묘를 찾지 못했다. 묘지관리소에 가서 물어보니, 묘지 등급이 여러 가지라고 했다. 고급형, 일반형, 경제형 등으로 나뉘어서 묏자리 가격이 달랐다. 바오룬 아버지 묘는 경제형이라 양지바른 남향이 아니라 언덕 뒤편에 있었다.

두 사람은 언덕 뒤편으로 갔다. 그곳에 '양더캉'이라고 새겨진 작은 비석이 보였다. 바오룬 아버지는 이미 자기 자리를 지키고 있었다. 묘비석에 흑백 영정사진이 박혀 있었다. 시공간을 초월한 망자의 눈빛에서 생전의 고달픈 삶이 느껴졌다. 망자의 눈빛은 사람 구실을 못하는 아들에 대한 실망과 안타까움을 숨기지 못한 채 오랜만에 만난 아들을 맞이했다. 유골함을 기다리는 묘비 앞 석체石屉(중국 묘지에서 유골함을 안치하는 부분)는 뚜껑이 열려 있어 안에 빗물이 가득 고여 있었다. 바로 옆은 바오룬 아버지가 할아버지를 위해 미리 준비해둔 묏자리였다. 할아버지 묏자리는 조금 더 좁았다. 미리 심어놓은 소나무 두 그루가 너무 많이 자라 잎이 무성했다. 바오룬은 두 묘비를 번갈아 보던 중 이상한 점을 발견했다. 아버지 이름은 검은색으로 써 있고, 할아버지 이름은 빨간색이었다. 그는 묘지에 처음 와본 터라 묘비명의 색깔이 왜 다른지 전혀 알지 못했다.

"류성, 왜 저쪽은 빨간색이고 이쪽은 검은색이야?"

류성이 차분히 설명했다.

"검은색은 이미 죽어서 안장된 것이고, 빨간색은 묘비 주인이 아직 살아 있다는 뜻이야."

바오룬이 할아버지 묘비를 만지작거리다가 갑자기 씩 웃었다.

"재밌네. 우리 집 정말 재밌지 않아? 여기 와야 할 사람은 안 오고, 오지 말아야 할 사람이 대신 와 있어."

할아버지를 얘기하는 것이리라.

"넌, 네 할아버지가 오래 사는 게 싫어? 할아버지가 성가셔?"

바오룬이 잠시 머뭇거리다가 고개를 흔들었다.

"아니, 그렇지 않아. 어쨌든 가족이잖아. 하나밖에 없는 가족."

이때 한 노인이 플라스틱 통을 들고 와 유골함 안장을 도왔다. 바오룬은 노인이 시키는 대로 유골함을 석체에 넣었다. 그리고 통에 담아온 시멘트로 석체 뚜껑을 잘 봉합했다. 마지막으로 노인이 흙손으로 석체 가장자리를 잘 정리했다.

"다 됐네. 시멘트값 15위안, 출장비 5위안, 도합 20위안이야."

겨우 20위안에 유골함 안장을 끝냈다. 흙을 파고, 다시 흙을 덮을 필요도 없이 중요한 아들의 도리를 손쉽게 완수했다. 생각했던 것보다 훨씬 간단했다. 바오룬이 망연자실한 표정으로 류성에게 물었다.

"이게 끝이야?"

"응, 다 됐어. 땅 파고 다시 묻는 줄 알았어? 지금이 어떤 시대야? 우린 지금 서비스 사회에 살고 있다고. 뭐든 간단하고 빠른 게 최고야."

정말 간단하고 빨랐다. 바오룬 아버지 묘비는 단단히 봉쇄됐다. 정말 너무 간단하고 너무 빨랐다. 바오룬 아버지 유골함을 석체에 넣고 안장을 마치기까지 불과 몇 분밖에 걸리지 않았다. 안장 의식을 잘 아는 류성이 바오룬에게 무릎을 꿇고 묘비에 세 번 절하라고 했다. 바오룬은 세 번 절을 하고 난 후 갑자기 석체에 귀를 갖다 댔다.

"왜 그래? 무슨 소리가 들려? 안에 귀뚜라미라도 들어갔어?"

"귀뚜라미가 아니야. 와서 이 소리 좀 들어봐. 안에서 우리 아버지 유골이 날뛰고 있나봐."

류성이 귀를 대보니 석체 안이 정말 떠들썩했다. 가마솥에 쌀알이 끓어오르는 것처럼 부글부글했다.

"날뛰는 게 아니라, 네 아버지 망령이 아직 남아 있나봐. 갑작스런 죽음이 억울했을 거야. 어쩌면 너한테 하고 싶은 말이 있는 게 아닐까?"

바오룬이 석체를 톡톡 두드렸다.

"소용없네. 계속 시끄러운 것 같아. 내가 두드리는 건 소용없나봐. 너한테 할 말이 있는 것 같으니, 네가 해봐. 네가 알아들었다고 얘기해봐."

류성이 잠시 머뭇거리다가 팔을 뻗어 석체를 두드리면서 중얼거렸다.

"아저씨, 조용히 하세요. 들었어요. 다 들었다고요."

류성은 자신이 망자를 위로하는 데 소질이 있을 줄 꿈에도 몰랐다. 정말 석체가 조용해졌다. 바오룬도 놀라워했다.

"정말이네. 조용해졌어."

류성은 다시 석체에 귀를 대고 확인했다. 바오룬 아버지의 망령이 드디어 안정을 찾은 것 같았다. 류성은 한껏 잘난 척했다.

"네 아버지는 좋은 사람이라 쉽게 해결된 거 같아. 이것 봐, 이제 정말 편안히 잠드셨겠지?"

잠시 후 바람이 불기 시작했다. 두 사람은 맞바람을 맞으며 수많은 낯선 이들의 묘비 사이를 지나 묘지를 떠났다. 지전紙錢과 은박지 부스러기가 바람을 타고 위로 올라가 두 사람 머리 위로 날아다녔다. 그 모습은 마치 금빛 나방 떼가 두 사람을 쫓아다니는 것처럼 보였다. 두 사람은 담뱃불을 붙였다. 류성이 담배 한 모금을 빨고 바오룬에게 물었다.

"네 아버지가 뭐라고 했는지 들었어?"

"난 무슨 말인지 모르겠던데, 넌 들었어?"

류성이 제 머리를 톡톡 두드리며 대답했다.

"어디 맞춰볼까? 네 아버지는 분명히 이렇게 말했을 거야. 지난 일은 그냥 지나가게 내버려 둬라, 이제부터 앞만 보고 가거라."

바오룬이 담배꽁초를 비벼 끄며 느릿느릿 대꾸했다.

"그건 텔레비전이나 신문에서 떠드는 헛소리야. 지난 일은 그냥 지나가게 내버려 두라고? 그건 안 되지. 어떻게 그래?"

미스 바이의
여름

하_

36. 6월

6월 첫날, 그녀가 돌아왔다.

그녀는 우리가 사는 이 도시와 뭔가 불공평한 약속을 맺은 것 같았다. 운명이 정해 놓은 약속으로 인해 그녀는 이 도시를 가질 수 없었지만, 이 도시를 떠날 수도 없었다. 결국 그녀는 다시 돌아왔다. 제 세상인 양 온 강물을 휘저으며 헤엄치다가 결국 어망에 걸려드는 물고기처럼.

그해 봄, 팡 선생과 함께 한 9일 간의 유럽 여행이 벌써 꿈처럼 느껴졌다. 파리, 에펠탑, 로마, 바티칸……. 그녀가 동경해온 유럽 도시 풍경이 산산이 부서져 기억의 바다를 표류하다가 한순간 뇌리를 스치고 허무하게 사라졌다. 그리고 남은 것은 팡 선생의 정자뿐. 그것은 비옥한 토지에 독초 씨앗이 자라듯 그녀의 몸속에 싹을 틔웠다. 뜻하지 않은 사고였다.

프랑스 루아르 강변 고성古城의 적갈색 객실이 어렴풋이 떠올랐다. 루아르 강변의 아름다운 창밖 풍경, 침대 장미 장식, 발코니에 놓인 샴페인, 난생 처음 경험한 낭만적인 밤 분위기에 취해 팡 선생에게 감동한 나머지 의무적인 감정이 진심으로 뒤덮였다. 그날 밤, 그녀는 적극적으로 그를 받아들이고 그가 속옷을 벗기도록 내버려뒀다. 장미와 샴페인은 매우 위험했다. 여기에 팡 선생의 노력이 더해져 억지로 쥐어짰던 그녀의 성욕이 점점 뜨거워지더니 절정을 맛보며 광분의 도가니에 빠졌다. 어쩌다 피임에 실패했는지는 잘 기억이 나지 않았다. 그저 어리석은 자신을 탓할 뿐. 하룻밤 진심을 다해 깊은 정을 나눈 대가로 일생을 바쳐야 할지도 몰랐다.

그녀는 임신 초기 입덧이 너무 심해서 모든 사회 활동을 중단해야 했다. 회전 미러볼 불빛만 봐도 속이 울렁거리고, 마이크를 보면 거시기가 생각나 구역질이 나고, 신나게 노래하고 춤추는 리듬 하나, 동작 하나에도 헛구역질이 났다. 어느 날 술집 작은 무대에서 노래를 하다가 클라이맥스 고음 부분에서 갑자기 메스꺼움을 느껴 드럼을 향해 토사물을 내뱉고 말았다. 드러머는 토사물을 잔뜩 뒤집어쓴 채 무대 아래로 도망쳤고 손님들은 신나게 웃어댔다. 술집 여사장이 임신 사실을 눈치채고 그녀를 무대에서 끌어내렸다.

"집에 돌아가야겠네. 노래하는 것도 좋고 돈 버는 것도 중요하지만, 미래의 기둥을 학대하면 안 되잖아?"

이런 문제는 처음이지만 그녀는 크게 당황하지 않았다. 물론 좌절은 피할 수 없었다. 오랫동안 많은 남자를 상대하면서 대부분 자기 뜻을 관철시켰지만 결국 이렇게 여자의 최대 약점으로 대가를 치르게 됐다. 그녀는 몸의 일부를 점령당했고, 오랫동안 지켜온 인생의 굳은 신념이 와르르 무너졌다. 왜 그랬을까? 그를 사랑하지도 않는데 어쩌다 그 사람 아이를 품었을까? 그녀는 그제야 봄날의 죽순처럼 여린 자신의 약점을 직시했다. 봄비가 온 세상을 적시기 시작하면 대나무 죽순이 대지를 뚫고 나온다. 그대로 잘 자라 큰 대나무가 되면 좋으련만 어리고 여린 죽순은 대부분 사람에게 잡아먹힌다.

그녀는 크게 좌절했다. 그동안 그녀가 선택한 남자는 갑부이거나, 잘생겼거나, 카리스마가 강하거나, 사랑하기 때문이었다. 만약 누군가의 아이를 갖는다면 이 모든 조건을 만족시키는 남자여야 했다. 그러나 팡 선생은 이런 조건과는 거리가 멀었다. 평범한 타이완 사업가인 그는 키가 작고 통통했다. 못 생기지는 않았지만 매력도 없었다. 돈은 있지만 갑부까지는 아니었다. 사랑, 이 조건은 잠시 제쳐두자. 그녀는 오랫동안 가라오케, 주점, 나이트클럽에서 일하면서 알게 된 오빠와 양아버지(스폰서)가 많았다. 그들은 그녀에게 문제가 생기면 대신 나서서 해결해주곤 했다. 그러나 팡 선생은 달랐다. 그는 오빠도 양아버지도 아닌, 그 중간쯤 어디에 속했다. 오빠보다는 조금 더 끈적하고 양아버지보다는 깔끔한, 그렇게 애매한 관계였다. 그녀는 그를 '팡 선생'이라고 불렀다. 흡사 키다리아저씨 같은 그는 속내를 잘 드러내지 않았다. 대부분 명확하고 호의적이었지만, 가끔 강렬한 욕망에 사로잡히기도 했고, 어떤 때는 어렴풋이 우울한 그늘이 엿보이기도 했다. 그녀는 팡 선생이 자신에게 잘 해주는 이유를 곰곰이 생각해봤다. 그녀에게 반했다기보다 외로움을 견디기 힘든 탓이리라. 그녀는 그의 향수병을 달래주는 일종의 치료약이었다. 그녀가 팡 선생에게 고마움을 표시하는 방법은 아주 간단했다. 주로 뺨에 뽀뽀를 해주거나 술친구를 해주는 정도인데, 여기까지는 무료서비스가 가능했다. 간혹 사업 파트너를 만나는 자리에 동석하면 러브샷을 하거나 따뜻한 눈빛을 주고받거나 다정한 말을 속삭이기도 했는데, 이런 행동은 나중에 노동의 대가를 받아낼 그녀의 주요 업무였다. 팡 선생은 가끔 그녀가 열망하는 선물을 주기도 했는데 명품 핸드백이나 명품 시계가 다였다. 그뿐이었다. 두 사람은 해가 뜨면 사라지는 이슬처럼 덧없고 공허한 관계였다.

그녀는 크게 좌절했다. 팡 선생이 처음 유럽 여행을 제안했을 때, 마지막 보너스라고 생각했다. 그의 호의에 답할 겸 여행을 즐기는 것도 나쁘지 않았다. 마침 현실 도피 겸 기분 전환이 필요한 시점이기도 했다. 그녀는 이 유럽 여행이 홀가분한 마무리가 되리라 생각했지 혹독한 시련의 첫 페이지가 될 줄은 꿈에도 몰랐다. 주점을 떠나던 날, 그녀는 우연히 여행사에 유럽 여행 일정을 문의하는 여사장의 전화통화를 엿들었다. 파리, 로마, 빈……, 이들 도시 이름이 그녀의 상처를 후벼 팠다. 그녀는 여사장에게 느닷없이 비난하듯 쏘아붙였다.

"유럽이 아무리 좋으면 뭐해요? 어차피 가방에 싸가지고 올 수도 없는데! 다 돈 낭비예요."

"넌 갔다 왔다면서? 네까짓 것도 가는데 내가 왜 못 가?"

그녀는 자신이 무례하고 경솔했음을 깨달았지만 왠지 화가 치밀었다.

"다 사장님을 위해서 하는 말이에요. 뭐, 돈이 너무 많아서 주체를 못하겠으면 가시든가요. 그래도 루아르 강변에는 절대 가지 마세요. 거긴 아주 불길한 곳이에요. 아주 재수 없는 일이 생겨요."

그녀의 룸메이트 선란은 그녀처럼 유흥업소 가수다. 나이는 한 살 어리지만 두 번의 유산 경험이 있었다. 덕분에 산부인과 VIP골드카드를 가지고 있었다. 선란은 흔쾌히 그녀와 산부인과에 동행해줬다. 새로 개발된 산업단지 중심에 위치한 병원은 외관과 인테리어가 고급 사교클럽처럼 보였고, 병원 이름이 독특하고 인간적이었다. 아테나 여성사랑센터. 수술실 앞에는 그녀와 비슷한 또래의 아가씨들이 차례를 기다리고 있었다. 생김새는 다르지만 하나같이 초조하고 증오 어린 표정이었다. 이들은 공통된 특별한 이유로 한자리에 모였다. 그녀들은 자궁 속에 곧 짧은 인생을 마무리할 작은 생명을 은밀히 감추고 있었다. 이 은밀한 비밀은 오직 의사에게만 보일 것이다. 잘못된 섹스. 한순간의 실수. 이 시대에는 그 많은 실수를 대부분 '수술'로 해결했다.

그녀와 선란은 비어 있는 2인용 소파 쪽으로 걸어갔다. 소파 위에 비닐이 깔려 있어 들어 올렸더니 선명한 핏자국이 드러났다. 검붉게 마르기 시작한 부분은 얼핏 지도를 그려놓은 것 같았고, 아직 핏물이 흥건한 부분도 있었다. 두 사람은 깜짝 놀라 가슴을 부여잡았다. 옆 소파에 앉은 안경 낀 아가씨가 무미건조한 말투로 비교적 자세히 상황을 설명해줬다.

"방금 전까지 샤넬 가방을 든 젊은 여자가 앉아 있었어요. 계속 고개를 숙이고 있어서 문자 보내는 줄 알았죠. 그런데 스르르 드러눕더라고요? 그때까지만 해도 무슨 일인지 몰랐어요. 아니 문자 보내다 왜 드러눕나 했죠. 그런데 세상에, 손에 면도칼을 쥐고 있더라고요. 바로 여기서 손목을 그은 거예요."

두 여자는 소파에서 멀찍이 떨어진 복도로 자리를 옮겼다. 그녀는 이상한 짓거리를 벌였다고 젊은 여자를 비난했다.

"샤넬 가방도 있는데 수술실 앞에서 왜 손목을 그어? 정말 이해할 수가 없네."

선란이 2인용 소파를 응시하며 대꾸했다.

"꼭 이해 못할 일은 아니야. 쉽게 털어버리지 못하는 사람도 있으니까."

아테나 여성사랑센터는 손님이 너무 많아서 VIP도 기다려야 했다. 그녀는 긴 벤치에 앉아 룸메이트의 길고도 지난했던 '선전深圳에서 집사 기 프로젝트'를 경청했다. 처음에는 열심히 경청했지만 점점 딴 생각이 많아졌다. 복도 끝에서 누군가를 기다리는 젊은 남자를 보는 순간 문 득 팡 선생이 떠올랐다. 그녀는 휴대폰을 꺼내 루아르 강변 고성을 배경 으로 팡 선생과 같이 찍은 사진을 찾았다. 열정적인 무희처럼 빨간 장미 를 귀 뒤에 꽂은 사진 속의 그녀는 아주 즐거워보였다. 시간이 흐른 후 다시 보니 그때 왜 그렇게 즐거워했는지 이해가 되지 않았다. 빨간 목도 리를 두르고 그녀의 허리를 감싸 안은 팡 선생은 점잖게 행복한 눈빛을 반짝거렸다. 그가 배경과 각도를 잘 잡아 신체 약점이 교묘히 가려진 덕 분에 다른 때보다 훨씬 젊고 훤칠해보였다. 임신으로 인한 미묘한 감정 은 그와 그녀를 바꾸어놓았다. 특히 팡 선생은 최대 수익자였다. 지금 그녀의 눈에 비친 그는 완전히 새로운 사람이었다. 더 이상 고독하고 다 정한 사업가가 아니라 남자로 다가와 그녀의 몸 깊은 곳에 둥지를 틀었 다. 비록 아주 작은 면적이지만 그녀의 미래를 결정할 위치를 차지했다. 이로써 두 사람은 급격히 가까워졌다. 그녀는 최악의 사고가 벌어졌음 을 인정하며 깊은 한숨을 내쉬었다. 그녀는 사랑하지도 않고 마음에 둔 적도 없는 남자를 그리워하기 시작했다.

그녀는 처음으로 친구에게 휴대폰 사진을 보여주며 팡 선생의 실체 를 공개했다.

"이 사람, 네가 보기에는 어떤 것 같아?"

선란이 휴대폰 화면을 자세히 들여다보며 입을 가리고 웃었다.

"이 사람이 타이완 사업가 아저씨구나. 그냥 그러네. 그 조련사보다 훨씬 별로야."

선란이 취잉 얘기를 꺼내자 그녀는 조용히 휴대폰을 닫았다.

"꽃미남이 뭐가 좋아? 난 이제 외모에 연연하지 않아. 잘생기면 뭐 해? 얼굴이 밥 먹여주니?"

그녀가 수술을 포기한 것은 아주 순간적인 결정이었다. 그녀 옆에 학생으로 보이는 앳된 여자가 서 있었는데, 매우 지친 듯 벽에 기대서서 꾸벅꾸벅 졸고 있었다. 그녀는 벌떡 일어나 자리를 양보했다.

"여기 앉아요. 앉아서 눈 좀 붙여요. 우린 지금 갈 거거든요."

"뭐? 수술 안 하고? 도대체 어딜 간다는 거야?"

"비행기표 사러. 돌아가서 팡 선생을 만날 거야."

"영원히 안 돌아간다고 맹세하지 않았어?"

그녀가 휘휘 손을 저으며 쓴웃음을 지었다.

"내 맹세는 진지하게 받아들일 필요 없어. 앨범을 내고 가수가 될 거야, 사업을 해서 큰 부자가 될 거야, 백마 탄 왕자님이랑 결혼할 거 야……. 그동안 수많은 맹세를 했는데 이뤄진 게 하나도 없잖아. 내 맹 세는 이제 나도 못 믿겠다."

병원 밖으로 나오니 산업단지 대로가 차와 사람으로 북적였다. 초 여름 햇살이 쏟아져 내리는 싱그러운 남방의 도시. 그녀는 어떻게든 이 도시에서 버텨보려 했지만 여기도 결국 그녀의 안식처가 되지 못했다. 그녀는 도로변 야자수 줄기를 툭툭 치며 중얼거렸다.

"제기랄, 난 또 떠난다."

"언젠가 떠날 줄은 알았지만 어디로 가느냐가 중요하지. 작년에는 일본에 갔고 올해는 유럽에 갔지. 여기저기 떠돌다가 결국 고향으로 돌 아갈 줄은 몰랐네."

"사실 거기도 내 고향은 아니야. 다른 사람은 다들 고향이 있지만,

난 그런 거 없어. 어딜 가도 난 혼자야."

선란은 아무래도 그녀의 결정이 너무 경솔하다는 생각이 들었다.

"너 정말 자신 있어? 그 사람이랑 앞으로 어떻게 할 건데? 앞날에 대해 진지하게 얘기해본 적 있어?"

"난 진지하게는 못 해. 일단 부딪쳐 보는 거지. 어떻든 지금까지도 암흑 속을 걸어왔으니 어둠 속을 걷는 건 두렵지 않아. 작은 빛이라도 보이면 그쪽으로 가면 돼."

"팡 선생이 빛이라고 생각해?"

그녀는 잠시 머뭇거렸다.

"나도 모르겠어. 그 사람이 내 인생의 빛인지 아닌지, 이번에 알 수 있겠지."

37. 팡 선생

팡 선생은 처음에는 빛인 것 같았다.

그는 직접 차를 몰고 가 공항에서 그녀를 맞이했다. 두 사람은 입국장 앞에서 길게 포옹했다. 애틋한 감정 때문에 포옹이 길었던 것은 아니다. 그녀의 도도한 육체가 작고 통통한 남자 품에 안기려면 큰마음먹고 몸과 마음을 다스려야 했는데, 그러자면 다소 긴 시간이 필요했다. 그녀는 주변 사람들이 자신을 '지친 몸을 이끌고 고목나무로 돌아온 집 나갔던 새'로 보고 있음을 느꼈다. 굴욕적이고 두려우면서도 한편으로는 왠지 포근함도 느껴져 저도 모르게 눈시울이 붉어졌다. 그녀는 팡 선생에게 눈물을 들키고 싶지 않아 슬쩍 그의 어깨에 눈물을 닦았다. 그는 셔츠가 젖은 것을 아는지 모르는지 늘 그랬듯 그녀의 미모를 칭찬했다.

"당신, 오늘 정말 아름다워!"

차 안에 흐르는 음악은 그녀가 직접 부른 노래였다. 대부분 홍콩, 타이완 유행가로 그녀가 주점이나 나이트클럽에서 부른 노래를 CD에 담은 것이었다. 아마도 팡 선생이 특별히 신경 써서 준비한 것이리라. 살짝 감동한 그녀는 보답으로 그의 어깨에 살짝 기댔다.

"별장으로 가는 거예요?"

"호텔로 가지. 별장은 좀 곤란해. 곧 와이프가 올 거거든."

"여태 안 오다가 왜 하필 내가 오니까 온다는 거죠?"

그가 어깨를 으쓱하며 대답했다.

"나도 모르지. 호텔을 운 좋게 잘 잡았어. 4성급 가격에 5성급 시설이야."

그녀가 천천히 그의 어깨에서 머리를 뗐다.

"며칠 예약했어요?"

그는 그녀의 표정을 살피며 대답했다.

"있고 싶을 때까지 있어. 평생 있어도 돼. 계산은 내가 할 테니 걱정 말고."

"평생 호텔을 전전하는 건 창녀 아닌가요?"

그는 그녀의 눈치를 살피며 되물었다.

"호텔이 싫으면 방을 얻을까? 괜찮은 아파트를 찾아보자고. 별장도 좋고. 어떻든 돈은 내가 낼 테니까."

"방을 얻어요? 그건 첩으로 들어앉으라는 말인가요? 정말 그걸 원해요?"

당황한 광 선생이 힐끔힐끔 그녀를 쳐다보다가 용기를 내 대답했다.

"당신이 원한다면 난 그럴 수 있어. 내년에 회사를 상장할 거거든."

그녀가 창밖으로 고개를 돌리며 피식 웃었다.

"상장? 왠지 나도 같이 상장되는 느낌이네요."

"아가씨들도 '상장'할 수는 있지. 상장하려면 유통이 돼야 하는데 당신은 유통되지 않으니까 상장하는 게 아니야."

그녀는 광 선생 얼굴 옆선을 응시했다.

"난 유통되지 않는다? 오직 당신 한 사람하고만 자야 한다는 건가요?"

그녀가 갑자기 그의 뺨을 톡톡 두드리며 진지한 표정으로 물었다.

"내가 당신한테 무슨 말을 하러 온 줄 알아요?"

그가 음악을 끄고 되물었다.

"도대체 무슨 일이지? 그 먼 곳에서 비행기까지 타고 와서 하려는 말이 도대체 뭐야?"

"한번 맞춰 봐요."

그는 한참 침묵을 지키다가 대답했다.

"난 맞춰보라는 말이 제일 무서운데. 일단 호텔에 가서 다시 얘기하지."

호텔은 시내 중심지 파리나이트클럽 길 건너편에 있었다. 그녀가 클럽을 떠날 때까지만 해도 호텔은 아직 공사 중이었다. 이 도시에 다시 돌아와 이 위풍당당한 호텔에 묵게 될 줄은 생각도 하지 못했다. 창가에 선 그녀는 자신의 과거와 마주했다. 창밖으로 보이는 파리나이트클럽의 네온사인이 초저녁부터 휘황찬란하게 번쩍거렸다. 영어, 프랑스어, 일어, 중국어 안내문은 이 클럽의 국제화 전략을 명확히 보여줬다. 화려

참새 이야기

한 네온사인이 만들어낸 여자는 얼굴 옆선, 엉덩이, 미니스커트, 하이힐만 강조되어 동양 여자인지 서양 여자인지 구분되지 않았다. 저 네온사인은 그녀의 경력 중 하나였다. 그녀의 과거는 화려하게 빛났지만 그 빛이 향하는 곳은 늘 공허했다. 그녀는 커튼을 쳤다. 이때 팡 선생이 뒤에서 그녀를 안으며 거친 숨소리를 냈다.

"난 그럴 생각 없어요."

"난 하고 싶어. 안 되겠어?"

그의 손이 그녀의 가슴에서 잠시 멈췄다가 민소매 블라우스와 허리벨트를 지나 천천히 아래로, 아래로 내려갔다. 그녀는 그의 손길을 뿌리치며 꾸짖듯 소리쳤다.

"조심해요! 당신 아기가 놀란다고요!"

팡 선생이 감전된 것처럼 깜짝 놀라 손을 거뒀다.

"뭐라고?"

"조심하라고요, 아기가 있다고요. 당신 아기요."

한순간 방안 공기가 무겁게 가라앉았다. 팡 선생이 뒷걸음치다가 소파 끝에 걸터앉았다. 그는 돌처럼 굳은 표정에 경계하는 눈빛으로 아랫배에서부터 그녀를 천천히 훑었다.

"내 아이라고? 설마 프랑스에서? 그날 밤에? 어떻게 그런……."

"왜? 기분 나빠요?"

그녀가 그를 노려보며 차갑게 내뱉었다.

"나도 기분 더러워. 난 바조(로베르토 바조^{Roberto Baggio} · 이탈리아 축구 선수)의 아이를 갖고 싶었어. 아니면, 리자청 아이도 좋지. 청룽成龍, 저우룬파周潤發 아이도 좋고. 누가 당신 같은 사람 아이를 갖고 싶겠어? 나도 원하지 않았어!"

"말도 안 돼. 그럴 리 없어. 그때 분명히 콘돔을 사용했어. 똑똑히 기억한다고!"

"그럴 리 없어? 말이 안 돼?"

그녀는 분노를 주체하지 못해 날카롭게 소리쳤다.

"아이를 가진 건 나야. 당신이 뭘 알아? 당신, 똑바로 말해봐. 그럴 리 없다는 게 도대체 무슨 뜻이야?"

물론 '임신했을 리 없다'는 뜻일 것이다. 그가 헛웃음을 흘렸다.

"분명히 콘돔을 꼈어. 아주 비싼, 아주 좋은 콘돔이라고. 절대 임신했을 리가 없어."

그녀는 큰 실망과 함께 분노의 눈빛을 발사했다. 그의 얼굴에서부터 아랫배까지 훑으며 소리 없이 분노를 쏟아냈다. 그는 양복 바짓가랑이 부분을 꾹 누르며 다리를 꼬고 앉아 한쪽 다리를 연신 흔들었다. 그녀의 시선이 그가 신은 흰 양말에 꽂혔다. 그 양말 위로 하얀 정강이에 솜털 같은 검은 털 몇 가닥이 드문드문 나 있었다.

"제기랄, 그놈의 콘돔 타령 좀 그만해. 다시 묻겠는데, 당신이 아니면 귀신이야? 귀신이 날 임심시켰어?"

물론 귀신은 아닐 것이다. 그는 무겁게 침묵하다 천천히 입을 열었다.

"양놈 아니야? 당신 양놈들 잘생겼다고, 섹시하다고 호들갑 떨었잖아!"

"세상에, 기억력도 좋으셔라. 그럼 도대체 어떤 양놈인지도 알려줄래요?"

"정신 차려. 임신한 건 내가 아니라 너야."

그는 굳은 표정으로 적당한 반격 타이밍을 기다렸다. 그리고 다시

참새 이야기

천천히 말을 이었다.

"어떤 양놈인지를 왜 나한테 물어? 그건 내가 너한테 물어야 하지 않아?"

"누굴 창녀로 알아? 아무리 창녀라도 몸은 하나야. 유럽에 있는 열흘 동안 낮이나 밤이나 온종일 너랑 붙어 있었는데, 누가 누구랑 붙어 먹었다는 거야?"

날카롭게 소리치던 그녀는 갑자기 피가 거꾸로 솟듯 분노가 솟구쳤다. 팔을 뻗는 순간 손에 잡힌 컵을 그대로 그에게 집어던졌다.

"내가 눈이 삐었지! 이런 놈인 줄도 모르고. 차라리 양놈을 골랐어야 했어. 어떤 놈이라도 너보다는 나았을 텐데!"

그는 미처 피하지 못해 이마가 찢어지고 말았다. 그의 이마에서 붉은 피가 줄줄 흘러내렸다. 깜짝 놀란 그녀가 날카롭게 비명을 지르고 당황한 듯 아무 말이나 내뱉었다.

"제기랄! 왜 안 피했어요?"

팡 선생은 서둘러 욕실로 달려갔다. 그녀가 뒤쫓아 갔지만 문이 잠겨 들어가지 못했다. 잠시 후 그가 수건으로 이마를 꾹 누르며 욕실에서 나왔다.

"좋아, 아주 좋군."

"잠깐 기다려요. 내 가방에 반창고 있어요."

하지만 그녀는 그의 상처에 반창고를 붙여주지 못했다. 이미 복도로 나간 팡 선생이 뒤를 돌아봤다. 그의 손은 온통 피투성이였고 눈빛에는 혐오스러움이 가득했다. 그는 단호한 표정으로 그녀에게 소리쳤다.

"미스 바이, 오늘에서야 당신이 어떤 여자인지 확실히 알았어. 말해줄까? 넌 창녀야! 아주 더러운 창녀!"

베이지색 카펫에 팡 선생의 피가 떨어져 있었다. 새빨갛던 핏자국이 점점 검붉게 변해갔다. 그녀는 무릎을 꿇고 앉아 휴지로 핏자국을 닦았다. 휴지만 빨갛게 물들 뿐 카펫의 핏자국은 그대로였다. 순간, 그녀는 아무 생각도 들지 않았다. 그녀의 여행 가방에도 팡 선생 피가 묻어 있었다. 핏물이 나일론 원단에 스며들어 특별한 문양을 만들어냈다. 조용히 타오르는 작은 불꽃같았다. 깊은 절망에 빠진 그녀는 바닥에 무릎을 꿇은 채 자신의 잘못을 돌이켜봤다. 갑자기 수술실 앞에서 손목을 그었다던 여자가 떠오르고 깊은 동질감을 느꼈다. 그녀는 여행 가방을 열고 과도를 찾아 손에 들었다. 손목 안쪽 혈관을 자세히 들여다봤지만 어떤 것이 정맥인지, 어떤 것이 동맥인지 도무지 알 수 없었다. 그녀는 대충 아무 핏줄 하나를 골라 그 위에 칼을 올렸지만 결국 긋지 못했다. 피가 무섭고 아플까봐 두려웠다. 무엇보다 그녀는 죽고 싶지 않았다. 하지만 죽음 말고는 자신을 벌할 방법이 생각나지 않았다. 잠시 후 그녀는 열심히 여행 가방을 닦았다. 울음이 터질 것 같아 이를 악물었다. 어느 순간 그녀 마음속 증오가 원망을 집어삼켰다. 갑자기 이 여행 가방이 팡 선생이 유럽에서 사준 것이라는 사실이 생각났다. 그녀는 가방을 발로 걷어차며 욕을 했다.

"꺼져! 너야말로 바람둥이야!"

다음날, 그녀는 해가 중천에 뜰 때까지 늦잠을 자다가 전화벨 소리에 깼다. 호텔 프런트에서 계속 묵을 것인지 물어왔다. 그녀의 대답은 애매모호했다.

"그걸 왜 나한테 물어? 팡 선생한테 가서 물어봐요."

"팡 선생은 이미 계산을 끝냈습니다. 오늘부터는 숙박료를 지불하지 않는다고 하셨어요."

　　　　　　　　　　　　　　　　참새 이야기

그녀는 잠이 싹 달아났다. 멍하니 수화기를 붙잡고 있다가 갑자기 욕지거리를 내뱉었다.

"아가씨, 왜 나한테 욕을 해요?"

"누가 당신한테 욕했어? 내가 욕한 건 팡가라고. 당신이 팡가야? 팡가도 아닌데 당신이 무슨 상관이야?"

그녀는 비싼 호텔비를 제 돈으로 지불하기가 아까워 양아버지 중한 명인 양식국糧食局 마 처장을 떠올렸다. 그는 그녀에게 매우 호의적이었고, 그녀는 그를 최대한 이용해 먹었다. 갖고 싶은 구두나 향수가 있으면 사고 영수증을 가져가 그에게 돈을 받아내곤 했었다. 즉시 마 처장 휴대폰으로 전화를 했지만 결번이었다. 그래서 사무실로 전화하니 여직원이 받았다. 여직원은 그녀에게 공손히 질문했다.

"마 처장과는 어떤 사이신가요?"

"수양딸이에요."

여직원이 차갑게 비웃었다.

"수양딸? 도대체 누구신가? 마 처장 수양딸이 하도 많아서. 어떤 수양딸인가요?"

그녀는 불쾌한 듯 짧게 외쳤다.

"가수예요, 미스 바이!"

"어디서 노래하시나? 파리나이트? 팜스프링스? 캘리포니아선샤인? 24K클럽?"

그녀는 그제야 이상한 분위기를 느끼며 마 처장에게 무슨 일이 생겼는지 추측하기 시작했다. 그때 수화기 너머에서 사락사락 종이 넘기는 소리가 들렸다.

"미스 바이, 혹시 우리 양식국 BMW를 가져가셨나요?"

그녀는 뜬금없는 질문에 잠시 할 말을 잃었다.

"지금 우리말 한 거 맞아요? 그게 도대체 무슨 말이지? 내가 왜 양식국 차를 가져가요?"

여직원이 말없이 계속 종이를 뒤적이다가 그녀에게 사과했다.

"아, 찾았다. 미안해요. BMW를 가져간 건 미스 바이가 아니라 미스 황이네요."

여직원은 드디어 본론으로 돌아가 그녀에게 중요한 사실을 알려줬다.

"마 처장 찾아요? 그럼 기율조사위원회에 가 봐요. 거기서 다 진술했다니까, 그 사람이 어디 있는지는 기율위원회만 알겠죠."

그녀는 너무 놀라 얼른 전화를 끊었다. 그때 나이트클럽 아가씨들이 했던 말이 그대로 맞아떨어졌다.

"조만간 마 처장한테 큰 문제가 생길 거래. 빨리 벗겨먹어야 한다고."

정말 일이 터진 모양이니 마 처장한테 기대긴 틀렸다.

'그나저나 미스 황이 누구지? 파리나이트에서 얼굴마담 하던 그 동북 촌뜨기인가? 평소 거창한 꿈 얘기 하길 좋아하고 경요瓊瑤(타이완의 여류작가) 소설을 즐겨 읽던 그 애? 대단해. 숨은 고수가 따로 있었군! 내가 마 처장한테 뜯어먹은 건 겨우 구두랑 향수뿐인데, 그 애는 BMW를 가져갔다니……'

어떻든 지금은 숙박 해결이 급선무였다. 애석해하거나 다행이라고 기뻐할 때가 아니었다. 그녀는 마 처장 전화번호를 삭제하고 또 다른 양아버지 양 주임을 생각해냈다. 양 주임은 무슨 재단 임원이고 역시 파리나이트클럽 단골이었다. 그는 올 때마다 그녀와 함께 민난어閩南語(푸젠福建 지방의 언어) 유행가 '사랑은 쟁취'를 부르곤 했다. 아주 못생겼지만 씀

씀이가 크기로 유명했다. 다만 늘 몸을 짓궂게 더듬는 데다 그 사람 돈을 쓰려면 육체적 대가를 제공해야 했다. 그녀가 양 주임 명함을 찾아 들었다. 명함 가장자리에 잔털이 덥수룩한 두 손이 희미하게 어른거렸다. 한 손이 그녀의 가슴을 기습했고 다른 한 손이 꿈틀꿈틀 그녀의 엉덩이를 향해 움직였다. 이 때문에 그녀는 전화를 하면서도 무의식적으로 몸을 웅크려 가슴을 가렸다. 양 주임은 바로 전화를 받았지만 상대방은 '여보세요'라고 말한 뒤 묵묵부답이었다. 그는 전화가 끊어졌다고 생각했는지 그녀가 듣고 있는 것도 모르고 옆 사람에게 그녀 흉을 보기 시작했다.

"정말 골치 아픈 여자야. 좋은 일로 날 찾을 여자가 아니지. 이런 여자는 무시하는 게 상책이야."

그가 있는 곳은 틀림없이 유흥업소였다. 수화기 너머에서 익숙한 멜로디가 들려왔다. '사랑은 쟁취'의 전주였다. 그녀는 순간 울컥해서 전화기에 대고 바득바득 소리를 질렀다.

"그래! 어디 죽어라고 쟁취해봐라! 그러다 죽어버려! 이 음란마귀 놈아!"

그녀는 전화를 끊고 방안을 서성이며 이 도시에 남아 있는 자신의 인맥을 되짚어봤다. 아는 사람은 많았지만 거미줄처럼 가늘고 약하게 이어진 관계라 쉽게 끊어져버렸다. 그녀는 결국 호텔을 포기하고 짐을 챙겨 여행 가방을 끌고 방을 나섰다. 리셉션 여직원이 그녀의 속사정을 안다는 듯 한심하다는 눈빛으로 그녀를 힐끔거렸다. 그녀는 기분이 나쁘면 사소한 문제로 시비 거는 버릇이 있었다. 먼저 리셉션 데스크를 탕탕 두드렸다.

"당신들 말이야, 아주 기분 나빠. 니들이 뭔데 사람을 무시해? 그리고 뭐 그런 옷을 입고 있어? 꼭 까마귀떼 같네. 여기가 호텔이야, 장례식 장이야?"

여직원들은 얼빠진 표정을 짓고, 그녀는 입을 삐죽거리며 분풀이를 이어갔다.

"이 호텔, 뭐 이래? 도저히 더 있을 수가 없어. 시설도 거지같고, 서비스는 더 거지같아! 이게 무슨 5성급이야? 별 하나도 아깝다!"

그녀는 이 도시를 잘 알지만 갈 곳이 없었다. 어디로 가야 할지, 아무 생각도 떠오르지 않았다. 팡 선생에게 가는 길은 원래 후미진 골목이었고, 어쩌면 막다른 길일지도 모른다고 예상했었다. 팡 선생의 빛은 원래부터 약하고 희미했다. 게다가 그녀가 실수하는 바람에 완전히 꺼져버렸다. 팡 선생보다 더욱 절망적인 것은 그녀의 세상이 너무나도 작다는 사실이었다. 단 한 번의 여행, 단 한 번의 충동 때문에 그녀는 세상 끝으로 내몰렸다.

호텔 입구에 택시 한 대가 서 있었다. 기사가 창밖으로 얼굴을 내밀고 그녀의 다리를 힐끔거리며 물었다.

"아가씨, 어디 가요?"

"잠깐, 아직 결정 못했어요."

"기차역? 공항? 기차역으로 가려면 서둘러요. 곧 엄청 막힐 시간이오."

그녀는 짜증이 나서 버럭 소리를 질렀다.

"이 몸은 아무데도 안 가! 그냥 서 있을 거야. 여기가 당신 땅이야? 그냥 서 있지도 못해?"

기사가 히죽 웃으며 자리에 똑바로 앉아 시동을 걸었다. 그리고 한마디 툭 던지고 사라졌다.

"그럼 계속 서 있으시구려. 길거리 여자는 길에 서 있는 게 주특기지."

그녀는 거리에 서서 앞으로 어떻게 해야 할지 고민했다. 앞날을 생각하니 조급하고 불안했다. 선전으로 돌아갈까 하는 생각도 잠깐 들었지만 더 이상 어디로 도망가고 싶지 않았다. 배 속에 아기가 있으니, 아직 완전히 끝난 것은 아니다. 이대로 무릎 꿇을 수는 없었다. 갑자기 울컥 화가 치밀었다. 용서 못해. 끝까지 가볼 거야. 불확실한 미래지만 이대로 팡 선생을 놓칠 순 없었다.

길 건너 파리나이트클럽, 그 건물 11층에 그녀가 다른 동료들과 사용하던 분장실이 있었다. 그녀는 마치 제집인 양 자연스럽게 건물 쪽으로 방향을 잡았다. 파리나이트는 예전보다 더 북적거렸다. 앳된 남자애가 입구 쇼윈도 포스터를 교체하고 있었다. 외국에서 새로운 밴드가 온 모양이었다. 야자나무 숲을 배경으로 남녀 수십 명이 화려함을 뽐내며 쇼윈도 안에 서 있었다. 그녀는 여자 메인보컬 얼굴이 궁금했다. 자기보다 예쁜지 확인하고 싶었다. 그녀는 길을 건넌 후 포스터를 교체하던 남자애에게 말을 걸었다.

"샤오보, 너 나 기억하니?"

샤오보는 그녀를 훑으며 머리를 긁적였다.

"본 것 같긴 한데……. 마리 누나? 루시 누나?"

샤오보는 그녀를 기억하지 못했다. 그녀는 더 다그치지 않고 쇼윈도를 톡톡 두드리며 물었다.

"얘들, 어느 나라 밴드야?"

"필리핀이에요."

그녀가 가소롭다는 표정을 지었다.

"그럴 줄 알았어."

그녀는 포스터를 힐끔거리며 화려하게 치장한 여자 메인보컬에게 악독한 욕을 퍼부었다.

"원숭이처럼 생겨가지고 숲에서 조용히 살지, 왜 여기까지 와서 남의 돈을 쓸어가고 지랄이야!"

그녀는 보도를 따라 노동자문화궁 쪽으로 걸어갔다. 노동자문화궁 초대소를 운영하고 있는 라오롼을 찾아갈 생각이었다. 라오롼네 초대소에서 지내면 궁상맞고 남부끄럽긴 하겠지만 돈이 들지 않는다. 갈 곳을 정하고 나니 갑자기 억울한 생각이 들었다. 내 운명은 왜 이렇게 가혹한가? 하늘은 왜 이렇게 불공평한가? 나의 선택은 왜 늘 최악일까? 가혹하기만 한 인생, 도대체 언제쯤 보상받을 수 있을까? 그녀는 분수를 모르는 물고기처럼 대양을 누빌 수 있다고 자신했지만 결국 모든 것이 환상임을 깨달았다. 쉬지 않고 열심히 헤엄쳤지만 결국 이 도시를 벗어나지 못했다. 우후죽순처럼 뻗어나간 이 도시의 고층빌딩이 그녀의 그림자를 삼켜버렸다. 이 도시는 성기고 커다란 어망처럼 수시로 그녀를 놓아주고 다시 잡아들였다. 갑자기 어디선가 야릇한 생선비린내가 풍겨왔다. 어쩌면 그녀는 물고기보다 못한 신세인지도 모른다. 물고기는 헤엄칠 바다라도 있지만 그녀의 바다는 이미 다 말라버렸다.

38. 또 다른 남자

사거리에서부터 웬 젊은 남자가 그녀 뒤를 따라붙었다. 힐끗 돌아

참새 이야기

보니 이 도시 어디에서나 흔히 볼 수 있는 건달 품새였다. 험악한 표정에 비닐봉지를 들었다. 거무튀튀하고 각진 얼굴, 목에는 금목걸이가 걸렸고, 가로줄무늬 반팔 티셔츠에 빨간색과 검은색이 반복되는 세로줄무늬 비치팬츠를 입었다. 그리고 찍찍 플라스틱 슬리퍼를 끌면서 빈민층 특유의 거칠고 위협적인 분위기를 온몸으로 풍겼다. 그녀는 자타공인 미모 덕분에 길에서 남자가 쫓아오는 일이 크게 특별하지 않았다. 그러나 지금 따라오는 남자는 눈빛이 이상했다. 여느 때와 달랐다. 여자를 희롱하는 선정적인 눈빛도 아니고, 오랜만이라 아는 사람이 맞는지 살피려는 것 같지도 않았다. 날카로운 눈빛이 칼날처럼 내리꽂혀 모골이 송연했다. 그녀는 그 눈빛에서 빨리 벗어나고 싶었다. 간이식당 앞을 지날 때 가게 앞 대형 나무 들통에서 향기로운 닭육수 냄새가 풍겨왔다. 그녀는 예전부터 이 가게 닭고기 만둣국을 좋아했다. 그녀는 갑자기 방향을 틀어 가게로 들어갔다. 만둣국 한 그릇을 주문하고 자리에 앉는데, 그 남자가 따라 들어오는 것이 보였다. 남자는 그녀 맞은편 테이블에 앉아 미동도 하지 않고 뚫어져라 그녀를 주시했다. 그는 비닐봉지에서 녹색 나일론 밧줄을 꺼내 테이블 위에 올려놓았다. 그리고 다시 가늘게 뜬 실눈으로 그녀를 봤다. 그 순간 그녀의 머릿속에 오랫동안 잊고 있던 이름이 떠올랐다. 바오룬! 심장이 두방망이질 쳤다. 그녀는 벌떡 일어나 맞은편 자리로 옮겨 그를 등지고 앉았다. 등 뒤에서 그의 목소리가 들려왔다.

"어이, 선녀. 우리 샤오라 추러 갈까? 지금도 샤오라 추나?"

선녀가 다시 벌떡 일어나 여행 가방을 끌고 가게 밖으로 뛰어나갔다. 그는 재빨리 그녀를 쫓아왔다. 밧줄을 바지 주머니에 대충 쑤셔 넣느라 한쪽 끝이 주머니 밖으로 삐져나왔다. 흔들거리는 녹색 밧줄은 얼핏 살아 움직이는 뱀 같았다.

"왜 도망가? 나랑 샤오라 추기 싫으면 만둣국 한 그릇이라도 사주는 건 어때? 네가 사주기 싫으면 내가 살까?"

그녀가 홱 돌아서며 소리쳤다.

"사람 잘못 봤어요. 난 당신이 누군지 몰라요."

"네가 날 몰라도, 난 널 알아. 보아하니, 샤오라를 출 것 같지도 않고 만둣국도 먹기 싫은 모양이네. 그럼 같이 산책이라도 할까? 어때?"

"따라오지 마. 나, 지금 기분 아주 안 좋아. 계속 따라오면 소리지를 거야!"

"뭐라고 지를 건데? 강간범이다! 강간범!"

바오룬이 실실 웃으며 여자 목소리를 흉내냈다.

"소리 질러. 계속 질러봐. 난 여기서 듣고 있을 테니. 난 지금 기분이 아주 좋은데."

"그냥 하는 말 아니야. 잘 들어. 저 앞에 바로 파출소가 있어. 계속 날 쫓아오면 파출소에 가게 될 거야."

"좋지, 좋아. 그럼 파출소로 가자고. 네가 앞장 서. 난 뒤따라갈 테니. 내가 도망가면 난 사람 새끼도 아니다."

그녀는 여행 가방을 끌고 정신없이 달렸다. 하지만 누가 보도블록을 파헤쳐 길이 엉망이었다. 그 바람에 여행 가방 바퀴가 떨어져나가 끌 수 없게 되었다. 할 수 없이 여행 가방을 들고 뛰었다. 그러나 채 몇 미터도 가지 못하고 포기하고 말았다. 그녀는 가방을 바닥에 내던지고는 그 위에 주저앉았다.

"도대체 뭘 어쩌자는 거야? 멀쩡히 나왔잖아? 고작 감옥에 몇 년 있었던 거잖아! 사람이 죽은 것도 아니고 불구가 된 것도 아닌데, 뭐 대단

참새 이야기

한 일이라고 이 난리야?"

이 말은 놀리는 것 같기도 하고 비웃는 것 같기도 했다. 또 어찌 생각하면 위로 같기도 했다.

"감옥에 몇 년 갔다고 뭐 크게 손해 본 거 있어? 바깥세상이라고 딱히 좋을 것도 없어. 요즘 세상이 얼마나 살기 힘든 줄 알아?"

"감옥이 바깥세상보다 좋다고?"

바오룬은 무표정한 얼굴로 고개를 끄덕였다.

"틀린 말은 아니네. 잘 알았어. 또 해줄 말 없어? 이런 기회 흔치 않아. 할 말 있으면 다 해봐."

이때 그녀의 하이힐 뒤축이 빠졌다. 그녀는 하이힐을 벗어 뒤축 부분을 땅바닥에 힘껏 내려쳤다. 탕, 탕, 탕.

"요즘 왜 이렇게 재수가 없는 거야!"

탕! 탕!

"제기랄! 정말 재수 옴 붙었어! 보라고. 독일제 여행 가방도 망가졌어. 프랑크푸르트공항에서 이백 유로나 주고 산 건데. 이 구두도 얼마나 좋은 건데. 오리지널 이태리 명품이 이 지경이 되다니."

바오룬이 전혀 반응을 보이지 않자 그녀는 넋두리를 접고 천천히 하이힐을 신었다. 그리고 천천히 본론을 꺼냈다.

"지난 일은 그냥 지나가게 내버려둬. 사실 너도 잘못했잖아. 그러게, 누가 날 묶으래?"

바오룬의 얼굴에 조롱인지 자조인지 알 수 없는 기묘한 미소가 떠나지 않았다. 그러나 다리를 번갈아 가며 끊임없이 떨었다. 그녀와 대화를 이어가기 위해 엄청난 인내심과 자제력을 발휘하고 있는 것이 분명했다. 그는 그녀의 얼굴을 응시하다가 한참 만에 입을 열었다.

"묶은 사람은 묶은 죄가 있고 강간한 사람은 강간한 죄가 있어. 누가 널 묶었는지, 누가 널 강간했는지, 넌 그 간단한 사실을 왜 구별 못해?"

"날 탓하지 마. 그때 난 제 정신이 아니었어."

그녀가 낑낑대며 일어나 하이힐 뒤축을 바닥에 탁탁 쳤다. 그러다 갑자기 상대의 약점이 떠오르자 목소리를 높여 공격을 재개했다.

"네가 날 묶지 않았으면 그 자식이 어떻게 그런 짓을 했겠어? 너희 둘 다 나쁜 놈이야! 둘 다 범죄자야!"

"네 말이 맞아. 우리 둘 다 죄를 지었어. 그런데 내가 이해할 수 없는 건 너야. 왜 강간은 되고 묶은 건 안 돼? 그때 류성네 집에서 무슨 뇌물을 얼마나 줬는지 말해줄래?"

"그까짓 게 무슨 뇌물이야? 그때는 다들 사는 게 어려웠어. 다 보잘것없는 것들이었어."

그녀의 눈빛에 살짝 진심이 스쳤다. 조금 머뭇거리던 그녀의 말투가 진심을 털어놓듯 부드럽게 바뀌었다.

"어떻든 그건 중요한 게 아니야. 솔직히 그때 넌 너무 별로였어. 지금보다 훨씬 별로였다고. 못생긴 짠돌이였잖아. 그에 비해 류성은 얼마나 멋있었다고! 통 크게 돈도 잘 쓰고 춤도 잘 추고, 정말 멋진 오빠였어. 짝사랑하는 여자애들이 얼마나 많았는데."

바오룬이 고개를 끄덕이면서 동시에 콧방귀를 뀌었다.

"그래, 그렇군. 이제야 분명해졌어. 넌 류성을 좋아하고 나를 싫어했어. 그래서 나를 그 자식의 희생양으로 만들었어?"

그녀는 하마터면 진심을 말할 뻔했다. 그러나 바오룬의 암울한 눈빛을 보며 냉정을 되찾았다. 그리고 한숨을 내쉬며 조심스럽게 대답했다.

"네가 날 증오하는 거 알아. 그래, 억울하기도 하겠지. 하지만 너만 억울하고 난 억울하지 않을 것 같아? 넌 나한테 복수라도 할 수 있지만 난 복수하고 싶어도 누구한테 해야 할지 모르겠다고!"

"내가 억울한 걸 알아? 그럼 내가 어떻게 복수해야 하는지 말해 봐."

"네 앞에서 사과하면 돼? 그래, 좀 미안해. 미안해, 미안하다고. 됐어?"

"미안하다는 말 한마디로 날 치워버리겠다? 지금 그 말투, 진심이 아닌 거 바보도 알겠다."

"그럼, 뭐? 확실히 말해. 도대체 원하는 게 뭔데?"

그녀의 표정에 경계의 빛이 역력했다. 그녀의 눈빛은 죄책감, 불안, 억울함, 교활, 그리고 용기까지 수많은 감정을 담아냈다. 저도 모르게 눈물이 흐르자 얼른 닦아내고 날카롭게 외쳤다.

"백 번쯤 말해줄까? 그럼 되겠어? 미안해, 미안해, 미안해, 미안해! 됐어?"

지나가던 사람들이 발길을 멈추고 두 사람을 쳐다봤다. 바오룬은 주변의 시선 따위는 전혀 신경쓰지 않고 냉정한 눈빛으로 그녀의 히스테리를 지켜봤다. 그녀가 조금 진정되자 고개를 흔들며 말했다.

"넌, 그 태도가 문제야. 미안하다는 말이 무슨 의미가 있어? 아무리 크게 외쳐도 수만 번을 외쳐도 소용없어. 난 감옥에서 십 년을 보냈어. 넌 그 십 년의 시간을 보상해야 해."

"보상? 돈? 진작 그렇게 말하지."

그녀는 얼른 지갑을 열어 돈을 셌다.

"바가지 씌울 생각하지 마. 난 부자가 아니야. 천이백, 아니 천삼백,

됐어? 내가 좀 아껴 쓰지 뭐. 나 지금 천오백밖에 없어. 그중 천삼백을 너한테 주는 거야. 그럼 됐지?"

"보상이라는 게 꼭 돈을 말하는 건 아니야. 난 돈은 필요없어."

바오룬이 돈을 건네는 그녀의 손을 밀어내며 엄숙한 표정으로 말했다.

"내가 잃어버린 것을 배상하란 말이야. 시간. 십 년의 시간, 그리고 자유. 십 년의 자유를 보상해."

그녀는 너무 놀라 두 눈을 동그랗게 뜨고 입을 다물지 못했다.

"시간을 어떻게 보상해? 자유를 어떻게 보상해? 똑바로 말해. 도대체 원하는 게 뭐야?"

"나도 아직 못 정했어. 같이 상의해 봐야지. 어디 가서 천천히 얘기해보는 게 어때? 아니면, 영화라도 보러 갈까? 급할 거 없잖아. 어차피 남는 게 시간인데. 천천히 생각하고 천천히 얘기해보자고. 얘기하다 보면 답이 나오지 않겠어?"

"누가 너랑 영화를 본대? 누가 너랑 상의한대? 미안하지만, 이 몸은 그럴 생각이 전혀 없거든!"

그녀는 너무 흥분한 나머지 얼굴이 벌겋게 달아올라 바오룬에게 삿대질을 해댔다.

"내가 너 같은 걸 무서워할 거 같아? 두고 볼 테니, 죽이든 살리든 마음대로 해!"

그녀는 빨리 이 자리를 떠나고 싶었지만 바오룬이 여행 가방을 밟고 있어서 그럴 수가 없었다. 바오룬은 대로를 향해 입을 삐죽이며 비아냥거렸다.

"소리 질러봐. 사람들이 이렇게 많으니, 당장 달려와 도와줄 거야. 강

참새 이야기

도도 좋고, 강간범도 좋고, 살인범도 좋고. 얼마든지 상대해주지."

그녀는 행인들이 오가는 거리를 휙 둘러봤다. 하지만 입은 떨어지지 않고 갑자기 눈물이 뺨을 타고 흘러내렸다. 마침 두 사람 옆을 지나던 할아버지가 두 사람을 사랑싸움하는 젊은 부부로 오해하고 좋은 말로 충고했다.

"젊은 부부가 무슨 일인지 모르겠지만 충동적으로 행동하지 말고 집에 돌아가서 잘 얘기해요."

그녀는 눈물을 훔치며 애꿎은 할아버지에게 화풀이를 했다.

"무슨 충동? 누가 누구랑 부부야? 당신이나 저 자식이랑 부부 하든지!"

할아버지는 얼른 자리를 피하며 구시렁거렸다.

"남자끼리 어떻게 부부가 돼? 하여간 요즘 젊은 사람들은 똥오줌도 못 가려 큰일이야. 쓸데없이 남의 일에 참견한 내가 미친놈이지."

바오룬이 주머니에서 나일론 밧줄을 꺼냈다. 밧줄 끝을 손목에 묶고 휘휘 몇 번 돌려 감자 순식간에 오각형 초록별이 나타났다. 그는 그녀에게 손목 매듭을 내보이며 물었다.

"어때? 예쁘지?"

바오룬은 여전히 재주를 뽐내고 과시하기를 좋아했다. 밧줄, 개 목줄용 쇠사슬. 그녀는 갑자기 머리끝이 쭈뼛 서는 느낌이 들었다. 고개를 숙이자 바오룬의 슬리퍼와 맨발이 보였다. 싸구려 플라스틱 슬리퍼 위로 드러난 발가락 사이에 진흙이 잔뜩 끼었고 회색으로 변해버린 발톱은 여기저기 갈라졌다. 슬리퍼와 발 상태는 그 주인의 궁핍한 삶을 여과 없이 보여줬다. 이때 부근 지하 배관공사 현장에 놓인 삽자루가 그녀 눈에 들어왔다. 그녀는 마음을 정하자마자 쏜살같이 뛰어가 삽자루를 집어 들었다. 뒤쫓아 오던 바오룬이 삽자루 끝에 부딪혔다. 삽자루를 든 그녀는 마치 자동소총을 든 여전사 같았다.

"내가 너 따위를 무서워할까봐? 나도 그동안 별의별 인간 다 봤어. 요즘이 어떤 시대인데, 아직도 그깟 밧줄로 겁을 주려고 그래? 정말 웃기시네!"

그녀는 삽자루로 바오룬의 슬리퍼를 내려치며 소리쳤다.

"이 세상에 억울하게 조작된 재판 받은 사람이 어디 한둘이야? 너 하나만 그런 것도 아닌데 왜 이 난리야? 감옥에서 억울하게 죽은 사람도 있는데! 시간을 보상하라고? 자유를 보상하라고? 넌 어디에 있든 허송세월할 놈인데, 안에 있든 밖에 있든 뭐가 달라?"

삽자루가 바오룬의 발을 내리쳤다. 바오룬이 몸을 피하는 사이에 그녀는 얼른 여행 가방을 들고 대로변에 서 있는 빨간 택시를 향해 돌진했다. 백주대낮이라 아무래도 보는 눈이 많았다. 바오룬은 몇 걸음 쫓아가다가 사람들 시선을 느끼고 멈춰 섰다. 대신 온 힘을 다해 큰 소리로 외쳤다.

"도망가, 도망가 보라고! 하루에 일 년씩, 갚아야 할 시간이 늘어날 거야. 똑똑히 기억해둬! 후회하게 해주지!"

그녀는 여행 가방과 함께 택시에 골인했다. 기사가 창밖을 보며 호기심 어린 눈빛으로 바오룬을 훑어봤다.

"뒤에 쫓아오는 저 남자, 누구요?"

"강간범요! 빨리 출발해요, 빨리! 일단 여기 두 바퀴 돌고, 노동자문화궁으로 가요!"

그녀는 택시가 출발하자 그제야 바오룬을 돌아봤다. 허리를 굽혀 발에 난 상처를 확인하는 것 같았다. 기사가 이상하다는 듯이 그녀를

참새 이야기

돌아봤다.

"강간범이라니 도대체 어떻게 된 겁니까? 저놈이 누굴 강간했어요?"

그녀는 왠지 잘못을 바로잡아야겠다는 생각이 들었다.

"농담이에요. 강간범은 아니고, 징팅 정신병원에서 도망쳐 나온 미친놈이에요."

39. 순펑여관

막다른 길에 내몰린 그녀가 신세질 사람은 라오롼뿐이었다. 라오롼의 순펑順風여관은 원래 노동자문화궁 초대소였고, 그 전에는 그 유명한 노동자영화관이었다. 순펑여관 유리 정문은 그 옛날 영화관 출입구였다. 그녀는 어렴풋이 옛 기억이 떠올랐다. 그곳에는 늘 연초록 투피스유니폼을 입고 머리를 땋은 예쁘장한 검표원 두 명이 서 있었다. 한 명은 하나로 길게 땋아 내렸고 다른 한 명은 땋은 머리를 돌돌 말아 올렸다. 그녀의 어릴 적 꿈은 커서 노동자영화관 검표원이 되는 것이었다. 매일 예쁜 유니폼을 입고 모든 영화를 공짜로 볼 수 있으니까. 그러나 사회가 발전하면서 찬란했던 과거 유산이 하루아침에 쇠락하는 일이 비일비재했다. 노동자영화관도 그중 하나였다. 작은 상영관 하나가 가까스로 살아남아 여관 건물 구석에 겨우 자리 잡았다. 거의 매일 좀비영화, 스파이영화, 전쟁영화를 주구장창 틀어댔다.

순펑여관은 방값이 저렴하고 시내 중심가에 위치해 장기 투숙객이 많았다. 건물 1층에 백반증 치료 전문인 개인병원이 있다. 문 앞에 수많은 신문기사 스크랩, 표창장, 감사편지 등이 빼곡하게 붙었고 헝겊 커튼 뒤로 어렴풋이 흰 가운을 입은 중년 남자가 보였다. 그는 쓰촨 사투리로 환자들에게 늘 비슷한 말을 늘어놓았다.

"뭐가 그렇게 급해? 백반증이 감기몸살도 아니고 며칠 약 먹었다고 금방 나을 줄 알았소? 천천히 나을 테니 기다려요."

진료소 옆에는 원저우溫州 구두공장 사무소가 있는데, 여직원들이 끊임없이 재잘거리는 소리가 들렸다. 그녀들의 열띤 토론 주제는 구두공장 업무가 아니라 궁리가 예쁘냐, 류사오칭劉曉慶이 예쁘냐, 저우룬파가 멋지냐, 장궈룽張國榮이 멋지냐였다. 2층에는 방 두 개를 터서 만든 모델학원이 있었다. 삐쩍 마르고 늘씬한 여자가 앳된 소녀에게 워킹을 가르쳤다. 소파에는 더 크고 더 마른 여자가 낮잠을 자고 있었는데, 금발 가발을 쓴 탓에 꼭 고대 미라가 누워 있는 것 같았다. 나머지 방은 대부분 빈 방이었다. 문 앞에 모모 무역회사, 모모 정보자문회사 등의 간판이 걸려 있긴 했지만 안에는 먼지 쌓인 책상뿐, 사무실 주인은 온데간데없었다. 먼지 가득한 공기만이 남아 묵묵히 무역 업무를 이어갔다.

라오롼은 그녀가 찾아온 것이 너무 기뻤다. 그녀에게 흔쾌히 공짜 방을 내줬고, 매일 밤 마작판에 초대했다. 마작판에서 사업 얘기를 해야 하는데 그녀에게 분위기를 띄울 겸 노래를 불러달라고 했다. 그리고 사업 친구들을 소개해줬다. 그녀는 라오롼에게 신세를 갚을 겸 3층 마작판으로 들어갔다. 담배 연기가 자욱한 객실에서 낯선 남자 셋과 인사했다. 하나는 음침해보였고, 또 하나는 옹졸해보였고, 마지막 하나는 뚱뚱한 탓인지 그나마 인상이 좋아보였다. 그녀는 이런 오빠들을 상대하는 일에 신물이 났지만 의무감으로 마이크를 잡고 분위기를 띄웠다.

참새 이야기

마작판 분위기에 맞춰 특별히 광둥어廣東語 유행가 '부자 되세요'를 선곡했다. 뚱보가 히죽거리며 노래를 따라 부르다가 이렇게 물었다.

"아가씨, 그 노래는 라오롼을 위한 건가? 라오롼만 부자 되라고?"

그녀는 대충 분위기에 맞게 대꾸했다.

"오라버니들 모두, 여러분 모두 부자 되세요."

노래가 끝난 후, 역시 의무감으로 라오롼 옆에 앉아 돈을 정리해줬다. 하지만 라오롼이 운이 없으니 그녀가 돈을 정리할 일이 없었다. 계속 돈을 잃다가 정말 오랜만에 좋은 패가 들어왔다. 그런데 라오롼이 그 좋은 패를 하나씩 하나씩 버리는 게 아닌가? 그녀가 훈수를 두려고 끼어들자 라오롼이 그녀의 허리를 살짝 꼬집었다. 그녀는 그제야 이 마작판이 누구를 위한 것인지 알았다. 라오롼이 뇌물을 주는 자리였으니 반드시 져야만 했다. 절대 이겨선 안 됐다. 승패가 정해진 게임은 재미가 없는 법이다. 그녀는 연신 하품을 하다가 문득 방안 공기에서 더럽고 불쾌한 냄새를 느꼈다. 아무래도 뚱보한테서 입냄새가 나는 것 같았다. 가만 보니 라오롼도 그렇고 그동안 만났던 아저씨들도 대부분 그랬다. 이런 쓸데없는 생각에 빠져 있는데 갑자기 누군가 그녀 발을 툭 쳤다. 왼편에 앉은 궈 사장이었다. 그는 첫인상부터가 찌질한 변태였다. 변태남이 계속 이상한 눈빛을 보내며 그녀를 집적거렸다. 변태남의 뻔한 속내가 느껴지자 갑자기 속이 메스꺼웠다. 그녀는 벌떡 일어나 일부러 호들갑스럽게 말했다.

"과일 드세요, 과일 좀 드세요."

그녀는 커다란 쟁반에 담긴 과일을 작은 접시에 덜어 모두에게 나눠줬다. 다시 자리에 앉았다가는 또 무슨 일이 벌어질지 몰라 머리가 아프다는 핑계로 서둘러 방을 나왔다.

그녀는 팡 선생과의 첫 번째 담판에 직접 나서지 않고 라오롼에게
대신 일을 부탁했다. 라오롼도 팡 선생을 직접 아는 것은 아니었기 때문
에 일단 여기저기 수소문해서 팡 선생 회사와 거래하는 지인을 찾아냈
다. 그는 지인에게 부탁해서 거래대금을 결제하는 날, 팡 선생 앞에서
그녀 얘기를 꺼내도록 했다. 복잡한 문제라 이야기가 꽤 길어졌지만 결
과는 간단명료했다. 팡 선생은 그녀가 아기를 낳으면 유전자 검사를 하
기를 원했다. 만약 자기 아이가 맞다면 그녀와 아이를 끝까지 책임지겠
다고 약속했다. 그녀는 이 말을 전해 듣고 곧바로 되물었다.

"팡 선생이 어떻게 책임진다는 거예요?"

"돈을 준다는 거겠지. 남자가 첩실을 책임진다는 게 돈말고 뭐가 있
어? 잘 들어. 그 사람은 타이완 사업가야. 그 남자랑 엮인 거 너무 티내
지 말라고. 그러다 큰일 나. 양안관계兩岸關係(중국과 타이완 관계)에 연루될
수도 있다고. 정치가 어려워도 이 정도는 알지?"

"정치가 나랑 무슨 상관이에요? 내가 원하는 건 공평한 대우예요."

"공평? 지금은 공평도 돈으로 사고파는 세상이야. 결국엔 돈이라
고! 미스 바이, 솔직히 말해봐. 도대체 원하는 게 돈이야, 사람이야?"

마음이 복잡한 그녀는 라오롼의 시선을 피하며 아무 말이나 내뱉
었다.

"누가 그런 인간을 원해요? 땅딸보 호박이 뭐가 좋다고. 그런 남자
데려다 뭐 해요? 호박국이라도 끓여먹으라고요?"

팡 선생을 향한 여정이 곧 마무리 될 것 같았다. 이 여정의 끝은 '막
다른 길'이었다. 이후 팡 선생 쪽에서는 별다른 소식이 없었다. 루아르
강변에서의 부드럽고 달콤한 정은 벌써 시들어 흙으로 돌아간 지 오래
였다. 팡 선생은 결국 남의 남편이고, 두 사람은 이미 서로의 바닥을 확

참새 이야기

인했다. 그녀는 그에게 성가시고 골치 아픈 고객일 뿐이었다. 그는 그녀 인생의 희미한 빛이었지만, 그 빛은 순식간에 사라졌다.

두 번째 담판은 기세등등하게 시작됐다. 라오롼과 그녀는 덩치 큰 건달 셋을 대동하고 팡 선생 회사로 쳐들어갔다. 팡 선생의 태도는 매우 신중했다. 그는 먼저 보안요원을 불러 사무실 문 앞에 대기시켰다. 조직 폭력배들의 싸움은 영화의 단골 소재일 뿐, 이들의 문제 해결 방식은 훨씬 현명했다. 양복에 가죽구두까지 갖춰 입고 제대로 협상가 분위기를 낸 라오롼이 팡 선생에게 차용증을 요구했으나 일언지하에 거절당했다.

"내가 미스 바이 돈을 갖다 쓴 것이 아니니 차용증은 말이 안 됩니다. 우리는 단순한 채무관계가 아니라 사업 거래를 하는 겁니다. 사업을 하려면 사업 규칙대로 계약서를 써야지요."

팡 선생이 서류함을 한참 뒤져 가져온 것은 선물회사 계약서 샘플이었다. 그녀는 '선물거래'^{先物去來}라는 글자를 보자 버럭 소리를 질렀다.

"이 개자식! 내 배 속 아기가 물건이야? 거래를 해? 난 안 해!"

팡 선생은 아주 침착하게 학생을 가르치듯 그녀를 설득했다.

"여성의 자궁은 인류의 광산이나 다름없소. 아이는 인류의 소중한 자원이니까. 자원은 철광석, 구리광석, 면화, 석유까지 다 선물 거래하는 세상인데 아이라고 안 될 이유가 있나? 난 공정성과 신용을 중시하는 사람이야. 날 믿어. 선물 거래 규정대로 계약하면 우리 둘 다 손해 보는 일 없을 거야. 약속하지."

순간 말문이 막힌 그녀는 눈빛으로 라오롼에게 도움을 청했다. 라오롼도 선물 거래 이론을 모르긴 마찬가지였지만 약해보이고 싶지 않아 손을 휘휘 저으며 일단 반대했다.

"팡 선생, 일을 왜 그렇게 복잡하게 만드나? 우리는 현물 거래에 익숙해서 선물 거래는 못 믿어."

"아이가 아직 배 속에 있어요. 세상에 존재하지 않는데 어떻게 현물 거래를 합니까? 선물 거래 규정에 따라 두 가지 방법을 제시하지요. 첫째, 일회성 지급. 이 경우 내가 그쪽을 믿어야 하니 내가 가격을 제시하겠소. 두 번째는 분할 지급. 이 경우는 그쪽이 날 믿어야 하니 그쪽에서 가격을 제시하시오. 양자택일 하시오."

양자택일. 서로가 서로를 믿지 못하는 상황이니 다른 좋은 방법을 찾기 어려웠다. 라오퇀은 잠시 고민하다가 그녀와 귀엣말을 주고받았다.

"선물 거래, 하지 뭐. 어떻든 아이가 아직 배 속에 있으니 현물 거래는 할 수 없잖아?"

그녀는 멍한 표정으로 팡 선생을 바라봤다. 자신이 이렇게 무식하고 쓸모없는 인간처럼 느껴지기는 처음이었다. 팡 선생 이마에 희미한 흉터가 보였다. 기름기 도는 퉁퉁한 그의 얼굴을 응시하는데 어렴풋이 글자가 떠올랐다. 한쪽 뺨에 '비즈니스', 반대쪽에 '도의'道義. 한때의 어리석은 감정은 흔적도 없이 사라졌다. 똑똑하고 세상사에 밝은 그에게 어리석은 감정은 일회용품일 뿐이므로 흔적을 남기지 않는 것이 당연했다. 그녀는 팡 선생의 신용을 의심하는 것이 아니라 자신의 생각이 미덥지 못했다. 만약 팡 선생이 그녀의 미래가 아니라면, 아이가 어떻게 그녀의 미래를 보장하겠는가? 그녀는 자신의 탐욕에 자신이 없었다. 자신의 증오와 자신의 사랑에도 확신이 없었다. 사실 그녀는 자신이 아이를 원하는지, 엄마가 될 마음의 준비가 돼 있는지도 확신이 없었다. 그녀는 힘없이 고개를 떨어뜨렸다.

"난, 모르겠어요. 라오퇀이 대신 결정해줘요."

그녀는 '선물 거래 계약서'라는 커다란 글자가 찍힌 봉투를 들고 팡

참새 이야기

선생 회사를 나섰다. 이날 이후 그녀는 정말 제 몸이 광산처럼 느껴졌다. 살짝 부푼 배를 볼 때마다 뜬금없이 '광산'이라는 단어가 떠올라 너무 우울했다.

그녀는 노동자문화궁 주변을 돌아다닐 때 아는 사람을 만날까봐 늘 마스크를 끼고 주변을 잘 살피며 걸었다. 어쩔 수 없는 도피. 그녀와 이 도시의 악연은 얼마나 깊기에 골치 아픈 문제들이 끊임없이 이어지는 걸까? 다 버리고 도망쳤지만 돌고 돌아 또다시 이 악몽의 도시로 돌아왔다. 인생의 모든 것을 걸었던 마지막 승부수는 결국 굴욕적인 거래로 끝났다. 이 거래는 어쩌면 할머니의 저주인지도 모른다. 오래전 그녀의 할머니는 손녀의 수치스러운 인생을 예견했다. 비가 억수로 내리던 십 수 년 전 어느 날, 그녀가 노동자문화궁 롤러스케이트장에 갔다 오니 할머니가 문 앞에서 기다리고 있었다. 그녀가 수건으로 젖은 머리카락을 닦아내는 동안, 할머니는 슬픈 표정에 분노한 눈빛으로 그녀를 꾸짖었다.

"다행히 집으로 돌아오는 길은 기억하는 모양이구나. 그런데 네 정신은 어디 갔니? 선녀야, 도대체 어디서 정신을 잃어버린 게냐? 여자는 절대 정신을 놓으면 안 된다. 지금 정신을 잃어버리면 나중에는 체면을 잃게 돼. 얼굴을 들 수 없게 된다고."

이제야 그녀는 자신의 미래를 정확히 예견한 할머니의 안목을 인정했다. 할머니는 늘 그녀에게 고귀한 정신을 길러야 한다고 잔소리하곤 했다. 그녀는 자신이 정신을 잃었고, 체면마저 잃었음을 인정했다. 하지만 그녀는 하늘에서 지켜보고 있을 할머니를 만족시켜줄 생각은 없었다. 또한 그녀는 언제나 자신에게 관대했다. 정신이든 체면이든, 잃어버린 것은 맞지만 그렇다고 크게 부끄럽지는 않았다. 다만, 자신의 존재의 의미가 불분명해졌다. 나는 누구인가? 그녀는 누구도 아닌 그저 광산일 뿐이었다.

마침 주말을 맞아, 아래층 상영관에서 할리우드 좀비영화를 대대적으로 홍보했다. 한 남자가 확성기를 들고 매표소 창구 옆에서 쉴 새 없이 떠들었다.

"영화 보러 오세요. 오늘만 특별히 입장권 원 플러스 원! 게다가 팝콘까지 드려요. 영화를 보면서 한 번도 놀라지 않으면 입장료 전액 환불해드립니다."

그녀는 팝콘 봉지를 받아들고 어두운 상영관으로 들어가 앉았다. 벽에서 좀비가 튀어나오고, 수세식 변기통에서 드라큘라가 튀어나오는 화면이 이어졌다. 처음에는 너무 뻔한 설정이라고 생각하며 비웃었다. 그러나 점점 뒷덜미가 서늘해졌다. 실제로 날카로운 이빨이 목덜미에 와 닿는 느낌이었다. 시체에서 흘러나온 핏물과 좀비가 흘린 타액이 화면을 가득 메우며 보도블록을 따라 넓게 퍼져나갔다. 그녀는 자기도 모르게 두 발을 오그렸다. 갑자기 속이 메슥거려 화장실로 달려가 헛구역질을 하고 밖으로 나왔다.

그녀의 발전은 노동자문화궁의 발전을 훨씬 앞서갔다. 파리까지 다녀온 그녀에게 노동자문화궁은 더 이상 소녀 시절의 이상세계가 아니었다. 과거에는 아름답고 화려했지만 지금은 그냥 북적거리는 곳일 뿐이었다. 그녀는 기분에 따라 이 북적거림이 좋기도 하고 싫기도 했다. 기분이 별로일 때는 주변의 소음과 매연이 미치도록 싫고, 기분이 좋을 때는 시장의 활기가 느껴져 좋았다. 순평여관에 숨어 지내는 동안 소일거리라고는 노동자문화궁 산책이 전부였다. 그녀는 화강암 돌길을 따라 사뿐사뿐 발걸음을 옮겼다. 어느 날 한 남자애가 스케이트보드를 타고 그녀 옆을 쌩하고 지나갔다. 요즘은 롤러스케이트를 타는 아이들이 없었다. 그 옛날 그녀가 그렇게 좋아했던 롤러스케이트장은 오래전에 없어졌다. 지금은 그 자리에 모조 에펠탑과 새하얀 쇼핑센터 건물이 들어섰다. 건물 외벽이 흰색이라 '백악관'이라는 별칭으로 불렸다. 에펠탑 아래쪽은 먹자거리였다. 맛있는 냄새, 고약한 냄새, 비린내, 시큼한 냄새가 뒤엉켜 끝없이 이어진 노점에서 전국 방방곡곡의 이름난 요리를 만날 수 있었다. 보통 임산부는 신맛에 끌리는 법이다. 그녀는 시큼한 쏸차이위酸菜魚를 주문했지만 생선이 잘못 됐는지 그녀의 위장이 문제였는지, 몇 입 먹지도 못하고 입덧을 하며 숟가락을 내던졌다. 주인에게 반값만 받으라고 소리친 그녀는 주인이 대꾸를 하기도 전에 잔돈을 내던지고 나와버렸다. 이후 모조 에펠탑 앞을 지나 백악관으로 향하는데 여행객으로 보이는 모녀가 사진을 찍어달라고 부탁했다. 마지못해 응한 그녀는 모조 에펠탑과 두 모녀를 대충 한 화면 안에 집어넣었다. 속으로 모녀를 무시하고 비웃었다. 딸이 사진을 확인하더니 마음에 안 들었는지 다시 찍어달라고 했다. 그러나 그녀는 휙 돌아서며 모녀에게 가혹한 상처를 줬다.

"사람들이 왜 이렇게 가짜를 좋아하는 거야? 이렇게 작은 게 무슨 에펠탑이라고. 에펠탑 사진을 찍으려면 파리에 가서 찍으라고! 여기 사진 찍을 게 뭐 있다고 이 호들갑이야?"

잠시 후 그녀는 백악관에 들어섰다. 원형복도를 따라 걷다보니 팽이가 된 기분이었다. 고독의 채찍질이 멈추지 않으니 그녀도 멈추지 않고 정신없이 돌았다. 이곳 원형복도는 고독한 팽이에게 아주 잘 어울리는 장소였다. 이곳에는 수출용 옷을 파는 작은 옷가게가 많았다. 여기저기 옷 구경을 했지만 가게 주인 눈이 삐었는지 전부 평범하고 유행 지난 옷

들뿐이었다. 겨우 마음에 드는 흰색 핫팬츠를 발견해 입어보려 했는데 작아서 입을 수가 없었다. 그녀가 사이즈가 잘못됐다며 투덜거리자 가게 여주인이 그녀를 흘겨보며 대꾸했다.

"사이즈는 정확해요, 당신 몸이 문제지. 임신했죠?"

그녀는 여주인을 노려봤지만 대꾸할 말이 없어 홱 돌아서 가게를 나갔다. 그렇다. 그녀는 임산부였다. 몸의 변화를 받아들이고 이제 핫팬츠는 어울리지 않는다는 사실을 인정해야 했다.

순평여관에 돌아오니 라오롼은 사업차 광둥에 가고 없었다. 그녀는 잠시라도 대가성 접대 부담에서 해방되어 느긋하게 여유와 평온을 즐겼다. 하지만 특별히 취미를 가져본 적이 없어 저녁 때 일찍 잠자리에 들거나 침대에서 뒹굴뒹굴하며 드라마를 보는 것이 전부였다. 화면에 등장하는 타인의 인생은 하나같이 파란만장해 놀라움과 기쁨이 끊임없이 반복됐다. 그녀는 드라마에 푹 빠져 있다가도 갑자기 "말도 안 돼", "다 뻥이야", "웃기고 있네"라며 신랄한 비판을 퍼부었다. 한밤중이 돼도 창밖은 시끌벅적했다. 하루는 아래층 카페에서 한 무리의 중학생이 생일파티를 하는지 영어 생일축하 노래를 우렁차게 불렀다. 한때는 그녀도 손님들 앞에서 그 노래를 수도 없이 불렀지만 그날따라 노랫소리가 유난히 거슬렸다. 작은 여관방에 누워 있는 자신의 처지 때문에 더 불쾌했는지 모른다. 생일축하 노랫소리를 들으니 자신의 처지가 더욱 처량했고, 다른 사람의 행복을 보고 있으니 자신의 고독이 더 크게 느껴졌다. 그녀의 자기연민은 곧 분노로 바뀌었다. 벌떡 일어나 화장실로 달려간 그녀는 양치컵에 물을 받아 창밖으로 뿌렸다. 연거푸 세 컵을 뿌렸을 때 아래층에서 여자 비명소리가 들렸다. 누군가 벌을 받았다고 생각하니 조금 위로가 됐다. 다시 양치컵에 물을 받던 그녀는 거울에 비

참새 이야기

친 자신을 발견했다. 피로와 두려움에 찌든 얼굴, 눈 밑은 거뭇했고 입 꼬리에는 치약이 말라붙어 있었다. 그녀는 그 얼굴이 너무 혐오스러워 양치컵에 담긴 물을 거울에 뿌려버렸다.

이 도시에는 그녀의 원수가 너무 많았다. 새로 바뀐 전화번호를 어떻게 알았는지 취잉의 전처가 계속 전화를 걸어왔다. 그녀가 전화를 받지 않자 문자로 다그쳤다.

그 시계 어디 있어? 롤렉스! 취잉이 차던 롤렉스! 사람 돌려달란 말은 안해. 제발 그 시계만 돌려줘!

그녀는 그 이름을 보는 순간, 취잉과 백마가 생각났다. 오래된 영화속 한 장면처럼 비현실적이고 아름다운 순간이었다. 그 후로 몇 번 모르는 번호로도 전화가 왔다. 그녀는 낯선 숫자를 뚫어져라 쳐다보며 상대방이 누구일지 추측해봤다. 원수처럼 헤어져 소식이 끊긴 남자들 얼굴이 차례차례 떠올랐다. 왠지 살벌한 기운이 느껴졌다. 낯선 전화는 좋은 소식일 리가 없으니 받지 않는 게 상책이었다. 그녀는 누군가 자신에게 빚을 지면 어떻게든 재촉해서 받아내지만 반대의 경우에는 갚지 못하는 경우가 많았다.

팡 선생과의 계약서를 손에 쥔 그녀는 이 도시에서 얽힌 복잡한 인연을 모두 끊어버리리라 마음먹었다. 그날 오후 떠날 채비를 끝내고 나가려는데 어쩐 일인지 방문이 열리지 않았다. 문틈으로 보니 문손잡이에 묶인 초록색 나일론 밧줄이 계단 기둥에 매여 있었다. 문을 당기면 밧줄이 흔들거렸지만 꽤 단단히 묶여 있었다. 밧줄이 나타났다. 밧줄은 바오룬의 분신이다. 밧줄의 등장은 곧 바오룬이 왔다는 뜻이다. 바오룬은 찰거머리 귀신같았다. 귀신처럼 소리 없이 나타났다. 그녀는 전화로 여직원을 불러 다짜고짜 화풀이를 해댔다. 여직원이 억울한 표정으로 밧줄을 풀며 구시렁거렸다.

"우리가 뭘 잘못했다고 화를 내세요? 우린 두 사람이 어떤 관계인지 모른다고요. 그 남자, 지금 아래층에서 기다리고 있는데, 우리한테 뭐라고 했는지 아세요? 손님 남편이라고, 손님이 집을 나가서 찾으러 온 거래요."

그녀는 여직원에게 삿대질을 하며 소리쳤다.

"다들 저능아야? 보는 눈이 그렇게 없어? 그 자식 면상을 보면 몰라? 남편은커녕 똘마니로 데리고 다니기에도 창피해. 그놈은 그냥 징팅 병원에서 도망쳐 나온 미친놈이야!"

막다른 골목에 몰린 그녀는 결국 정면승부를 선택했다. 아래층에 내려오니 바오룬이 로비 소파에 앉아 신문을 보고 있었다. 그녀는 여행 가방을 끌고 가 그의 앞에 섰다.

"네가 내 남편이라고? 난 집나간 여편네고? 좋아. 그럼 어디 같이 집으로 돌아가 볼까? 집이 어딘지, 앞장서 봐."

그녀가 강하게 밀어붙였지만 효과는 아주 미미했다. 바오룬은 순간적으로 움찔했을 뿐, 곧 기분 나쁜 미소를 흘렸다.

"좋아. 나랑 같이 우리 집에 가자. 분명히 네가 원한 거다. 따라와. 내가 별장이 따로 있는데 가보면 알 거야."

"웃기고 있네. 네가 별장이 있으면 난 헬리콥터가 있겠다!"

그녀는 바오룬을 비꼬던 중 프런트에 있는 남녀 두 직원과 눈이 마주쳤다.

"왜 멍청하게 가만히 있는 거야? 빨리 휴대폰 꺼내서 이 인간 면상 박아놔. 만약 나한테 무슨 일이 생기면 이 인간이 범인이니까, 당장 신고하라고."

두 직원은 당황해 어쩔 줄 몰랐다. 잠시 후 남자 직원이 겨우 용기를 내 그녀에게 물었다.

"저기요, 경찰에 신고할까요?"

그녀는 바오룬을 흘낏 노려보며 대답했다.

"아직은 필요 없어. 지금은 일단 증거를 남겨두라고. 휴대폰으로 사진만 찍어두면 돼."

남자 직원이 휴대폰을 꺼내긴 했으나 바오룬의 얼굴을 보고는 감히 사진을 찍을 수 없었다. 그러자 바오룬이 성큼성큼 걸어가 남자 직원 앞에 똑바로 서서 자세를 취했다.

"얼마든지 찍으시게. 이왕 찍는 거 여러 장 찍어두라고. 난 괜찮은데 왜 자네가 떨어? 어서 찍어. 나중에 신고하면 포상금도 받을 수 있겠네."

그녀는 증오의 눈빛으로 바오룬을 노려봤다. 바오룬은 남자 직원 앞에서 정면, 측면, 뒷모습 등 여러 자세를 취했다. 그는 사진을 다 찍은 후 그녀의 여행 가방을 들었다.

"됐지? 뒤통수까지 찍었으니 증거는 충분하겠지? 이제 만족하나? 자, 말을 했으면 책임을 져야지. 이제 가도 되겠지? 따라 와, 내 별장으로 가자고."

그렇지만 그녀는 도로 여행 가방을 뺏어들고 소파로 가 앉더니 꼼짝도 하지 않았다.

"너 같은 인간이랑은 도저히 말이 안 통해. 공안국 류 국장한테 애기해야겠어."

그녀는 위협적인 말투와 함께 미소를 지으며 휴대폰 주소록을 한참 뒤졌다. 그러나 곧 의미 없는 행동임을 깨달았다.

"됐어, 이까짓 일로 류 국장을 놀라게 할 필요까진 없지. 좋아. 먼저 얘기로 풀어보자고. 일단 밥이나 먹자. 내가 살게. 어때? 장소는 네가 정해. 좀 비싼 데라도 상관없어. 오늘 한번 제대로 취해보자고."

바오룬이 피식 웃으며 대꾸했다.

"내가 술을 좋아하긴 하지만 밥 사고 술 사는 게 너한테는 별 도움이 안 될 거야. 네가 한 번에 얼마나 마실 수 있는지 모르겠지만, 좋아. 술 한 잔에 일주일로 계산해주지. 알지? 내가 감옥에 있었던 시간이 십 년이야. 직접 계산해봐. 십 년을 보상하려면 몇 잔을 마셔야 하는지."

"술은 마실 만큼만 마시고. 밥 다 먹으면 쇼핑센터에 가자. 너 지금 엄청 후줄근하거든. 거지가 따로 없다고. 내가 제대로 된 옷 좀 사줄게. 그리고 가라오케 가면 되겠다. 어때?"

바오룬은 고개를 절레절레 흔들었다.

"역시 넌 날 전혀 모르는구나. 난 옷 같은 거 관심 없어. 뭐, 굳이 사주겠다면 옷 하나에 하루씩 쳐주지. 가라오케는 됐어. 전혀 흥미 없어. 가라오케는 한 시간 거리도 안 돼. 돈 낭비야, 수지타산이 전혀 안 맞아."

"그럼, 네가 말해봐. 어떻게 해야 수지타산이 맞는데?"

그녀가 날카롭게 그를 노려보다가 갑자기 차갑게 웃었다.

"아, 자는 거? 그게 제일 효과적이겠군! 너, 나랑 자고 싶어? 자고 싶어? 자고 싶냐고! 그거지?"

당황한 바오룬이 그녀 얼굴을 똑바로 쳐다보지 못해 여행 가방으로 시선을 돌렸다. 그때 여행 가방에 붙은 수하물 스티커가 눈에 들어왔다.

"파리에 갔었어? 나도 영어는 조금 알아. 감옥에서 배웠거든."

그는 손가락으로 스티커를 만지작거렸다.

"파리까지 갔다 온 사람이 왜 이렇게 천박해? 우리 문제는 술이나 자는 걸로 해결될 일이 아니야. 내가 원하는 건, 샤오라. 샤오라를 추는 거야. 너, 샤오라 출 줄 알지?"

그녀는 바늘에 찔린 것처럼 움찔하며 몸서리를 쳤다. 얼굴이 하얗게 질린 그녀가 이를 악물고 소리를 질렀다.

"안 춰. 못 춰. 난 샤오라 몰라."

그는 그녀의 반응을 예상한 듯 의외로 담담했다.

"여전히 날 무시하는구나. 그렇지? 난 다른 춤은 못 춰. 샤오라밖에 못 춘다고. 감옥에서 열심히 연습했어. 늘 남자랑 췄지. 십 년 동안 남자하고만 췄어. 오늘은 여자랑 춰보고 싶어. 꼭 너랑 추고 싶어."

"관심은 고맙지만 사양할게. 난 샤오라 못 춰. 다 잊어버렸어. 지금이 어떤 시대인데 샤오라 타령이야? 나이트클럽 가봐. 요즘에 샤오라 추는 사람이 어디 있어? 촌뜨기라면 모를까."

"여기 있잖아, 촌뜨기. 촌뜨기 부탁인데, 샤오라 춰주면 안 되겠어?"

그녀는 한참 그를 노려보다가 진지하게 그의 눈빛을 살폈다. 잠시 고민하는가 싶더니 경멸의 미소를 띠며 대답했다.

"네가 원하는 게 정말 샤오라를 추는 것뿐이야? 그렇게 간단해? 누굴 바보로 알아? 날 무시하지 말라고. 무슨 꿍꿍이인지 조만간 그 시커먼 속을 까뒤집고 말 테니!"

"까뒤집어도 별거 없어. 그냥 샤오라뿐이야. 가보면 알 거야. 절대 다른 뜻은 없어. 난 그저 공평한 걸 원할 뿐이야."

마지막 한마디에 뼈가 있는 듯했다. 그녀는 그가 공평이 무슨 뜻인지 설명해주길 기다렸다. 그러나 바오룬은 담뱃불을 붙이고 입을 닫았다. 담배를 끼운 손가락이 미세하게 떨렸다. 그녀는 그의 얼굴에서 처음으로 슬픔을 엿보았다. 그리고 약간의 고단함까지. 그는 몇 번인가 두 손으로 양쪽 빰을 강하게 비비며 하려던 말을 삼켰다.

"뭐가 공평한 건데? 어떻게 해야 공평한 건데?"

그는 여전히 말이 없었다. 별생각이 없거나 차마 말할 수 없기 때문이리라. 그녀는 그의 담뱃갑에서 담배 한 대를 꺼내 피웠다.

"좋아, 어디 협상을 해보자고. 나도 오늘은 어떤 대가를 치르더라도 너한테 빚진 거 다 갚을 거야. 네가 어떤 공평을 원하는지 모르겠지만, 오늘 다 돌려주지. 빚 청산 끝나면 다시는 마주치지 말자. 알겠어?"

40. 취수탑과 샤오라

순평여관 밖에 낡은 봉고차가 서 있었다. 류성의 등장은 그녀에게 큰 충격이었다. 그는 흰 셔츠에 검은 양복을 반듯하게 차려 입고 헝겊으로 봉고차 앞 유리를 닦고 있었다. 류성이 넋 나간 표정으로 계단 위에 서 있는 그녀를 발견하고 눈을 찡긋하며 미소를 지었다.

"헬로우, 미스 바이. 일본에서 언제 돌아온 거야?"

그녀는 류성이 와 있으리라고는 꿈에도 생각하지 못했다. 이들 참죽나무거리 두 남자는 도대체 어떤 사이일까? 정말 이해할 수 없었다. 친구일까, 원수일까? 아니면 한패거리? 한패거리라면 어느 쪽이 보스일까? 모든 것이 불분명했지만 그녀의 처지는 분명했다. 지금 그녀는 사냥감, 두 남자는 사냥꾼이다. 사냥감은 완전히 포위된 상태다. 그녀는 류성에게 한바탕 욕을 퍼부으며 여관으로 돌아갔다. 그리고 유리문에 기댄 채 류성을 노려봤다.

"너희 둘, 도대체 무슨 수작이야?"

류성이 유리 닦던 수건에 손을 쓱쓱 문지르고 그녀에게 다가가 악수를 청했다. 그러나 그녀는 그의 손을 냉정하게 쳐냈다.

"뭔가 오해하나 본데, 우리는 그저 회포나 풀려는 거야. 난 바오룬이 기사 겸 네 보드가드를 해달라고 부탁해서 온 거야. 바오룬이 너랑 샤오라를 추고 싶은데 네가 거절할까봐 걱정하더라고. 내가 오니까 좀 안심이 되지?"

"네가 뭐 좋은 놈이라고 내가 안심이 돼?"

류성이 장난스러운 표정을 지으며 순펑여관 간판을 가리켰다.

"나는 못 믿어도 라오롼 저치는 믿는 모양이네. 라오롼한테 가서 물어봐. 예전에 식당할 때 내가 식재료를 배달했었거든. 라오롼한테 류성이 어떤 사람인지 물어보라고."

그녀는 고개를 쳐들고 잠깐 고민하다 마음을 정한 듯 씩씩하게 계단을 내려갔다.

"좋은 놈이든 나쁜 놈이든 상관없어. 이 몸이 네까짓 놈들 무서워할 것 같아?"

그녀는 입속에 껌을 집어넣고 류성을 무시하듯 중얼거렸다.

"너희가 잘하면 나도 잘 할 거고, 너희가 못되게 굴면 난 더 못되게 굴 거야. 어디 샤오라를 얼마나 잘 추는지 보자고. 오늘 너희들이랑 같이 가는 건 내 눈으로 직접 확인하기 위해서야."

원래 방향치인 그녀는 봉고차가 교외 도로에 진입해서야 징팅병원으로 가고 있음을 알아차렸다. 바오룬이 말한 별장은 알고 보니 징팅병원 취수탑이었다. 이 무도회 장소는 아주 음험했다. 화해로 향하는 길에 사악하고 음울한 빛이 무겁게 드리웠다. 갑자기 번쩍하며 눈앞에 어렴풋이 어둠의 함정이 떠올랐다. 십여 분 전만 해도 흘러넘치던 호기가 순식간에 사라졌다.

"세워, 차 세워! 나 안 가, 안 갈 거야. 내가 왜 너희들이랑 춤을 추러 가야 해?"

그녀가 빽빽 소리를 지르며 류성의 팔을 잡아당기는 바람에 고속도로를 달리던 봉고차가 S자를 그리며 비틀거렸다. 류성이 급브레이크를 밟으며 길가에 차를 세웠다.

"진정해, 미스 바이. 진정하라고! 춤추면서 회포나 풀자는 거야. 나도 있는데 뭐가 걱정이야?"

그녀가 류성 얼굴에 침을 뱉으며 악을 썼다

"둘이 합해도 나보다 IQ가 낮은 놈들이, 감히 날 바보로 알아? 춤추려면 무도장엘 가야지, 왜 취수탑으로 가? 도대체 나한테 또 무슨 짓을 하려는 거야? 어서 말해!"

류성이 침을 닦아내며 억울한 듯 구시렁거렸다.

"그건 나도 몰라. 취수탑에 가자고 한 건 바오룬이야. 너랑 샤오라를 추겠다는 것도 바오룬이야. 십 년 전에 못 춘 거 지금 보상해야 한다고."

그녀가 고개를 홱 돌리며 바오룬을 노려봤다.

"보상? 도대체 뭘 보상하라는 거야? 왜 네 손해만 보상받아야 해? 그럼, 난? 내 손해는 어디 가서 보상받아?"

바오룬이 운전석을 쳐다보며 중얼거렸다.

"네 손해는 저기 앞에 앉은 녀석한테 보상받아."

그녀는 갑자기 미친 사람처럼 차문을 벌컥 열고 밖으로 뛰쳐나가며 소리를 질렀다.

"둘 다 인간쓰레기야! 샤오라는 너희 둘이 쳐. 난 같이 안 가. 이 몸은 너희들 무희가 아니야."

그러나 그녀는 중앙분리대를 뛰어넘기 직전, 바오룬에게 붙잡혔다. 씩씩거리는 그의 콧김이 그녀의 목덜미에 닿았다. 곧이어 밧줄, 바오룬의 밧줄이 날아들었다. 먼저 그녀의 어깨를 동여맨 후 팔을 제압했다. 불과 십여 초밖에 걸리지 않았다. 그녀는 발버둥 칠 사이도 없이 보따리 신세가 되어 바오룬에게 질질 끌려갔다.

"오늘 무도회에 네가 없으면 안 돼. 좋은 말로 안 되면 묶을 수밖에. 뭐, 미안하게 됐어. 이건 말이야, 여의매듭이야. 뜻대로 된다는 뜻의 여의如意, 알지? 이 매듭이 여의가 될지 불여의가 될지는 너한테 달렸어. 네가 얌전히 굴면 여의가 될 테고 계속 성질 부리면 불여의가 될 거야. 한번 시험해보라고."

봉고차가 다시 출발했다. 바오룬은 그녀를 플라스틱 채소바구니 위에 눌러 앉히고 손으로 입을 틀어막았다. 크고 거친 손에서 찝찔한 맛이 났다. 여의매듭은 확실히 음험했다. 발버둥을 칠수록 밧줄이 더 강하게 조였다. 밧줄은 그녀의 육체만 조이는 것이 아니라 그녀의 의지까지 꺾어놓았다. 결국 그녀는 얌전해질 수밖에 없었다. 악몽이 재현되고 기억이 돌아왔다. 또다시 고통과 수치가 이어졌다. 저 앞에 취수탑이 보였다. 오늘의 목적지 취수탑이 그녀를 기다리고 있었다. 그녀는 감히 바오룬과 눈을 마주치지 못했다. 바오룬의 눈은 공허하면서 강렬한 분노가 담겨있었다. 공허함은 옛날과 비슷했지만 분노는 그때보다 훨씬 강렬하고 날카로웠다. 이 순간 그녀가 기댈 곳은 류성뿐이었다. 그러나 뒤돌아보는 류성의 얼굴에는 미안함과 원망이 가득했다.

"내 탓이 아니야. 날 탓하지 말라고. 네 꼴을 봐. 이래도 IQ가 높다고 큰소리 칠 거야? 똑똑한 사람들은 꼭 사서 고생하더라. 넌 유흥가에서 밥 벌어먹고 산 게 몇 년인데 왜 그렇게 몰라? 파리며 일본이며 외국에도 갔다 온 애가 왜 그렇게 몰라? 이제 와서 무슨 열녀처럼 굴지 말고 마음을 열어!"

그녀는 류성의 충고에 담긴 뜻을 분명히 알아들었다.

'넌 열녀가 아니야. 몸과 마음을 열라고.'

그들의 눈에 비친 그녀는 상스럽고 천박한 여자였다. 그녀의 몸은 비밀의 화원이고, 그들은 입장티켓을 쥔 관광객이었다. 결국 그녀는 그들에게 문을 열어줘야 했다. 그녀는 왜 그들을 받아들일 수밖에 없나? 그들은 왜 그녀를 비하하고 모욕하는가? 과거의 복잡한 사건에 숨겨진 수천 가지 이유는 모두 불공평한 것들이었다. 그녀는 증오에 찬 눈빛으로 류성의 코를 노려봤다. 오뚝한 콧날은 매우 멋졌지만 코끝에 기름이 번질거렸다. 오랫동안 잠자고 있던 기억이 갑자기 부글부글 끓어오르기 시작했다. 그녀는 청춘 시절 면도날처럼 날렵했던 류성의 치골, 자색고구마 같은 생식기가 취수탑 창문으로 흘러드는 석양 아래 시계추처럼 흔들리던 장면이 떠올랐다. 그것은 서툴고, 거칠게, 아주 급작스럽게 한 소녀의 순결을 빼앗고 소녀의 미래를 짓밟았다. 다음 순간 샤오라가 생각났다. 샤오라! 십 년 넘게 잊었던 샤오라 스텝이 전부 다 생각났다. 둥 다다둥. 그녀의 아련한 사랑은 샤오라에서 시작됐다. 그녀의 강렬한 증오도 샤오라에서 시작됐다. 둥, 다, 다둥. 하나, 둘, 셋, 넷. 그 스텝 구령이 마치 저주처럼 들렸다.

'넌 타락했어, 넌 타락했어.'

참새 이야기

샤오라, 망할 놈의 샤오라! 그 옛날 샤오라 스텝은 그녀의 타락을 기원하는 저주였다.

그녀의 눈물이 바오룬의 손등에 떨어졌다. 바오룬은 잠시 손등을 응시하다가 손을 휙 뒤집어 밧줄에 손등을 비볐다. 밧줄이 그녀의 눈물을 소리 없이 집어삼켰다. 결박천재의 손에서 탄생한 이 밧줄은 간결하고 유려한 기하학적 라인을 뽐냈다. 움직이지 않으면 크게 불편하지 않았다. 그녀의 순종은 지혜로운 선택이었을까, 처절한 절망이었을까?

징팅병원에 도착했다. 류성이 정문 경비와 요란하게 인사를 주고받은 후, 봉고차가 자연스럽게 징팅병원 정문을 통과했다. 취수탑 앞 공터에 도착하자 바오룬이 그녀 눈에서 손을 떼고 그녀 눈가에 맺힌 눈물방울을 손가락으로 튕겼다.

"아무리 예쁜 얼굴도 울어서 부으면 보기 흉한 법이지. 울긴 왜 울어? 넌 나한테 십 년의 시간, 십 년의 자유를 빚졌어. 춤 한 번 추고 빚 청산하라는데 손해 볼 거 없잖아?"

또다시 취수탑에 왔다. 취수탑 문 앞에 '간병인 숙소'라는 간판이 걸려 있었다. 취수탑에 들어서자 남자들 방 특유의 쉰내가 코를 찔렀다. 구두, 양말, 오랫동안 빨지 않은 옷에서 나는 냄새일 것이다. 향화당의 기존 구조는 크게 바뀌지 않았다. 정 사장이 모셔온 부처상은 여전히 불단 위에 앉아 있고, 그 아래에 어렴풋이 플라스틱 모조 과일이 보였다. 그 앞에 간이침대가 놓여있고 쭈글쭈글한 체크 침대보 위에 바오룬의 러닝셔츠와 운동바지, 알록달록한 표지가 눈길을 끄는 잡지 몇 권이 널려 있었다. 가장 기괴한 풍경은 공중을 가로지르는 굵은 쇠사슬과 그 쇠사슬에 걸려있는 굵기와 길이가 제각각인 노끈들이었다. 취수탑 문을 열면 바람이 들어와 밧줄이 어지럽게 휘날렸는데, 마치 손님에게 열렬한 환영 인사라도 하는 것 같았다. 그녀는 바오룬에게 밧줄을 풀어달라고 요구했지만 거절당했다.

"왜? 도망치려고? 여기까지 들어왔는데 도망칠 수 있을 것 같아?"

"넌 왜 그렇게 생각이 없니? 샤오라를 추자면서? 이렇게 묶여서 어떻게 춤을 춰?"

바오룬은 그 말이 진심인지 믿을 수 없어 그녀의 얼굴을 한참 뚫어지게 쳐다보다가 눈빛으로 류성의 생각을 물었다.

"바오룬, 미스 바이를 무시하지 마. 여걸 중의 여걸이라고. 당연히 자기 말에 책임을 지는 사람이지. 그러니까 어서 풀어줘."

류성의 말이 무색하게 그녀는 풀려나자마자 복수를 감행했다. 거침없이 손을 들어 바오룬을 때리려 했다. 그러나 바오룬의 싸늘한 눈빛에 겁을 집어먹은 그녀는 차선책으로 류성에게 다가가 따귀를 올려붙였다. 류성이 얼굴을 감싸며 소리쳤다.

"날 때렸어? 그래 뭐, 좋아. 형제 대신 맞은 거니 영광으로 생각하겠어."

"너희 둘 다 좀 맞아야 해. 여자를 밧줄로 묶는 게 무슨 남자야? 개쓰레기지!"

순간 그녀의 귓가에 쌩하고 시간의 흐름이 느껴졌다. 취수탑 물탱크에서 살려달라는 소녀의 날카로운 비명이 메아리쳤다. 이 소리는 십 년이 넘도록 취수탑에 머물며 징팅병원 곳곳을 떠돌아다녔다. 그러나 누구의 귀에도 들리지 않았다. 그녀는 고개를 들어 바오룬의 밧줄 진영을 주시했다. 문이 닫혀 있어 바람이라곤 없었지만 밧줄들이 미세하게 흔들렸다. 마치 오랫동안 그리워한 연인에게 손을 내미는 것 같았다. 흩어져 있던 그녀의 혼이 바오룬으로 인해 모여들어 전시품처럼 한 가닥, 한 가닥 취수탑에 걸렸다. 이곳 취수탑은 그녀 인생의 기념비였다. 어쩌면 내내 그녀가 돌아와 자신의 혼을 참배하고 추모하기를 기다렸는지 모른다.

류성이 다가와 음료수를 건넸으나 그녀는 받지 않았다. 대신 발끝을 세우고 바닥을 톡톡 쳤다. 둥, 다, 다, 둥. 샤오라 리듬으로 스텝을 연습한 후, 갑자기 샌들을 벗어던지고 박수를 치며 소리쳤다.

"컴 온! 음악 틀어! 오늘 어떤 대가라도 치르겠어. 까짓 거 오늘 하루는 너희들의 무희가 되겠다고!"

그녀가 갑자기 대범해지자 바오룬은 왠지 의심스러웠다. 꼼짝 않고 벽에 기대어 그녀의 샌들로 시선을 돌렸다. 분홍색 웨지샌들 한 짝은 침대 위로, 다른 한 짝은 불단 아래로 날아갔다.

"여긴 음악 없어. 사실 난 음악을 들어본 적이 없어."

바오룬의 시선이 그녀의 맨발 복사뼈로 옮겨갔다.

"감옥에서 샤오라를 출 때는 음악을 틀어본 적이 없어. 무반주라도 괜찮아? 나랑 출 거야?"

그녀는 절대 약한 모습을 보이지 않았다.

"무반주든 유반주든 네 마음대로 해. 대신 하나는 꼭 잊지 말고 지켜. 오늘 난 무희지, 창녀가 아니야."

스프링 침대에 기댄 류성의 얼굴에 언뜻 음흉함이 스쳤다. 살짝 긴장한 것 같기도 했다. 그는 갑자기 멋쩍게 웃으며 벌떡 일어나 문 쪽으로 걸어갔다.

"그럼 즐겁게 춰. 난 화장실에 좀 다녀올게."

그녀가 당황하며 버럭 소리를 질렀다.

"류성, 거기 서! 어딜 도망가려고 그래?"

류성이 그녀를 돌아보며 눈을 찡긋했다.

"밖에는 내가 있고, 안에는 부처님이 계신데 뭐가 무서워? 바오룬이 어떻게 할까봐? 바오룬이 얼마나 착한데! 미스 바이, 당신이 충분히 상대할 수 있을 테니 걱정 마셔."

취수탑 문이 다시 닫혔다. 그녀는 문에 기댄 채 불단을 노려보며 중얼거렸다.

"착한지 아닌지는 이제 곧 알게 되겠지."

두 사람은 취수탑 양 끝에 마주서서 꼼짝도 하지 않았다. 누구 하나 먼저 움직여 상대방에게 다가가려 하지 않았다. 그녀는 철문에 닿은 등이 덜덜 떨렸지만 조심스럽게 상대의 반응을 살폈다.

"너무 어색하잖아. 차라리 그만 둬."

바오룬이 고개를 흔들고 가만히 그녀 얼굴을 쳐다보다가 그녀에게 손짓으로 명령했다.

'이쪽으로 와. 조금 더 와.'

그녀는 바오룬에게 다가가기가 너무 싫었다.

"어색해. 이상하다고! 완전 엉터리야. 세상에 이런 샤오라가 어디 있어? 정말 웃겨."

이때 바오룬이 덥석 그녀의 손을 잡았다. 왼손을 잡고 뭉그적대다가 다시 다급하게 오른손을 잡았다. 그의 손은 얼음장처럼 차고 땀이 흥건해서 물에 젖은 쇠그릇 같았다. 둥, 다, 다, 둥. 그녀는 기계적으로 구령을 외쳤다. 샤오라는 네 박자였다. 하나에 가볍게 당기고, 둘에 조금 더 세게 당기고, 셋에 한 번 뛰고, 넷에 한 바퀴 돌았다.

"내가 요즘 어지럼증이 있으니까 너무 세게 돌리지 마."

그는 그녀의 손을 잡고 팔을 벌리다가 갑자기 멈췄다.

"팔 벌리는 거 맞아. 스텝을 잊어버렸어?"

그가 고통스러운 표정으로 고개를 흔들었다.

"왜 그래? 아니면 내가 리드할까?"

"안 돼! 이렇게는 못 추겠어."

"음악이 없어서 그래. 원래 음악이 없으면 춤추기 힘들지."

이때 바오룬이 갑자기 한 팔로 그녀의 허리를 휘어 감았다. 그리고 머리 위에 걸린 노끈을 보다가 다른 한 손을 휙 뻗어 노끈 하나를 걷어 냈다.

"음악은 없어도 그만이지만 밧줄은 꼭 있어야 해. 이번에도 미안하게 됐어. 역시 묶어야겠어. 묶어야 춤을 출 수 있어."

그녀는 바오룬이 이토록 밧줄에 의지하고 집착할 줄 몰랐다. 지금까지 애쓴 모든 타협이 결국 수포로 돌아갔다. 그녀는 분노를 터트리며 몸부림쳤다.

"놔, 놓으란 말이야! 변태새끼! 병신새끼! 제 버릇 개 못 준다더니! 이 개만도 못한 놈아! 개는 양심이라도 있지, 넌 양심도 없냐? 난 너한테 맞춰주려고 노력했는데 날 묶어? 이렇게 묶어놓고 어떻게 샤오라를 추라는 거야?"

"그래도 묶어야 해. 정 불편하면 샤오라는 관두고 치크댄스로 바꾸지 뭐. 난 치크댄스는 한 번도 안 해봤으니 네가 가르쳐줘 봐."

바오룬이 갑자기 생각을 바꾼 것인지, 사전에 준비한 음흉한 계략인지는 알 수 없지만 그녀가 속은 것만은 분명했다. 그녀는 문 쪽을 향해 고함을 지르며 류성에게 도움을 청했다. 류성은 밖에서 문을 두드리며 대꾸할 뿐 코빼기도 보이지 않았다.

"너희들, 뭐야? 샤오라를 춰야지, 왜 싸우고들 그래?"

"우린 지금 상의중이야. 샤오라는 안 추기로 했어. 대신 치크댄스를 출 거야."

류성이 잠시 침묵하다가 조심스럽게 덧붙였다.

"바오룬, 너무 서두르지 마. 샤오라에서 치크댄스로 넘어가려면 아주 신중해야 해."

류성의 경박한 말투는 그녀에게 큰 상처가 됐다. 그녀는 바오룬 품에서 의미 없는 몸부림을 치며 대책을 강구했다.

"바오룬, 진정해. 치크댄스도 좋으니까, 제발 묶지 마. 너랑 치크댄스 출게, 약속해. 그러니까 제발 날 좀 존중해줄래?"

"난 아주 냉정해. 너야말로 진정해. 내가 분명히 말했지? 넌 오늘 손해 볼 게 없어."

바오룬은 이미 밧줄에 온 신경을 집중하고 있었다. 밧줄을 바라보는 그의 눈빛은 우울하면서도 다정해보였다. 밧줄이 순식간에 그녀의 몸을 휘감고 그녀의 배 위에 매듭으로 만든 예쁜 꽃을 피웠다.

"내가 널 존중하지 않는다고? 그렇지 않아. 이것 봐. 매화매듭이야. 가장 편안한 매듭이지. 너도 곧 알게 될 거야."

"매듭은 다 싫어! 날 묶지 마! 난 짐승이 아니야! 넌 또 범죄를 저지르는 거야, 알아? 이제 막 감옥에서 나왔는데 또 들어가고 싶어? 내가 신고하면 또 감옥에서 십 년은 썩게 될 거야."

"상관없어. 이번 춤만 추고, 나가서 신고해. 내가 감옥 가는 게 무서울 거 같아? 인생에서 가장 아름다운 십 년이 사라졌어. 십 년 더 썩는다고 해서 뭐가 달라지겠어? 목이 날아가도 상관없고."

곧이어 바오룬은 그녀에게 볼이 아니라 몸을 밀착시켰다. 그는 도망가려는 그녀를 몸으로 짓눌러 막았다. 춤이 아니라 유치하고 못된 장난을 하려는 것처럼 보였다. 그녀는 밧줄의 조임도 고통스러웠지만 그의 가슴근육, 치골뼈, 허벅지가 찍어 누르는 압력과 그의 혼란스럽고 무절제한 충동까지 온몸으로 감당해야 했다. 아무래도 가장 신경 쓰이는 부분은 그의 아랫도리였다. 다행히 아직은 별다른 이상 없이 잠잠했다. 그녀는 다양한 댄스 스텝을 섭렵했지만 이렇게 분노한 파트너는 처음이었다. 폭력적인 남자도 겪어봤지만 이렇게 절망적인 폭력은 없었다. 나이트클럽에서 일하면서 몇 번인가 성폭력을 당한 적도 있었다. 그때는 상대 남자의 사회적 지위에 따라 조금씩 다르지만 곧바로 징벌을 가했다. 따귀를 때리거나 위협적인 경고를 하거나. 그러나 바오룬의 폭력은 특별했다. 정의 실현을 위한 복수처럼 당당했다. 아주 거칠고 난폭했지만 공정하고 합리적이었다. 죄책감 때문인지 물리적인 열세 때문인지 그녀는 결국 참고 받아들이기로 했다. 이때 바오룬의 얼굴이 그녀의 왼쪽 뺨으로 훅 다가왔다. 그녀는 피하지 않았다. 그녀의 여린 피부가 그의 거친 수염에 마구 쓸렸다. 그녀는 입술을 깨물며 마음속으로 첫 번째 방어선을 설정했다.

'그래, 볼은 얼마든지 비벼. 하지만 입술은 절대 안 돼.'

거칠고 뜨겁게 달아오른 그의 얼굴이 갑자기 멈췄다. 그녀의 왼쪽 뺨 위에서 한참 동안 움직이지 않았다. 벼랑 끝에 매달린 돌덩이, 혹은 엄마 잃은 어린 아이처럼 놀라고 불안한 것 같았다. 잠시 후 그녀의 얼굴이 축축해졌다. 남성 특유의 절제된 뜨거운 눈물이었다. 곧이어 흐느낌 소리가 들렸다. 그녀는 감히 움직이거나 그의 얼굴을 쳐다볼 수 없었다. 뻣뻣하게 어색한 자세를 유지한 채 주변을 살피는데 쓰러진 불단이 보였다. 부처상이 구석 벽에 비스듬히 기대있는 바람에 그 신성한 금손이 1미터쯤 아래로 내려와 정확히 그녀의 배를 가리키고 있었다. 그녀는 오른손을 들어 부처의 금손 쪽으로 조금씩 다가갔다. 힘겹게 부처의 금손에 닿는 순간 싸늘한 한기가 느껴졌다. 갑자기 현기증이 나고 온몸에 힘이 빠져나갔다. 그 바람에 맞닿아 있던 바오룬의 얼굴에서 떨어졌다. 그녀의 왼쪽 뺨을 응시하던 바오룬의 시선이 점점 아래로 내려가며 그녀의 쇄골에 닿았다. 그녀는 쇄골 아래 부분이 뜨거워지는 느낌이 들었다. 바오룬은 호흡이 거칠어지면서 담배 냄새와 술 냄새가 뒤섞인 역한 숨결을 그녀의 얼굴에 쏟아냈다. 무엇 때문에 입덧이 시작됐는지, 이 순간 입덧이 시작된 것이 잘 된 일인지, 그녀는 머릿속이 혼란스러웠다. 한바탕 격렬한 헛구역질을 한 뒤 본격적으로 토하기 시작했다. 토하고, 또 토했다. 그녀는 웩웩거리며 바오룬의 어깨에 토사물을 뱉어냈다. 구역질이 멈추지 않았다.

바오룬은 그녀의 토사물을 묻힌 채 한동안 팔을 늘어뜨리고 망연자실한 표정으로 서 있었다. 잠시 후 수건을 가져와 어깨에 묻은 토사물을 닦아낸 바오룬이 조용히 말했다.

"내가 그렇게 역겨워? 토할 만큼?"

"아니야. 너 때문이 아니라……, 아기 때문이야."

그녀는 여전히 헛구역질을 하며 고개를 흔들었다.

"배 속에 아기가 있어. 날 놓아줘. 아기를 가졌다고."

41. 도로

쾅! 그녀의 등 뒤에서 취수탑 철문이 굳게 닫혔다. 곧이어 바오룬의 허스키한 목소리가 들려왔다.

"류성이랑 같이 돌아가. 오늘부로 우린 빚을 청산한 거야. 다 끝났어."

다 끝났다. 그녀는 계단에 무릎을 꿇고 무의식적으로 취수탑을 올려봤다. 취수탑도 늙었다. 무성한 덩굴이 거뭇하게 변했고, 가지와 덩굴이 온 벽을 뒤덮으며 취수탑 꼭대기까지 뻗어 올라갔다. 마치 취수탑에 커다란 모자를 씌워놓은 것 같았다. 펌프실 창문 절반은 나무판으로 가려져 나머지 절반 사이로 어두컴컴한 실내가 언뜻 보였다. 창틀에 까마귀 한 마리가 앉아 있었다. 나머지 한 마리는 어디로 날아갔을까? 홀로 남은 까마귀가 노쇠한 눈빛으로 그녀를, 그녀의 기묘한 운명을 내려다봤다. 그녀의 운명은 왜 자꾸 이 취수탑과 얽히는 것일까? 저도 모르는 사이에 취수탑은 그녀의 기념비가 됐다. 그녀는 자신의 기념비 앞에 꿇어 앉아 위를 올려봤다. 더러운 깃발이 그녀를 향해 떨어졌다. 그녀는 그 깃발이 자신의 수치 혹은 액운의 상징처럼 느껴졌다.

류성이 봉고차에서 걸어 나와 그녀에게 수박 한 조각을 건넸다.

"자, 하이난海南 수박이야. 한 입 먹으면 좀 개운할 거야."

그녀는 수박에다 침을 뱉었다.

"꺼져. 쓰레기 같은 놈. 저리 가란 말이야!"

류성은 머쓱하게 얼굴을 문지르며 억울한 표정을 지었다.

"여기에 와서 네가 손해 본 건 없잖아? 원한은 맺지 말고 풀라는 옛말도 있어. 오늘부로 복잡한 삼각 채무 관계가 다 해결됐으니, 어떻든 잘 된 거잖아?"

그녀는 류성에게 분풀이를 하고 봉고차 탑승을 거부했다.

"여기가 어딘지 잊었어? 내 차 안 타면 정문을 나가기도 힘들 텐데?"

그녀는 류성의 말을 무시한 채 차에 있던 여행 가방을 끌어내렸다. 그리고 병원 정문으로 걸어가 경비원에게 문을 열어달라고 소리쳤다.

"라오첸, 문 열어주세요."

라오첸이 경비초소 밖으로 고개를 내밀고 그녀와 여행 가방을 번갈아 쳐다보며 물었다.

"몇 호실 아가씨인가? 밖에 나가려고? 담당의사는 왜 같이 안 왔어? 외출허가서는?"

"난 환자가 아니에요. 저 미스 바이라고요. 라오첸, 어떻게 날 몰라봐요?"

라오첸이 가늘게 실눈을 뜨고 그녀 얼굴을 뜯어봤다.

"낯이 익기는 하네. 혹시 새로 온 의사 선생님이신가? 사원번호가 어떻게 되오?"

그녀는 정 사장 홍보 매니저로 왔을 때 받았던 사원번호를 애써 기억해냈다.

"78번이요. 오늘 사원증 가져오는 걸 깜박 했어요."

라오첸은 다시 그녀의 행색을 자세히 살피더니 큰 웃음을 터트렸다.

"아가씨, 내 앞에서 수작부릴 생각하지 말라고. 내가 여기서 20년 넘게 이 문을 지키고 있는데 의사랑 환자도 구분 못할까봐? 얼른 병실로 돌아가."

라오첸의 확신은 그녀의 자존심에 큰 상처를 줬다. 그녀는 너무 창피하고 분해서 발을 동동 굴렀다.

"아저씨! 나 선녀예요, 선녀. 옛날에 저기 양철집에 살던 선녀요! 우리 할아버지가 여기 정원사였잖아요. 예전에 아저씨가 나한테 사탕도 많이 줬고, 내가 아저씨 앞에서 위구르 전통춤도 추고 그랬잖아요. 기억

안 나요?"

라오첸이 옛일을 기억해내려는 듯 눈을 끔벅거렸다. 그러나 신중을 기하기 위해 끝까지 문을 열어주지는 않았다.

"그래, 그래. 아가씨가 선녀였다는 건 알겠어. 그런데 선녀도 이런 병에 걸리는구먼. 아가씨, 빨리 병이 나으려면, 다시 선녀가 되고 싶거든 얼른 병실로 돌아가라고."

류성의 봉고차가 그녀 옆에 다가와 멈췄다. 류성이 차문을 열고 그것 보라는 말투로 말했다.

"고집 그만 부리고 얼른 타."

그녀는 어쩔 수 없이 류성의 봉고차에 올라탔다. 그리고 화풀이 하듯 문을 걷어차며 욕을 내뱉었다.

"세상사람 전부 다 눈이 삐었지! 어떻게 날 환자라고 생각해? 내가 어딜 봐서 정신병자처럼 생겼냐고!"

류성이 선녀를 흘깃 보더니 비웃듯 말했다.

"너, 지금 행색은 딱 여자병동에서 뛰쳐나온 환자 같아."

이 말을 듣고 그녀가 정색하자 그는 제 손으로 제 입을 때리며 분위기를 수습했다.

"농담이야. 마음에 두지 마. 요 입은 내가 알아서 혼낼게."

공항으로 가는 길은 아주 멀었지만 류성은 꼭 데려다주겠다고 고집을 부렸다. 그녀는 한시라도 빨리 떠나고 싶었기 때문에 굳이 거절할 이유가 없었다. 선란에게 전화를 걸었지만 무슨 일인지 계속 전화를 받지 않았다. 짐칸 어딘가에서 대파와 부추가 썩는 지독한 냄새가 그녀를 괴롭혔다. 그녀는 코를 잡아 쥐고 투덜거렸다.

"도대체 이게 운구차야, 분뇨차야? 무슨 냄새가 이렇게 지독해? 이

대로 가다간 다 토하겠어."

류성이 썩은 대파를 버리고 돌아와 운전석에 앉으며 자연스럽게 그녀의 허리와 배로 시선을 옮겼다.

"듣자니, 임신했다며?"

그녀는 일부러 못 들은 척했다. 류성은 의자 가장자리를 따라 그녀 다리 쪽으로 슬금슬금 손을 움직이다가 닿기 직전에 황급히 손을 거뒀다.

"지금 남자친구는 누구야? 무슨 일 하는 사람이야?"

조심스럽게 묻긴 했지만 왠지 그녀에게 또 한소리 들을 것 같아 얼른 수습했다.

"그냥 걱정돼서 물어본 것뿐이야. 불편하면 말 안 해도 돼."

그녀는 휴지를 꺼내 입가를 닦으며 냉랭하게 대꾸했다.

"불편하고 말고가 문제가 아니라, 그게 너한테 무슨 의미가 있어? 넌 봉고차를 몰지만, 그 사람은 BMW를 운전해. 너랑은 완전히 다른 부류라고."

류성이 멋쩍게 웃었다.

"돈 많은 사람이구나? 부자가 좋긴 하지. 전부 바람둥이라는 게 문제지만. 언제든 그 작자가 널 화나게 하면 나한테 말해. 당장 달려가 대신 손봐줄 테니."

"제발 부탁인데, 그런 입에 발린 말 좀 그만해. 내가 네 그 시커먼 속을 몰라? 입 다물고 운전이나 똑바로 해. 네 목소리만 들어도 토할 것 같으니까."

찬란한 오후 햇살이 도로에 쏟아져 마치 은빛 강물이 넘실대는 것 같았다. 봉고차가 늙은 느릅나무 부근을 지나갈 무렵, 류성이 갑자기 기어를 바꾸고 속도를 줄였다. 곧이어 놀란 목소리로 외쳤다.

"큰일났네. 바오룬 할아버지야. 또 도망쳐 나왔나봐."

느릅나무 아래, 종이상자를 품에 안은 할아버지가 서 있었다. 파란색과 흰색 줄무늬의 징팅병원 환자복 상의를 입고 아랫도리에는 낡은 팬티만 걸친 탓에 말라비틀어진 다리가 앙상하게 드러나 있었다. 그녀는 할아버지가 어떻게 징팅병원을 탈출했는지 궁금했다. 지나가는 차를 얻어 타려는 것인지, 지나가는 사람에게 물건을 팔려는 것인지, 그곳에 서 있는 이유도 궁금했다.

그때 종이상자에서 불쑥 튀어나온 새하얀 토끼 귀가 바람에 파르르 떨리는 것이 보였다. 그녀는 봉고차 앞 유리에 바싹 붙어 종이상자를 뚫어져라 쳐다봤다. 잠시 후 회색 토끼가 한 마리가 더 나타나자 그녀가 미친듯이 소리쳤다.

"토끼야! 토끼가 두 마리야!"

봉고차가 느릅나무 앞에서 급정거했다. 할아버지는 류성을 보고 놀라 종이상자를 내던지고 들판으로 도망쳤다. 그 바람에 흰 토끼와 회색 토끼도 종이상자를 탈출해 정신없이 도로 위를 뛰어다녔다. 할아버지와 토끼들의 도망 작전은 손발이 척척 잘 맞았다. 동시에 반대 방향으로 갈라져 추격자를 난처하게 만들었다. 그녀는 직진해 토끼를 쫓아가라고 소리쳤고, 류성은 차를 돌려 할아버지를 쫓아가려 했다. 두 사람은 길을 가로막은 봉고차 안에서 한참 동안 실랑이를 벌였다. 잠시 후 정면에 나타난 화물트럭이 요란하게 경적을 울렸다. 류성도 질세라 경적을 울리고 화물트럭을 향해 욕을 퍼부었다.

"씨발, 뭐가 그렇게 급해? 빨리 가서 영안실에 드러눕고 싶어?"

트럭 운전석 창문에서 대머리가 불쑥 튀어나왔다. 운전사는 두껍고 짧은 목에 빨간 줄에 짙푸른 옥이 달린 목걸이를 매고 있었다. 쌍으로 울리는 화물트럭과 소형 봉고차의 날카로운 경적소리에 대머리 남자의 욕지거리가 파묻혔다. 그녀는 대머리 남자의 입술이 쉬지 않고 움직이는 가운데 그의 눈빛이 점점 광기 어린 분노로 변해가는 것을 보았다. 다음 순간, 이삼 초 남짓한 아주 짧은 침묵이 찾아왔다. 그와 동시에 기사가 심호흡을 하는가 싶더니 쿵 소리와 함께 화물트럭이 성난 짐승처럼 봉고차를 향해 달려왔다. 그녀는 머리를 감싸 쥐고 날카롭게 외쳤다.

"왔어!"

그녀는 이것이 운명의 계략임을 직감했다. 이미 정해진 '운명'이 달려드는 것이었다. 그녀는 봉고차가 늙은 느릅나무까지 날아가는 동안 광분한 트럭 운전사의 고함을 똑똑히 들었다.

"빌어먹을! 누가 먼저 영안실에 드러눕는지 똑똑히 봐라, 이 개자식아!"

쾅!

굉음이 울리는 순간 온 세상이 가볍게 날아오르는 것 같더니 갑자기 뭔가 묵직한 것이 그녀의 가슴을 짓눌렀다. 하늘이 그녀를 뒤덮고 부처상이 공중에 떠다녔다. 부처의 금손이 부드럽게 그녀의 배를 가리켰다. 뒤집힌 세계가 그녀를 에워싸고 환호했다. 이때 그녀의 머리에서 자줏빛 광선이 연기처럼 빠져나와 순식간에 사라졌다. 그녀는 그것이 자신의 혼이라고 추측했다. 그녀는 자신의 혼을 보았다. 혼은 얇은 실 모양이고, 자주색이고, 화살처럼 날아갔다. 그녀의 혼은 어디로 갔을까?

42. 소생蘇生

나중에 의사에게 듣기로, 그녀는 열여덟 시간 동안 혼수상태였다고
한다. 그녀가 깨어났을 때 가장 먼저 보인 것은 머리 위에 달려 있는 링
거병 세 개였다. 두 젊은 여자 간호사의 하얀 그림자가 어수선한 응급실
을 바쁘게 돌아다녔다. 그녀의 좌우로 침대가 늘어서 있고, 시큼한 암모
니아 냄새가 공기 중에 떠다녔다. 어디선가 어떤 할머니의 고함에 가까
운 신음 소리가 들려왔다.

"아이고, 아파 죽겠어. 그냥 날 죽여. 가뜩이나 사람도 많은데, 내가
죽어나가면 자리도 비고 좋잖아."

할머니의 말에 누군가 퉁명스럽게 대꾸했다.

"할머니가 죽으면 누군가 바로 그 자리를 채울 걸요. 그런데 무슨
자리가 비어요? 개똥밭에 굴러도 이승이 낫다는데 그냥 좀 참아요."

그녀는 살았다. 도로에서 벌어진 기묘한 풍경들이 하나하나 떠올랐
다. 종이상자를 안고 있던 할아버지, 상자에 담긴 토끼 두 마리, 그리고
화물트럭. 그로부터 열여덟 시간 후, 그녀는 그 사고가 죽음이 자신을
위해 정성스럽게 준비한 선물임을 깨달았다. 그 트럭운전사의 고함이
귓가에 맴돌았다.

"영안실에나 가버려! 영안실에나 가버려!"

생전 처음 보는 낯선 남자가 운명의 심판을 대신 전해주었다. 더할
나위 없이 간결하고 공정한 심판. 그러나 그녀는 영안실 문 앞까지 갔다
가 살아 돌아왔다. 도대체 누가 그 운명의 심판을 뒤집었을까? 그녀는
살았다. 그러나 다행이라는 생각은 전혀 없었다. 오히려 원통하고 분했
다.

코에는 튜브, 손에는 링거 주사가 꽂혀 있고 여기저기 붕대가 감겨 있어 움직일 수가 없었다. 시험 삼아 다리를 움직여봤다. 왼쪽 다리는 고정된 상태고 오른쪽 다리는 움직였다. 그녀는 오른쪽 다리로 이불을 힘껏 걷어차며 소리를 질렀다.

"다 죽었어? 왜 아무도 없어? 빨리 와서 나 좀 풀어줘. 풀어달란 말이야!"

그녀의 고함을 듣고 달려온 간호사는 매우 불쾌한 표정이었다. 간호사는 원래 그녀에게 한마디 할 생각이었는데 그녀의 표정이 너무 사납고 처참해서 그냥 돌아섰다.

"지금 그쪽이랑 말씨름을 할 시간 없으니 가족 불러줄게요."

그녀는 간호사가 사람을 잘못 봤다고 생각했다. 가족이라곤 돌아가신 할아버지, 할머니가 전부인데 누구를 불러온단 말인가? 무슨 가족? 한 십 분쯤 지났을까? 나이 지긋한 아주머니가 바나나를 들고 허둥지둥 응급실로 뛰어 들어왔다. 왠지 낯이 익었다. 아주머니가 그녀 침대에 다가와 허리를 굽히고 그녀의 얼굴을 살폈다. 수심과 슬픔이 가득한 얼굴에 서릿발처럼 날카롭고 섬뜩한 빛이 번뜩였다. 다음 순간, 그녀는 숨이 멎을 뻔했다. 자신을 내려다보는 사람은 다름 아닌 류성 어머니, 사오란잉이었다.

사오란잉은 몇 년 사이에 폭삭 늙었다. 머리카락은 반백이 됐고, 부드럽고 하얗던 피부는 세월 앞에 무릎 꿇은 듯 주름이 자글자글하고 거뭇거뭇한 검버섯도 보였다. 사오란잉은 그녀의 머리카락을 어루만지며 먼지를 떼어줬다. 손가락으로 한 번 비틀고 떼어냈다. 그리고 침대 시트에 쓱쓱 손을 문질렀다.

그녀는 사오란잉이 옆에 앉는 것은 말리지 않았지만, 고개를 반대

쪽으로 돌리며 대화할 기분이 아님을 드러냈다. 그녀는 사오란잉이 먼저 말하기를 기다렸지만 길게 혹은 짧게 한숨만 내쉴 뿐 도무지 입을 열지 않았다. 결국 참지 못하고 먼저 말을 꺼낸 쪽은 그녀였다.

"아줌마, 왜 하필 내 옆에 앉아서 한숨이에요? 왜 자꾸 한숨을…….
아줌마 아들, 죽었어요?"

사오란잉은 그녀의 냉정한 태도에 또 한 번 한숨을 내쉬었다.

"선녀야, 난 너한테 뭘 따질 생각은 없다만, 어려서부터 말투가 거슬리더니 이렇게 예쁜 숙녀가 됐는데도 그 버릇, 그 성질은 아직 못 고쳤구나. 류성은 살아 있어. 그 애도 살았어. 불행 중 다행이지. 그런데 넌 살아서 기쁘지 않니?"

"뭐, 난 그냥 그래요. 제발 내 옆에서 한숨 좀 쉬지 마세요. 한숨 소리만 들으면 속이 뒤집힌다고요."

사오란잉이 바나나 껍질을 까서 먹여주려 했지만 그녀가 입을 앙다물자 더 이상 권하지 않고 자기가 먹었다.

"선녀야. 네가 힘든 건 알겠지만 나도 참 힘들구나. 네가 우리 집이랑 보통 인연이 아닌가 보다. 어쩐지 요즘 류성이 얼빠진 놈처럼 돌아다니더라니. 얼마 전부터 오른쪽 눈꺼풀이 자꾸 떨리는 게 왠지 불안하고 조마조마했다. 네가 이런 말 듣기 싫어하는 건 알지만, 난 하늘도 안 무섭고 땅도 안 무서운데 네가 내 아들이랑 같이 있는 건 정말 무서워. 사람이 한번 불운에 빠지면 헤어날 수가 없어. 두려워하는 일은 꼭 일어나게 돼 있지. 류성이 그렇게 운전을 많이 했어도 사고 한 번 없었는데, 하필 너를 태우고 가다가 이런 큰 사고가 나고 하마터면 죽을 뻔했잖니."

"아줌마, 그만해요. 나도 다 안다고요. 그래요, 나 재수 없는 인간이에요. 이제 됐죠?"

그녀는 이제 그만 나가라는 뜻으로 눈을 감았다.

"나도 죽다 살았어요. 입씨름할 기운 없으니까 아줌마 아들한테나 가서 얘기해요."

"난 네가 재수 없다고 말한 적 없다. 말할 기운 없는 거 아니까 내가 하는 말 그냥 듣기만 해. 세상이 얼마나 넓니? 넌 이렇게 예쁘고 춤도 잘 추고 노래도 잘 하니 홍콩이나 타이완에 가도 성공할 거야. 아니면 베이징이나 상하이에서 가수가 될 수도 있을 거야. 그런데 왜 이런 작은 도시로 돌아왔니? 돌아오는 건 네 마음이니 내가 그것까지 막을 수는 없지만 왜 또 류성을 꼬여냈어? 똑똑한 아이이니 굳이 내가 말 안 해도 알겠지? 너희 둘은 전생의 악연으로 만난 거라 같이 있으면 불행해져. 둘 다 좋을 게 전혀 없단 말이다."

"난 똑똑해요. 아줌마 아들이 멍청해서 문제지. 어서 나가요. 가서 아드님한테나 물어봐요. 도대체 왜 그렇게 멍청한지."

"그 자식도 욕 좀 먹어야지. 남자가 왜 그렇게 경박한지, 예쁜 여자만 보면 정신을 못 차리고 상스럽게 구니……."

사오란잉은 아들을 욕하고 뒤이어 그녀에게 한마디 더 하려다가 그녀의 눈에 맺힌 눈물을 보고 이쯤에서 그만두기로 했다. 대신 그녀의 눈물을 닦아줬다.

"선녀야, 그래도 넌 운이 좋았어. 크게 다친 데도 없고 깨어나자마자 이렇게 성질도 부릴 수 있고. 우리 류성은 아주 처참해. 사람도 돈도 다 잃었어. 갈비뼈가 세 개나 부러지고, 다리도 부러지고 얼굴도 여섯 바늘을 꿰매서 엉망진창이 됐어. 그 봉고차는 아주 묵사발이 됐으니 이제 어떻게 밥을 벌어먹고 산다니?"

촉촉하게 젖었던 그녀의 눈물이 순식간에 말라붙었다. 그녀는 머리

참새 이야기

맡에 놓인 바나나 송이를 손으로 쓸어버렸다.

"아줌마! 지금 내가 얼마나 힘든지 몰라요? 적당히 하고 그만 나가요. 아줌마가 안 나가면 내가 나가겠어요."

사오란잉이 바닥에 떨어진 바나나를 줍다가 주변 사람들의 동정 어린 시선을 의식하고 별일 아니라는 듯 씩 웃었다.

"요즘 젊은 사람들이랑은 얘기하기가 쉽지 않아요. 당최 예의를 모르니. 그게 다 우리 부모들이 버릇을 잘못 들이고 오냐오냐 키운 탓이니 나도 죄인이지요."

사오란잉은 이렇게 스스로 위로하며 다시 침대 곁으로 다가갔다.

"네 기분이 안 좋은 건 알지만 내 마음도 안 좋아. 한마디만 더 하고 가마."

사오란잉이 번뜩이는 눈빛으로 코를 실룩거렸다.

"선녀야, 나도 침대에 누워 있는 너랑 입씨름할 생각 없으니 마지막으로 하나만 묻자. 벌써 많은 시간이 흘렀는데 류성이 너한테 진 빚, 아직도 남았니? 혹시 남은 게 있더라도 이 지경이 됐는데 이제 그만 끝내면 안 되겠니?"

그녀는 놀란 눈으로 사오란잉을 빤히 쳐다보며 속으로 사오란잉의 말이 무슨 의미인지 따져봤다. 잠시 후 그녀의 눈빛이 다시 원래대로 돌아갔다. 불안, 초조, 분노, 포악함이 뒤섞인 눈빛에 딱딱한 억지 미소를 지었다.

"이걸로 끝낼 수 있다고요? 그렇게 생각해요?"

그녀는 간드러지는 목소리로 상대를 조롱했다.

"아줌마, 정말 그렇게 생각해요?"

아기는 무사했다. 여전히 그녀 배 속에서 잘 자랐다.

"그렇게 큰 사고를 당하고도 유산되지 않은 건 정말 기적입니다. 엄마보다 아기 운명이 대단하네요."

의사가 기쁜 소식을 전했지만 그녀는 넋 나간 표정을 짓다가 조심스럽게 배를 문질렀다.

"그런가요? 난 아무 느낌도 없는데……."

사실 그녀의 모성은 아직 태아처럼 미미했다. 액체도 아니고 고체도 아닌 애매모호한 상태에서 갑자기 커지기도 하고 갑자기 작아지기도 했다. 그녀의 모성은 흔히 말하는 모성과 아직 거리가 멀었다. 그녀는 작고 귀여운 동물을 좋아했지만 아기는 좋아하지 않았고 관심도 없었다. 지금 그녀는 모든 걸 다 잃었고 배 속의 아기 하나만 남았다. 이것이 과연 기뻐해야 할 일일까?

그녀는 사고가 난 도로에서 잃어버린 여행 가방을 찾기 위해 여기저기 아는 사람에게 전화를 걸어봤다. 며칠 동안 모든 인맥과 방법을 총동원했지만 결국 찾지 못했다. 교통경찰이 도착했을 때, 사고를 낸 화물트럭은 뺑소니를 쳐버렸고 사고 현장에 남겨진 물건은 모두 부근에 사는 농민들이 주워간 후였다. 지갑, 핸드폰, 옷가지, 화장품까지 몽땅 가져가버렸다. 그녀가 경찰에게 전해 받은 거라곤 먼지에 뒤덮인 샌들 한 짝뿐이었다. 그곳 농민들이 죽은 사람의 신발을 불길하게 여기는 덕분에 가져가지 않고 도로변 밭으로 차버린 것 같다고 했다.

당장 막막해진 그녀는 라오롼에게 돈을 빌렸다. 며칠 뒤 순평여관 여직원이 이천 위안을 가져왔다. 구이저우貴州에서 막 올라왔다는 여직원은 서툰 말솜씨로 라오롼의 사과를 전했다.

"사장님이 요즘 엄청 바쁘고 주머니 사정도 빠듯하다고 하세요. 얼마 전에 점을 보러 갔는데, 무당이 사장님한테 임산부를 가까이 하지 말라고 했대요. 안 그러면 피를 보게 될 거라고요."

그녀는 골칫거리로부터 발을 빼겠다는 라오롼의 의지를 확실히 간파했다. 여직원이 다음 말을 이어가기도 전에 싹둑 말을 잘랐다.

"그러니까 아가씨도 빨리 돌아가요. 피비린내 나는 액운 만나기 전에. 그러고 보니 내 주변에 있는 사람은 다 재수가 없었어."

이 여직원은 의외로 정의로웠다.

"나도 그동안 별의별 일 다 봤어요. 천재고 인재고 가릴 것 없이 다요. 피 보는 액운이 별건가요? 아무튼 사장님이 저한테 아가씨를 잘 보살피라고 했어요."

"누가 누굴 보살펴? 아무것도 모르는 풋내기면서! 그쪽이야말로 누가 돌봐줘야 할 것 같은데, 날 보살핀다고?"

여직원이 통명스러운 표정으로 침대 끝에 엉덩이를 붙였다.

"모르는 건 배우면 되죠. 그냥 돌아가면 사장님이 아가씨한테는 아무 말 안 하겠지만 난 엄청 욕먹을 거라고요."

이 여직원은 너무 순수해서 상대하기가 쉽지 않았다. 그녀는 지팡이를 들고 여직원의 등짝을 후려치면서 소리쳤다.

"빨리 나가, 나가라고! 네가 여기 있으면 여관 일은 누가 해? 가서 라오롼한테 전해. 내 일은 내가 알아서 할 테니 걱정 말라고. 그동안 충분히 의리 있는 오빠였다고. 앞으로는 절대 귀찮게 하는 일 없을 거라고 전해!"

어떻든 라오롼의 돈으로 당장 급한 문제는 해결했다. 그러나 퇴원할 때가 다가오자 옷이며 화장품이며 필요한 게 한두 가지가 아니었다. 하루는 병원에서 가까운 백화점을 온종일 돌아다닌 끝에 마음에 드는 명품 브랜드 원피스를 발견했다. 원피스를 입어보고 포장까지 했는데 지갑에 돈이 없었다. 그녀는 돈을 빌리려고 류성의 병실로 찾아갔다가 사오란잉-류쥐안 모녀와 마주쳤다. 사오란잉은 외나무다리에서 원수를 만난 것처럼 긴장한 눈빛으로 그녀를 노려봤다. 당황한 그녀는 자기도 모르게 휙 돌아섰다. 그러나 친절하고 다정한 류쥐안이 그녀를 붙잡았다.

"선녀야, 내가 류성 주려고 닭곰탕을 끓여 왔는데 너도 먹고 가."

"난 닭곰탕 싫어해요!"

그녀는 류쥐안이 계속 붙잡을까봐 얼른 화장실로 뛰어 들어가 변기 칸 문을 잠갔다. 그녀는 변기에 앉아 턱을 괴고 가만히 자신의 미래를 생각해봤다. 그런데 생각하면 할수록 암담하고 불안했다. 검은 구름에 가린 것처럼 아무것도 보이지 않았다. 보이는 것이라고는 조금씩 불러오는 자신의 배뿐이었다. 알 수 없는 생명을 품은 신비로운 광산. 그녀의 몸에는 두 개의 생명이 살고 있다. 그녀는 알지 못했지만, 그녀가 아기를 품은 순간 아기도 그녀를 품기 시작했다. 과연 이 아기가 그녀의 미래일까? 지금 이 순간, 아기는 그녀의 유일한 재산인지도 모른다. 그녀는 허리가 굵어지고 다리가 붓는 등 임신에 따른 신체 변화가 새롭고 신기했다. 황무지 같던 그녀의 몸에 외로운 나무 한 그루가 자라기 시작했다. 그녀의 몸은 열심히 영양분을 공급하고 있지만 나무를 심은 사람은 냉정하게 떠나버렸다. 팡 선생을 떠올리자 급격히 우울해졌다. 배 속의 아기가 그녀와 팡 선생을 이어주는 유일한 다리였다. 그래도 이런 생각이 들었다. 그녀는 팡 선생을 버릴 수 있지만 팡 선생은 그녀에게서 벗어날 수 없을 것이다. 말 조련사와 비교하면, 팡 선생은 그녀를 우호적으로 대해야 할 의무가 있다.

참새 이야기

그녀는 팡 선생과의 계약 내용을 되짚어 보았다. 아기가 태어나기 전에는 만날 수 없다는 조항이 있었지만 명품 원피스에 대한 욕심으로 팡 선생에게 전화를 걸었다. 그런데 그의 목소리를 듣는 순간 울음이 터질 뻔했다. '제발 날 책임져줘요. 기꺼이 당신의 첩이 될게요'라는 말이 목구멍까지 올라왔다. 그러나 그의 싸늘한 태도에 금방 자존심을 되찾았다. 그녀는 말을 돌려가며 밑밥을 깔지 않고 곧바로 '마지막 도움'을 청했다. 그녀가 말한 브랜드 매장에서 여름 옷 두 벌을 산 후 병원에 와서 남은 병원비를 계산해줄 것. 팡 선생은 그녀에게 왜 병원에 입원했느냐고 물었다.

"죽으려고 했거든요. 도로에 뛰어들어 차에 치었는데, 불행히도 안 죽었어요."

어쩌면 팡 선생은 그녀의 거짓말을 눈치챘는지도 몰랐다.

"제발 부탁인데, 이런 식으로 날 괴롭히지 마. 계약에 합의한 거 아니야? 계약서대로만 하자고. 아기가 태어나면 그때 연락해."

팡 선생이 그녀의 도움 요청을 괴롭힘이라고 표현한 것은 그녀에게 매우 큰 모욕이었다. 그녀는 잠시 침묵하다가 싸늘하게 대꾸했다.

"그래, 좋아요. 더 이상 당신 괴롭히지 않을게요. 대신 당신 부인한테 말하죠. 당신 양자택일 좋아하잖아? 자, 양자택일 하세요. 골라보라고요."

노골적인 강요와 협박에 가장 놀란 사람은 사실 그녀 자신이었다. 그녀는 자신의 교활함과 사악함에 몸서리를 치며 가쁜 숨을 몰아쉬었다. 결과적으로 그녀는 자신을 과대평가했고, 팡 선생을 과소평가했다.

"못 본 사이에 많이 발전했군. 그새 사기공갈도 배웠나?"

그가 괴상한 웃음소리를 냈다.

"이봐, 이거 범죄야. 알아? 녹음했는데 들려줄까? 네가 안 듣겠다면 경찰한테 들려주지, 뭐."

그녀는 잠시 멍해 있다가 육두문자를 날렸다.

"늙은 여우 같으니! 이 삼류 양아치 새끼야! 유럽에서 날 할짝거리던 건 녹음 안 했냐? 쩝쩝, 쩍쩍거리던 건 왜 녹음 안 했어?"

팡 선생은 헛웃음을 흘리더니 결국 한숨을 내쉬었다.

"타락했어. 아주 타락했어. 보다보다 너처럼 타락한 여자는 처음이야. 그 난잡한 품행을 진즉에 알아봤어야 했는데⋯⋯. 널 순수한 여자라고 생각했으니, 내가 뭐에 씌었지. 다 내 탓이지, 누굴 탓해."

그녀는 넋 나간 사람처럼 터덜터덜 병실로 돌아왔다. 멍한 표정으로 한참 침대에 앉아 있다가 갑자기 옆 침대 환자에게 종이와 펜을 빌렸다. 옆 침대 환자는 그녀의 참혹한 표정이 걱정돼 모른 척할 수가 없었다.

"뭘 쓰는 거예요?"

"별거 아니에요. 그냥 돈 계산 좀 하는 거예요."

그녀는 침대에 엎드려 몇 글자 쓰다 말고 주르르 눈물을 흘렸다. 같은 병실 환자들은 그녀의 행동이 아주 이상하다고 생각했다. 한 사람이 그녀 침대에 다가와 종이를 보려 했지만 그녀는 얼른 베개 밑으로 종이를 쑤셔넣고 이불 속으로 들어가버렸다.

"뭘 자꾸 훔쳐봐요? 몰라, 안 써. 잠이나 잘 거야."

잠시 후 류성이 목발을 짚고 나타났다. 류성 머리에는 아직 붕대가 칭칭 감겨져 있었다.

"미스 바이, 유서를 쓴다는 게 정말이야? 유서에 뭐라고 썼는데?"

류성의 목소리가 너무 밝고 유쾌해서 좀 전까지 병실을 짓누르던 비극적인 분위기가 순식간에 사라졌다. 그녀는 그와 얘기하고 싶지도 않고, 그에게 눈물을 보일까봐 고개를 홱 돌렸는데, 그 바람에 유서를 빼앗겼다. 류성은 베개 밑에 감춰둔 종이를 끄집어냈다. 황급히 숨기느라 완성하지 못한 그녀의 유서가 공개되고 말았다.

이 세상을 증오해! 이 세상의 모든 인간을 증오해!

그녀는 류성이 유서를 소리 내 읽을까봐 벌떡 일어나 종이를 빼앗았다. 너무 부끄럽고 분해서 종이를 박박 찢어버렸다. 히죽 웃던 류성이 그녀와 얼굴을 마주치자 얼른 표정을 바꾸고 발로 종잇조각을 쓱쓱 밀어 모았다.

"누군들 세상을 증오하지 않겠어? 나도 죽도록 증오하지만 그렇다고 유서를 쓰지는 않아. 그리고 지금 유서를 쓰는 건 너무 이르지 않아?"

"내가 지금 쓰겠다는데, 네가 무슨 상관이야? 꺼져! 짜증나게 하지 말고 꺼지란 말이야!"

류성은 고집스럽게 그녀의 침대에 걸터앉아 오랫동안 심사숙고했다. 잠시 후 펜을 종이 위에 탁 내려놓으며 말했다.

"힘들게 건진 목숨인데, 왜 이렇게 목숨 귀한 줄을 몰라? 이렇게 쉽게 생명을 포기하는 건 당과 정부 얼굴에 먹칠을 하는 거야. 나도 얼굴을 들 수 없을 거야. 겨우 가방 하나 잃어버린 거잖아? 이따가 종이에 필요한 거 있으면 다 적어봐. 내가 사흘 안에 전부 다 사다줄게."

그녀는 류성 덕분에 힘든 병원 생활을 견딜 수 있었다. 절대 믿을 수 없던 남자가 그녀의 유일한 버팀목이 됐다. 두 사람이 가까워진 것은 필연이고 운명이었다. 그녀는 지금까지 류성이 진실하다고 느낀 적이 한 번도 없었다. 진실은커녕 경망스럽기 짝이 없는 남자였다. 그런 남자가 지금은 그녀의 동아줄이 됐다. 그 후로 두 사람은 죽을 고비를 함께 넘긴 동료처럼 서로 의지하고, 한 쌍의 연인처럼 밥을 나눠먹기도 했다. 한번은 같이 앉아 있다가 그녀의 무릎이 의도치 않게 그의 종아리에 닿았다. 바지를 걷어 올린 터라 무성한 다리털이 한눈에 보였다. 남성호르몬의 기운이 그의 하반신으로 몰려가 제멋대로 날뛰기 시작했다. 그녀는 갑자기 정신이 혼미해지면서 십 년 전 류성의 모습을 떠올렸다. 준수한 외모에 늘 잘난 척 허풍을 떨고 때로는 경박했던 남자. 살짝 말린 곱슬머리에 포마드를 잔뜩 바르던 그는 그녀의 댄스 파트너였다. 샤오라, 두 사람은 함께 샤오라를 췄다. 둥, 다, 다둥. 그녀는 샤오라 스텝을 떠올렸다. 동시에 어디선가 포마드 냄새가 풍겨왔다. 그 시절 류성을 향한 선녀의 복잡한 감정도 떠올랐다. 때로는 미워서 짜증나고, 때로는 좋아서 설렜다. 만약 그때 취수탑에서 류성과 샤오라를 췄더라면, 그때 류성이 여자를 사랑하는 방법을 알았더라면, 그때 그녀가 그를 조금만 더 사랑했더라면, 취수탑 약속이 삼 년만 미뤄졌더라면, 두 사람의 이야기는 달라지지 않았을까? 지난 일을 떠올리니 마음이 아파 코끝이 시큰하고 눈시울이 젖어들었다. 류성이 그녀의 감정 변화를 눈치채고 다정하게 물었다.

"왜 그래? 맛이 없어?"

퍼뜩 정신을 차린 그녀는 숟가락으로 그의 다리를 쿡쿡 찌르며 사납게 소리쳤다.

"너, 이 바지 좀 내려!"

이 도시에서 출산을 기다리기로 한 것은 류성의 설득 때문이었다. 그녀는 류성의 제안을 받아들이면서 출산하는 날을 상상해봤다. 어쩌면 자신을 분만실에 들여보내줄 사람이 류성일지도 모른다는 생각이 들었다. 그녀의 인생이 결국 류성에게 맡겨지다니, 이런 아이러니가 또 있을까? 그녀 인생의 중요한 순간에는 늘 밧줄이 있었다. 이 밧줄은 그녀의 육체와 정신을 꽁꽁 묶고 있다. 그녀는 운명을 거스를 수 없었다. 그녀의 운명은 밧줄에 좌우되었다. 그 기묘한 밧줄은 여러 남자의 손을 거쳐 결국 류성의 손에 쥐어졌다. 이제 그녀는 류성에게 묶였고, 밧줄은 그녀에게 이렇게 명령했다.

"여기 있어. 넌 영혼을 잃었어. 그러니 내 말을 들어."

43. 세입자

류성이 참죽나무거리에 그녀가 머물 집을 마련해줬다. 그녀는 도시 북쪽에 치우쳐 있는 이 거리가 초라하고 궁색하며 적막하고 스산한 동네일 줄 알았다. 그러나 그녀의 예상과는 달리 낯선 세입자를 환영하러 나온 이웃들이 길 양편을 가득 메운 채 그녀를 기다리고 있었다. 그녀는 이들의 무례할 만큼 열정적인 환영이 너무 당황스러웠다. 그녀와 류성이 택시에서 내리자 참죽나무거리 이웃들의 눈빛이 스포트라이트처럼 쏟아졌고, 두 사람은 마치 런웨이를 걷는 패션모델이 된 기분이었다. 길 양쪽에서 몰려든 이웃들이 대놓고 그녀에 대한 평가를 쏟아내 마치 벌거 벗겨진 것처럼 당혹스러웠다. 사람들은 여기저기서 웅성거리며 격한 논쟁을 벌였다. 예쁘다, 몸매가 죽인다, 얼굴이 너무 예쁘다 등 그녀의 외모를 칭찬하는 의견이 대부분이었지만 악의적인 목소리도 들려왔다.

"예쁘긴 예쁜데 분위기가 좀, 유흥업소 아가씨 같지 않아?"

그녀는 함부로 혀를 놀리는 여자를 향해 눈을 흘겼다. 당장 육두문자를 날리고 싶었지만 꾹꾹 참았다. 이사 오자마자 이웃과 싸우는 것은 옳지 않았다. 사실 오기 전에 류성이 이런 상황을 미리 알려줬다.

"참죽나무거리 여자들은 각양각색인데 딱 하나 공통점이 있어. 하나같이 싸움에 천부적인 소질을 타고났다는 거야."

대문 옆 약국 여주인이 문 앞을 지키고 서 있었다. 여주인은 과학수사대처럼 그녀의 얼굴과 몸을 꼼꼼히 뜯어봤다. 특히 허리와 배 부분을 유심히 살폈다.

"류성, 재주가 아주 좋네? 소리 소문도 없이 아빠가 되는 거야?"

그녀가 그 똑똑한 척하는 여주인 옆을 지나가는데 그녀의 허리를 손가락으로 쿡쿡 찌르는 것이 느껴졌다. 그녀는 여주인을 힐끗 쳐다보고 성질을 누르며 한마디했다.

"부탁드려요. 제발 집적거리지는 말아주세요, 네?"

여주인이 입을 삐죽거리며 대꾸했다.

"남자도 아니고 같은 여자끼리 한번 찔러본 게 뭐 어때서? 한 번만 찔러봐도 몇 개월인지 알겠구먼."

그녀가 고개를 숙이고 대문 안으로 들어가며 작은 목소리로 투덜거렸다.

"내 배가 몇 개월이든 당신이랑 무슨 상관이야?"

"정말 그렇게 말하면 안 된다니까. 우리 동네 사람들은 남의 일을 다 자기 일처럼 생각해. 좀 과하긴 하지만 다들 친절한 사람들이야. 네가 정 싫으면 문을 닫고 있어. 문만 꼭 닫으면 조용할 거야."

그 말에 그녀는 대문을 세게 닫았다. 참죽나무거리 사람들을 문밖에 떼어놓은 그녀는 그들이 뭐라고 하는지 궁금해 대문에 귀를 갖다 댔다. 그때 어떤 여자가 음흉하게 웃으며 요란하게 떠들었다.

"아이고, 문을 꼭 닫아버렸네. 이 더운 날씨에, 너무 성급한 거 아니야?"

사람들이 모두 따라 웃었다.

"지난달, 시내에서 류성이 어떤 아가씨랑 돌아다니는 건 봤는데, 어떻게 벌써 애를 가졌지? 그리고 저 아가씨는 애를 가졌는데 왜 류성 집으로 가지 않는 거야?"

"그걸 몰라서 물어? 선처리 후보고하겠다는 거지. 사오란잉이 저 아가씨를 반대하니까 류성이 이 집을 빌린 거야. 둘이 같이 살려고. 요즘 젊은이들은 다 그렇게 한다더군. 나중 일은 나중에 생각하는 거지."

그녀는 울컥 화가 치밀어 욕지거리를 내뱉고 류성을 홱 돌아봤다.

"내가 너랑 동거하니? 네가 뭔데 나랑 동거를 해? 너, 도대체 집주인한테 뭐라고 한 거야?"

류성이 억울한 표정을 지었다.

"난 아무 말도 안 했어. 나한테 덮어씌우지 마. 저 사람들이 자기 멋대로 생각하는 거야. 참죽나무거리 사람들은 다 좋은데 남의 말하기를 좋아해. 저 사람들 말은 귀담아 듣지 마. 신경 쓰지 말라고."

집안은 미리 대충 정리한 듯 그런대로 깨끗했다. 하지만 실내가 어둡고 가구와 벽에서 곰팡이 냄새가 진동했다. 갑자기 쥐 한 마리가 나타나 거실 탁자에서 뛰어내리더니 쏜살같이 구석 벽 틈으로 쏙 들어갔다. 위를 올려 보니 천정이 아주 높았다. 나무 서까래와 대들보는 검게 변했고 지붕에서 빗물이 샌 흔적이 보였다. 낯설고 낡은 남의 집에 들어오니 오랜 세월을 지나온 기묘한 세균이 들러붙는 것 같았다. 그녀는 무언가에 둘러싸인 기분이었다. 오래 전에 이 집을 거쳐 간 집주인 조상의 영혼이 그녀를 둘러쌌다. 그들은 지붕 아래 모여 초조한 듯 서로에게 물었다.

'저건 누구지? 저 여자 누구야?'

류성이 부엌에서 가스레인지에 주전자를 올리고 나왔다. 그녀는 쉴 새 없이 집안을 두리번거리고 있었다.

"어떤 방 쓸지 정했어?"

"고르고 말고 할 게 뭐 있어? 집이 너무 낡아서 어딜 가도 음산해. 귀신 나올 것 같다고."

류성이 장난스럽게 얼굴을 불쑥 들이밀며 씩 웃었다.

"귀신 나올까봐 무서우면 내가 같이 있어줄게."

그녀가 불쾌한 표정을 짓자 류성이 장난기를 거뒀다.

"귀신은 걱정할 필요 없어. 넌 임산부잖아. 임산부 몸에는 생명이 두 개라 오히려 귀신이 무서워한대."

"그런 헛소리 들을 기분 아니야. 제발 그 입 좀 진지하면 안 되겠어?"

"진지하게 말하는 거야. 참죽나무거리 어른들이 정말 그렇게 말했어. 임산부는 세상에서 가장 소중한 존재라 귀신도 괴롭히지 않는다고."

류성은 그녀의 눈치를 살피며 빗자루를 들고 대충 몇 번 휘둘렀다.

"이 집 살림살이가 너한테는 많이 부족하겠지만 반년만 참아. 아이만 낳으면 다 좋아질 거잖아."

그녀는 인상을 잔뜩 찌푸린 채 집안을 돌아봤다. 가장 먼저 다락방이 눈에 들어왔다. 다락방으로 올라가는 계단은 절반은 시멘트였고 나머지 절반은 잡목을 연결해 만들었다. 계단 기둥에 걸린 남자 모자에 '홍콩여행' 네 글자가 박혀 있었다.

"네 친구 도대체 어떤 사람이야? 이런 집에 살면서 홍콩여행을 갔다 왔단 말이야?"

"가난한 사람이라고 여행가지 말란 법 있어? 넌 파리도 갔다 왔잖아. 이 친구도 홍콩 한 번 다녀올 수 있지, 뭐."

"그런데 집주인은 왜 코빼기도 안 보여?"

"그 친구는 집에 있는 걸 싫어해서 거의 밖으로 나돌아. 지금도 여행 중이야. 홍콩 말고도 여기저기 가본 데가 아주 많아."

그녀는 다락방에 관심이 가 '홍콩여행' 모자를 들어 계단 손잡이에 앉은 먼지를 쓸어내고 계단을 올랐다. 다락방은 후덥지근했다. 밝은 햇살이 낡은 구식 야전침대를 환히 비췄다. 왕골 돗자리는 새것이라 신선한 풀 냄새가 풍겼다. 침대 모서리에 기름때가 찌든 베갯속이 세워져 있을 뿐 침구는 아직 준비되지 않았다. 타원형 베갯속 표면에 반점 같은 햇빛이 비밀을 감춘 듯 은밀하게 반짝거렸다. 그녀는 누군가 창문으로 집안을 훔쳐보지 않을까 걱정하며 창가로 다가갔다. 밖을 내다보니 역시나 아직도 집 앞에 사람들이 모여 있었다. 그녀는 얼른 뒷걸음치더니 발을 동동 굴렀다.

"미치겠네. 아직도 안 갔어! 저 사람들은 도대체 뭘 구경하려는 거야?"

"아마 자기들도 모를 거야. 대부분 할일 없는 실직자들이야. 저 사람들이 쳐다보는 게 싫으면 저 이불로 창문을 가릴까?"

그녀는 의자에 걸쳐놓은 이불을 들고 잠시 고민하다가 다시 내려놓았다.

"지금 걸면 안 돼. 저런 사람들 심리는 내가 잘 알지. 창문을 가리면 더 궁금해 할 거야."

집 앞 거리는 한동안 시끌벅적했다. 잠시 후 익숙한 중년 여성의 앙칼진 목소리가 들려왔다.

"류성, 류성! 빨리 진료소 가서 붕대 교환해야지!"

창가로 달려간 그녀는 한눈에 사오란잉을 알아봤다. 사오란잉이 맞은 편 집 대문 앞에서 동네 아낙네들과 대화를 하면서 수시로 다락방 창문을 흘긋거렸다.

"류성! 귀 먹었어? 네 상처 아직 다 나은 거 아니야. 빨리 치료 받으러 가야지. 곧 진료소 문 닫을 시간이야!"

그녀가 류성에게 어서 가라고 눈짓을 했다. 류성은 붕대를 만지작거리며 중얼거렸다.

"바꾸나 안 바꾸나 똑같은데 신경 쓰지 마. 일단 네 일 먼저 도와주고 가도 돼."

그녀가 계단 입구에 서서 막무가내로 그를 떠밀었다.

"내 앞에서 자상한 척 연기할 것 없어. 딱히 네가 도와줄 일도 없고. 열쇠나 내놓고 빨리 붕대 교환하러 가. 그리고 네 엄마에게 꼭 전해. 절대 내가 널 꾀어내거나 협박한 게 아니라고. 내가 여기 온 건 어쩔 수 없는 사정이 생겨서 그런 거라고 말해."

류성이 고개를 끄덕이며 주머니에 손을 넣었다. 그는 못내 아쉬워하며 잠시 열쇠를 만지작거렸다.

"저기, 열쇠 하나 더 복사해올까? 그래야 외출하기도 편할 텐데."

그는 그녀의 반응을 살피며 적당히 분위기를 맞췄다.

"다른 뜻은 없어. 네가 낯선 곳에서 적응하기 힘들까봐 그러지. 내가 열쇠를 갖고 있으면 네기 필요할 때 언제든 와서 도울 수 있잖아."

그녀의 표정이 점점 굳어지더니 비웃듯 한마디 했다.

"그렇게 하면 정말 동거가 되잖아. 나한테는 그런 감언이설 안 통해. 내가 아무리 타락했어도 너랑 동거할 정도로 타락하지는 않았어."

그녀가 그에게 손을 내밀었다.

"빨리, 어서 열쇠 내놓고 네 엄마한테 가봐."

류성은 어쩔 수 없이 열쇠를 내놓고 나가려다 현관 앞에서 갑자기 뭔가 생각난 듯 홱 돌아섰다.

"내일 다시 올게. 춘경이랑 친구들이 퇴원 기념 환영회 해준다고 했거든. 해물요리 먹으러 가기로 했는데 같이 가자."

그녀는 당연히 거절했다.

"해물? 해물은 신선해야 해물이지. 썩은 생선에 새우, 뭐 그런 거 아니야? 난 상어지느러미나 전복을 좋아해. 네 친구들이 그런 환영회 해줄 수 있어? 아무튼 난 너랑 같이 안 가. 난 네 여자친구가 아니야."

그녀는 말을 하면서 텔레비전을 켰다. 길고 흰 수염 달린 협객이 커다란 칼을 들고 요괴를 잡으러 뛰어다니는 장면이 나왔다 그녀는 텔레비전을 툭툭 치며 중얼거렸다.

"어우, 정말 싫어. 또 이런 고리타분한 무협드라마야? 이런 집에서 지내는데 재미있는 드라마도 없으면 어쩌라고?"

"시간 때울 일이 걱정 돼? 텔레비전이 재미없으면 DVD를 보면 되지. 아류 형이 DVD 가게를 열었거든. 보고 싶은 거 있으면 말만 해."

그녀는 가타부타 대답 없이 아직 문 앞에 서 있는 류성을 보고 한

번 더 다그쳤다.

"아직도 안 가고 뭐해? 안 갈 거면 하나 더 분명히 말해두지. 우린 그냥 친구야. 아주 평범한 친구라고. 알겠어? 넌 내가 이 집에서 옥살이 한다고 생각해. 그러니까 앞으로 면회 오려면 반드시 미리 전화로 신청하고 와."

그녀는 낯선 이의 집에 갇혔다.

안뜰로 나가는 나무문이 있었다. 문 옆의 작은 창으로 들여다보니 온통 푸른 이끼로 뒤덮였고 여기저기 잡다한 물건이 방치돼 있었다. 벽에 기대있는 26인치 낡은 자전거는 얼룩덜룩한 녹으로 뒤덮였고 짐받이에 밧줄이 반듯하게 말려 있었다. 나무문에 자물쇠가 여러 개 달려 있어 안뜰에 들어갈 수는 없었다. 안뜰은 포기하고 다락방으로 올라가 참죽나무거리를 내다봤다. 아래층 약국의 네온사인 광고판이 가장 먼저 보였다. 무병장수, 젊음을 되찾자!

무미건조한 거리에 다 쓰러져가는 낡은 집은 맞춤옷처럼 그녀의 절망에 꼭 들어맞았다. 그녀는 죄수, 아기를 품은 죄수였다. 그녀는 인질, 불확실한 미래의 인질이었다. 그녀는 담보물, 운명의 손에서 이 낯설고 낡은 집으로 옮겨진 담보물이었다.

첫날은 너무 피곤해서 일찍 잠들었다. 밤중에 비가 내리자 문득문득 한기가 느껴졌다. 참죽나무거리는 작은 소음조차 들리지 않을 만큼 조용했지만 이상하게 자꾸 잠이 깼다. 왠지 옆에 누군가 누워 있는 것 같았다. 눈을 떠보니 그녀의 옆자리는 남자가 아니라 달빛이 차지하고 있었다. 분명히 사람은 없는데 왠지 낯설지 않은 남자 체취가 느껴졌다. 이 체취는 침대 매트와 베개에서 스멀스멀 기어 나와 그녀의 얼굴과 몸을 휘감았다.

"누구야?"

그녀는 계단 쪽을 보며 기선제압이라도 하듯 크게 외쳤다. 조용했다. 그녀는 여전히 마음이 놓이지 않아 다락방 창문 커튼을 젖히고 밖을 살폈다. 창틀에 빗물에 젖은 담배꽁초가 보였다. 거리는 쥐죽은 듯 고요했다. 밤비가 새로 깔린 아스팔트에 크고 작은 원형 물웅덩이를 만들어 놓았다. 달빛이 비치니 유리파편이 흩어져 있는 것처럼 반짝거렸다. 맞은편 집 지붕에 흰 고양이 한 마리가 미동도 없이 앉아 그녀를 주시했다. 그녀는 평소 개나 고양이 같은 애완동물을 좋아했지만, 이 흰 고양이는 시간을 잘못 선택했다. 한밤중에 번쩍이는 흰 고양이 눈빛은 음험한 감시자 같았다. 그녀는 담배꽁초를 주워 고양이를 향해 힘껏 던졌다. 깜짝 놀란 고양이는 눈 깜짝할 새에 어둠 속으로 자취를 감췄다.

다음 날 아침, 대문 두드리는 소리가 들렸다. 류성인 줄 알고 문을 열었는데 약국 여주인이었다. 약국 여주인이 그녀에게 비닐봉지 몇 개를 건넸다.

"류성이 전해달라더군. 녀석이 아가씨한테 아주 지극정성이네."

채소와 과일이 담긴 봉지를 받고 문을 닫으려는데 문이 움직이지 않았다. 약국 여주인이 벌써 한쪽 다리를 문 안으로 들이밀고 그녀의 어깨 너머로 집안을 살폈다.

"아가씨, 혼자 있는 거야? 무섭지 않아?"

"뭐가 무서워요? 이 집에 귀신이라도 나오나요?"

약국 여주인이 대단한 비밀이라도 숨기듯 야릇한 표정을 지으며 손을 내저었다.

"그런 뜻은 아니야. 그리고 귀신도 임산부는 괴롭히지 않는다오. 오히려 조심해야 할 건 사람이지. 사실 이 동네 분위기가 좀 그래. 밤에는 대문, 창문 다 꼭 잠가요."

"네, 알아요. 낮에도 꼭꼭 잠그고 있거든요."

그녀가 그만 나가라는 눈빛을 보냈지만 약국 여주인은 아랑곳하지 않고 그녀의 배와 허리를 노골적으로 쳐다봤다.

"4개월이지? 류성 아이야?"

그녀가 가소롭다는 듯이 비웃음을 날렸다.

"그럴 리가요. 도대체 류성이 나하고 어울린다고 생각해요?"

"남녀 사이는 모르는 거야. 소똥에도 꽃이 피는 법이거든. 그것도 아주 예쁜 꽃들이 말이야."

약국 여주인이 말을 하면서 손가락으로 슬쩍 그녀 허리를 찔렀다. 그녀가 깜짝 놀라 옆으로 피했다.

"그냥 살짝 만진 것뿐인데 뭘 그렇게 놀라? 한 번만 더 찔러보면 아들인지, 딸인지 알 수 있는데. 나한테 그렇게 데면데면하게 굴 것 없잖아? 다른 사람은 다 조심하더라도 나한테는 그럴 필요 없어. 이 동네 사람들한테 다 물어보라고. 이 마 사모가 어떤 사람인지. 온 동네 사람들이 어려운 일이 생기면 다 나를 찾아와 상의를 한다오."

"난 어려운 일이 없어요. 이 집에 들어 앉아 먹고, 싸고, 자는 게 전부인데 어려운 일이 뭐 있겠어요?"

"앞일은 모르는 거야. 듣자니 애 낳을 때까지 있을 거라며? 그럼 아직도 반년이나 남았잖아. 길다면 길고 짧다면 짧은 시간인데, 이 동네가 워낙 사건사고가 많아서 조심하는 게 좋을 거야. 가능하면 집 밖에 나가지 않는 게 상책이지."

"이 동네 사건사고가 나랑 무슨 상관이에요? 나야 살기 불편하면

참새 이야기

내일이라도 떠나면 그만이죠. 내가 원래 호텔에서 지냈는데, 도둑을 맞아서 어쩔 수 없이 여기 온 거라고요."

그녀가 시종일관 오만한 태도로 상대하고 싶지 않다는 뉘앙스를 풍기자 마 선생 부인의 열정도 결국 식어버렸다. 그녀는 천천히 뒷걸음질 치며 한마디 덧붙였다.

"그렇게 성질부리는 거, 아기한테 안 좋아. 아기를 생각해야지. 우리 약국에 임산부한테 좋은 영양제가 새로 들어왔는데 한번 먹어 볼라우?"

그녀는 억지로 문을 밀며 대꾸했다.

"됐어요. 아기한테 좋든 말든 난 그런 거 관심 없어요. 있으면 있는 대로 없으면 없는 대로 어떻게든 되겠지요."

44. 집주인

그녀는 꽁꽁 숨어있던 집주인이 나타난 순간, 귀신을 본 것처럼 소스라치게 놀랐다.

그때 그녀는 텔레비전을 켜놓고 부엌에서 면을 삶고 있었다. 계단 쪽에서 부스럭거리는 소리가 나서 고개를 돌렸더니 허리를 구부리고 계단 아래에 있는 상자를 끄집어내는 남자의 뒷모습이 보였다. 그녀는 당연히 남자가 류성이라고 생각했다.

"류성? 열쇠도 없는데 어떻게 들어왔어? 완전 도둑놈이네. 왜 미리 전화 안 했어? 누구 마음대로 들어오래?"

남자가 천천히 허리를 곧추 세우고 돌아서더니 그녀를 향해 손에 들고 있던 열쇠를 흔들어 보였다.

"난 류성이 아니라 집주인이야."

바오룬이었다.

"난 집주인이고, 여긴 내 집이고, 찾을 물건이 있어서 왔어."

그녀는 저도 모르게 비명을 질렀다. 혹시 악몽이 아닐까 싶어 제 팔을 꼬집어 봤다. 아팠다. 그녀는 도마에 놓여 있던 식칼을 집어 들고 펄쩍 뛰어 부엌 문 뒤로 숨었다. 그렇게 부엌 문 뒤에서 칼을 든 채 거실을 향해 소리쳤다.

"개자식! 망할 놈들! 내가 네놈들한테 또 속았어! 왜 날 속여서 네 집에 오게 만든 거야? 너희 둘, 도대체 무슨 짓을 하려는 거야?"

잠시 침묵이 흐른 후 바오룬의 목소리가 들려왔다.

"류성한테 물어봐. 그 자식이 무슨 짓을 할지 내가 어떻게 알아? 나도 속았어. 그 자식이 나한테 여자친구가 와 있을 거라고 했어. 여자친구가 너일 줄은 몰랐어."

바오룬이 잠시 말을 멈췄다가 조심스럽게 물었다.

"네가 류성 여자친구야?"

그는 그녀가 대답하기도 전에 차갑게 비웃기 시작했다.

"이제 알겠네. 제기랄! 너희 둘이 내 집에서 동거를 한단 말이지? 재밌네, 재밌어. 정말 재밌어."

그녀는 너무 분한 나머지 눈물이 핑 돌았다. 그리고 온 힘을 다해 고함을 질렀다.

"개소리! 누가 그 자식 여자친구래? 누가 그런 거지같은 자식이랑 동거를 해?"

그녀는 한참 울고 난 후에야 조금 마음이 진정됐다. 바오룬은 거실에서 계속 상자를 뒤졌다. 그녀가 칼등으로 문짝을 두드렸다.

"너희들, 내 앞에서 공포영화 찍니? 공포영화보다 더 무섭고 끔찍해. 세상이 얼마나 넓은데, 내가 어쩌다 네 집에 왔을까? 어쩐지 매일 악몽을 꾸더라니. 네가 집주인이었어? 내일 당장 나갈 거야!"

"마음대로 해. 나가려면 나가. 난 상관없어. 내가 집을 빌려준 사람은 네가 아니라 류성이니까."

가스레인지에 올려놓은 냄비가 계속 끓고 있었다. 국수는 벌써 다 퍼졌고 부엌에 수증기가 가득 찼다. 그녀는 가스레인지를 껐다. 그녀의 마음도 조금씩 가라앉았다. 그녀는 그제야 모든 것이 이해가 됐다. 다락방에서 느꼈던 남자의 체취가 왜 낯설지 않았는지. 바오룬의 머리 기름때, 체취, 발 냄새가 뒤섞인 역겨운 냄새. 어쩌면 류성은 다른 속셈이 있어서가 아니라 단순히 돈을 아끼려 그랬는지 모른다. 어쩌면 그녀를 농락한 이는 류성이 아니라 운명일 것이다. 이미 많은 시간이 지났는데 아직도 세 사람 사이를 분탕질하는 악마가 떠나지 않은 모양이다. 그 솜씨가 얼마나 정교하고 사악한지, 그녀는 도저히 악마의 손아귀를 벗어날 수가 없었다. 그녀는 문틈으로 바오룬을 지켜보며 소리쳤다.

"뭘 찾는 거야? 나이도 먹을 만큼 먹은 인간이 기본 예의도 몰라? 다른 사람한테 집을 빌려줬으면 네 집이 아니야. 돈 낸 사람 집이지. 도대체 뭘 찾는데 이 난리야?"

바오룬이 상자 옆에 쪼그려 앉았다. 힘들게 찾은 액자를 품에 안고 있었다.

"시끄럽게 굴지 마. 금방 갈 거니까. 할아버지가 어제 또 사라졌어. 어제 오늘 여기저기 다 뒤지고 다녔는데 못 찾았어. 실종자 광고를 내려면 사진이 필요해서 가지러 왔어."

그녀는 바오룬의 말을 믿었다. 할아버지가 또 도망쳤다니……. 그녀
는 정말 궁금했다. 징팅병원 담장이 얼마나 높고 정문 경비가 얼마나 삼
엄한데, 도대체 할아버지는 어떻게 도망쳤을까? 궁금하긴 했지만 굳이
물어볼 일은 아니었다. 그녀는 문틈으로 계속 바오룬을 지켜봤다. 이마
에 송골송골 땀이 맺힌 그는 액자를 품에 안고 거실을 왔다 갔다 했다.
아직도 뭔가를 찾는 것 같았다.

"사진 찾은 거 아니야? 뭘 또 찾아? 네가 그렇게 왔다 갔다 하니까
신경 쓰여 죽겠거든. 제발 빨리 나가줄래?"

"금방 갈 거야. 재촉하지 마. 혹시, 안뜰 사용할래? 집안에만 있기
답답할 텐데 안뜰에라도 나가 바람 쏘여. 안뜰 문 열어줘, 말아?"

바오룬의 제안에서 진심이 느껴졌다. 그녀는 그가 이런 호의를 보이
리라고는 전혀 생각지 못한 터라 잠시 고민했다.

"맘대로. 나가서 바람 못 쏀다고 답답해 죽는 것도 아니고, 나가서
바람 쏀다고 오래 살 것도 아니고."

바오룬은 안뜰 문 쪽으로 걸어갔다.

"우리 집은 도둑 걱정 안 하고 살아서 방범 장치가 없어. 열쇠는 여
기 문틀 위에 있으니까 손만 닿으면 바로 잡힐 거야."

그는 까치발을 하고 문틀 위를 더듬으며 덧붙였다.

"안뜰에 자전거가 있는데, 예전에 너도 탔었지. 노동자문화궁 영화
관 갈 때, 기억나? 이거 바람만 넣으면 아직 탈 만해. 낡은 거라도 괜찮
다면 사용해도 돼."

"생각해 주는 건 고마운데 난 자전거 안 타. 외출할 때는 늘 택시를
타지."

이때 자물쇠 열리는 소리가 들렸다. 철컥, 철컥. 자물쇠 두 개를 열자 어두운 거실에 밝은 햇살이 쏟아졌다. 문 앞에 서 있는 바오룬의 굵은 두 다리, 그리고 복사뼈에 눈부신 햇빛이 비쳤다. 그는 열쇠를 다시 문틀 위에 올려놓았다.

"열쇠는 여기 있어. 그리고 걱정하지 마. 내가 또 들어올 일은 없을 거야. 우리 사이에 계산은 끝났으니까. 이제 친구까지는 아니지만 그냥 아는 사람 정도는 되겠지. 지금은 아기가 중요하니까 출산할 때까지 여기서 편히 지내."

그는 부엌 밖 거실에서, 그녀는 부엌 안에서, 두 사람은 부엌문을 사이에 두고 말없이 서로의 마음을 느꼈다. 그녀는 결국 크게 감동해 때마침 찾아온 그의 호의를 받아들였다. 두 사람의 화해는 생각보다 쉬웠다. 아주 사소한 일에서 비롯된 감정이지만 그녀는 이것이 진정한 화해라고 믿었다. 그녀는 그가 안고 있는 액자로 시선을 돌렸다. 할아버지 얼굴을 다 가려버린 그의 굵은 팔뚝에 먼지 뭉치가 붙어 있었다. 그 먼지 뭉치도 햇빛을 받아 반짝거렸다. 그녀는 문득 바오룬이 좋은 사람이라는 생각이 들었다. 그래, 그는 좋은 사람이야. 그녀는 그의 호의에 보답하는 뜻에서 말투를 친절하게 바꿨다.

"네 할아버지, 어떻게 도망친 거야? 네가 할아버지 묶어두는 거 아니었어?"

"요즘 너무 바빠서. 아, 나 요즘 징팅병원 임시직으로 일해. 병원에 남자 간호사가 거의 없어서 내가 할 일이 많아. 매일 다른 환자들 묶느라 바빠서 우리 할아버지는 챙길 시간도 없고, 사실 이제는 묶을 수도 없어. 이제 할아버지는 거의 반송장이라 그냥 놔둬도 아무것도 못 하거든. 그런데 이렇게 도망칠 기운이 남아 있을 줄은 몰랐네."

"묶어야 할 사람은 묶어야지. 묶어야 마음이 놓이지."

그녀는 말을 내뱉자마자 후회했다. 그녀 입에서 사람을 묶어야 한
다는 말이 나오다니, 정말 아이러니했다. 제 얼굴에 침 뱉기인 동시에
남의 불행에 박수치는 비열한 인간이 된 기분이었다. 그래서 얼른 한마
디 덧붙였다.

"뭐, 어떻든 네 할아버지니까 내가 상관할 일은 아니지. 현실적으로
생각해야겠지. 묶든지 말든지 네 맘대로 하고 아무튼 빨리 가봐. 난 화
장실 가야 해."

바오룬이 돌아간 후, 종이상자는 열린 채로 계단 옆에 놓여 있었다.
그녀는 상자 안을 살펴봤다. 바닥에 갖가지 밧줄이 있고 그 위에 크고
작은 액자가 포개져 있었다. 똑같은 검은색 플라스틱 액자에 담긴 사진
은 모두 바오룬 할아버지였다. 할아버지는 모두 똑같은 자세로 액자 안
에 숨어 아련한 눈빛으로 물음표를 그렸다. 할아버지의 눈빛이 그녀에
게 계속 똑같은 질문을 쏟아냈다.

'내 영혼은?'

'내 영혼 어디 있는지 아니?'

그녀는 다른 액자를 집어 들었다. 베이징 천안문 앞에서 찍은 가족
사진 같았다. 사람도 흐릿하고 천안문도 희미했다. 젖은 걸레로 닦아내
니 천안문 윤곽이 또렷하게 보였다. 이 웅장한 천안문 배경 가족사진은
70년대에 유행했는데, 이 천안문은 실제가 아니라 그린 것이었다. 바오
룬 가족의 얼굴 넷이 먼지를 뚫고 나왔다. 노인 한 명과 중년 부부는 단
정하게 앉아서 사진사가 시키는 대로 어색하고 딱딱한 억지웃음을 지
었다. 뒷줄에 서서 유일하게 웃지 않은 한 사람, 그가 바로 바오룬이었
다. 혼자 뒷줄에 선 그의 머리카락 일부가 하늘로 삐쭉 뻗어 마치 새 한

마리가 앉아 있는 것 같았다. 그는 매우 화난 사람처럼 보였다. 억울한 일을 당한 피해자의 눈빛, 분노의 불꽃이 타오르는 눈동자.

그날 오후, 그녀는 오랜만에 외출했다. 검은 양산을 들고 열쇠장이 손씨 노점에 찾아가 대문 잠금장치를 고른 후 손씨에게 장치 교체를 요청했다. 손씨는 의심스럽게 그녀를 쳐다봤다.

"아가씨, 어느 댁 며느리인가? 내가 이 동네 사람은 다 아는데, 왜 아가씨는 못 봤을까?"

그녀는 설명하기 귀찮아 대충 되는대로 지껄였다.

"난 어느 집 며느리도 아니에요. 참죽나무거리에 재수 없는 별이 떨어졌나보다 생각하세요."

손씨가 질겁한 표정으로 진지하게 다시 물었다.

"누구 집에? 재수없는 별이 누구 집에 떨어졌어?"

그녀는 상대방이 자기 농담에 기겁을 하자 웃음을 참을 수 없었다.

"어떻든 아저씨 집은 아니니까 됐잖아요. 뭐가 그렇게 무서워요? 정말 웃기네. 그 나이에도 별이 떨어지는 게 무서워요?"

뜨거운 태양 아래 후끈 달아오른 참죽나무거리 아스팔트길에 또각또각 그녀의 여름구두 소리가 울렸다. 공구상자를 들고 그녀 뒤를 따르는 손씨는 그녀의 뒤태가 정면보다 훨씬 근사하다고 생각했다. 엉덩이를 유난히 많이 흔드는 그녀의 걸음걸이는 말할 수 없이 섹시했다. 여기에 최신 유행인 꽃무늬 미니스커트에 프린트된 커다란 모란꽃이 하얗고 매끈한 그녀의 긴 다리를 더욱 돋보이게 했다. 가장 매혹적인 것은 새하얀 복사뼈에 걸쳐 있는 발찌였다. 줄에 꿰인 색색 구슬이 눈부시게 반짝거리며 걸을 때마다 짤랑짤랑 소리를 냈다.

한여름 한낮은 낮잠 시간이라 거리가 조용했지만, 어디선가 잠시 후 황혼을 장식할 유언비어가 꿈틀거리고 있었다. 두 사람은 어느 시멘트 쓰레기통 앞에서 사오싱 할머니네 고양이와 마주쳤다. 그녀는 고양이에게 부드러운 미소를 보냈지만 야옹 소리와 동시에 사라진 고양이는 그녀의 호의를 철저히 짓밟고 쏜살같이 제 주인에게 달려가 소식을 전했다. 잠시 후 사오싱 할머니가 허둥지둥 거리로 뛰어나와 부들부채로 햇빛을 가리며 그녀를 위아래로 훑었다. 그리고 의미를 알 수 없는 긴 탄식과 함께 이렇게 중얼거렸다.

"아이고, 예쁘다 예뻐. 역시, 그럼 그렇지!"

그녀는 이 말이 귀에 거슬렸다. 그럼 그렇지라니? 도대체 무슨 말이지? 그녀는 왠지 기분이 나빠 사오싱 할머니를 흘겨보며 그 곁을 지나갔다. 사오싱 할머니는 그녀가 지나간 후 뒤따라오는 손씨의 등을 부채로 쿡 찌르며 물었다.

"손씨, 이 대단한 미녀랑 어딜 가는 거야?"

"미녀고 추녀고 손님은 다 같은 손님이지. 손님이 대문 자물쇠를 바꾼다고 해서 가는 길이오."

이것으로 끝인 줄 알았는데 잠시 후 사오싱 할머니가 의미심장한 말을 덧붙였다.

"집주인도 없는데 대문 자물쇠를 마음대로 바꿔도 돼? 손씨, 조심해. 뭐든 다 조심하라고."

그녀는 살짝 고개를 돌리며 작은 목소리로 투덜거렸다.

"저런 쓸모없는 노인네는 왜 죽지도 않나 몰라."

그녀는 거리를 가로질러 음료가게에 들어가 아이스크림을 샀다. 아이스크림을 핥으며, 여전히 요란하게 엉덩이를 흔들며 또각또각 구두소리를 울리며 걸었다. 바오룬의 집 앞에 걸음을 멈춘 그녀는 대문에 기댄

참새 이야기

채 손씨에게 엄청난 비밀을 폭로하듯 과장된 손짓으로 대문을 가리켰다.

"여기가 바로 재수 없는 별이 떨어진 집이죠."

"바오룬네 집이잖아?"

그녀는 대문을 열고 안으로 들어가며 말했다.

"예전엔 그랬지만 지금은 내 집이에요. 내가 살고 있으니까 내 집이죠. 아저씨, 그런 눈으로 보지 말아요. 괜찮으니까 빨리 교체해주세요."

약국 마 선생 부인이 도시락을 들고 나오는데 손씨가 대문 앞에서 끊임없이 중얼대고 있었다. 손씨는 마 선생 부인을 보자마자 이렇게 물었다.

"저 아가씨는 바오룬 색시인가?"

마 선생 부인이 야릇한 미소를 지으며 대답했다.

"무슨 소리! 절대 아니에요. 아주 복잡한 아가씨예요."

"나도 좀 복잡한 느낌이 들었어. 그나저나 내가 어떻게 해야 좋을까? 이 자물쇠 바꿔도 될까?"

마 선생 부인은 이 질문을 회피하려 일부러 아가씨의 복잡한 사정으로 화제를 돌렸다.

"손씨, 저 아가씨가 누군지 알아요? 아마 죽어도 못 믿겠지만……."

마 선생 부인은 입이 근질거려 손씨에게 생각할 틈도 주지 않고 그의 귀에 대고 속삭였다.

"옛날에 류성이랑 바오룬이 저지른 그 사건 기억하죠? 방금 사오란잉한테 직접 들었는데, 저 아가씨가 바로 그 취수탑에 있던 여자애래요. 그 선녀라는 여자애요."

마 선생 부인이 무릎을 탁 치며 말을 이었다.

"누가 상상이나 했겠어요? 전생의 원수들이 지금 또 한자리에 모인 거잖아요!"

45. 집밖에서

그녀는 낮잠을 자다가 밖에서 웅성거리는 소리를 듣고 깼다. 처음에는 거리에서 이웃끼리 말다툼을 벌이는 줄 알았다. 그냥 계속 자려고 하는데 점점 더 시끄러워졌다. 그녀는 더 이상 잠을 잘 수가 없어 자리에서 일어나 창밖을 내다봤다. 대문 앞에 많은 사람이 모여 떠들어대고 있었다. 자세히 보니 이웃 사람들이 삐쩍 마른 할아버지를 에워싸고 있었다. 바오룬 할아버지였다. 사람들은 할아버지에게 큰 관심을 보이며 이것저것 캐물었다.

"할아버지, 그 손전등은 어떻게 됐어요?"

"할아버지, 영혼은 언제 찾을 수 있어요?"

"요 몇 년 사이, 이 거리에 살던 정정한 어르신들도 차례로 저 세상으로 갔는데 할아버지는 어떻게 불로장생하세요? 도대체 비결이 뭐예요? 혹시 영혼을 잃어버려서 장수하는 거 아니에요? 영혼을 잃어버리는 게 최고의 장수 비결은 아니겠지만, 이제 와서 손전등을 찾아 뭐하겠어요? 굳이 영혼을 되찾을 필요가 있어요?"

사람들이 할아버지의 질긴 생명력에 대해 다양한 의견을 쏟아내는 동안 할아버지는 처참한 표정으로 계속 고개를 흔들었다. 누군가 할아버지에게 수박 한 쪽을 건네자 빨간 수박 물을 온 얼굴에 묻히며 게걸스럽게 먹어치웠다. 할아버지의 옷은 새카맣게 때가 탔지만 파란색 흰색 줄무늬와 가슴 부분에 새겨진 붉은 초승달이 어렴풋이 보였다. 징팅 병원 로고가 새겨진 징팅병원 환자복이 분명했다. 그녀는 답답한 표정으로 할아버지를 지켜보다가 저도 모르게 바오룬을 탓했다.

"또 안 묶었어? 자기 할아버지도 단속 못하는 놈이 다른 환자를 어떻게 관리해?"

잠시 후, 누군가 대문을 두드렸다.

"미스 바이! 어서 문 열어요. 바오룬 할아버지가 집에 들어가고 싶어 해요."

"할아버지 연세를 생각해서 사정 좀 봐줘요. 잠깐이라도 안에서 쉴 수 있게 해줘요. 정신도 온전치 않고 다리도 불편한 노인네가 여기까지 힘들게 왔잖아요!"

"미스 바이, 여기가 당신 집도 아닌데 너무 매정하잖아요! 이 집은 할아버지 조상 대대로 내려온 할아버지 집이에요. 혼을 잃어버린 할아버지가 불쌍하지도 않아요? 어서 문 열어요. 할아버지가 잠깐 들어가 있는다고 뭐 손해 볼 일이라도 있어요?"

그녀가 침묵으로 일관하자 이웃 사람들은 할아버지를 위해 정의를 불태우기 시작했다. 이웃들 모두 할아버지를 불쌍히 여겨 어떻게든 도우려 했다. 어떤 이는 다락방 창문을 향해 돌을 던졌고, 어떤 이는 대문을 부술 듯이 세게 두드리며 최후의 경고를 날렸다.

"미스 바이, 당신이 인정을 베풀지 않으면 우리도 예의를 지킬 수 없어. 이러려고 대문 열쇠를 바꿨구먼! 빨리 열지 않으면 아예 부숴버릴 거야. 뒷일은 우리도 책임 못 져."

그녀는 불안한 표정으로 계단 앞에 서서 대문을 부숴버릴 것 같은 요란한 소리를 듣고 있다가 무슨 생각이 들었는지 탁자 위에 놓인 지갑을 집어 들고 밖으로 뛰쳐나갔다.

"내가 이까짓 집이 뭐 좋아서 있는 줄 알아? 들어가! 노인네 데리고 들어가라고! 당신들 다 들어가!"

그녀는 문 앞에 서서 분한 표정으로 소리쳤다.

"난 나갈 거니까 이 거지 같은 집, 도로 가져가라고!"

그녀는 몸을 살짝 옆으로 돌려 사람들 틈을 비집고 나갔다. 고개를 빳빳이 들고 바오룬의 집을 떠났다. 짧은 침묵이 지나간 후 이웃 사람들이 기쁨의 환호성을 질렀다. 바오룬 할아버지가 돌아오고 그녀를 쫓아냈다. 그녀는 길거리로 쫓겨났다. 그녀는 문득 뒤를 돌아봤다. 대문 앞에 모여 있던 사람들이 질서정연하게 흩어졌다. 할아버지와 함께 들어가는 사람도 있고, 돌아가는 사람도 있었다. 뉘 집 개인지 큰 누렁이 한 마리도 펄쩍펄쩍 신이 나서 바오룬의 집으로 들어갔다. 그녀는 자기가 사용하던 부엌, 침대, 신발, 옷가지, CD플레이어 등이 이웃들에게 낱낱이 공개되는 장면을 상상했다. 그들은 그녀의 물건을 함부로 만지며 그녀의 숨겨진 사생활을 캐내려 할 것이다. 하지만 참죽나무거리에 이미 선녀라는 이름까지 떠돌고 있으니 이제 와서 뭘 더 숨기겠는가? 이제 그녀는 배 속의 아이말고는 정말 가진 것이 아무것도 없었다. 이렇게 생각하니 불안보다 분노가 치밀었다.

'그래, 봐라! 맘대로 봐! 이런 보잘 것 없는 인생, 더 보잘 것 없는 인간들한테 다 보여주지, 뭐.'

하염없이 걷다가 선인교에 다다를 즈음 다리가 아팠다. 그녀는 다리 난간에 앉아 류성에게 전화를 걸었다. 류성은 그녀의 거친 욕설을 꾹 참고 다 듣고는 그녀를 위로했다.

참새 이야기

"산전수전 다 겪은 사람이 그깟 정신 나간 노인네가 뭐가 무섭다고 그래? 마음 굳게 먹고 조금만 참아. 내가 바로 가서 상황 정리할게."

그녀는 화도 나고 자기 신세가 너무 처량해 눈물이 나려 했지만, 선인교는 오가는 사람이 많아 울기에 적합한 장소가 아니었다. 어떻게 감정을 가라앉혀야 할지 몰라 휴대폰으로 최대한 얼굴을 가리고 교각 사이를 통과하는 시커먼 강물을 하염없이 바라봤다. 더러운 강물을 보고 있자니 강물에 빠져 죽은 처참한 시체가 어른거리는 것 같았다. 갑자기 속이 메슥거리고 얼마 전 쓰다 만 유서가 머릿속에 떠올랐다. 이 세상을 증오해! 이 세상의 모든 인간을 증오해!

여기에 이어 쓴다면 뭐라고 써야 할까? 머릿속이 온통 하얗게 되면서 아무것도 생각나지 않았다. 그녀는 왜 머릿속이 하얀지 잘 알았다. 죽고 싶지 않기 때문이다. 그녀는 어떻게 이 세상을 헤쳐가야 하는지, 어떻게 이 세상 사람들을 마주해야 하는지 방법을 몰랐다. 그저 증오하는 것말고는 다른 방법이 없었다.

저쪽에서 젊은 부부가 다정하게 손을 잡고 걸어왔다. 느릿느릿 행복한 표정으로 걸어오는 여자는 곧 출산이 임박한 듯 배가 남산만 했다. 그녀가 젊은 임산부를 주시하자 상대방도 그녀의 배를 쳐다봤다. 두 사람의 시선이 마주치는 순간, 그녀는 얼굴이 빨개졌다. 그녀는 다른 임산부를 볼 때마다 왠지 모르게 부끄러웠다. 어느새 가까이 다가온 젊은 임산부가 그녀에게 웃음을 지으며 물었다.

"5개월쯤 됐나요? 초음파 검사 해봤어요? 지금쯤이면 아들인지 딸인지 알 수 있어요."

그녀는 낯선 사람과 아이 이야기를 하고 싶지 않다는 뜻을 표정에 담아 고개를 흔들었다. 젊은 임산부는 더 이상 말을 하지 않았지만 옆에 있던 남편이 자랑하고 싶어 못 참겠다는 듯이 소리쳤다.

"우리 아기는 아들이에요!"

그녀는 작은 목소리로 중얼거렸다.

"미친놈!"

볼록 솟은 자기 배를 보자 갑자기 우울해졌다. 아들이든 딸이든 어차피 팡 선생 자식일 뿐이라고 생각했다. 그녀의 모성은 아직 생기지 않았다. 가끔 사랑인지 호기심인지 모를 감정이 느껴졌지만 대부분 막연한 두려움이었다. 나는 과연 엄마가 될 수 있을까? 나는 왜 엄마가 되려할까? 그녀는 수없이 많은 잘못된 선택으로 자기 인생을 망쳤다고 생각했다. 어쩌면 이번 선택이 그 수많은 잘못 중 가장 어리석은 잘못이 될지도 모른다. 인생을 건 이번 도박에서 돈말고 무엇을 얻을 수 있나? 그녀는 다시 고개를 숙이고 배를 응시하다가 느닷없이 소리쳤다.

"됐어! 다 필요 없어!"

이 표독스러운 목소리가 메아리쳐 돌아오자 가장 놀란 사람은 그녀 자신이었다. 그녀의 증오는 사실 배 속 아기와는 아무 상관없었다. 죄 없는 아기를 악랄하게 위협하는 것이 양심에 찔리기는 했다. 그녀는 마 선생 부인이 성별을 알아보겠다며 배를 찌르던 일을 떠올리며 제 손가락으로 제 배를 찔러봤다. 왼쪽에 한 번, 오른쪽에 한 번. 그리고 최대한 부드러운 말투로 배 속 아기에게 자신의 속내를 모두 털어놓았다.

"아가야, 넌 남자니? 여자니? 어느 쪽이든 어차피 그 사람 것이니 난 궁금하지 않아. 아가야, 나만 아니면 누굴 만나도 다 좋았을 텐데 왜 하필 내 배 속에 들어왔니? 날 무정하다 탓하지 마. 사람을 잘못 찾은 네가 바보였던 거지. 미안해. 난 네 엄마가 될 수 없어. 나중에 다시 다른 엄마를 찾아가렴."

그녀는 선인교를 내려가 택시를 잡아타고 곧장 산부인과 병원으로 향했다.

산부인과는 임산부들의 세상이다. 그러나 그녀는 다른 임산부와 달랐다. 쉴 새 없이 두리번거리는 모습이 매우 수상쩍었다. 간호사는 그녀가 정기검진을 받으러 온 산모라고 생각해 그녀가 가야 할 방향을 가리키며 길을 알려줬다.

"난 진찰받으러 온 게 아니에요. 그냥 좀 둘러보러 왔어요."

수술실 앞에서 잠시 서성거리던 그녀는 갑자기 커튼을 젖히고 안으로 들어가려다 간호사에게 제지당했다.

"지금 수술실 비어 있는 거 아닌가요? 유도분만수술 해주세요."

간호사는 별로 놀랍지도 않은 듯 담담한 표정으로 그녀의 배를 훑어보며 이맛살을 찌푸렸다.

"남편이랑 싸웠어요? 아무리 그래도 아기한테 화풀이를 하면 안 되죠. 남편 아기는 본인 아기이기도 하잖아요."

"아기는 쓸모없는 존재에요. 내 남편도 전혀 관심 없어요. 그 사람 지금 외국에 있어요, 파리요."

그녀는 본의 아니게 세상 모든 엄마들의 노여움을 사고 말았다. 주변에 있던 모든 임산부들의 시선이 그녀에게 꽂혔다. 도저히 용서할 수 없는 악마 같은 인간을 노려보며 당장이라도 달려들 것 같았다. 간호사도 한 아이의 엄마였다.

"아기가 쓸모없다니, 그럼 쓸모 있는 건 뭐죠?"

그녀는 갑자기 말문이 막혔다. 간호사가 굳은 표정에 이상한 말투로 다시 물었다.

"남편이 파리에 있다고요? 파리가 뭐가 멀어요? 비행기 타고 오라고 하세요. 유도분만수술은 아주 위험해요. 사람이 죽을 수도 있어요. 혹여 그런 일이 있어도 병원은 책임지지 않아요. 그래서 보호자 사인이 필요한 거죠."

그녀는 저도 모르는 사이에 사람들의 공분을 일으켰다. 그녀 자신도 화가 났지만 일단 구석으로 후퇴해 머리를 굴리다가 다시 간호사에게 달려갔다.

"사실 난 고아로 자랐고, 지금은 이혼했어요. 갑자기 가족을 만들어낼 수는 없잖아요. 내 가족은 나 하나뿐이에요. 내가 직접 사인하면 안 되나요?"

간호사는 막무가내로 생떼를 쓰는 그녀를 날카롭게 노려보며 대꾸했다.

"아가씨가 예전에 고아였는지 아닌지는 내가 알 방법이 없지만, 이렇게 세련되고 예쁜 여자라면 지금은 분명히 가족이 있을 것 같네요. 이혼했어도 전남편이나 남자친구는 있겠지요? 안 그러면 어떻게 임신을 했겠어요?"

간호사 말에 가시가 있다고 느낀 그녀는 버럭 화를 내며 소리를 질렀다.

"전남편도 남자친구도 없어요. 없으면 왜 안 돼요? 그냥 날 창녀라고 치면 되잖아요. 창녀가 손님 아기를 가진 거니까 그냥 수술해주면 안 돼요?"

간호사 역시 그동안 별의별 임산부를 다 겪어본 터라 아주 냉정하고 침착했다.

"아가씨, 누가 아가씨한테 창녀래요? 아가씨를 위해서 충고하는 건데 왜 이렇게 똥오줌을 못 가려요? 머리가 어떻게 된 거 아니에요? 제

정신 맞아요?"

"지금은 제정신이에요. 하지만 계속 이렇게 질질 끌면 어떻게 될지 몰라요!"

"그럼 지금 제정신일 때 똑바로 생각하고 결정해요. 자학하지 말고 집에 돌아가서 마음을 가라앉히고 푹 쉬면 기분이 좀 나아질 거예요."

그녀는 발을 동동 구르며 계속 떼를 썼다.

"마음 좋은 사람인 척하지 말아요. 집에 돌아가라고? 내일이면 좋아진다고? 웃기네! 당신들은 다 집이 있겠지만 난 집도 없어! 당신들한테는 내일이 있겠지만, 나한테는 내일이 없어!"

그녀는 손바닥으로 벽을 탕탕 치며 울음을 터트렸다. 다들 그녀의 말과 행동이 못마땅했기 때문에 누구 하나 그녀를 위로해주지 않았다. 이때 그녀의 휴대폰이 울렸다. 그녀는 한바탕 울고 난 후 전화를 받았다. 류성이었다. 할아버지를 징팅병원에 돌려보내고 집안이 조용해졌으니 돌아가도 된다고 했다. 그녀는 눈물을 훔치고 정색하며 말했다.

"거긴 내 집이 아니야. 난 안 돌아가. 그것보다 일단 빨리 산부인과 병원으로 와. 와서 나 대신 사인 좀 해."

"무슨 일이야?"

"당연히 산부인과 일이지! 왜 이렇게 질문이 많아? 오라면 빨리 와! 참, 꼭 기억해. 오늘 넌 내 가족이야. 내 가족이 되는 거, 영광인 줄 알아!"

그녀는 한참 기다리다가 류성이 도착하자 아무 설명도 없이 그를 끌고 병원 사무실로 쳐들어갔다. 그리고 방금 전 그 간호사에게 보란 듯이 외쳤다.

"사인할 사람 왔어요! 남자친구가 왔어요. 남편이 왔어요. 가족이 왔으니 이제 수술해줘요."

간호사가 곁눈질로 류성을 힐끗 쳐다보고는 다시 그녀를 흘겨보며 말했다.

"파리에 있다면서 빨리도 날아왔네? 우주선이라도 타고 왔나 봐요? 그래도 오늘은 안 돼요. 유도분만수술은 다른 임신중절수술이랑 달라요. 생명을 죽이는 일이에요. 정상적인 부모라면 절대 하지 않아요. 당신들은 무책임한 부모지만 우리 병원은 법적으로 책임을 져야 하니 일단 규정대로 접수하고 진료 예약부터 하세요. 수술을 언제 할지는 병원이 결정해서 통보할 테니 돌아가서 기다려요."

대략 상황을 파악한 류성은 간호사와 입씨름을 하려는 그녀를 큰소리를 막았다.

"잠깐! 오늘 난 네 가족이니까 일단 내 말 들어."

류성이 그녀를 복도로 끌고 나가 삿대질을 하며 질책했다.

"사회생활을 그렇게 오래했다면서, 지금 보니 다 헛일했네. 세상을 왜 이렇게 몰라? 지금 애를 지우면 이제까지 고생한 의미도 없고 앞으로 희망도 사라지는 거야. 똑똑하다더니, 난 지금 네 IQ가 심히 의심스럽다!"

그녀는 피곤한 듯 벽에 기댔다.

"생각이 바뀌었어. 그 팡가 놈을 용서하고 내 힘으로 살아갈 거야."

류성이 그녀의 배를 보며 피식 웃었다.

"지금 생각을 바꾸기엔 너무 늦은 거 같은데? 이제부터 네 힘으로 살아간다고? 그것도 너무 늦지 않았어? 버티기만 하면 이길 수 있어. 몇 달만 더 견디면 고생 끝이라고."

"더 이상 못 견디겠어. 그 사람이랑 싸우는 거 그만 할래. 애 지우고 선전으로 돌아갈 거야. 예전처럼 노래하면서 처음부터 다시 시작할 거야."

류성이 절레절레 고개를 흔들었다.

"점점 멍청해지는구나. 처음부터 다시 시작해? 그건 유행가 가사에나 나오는 말이지. 몇 달만 더 견디면 그 타이완 놈한테 목돈을 받을 수 있잖아. 몇 십만 위안이라고 하지 않았어? 생각해 봐. 네가 그 몇 십만 위안을 벌려면 노래를 몇 곡 불러야 하는지."

"너처럼 가난하고 없는 것들은 돈이라면 다 환장하겠지만 난 그 정도 돈은 그렇게 중요하지 않아. 그 정도 재산에, 그 정도밖에 안 되는 남자를 위해 내가 아이를 품을 이유가 없어."

류성은 그녀의 새로운 계획과 그녀의 확신에 감히 의문을 제기할 수 없어 초조한 듯 손을 비비며 그녀를 달랬다.

"진정해. 마음을 가라앉히고 천천히 생각해보자고."

그는 실눈을 뜨고 손을 비비다가 갑자기 눈빛을 반짝이며 고개를 들었다.

"애를 지우더라도 그 타이완 놈 좋은 일이 되면 안 되지. 안 그래? 계약은 어떻게 돼 있는 거야?"

그녀가 고개를 숙이고 분개하듯 대답했다.

"양자택일 중 하나였어. 아이가 없어지면 그 사람 책임도 없는 거지."

"그 계약은 너무 불공평해! 타이완 놈은 돈도 있는데 왜 아무 책임도 안 져? 아이를 낳으면 당연히 돈이 필요하지만 아이를 지울 때도 돈이 있어야 해. 수술도 하고 몸도 추슬러야 하고 정신적인 보상, 시간에 대한 보상까지 다 그놈한테 청구해야지. 일단 돈부터 받고 수술을 해야지."

그녀는 눈시울을 붉히다가 곰곰이 류성의 말을 생각해봤다. 틀린 말은 아니었지만 그러자면 또 한 번, 신용 없는 여자가 돼야 했다. 그녀는 한참을 고민하다가 머뭇거리며 말했다.

"난 그 사람, 또 만나고 싶지 않아. 혹시 괜찮다면 네가 가보든가."

"좋아! 대신 반땡하는 거다?"

그녀가 울컥해서 소리쳤다.

"뻔뻔한 인간! 반땡? 네가 임신했어? 네가 애 가졌냐고!"

그녀가 무섭게 노려봤지만 류성은 들은 척도 하지 않았다. 결국 인심 쓰듯 한발 양보할 수밖에 없었다.

"그래, 좋아. 6대 4로 해. 내가 6, 네가 4. 이 정도면 됐지?"

46. 류성과 팡 선생

새로운 담판은 계속 미뤄졌다.

팡 선생이 타이완에서 온 부인을 데리고 구이린桂林에 이어 리장麗江으로 여행을 떠난 터라 만날 수가 없었다. 며칠 후, 류성은 팡 선생 부부가 여행에서 돌아왔다는 소식을 듣고 당장 그들이 사는 강변 별장으로 달려갔다. 갈 때는 주먹을 쥐고 단단히 벼르고 갔는데 올 때는 어깨가 축 처져서 돌아왔다.

"팡 선생 부인 말이야, 휠체어 신세야. 다리가 젓가락처럼 말라비틀어졌더라고. 팡 선생이 부인 휠체어를 밀고 다녀서 둘이 떨어지질 않으니 그 작자랑 말할 기회가 없었어."

참새 이야기

그녀에게도 놀라운 소식이었다. 언젠가 팡 선생 지갑을 억지로 열어 부인 사진을 본 일이 있었다. 그 타이완 여자는 외모는 평범했지만 미소가 귀여웠다. 한눈에 봐도 온갖 미덕을 두루 갖춘 현모양처 같았다. 팡 선생은 부인이 회계사이고 몸이 안 좋다는 말만 하고 입을 다물었다. 그뿐이었으니 팡 선생 부인이 장애인인 줄은 꿈에도 몰랐다. 그녀는 한동안 멍해 있다가 류성에게 물었다.

"팡 선생 부인, 예쁘든?"

"나이든 아줌마야. 예쁘다 안 예쁘다 할 게 없다고. 교회 다니는 사람 같아. 휠체어에 앉아서도 항상 무릎에 성경을 펴놓고 하느님을 연구하시더군."

팡 선생에 대한 감정은 모두 끝났다고 생각했는데, 왜 팡 선생 부인이 자꾸 궁금한 걸까? 그녀는 자기 마음을 알 수 없었다. 그녀는 머릿속으로 휠체어를 탄 타이완 여자의 모습을 상상하며 미스터리 영화의 결말을 예측하듯 강렬한 호기심에 사로잡혔다.

"팡 선생 부인을 만나야겠어."

"농담이지?"

"농담 아니야. 정말 만나고 싶어."

류성의 눈이 휘둥그레졌다.

"뭘 그렇게 놀라? 내가 팡 선생 부인 만난다고 했지, 언제 귀신 보러 간댔어? 왜 겁먹고 그래?"

류성이 이상야릇하게 웃었다.

"나야 무서울 게 없지만, 넌 무서워해야 하는 거 아니야? 도대체 그 아줌마를 왜 만나려는 거야? 넌 불륜녀야."

그녀는 류성의 무례함을 받아들였다. 그 말이 다른 사람들의 보편적인 시선이라는 생각이 들었기 때문이다. 그녀는 입을 삐죽이며 자조적으로 대꾸했다.

"그래, 불륜녀가 본부인이랑 얘기 좀 해야겠어. 아기 얘기도 하고, 하느님 얘기도 하고. 그러면 안 된다는 법이라도 있어?"

그녀는 류성에게 강변 별장에 함께 가달라고 부탁하면서 꼭 잘 차려입어야 한다고 강조했다. 양복은 꼭 명품 브랜드로, 없으면 시장에 가서 그럴 듯한 짝퉁이라도 사라고 했다. 눈치 빠른 류성은 그녀의 의도를 알아차리고 교활하게 웃었다.

"나더러 또 가족 행세하라고? 내일은 남자친구야, 남편이야?"

"뭐가 달라? 네 엄마가 동네에서 뭐라고 떠들고 다니는지 못 들었어? 내가 어렸을 때부터 버스였단다. 아무나 타고 내리는 버스. 남자친구든 남편이든 외간 남자든 다 똑같은 승객 아니겠어?"

그날은 마침 일요일이었다. 두 사람은 팡 선생 회사 직원이라고 강변 별장 경비원을 속였다. 도로를 따라 강가 쪽으로 걷다보니 고급주택가의 고상함이 물씬 느껴졌다. 걸어 다니는 사람은 그들뿐이고 온갖 다양한 종류의 견공들이 충직하게 주인의 마당을 지키고 있었다. 이곳 개들도 짖기는 했지만 참죽나무거리 개들과 비교하면 아주 점잖고 교양이 넘쳤다. 누군가 울타리에 가까이 오면 요란하게 짖었지만 지나가고 나면 곧바로 얌전해졌다. 두 사람은 이곳의 다양한 풍경 중 각기 다른 것에 마음을 뺏겼다. 그녀는 집들의 창문을 유심히 쳐다봤다. 커튼이 닫혀 있으면 커튼 색상과 무늬를 보고, 커튼이 열려 있으면 그 안의 가구, 전등, 장식품 등을 훑어봤다. 간혹 거실이나 침실에 사람 그림자가 보이기도 했다. 한편 류성은 차고와 그 주변에 세워져 있는 자동차에 홀딱 정신을 뺏겼다. 벤츠! BMW! 그는 계속 그녀에게 자동차 이름을 알

참새 이야기

려췄다. 그러다 갑자기 절망적인 한숨을 내쉬었다.

"좆같은 세상! 벤츠, 랜드로버, 또 벤츠. 젠장! 이건 또 뭐야? 포르쉐 카이엔이잖아!"

그녀는 류성의 말과 행동이 매우 거슬렸다.

"너 정말 우물 안 개구리구나? 뭐 이 정도 가지고 그렇게 놀라고 그래? 난 선전에서 람보르기니도 타 봤어. 수백 만 위안을 호가하는 그 차. 근데 뭐, 하나도 안 편해. 한 번 타봤는데 내리자마자 다 토해버렸어."

팡 선생 별장 앞에 도착한 두 사람은 잠시 주저했다. 장미와 월계화가 만발해 정원 전체가 울긋불긋 화려하게 빛났다. 풀밭 그네의자에 얇은 초록색 담요가 걸쳐 있고, 그 아래에 책 한 권이 있었다. 울타리 문을 열자 잡초를 뽑는 정원사가 보였다. 정원사는 팡 선생이 부인과 함께 교회에 예배드리러 가서 집에 아무도 없다고 했다. 그녀는 블라인드를 내린 창문과 정원 테라스를 번갈아 보다가 류성을 돌아보며 말했다.

"기다리지 뭐. 테라스로 가자."

그녀는 그네의자 옆을 지나면서 담요에 가려진 책을 집어 들고 테라스로 갔다. 인쇄상태나 이음새가 조잡한 것이 정식 출판된 책은 아닌 것 같았다. 타이완 번체자로 쓴 제목이 흥미로웠다.《하느님으로부터 잃어버린 영혼을 되찾는 법》. 테라스에는 파라솔, 탁자, 의자가 놓여 있고 탁자에는 생화 장식을 올려놨다. 그 옆에 자사紫砂로 만든 도자기 찻잔 세트가 있었는데, 작은 찻잔에 주인이 찻물만 마시고 남긴 찻잎이 보였다. 그녀는 찻잔을 들어 냄새를 맡아봤다.

"동정우롱차凍頂烏龍茶, 향 좋네."

"제기랄! 매일 테라스에 앉아 차를 마시며 지나가는 사람 구경이나 하시겠군. 그래 이런 게 사람 사는 거지."

그녀는 찻잔 두 개를 엎어놓고 비치의자에 앉았다. 뭘 해야 할지 몰라 한숨만 내쉬며 그네의자에서 들고 온 책을 펼쳤다. 첫 장 제목이 '하느님이 들을 수 있도록 정성스럽게 기도하라'였다. 그녀는 뭔가 생각하다가 류성에게 툭 한마디 던졌다.

"류성, 기도해본 적 있어?"

"기도가 뭐야? 염불이랑 똑같은 거 아니야? 재작년에 자운사慈雲寺에 가고, 작년에 대비사大悲寺에 가서 염불했었지. 우리 엄마가 하도 등 떠밀어서 가긴 했는데, 개뿔! 아무 소용없어! 만약 염불해서 이런 별장에 살 수 있으면 매일매일 하겠다."

"기도랑 염불이랑 어떻게 같아? 기도는 하느님한테 하는 거고, 염불은 부처님한테 하는 건데. 하느님이 부처님까지 돌보니까 하느님이 더 높은 거야. 넌 그것도 모르니?"

"하느님이든 부처님이든 그게 무슨 상관이야? 난 재물신한테만 빌 거야. 재물신이 가장 영험한 법이야. 못 믿겠으면 동네 사원에 가봐. 어디에 향이 제일 많이 타고 있는지 보라고. 향불이 가장 센 곳이 가장 영험한 존재야."

이때 정원사가 벌떡 일어나 도로 쪽으로 걸어갔다. 팡 선생 자동차가 경적 소리를 울리자 그녀는 자기도 모르게 귀를 틀어막았다. 테라스를 차지한 불청객을 발견한 팡 선생은 차문을 열면서 그들을 힐끗 쳐다보고, 차에서 내려 다시 한 번 쳐다봤다. 그의 눈에 놀라움, 두려움, 역겨움이 차례로 스쳤고 마지막으로 어렴풋이 부끄러움이 떠올랐다. 팡 선생은 먼저 휠체어를 내렸다. 금속재질이 햇빛을 받아 날카롭게 빛났다. 계속해서 빠르고 능숙하게 차에 있던 여자를 안아 휠체어에 앉혔다. 팡 선생 품에 안긴 여자는 아이처럼 작아보였는데 휠체어에 앉는 순

참새 이야기

간 상체가 쑥 올라왔다. 팡 선생 부인이었다. 그녀는 팡 선생 부인을 주시했다. 크림색 정장을 입고 고전적인 올림머리에 화장은 하지 않았다. 무릎 위에 놓인 검붉은 표지에 쌓인 책은 성경이 분명했다. 모든 것이 그녀의 상상과 일치했다. 다만 사진보다 훨씬 늙어 보였고, 그녀의 눈빛은 사진보다 밝고 상냥해보였다.

그녀는 팡 선생이 이렇게 빨리 냉정을 되찾을 줄 몰랐다. 그는 휠체어를 밀고 테라스로 와 부인에게 그녀를 소개했다.

"미스 바이가 왔군. 바로 여기."

놀랍게도 그녀의 존재는 팡 선생 부부 사이에 비밀이 아니었다. 얼마 전 그녀가 자신의 존재로 팡 선생을 위협했던 것은 전혀 의미 없는 행동이었던 셈이다. 바로 여기. 바로 이 여자. 그게 다였다. 연기를 하거나 복잡하게 둘러대거나 허세를 부릴 필요가 전혀 없었다. 복잡한 과정은 필요 없었지만 홀가분하기보다 실망스러웠다. 극적인 장면을 기대했건만 목욕탕 한가운데 벌거벗고 서 있는 기분이었다. 팡 선생 부인 몸에서 이름 모를 약초 냄새가 났다. 향기롭지는 않았지만 고약하지도 않았다. 그녀는 일부러 부인의 불편한 다리에 시선을 고정시켰다. 그러나 긴 바지로 잘 감싼 덕분에 특별히 이상해보이지 않았다. 다시 부인의 발로 시선을 옮겼다. 편한 단화를 신었는데 신발 위로 드러난 발등은 유난히 창백하고 조금 휘어 보일 뿐 역시 크게 이상하지 않았다.

"당신이 미스 바이인가요?"

팡 선생 부인이 먼저 말문을 열었다.

"정말 미인이네요. 역시 듣던 대로군요. 너무 예뻐요."

"어디 그쪽만큼 예쁘겠어요?"

가시 돋친 말투는 그녀 특유의 방어기제였다. 말을 내뱉고 보니 조금 무례했다는 생각이 들어 어떻게 할까 고민하다가 팡 선생을 노려봤다.

"내 말은 부인이 아니라 당신한테 한 말이에요. 내가 무례한 이유는 모두 당신 때문이야."

팡 선생 부인이 미소를 지으며 고개를 저었다. 그 미소는 마치 그녀를 용서한다는 듯이 한없이 너그럽고 따뜻하고 진실해 보였다. 팡 선생 부인이 그녀에게 손을 내밀었다.

"인사할게요. 내가 이 사람 부인이에요."

'당신이 누군지 다 알거든!'

평소 같았으면 이렇게 소리를 질렀겠지만 쓸데없는 행동이라고 생각해 조금 말투를 누그러뜨렸다.

"인사? 좋지요. 난 미스 바이예요."

팡 선생 부인 손은 비쩍 마르고 창백했고 손목에 비취 팔찌를 찼다. 그녀는 팡 선생 부인 손을 잡는 둥 마는 둥 하다가 팔찌에 시선이 꽂혔다.

"팔찌 예쁘네요. 유리종琉璃種이에요, 빙종氷種이에요? 그 정도면 십만 위안이 넘겠네요."

팡 선생 부인이 부드러운 미소를 지었다.

"이건 그렇게 비싼 비취가 아니에요. 리장 노점에서 오십 위안 주고 샀어요. 난 빙종 비취처럼 비싼 보석을 해본 적이 없어요. 그건 죄악이에요."

그녀가 피식 웃었다.

"비취 팔찌를 차는 게 죄라고요? 왜요? 누가 그래요?"

팡 선생 부인이 성경을 들어 올리며 엄숙하게 말했다.

"예수님은 사치를 죄악이라고 말씀하셨어요."

그녀가 다시 대꾸하려는데 류성이 끼어들어 팡 선생 부인 말에 강력히 반발했다.

"예수님 말은 그냥 말뿐이죠. 그리고 예수님은 외국 사람들 살피기도 바빠서 우리나라 사람들 일에는 관심 없어요."

팡 선생 부인이 온화한 눈빛으로 질책하듯 류성을 힐끗 쳐다본 후, 남편에게 물었다.

"저분은 누구죠? 왜 소개를 안 해줘요?"

팡 선생이 두 팔을 벌리고 어깨를 으쓱해보였다.

"난 모르는 사람이오. 미스 바이에게 물어봐야 할 거 같은데?"

그녀는 팡 선생 얼굴에서 미처 숨기지 못한 그의 속마음을 읽었다. 류성을 향한 무시와 자신을 향한 멸시. 그녀는 류성을 어떻게 소개해야 좋을지 고민했다. 남자친구? 그냥 친구? 아니면 암흑가 친구라고 하면서 겁을 줘야 하나? 이때 성질 급한 류성이 먼저 나서서 팡 선생 부부에게 명함을 건네며 자기소개를 시작했다.

"내가 누군지는 중요하지 않아요. 난 억울한 피해자를 도우러 온 사람이죠. 팡 선생, 부인. 제가 두 분께 먼저 가르침을 구할까 하는데 괜찮을까요? 비취 팔찌를 차는 것이 죄라면, 여자를 가지고 노는 것은 죄일까요, 아닐까요? 어떤 놈이 여자를 가지고 놀다가 배까지 부르게 만들었는데, 글쎄 그놈이 바지만 추켜올리고 도망가 버렸어요. 예수님이 이걸 보시면 뭐라고 말씀하실까요?"

팡 선생이 휠체어 방향을 돌리며 부인의 대답을 가로막았다.

"우릴 모욕하려는 거야. 저런 놈 말에 일일이 대꾸할 필요 없소. 안으로 들어갑시다."

"대답해야죠."

팡 선생 부인의 표정은 담담했지만 눈빛은 강렬했다.

"죄입니다."

"그래요, 죄가 있죠. 좋아요. 그럼 다음 질문, 죄가 있는 자는 어떻게 다스려야 할까요?"

"죄가 있으면 속죄해야 합니다. 기도하고 참회하고 하느님 앞에서 속죄해야 합니다. 하느님이 들어주실 때까지 용서를 빌어야 합니다."

"부인, 정말 대단하시네요. 아주 똑똑해요. 그런데 뭘 착각하시나본데 아기를 가진 건 미스 바이예요. 하느님이 아니라! 하느님이 저자를 용서한다고 미스 바이한테 좋을 게 뭐예요?"

"하느님이 당신들을 구원하실 거예요."

팡 선생 부인은 잠시 생각을 정리하고 진지하게 말을 이어갔다.

"그래요, 구원. 구원받는 거예요. 구원보다 좋은 게 어디 있나요?"

"구원이 좋긴 뭐가 좋아? 돈이 나와 밥이 나와? 뭔 쓰잘머리 없는 구원 타령이야?"

류성이 삐딱하게 벽에 기댄 채 팔짱을 끼고 다리를 떨며 말했다.

"부인, 제발 좀 현실을 직시하시죠? 우린 지금 마니 얘기를 하는 겁니다. 미스 바이는 내일 수술을 해야 해요. 몸도 추스리자면 비용이 만만치 않아요. 자, 마니를 얼마나 내놓으시겠습니까?"

"마니요?"

팡 선생 부인이 어리둥절한 표정으로 남편을 쳐다봤다.

"저 사람이 달라는 마니가 뭐예요?"

팡 선생이 난감한 표정으로 머뭇거리다가 대답했다.

"돈, 영어 Money를 말한 거요. 돈을 달라는 거요."

팡 선생 부인은 심각한 표정으로 가슴 앞에서 십자가를 그리고 손바닥을 성경에 갖다 댔다.

"천박해! 더러워!"

그녀는 중얼거리며 처참하고 고통스러운 눈빛으로 두 불청객을 쳐다보다가 갑자기 남편에게 고개를 홱 돌리며 분노를 쏟아냈다.

"당신도 더러워! 당신도 죄인이야. 난 당신들이랑 얘기하고 싶지 않아. 난 들어갈 거예요. 빨리!"

팡 선생이 휠체어를 밀고 지나갈 때 부인의 몸에서 나는 약초 냄새, 그 맑은 기운이 그녀의 몸을 휘감았다. 쾅! 별장 현관문이 세게 닫혔다.

"위선자들! 봤지? 돈 얘기 나오니까 바로 꽁무니 빼는 거. 정말 가식적인 인간들이야."

그녀는 할 말을 잃은 채 이를 악물었다. 터질 것 같은 격렬한 심장 박동을 느끼며 또 한 번 자신의 실수를 인정해야 했다. 이 만남은 그녀가 상상한 것과 전혀 달랐다. 도대체 왜 팡 선생 부인을 만나려고 했을까? 그녀는 팡 선생 부인에게 억울하게 모욕을 당한 것 같기도 하고, 당연한 비난을 받은 것 같기도 했다. 울고 싶었지만 여기서 울 수는 없었다. 떠나고 싶어도 이대로 떠날 수는 없었다. 마음이 갈팡질팡했다. 그녀는 마지막으로 팡 선생 별장을 제대로 봐두고 싶었다. 단단히 마음을 먹고 현관문 쪽으로 걸어갔다. 현관 유리문 너머로 가장 먼저 휠체어가 보였다. 사람은 없고 성경책이 펼쳐진 채 휠체어 발판에 떨어져 있었다. 잠깐 동안 팡 선생 부부 사이에 충돌이 있었던 것이 분명했다. 고개를 돌리자 거실 바닥에 쓰러져 옆으로 누운 팡 선생 부인이 보였다. 팡 선생이 부인 주변을 쿵쾅거리며 왔다 갔다 했다. 급하게 뭔가를 찾는 것 같았다. 어렴풋이 팡 선생의 화난 목소리가 들렸다.

"난 그깟 협박 하나도 무섭지 않아. 계약을 했다고. 여기 계약서가 있다고!"

팡 선생 부인이 허공에 헛손질을 하자 손목에서 짙은 푸른빛이 어른거렸다. 팡 선생을 잡으려던 손이 아래로 털썩 떨어지더니 거실 바닥을 계속 두드렸다.

"죄인들, 당신들 모두 죄인이야! 계약? 그 계약 하느님에게 허락받았어? 다들 불결해, 더러워! 용서받지 못할 거야. 구원받지 못할 거야. 하느님은 당신들을 구원하지 않을 거야!"

그녀는 도저히 안으로 들어갈 수가 없었다. 마음이 괴롭기 짝이 없었다. 팡 선생 부인의 처절한 울음소리가 그녀를 무너뜨렸다. 그녀는 자신이 더러운 죄인처럼 느껴졌다. 정말 죄인이 된 느낌. 그녀는 그냥 돌아서서 정원으로 향했다. 류성이 뒤쫓아 와 그녀를 붙잡았다.

"가려고? 그냥 가려고? 왜?"

"그만두자. 장애인이랑 싸우고 싶지 않아."

"부인이 장애인이지, 그 작자는 아니잖아. 어떻게 그 자식을 용서할 수 있어?"

"됐어. 그깟 돈 몇 푼이나 된다고. 그냥 갈래."

류성이 눈을 둥그렇게 뜨고 따졌다.

"그럼, 오늘 여기는 왜 온 거야? 날 갖고 노는 거야?"

그녀는 류성이 뭐라고 하든 내버려 두고 울타리 문을 열고 혼자 밖으로 나갔다. 잠시 걸음을 멈춘 그녀는 뒤를 돌아보며 류성에게 이렇게 말했다.

"장미꽃 몇 송이 꺾어와. 노란색으로."

그녀가 오십 미터쯤 걸어가도록 류성은 뒤따라오지 않았다. 그때

저 앞에서 제복을 입은 보안요원들이 다급하게 뛰어왔다. 그중 한 명이 무전기를 들고 다급하게 외쳤다.

"보안입니다. 금방 도착해요."

그녀는 왠지 불안한 마음에 발길을 돌려 보안요원들을 따라갔다. 팡 선생 별장 입구가 시끌벅적했다. 멀리서 보니 팡 선생 부인 휠체어가 바닥에 나뒹굴고 류성과 팡 선생이 한데 뒤엉켜 있었다. 두 사람이 서로 휠체어를 뺏으려는 것 같았다. 팡 선생의 고함소리가 들려왔다.

"건달 놈, 인간쓰레기. 네가 사람이야? 백주대낮에 남의 집에 들어와서 휠체어를 훔쳐가?"

"그래, 난 인간쓰레기다. 그러는 넌 사람의 탈을 쓴 짐승이야. 넌 인간도 아니라고. 지독한 구두쇠! 이 휠체어는 담보물이야. 미스 바이 건강을 위한 담보물이라고!"

류성은 노란 장미가 아니라 휠체어를 가져오려 했던 것이다. 그녀는 류성의 마음이 이해가 됐지만 너무 부끄러웠다. 이런 행동은 류성이 아니면 할 수 없을 것이다. 류성의 도를 넘은 행동은 너무 천박해보였다. 그녀는 싸움을 말리고 해명을 할 생각에 울타리 앞까지 갔다. 고개를 드는 순간 별장 현관문에 뭔가 어른거렸다. 문틀을 잡고 상체를 일으킨 팡 선생 부인이었다.

"미스 바이, 돌아와요. 우린 이제부터 자매예요. 우리 얘기 좀 해요."

온 힘을 다해 소리치는 팡 선생 부인의 눈가에 눈물이 반짝이는 것 같았다.

"미스 바이, 하느님을 믿으세요. 꼭 믿어야 해요. 이렇게 계속 타락하면 지옥에 떨어진다고요."

그녀는 덜컥 겁이 나서 커다란 나무 뒤에 몸을 숨기고 좌우를 살폈

다. 일단 하이힐을 벗어 핸드백에 쑤셔 넣고 단화를 신었다. 탁, 탁. 두어
번 발을 굴려 신발 상태를 확인하고 별장 정문을 향해 쏜살같이 달렸
다. 뒤에서 보안요원의 고함소리가 들려왔다.

"패버려! 꽉 잡아! 도망 못 가게 잡아! 어서 경찰에 신고해!"

시끌벅적한 가운데 류성의 애절한 목소리가 들려왔다.

"미스 바이, 돌아와. 와서 설명 좀 해. 이건 훔치는 게 아니라 담보물
이라고!"

잠깐 발길을 멈춘 그녀는 그 자리에 서서 잠시 망설였다. 그러나 돌
아갈 용기가 없어, 몇 초간 고민하다가 결국 혼자 도망쳤다.

47. 둘만의 밤

깊은 밤, 누군가 문을 두드렸다. 틀림없이 류성이리라. 다락방 창문
을 열고 내다보니 역시나 류성이 문 앞에 웅크리고 앉아 그녀를 올려다
보고 있었다.

"꽌시를 통해서 방금 파출소에서 풀려났어. 그냥 민사다툼이니까."

류성이 손가락으로 승리의 브이자를 그렸다.

"무죄석방! 난 괜찮아."

"괜찮으면 됐어. 아까는 미안했어."

그녀는 일단 사과를 하고 말투를 바꿔 류성을 혼내기 시작했다.

"넌 도대체 생각이 있니 없니? 한밤중에 여기 찾아와 떠들고 싶어?
빨리 돌아가. 뭐든 내일 얘기해."

　　　　　　　　　　　　　　　　　　참새 이야기

"돌아갈 수가 없어. 우리 엄마가 화가 나서 문을 안 열어줘. 나, 여기서 하룻밤만 재워주면 안 돼?"

그녀는 어이가 없어 콧방귀를 뀌었다.

"개소리!"

그녀는 창문을 닫고 불을 끄고 누웠다. 생각할수록 화가 나서 다시 창문을 열고 소리쳤다.

"다 큰 남자가 어디서든 하룻밤 보내면 되지, 여기가 어디라고 찾아와? 여길 오는 게 말이 돼? 네 엄마가 알면 내일 또 나보고 버스라고 욕하겠지!"

"우리 엄마가 여기로 가라고 했어."

"네 엄마가 나 미워하는 거 몰라? 그냥 화가 나서 한 말이잖아! 네 엄마가 가라고 했든 말든 내가 오라고 한 것도 아니잖아? 가서 네 엄마한테 물어봐. 혹시 여기가 한밤중에도 마음대로 드나들 수 있는 기생집인 줄 아느냐고!"

류성은 한참 말이 없다가 힘없이 중얼거렸다.

"의리 없이! 너무해. 여자들은 의리가 없어."

류성이 씩씩거리며 돌아섰다가 다시 다락방 창문을 올려보며 조금 더 강한 비난을 퍼부었다.

"이제 네가 어떤 인간인지 확실히 알았어. 잘해줘 봐야 아무 소용 없는 인간, 양심도 없는 인간. 넌 진짜 양심도 없어."

가로등에 비친 류성의 실망한 얼굴이 보였다. 헬쑥한 얼굴에 덥수룩한 턱수염, 초췌한 얼굴이 오늘따라 섹시했다.

"내 양심은 아주 옛날에 개가 물어갔어. 그걸 이제 알았어?"

그녀는 반사적으로 반격했지만 그의 뒷모습을 보자 갑자기 연민에 휩싸였다. 그래서 창틀을 똑똑 두드리며 말했다.

"알았어, 알았다고. 어차피 버스라고 소문 다 난 걸 뭐. 직접 열고 들어와."

그녀는 열쇠를 마른 걸레로 싸서 다락방 창문 밖으로 던졌다. 그녀가 예상한 대로 열쇠는 바닥에 떨어질 때 툭하고 짧고 둔탁한 소리만 났다. 그래도 마음이 놓이지 않아 창문을 닫기 전에 이웃집 창문을 유심히 살폈다. 혹시 캄캄한 창문 너머에 깨어 있는 눈과 귀가 있으면 어쩌지?

'내일 뭐라고 떠들지 모르겠지만 맘대로들 해. 내 평판이야 벌써 바닥에 떨어진 지 오래니까 상관없어.'

그녀는 아래층으로 내려가지 않았고, 류성에게 부엌에 컵라면이 있으니 알아서 먹고 아래층에서 자라고 일렀다. 류성은 안뜰에서 찬물로 샤워를 하고 집안으로 들어와 그녀에게 물었다.

"혹시, 바오룬 옷 어디 있는지 알아?"

"안방 옷장에 남자 옷 몇 개 있더라. 누구 건지는 몰라. 직접 찾아 봐."

류성이 안방에 들어가 낡은 옷장과 서랍을 뒤졌다. 덜컹, 삐걱 소리와 함께 투덜거리는 류성 목소리가 들렸다.

"이런 낡은 팬티를 어떻게 입어? 이건 바오룬 아버지 거 아니면 할아버지 거 같은데. 죽은 사람 아니면 미친 사람 거네. 바오룬 팬티 좀 찾게 다락방에 올라가도 돼?"

"안 돼! 절대 올라오지 마. 여기도 바오룬 옷 없어. 죽은 사람이면 어떻고 미친 사람이면 어때? 옷은 옷이지. 대충 아무거나 입어."

그녀는 큰 상자를 가져와 계단 입구를 막는 임시 문으로 삼았다. 그녀가 불을 끄자 아래층 불도 꺼졌다. 사방이 조용했다. 그녀는 다락방에 류성은 아래층에, 두 사람 모두 바오룬 집에 누워 있다. 그녀는 이상한 기분이 들었다. 그녀와 류성이 바오룬 집에서 함께 잠을 자게 되다니. 문득 옛날에 키우던 토끼 두 마리와 파란 철제 토끼장이 생각났다. 지금 그녀와 류성은 꼭 그 옛날 토끼들 같았다. 흰색, 회색 토끼가 그랬던 것처럼 그들도 바오룬이라는 토끼장에 갇혀 버린 것 같았다.

그녀가 막 잠들려는데 사라졌던 바오룬 냄새가 어디선가 스멀스멀 피어올랐다. 기름진 머리카락, 오랫동안 빨지 않은 신발과 양말, 겨드랑이 암내가 뒤섞인 바오룬의 체취가 그녀를 휘감았다. 그리고 음험한 말투로 이렇게 물었다.

'어때? 지금 기분이 어때?'

동틀 무렵, 그녀는 계단이 삐걱거리는 소리에 잠이 깼다. 틀림없이 류성이 올라오는 것이리라. 처음에는 조심스럽게 나무계단을 더듬다가 나중에는 대담하게 쿵쿵거리며 올라왔다. 계단 입구에 커다란 그림자가 나타났다. 그녀는 침대에 일어나 앉아 류성의 그림자를 향해 날카롭게 소리쳤다.

"왜? 또 강간하려고?"

그림자가 그 자리에 굳어버렸다.

"그렇게 말하지 마. 그럴 생각도 없어. 네 배가 그렇게 불룩한데 짐승이 아니고서야 어떻게 그런 짓을 해?"

그림자가 상자를 넘어왔다.

"답답해서 잠이 안 와. 너랑 얘기나 할까 해서."

"좋아. 대화 상대는 해줄게. 하지만 거기 서서 얘기해."

그녀가 불을 켜고 가위를 집어 들었다.

"도대체 하고 싶은 말이 뭔데?"

류성이 상자에 앉아 머리를 긁적였다.

"할 말은 많은데 어떻게 시작해야 좋을지 모르겠어. 먼저 옛날 일부터 얘기할게. 그때 그, 그 취수탑 일……. 사실 내가 그렇게 나쁜 놈은 아니거든. 내 주변 사람들은 내가 괜찮은 놈이라고도 해. 난 지금까지도 그때 내가 왜 너한테 그런 짓을 했는지 잘 모르겠어. 우리 엄마는 내가 혼이 나간 거라고, 내가 혼을 잃어버렸다고 했어. 그때 이 거리에 영혼을 잃어버린 사람이 많았던 거 알지?"

"그래, 알았어. 그 일은 네 탓이 아니라 네 혼이 나갔기 때문이라고 하자. 됐지? 그럼, 지금은? 지금은 혼을 찾은 거야?"

"지금? 지금 상황은 좀 복잡해. 네가 없을 땐 내 혼이 몸에 붙어 있는데, 네가 돌아온 후로 다시 혼이 나갔어."

"무슨 뜻이야? 내가 요물이라 네 혼을 뺏어간다는 거야? 네 엄마가 만날 하는 말이 어떻게 네 입에서 나올 수 있어?"

"아니야, 달라. 우리 엄마는 미신에 빠져서 다 네 탓으로 돌리는 거고, 난 네 탓이라고 생각하지는 않아."

류성이 고개를 이리저리 돌리다가 전구를 쳐다보며 말을 이었다.

"저 등, 너무 눈부셔서 고개를 들 수가 없어. 불 좀 끄면 안 되겠어? 몇 마디만 더 하고 내려갈게."

그녀는 잠시 주저하다가 불을 껐다. 어두워지자 가위를 더 꼭 쥐었다.

"어서 말해. 가능한 간단하게. 고백이나 구애는 하지 마. 그런 말 절대 안 믿어. 그런 수작 아주 지겹다고."

"구애도 아니고 고백도 아니야. 굳이 말하자면 내 진심이야."

가장 적당한 표현을 찾으려 고심하다 보니 말을 꺼내기가 더 힘들고 어려웠다.

"내가 좋아하는 사람은 너인데, 또 그렇지 않기도 해. 내가 너한테 잘해주는 건 사실 선녀한테 잘해주는 거야. 너무 복잡한 문제라 우리 가족들은 아무도 이해 못 해. 넌 이해하니?"

그녀는 더 이상 참을 수 없어 가위로 침대를 내리치며 소리쳤다.

"말을 하려거든 똑바로 해. 세상 무식한 놈이 어디서 유식한 척이야? 쓸데없이 심오한 척하지 마. 내가 대신 정확하게 말해줄까? 선녀도 나고, 미스 바이도 나야. 내가 널 법의 심판 앞에서 자유롭게 해줬으니 죄책감을 느끼고 나한테 진 빚을 갚으려는 것이겠지. 이렇게 간단한데 이해 못할 게 뭐 있어?"

"아니야. 훨씬 복잡해. 그냥 단순한 죄책감이나 빚을 갚아야겠다는 생각이 아니야. 지금 내 상황은 훨씬 복잡해."

어둠속이었지만 류성의 말에 진심이 느껴졌다.

"넌 어떻게 생각할지 모르겠지만, 결혼상대로 볼 때 내 조건이 부족한 게 전혀 아니거든. 그런데 내가 왜 지금까지 결혼을 안 했는지 알아? 솔직히 그동안 같이 잔 여자도 아주 많아. 그중에는 너보다 훨씬 예쁜 여자들도 많았어. 그런데 나는 전혀 만족스럽지가 않았어. 누굴 만나도 선녀만큼 순결하고, 선녀만큼 날 흥분시키고, 선녀만큼 섹시하지 않았어. 나도 내가 왜 이러는지 모르겠어. 꼭 귀신에 홀린 것 같아. 어떤 여자든 한번 자고 나면 그걸로 끝이었어. 혹시 넌 알겠니? 내가 왜 이러는지?"

그녀와 류성은 마치 선녀가 제3자인 것처럼, 전혀 다른 사람인 것처럼 이야기했다. 어둠 속의 그녀는 미동도 없었지만, 마음 한구석이 희미하게 저려오더니 점점 날카로운 통증으로 변했다. 그녀가 갑자기 이를 악물고 류성에게 가위를 휘둘렀다.

"왜 그런지 말해줘? 이 개 쓰레기야! 선녀는 묶여 있었거든. 선녀는 처녀였고, 겨우 열다섯 살이었으니까! 남자란 동물은 전부 다 그런 선녀를 강간하고 싶어하지! 더러운 강간범! 당장 내 앞에서 꺼져!"

류성은 날아오는 가위를 피하고 고개를 푹 숙인 채 일어섰다.

"진정해, 진정하라고. 이럴 줄 알았으면 절대 너랑 알은 척하지 않았을 거야. 과거는 그냥 지나가게 내버려 두라고? 제기랄! 내 과거는 왜 지나가지 않는 거야?"

그는 계단 입구에 서서 깊은 유감을 드러냈다.

"이것 봐, 너도 날 모르잖아. 그래도 난 널 마음을 터놓을 수 있는 친구라고 생각했는데, 넌 날 여전히 강간범으로 취급하는구나."

어느덧 희미하게 날이 밝아왔다. 달그락달그락, 우유배달원이 수레를 끌고 지나가는 소리가 들렸다. 그녀는 다락방 침대에 누워 계속 뒤척였다. 아래층에서 류성의 코고는 소리가 들려왔다. 두 사람의 어긋난 대화 이후 그녀는 고통 속에 빠졌지만 류성은 오히려 시름을 덜어낸 것처럼 보였다. 왠지 불안하고 초조한 그녀는 슬리퍼를 들고 다락방 마룻바닥을 탕탕 두드렸다.

"방금 전까지 진심을 털어 놓는다 어쩐다 하더니 그새 코를 골아? 네가 돼지새끼냐?"

"돼지가 나만큼 피곤할 일이 있겠냐? 코 안 골도록 옆으로 누울게."

하지만 그는 정말 피곤했는지 잠자는 자세를 유지할 상황이 아니었다. 금방 다시 코 고는 소리가 울렸다. 그녀는 다시 슬리퍼를 집어 들었지만 차마 마룻바닥을 두드리지 못했다. 그냥 참기로 했다. 인내는 특별한 화학반응을 일으키며 뜻밖의 결과를 만들어냈다. 코 고는 소리가 점점 자장가로 변해갔다. 그녀의 잠자리를 위한 배경음악처럼 모든 소리가 오직 그녀를 위해 노래했다. 잠들어라, 잠들어라, 깊이 잠들어라. 내가 아래층에서 지켜줄게. 내가 널 지켜줄게.

그녀는 날이 밝은 후에야 겨우 잠이 들었다. 부엌 수도꼭지에서 똑똑 물 떨어지는 소리가 들렸다. 이 소리가 그녀의 마음을 평온하게 해줬다. 이 평온함에서 왠지 모르게 달콤한 행복이 느껴졌다. 달콤한 행복. 지난밤에 진심을 토로한 후 맞이한 다음날의 여명은 달콤했다. 그녀는 이 여명의 달콤함을 충분히 누리고 싶었다. 세월이란 참 신기했다. 세월은 소녀 시절 그녀의 토끼장을 꼭 닮은 대형 토끼장을 만들었다. 그녀는 그 안에 갇힌 한 마리 토끼가 되었고, 누군가 그녀를 지켜줬다. 지금 그녀는 이 대형 토끼장에서 그녀를 지켜주는 이가 누구인지 정확히 알지 못했다. 다락방을 비추는 여명 사이로 어렴풋이 바오룬의 모습이 보였다. 그는 이 집 위 아래층을 자유자재로 떠돌아 다녔다. 깊은 상처를 간직한 눈빛으로 두 사람을 주시했다. 감시하는 것 같기도 하고 지켜주는 것 같기도 했다. 이때부터 꾸기 시작한 꿈이 띄엄띄엄 이어졌다. 꿈이란 늘 기괴한 법이다. 그녀의 꿈에 나타난 이는 바오룬도 류성도 아닌 바오룬 할아버지였다. 꿈에서 본 할아버지는 온몸에 밧줄을 휘감고 하염없이 눈물을 흘리며 지붕에 앉아 있었다. 그 눈빛은 쏙독새처럼 음울하고 서글퍼 보였다.

'내 영혼을 잃어버렸어. 내 영혼이 어디로 갔을까? 아가씨, 한줄기 빛을 봤어요? 어떤 소녀가 내 영혼을 훔쳐갔는데, 그게 아가씨야? 아가씨가 내 영혼을 훔쳐갔어?'

그녀는 9시쯤 일어나 어슬렁어슬렁 아래층으로 내려갔다. 안뜰에서 류성 목소리가 들려왔다.

"죽 끓여놨어. 따뜻할 때 먹어. 난 옷 좀 널고 갈게. 내 옷 빨면서 네 옷도 빨았어."

그녀는 힐끗 안뜰을 보며 말했다.

"뭐 하느라 아직도 안 갔어?"

류성은 그 질문은 미처 예상하지 못했는지 대답을 못했다. 그는 손에 쥔 그녀의 자줏빛 주름치마를 잠시 넋 놓고 바라보다가 빨래집게 두 개로 빨랫줄에 고정시켰다.

"이 치마 너무 예쁘다."

솥단지를 올려놓은 가스레인지 불이 약하게 켜져 있고 향긋한 쌀 끓는 냄새가 풍겨왔다. 식탁에 단정하게 썰어놓은 오리알 장조림과 자차이榨菜(중국 쓰촨 지방의 절임 반찬)가 놓여 있었다. 그녀는 자리에 앉아 죽을 먹다가 문득, 이 아침이 평온하고 아름답다는 생각이 들었다. 류성과 함께 있는 이 순간이 싫지 않았다. 두 사람은 연인도 아니고 부부도 아니고 그 전에 같이 밤을 보낸 적도 없었지만, 이 순간만큼은 사이 좋은 부부처럼 손발이 척척 맞았다. 그가 안뜰에서 빨래를 널고 그녀는 부엌에서 죽을 먹고 있으니 이렇게 아름다운 아침이 또 있을까? 그녀는 자차이를 씹으며 저도 모르게 중얼거렸다.

"웃긴다, 정말 웃겨. 정말 웃기지 않아?"

이런 장면은 그녀가 오랫동안 꿈꿔온 평범한 가정의 모습이었다. 여자라면 최소한 이 정도 행복을 누려야 한다고 생각했다. 예전에 그녀는 취잉이 이런 행복을 주리라, 팡 선생이 이런 행복을 주리라, 혹은 그녀가 마음을 줬던 남자들이 이런 행복을 주리라고 생각했었다. 그때 그녀는 남자들에게 이런 비슷한 질문을 했었다.

"당신, 나중에 나를 위해 아침 죽을 끓여줄 수 있어요? 내 속옷을 빨아 줄 수 있어요?"

남자들은 그러겠노라고 굳게 약속했다. 하지만 굳게 약속한 주인공들은 모두 사라졌고 정작 그녀를 위해 아침을 준비하고 빨래를 해준 남자는 류성이었다. 정말 웃기지 않은가?

죽을 한 그릇 더 먹으려고 일어서는데 갑자기 배 속 아기가 움직이는 것이 느껴졌다. 아기가 그녀 배를 발로 차는 것 같았다. 가볍게 한 번 두 번 차더니 왼쪽에서 오른쪽으로 움직이는 것이 느껴졌다. 다음에는 조금 더 세게 찼다. 그녀의 잠옷 원피스가 살짝 흔들리는 것이 느껴질 정도였다. 그녀는 마법에 걸린 것처럼 의자에 달라붙어 움직일 수 없었다.

"웃긴다, 정말 웃겨. 어떻게 움직일 수가 있지?"

류성이 부엌으로 들어오다가 멍하니 죽 그릇을 들고 있는 그녀를 보고 무슨 일인지 물었다.

"왜 그래? 죽 싫어해?"

"아니, 죽이 아니라 아기. 아기가 살아 있어! 지금 움직이고 있어!"

"보이지도 않는데 살았는지, 움직이는지 어떻게 알아?"

그녀가 죽 그릇을 내려놓고 아기의 장난스런 발장난을 따라가며 배를 쓰다듬었다.

"내 배 속에 있는데 내가 모르면 누가 알아? 여기, 아기 발이 여기 있어. 아기가 발로 내 배를 찬다고!"

이 놀라운 현상은 몇 분 더 이어지다가 천천히 가라앉았고 그녀도 곧 냉정을 되찾았다. 그녀의 표정이 꽤 심각해졌다.

"벌써 6개월이 다 돼 가는데 어떻게 죽이겠어? 설마 어디가 이상한 애는 아니겠지?"

류성이 눈을 찡긋거리며 장난스럽게 대꾸했다.

"애가 이상한지 아닌지는 그 애비가 어떤 인간인지를 보면 알겠지."

"걱정돼 죽겠단 말이야. 좀 진지할 수 없어?"

그는 그녀 말대로 금세 진지한 표정을 지었다.

"내가 언제는 안 진지했어? 난 유전자 문제를 말하고 싶은 거야. 너, 둥펑 알지? 둥펑 아버지 왼손이 육손이었는데, 둥펑 왼손도 육손이잖아. 그리고 아류, 아류 아버지가 매부리코인데 아류도 딱 매부리코잖아. 두 사람 코가 완전 똑같이 생겼다니까!"

"그럼 넌? 네 유전자는 어떤 유전자야? 나중에 네 아들도 강간범이 되겠네?"

류성은 당황한 나머지 사레가 들려 아무 말도 하지 못했다. 고개 숙인 그녀의 손가락이 볼록 튀어나온 배 위를 천천히 지나갔다. 그녀의 손가락이 부들부들 떨렸다.

"아기가 움직이는데 나는 왜 무섭지? 너도 그때 그 간호사가 하는 말 들었지? 모레 병원에 가면 수술이 아니라 살인을 하는 거야."

류성이 굳게 다문 입술에 손가락을 갖다 댔다. 답변을 거부하겠다는 의미였지만 그녀의 눈빛이 계속 대답을 재촉하자 손을 휘휘 저으며 말했다.

"그런 눈으로 보지 마. 내 애도 아닌데 어쩌라고? 애를 어떻게 할 건지는 애 엄마아빠가 결정해야지. 애 아버지는 인간도 아니고, 그래도 애 엄마는 사람이니까 엄마가 결정해."

"난 너무 혼란스러워. 네가 대신 생각해줘."

"생각은 해도 내가 결정할 수 있는 일이 아니잖아. 어떻게 결정해도

참새 이야기

다 최악이야. 더구나 넌 날 신뢰하지도 않잖아. 괜히 나섰다가 나중에 또 너한테 욕이나 먹지."

그녀는 조금 다른 눈빛으로 류성을 힐끔거리며 다시 죽을 먹기 시작했다. 거실 텔레비전에서 갑A리그(중국 프로축구 1부 리그. 2004년에 출범한 슈퍼리그의 이전 명칭) 녹화방송이 흘러나오고 있었다. 광분한 해설자가 목이 터져라 고함을 질렀다.

"골~인! 정말 그림 같은 스터닝 골이 터졌습니다!"

"시끄러워 죽겠네! 너 같은 애나 보지, 중국 축구를 누가 봐? 가서 텔레비전 좀 꺼. 이번엔 내가 너랑 얘기 좀 해야겠어."

류성이 의아해하며 텔레비전을 끄고 자리로 돌아와 긴장한 듯 그녀의 표정을 살폈다.

"우리끼린데 뭐 이렇게 복잡해? 그냥 편하게 얘기해. 참, 넌 두 사람 몫을 먹어야 할 텐데, 죽으로 부족하면 나가서 고기만두라도 좀 사올까?"

그녀는 일어서는 그를 힘껏 잡아당겨 다시 의자에 앉혔다.

"앉아. 먼저 너한테 확인해야 할 문제가 하나 있어."

그녀가 눈빛을 반짝이며 류성을 똑바로 쳐다봤다.

"사람들이 나보고 버스라는데, 너도 내가 버스라고 생각해?"

"얘기한다는 게 겨우 그거야?"

류성이 멋쩍게 웃더니 한 치의 망설임도 없이 대답했다.

"네가 버스면, 난 버스기사겠다. 하하하!"

"말은 잘하지."

표정만으로는 그녀가 화가 났는지 슬픈지 확실치 않았다. 죽 그릇 가장자리를 만지작거리는 그녀의 손가락 끝이 미세하게 떨렸다.

"내가 버스고 네가 버스기사면, 우리 정말 잘 어울리는 한 쌍 아니야? 지금부터 잘 들어. 두 번째 질문이야. 너, 이 버스 운전해볼래?"

류성은 잠시 멍한 표정을 짓더니 얼굴이 새빨개지면서 손을 내저었다.

"내 말은 그냥 농담이야. 너무 진지하게 받아들이지 말라고."

"넌 농담인지 몰라도 난 진심이야. 난 운명을 받아들이기로 했어. 앞으로 내 인생에 무슨 좋은 날이 있겠어? 내가 선택할 수 있는 길은 두 가지뿐이야. 하나는 아이를 낳아 아이한테 의지하는 것이고, 다른 하나는 네 대답에 달렸어. 내가 만약 아이를 지우면 나랑 함께 해줄 수 있어?"

"함께 하다니? 그게 무슨 뜻이야?"

류성이 고개를 갸웃하다가 찬장에 부딪혔다. 찬장에 있던 냄비와 그릇이 드르르 흔들렸다. 그는 뒤통수를 문지르며 쭈뼛거렸다.

"'함께'라는 게 남편을 말하는 거야, 남자친구를 말하는 거야?"

"넌 어느 쪽을 원해?"

그녀의 얼굴이 점점 더 창백해지고 목소리가 떨리기 시작했다.

"이 질문은 내가 너한테 하는 거잖아. 네가 원하는 건 남편이야, 남자친구야?"

그는 초조한 듯 입술을 핥으며 머뭇거렸다. 잠시 후 어색한 미소를 지으며 대답했다.

"남편은 복잡할 거 같고 남자친구로 하자."

순간 집안 공기가 무겁게 가라앉았다. 그녀는 질식할 것처럼 가슴이 답답했다. 도저히 눈물을 참을 수 없었다. 이미 눈시울이 붉어지기 시작했다. 우는 모습을 보이지 않으려고 얼른 식탁에 엎드렸다.

"그래. 이제 네 마음을 분명히 알았어."

그녀는 식탁에 엎드린 채 실성한 사람처럼 웃었다.

"하하, 웃긴다. 정말 웃겨. 꽃이 소똥을 찾아갔는데 소똥이 꽃을 무시하네. 하하하! 소녀가 강간범한테 시집가겠다는데 강간범은 소녀가 싫대. 소녀가 더 이상 순결하지 않아서, 소녀가 버스가 돼버렸거든."

그녀는 그렇게 한참 웃고 나서야 조금 진정한 듯 몸을 일으켰다. 그리고 젓가락을 들고 류성에게 삿대질을 하며 다시 한바탕 퍼부었다.

"속았지? 그냥 네가 어떻게 생각하는지 한번 떠본 거야. 진짜인 줄 알았어? 흥! 네가 뭔데 내 남자친구가 돼? 넌 개새끼보다 더러워! 당장 꺼져!"

류성은 그녀 어깨를 토닥이며 위로하고 싶었지만 슬며시 손을 내밀다가 결국 움츠러들었다. 그녀는 곁눈질로 류성이 천천히 걸어 나가는 모습을 지켜봤다. 그가 부엌 문 앞에 잠시 멈췄다.

"순간적인 감정으로 결정하지 말고 침착하게 다시 생각해봐. 춘경이 부르는 것 같아. 난 가볼게. 오늘 차 보러 가기로 했거든."

그녀는 말없이 죽 그릇을 들고 후루룩 마셨다. 류성이 현관문 앞에서 한 번 더 멈췄다.

"춘경이 날 부르는 게 맞네. 사고 보험금이 나와서 다시 차를 사려고. 차가 없으면 일을 할 수 없으니까. 선양진베이^{沈陽金杯}를 살까 해."

48. 류성의 결혼식

그녀는 결국 엄마가 될 준비를 시작했다. 힘들었지만 일단 결정을 내리고 나니 마음이 편안했다.

그녀는 가끔 양산을 받치고 나가 쇼핑센터를 구경하곤 했다. 그녀는 옛날부터 쇼핑을 좋아했다. 지갑 사정만 넉넉하다면 하루 종일도 돌아다닐 수 있고 전혀 피곤하지도 않았다. 예전에는 옷, 액세서리, 매니큐어, 마스카라에 마음을 뺏겼지만 지금은 큰 흥미를 느끼지 못했다. 요즘은 쇼핑센터에 가면 주로 아기용품을 구경했다. 배가 남산만 한 임산부가 꾸며봐야 소용없고 어차피 할 일도 없으니 곧 태어날 아기를 위해 쇼핑센터를 들락거리는 것만큼 시간 보내기 좋은 일도 없었다.

그녀는 유모차를 미리 사두려 했지만 눈은 높고 돈이 넉넉지 않으니 아무리 돌아다녀도 마땅한 물건이 없었다. 보는 것마다 물건이 조잡하거나 값이 너무 비쌌다. 그녀는 판매원에게 불평을 늘어놓고 아기옷 가게로 발길을 돌렸다. 하지만 거기서도 마음에 드는 물건이 없었다. 여러 가게를 돌아다닌 끝에 진열대에 놓인 아기 모자가 눈에 들어왔다. 작은 꽃이 화려하게 수놓인 아기 모자는 가격도 적당했다. 옆에서 다른 임산부가 고개를 갸웃거리며 같은 모자를 주시하고 있었다. 그녀는 그 임산부를 밀치고 앞으로 나가 잽싸게 선수를 쳤다. 그녀는 모자를 손에 쥐고 판매원에게 당당하게 물었다.

"이 모자, 여자아기 거예요? 남자아기가 써도 돼요?"

"상관없어요. 다 괜찮아요. 아기용품은 예쁘면 그만이죠. 손님 아기는 아들이에요, 딸이에요?"

그녀가 당황한 듯 머뭇거렸다.

"그게, 아직 몰라요. 알고 싶지 않아서요. 일단 사죠, 뭐."

그녀가 모자를 들고 계산대로 걸어가는데 옆에서 갑자기 웬 아주머니가 달려들더니 땀을 줄줄 흘리며 계산대 앞을 가로막았다. 그녀는 평소 성격대로 거칠게 아주머니를 밀치며 소리쳤다.

"이 아줌마가! 도대체 뭐가 그렇게 바빠서 둘밖에 없는데 그걸 못 기다리고 새치기를 해요?"

계산대를 가로막은 아주머니가 고개를 홱 돌리며 그녀에게 손을 내밀었다.

"아기 모자, 이리 줘. 내가 계산할 테니."

그녀는 두 눈이 휘둥그레졌다. 아주머니는 바로 류성 어머니 사오란잉이었다. 그녀는 귀신이라도 본 것처럼 뒷걸음질치며 아기 모자를 등 뒤로 감췄다.

"모자 달라니까. 내가 외손자한테 선물하고 싶어서 그래."

사오란잉의 열정적인 미소는 다소 과해보였다.

"제발 그런 눈으로 보지 마. 우리가 원수지간도 아니고. 잊었니? 넌 내 수양딸이잖아. 외손자 모자 하나 사주는 거야 당연한 일이지."

"날 미행했어요?"

그녀가 혐오스럽다는 듯 사오란잉을 노려봤다.

"꼭 이렇게까지 해야겠어요? 난 아줌마 아들이랑 확실히 선을 그었다고요. 도대체 왜 날 쫓아다녀요?"

"그게 무슨 소리야? 내가 무슨 스파이야? 누가 널 미행했다는 거야?"

사오란잉이 위층과 에스컬레이터를 가리키며 말했다.

"난 침구세트 사러 5층에 올라가는 길에 우연히 널 본 것뿐이야. 평소 같으면 이렇게 비싼 상점에 안 왔겠지만 이번에는 특별히 신방을 꾸며야 하니 어쩔 수 없이 온 거야. 우리 류성이 샤오리랑 곧 결혼하거든."

그녀는 잠시 놀랐지만 금방 정신을 차리고 독하게 대꾸했다.

"샤오리? 그게 누군데요? 여자는 맞아요?"

사오란잉이 눈을 흘겼지만 그녀와 말싸움 할 생각은 없어 보였다.

"우리 샤오리 본 적 있어? 아직 못 봤지? 얼마나 예쁘다고!"

사오란잉은 아주 자랑스러운 말투로 며느리 칭찬을 이어갔다.

"예쁘기만 한 게 아니라 예의도 바르고 분수를 지킬 줄 아는 지혜로운 아가씨야. 그리고 샤오리는 공무원이야."

그녀는 샤오리가 누군지 관심 없었다. 하지만 류성이 이렇게 빨리 결혼할 줄은 꿈에도 몰랐다. 사오란잉은 이 얘기를 떠벌리고 싶어 안달난 것처럼 보였다. 반짝이는 눈빛에 기쁨이 넘쳐흘렀다. 그 눈동자는 기쁨, 해방, 행복이 한데 모여 승리의 불꽃을 터트리듯 아주 환하게 빛났다. 그녀는 사오란잉 눈동자에서 터지는 승리의 불꽃을 보고 있자니 환청이 들리는 것 같았다.

'요물을 쫓아냈다! 이 혐오스러운 요물을 드디어 쫓아냈어! 우리 아들 류성을 드디어 구해냈어.'

그녀의 심장이 불에 덴 것처럼 뜨거워졌다. 그러나 애써 냉정을 유지하며 담담한 미소를 지었다.

"좋네요, 좋아. 샤오리도 좋고, 결혼도 좋고."

그녀는 아기 모자를 사오란잉에게 내던졌다.

"아들이 결혼하면 금방 손자를 보겠네요. 이 모자는 아줌마 손자나 씌워요."

그녀는 두 번 다시 류성을 보지 않으리라 다짐했다. 류성도 눈치를 챘는지 그 후로 그녀 근처에 얼씬거리지 않았다. 그녀는 갑작스러운 류성의 결혼 소식이 사실인지 확인할 길이 없었다. 일반적으로 당사자 어머니의 말이라면 틀림없는 사실이겠지만 류성 어머니 사오란잉은 잔꾀가 많은 사람이라, 사오란잉의 말은 왠지 믿음이 가지 않고 의심스러웠다. 하지만 자존심 때문에 누군가에게 류성의 결혼 소식이 사실인지 물을 수가 없었다. 그녀는 마 선생 약국을 여러 번 드나들며 이런저런 약을 사느라 쓸데없이 돈만 낭비하고 묻고 싶은 말은 입 밖에 꺼내지도 못했다. 이 일은 강물에 떠가는 나룻배처럼 끊임없이 그녀 마음을 떠돌았다.

그러던 어느 날, 반짝거리는 선양진베이 봉고차와 함께 류성이 약혼녀를 데리고 나타났다. 류성은 건넛집 앞에 차를 세우고 클랙슨을 눌렀다. 그녀는 그것이 자신을 향한 것임을 잘 알았다. 당황한 그녀는 다락방 창가로 달려가 창밖을 살폈다. 양복에 가죽구두를 신은 류성이 운전석에서 내려 약국으로 걸어갔다. 류성은 류성인데 조금 달라 보였다. 파마를 새로 한 것 같았다. 그는 약국 둘째 아들 샤오마를 만나 담배를 피우고 다리를 흔들며 잠깐 이야기를 나눴다. 모든 일이 잘 풀리는 듯 자신감이 넘쳐 보였다. 새로 산 은회색 봉고차에 낯선 아가씨가 앉아 있었다. 피부는 까무잡잡하지만 전체적으로 참해 보였다. 아가씨역시 방금 파마한 듯 머리가 한껏 부풀어 올랐는데 아주 촌스러웠다. 그 아가씨가 앞 유리창에 바짝 붙어 밖을 쳐다봤다. 아가씨 눈이 날카롭게 빛나더니 그 시선이 천천히 위로 올라왔다. 고개를 돌리며 주변을 꼼꼼히 살피고 의심스런 눈빛으로 그녀의 다락방을 노려봤다.

봉고차가 떠난 후, 그녀는 문틈에 끼워놓은 청첩장을 발견했다. 펼쳐보니 류성이 직접 쓴 것 같은 서툰 글씨가 보였다.

괜찮다면 와서 축가 좀 불러줘. 보수는 지불할게.

울 수도 웃을 수도 없었다. 청첩장에서 신부의 정보를 찾으려 했지만 이름 석 자 외에는 아무것도 없었다. 신부는 리씨가 아니라 추이씨였다. 추이샤오리. 그런 이름은 들어본 적이 없었다. 그녀는 추이샤오리가 누구인지 전혀 몰랐다. 그러나 추이샤오리가 자신을 알고 있다는 사실은 직감적으로 알 수 있었다.

음력 8월 8일은 중국 사람들이 가장 선호하는 결혼 길일이다. 이 날이 되면 참죽나무거리는 물론 중국 전역이 들썩거렸다. 류성의 결혼식도 8월 8일이었다. 그녀는 류성을 축하하러 갈 생각이 없었다. 당연히 결혼식 축가도 부를 생각이 없었다. 지금 그녀는 8월 8일을 어떻게 보내야 할지 고심 중이다. 어떻게 해야 하루를 멋지게 보낼 수 있을까? 가장 먼저 떠오른 생각은 파리나이트에서 파티를 벌이는 것이었다. 노래하고 춤출 아가씨를 부르고 근사한 꽃이 장식된 테이블에서 샴페인을 터트리며 떠들썩한 파티를 열고 싶었다. 문제는 이 낭만적인 파티를 어떻게 계산할 것인가였다. 그녀는 주머니 사정이 여의치 않은 현실을 직시하고 차선책을 생각했다. 하지만 멋지고 행복한 하루를 위해서라면 역시 돈을 쓰긴 써야 했다. 그녀는 8월 8일의 계획을 자세히 종이에 적어뒀다.

리런싱 미용실에 가서 머리를 한다. 하겐다즈에 가서 아이스크림을 먹는다. 비취가게에 가서 유리종 펜던트를 산다. 웨스턴스테이크에 가서 스테이크를 먹는다. 마지막으로 꼭 기억할 것! 크리스챤 디올 포이즌 향수를 산다.

그녀는 포이즌 향수를 뿌리고 집에 돌아오는 것으로 이날 하루를 완벽하게 마무리할 생각이었다.

음력 8월 8일, 참죽나무거리의 여러 집에서는 결혼식이 열려 분위기가 경쟁적으로 달아올랐다. 강 건너 연꽃골목에서도 딸을 시집보내는 집이 있는지 아침 일찍부터 천지를 뒤흔드는 폭죽소리가 끊임없이 들려왔다. 폭죽소리를 들으며 세수를 하는데 지붕에서 쾅 소리가 났다. 지붕 기와에 뭔가 묵직한 것이 떨어진 것 같았다. 곧이어 뭔가 타는 냄새가 풍겼다. 그녀는 안뜰로 달려갔다. 어디서 날아왔는지 알 수 없지만 결혼 축포 잔해가 지붕에 떨어진 것이 분명했다. 모락모락 연기가 피어올랐다. 그녀는 지붕을 덮은 루핑펠트에 불이 붙을 것을 염려해 얼른 바지랑대를 들고 의자에 올라가 폭죽 잔해를 끄집어내 바닥으로 밀어냈다. 의자에서 내려와 떨어진 것들을 쓰레받기에 쓸어 담는데 울긋불긋한 폭죽 잔해 사이로 작은 손전등이 보였다.
안뜰 한쪽 구석에 조용히 누워있는 손전등. 낡고 무거운 철제 손전등은 온통 녹으로 뒤덮여 까맣게 보였다. 전면 유리막과 작은 전구는 깨져버렸고 사이사이에 진흙이 들어찼다. 진흙에 푸른 이끼가 덮여 있어 신비로워보였다. 그녀가 진흙을 걷어내려 비질을 하자 손전등이 몸부림치듯 데구루루 구르다가 금방 다시 멈췄다. 안에 뭐가 들었는지 꽤 묵직해 보였다. 호기심이 생긴 그녀는 한참 낑낑댄 끝에 겨우 녹슨 뚜껑을 비틀어 열었다. 뚜껑이 열리는 순간 고약한 냄새가 확 풍겼다. 오랜 세월 비좁은 원통에 흘러들어간 진흙이 딱딱하게 굳어 있었고 그 사이에 엇갈려 밀어 넣은 백골 두 개가 보였다. 백골 위에서 아주 작은 회백색 벌레가 꿈틀거렸다. 그녀는 비명을 지르며 손전등을 집어던졌다. 속이 뒤집혀 한동안 입덧이 멈추지 않았다.

기묘한 순간에 찾아온 기묘한 손전등. 그녀는 사방을 두리번거리며 손전등이 어디서 나타났을까 생각해봤다. 아무래도 지붕에서 떨어진 것이 분명했다. 그녀가 폭죽 잔해를 끌어내릴 때 같이 안뜰로 떨어졌을 것이다. 그런데 이것이 왜 지붕 위에 있었을까? 그 안에 든 진흙에 싸인 백골은 뭘까? 왜 하필 8월 8일 아름답게 하늘을 수놓는 폭죽과 함께 나타났을까? 그녀는 더 이상 생각하고 싶지 않아 숨을 참고 걸레로 손전등을 싸고 담장 밖으로 힘껏 던졌다. 손전등이 폐쇄된 강가 돌계단에 떨어져 굴러가다가 강물에 빠지는 소리가 들렸다. 더럽고 구역질나는 괴상한 손전등은 강물에 가라앉았다.

그녀는 왠지 꺼림칙해 손을 세 번이나 씻고는 심각한 표정으로 약국 마 선생 부인을 찾아갔다.

"혹시 우리 집 안뜰로 손전등 던졌어요?"

어리둥절한 표정을 하고 있던 마 선생 부인이 갑자기 눈을 빛내며 그녀에게 자세한 사정을 물었다. 긴장한 듯 이야기를 듣던 마 선생 부인이 날카롭게 비명을 질렀다.

"강물에 던져버렸다고? 아이고, 이를 어쩌! 바오룬 할아버지가 십년 넘도록 찾아 헤맨 건데! 그 집은 조상 묘가 없어서 그 유골이 전부야. 아가씨가 던져버린 건 그냥 낡은 손전등이 아니라 그 집 조상이라고. 이런 엄청난 잘못을 저질러놓고 왜 그런 억울한 표정을 짓고 있어? 그렇게 함부로 지껄이고 욕할 일이 아니야. 빨리 가서 손전등 건져와!"

그녀 역시 예전에 할아버지와 관련된 이야기를 들은 기억이 났다. 가슴이 덜컥 내려앉았지만 약해보이고 싶지 않았다.

"내가 그걸 왜 건져요? 누가 우리 집 안뜰에 버리라고 했나? 그런

구역질나는 물건을 어떻게 집에 놔둬요? 난 버릴 자격이 있다고요!"

음력 8월 8일 정오 무렵, 그녀가 외출 준비를 하고 있을 때 바오룬이 찾아왔다. 양복을 입고 넥타이를 맨 그는 분명 누군가의 결혼식 피로연에 가는 길이리라. 그는 문 앞에 서서 마 선생 부인에게 전해들은 이야기 내용이 사실인지 물었다. 그는 말하고 듣는 내내 문틀에 시선을 고정시킨 채 그녀를 보지 않았다.

"네가 우리 할아버지 손전등을 찾았다던데?"

"내가 찾은 게 아니고 그게 제멋대로 지붕에서 굴러 떨어졌어."

그는 여전히 문틀만 쳐다봤다.

"네가 손전등을 강물에 던져버렸다고?"

그녀는 살짝 겁이 나 오히려 큰소리를 쳤다.

"구역질나 죽는 줄 알았어. 백골에, 거기 달라붙은 벌레까지. 강물에 던져버리지 않으면 어디다 버려?"

그는 잠시 침묵하다가 무표정한 얼굴로 물었다.

"내가 좀 들어가도 되겠어? 들어가서 찾아보려고. 안뜰을 통과해야 할 거 같은데 괜찮을까?"

그녀는 문을 열어주며 생각보다 상황이 심각함을 느꼈다. 그러나 바오룬의 태도는 그다지 험악하지 않았다. 그녀는 바오룬 뒤를 쫓아가며 해명을 늘어놓았다.

"이건 내 탓이 아니야. 손전등에 든 게 네 할아버지 영혼인지 어떻게 알아? 네 할아버지 영혼이 지붕 위에 있을 줄 누가 알았겠어?"

바오룬이 좁은 복도를 지나가며 냉담하게 대꾸했다.

"널 탓하지 않아. 그냥 백골인데, 뭐. 다 미신이고 꾸며낸 이야기야.

우리 할아버지 혼은 옛날에 사라졌어. 그걸 무슨 수로 되찾아?"

그녀는 바오룬의 이성적인 대답에 안심하며 고개를 끄덕였다.

"네 할아버지는 정말 이상한 사람이야. 조상 뼈가 든 거면 잘 묻어 뒀어야지, 왜 지붕 위에 올려놨다니?"

바오룬이 망연자실한 표정으로 대꾸했다.

"나도 몰라. 원래 상록수 나무 밑에 묻었다고 했는데, 그게 왜 지붕 에서 떨어졌을까? 정말 귀신이 곡할 노릇이네."

그는 뭔가 생각하더니 진지하고 단호한 말투로 말했다.

"우리 할아버지는 이상한 사람이 아니야. 너무 놀라서, 너무 큰 충 격을 받아서 그래. 할아버지 혼도 크게 놀라는 바람에 날아간 거고. 어 쩌면 조상들도 할아버지가 못미더워서 스스로 움직였는지 몰라. 어떻 든 바닥보다는 위가 사람들 손길로부터 안전하잖아? 안 그래?"

안뜰 한쪽 벽은 강가와 면해 있고 강가와 연결된 작은 문이 있었지 만 이미 오래전에 막아버렸다. 바오룬은 약국에서 사다리를 빌려와 벽 을 넘어가 강가 돌계단에 내려섰다. 그녀는 살짝 옆으로 몸을 돌려 조 심스럽게 사다리를 올라갔다. 바오룬이 어떻게 할아버지 영혼을 건져내 는지 보고 싶었다. 양심의 가책을 느낀 그녀는 사다리에서 적극적으로 바오룬을 도왔다.

"그쪽으로 조금만 더 가봐. 오른쪽으로, 조금만 더 오른쪽으로."

바오룬이 여러 번 물밑으로 잠수해 들어갔지만 번번이 허탕이었다. 그가 물밑에서 건진 것은 기다란 숫돌과 청자 밥그릇뿐이고 나머지는 모두 시커먼 진흙덩어리였다. 그녀는 결국 자신의 실수를 만회하지 못 했다. 손전등은 도대체 어디로 휩쓸려갔을까? 강 건너에서 연꽃골목 사 람들이 뛰어나와 그 모습을 지켜보고 있었다.

"거기 누구요? 강물에서 뭘 찾는 건가?"

그녀가 바오룬 대신 대답했다.

"손전등 찾아요."

"손전등에 뭐가 들었는데? 황금?"

"황금이 들었으면 강물에 버렸겠어요? 죽은 사람 뼛조각 두 개요. 거기, 좀 도와줄래요?"

이 말에 연꽃골목 사람들은 재빨리 흩어졌다. 바오룬이 물 밖으로 나와 흠뻑 젖은 채 돌계단에 앉아 잠시 쉬었다. 그녀가 마른 수건을 던져주자 그녀를 흘깃 쳐다보더니 고개를 끄덕였다. 마치 고맙다는 말 따위는 할 줄 모르는 사람처럼, 눈빛으로 고마움을 전했다. 바오룬의 상체는 까무잡잡하고 어깨가 넓었다. 어깨 위에 남은 물 얼룩이 햇빛에 반짝거려 마치 은목걸이를 한 것처럼 보였다. 물 얼룩이 두꺼운 팔뚝을 타고 천천히 아래로 흘러내리며 서서히 말라갔다. 팔뚝에 새겨진 문신이 햇빛을 받아 유난히 푸르게 빛났다. 그는 양쪽 팔뚝에 각각 두 글자의 문신을 새겼다. 왼쪽에는 군자君子, 오른쪽에는 보구報仇. 그녀가 바오룬의 맨몸을 본 것은 이번이 처음이었다. 그의 팔뚝에 새겨진 문신이 그의 살결 위에서 푸른 불꽃으로 변해가는 것 같았다. 군자보구君子報仇. 군자의 복수는 십 년이 지나도 늦은 것이 아니다, 라는 말을 하고 싶은 것일까? 십 년이면 딱 지금이다. 확실히 늦지는 않았다. 저 팔뚝의 군자는 누구에게 복수를 하려는 것일까? 그녀의 눈앞에 문신과 종이 한 장이 겹쳐 보였다. 체포영장 종이에 어렴풋이 자기 이름이 적혀 있는 것 같았다. 갑자기 가슴이 답답하고 다리에 힘이 풀렸다. 그녀는 서둘러 사다리를 내려왔다.

그녀는 문신 따위는 무섭지 않았다. 하지만 바오룬의 문신은 너무 두려웠다. 그 네 글자를 보는 순간 귓가에 '사사삭' 하고 밧줄이 피부를 휘감는 소리가 들렸다. 어깨에서 엉덩이까지, 밧줄이 온몸을 휘감는 것 같았다. 곧이어 미세한 통증이 느껴졌다. 밧줄이 피부를 조이는 쓰라린 통증이었다. 그녀는 후다닥 집안으로 뛰어 들어가 계단 아래 놓인 상자를 끌어냈다. 그 안에 있던 밧줄을 몽땅 꺼내 품에 안고 다락방으로 올라갔다. 다락방도 안심할 수 없었다. 결국 여기도 바오룬의 집이니 어디에 숨겨도 안심할 수 없었다. 다급한 가운데 좋은 생각이 떠올랐다. 그녀는 가위를 찾아들고 밧줄을 자르기 시작했다. 밧줄 자르기는 생각보다 쉽지 않았다. 이를 악물고 안간힘을 쓰며 하나하나 밧줄을 잘라냈다. 묶을 수 없을 만큼 짧게 잘라야 했다. 잠시 후 포기하듯 가위를 내려놓았다. 유난히 질긴 나일론 밧줄이 몇 가닥 남았지만 아무리 용을 써도 잘리지 않았다. 그녀가 초초해하고 있을 때 안뜰에서 인기척이 들렸다. 바오룬이 손전등 찾기를 포기하고 돌아온 것이다.

바오룬은 류성 결혼식에 늦을까봐 일단 나온 것이었다. 그는 다락방 아래에서 크게 소리쳤다.

"지금 몇 시쯤 됐어?"

당황한 그녀는 남은 밧줄을 침대 밑에 쑤셔 넣으며 대답했다.

"늦었어. 벌써 한 시가 넘었어."

"그러네. 손전등은 포기했어. 두 시까지 가서 신부를 맞이하는 걸 도와주기로 해서."

"그래. 빨리 가봐. 신부를 맞는데 늦으면 안 되지."

그녀는 숨을 죽이고 바오룬이 떠나기를 기다렸다. 하지만 그는 다시 계단 앞에 와서 소리쳤다.

"미스 바이, 잠깐 내려올 수 없어?"

그녀는 머리가 쭈뼛해지면서 반사적으로 날카롭게 외쳤다.

"왜? 왜 내려오라는 거야?"

그는 잠깐 머뭇거리다가 멋쩍게 대답했다.

"여기 연꽃 가져왔는데, 싫으면 말고."

계단 아래로 고개를 내밀자 그의 새카만 손에 들린 연꽃이 보였다.

"어디서 떠내려 왔는지 모르겠네. 꽃 좋아하지 않아?"

"좋아하지. 왜 안 좋아하겠어?"

하지만 그녀는 여전히 발이 떨어지지 않았다. 함부로 내려갈 수 없어 조심스럽게 아래층 상황을 살피던 중 그의 팔뚝이 눈에 들어왔다. 그의 상체는 유약을 발라 잘 구운 도자기처럼 고동색 빛을 내뿜었다. 오른쪽 팔뚝은 일부러 수건으로 감싼 것 같았다. 왼쪽 팔뚝 문신은 여전히 푸르게 빛났다. 군자. 그녀가 머뭇거리며 내려오지 않자 그는 조금 실망한 표정으로 연꽃을 식탁에 올려놓았다.

"그냥 연꽃 한 송이니까, 뭐. 좋으면 가지고 싫으면 버려."

그녀는 가위를 든 채 아래층으로 내려가 반쯤 핀 빨간 연꽃을 집어들었다. 그 순간 뜬금없이 그 옛날 취수탑의 노을빛이 생각나면서 눈시울이 젖었다. 그녀는 연꽃을 들고 부엌으로 가서 넓은 그릇에 물을 담아 연꽃을 띄웠다. 반쯤 핀 꽃송이가 마치 무슨 말을 하려다 도로 삼키는 것 같았다. 부엌 문 너머로 한 손으로 팬티를 가리고 한 손에 양복을 들고 안방으로 뛰어 들어가는 바오룬이 보였다.

"미안해. 옷 좀 갈아입고 갈게."

바오룬이 방문을 닫은 후 안에서 문을 잠그는 소리가 들렸다. 철컥. 그제야 그녀는 안심이 되어 연꽃을 띄워놓은 그릇을 흔들며 큰 소리로 물었다.

"저기, 손전등 건지러 또 올 거야? 네 할아버지 영혼 계속 찾을 거야?"

"건지기 힘들 거 같아. 찾기 힘들겠어."

그는 잠시 머뭇거리더니 단호하게 말했다.

"그만둘래. 안 건져. 우리 할아버지 영혼이 뭐 값나가는 것도 아니고 그냥 강물에 가라앉아 있는 것도 나쁘지 않아."

이 말은 그녀가 바라는 바였지만 경솔하게 속마음을 드러내지 않았다.

"네 할아버지 영혼이 강물에 가라앉아 있는데 네 마음이 편하겠어?"

"할아버지를 위해서도 그게 좋아."

바오룬은 방에서 서랍을 뒤지고 있는 것 같았다.

"사실 난 벌써부터 그렇게 생각하고 있었는데, 우리 할아버지가 어떻게 이렇게 오래 사는지 알아? 혼을 잃어버려서야. 혼이 없어서 장수하는 거야. 혼이 없어서 건강한 거라고. 이 상황에서 굳이 혼을 찾는 건 할아버지보고 빨리 죽으라고 하는 거잖아?"

그녀는 저도 모르게 웃음이 났다. 겨우 웃음을 참으며 다시 조심스럽게 물어봤다.

"네 할아버지가 정신이 온전치 않은데 그렇게 오래 사시는 거, 할아버지가 네 발목을 붙잡는 거 싫지 않아?"

"싫지 않아. 미쳤어도 내 할아버지잖아. 어쨌듯 하나밖에 없는 가족이야."

방에서 계속 삐거덕 삐거덕 옷장 문과 서랍 여닫는 소리가 들렸다. 바오룬이 갑자기 사레가 들린 듯 한참 기침을 하고 나서 뜻밖의 질문을 던졌다.

"혹시 여기 있던 우리 아버지 회색 팬티 못 봤어? 분명히 여기 뒀는데 왜 안 보이지?"

팬티, 죽은 사람이 남긴 팬티. 문득 얼마 전 류성이 자고 간 일이 생각나서 별생각 없이 대답했다.

"그거 류성이 입고 간 거 같아."

그녀는 말을 내뱉자마자 실수했다는 생각이 들었다. 하지만 이미 되돌릴 수 없었다. 집안이 쥐죽은 듯 조용해졌다. 오 분쯤 지났을 때 바오룬이 안방에서 나왔다. 다시 양복을 입고 가죽 구두를 신고 머리카락도 다 말렸다. 그의 얼굴은 침울하고 싸늘했다. 그녀는 축 늘어진 채 문 앞까지 바오룬을 따라갔다. 어떻게든 해명하고 오해를 풀고 싶었다. 그때 그의 넥타이가 비뚤어진 것이 보였다. 그녀는 구세주라도 만난 것처럼 얼른 달려들었다.

"넥타이가 왜 이래? 비뚤어졌잖아. 이러면 보기 싫단 말이야."

그녀가 넥타이를 만져주려고 손을 내미는 순간, 바오룬이 그녀 손을 탁 쳐내며 분노의 한마디를 내뱉었다.

"화냥년! 만지지 마!"

후회해도 소용없었다. 그녀는 바오룬의 눈가에 맺힌 눈물을 봤다. 떠나는 그의 뒷모습을 보면서 해명하고 싶었지만, 잠깐이라도 그를 붙잡고 싶었지만, 안타깝게도 아무 말도 할 수가 없었다. 어쩌면 절반은 맞는 말이었다. 절반은 뜬소문이지만. 그녀는 바오룬의 눈물을 보는 순간, 왠지 두려웠다. 몇 발자국 그를 뒤따라갔지만 마지막 인사말조차 생각나지 않아 힘없이 벽에 기댔다. 그리고 그가 대문을 여는 순간, 한마디 툭 던졌다.

"기분이 안 좋을 땐 술을 마시는 것도 좋지. 가서 코가 비뚤어지게 마셔."

참죽나무거리의 햇살이 바오룬의 검은 구두를 비추자 구두 끝이 삼각형 모양으로 반짝였다. 바오룬이 문 앞에서 고개를 숙인 채 구두와 바짓단을 쳐다보다가 획 고개를 돌리고 그녀를 향해 웃었다.

"내가 오늘 술을 얼마나 많이 마실지, 너도 내일 알게 될 거야. 기다려봐."

그녀는 몸이 부르르 떨렸다. 대문 밖 참죽나무거리의 시간이 공포의 굉음을 울리며 거꾸로 흐르기 시작했다. 순간 그녀의 귓가에 열여덟 살 바오룬의 목소리가 들리고 그녀의 눈앞에 열여덟 살 바오룬의 눈빛이 떠올랐다.

49. 안뜰의 물소리

한밤중, 안뜰에서 이상한 소리가 들렸다. 누군가 바닥에 계속 물을 뿌리는 것 같았다. 좍좍, 좍좍. 규칙적인 리듬으로 오랫동안 물을 뿌려댔다. 그녀는 계단 앞에서 한참 동안 망설였다. 너무 무서워서 내려가볼 수가 없었다. 참다못해 안뜰을 향해 크게 외쳤다.

"누구야! 뭐하는 놈이야? 난 임산부라고!"

신기하게도 소리를 지르고 나니 물소리가 확실히 약해졌다. 쫄쫄, 쫄쫄. 빗물이 배수관을 타고 흘러내리는 소리 같았다. 참죽나무거리 귀신들이 정말 임산부를 건드리지 않는지 알 수 없어 불을 켜고 가위를 집어 들었다. 왠지 잠들면 안 될 것 같았다. 하지만 오늘 낮에 많은 일을 겪은 터라 너무 피곤했다. 결국 무거운 눈꺼풀을 견딜 수가 없었다.

그녀는 비몽사몽간에 또 한 번 할아버지를 봤다. 할아버지는 지붕 처마에 앉아 말라비틀어진 두 발을 창문 위로 늘어뜨렸다. 달빛이 그 더럽고 새까만 발가락을 비추자 발가락에서 물이 뚝뚝 떨어지는 것이 보였다. 그녀는 가위로 할아버지 발가락을 툭툭 치면서 말했다.

"왜 또 지붕에 올라가셨어요? 내려와요, 어서 내려와요. 안 내려오면 발가락을 잘라버릴 거예요."

할아버지는 위협에도 아랑곳하지 않고 지붕 처마에 앉아 울먹였다.

"아가씨, 손전등 돌려줘. 왜 내 영혼을 강물에 던져버렸어? 내 영혼을 돌려주면 내려갈게."

꿈속의 그녀는 낮에 바오룬이 한 말이 생각나 할아버지를 달랬다.

"할아버지, 왜 이렇게 사리분별을 못해요? 할아버지는 혼이 없어서 이렇게 장수하는 거라고요. 할아버지 혼은 그냥 강물에 가라앉아 있는 게 좋아요."

"난 장수하고 싶지 않아. 혼 없이 살아가는 건 죄인이나 다름없어. 평생 죄인으로 살면서 다음 생을 기대했어. 내 혼이 강물에 가라앉아 있으면 난 다음 생에 물고기가 될 거야. 내가 평생 얼마나 힘들게 살았는데 다음 생에 고작 물고기가 되란 말이야? 아가씨, 제발 내게 자비를 베풀어줘. 내 혼을 돌려줘."

그녀는 할아버지의 애원이 계속되는 가운데 깜짝 놀라 잠에서 깼다. 그녀의 손에 가위가 들려 있었다. 날카로운 가윗날에서 물이 뚝뚝 떨어졌다. 그녀는 또 악몽을 꿀 것 같아 눈을 감을 수 없었다. 대들보에 목줄을 매고 바늘로 허벅지를 찌르며 공부를 했다는 옛말이 생각나 머리카락 끝을 옷 고리에 묶고 앉아 두 눈을 부릅뜬 채 해가 뜨기를 기다렸다. 한밤의 참죽나무거리는 아주 고요했다. 안뜰에서 들리던 물소리도 그쳤다. 이때 강가 쪽 담벼락에서 쿵쿵 소리가 들렸다. 누군가 담을 넘는 것 같았다. 담장을 힘껏 내리치며 화풀이를 하는 것 같기도 했다. 마 선생 부인의 예언이 적중했다. 그녀가 큰일을 저지른 것이 분명했다. 그리고 귀신이 나타났다. 바오룬 집에 정말 귀신이 나타났다. 강물도 가만히 있지 않았다. 집근처 강물 어딘가에서 기괴한 목소리가 희미하게 메아리쳤다. 물고기가 공기방울 뱉어내는 소리처럼 낭랑했고, 인간의 속삭임처럼 나지막한 소리였다. 뭔가에 억눌린 비통함에 젖은 목소리가 느리지만 집요하게 이어졌다. 그녀는 왠지 그 목소리가 낯설지 않았다. 그것은 강물에 가라앉은 손전등에서 나온 목소리가 틀림없었다. 백골 두 조각이 그녀를 향해 울부짖는 소리였다.

'건져 줘.'

'건져 줘, 건져 줘.'

'건져 줘, 건져 줘, 건져 줘.'

어슴푸레 여명이 비칠 무렵, 그녀는 드디어 아래층에 내려가 볼 용기가 생겼다. 안뜰로 달려가 보니 확실히 바닥이 젖어 있었다. 하룻밤 지났을 뿐인데 오랜 세월 물에 잠겨 있었던 것처럼 담장 벽돌 틈새가 푸른 이끼로 뒤덮였다. 그녀가 바오룬 집안의 조상들 심기를 건드리는 바람에 조상귀신들이 몰려온 것이 분명했다. 그녀는 안뜰 곳곳에서 귀신들이 남긴 흔적을 발견했다. 곳곳에 널린 기괴한 형태의 물 얼룩 사이로 삼각형 모양 갈색 나뭇잎이 보였다. 바닥에 착 달라붙어 빗자루로 아무리 쓸어내도 움직이지 않았다. 다시 자세히 보니 나뭇잎이 아니라 곰팡이였다. 또 붉은 벽돌에 달라붙은 진주 같은 알갱이를 쓸어냈더니 알갱이가 사라지고 빗자루 사이에서 하얀 나비가 튀어나왔다. 또 한쪽에 색이 예쁜 돌멩이가 보여 만져봤는데, 스펀지처럼 말랑하고 물을 잔뜩 머금고 있어 손이 젖었다. 고개를 돌리니 주머니 모양의 도마뱀이 보였다. 죽은 건가 싶어 발끝으로 건드렸더니 이끼로 뒤덮인 벽으로 잽싸게 기어 올라가 이끼 사이에 몸을 숨기고 움직이지 않았다. 이 모든 불청객은 그녀에게 적의를 품고 있었다. 그녀 때문에 노한 바오룬 집안의 조상들이 그녀를 규탄하러 몰려 온 것이 분명했다.

그녀는 아침 내내 어떻게 귀신을 쫓을까 고민했지만 이런 쪽으로는 전혀 경험이 없어 방법을 찾기 어려웠다. 가장 먼저 대나무 빗자루를 안뜰 벽에 걸었다. 그러나 대나무 빗자루는 그리 미덥지 못했다. 이까짓 낡은 빗자루가 과연 귀신을 막아낼 수 있을까? 그래서 안방으로 뛰어 들어가 마오쩌둥毛澤東 석고상을 들고 나와 안뜰 모서리에 놓았다. 하지만 이것 역시 안 될 것 같았다. 마오 주석이 죽은 지가 벌써 몇 년인데, 그 기운이 남아 있을 리 없었다. 그리고 마오 주석이 기대한 이상적인 후손과는 전혀 거리가 먼 그녀처럼 타락한 여자를 도와줄 것 같지도 않았다. 이때 부처님이 떠올랐다. 그녀가 아는 한 부처님은 모든 중생을 구제하고 귀신을 물리치는 힘이 있다. 하지만 바오룬네는 부처님을 모시지 않았다. 그녀는 백금 목걸이를 빼서 벽에 걸었다. 목걸이에 달린 비취 펜던트가 부처상이었다. 그녀는 강가 쪽 담장에 귀를 갖다 대고 조용히 귀를 기울였다. 그러나 그녀가 생각해낸 방법은 전혀 효과가 없었다. 여전히 사방에 음산한 기운이 가득했고 강물에서 맑고 낮은 목소리가 끊임없이 들려왔다.

'건져 줘, 건져 줘, 건져 줘.'

궁지에 몰린 그녀는 약국 마 선생 부인을 찾아가 좋은 방법이 없는지 물었다. 마 선생 부인은 그녀의 기괴한 이야기를 듣고도 전혀 놀라지 않았다.

"내 진즉에 그럴 줄 알았어. 바오룬네 집에 귀신이 나타날 줄 알았어! 그 집 조상은 남긴 거라곤 그 백골 두 개뿐인데 아가씨가 멋대로 강물에 던져버렸으니 그 집 조상들이 가만히 있을 리가 있어? 도대체 왜 안 건지겠다는 거야? 당연히 건져야지!"

마 선생 부인이 일방적으로 귀신 편을 들자, 그녀는 절망적으로 대꾸했다.

"귀신들이 밤새 건져달라고 아우성을 치더니 아줌마도 똑같이 말하네요. 당신들은 양심도 없어요? 내 배가 이런데, 게다가 난 수영도 못한다고요. 그런데 나더러 물에 들어가 손전등을 찾으라고요? 이건 대놓고 나더러 죽으라는 거 아니에요?"

마 선생 부인이 그녀의 남산만 한 배를 힐끗 쳐다보며 다시 귀신 편에 서서 해명했다.

"귀신도 원래 사람이었어. 사람은 누구나 측은한 마음이 있는 법이야. 설마 임산부더러 진짜 물에 들어가라고 하겠어? 귀신이 따지려는 건 아가씨의 그 태도, 그 불손한 태도라고!"

잠시 자신을 돌아본 그녀는 자신의 태도가 잘못됐음을 인정하고 어떻게 태도를 고쳐야 하는지, 귀신을 어떻게 달래야 할지 물었다. 마 선생 부인은 이 방면에 경험이 아주 많았다. 사람과 귀신이 화목하게 지내는 방법은 기본적으로 이웃 관계와 거의 비슷했다. 서로 존중해야 한다.

"급하게 귀신을 쫓아내려고 생각하면 절대 안 돼. 일단 귀신 마음을 잘 달래야지. 귀신 마음 달래는 데는 지전이 최고야. 옛날 사람이나 요즘 사람이나, 산 사람이나 죽은 사람이나 돈 좋아하긴 마찬가지거든. 지전을 태워. 매일매일. 귀신 마음이 풀려서 다시는 찾아오지 않을 때까지 태우라고."

그녀가 반신반의하며 되물었다.

"난 그냥 세입자일 뿐이고 그 집 자손도 아닌데, 혹시 조상들이 내 돈을 받지 않으면 어떻게 해요? 그 집 조상들이 날 너무 미워해서 돈을 받고도 계속 찾아오면 어떻게 해요?"

마 선생 부인이 아주 자신 있게 대답했다.

"절대 안 그래. 귀신도 시대를 따라갈 줄 알거든. 요즘 귀신들은 남의 돈도 좋아한다고. 얼른 가서 지전 사오라니까. 가능한 한 많이 사와서 태워. 하는 데까지 해봐야지."

그녀는 라오옌 잡화점으로 달려가 은박銀箔과 황지黃紙를 한 무더기 샀다. 라오옌이 그녀에게 다른 지전을 더 권했다.

"이건 명전冥錢(죽은 사람을 위해 태우는 종이 돈)인데 십만 위안짜리도 있어. 달러도 있고 엔화랑 유로도 다 있지. 귀신도 외국 돈을 받으면 외국 여행을 갈 수 있어서 아주 좋아해."

그녀는 터져 나오려는 웃음을 참으며 라오옌이 권하는 대로 고액 위안화와 외국돈 묶음을 사서 비닐봉지에 쏠어 담았다. 라오옌이 하필 불량 비닐봉지를 줬는지, 얼마 가지 않아 비닐봉지가 칙 소리를 내며 찢어졌다. 순간 은박, 황지, 다른 지전이 전부 땅바닥에 쏟아졌다. 그녀는 지전을 주우려고 별 생각 없이 상체를 굽히다가 볼록한 배 때문에 다시 일어섰다. 그녀는 이렇게 간단한 일조차 할 수 없는 상태였다. 달리 방법이 없어 지켜보고만 있다가 지나가는 남자아이를 불러 부탁했다.

"꼬마야, 이리 와 봐. 레이펑을 본받자, 알지? 내 대신 이것들 좀 주위줄래?"

아이가 허리를 굽혀 지전 한 뭉치를 집어 들었다. 처음에는 엄청난 돈 단위에 놀라더니 갑자기 무슨 생각이 들었는지 손을 덴 것처럼 화들짝 놀라며 지전 뭉치를 집어 던졌다.

"가짜 돈이잖아! 죽은 사람이 쓰는 돈이야! 이런 건 아줌마가 직접 주워요!"

그녀는 아이가 쏜살같이 내빼자 화가 나서 아이를 향해 호통을 쳤다.

"머저리 같은 놈! 진짜 돈이면 너한테까지 차례가 가겠냐?"

쾌청한 날씨 덕분에 참죽나무거리는 상쾌한 초가을 햇살에 물들었다. 하지만 그녀 주변에는 스산한 음풍陰風이 맴돌았다. 이 음풍은 아마도 지하에서 불어왔을 것이다. 웡웡. 바람소리는 아주 짧았지만 그 위력은 길고 강력했다. 음풍은 먼저 황지를 날리고 곧이어 명전을 날려버렸다. 그녀가 손을 허우적거리며 잡으려고 애썼지만 바람을 이길 수는 없었다. 그녀는 머리 위로 나풀거리며 날아가는 황지를, 위안화를, 달러를, 유로를 그저 멍하니 지켜볼 수밖에 없었다. 온갖 종류의 지전이 뒤섞여 알록달록 화려한 요정들이 날아가는 것 같았다. 서풍을 타고 여러 집 지붕을 지나 보이지 않을 만큼 멀리 날아갔다. 바닥을 내려 보니 고무줄에 묶인 엔화 뭉치 하나가 외로이 남아 얌전히 누워 있었다. 그녀는 화가 치밀어 엔화 뭉치를 발로 차버렸다.

그녀는 이 음풍은 그저 눈속임일 뿐, 진짜 배후는 바오룬 집안 조상이라고 확신했다. 이 거리는 그들의 오랜 본거지이니 속속들이 잘 알 것이다. 그녀는 그들이 귀신을 시켜 위세를 부린 것이라고 생각했다. 아무래도 깊은 앙심을 품은 바오룬 집안 조상과는 잘 지낼 수가 없을 것 같왔다. 이렇게 음험한 방법으로 그녀의 호의를 거절하다니. 그녀는 절망했다. 세상사람 모두가 그녀를 거절하고 미워하는데 귀신도 다르지 않구나. 그녀는 깊은 절망을 느꼈다.

그녀가 빈손으로 집 앞에 도착했을 때, 약국 앞에는 사람들이 구름떼처럼 모여 있었다. 사람들의 흥분한 표정을 보니 참죽나무거리에 또 대형 사건이 터진 모양이었다. 그녀를 발견한 마 선생 부인이 아주 강렬한 눈빛을 뿜어냈다. 그녀는 직감적으로 이 사건이 자신과 관계있는 것임을 알았다. 멈춰야 할지 계속 가야 할지 고민하며 발걸음을 늦췄다. 이때 마 선생 부인이 그녀에게 달려왔다.

"미스 바이, 어딜 갔다 이제 와? 큰일 났어!"

그녀가 대문 앞에서 고개를 홱 돌리며 대꾸했다.

"큰일이 난 건 알겠는데, 도대체 무슨 일인데요? 누가 큰일을 냈는데요?"

마 선생 부인이 그녀 팔을 붙잡으며 호들갑을 떨었다.

"살인 사건이야! 어젯밤에 바오룬이 류성 신방에 들어갔는데, 술이 엄청 취해서 류성을 칼로 찔렀대, 그것도 세 번이나!"

"네? 왜, 왜요?"

마 선생 부인이 쯧쯧 혀를 차며 대답했다.

"그게 바로 수수께끼야. 왜 그랬는지 누가 알겠어? 춘경 엄마가 그러는데 류성은 가망이 없나봐. 피를 너무 많이 흘려서 아무래도 살아나기 어려울 거래."

그녀는 넋 나간 표정으로 온 몸을 부들부들 떨었다. 그러나 애써 냉정을 유지하며 믿을 수 없다는 반응을 보였다.

"아줌마, 사람들이 멋대로 지껄이는 말 믿지 마세요. 바오룬이 찌를 생각이었으면 벌써 찔렀겠죠. 지금 두 사람은 좋은 친구예요. 팬티도 돌려 입을 만큼 친한 사이라고요. 바오룬이 어제 축하주를 마시러 간다고 했어요. 그런 애가 신랑을 찔렀다고요?"

"바오룬이 바이주 한 병을 혼자 다 마시고 못된 버릇이 도진 거야. 걔가 술만 취하면 사람을 묶는다잖아. 그런데 하필 신부를 점찍은 거야. 밧줄을 들고 신방까지 들어가서 신부를 쫓아다니는데 아무리 달래도 말을 안 들어서 춘경이랑 친구들이 달려들어서 바오룬을 묶어서 데리고 나왔대. 술 깨면 오라고 문밖으로 쫓아버렸는데 혼자 어떻게 밧줄을 풀었는지 갑자기 어디선가 칼을 들고 나타나서 신방으로 돌진하더니 그대로 찌른 거야. 세 번, 세 번이나 찔렀다고! 신방 침대가 온통 피범벅이었대."

그녀의 얼굴이 어느새 눈물범벅이 됐다.

"내 탓이 아니야. 난 결혼식에 가지도 않았어."

그녀는 울면서 문을 열었다.

"내 잘못이 아니야. 난 그 자리에 없었어."

마 선생 부인이 그녀를 쫓아와 걱정스러운 표정으로 중요한 사실을 알려줬다.

"아가씨 탓하는 사람 없어. 찌른 놈이 잘못이지. 그걸 누가 모를까봐? 그나저나 사오란잉이 충격이 컸나봐. 정신이 나갔는지 이게 무슨 빚 청산이라고 그랬대. 아가씨가 바오룬을 사주한 거라고. 셋 사이에 무슨 원한이 있다고. 사실 그 일은 우리도 다 아는 거잖아? 지금 이쪽 사람들은 다 아가씨를 믿어. 그런데 거기 동쪽 사람들은 사오란잉 말을 믿고 아가씨가 배후라고 떠드는 모양이야."

그녀가 고개를 끄덕이며 눈물을 훔쳤다. 하지만 눈물은 금방 다시

참새 이야기

흘렸다.

"그래, 좋아."

그녀는 두 손으로 얼굴을 가리며 심호흡을 한 후 단호하게 말했다.

"내가 배후라고? 제기랄! 여기서 기다릴 테니, 경찰 오라고 해!"

50. 탈출

그녀 인생 최대의 위기가 닥쳤다. 아주 강한 폭풍이 그녀를 덮쳤다. 그 시작은 악몽이었다. 그날 오후, 마 선생 부인이 찾아왔다.

"결국 살리지 못했대. 류성이 갔어."

그녀는 눈앞이 아찔했다. 마 선생 부인이 무슨 말을 하는지 이해가 안 됐다.

"가요? 류성이 어딜 갔어요?"

마 선생 부인은 그녀의 반응이 연극이 아님을 알기에 하늘을 흘겨 보며 대답했다.

"봐요, 이것 좀 보라고요. 하늘도 땅도 안 무섭다는 아가씨가 얼마나 놀랐으면 말귀도 못 알아듣겠어요?"

그녀의 귓가에 쌩쌩, 날카로운 폭풍이 휘몰아쳤다. 그리고 숨을 쉬지 못해 가슴이 찢어지는 것 같은 희미한 파찰음이 들렸다. 폭풍이 거대한 고목나무를 뿌리째 뽑아내듯 그녀를 휘감아 거센 소용돌이에 밀어 넣었다. 그녀는 두 팔을 벌리고 문을 막아선 채 두 눈을 부릅뜨고 마 선생 부인을 노려보며 죽을힘을 다해 버텼다.

"나한테 그 자식들 얘기하지 말아요. 나랑 상관없는 일이에요."

"왜 나한테 가시를 세우고 그래? 누군 아가씨가 좋아서 이렇게 얘기 해주는 줄 알아? 임산부라 불쌍해서 봐주는 거야. 저쪽 상황을 미리 알면 아가씨한테 좋은 거 아니야?"

그녀가 아무 대답이 없자 마 선생 부인이 또 다른 소식을 알렸다.

"아가씨, 혹시 류성이 속도위반이었던 거 알았어? 불쌍한 샤오리, 그 아가씨도 아기를 가졌다는데 결혼 첫날밤에 과부가 됐으니……."

그녀는 잠시 멍해 있다가 느닷없이 화를 냈다.

"그게 무슨 뜻이에요? 그 여자가 임신을 했든 말든, 과부가 됐든 말든 나랑 무슨 상관이에요?"

그녀가 갑자기 거칠게 문을 닫는 바람에 미처 피하지 못한 마 선생 부인은 문틈에 손을 찧었다. 마 선생 부인은 아프고 분해서 고래고래 소리를 질렀다.

"미스 바이! 이 여자 정말 상종 못할 인간이네!"

마 선생 부인이 문을 뻥 차고 가차 없이 절교를 선언했다.

"이 나쁜 년! 너한테 잘해준 사람들은 다 재수 없는 일을 당했어! 사람들이 꼬리 달린 별이라고 하는 데는 다 이유가 있는 거야!"

그녀는 문 뒤에서 불안한 듯 발을 동동거렸다. 거센 폭풍이 참죽나무거리 하늘을 뒤덮고 이 집을 통째로 뽑아내 깊고 어두운 강물에 내던지는 것 같았다. 이제서야 그녀가 아이를 가진 후 내린 결정이 모두 잘못된 선택이었음이 확인됐다. 이 거리, 이 집은 그녀의 피난처가 아니었다. 그녀는 마음을 굳게 먹고 이곳을 떠나기로 결심했다. 결심을 내렸으면 바로 떠나야한다. 그녀는 서둘러 다락방으로 올라가 짐을 챙겼다. 여행 가방을 열자 커다란 회색 나방이 튀어나왔다. 깜짝 놀라 멈칫하는 순간, 류성이 이 여행 가방을 사준 사실이 생각났다. 어쩌면 나방은 류성의 영혼인지도 모른다. 이 여행 가방은 가져가면 안 돼. 알록달록한 아기용품을 품에 안고 어디에 담아야 할지 고민하던 중, 벽에 기대놓은 채 포장도 뜯지 않은 접이용 유모차가 눈에 들어왔다. 그녀는 눈빛을 반짝이며 유모차 포장을 뜯었다. 여행 가방 대신 유모차를 이용한 것은 아주 현실적이고 훌륭한 선택이었다. 그녀는 유모차에 물건을 쓸어 담으면서 선란에게 전화를 걸었다. 친구에게 마중을 나와 달라고 부탁할 생각이었다. 선란의 전화를 받은 사람은 산둥山東 억양이 강한 남자였다. 처음에는 선란의 남자친구인 줄 알았는데 알고 보니 아버지였다. 그가 계속 우물쭈물하며 제대로 말해주지 않으려 해 그녀가 먼저 자기 신분을 밝혔다.

"저, 미스 바이예요. 지난번에 선전에 오셨을 때 같이 '세계지창世界之窓(중국 선전에 있는 테마파크)에 갔었잖아요. 그날 해물구이도 먹었는데 기억나세요?"

상대방은 잠시 침묵하다가 갑자기 버럭 소리를 질렀다.

"마약치료센터에 가서 찾아! 좋은 친구? 웃기고 있네. 친구가 마약을 하는데 말리지도 않고 치료받고 있는 것도 모르고. 그게 무슨 좋은 친구야?"

"죄송해요. 전 몰랐어요. 오랫동안 연락을 안 해서……. 전 정말 아무것도 몰랐어요."

그녀는 전화를 끊고 휴대폰을 집어던지며 소리를 질렀다.

"도대체 어떻게 된 거야?"

선란 아버지 말대로 어쩌면 그녀와 선란은 좋은 친구가 아니었는지 모른다. 친구가 도대체 언제, 왜 마약을 했는지 그녀는 정말 아무것도 몰랐다. 지극히 평범한 젊은 여자가 왜 그런 막다른 길을 선택했을까? 그녀는 자신과 선란의 운명을 비교해봤다. 누가 더 비극적이고 누가 더 불행한지 쉽게 답을 할 수 없었다. 그냥 마약 몇 번 한 것뿐이야. 그냥 좀 타락한 것뿐이야. 그게 뭐 어때서? 그녀는 억울하고 분한 마음에 더 비뚤어졌다. 어차피 다 타락한 거야. 어떻게 타락하든 거지같은 건 다 똑같아!

그녀는 마음이 조금 진정되자 안뜰로 뛰어가 빨아놓은 옷을 걷어 왔다. 귀신을 쫓으려고 담장에 걸어놨던 불상 비취 펜던트도 다시 목에 걸고 담장을 툭툭 치며 그 안에 숨어 있을 귀신에게 말했다.

"이길 수는 없어도 피할 수는 있겠지요? 난 떠납니다. 이 집은 다시 돌려드릴 테니, 여기서 뭘 하든 맘대로 하세요."

담장 귀신은 별말이 없었다. 침묵은 대략 긍정의 뜻이리라. 가든지 남든지 맘대로 하라는 뜻이리라. 그녀는 부엌으로 뛰어가 가져갈 만한 것이 있는지 둘러봤다. 바오룬이 주고 간 연꽃이 눈에 들어왔다. 어느새 활짝 핀 연꽃이 목이 많이 말랐는지 물이 반밖에 남아 있지 않았다. 빨간 연꽃이 물밑으로 가라앉아 절반쯤 물에 잠겼다. 그녀는 그릇에 물을 더 채웠다.

"오래오래 피어라. 난 간다."

하지만 그녀는 떠나지 못했다.

갑자기 다락방 창문으로 돌멩이가 날아왔다. 그리고 깨진 벽돌이 날아왔다. 곧이어 창문 유리를 깨뜨리고 날아든 맥주병이 데구루루 방바닥을 지나 계단 아래로 굴러 떨어져 그녀의 발 앞에까지 왔다. 그녀는 맥주병을 들고 다락방 창문 앞으로 뛰어올라갔다. 집 앞에는 몰려온 사람들로 바글바글했고, 반백이 된 머리를 풀어헤친 사오란잉이 대문 앞에 앉아 있었다. 누가 가져왔는지 모를 작은 의자에 겨우 엉덩이를 붙이고 앉아 힘겹게 버티고 있었다. 힘이 없는지 까무러치는 것인지 몸이 자꾸 한쪽으로 기울고 무릎이 바닥에 닿으려 했다. 사오란잉을 부축하고 있는 류쥐안 머리에 하얀 꽃이 꽂혀 있었다. 사오란잉 뒤로 사람들이 모여 있었는데, 마 선생 부인과 다른 사람들은 그녀가 창문에 나타난 것을 보고 돌아갔다. 아이들 몇 명만 남아 창문을 올려보며 꽥꽥 소리를 질렀다.

"나왔다! 미스 바이가 나왔다!"

그녀는 두 손을 합장하고 엄숙한 표정으로 쉴 새 없이 중얼거리는 사오란잉을 지켜봤다. 보통의 염불이 아니라 저주가 틀림없었다. 사오란잉은 오랫동안 울부짖느라 목이 쉬어버린 것 같았다. 저주가 분명했지만 무슨 내용인지는 알아들을 수 없었다. 그 옆에 매우 흥분한 것 같은 남자아이가 확성기 역할을 자처했다. 아이는 쉴 새 없이 폴짝폴짝 뛰면서 사오란잉의 저주를 다락방으로 전달했다.

"미스 바이, 잘 들어! 사오 할머니 말씀이야. 넌 어려서부터 남자를 꼬여내는 타락하고 썩어빠진 화냥년이었어!"

"미스 바이, 잘 들어! 사오 할머니 말씀이야. 넌 사람을 해치는 요괴야. 나라와 인민을 재앙에 빠뜨릴 원흉이야. 인민을 위해 악귀를 제거해야 해. 사오 할머니가 네 양심은 개가 물어가서 넌 사람도 아니래!"

"미스 바이, 잘 들어! 사오 할머니 말씀이야. 너 같은 백여우가 왜 깊은 산에 안 있고 참죽나무거리에 와서 하나밖에 없는 할머니 아들을 해친 거야?"

"미스 바이, 제대로 듣고 있는 거야? 사오 할머니가 넌 아이를 낳을 자격이 없대. 네가 아이를 낳으면 똥구멍이 없어서 금방 죽을 거래!"

사람들이 키득키득 웃었다. 그녀는 손에 든 맥주병을 남자아이를 향해 힘껏 내던졌다. 짧은 비명소리에 이어 이웃들의 성난 목소리가 들려왔다.

　　"세상에! 이것 봐. 아직도 방자하게 날뛰네. 무슨 낯짝으로 맥주병을 집어던져?"

　　이때부터 깡통, 사탕수숫대, 유리조각 등 온갖 것이 다락방 창문으로 날아들었다. 그녀는 머리를 감싸 쥐고 아래층으로 내려가 안뜰로 피신했다.

　　안뜰은 거리와 떨어진 가장 안쪽에 있어 와자지껄한 소리가 훨씬 작게 들렸다. 하지만 공기의 흐름을 통해 이웃들의 분노가 고스란히 전해졌다. 이 분노가 안뜰 귀신을 부추겨 다시 소란을 피우게 했다. 오랜 세월 흩어졌던 조상귀신들이 강가 돌계단과 벽 틈을 통해 빠르게 한자리에 모였다. 이들은 집안의 이익을 지키기 위해 유전적으로 내려오는 특유의 걸걸한 목소리로 이미 수없이 반복했던 아우성을 다시 시작했다.

　　'건져 줘! 건져 줘! 건져 줘, 건져 줘, 건져 줘.'

　　그녀는 허공에 대고 빗자루를 흔들었다. 안뜰이 기묘한 하늘색 안개로 뒤덮이더니 조상귀신들이 안개를 방패삼아 고전적인 대열로 무리를 지어 그녀에게 위협적인 독촉을 이어갔다. 마치 빚을 받으러 몰려온 빚쟁이들 같았다. 그녀는 사람을 해쳤고, 귀신도 해쳤다. 지금 그녀에게 피해를 받은 사람과 귀신이 동시에 잘못을 따지러 왔다. 그녀는 어제 오늘 귓가를 떠나지 않던 폭풍소리의 정체를 이제야 알았다. 그것은 지금 그녀에게 따지러온 사람과 귀신의 목소리가 뒤섞인 강렬한 아우성이었다.

　　그녀는 짐을 가득 실은 유모차를 밀고 대문 앞으로 달려가 군중 사이를 돌파할 준비를 했다. 위기 상황 대처를 위한 방어무기로 사용하려고 부집게를 손에 쥐었다. 그러나 그녀는 나갈 수가 없었다. 누군가 문 밖에서 쇠사슬을 채워놓아 문을 열 수 없었다. 문틈으로 사오란잉의 비통한 얼굴이 보였다. 헝클어진 반백 머리카락 사이에 하얀 꽃이 꽂혀 있었다. 두 눈이 퉁퉁 부은 류쮀안이 증오에 찬 눈빛으로 그녀를 노려봤다.

"어딜 도망가려고? 네가 도망가면 내 동생만 억울하게 죽은 거잖아! 네가 배후조종자잖아. 아무데도 못 가. 경찰이 올 때까지 그 안에서 꼼짝 말고 있어."

이때 거칠고 창백한 손 하나가 천천히 쇠사슬을 지나 문틈으로 쑥 들어왔다. 그 손은 부들부들 떨며 위로 올라가려 했다. 그녀의 머리카락을 잡아채려는 것 같았다. 그녀는 누구 손인지 생각할 겨를도 없이 부집게를 내밀어 찌르려 했다. 그 손은 부집게를 피하지 않았다. 그녀는 그제야 그것이 사오란잉의 손임을 알았다. 사오란잉은 거침없이 부집게를 잡아 쥔 채 퉁퉁 부은 얼굴을 문틈에 갖다 댔다. 사오란잉 얼굴에 소금버캐처럼 반짝거리는 눈물자국이 여러 개 겹쳐 있었다.

"선녀야, 죽도록 후회되는구나. 이렇게 될 줄 알았으면 그때 류성을 감옥에 보내는 건데, 너한테 지은 죄를 그때 씻어냈어야 했는데. 선녀야, 선녀야. 난 널 때릴 생각도 없고, 욕할 생각도 없다. 그저 하나만 묻자. 류성이 죽었어. 이제 만족하니?"

그녀는 부집게를 내던지고 발로 밟으며 날카롭게 외쳤다.

"아주 좋아요!"

이제 갈 곳은 하나뿐이었다. 그녀는 마음을 굳게 먹었다. 육로가 막혔으니 물길로 갈 수밖에. 그녀는 유모차를 문 앞에 내버려두고 부엌으로 달려가 식탁과 의자를 안뜰로 옮겨 담장에 붙여 쌓았다. 그 위에 올라가 탈출을 시도했다. 그녀는 조심스럽게 담장에 올라가 탈출 경로를 생각했다. 담장 밖 돌계단과 강물, 강 건너 연꽃골목에 어른거리는 사람 그림자. 두렵지 않을 수 없었다. 모든 길은 물속에 잠겨 있고, 그녀는 물이 얼마나 깊은지 몰랐다. 물을 건너는 것은 위험했다. 물에 빠져 죽을 수도 있다. 그녀가 죽으면 배 속 아기도 죽는다. 머릿속이 온통 하얘졌다. 저 멀리 연꽃골목 강가에서 누군가 고함을 질렀다.

"저 임산부 좀 봐. 배가 남산만 한 임산부가 담장에 올라가 있어!"

그녀는 크게 당황했다. 계속 주저하다가는 또 한 번 사람들에게 둘러싸여 구경거리로 전락할 터였다. 그녀는 이를 악물고 뛰어내렸다. 이끼로 뒤덮인 돌계단에 주저앉았고, 곧 이끼에 미끄러져 내려가 물속으로 풍덩 빠졌다. 모든 일이 예상치 못한 방향으로 아주 빠르게 흘러갔다. 그녀의 몸이 탈선한 열차 객차처럼 정신없이 요동쳤다. 그녀의 몸속 깊은 곳에서 날카로운 비명이 들려왔다. 그녀는 그것이 배 속 아기의 비명인지, 자기 영혼의 비명인지 헷갈렸다.

강물은 더러웠다. 수면 곳곳에 떠 있는 공업용 기름띠가 햇빛을 받아 대형 화폭에 담긴 꽃잎처럼 현란하게 반짝거렸다. 강물에는 정해진 길이 없다. 그녀는 일단 천천히 강을 가로지르며 깊이를 가늠해봤다. 몇 걸음 들어가지 않았는데 물이 벌써 가슴께까지 차올랐다. 강을 가로질러 연꽃골목으로 넘어가는 방법은 포기했다. 다시 가장자리로 돌아 나와 강가 돌계단과 주택 축대를 따라 걸었다. 정신이 없어 샌들이 벗겨진 줄도 몰랐다. 강바닥의 진흙과 온갖 쓰레기가 그녀의 발바닥에 달라붙었다. 차갑고 끈적끈적하고 무엇보다 따끔한 통증을 참기 어려웠다. 그녀는 문득 악몽을 꾸고 있나 싶어 팔을 세게 꼬집어봤다. 아팠다. 아주 아팠다. 이건 악몽이 아니라 현실이다. 이 순간은 그녀 인생의 수많은 날 중 하루가 분명했다. 지금 그녀는 이 물속에서 마지막 살길을 찾아야 했다.

그녀가 페이 선생 집 창문 앞을 지나갈 때 마침 창문이 열려 있었다. 페이 선생의 손녀가 창가 책상에서 숙제를 하다가 강물 위로 사람 머리가 어른거리는 것을 보고 깜짝 놀라 비명을 질렀다.

"귀신이다! 할아버지, 할아버지! 강에 물귀신이 나타났어요!"

그녀는 소녀를 바라보며 비밀을 지켜달라는 뜻으로 입술에 손가락을 갖다 대고 지나갔다. 물속을 걷는 것은 생각보다 쉽지 않았다. 그녀를 막아서는 사람은 없었지만 주택 축대 밑에 뭉쳐 있는 쓰레기 더미가 자꾸 발에 걸려 걷기가 힘들었다. 방금 사용하고 버린 듯 끈적끈적한 정액이 든 콘돔이 강물에 둥둥 떠내려 왔다. 그녀는 토할 것 같았다. 콘돔은 그녀가 유럽여행 중 저지른 잘못을 비웃듯 음흉하게 그녀 곁을 맴돌았다.

'난 인류의 삶에 매우 중요한 존재야. 감히 날 그런 눈으로 보다니, 곧 참혹한 대가를 치르게 해주마.'

그녀는 물결을 일으켜 콘돔을 멀리 밀어낸 후 다시 이를 악물고 강가 주택 십여 채를 지나쳐갔다. 이때 오래 전에 폐쇄한 돌계단이 보였다. 그 옆에 70년대에 설치한 고정식 기중기 두 대가 긴 무쇠팔을 벌린 채 영원히 오지 않을 바지선을 기다리고 있었다. 그녀는 처음부터 돌계단을 통해 강을 빠져나가는 방법을 생각했었다. 먼저 물에 잠긴 부분부터 확인해봤다. 이끼가 잔뜩 끼어 걸어 올라가기는 힘들 것 같았다. 그녀는 두 손 두 발을 다 써서 엉금엉금 기어 올라갔다. 절반쯤 올라갔을 때 뭔가 느낌이 좋지 않아 고개를 들어보니 이미 사람들이 몰려와 길목을 지키고 있었다.

"왔다! 미스 바이가 나타났어요!"

남자아이의 고함에 이어 류쥐안이 사람들을 밀치고 앞으로 튀어나와 긴 대나무 바지랑대로 그녀에게 물을 튕기며 소리쳤다.

"돌아가, 돌아가! 물속으로 돌아가!"

평소 천사처럼 맑고 순수했던 류쥐안의 눈에서 분노의 눈빛이 뿜어져 나왔다.

"얼어 죽을 선녀! 더러운 선녀! 다른 사람들은 몰라도 난 알아! 네까짓 게 무슨 선녀야? 넌 네 자신이 얼마나 더러운지 모르지? 물속으로 돌아가! 돌아가서 좀 씻어!"

그녀는 류쥐안의 바지랑대를 낚아채려 했지만 쏙 빠져나가버려 잡지 못했다. 류쥐안은 바지랑대를 총처럼 잡고 서서 그녀를 노려봤다. 초가을 햇살이 쏟아지는 시멘트 돌계단 위에서 류쥐안과 여러 아이들이 그녀를 주시했다. 그녀 몸에는 진흙과 이끼가 잔뜩 묻었고, 입술에는 수염 같은 허연 부유물이 묻었다. 누구는 너무 웃겨 몰래 키득거리고 어떤 이는 그녀를 불쌍히 여겼다. 이때 남자아이 하나가 강가에 바짝 다가서서 그녀에게 소리쳤다.

"미스 바이, 왜 이렇게 멍청해요? 왜 꼭 여기로 올라오려고 해요? 저 위에 페이 할아버지 집이랑 링당네 집에도 올라오는 계단이 있다고요. 빨리 그쪽으로 가서 탈출할 길을 찾아봐요."

그녀는 남자아이를 보고 힘없이 웃으며 뭐라 말하려다 그만뒀다. 그녀는 참죽나무거리 전체, 아니 온 세상이 자신을 버렸다는 생각이 들었다. 오직 강물만이 가지 말라며 그녀를 붙잡았다. 그녀의 두 팔이 힘없이 늘어지고 무릎이 풀렸다. 때마침 물밑 이끼가 가세해 그녀를 물속으로 돌려보냈다. 그녀는 발버둥치지 않았다. 강물의 흐름에 저항하지

참새 이야기

않았다. 신기하게도 똑바로 누워 강물에 뜬 그녀는 쓰레기와 같은 속도로 마치 물고기처럼 자연스럽게 떠내려갔다. 그녀는 아기와 함께 떠내려갔다. 그녀는 물에 빠지는 느낌이 이렇게 좋은 줄 미처 몰랐다. 눈이 시리도록 파란 하늘에 솜털처럼 하얀 구름이 흘러가는 것이 보였다. 그리고 자신의 자줏빛 혼을 봤다. 한 가닥, 한 가닥 흩어지는 자줏빛 연기가 천천히 하늘로 올라가 하얀 구름을 휘감았다. 강물이 이토록 포근할 줄이야. 강물은 바람의 도움으로 쉬지 않고 돌아가는 드넓고 부드러운 무한궤도였다. 양쪽 강 언덕의 집들이 그림자처럼 스쳐 지나갔다. 창문, 또 창문. 사람, 또 한 사람. 잡화점 뒤쪽 부서진 돌계단이 보이고 버려진 화분에 수국水菊이 활짝 피어 온통 푸르고 붉었다. 어떤 할머니가 강가 쪽 창틀에 담요를 널어 말리려다 강물 위로 떠가는 그녀를 발견했다. 할머니는 그녀가 수영을 하는 줄 알았다.

"아이고, 이렇게 더럽고 차가운 물에서 뭐 하는 거야? 그만 놀고 어서 올라가."

육로와 달리 물길은 전혀 막힘이 없었다. 저승사자의 손이 강물로 변해 그녀를 떠받치고 있는 것 같았다. 무슨 이유에선지 저승사자는 그녀를 내려놓지 않았다. 그녀는 강물에 떠내려가면서 '이것이 내 인생 마지막 햇빛이겠구나'라고 생각했다. 이제 곧 차가운 물밑으로 가라앉겠지. 그 전에 세상을 향해 마지막 말을 남기고 싶었지만, 할 말이 너무 많아 무슨 말부터 꺼내야 할지 알 수 없었다. 그리고 그녀의 귓가에 자장가 같은 강물의 속삭임이 끊임없이 들려왔다. 자세히 들어보니 방금 전 류쥐안이 했던 말이다.

'더러워, 씻어. 더러워, 씻어.'

똑같은 말이라도 류쥐안의 악의적인 말은 거부했지만 강물의 훈계는 받아들였다.

'더러워, 씻어. 더러워, 씻어.'

그녀는 손가락에 강물을 묻혀 배에 찍었다. 자신과 아기를 위로하기 위함이었다.

'아기야, 너도 씻어야 해. 우리 같이 씻고 같이 죽자.'

그녀의 손가락에 아기의 저항이 느껴졌다. 분노에 찬 거칠고 폭력적인 움직임이었다. 그녀는 배 주위의 모든 근육이 팽팽하게 당겨지는 것을 느꼈다. 아기의 뜨거운 체온이 느껴졌다. 그녀는 절망적인 예감에 휩싸였다. 아기, 그녀의 아기는 더 이상 수치스러운 어머니 배 속에 있고 싶지 않은 것이 분명했다. 무한궤도의 강물 속도가 점점 느려지고 저 앞에 선인교가 보였다. 강물 위에 아치형 그림자가 드리워져 있었다. 드넓고 자유로운 물길이 결국 이렇게 끝났다. 선인교 아래에서는 오래된 돌다리의 파손된 부분을 보수하는 공사가 한창이었다. 웃통을 벗은 일꾼들이 말뚝을 박고 물을 빼내고 모래주머니 벽을 쌓느라 바빴다.

그녀는 일꾼들이 자신을 건져내 강 언덕으로 옮기던 순간을 어렴풋이 기억했다. 그때 그녀는 다리 돌기둥에 새겨진 돌 현판을 처음 봤다. 선인교善人橋. 그녀는 일꾼들에게 들려 오르락내리락 하는 동안 그녀의 몸을 따라 함께 하늘거리는 자줏빛 연기를 지켜봤다. 연기는 가볍고 경쾌하게 하늘거렸지만 그녀의 몸은 물에 젖은 모래주머니처럼 한없이 무거웠다. 배 속 아기가 모래주머니를 뚫고 나오려 했다. 그녀는 기절하기 전 잠깐 정신이 들었다.

"난 죽고 싶은데 아기가 죽고 싶지 않대요. 내 아기가 죽고 싶지 않대요. 아기가 나오려고 해요. 부탁이에요. 날 산부인과 병원에 데려가줘요."

51. 빨간 얼굴 아기

이 작은 도시는 원래 뉴스거리가 많지 않아 빨간 얼굴의 아기가 태어나자 석간 사회면, 방송국 오락채널, 신문잡지 가판대까지 지역사회 전체가 들썩였다. 이 도시 사람들은 대부분 다양한 매체에 등장한 빨간 얼굴 아기의 정면 및 측면 사진과 뉴스를 접했다. 편집자들은 아동보호법을 의식해 아기 얼굴 부분을 뿌옇게 모자이크 처리했다. 방송에서는 교묘한 마이크 위치로 시청자들에게 아쉬움을 남기는 동시에 강렬한 호기심을 불러일으켰다. 그해 가을, 이 도시의 사람들은 빨간 얼굴 아기의 얼굴이 얼마나 빨간지 알고 싶어 몸살을 앓았다. 불타는 빨간색일까? 붉은 자줏빛일까? 피처럼 빨간색일까? 그냥 조금 진한 분홍빛 복숭아색일까? 직접 볼 수도 증명할 사진도 없으니 끝없는 상상의 나래를 펼칠 수밖에.

많은 경우 상상은 유언비어로 이어진다. 거리마다 골목마다 온갖 이상한 이야기가 떠돌았다. 그중 가장 낭만적인 이야기는 아기 엄마가 아마존 열대우림으로 여행을 갔다가 인디언 부족 남자와 사랑에 빠졌다는 내용이었다. 이 소문에서 빨간 얼굴은 국제적인 사랑과 혼혈의 상징인 셈이었다. 가장 현실적인 이야기는 빨간 얼굴이 단순히 커다란 모반母斑이라는 내용이었다. 모반은 일반적으로 엉덩이에 나타나지만 빨간 얼굴 아기는 모반이 얼굴 전체에 균일하게 퍼졌다는 것이다. 마지막으로 가장 유행한 소문은 아기에게 치영恥嬰이라는 별칭까지 만들어줬다. 치는 수치의 치이고, 영은 영아의 영, 즉 수치스러운 아기라는 뜻이다. 이 이름에는 아기 엄마에 대한 참죽나무거리 주민들의 생각이 고스란히 담겼다. 아기와 엄마는 서로의 영욕을 함께 짊어져야 할 공동운명체였다. 사실 이 소문은 소문이라기보다 편견에 가까웠다. 이 편견의 내용은 아주 간단명료했다. 아기 엄마의 수치로 인해 아기 얼굴이 빨갛게 됐다는 것.

산부인과 신생아실 간호사 중 인터넷 중독자가 있었는데, 인터넷 닉네임이 '난 네 아기를 봤어'였다. 이 간호사는 자기가 올린 게시물의 조회 수를 올리려고 몰래 찍은 빨간 얼굴의 아기 사진 여러 장을 인터넷에 올렸다. 제도와 규칙에 얽매인 언론사와 달리 간호사의 사진은 아기의 빨간 얼굴에 포커스를 맞춤으로써 대중의 갈증을 해소해줬다. 사람들은 인터넷에서 빨간 얼굴 아기의 아침 7시 모습을 볼 수 있었다. 아기의 얼굴은 만개한 빨간 장미처럼 짙은 선홍색이었다. 또 빨간 얼굴 아기의 정오, 낮 12시 모습은 시뻘겋게 타오르는 불꽃보다 강렬했다. 그리고 해질녘의 빨간 얼굴 아기는 창밖의 노을처럼, 딱 그렇게 차분한 진홍색으로 변했다. 마지막으로 한밤중의 빨간 얼굴 아기는 어둠속에 불타는 작고 동그란 숯불처럼 투명한 주황빛을 뿜어냈다. 인터넷을 통해 볼 수 있는 것은 얼굴만이 아니었다. 빨간 얼굴 아기의 풍성한 곱슬머리, 조각처럼 예쁜 큰 귀, 앙증맞고 귀여운 배꼽, 무엇보다 얼굴 이외의 피부가 지극히 정상적인 우윳빛이라는 사실까지 확인할 수 있었다. 단 하나 아쉬운 점은 빨간 얼굴 아기의 눈을 볼 수 없다는 것이었다. 밤에도 낮에도, 빨간 얼굴 아기의 사진은 모두 우는 모습이었다. 그것도 아주 서럽게 목 놓아 울었다. 미숙아는 보통 힘없이 우는 법인데 빨간 얼굴 아기는 매우 비통한 노인처럼 대성통곡했다. 주먹을 불끈 쥔 채 울고, 허공으로 손을 뻗으며 울고, 고개를 치켜들며 울고, 몸부림치며 울었다. 자세는 조금씩 달랐지만 질끈 감은 두 눈은 늘 그대로였다. 성질이 불같아서 그런지, 크게 절망해서인지는 알 수 없었다.

같은 병원에서 출산한 아기 엄마들과 참죽나무거리 주민은 물론 일부 지식인까지 '난 네 아기를 봤어'의 게시 글을 열렬히 추종했다. 어떤 시인이 댓글로 빨간 얼굴 아기 사진에 대한 감상을 남겼다. 시인은 이 댓글에서 빨간 얼굴 아기를 치영 대신 노영怒嬰이라 불렀다. 분노의 노, 영아의 영. 분노한 아기. 빨간 얼굴 아기의 사진을 본 네티즌들은 노영이란 이름에 매우 공감했다. 이때부터 많은 사람들이 빨간 얼굴 아기를 노영이라 부르기 시작했다.

미스 바이가 심한 산후우울증에 걸려 밥도 거의 먹지 않고 아기에게 젖도 물리지 않는다는 소문이 돌았다. 그녀가 산부인과 병원을 떠날 때 수많은 환송 인파가 모였다. 다들 말하지 않아도 서로의 마음을 잘 알았다. 이들은 모두 빨간 얼굴 아기의 얼굴을 직접 보려고 모인 것이었다. 그러나 이 간단한 바람은 이뤄지지 않았다. 미스 바이가 빨간 스카프로 아이 얼굴을 가렸기 때문에 두 사람이 차를 탈 때까지 우르르 뒤쫓아 갔지만 바람에 흔들려 불꽃처럼 일렁거리는 빨간 스카프밖에 볼 수 없었다. 두 모자는 자지러지는 울음소리만 남긴 채 징팅병원 로고가 찍힌 산타나 자동차에 올라탔다.

"아니, 왜 집으로 가지 않고? 그냥 산후우울증이 아니었던 거야? 왜 징팅병원으로 가지?"

이때 미스 바이의 과거를 조금 아는 사람이 나섰다.

"징팅병원에서 자랐다더군. 지금은 오갈 데 없는 신세가 됐으니 고향이나 다름없는 징팅병원으로 돌아가는 거지."

그렇다. 그녀에게 징팅병원은 고향이나 다름없었다. 어린 시절 차오 원장과 가족처럼 지냈으니 그녀에게 징팅병원은 고향이고 친정이었다. 차오 원장과 병원 사람들은 그녀에게 도움의 손길을 내밀긴 했지만 노영에 대한 소문 때문에 조금 꺼림칙한 마음도 없지 않았다. 두 사람을 받아들였다가 괜히 골치 아픈 문제가 일어나지 않을까 염려스러웠다. 징팅병원 환자들은 신문과 방송을 즐겨보고 유명인을 추종하는 고질적인 취미가 있는 터라 미스 바이 모자가 여자병동에서 지내기는 쉽지 않을 터였다. 병원 측이 그녀의 거처 문제를 깊이 고민하자 그녀가 먼저 새로운 방법을 제안했다.

"병원 헬스장에서 지내면 어떨까요?"

차오 원장은 그곳이 정원사 할아버지의 양철집이었고, 그녀가 그곳에서 소녀 시절을 보냈음을 잘 알았다. 하지만 그곳은 아기와 지낼 만한 곳은 아니었다.

"헬스장은 공간이 너무 협소해. 아기랑 같이 지내야 하는데 매일 환자들이 드나들면 아기한테 좋지 않을 거야."

"환자들은 괜찮아요. 여기서 자라면서 별의별 미친 사람 다 봤잖아요."

차오 원장이 피식 웃으며 솔직히 말했다.

"사실 그쪽이 문제가 아니라, 환자들이 걱정이지. 환자들은 자제력이 워낙 약해서 두 사람을 보고 어떤 반응을 보일지 모르거든."

차오 원장은 심사숙고 후 그녀에게 조심스럽게 취수탑을 제안했다. 취수탑은 그녀에게 아킬레스건 같은 것이어서 아주 예민하게 반응할 수밖에 없는 곳이었다. 그녀는 차오 원장의 의도가 의심스러웠다. 흥분한 그녀의 얼굴이 벌겋게 달아올랐다. 차오 원장은 취수탑의 여러 가지 장점을 열심히 설명했다. 그녀는 한참 고민한 후 결국 차오 원장의 제안을 받아들였다.

"내가 지금 이 상황에 따지고 고를 게 뭐 있겠어요? 어쨌든 취수탑이 조용하기는 하죠."

그녀는 노영을 데리고 취수탑에서 지내기로 했다. 이렇게 해서 그녀는 취수탑에 살게 됐다.

선녀가 다시 취수탑으로 돌아왔다.

취수탑은 얼마 전까지 바오룬의 거처였다. 바오룬은 황망하게 떠나면서 그녀에게 많은 컵라면과 엄청난 빨랫감과 지저분한 숙소를 남겨줬다. 그녀는 취수탑을 청소하는데 꼬박 이틀을 보냈다. 바오룬의 옷을 전부 빨아 커다란 소나무 가지에 널고 그녀의 옷과 아기 기저귀는 작은 소나무 위에 걸쳐놓았다.

이제 그녀는 어머니이다. 노영에 대한 모성애가 대단하지는 않았지만 의심할 정도는 아니었다. 차오 원장은 그녀가 취수탑 문 앞에 앉아 음악을 들으며 아기에게 젖을 물리는 모습을 여러 번 목격했다. 아기에게 들려주려는 것인지 본인이 듣고 싶어서인지는 알 수 없지만 취수탑에는 늘 우울하고 단조로운 선율이 울려 퍼졌다. 주로 나잉, 톈전, 왕페이 등이 부른 유행가였다. 그녀는 자신이 우울증 환자임을 잊지 않고 약을 받으러 병원진료실에 갔다. 또 어머니로서의 역할을 다하기 위해 아기를 안고 식당에도 갔다. 징팅병원에서도 사람들은 노영의 얼굴을 보지 못했다. 그녀는 아기의 비밀을 지켜주려 손수 만든 작은 마스크를 늘 아기 얼굴에 씌우고 다녔다. 그녀는 아기 마스크를 만들면서 왼쪽에 한 마리, 오른쪽에 한 마리, 토끼 두 마리를 수놓았다. 하지만 징팅병원 사람들은 노영의 눈을 볼 수 있었다. 사람들은 노영의 눈동자가 짙푸른 색이라고 했다. 진한 부분은 깊은 바다색이고, 밝은 부분은 쾌청한 하늘색이라고.

어느덧 취수탑 주변 숲에 낙엽이 쌓이며 가을이 깊어갔다.

미스 바이 진료가 예약돼 있던 날, 갑자기 기온이 뚝 떨어졌다. 차오 원장과 병원 사람들은 그녀가 진료실에 오지 않아 취수탑으로 찾아갔다. 그런데 취수탑 문 앞에서 노영을 안고 있는 사람은 바오룬 할아버지였다. 그 옆 작은 의자에 잘 개어놓은 옷이 쌓여 있었다. 한두 개 펼쳐보니 모두 바오룬의 옷이었다. 그중에 새것 같은 봄가을용 간호사복이 있었다. 바오룬은 그 옷을 입어보지도 못했다. 의자 뒤에 뭔가 가득 채워 불룩한 가죽 주머니가 놓여 있었다. 희미한 풀냄새가 났다. 차오 원장이 뭔가 싶어 주머니를 열었다가 얼른 다시 오므렸다.

"혹시나 했는데 역시 밧줄이었어. 바오룬이 두고 간 밧줄."

할아버지는 미스 바이가 아기 분유를 사러 갔다고 했다. 그녀가 할아버지에게 바오룬의 옷과 물건들을 건네면서 아기를 잠깐 맡아달라고 했단다.

"아기를 잠깐만 봐달라고 하더니 한나절이 지났는데 왜 안 오는 거야?"

차오 원장 일행은 그녀가 떠났다고 생각했다. 아마 돌아오지 않을 것이다. 그녀의 우울증은 더 심해졌거나, 혹은 깨끗이 나았을 것이다. 사람들은 취수탑 앞에서 그녀의 행방을 추측했다. 좋은 쪽으로 생각하는 사람도 있었고 비관적인 의견도 있었다. 누군가는 미스 바이보다 아기에게 더 큰 관심을 보였다.

"빨간 얼굴 아기 노영, 이 아기는 우리 도시 역사상 가장 전설적인 아기예요. 아기 엄마가 사라졌으니 이제 전설을 확인할 기회가 생겼네요."

한 젊은 의사가 아기의 신비로운 얼굴을 보려고 마스크를 벗기려는데 할아버지가 아기 마스크를 꼭 잡으며 젊은 의사 손을 막았다.

"안 돼. 미스 바이가 나한테 부탁했어. 아기 엄마가 없을 때 아기 마스크를 벗기면 안 돼. 아기 얼굴이 보고 싶으면 아기 엄마가 올 때까지 기다려."

그러나 미스 바이는 돌아오지 않았다. 노영의 엄마는 돌아오지 않았다. 그녀가 언제 돌아올지, 아무도 알 수 없었다. 노영의 얼굴을 언제 볼 수 있을지, 아무도 알 수 없었다. 차오 원장 일행은 할아버지 품에 안긴 노영을 가만히 바라봤다. 아주 편안해보였다. 할아버지 품에 안긴 노영은 소문과는 달리 아주 온순했다.

더봄 중국문학전집 01

참새 이야기

제1판 1쇄 인쇄   2018년 1월 19일
제1판 1쇄 발행   2018년 1월 23일

지은이   쑤퉁
옮긴이   양성희
펴낸이   김덕문

「더봄 중국문학전집」 기획위원
심규호   중국학연구회 회장, 제주국제대 중국언어통상학과 교수(현)
홍순도   매일경제·문화일보 베이징특파원, 아시아투데이 편집국장 겸 중국본부장(현)
노만수   경향신문 문화부 기자, 출판기획자 겸 번역가(현)

펴낸곳   **더봄**
등록번호   제399-2016-000012호(2015.04.20)
            12088 경기도 남양주시 별내면 청학로중앙길 71, 502호(상록수오피스텔)
대표전화   031-848-8007 ‖ 팩스 031-848-8006
전자우편   thebom21@naver.com
블로그   blog.naver.com/thebom21

한국어 출판권 ⓒ 더봄, 2018
ISBN 979-11-88522-04-0 03820